Andrey Platonov

ÇEVENGUR

Andrey Platonoviç Platonov bir demiryolu işçisinin oğlu olarak 1899'da Voronez yakınlarında dünyaya geldi. İç savaş sırasında Kızıl Ordu'da savaştı, daha sonra elektrik mühendisi ve arazi ıslahı uzmanı oldu. 1918 yılından itibaren çeşitli gazete ve dergilerde makale, şiir ve denemeleri, 1926 yılından itibaren de kısa öyküleri yayımlanmaya başladı. Yeteneği Maksim Gorki tarafından keşfedilince ilk etapta parlak bir başlangıç yaptı, fakat daha sonra kimi eserleri Stalin dahil pek çok kişinin sert eleştirilerine hedef oldu. İkinci Dünya Savaşı sırasında savaş muhabiri olarak çalışan ve bir kere daha resmi olarak tanınmaya başlayan Platonov, savaş sonrasında yine çeşitli saldırılara maruz kaldı ve zorunlu çalışma kampından dönen oğlundan kaptığı tüberkülozun ilerlemesi sonucu 1951 yılında öldü. Platonov'un öyküleri 1950'lerin sonlarında Rusya'da yeniden yayımlanmaya başladıysa da başlıca eserleri 1980'lerin sonuna dek yasaklı kaldı. 1990'larda KGB'nin "edebiyat arşivi" nin kısmen halka açılmasıyla yazarın bitmemiş bir romanı gün ışığına çıktı. *Çevengur*'un dışında, yine 1926-30 yılları arasında yazılmış *Çukur* (Turkuvaz, 2008) adlı bir romanı olan Platonov'un *Can* adlı uzun öyküsü de yayın programımızda.

Metis Yayınları
İpek Sokak 5, 34433 Beyoğlu, İstanbul
Tel: 212 2454696 Faks: 212 2454519
e-posta: info@metiskitap.com
www.metiskitap.com

Metis Edebiyat
ÇEVENGUR
Andrey Platonov

İlk Basım: Mart 2010

Yayıma Hazırlayan: Özde Duygu Gürkan

Yayın Yönetmeni:
Müge Gürsoy Sökmen

Kapak Resmi: Aleksey Savrasov,
Ekin Kargaları Döndü, 1871 (detay)

Kapak Tasarımı: Emine Bora

Dizgi ve Baskı Öncesi Hazırlık:
Metis Yayıncılık Ltd.

Baskı ve Cilt:
Yaylacık Matbaacılık Ltd.
Fatih Sanayi Sitesi No: 12/197-203
Topkapı, İstanbul Tel: 212 5678003

ISBN-13: 978-975-342-744-9

ANDREY PLATONOV

ÇEVENGUR

Çeviren:

GÜNAY ÇETAO KIZILIRMAK

metis

ESKİ TAŞRA ŞEHİRLERİ viran ormanlıklarla bitişiktir. İnsanlar tabiatın içinden çıktıkları gibi yaşamaya gelirler buralara. İşte keskin gözleri ve insanın içini burkacak denli bitap yüzüyle bir adam çıkagelmişti böyle bir yere; her şeyi onarıp donatma becerisine sahipti, oysa kendi hayatını donatısız yaşıyordu. Tavadan çalar saate kadar her tür alet bu adamın elinden muhakkak geçmişti. Kunduraya yeni taban çakmaya da, kurt saçması* dökmeye de, eskinin köy panayırlarında satılmak üzere sahte madalya basmaya da hayır demezdi. Kendisine ise hiçbir zaman hiçbir şey yapmamıştı – ne bir aile, ne bir ev. Yazları tabiatın içinde yaşayıp giderdi, aletlerini bir çuvala kor, çuvalı da yastık yapardı – yumuşak olsun diye değil, alet emniyette olsun diye. Erken sabah güneşinden korunsun diye gözlerinin üzerine dulavratotu koyardı akşamdan. Kışları ise, yazın kazandığından artanlarla geçinir, geceleri kilise çanını çalar ve böylece dairesini kiraladığı kilise bekçisiyle hesaplaşmış olurdu. Çeşitli aletler dışında hiçbir şey fazlaca ilgisini çekmezdi – ne insanlar, ne tabiat. Bu yüzden insanlara ve tarlalara kayıtsız bir şefkatle, çıkarlarına kastetmeden yaklaşırdı. Kış akşamları bazen gereksiz eşyalar da yapardı: telden kuleler, sacdan gemiler, kâğıttan zeplinler ve benzerleri, sırf kendi zevki için. Tesadüfen gelen bir siparişi geciktirdiği de olurdu sıkça; örneğin yeni çember geçirmesi için bir fıçı getirirlerdi, o ise, kurulmaksızın, sırf dünyanın dönmesi sayesinde çalışacağını düşündüğü ahşap bir saat yapmakla uğraşırdı.

* İnsan için öldürücü bir tür saçma. –*ç.n.*

Kilise bekçisi böyle bedava işlerden hoşlanmıyordu.

"Yaşlılığında dilenmen gerekecek, Zahar Palıç!* Fıçı kaç gün oldu bekliyor, sense kim bilir ne demeye tahta parçasıyla toprağı kurcalıyorsun."

Zahar Pavloviç susuyordu: Orman sakinleri için ormanın gürültüsü neyse, kendisi için de insan sözü oydu – duymazdı onu. Bekçi dalgasını geçiyor ve izlemeyi sürdürüyordu; ayinlerin sıklığından ötürü tanrı inancını yitirmişti, ama Zahar Pavloviç'in başaramayacağını kesin olarak biliyordu: İnsanlar ta ne zamandır yaşıyorlardı dünyada, icat etmedikleri bir şey kalmamıştı. Zahar Pavloviç ise aksine inanıyordu: El değmemiş bir hammadde kaldığı sürece insanlar hiç de her şeyi icat etmiş sayılmazlardı.

Her beş yılda bir kıtlık nedeniyle köyün yarısı madenlere ve şehirlere göçer, yarısı ise ormanlara dadanırdı. Orman açıklıklarında yağışsız senelerde bile iyi ot, sebze ve tahıl yetiştiği eskiden beri bilinirdi. Nüfusun köyde kalan yarısı, açgözlü seyyahların yeşilliği bir çırpıda yağmalamasını önlemek için bu açıklıklara saldırırdı. Gel gör ki bu kez kuraklık bir sonraki yıl da tekrar etmişti. Köylüler damlarını kapayıp iki kol halinde anayola düzülmüştü; kollardan biri dilencilik etmek için Kiev'e, diğeri geçici işler bulmak için Lugansk'a yollanmıştı. Kimileri ise ormana ve yabani ot bürümüş hendeklere dönüp çiğ ot, kil ve kabuk yemeye başlamış, vahşileşmişti. Gidenlerin neredeyse hepsi yetişkinlerdi, çocuklar kendiliklerinden ölmüş ya da dilenmek üzere dağılmışlardı. Emzikli anneler memedeki çocukları doyurasıya emzirmeyip yavaş yavaş dermandan kesiyordu.

İhtiyar bir kadın vardı, İgnatyevna, küçüklerin açlığına bir çare biliyordu: Onun verdiği mantar suyuna banılmış tatlı otu yiyen çocuklar, dudaklarında kuru köpük, huzur içinde susuyorlardı. Anne, çocuğunu yaşlanmış, kırışık alnından öpüyor ve fısıldıyordu:

"İşte çilen doldu yavrucuğum. Şükürler olsun sana Tanrım!"

İgnatyevna da oracıkta dikiliyordu:

"Öbür dünyada şimdi yavrucak: Şuna baksana, canlıdan da rahat yatıyor, cennette gümüşi rüzgârları dinliyordur..."

* Kahramanın baba adı Pavloviç'tir, roman boyunca değişik kahramanlarca farklı şekillerde telaffuz edilecektir. *–ç.n.*

Anne, çocuğunu hayran hayran izliyor, kederli yazgısının çözüldüğüne inanıyordu.

"Al eski eteğim senin olsun, İgnatyevna, verecek başka şeyim yok. Sağ olasın."

İgnatyevna eteği ışığa tutuyor ve şöyle diyordu:

"Ağla sen biraz, Mitrevna: Ağlaman icap eder. Ama eteğin pek eski püskü; bir mendilceğiz ekleyivereydin ya da ütüceğizini armağan edeydin yanında..."

Zahar Pavloviç köyde yalnız kalmış, insansızlık hoşuna gitmişti. Fakat daha çok ormanda, topraktan bir damda yersiz yurtsuz bir köylüyle birlikte yaşıyordu; bu adamın, faydalarını önceden öğrendiği otları kaynatıp içiyorlardı.

Zahar Pavloviç açlığını unutmak için her an çalışıyordu, eskiden metalden yaptığı şeylerin aynılarını ahşaptan yapmaya alışmıştı. Yersiz yurtsuz ise ömrü boyunca bir şey yapmış değildi, şimdi artık hiç yapmazdı. Elli yaşına kadar çevresinde neyin nasıl olduğunu izlemekle yetinmiş, bu genel kargaşadan nihayetinde doğacak şeyi beklemişti. Dünyanın sakinleşip aydınlanmasının ardından hemen harekete geçebilirdi; hayatın müptelası sayılmazdı, ne bir kadınla evliliğe, ne topluma faydalı herhangi bir amele gitmişti eli. Doğduğunda bir şaşırmış ve ihtiyarlayana dek de öylece yaşayıp gitmişti, genç görünümlü yüzünde mavi gözleriyle. Zahar Pavloviç'in meşeden tava yaptığını gördüğünde hayret etmişti, zira bu tavada nasılsa hiçbir şey kızartılamazdı. Oysaki Zahar Pavloviç ahşap tavaya su dökmüş, kısık ateşte kaynamasını sağlamış, tava da yanmamıştı. Yersiz yurtsuz şaşkınlıktan donakalmıştı:

"Muazzam bir iş. Gel de her şeyi öğren öğrenebilirsen, a kardeş!.."

Herkesçe malum olan sarsıcı gizler elini kolunu çözüveriyordu böyle yersiz yurtsuzun. Bir kere olsun kimse bu adama olayların basitliğini açıklamamıştı; belki de kendisi büsbütün kalın kafalıydı. Tevekkeli değil Zahar Pavloviç kendisine rüzgârın neden yerinde durmayıp estiğini açıklamaya çalıştığında yersiz yurtsuz daha da şaşırmış, rüzgârın kendisini gayet net hissedebilmesine rağmen hiçbir şey anlamamıştı.

"Hadi canım? Ne diyorsun sen! Demek güneş kızıyor da ondan ha? Hoş şey vallahi!.."

Zahar Pavloviç güneşin kızmasının hoş ya da nahoş bir şey olmadığını, anca ısının arttığını açıklamıştı ona.

"Isı ha?!" demişti yersiz yurtsuz, şaşkın. "Cadıya bak sen cadıya!"

Yersiz yurtsuzun şaşkınlığı bir nesneden diğerine atlayıp duruyordu, oysa bilincinde dönüşen bir şey yoktu. Akıl yerine güven dolu bir saygıyla yaşıyordu.

Zahar Pavloviç yaz boyunca bildiği tüm eşyaların ahşaplarını yaptı. Taş dam ve bitişiğindeki arazi, Zahar Pavloviç'in teknik sanatının ürünleriyle donandı: tarım aletleri, makineler, araç gereç, gündelik ıvır zıvır – hepsi de olduğu gibi tahtadan. İçlerinde tabiatı tekrarlayan tek bir nesne dahi olmaması tuhaftı: ne bir at, ne bir kabak, ne de başka bir şey.

Ağustosta yersiz yurtsuz gölgeye çekildi, karınüstü yattı ve şöyle dedi:

"Zahar Pavloviç, ben ölüyorum, dün bir kertenkele yediydim... Sana iki mantar getirmiştim, kendime de kertenkeleyi kızartmıştım. Yukarılarıma biraz dulavratotu salla hele – rüzgârı seviyorum."

Zahar Pavloviç dulavratotunu salladı, su getirdi ve ölmekte olan adama içirdi.

"Ölmeyeceksin ki. Sana öyle geliyor."

"Öleceğim, vallahi de öleceğim Zahar Pavlıç." Yalan söylemeye korkuyordu yersiz yurtsuz. "İçim hiçbir şeyi tutmuyor, bir solucan yaşıyor orada, tekmil kanımı içti..."

Yersiz yurtsuz sırtüstü döndü:

"Ne dersin, korkayım mı, korkmayayım mı?"

"Korkma," diye yanıtladı Zahar Pavloviç. "Ben kendim de şuracıkta ölürdüm ama bilirsin ya, insan habire başka başka aletler yapmakla uğraşınca..."

Yersiz yurtsuz bu merhamete sevinmişti; akşama doğru korkusuzca öldü. Zahar Pavloviç o sırada dereye yıkanmaya inmişti, döndüğünde yersiz yurtsuzu cansız buldu, kendi yeşil kusmuğuyla boğulmuştu. Kusmuk katı ve kuruydu, ağzının çevresine hamur gibi yayılmıştı, içinde ise beyaz, küçük kalibreli kurtlar faaliyet gösteriyordu.

Geceleyin Zahar Pavloviç uyandı ve yağmuru dinledi: Nisan ayından beri yağan ikinci yağmurdu bu. "Yersiz yurtsuz görse nasıl da şaşırırdı," diye düşündü. Oysaki yersiz yurtsuz gökten dümdüz inen akıntının karanlığında tek başına yatıyor ve sessizce şişiyordu.

Uykulu, rüzgârsız yağmurun arasından boğuk ve üzgün bir sesin şarkısı işitildi; o kadar uzaktan geliyordu ki ses, herhalde şarkının söylendiği yerde yağmur yağmıyordu ve gündüzdü. Zahar Pavloviç yersiz yurtsuzu da, yağmuru da, açlığı da hemen unutup ayağa kalktı. Uzaklarda uğuldayan bir makineydi bu, canlı, çalışan bir lokomotif. Zahar Pavloviç dışarı çıktı, huzurlu bir yaşam ve dünyanın enginliği üzerine şarkısını söyleyen sıcak yağmurun ıslaklığında dikildi. Yağmurun şefkatiyle sarmalanmış karanlık ağaçlar yayılmış uyukluyordu; o kadar mutluydular ki, mayışıyor, rüzgâr hiç esmediği halde dallarını oynatıyorlardı.

Zahar Pavloviç tabiatın hazzını fark etmedi, onu heyecanlandıran tanımadığı suskun lokomotifti. Tekrar yatarken ise şöyle düşündü: Yağmur – o bile faaliyet gösteriyor, bense uyuyorum ve boş yere saklanıyorum ormanda. Yersiz yurtsuz öldü işte, ben de öleceğim; o ömrü hayatında tek bir ürün vermiş değildi – habire bakınıyor, ayak uydurmaya çalışıyor, her şeye şaşırıyor ve her basitlikte hayrete şayan bir iş görüyordu. Bir şeye faydasının dokunduğu görülmemişti; ancak mantar koparmasını bilirdi, onu da zor bulurdu. Tabiatın hiçbir şeyini zedelemeden de ölüp gitti işte.

Sabahleyin güneş gökte kocamandı ve orman gür sesiyle şarkı söylüyor, sabah rüzgârını iç yapraklarına sızdırıyordu. Zahar Pavloviç, sabahın kendisinden ziyade işçi değişimini fark etti: Yağmur toprakta uyumuş, yerini güneşe bırakmıştı; sonra güneşten telaşlı bir rüzgâr havalanmış, ağaçlar karman çorman olmuş, ot ve çalılar mırıldanmaya başlamıştı; gıdıklayıcı sıcağın uyandırdığı yağmur, yorgunluğunu çıkaramadan tekrar ayaklanmıştı, bedenini bulutlarda bir araya getiriyordu.

Zahar Pavloviç ahşap aletlerini –sığdırabildiği kadarını– çuvalına koydu ve kadınların mantar patikasını takip ederek uzağa gitti. Yersiz yurtsuza bakmadı, ölüler alımsızdır zira. Ama Zahar Pavloviç' in tanıdığı Mutevolu bir balıkçı vardı ki, önüne gelene ölümü sorar, merakından dertlenirdi; bu balıkçı her şeyden çok balığı severdi, yiyecek olarak değil de, ölümün sırrını şüphesiz bilen özel bir varlık olarak. Zahar Pavloviç'e ölü balıkların gözlerini gösterir ve şöyle derdi: "Bak – akıl deryası. Balık yaşamla ölüm arasında durur, o yüzden hem dilsizdir, hem de bakışı ifadesiz; bir danayı al misal, o bile düşünür, ama balık düşünmez – o her şeyi zaten bilir." Seneler boyu gölü seyreyleyen balıkçı hep aynı şeyi düşünmüştü: ölümün ilginçliğini. Zahar Pavloviç onu caydırmaya çalışırdı: "Yok orada özel bir şey, daracık bir yer işte." Bir sene sonra balıkçı dayanamadı ve kayıktan göle atladı, yanlışlıkla yüzmeye kalkışmayayım diye ayaklarını da iple bağlamıştı. Gizliden gizliye ölüme hiç inanmıyordu aslında, asıl istediği orada ne olduğunu görmek için şöyle bir bakıvermekti: Kim bilir belki köyde ya da göl kıyısında yaşamaktan çok daha eğlenceliydi; ölümü, gökyüzünün altındaki bir komşu vilayet gibi düşünüyordu, serin suyun dibindeki bir yer – ve meylediyordu ona. Ölümde yaşayıp da sonra geri dönme niyetini dinleyen kimi köylüler balıkçıyı caydırmaya çabalamışlardı, ama destekleyicileri de vardı: "Eh, denemekten zarar gelmez, Mitriy İvanoviç. Dene bakalım, sonra bize de anlatırsın." Dmitriy İvanoviç denedi: Üç gün sonra çıkardılar onu gölden ve köy mezarlığındaki çitin yanına gömdüler.

Şimdi Zahar Pavloviç mezarlığın önünden geçiyor, haç kalabalığı arasında balıkçının mezarını arıyordu. Balıkçının mezarında haç yoktu: Hiçbir yüreği üzmemişti ölümü, hiçbir dudak onu anmıyordu, çünkü o bir illetten değil, meraklı aklı yüzünden ölmüştü. Balıkçı geride bir eş de bırakmamıştı – duldu, küçük bir oğlu vardı, yabancıların yanında kalıyordu. Zahar Pavloviç cenazeye gelmiş, çocuğu da elinden tutup götürmüştü; nasıl da şefkatli, aklı başında bir çocuktu, annesine mi çekmiş babasına mı bilinmez. Şimdi neredeydi acaba bu çocuk? Herhalde bu açlık yıllarında ilk ölen o olmuştu, tamamen öksüzdü ne de olsa. Babasının tabutunun ardından acısız ve terbiyeli yürümüştü.

"Zahar Amca, babam mahsus mu böyle yattı?"

"Mahsus değil, Saş,* aptallığından. Seni zarara sokmuş oldu şimdi. Bir daha uzun süre balık tutması gerekmeyecek."

"Teyzeler ne diye ağlıyorlar peki?"

"Çünkü numaracılar!"

* Saşa ismi Aleksandr isminin, Saş ise Saşa'nın kısaltılmış halidir. Bazı yerlerde Saşka kullanımını göreceğiz (Proşka'nın dilinden), biraz küçümseyici bir kullanımdır. *–ç.n.*

Tabut mezar çukurunun yanına konulduğunda kimse rahmetliyle vedalaşmak istememişti. Zahar Pavloviç dizlerinin üstüne çökmüş ve balıkçının gölün dibinde yıkanan taze, kıllı yanağına dokunmuştu. Sonra şöyle demişti çocuğa:

"Babanla vedalaş hadi, ilelebet ölü o artık. Bak ona, anarsın."

Çocuk, babasının bedenine, gömleğinin üstüne kapanmıştı; cenazeye giydirilen gömleğe babasının yaşarkenki kokusu sinmişti; boğulduğunda üzerinde diğer gömleği vardı. Çocuk, babasının balık kokan nemli ellerini yoklamıştı, parmaklarının birinde, unutulan annesinin anısına taktığı kalaydan nişan yüzüğü vardı. Çocuk, yüzünü insanlara çevirmiş, yabancılardan korkup koruyucusuna tutunur gibi babasının gömleğinin kıvrımlarına tutunmuş ve hazin hazin ağlamıştı; acısı sözsüzdü, gelecek yaşamının bilincinden yoksun, bu yüzden de avuntusuzdu; öyle üzülüyordu ki babası için, ölü sevinse yeriydi. Tabut başındaki bütün insanlar da çocuğa acımalarından ve kendilerine duydukları zamansız merhametten ötürü ağlamışlardı, ne de olsa her biri ölecek, her birinin de arkasından ağlanacaktı.

Tüm kederine karşın gelecek hatırındaydı Zahar Pavloviç'in.

"Yeter uluduğun, Nikiforovna!" demişti hıçkıra hıçkıra ağlayan, alelacele ağıt yakan bir hatuna. "Şu uluman acından değil, öldüğünde senin de arkandan ağlasınlar diye ağlıyorsun. Çocuğu yanına al bakalım, zaten altı tane var sende, bu biri de diğerlerinin arasında yalandan doyar gider."

Nikiforovna derhal hatunluk aklını başına devşirmiş, acımasız yüzü kuruyuvermişti: Yaş dökmeden, sırf kırışıklarıyla ağlıyordu.

"Yok ya! Yalandan doyacakmış! Şimdi böyle göründüğüne ne bakıyorsun, sen onu bir de delikanlı olduğunda, boğazlanıp pantolonlarını paralamaya başladığında gör, yemek yetiştiremezsin yemek!"

Öksüzü başka bir hatun almıştı, yedi çocuklu Mavra Fetisovna Dvanova. Kendisine elini uzatan öksüzün yüzünü eteğinin ucuyla temizlemiş, burnunu silmiş ve damına götürmüştü.

Çocuk, babasının kendisine yaptığı oltayı anımsamıştı – gölde unutmuştu onu. Şimdiye bir balık takılmış olmalıydı ucuna, yenebilirdi, yabancılar kendi yemeklerini yiyor diye azarlamasınlardı.

"Teyze, suda balığım tutulmuştur," demişti Saşa. "İzin ver gidip çıkarayım da yiyeyim, beni beslemen gerekmesin."

Mavra Fetisovna istemeden yüzünü buruşturmuş, başörtüsünün ucuna sümkürmüş ve çocuğun elini bırakmamıştı.

Zahar Pavloviç düşüncelere dalmış, kendisini yollara vurmak istemiş, ama yerinde kalmıştı. Acı ve öksüzlük çok dokunmuştu ona – göğsünde beliriveren bilmediği bir vicdan yüzünden, hiç dinlenmeden dünyayı dolaşmak, bütün köylerde acıya rastlamak ve yabancıların tabutları başında ağlamak istemişti. Gelgelelim mutat aletler kesmişti yolunu: Muhtar tamir etmesi için duvar saatini, rahip ise akort etmesi için piyanosunu vermişti. Zahar Pavloviç doğdu doğalı müzik diye bir şey duymuş değildi – bir defasında ilçede bir gramofon görmüştü ya, o da çalışmıyordu, köylüler canını çıkarmıştı: Gramofon bir meyhanede duruyordu, içindeki hileyi ve şarkı söyleyeni görebilmek için kutunun kenarlarını kırmış, zarına da örgü iğnesi batırmışlardı. Piyanonun akorduna bir ayını vermişti Zahar Pavloviç; hazin sesleri deniyor, böylesi bir nazlılığı üreten mekanizmayı inceliyordu. Bir tuşa bastığında kederli şarkı havalanıp uçuyor, Zahar Pavloviç havaya bakıyor, sesin dönmesini bekliyordu – iz bırakmadan kaybolamayacak kadar güzeldi çünkü. Akordun yapılmasını beklemekten sıkılan rahip şöyle demişti: "Babalık, boş yere sesleri çınlatıp durma da işin sonunu getirmeye bak, üzerine vazife olmayan şeylerin anlamlarını çözmeye çalışma." Zahar Pavloviç ustalığının köklerine kadar gücenmiş ve mekanizmaya, bir saniyede giderilebilecek ama özel bir bilgiye sahip olunmaksızın anlaşılamayacak bir sır yerleştirmişti. Sonradan papaz her gün çağırır olmuştu Zahar Pavloviç'i. "Gel, arkadaşım, gel – müziğin gizlerle dolu gücü yine kayboldu." Zahar Pavloviç bu sırrı papaz için ya da sık sık gelip müziğin tadını çıkarabilmek için yaratmamıştı: Aksine, tüm yürekleri heyecanlandırabilen, insanı iyi huylu kılabilen bu aletin yapısıydı onu etkileyen; işte bu yüzden hoş sesine müdahale edip onu bir uğultuyla gölgeleyen sırrını yerleştirmişti piyanoya. On kez onardıktan sonra iç içe geçen seslerin gizini ve titreyen ana tahtanın yapısını kavrayan Zahar Pavloviç piyanodaki sırrı çıkarmış ve sonsuza kadar bir daha seslerle ilgilenmemişti.

Şimdi Zahar Pavloviç ayaküzeri geçmişini anımsıyor ve pişmanlık duymuyordu. Akıp giden seneler boyunca birçok tertibat ve nesneyi bizzat kavramıştı, uygun malzeme ve aletlere sahip olursa tekrar yapabilirdi onları. Kudretli gökyüzünün kıpırtısız köy topraklarıyla birleştiği çizginin ötesinde uğuldayan tanımadığı makine ve nesnelerle karşılaşmak için geçiyordu köyün içinden. Onun yüreği de, inançları bittiği, hayatları ömür tüketmeye dönüştüğü için Kiev'e giden köylülerin yüreklerine benziyordu şimdi.

Köyün sokaklarına yanık kokusu sinmişti. Yoldaki külden yayılıyordu koku; tüm tavuklar yendiği için eşeleyen yoktu külü. Damlar, çocuksuzluğun sessizliğiyle dolmuştu; hudutlarını aşmış yabani dulavratotları kapı önlerinde, yollarda ve eskiden hiçbir otun tutunamadığı şenelmiş, ezik topraklarda ev sahiplerini bekliyor, geleceğin ağaçları gibi salınıyordu. Çitler de insansızlıktan küf tutmuş, şerbetçiotu ve çadır çiçeğiyle örtülmüştü; bazı kazıklar ve kuru dallar ise kök salmıştı ve insanlar dönmezse bir koru oluşturmayı vaat ediyordu. Avlu kuyuları kurumuştu; kertenkeleler tomruk duvarı serbestçe aşıp, sıcaktan kurtulmak ve üremek için giriveriyorlardı içlerine. Zahar Pavloviç'i bir hayli şaşırtan bir anlamsız olay da, tarlada ekinler çoktan ölüp gitmişken, kulübelerin saman çatılarında çavdar, yulaf, darı ve karapazıların hışırdamasıydı: Tohumlar saman içinde kök salmıştı. Ayrıca köye sarı-yeşil kır kuşları yerleşmişti, evlerin içinde yaşıyorlardı; serçeler ise dağın eteğinden bulutlar halinde kalkıyor ve kanatlarının rüzgârına karışan evcimen, hamarat şarkılarını heceliyorlardı.

Zahar Pavloviç köyden geçerken bir hasır pabuca rastladı; pabuç da insanların yokluğunda canlanmış, kaderiyle buluşmuştu. Bir söğüt sürgün vermişti kendisinden, bedeninin kalanı ise çürüyüp ufalanıyor, gelecekte çıkacak çalının kökünü gölgeliyordu. Hasır pabucun altındaki toprak biraz daha nemli olmalıydı, zira birçok solgun küçük ot altından çıkmak için didinmekteydi. Bütün köy nesneleri içinde Zahar Pavloviç özellikle hasır pabuç ve nalı, yapılardan ise kuyuları severdi. En uçtaki damın bacasında bir kırlangıç oturuyordu; Zahar Pavloviç'i görünce bacanın içine girmiş, karanlıktaki çocuklarına kanat germişti.

Kilise sağda kalmıştı, arkasındaysa dinmiş bir rüzgâr kadar sakin, dümdüz tarla uzanmaktaydı. Küçük yardımcı çan harekete geçip çaldı: on iki kez. Çadırçiçeği tapınağı sarıp sarmalamış, haça kadar ulaşmaya meyletmişti. Kilise duvarının önündeki papaz mezarlarını muzır otlar bürümüş, alçak haçlar sık otun içinde yok olmuştu. İşini kurtaran bekçi hâlâ kilisenin eşiğinde dikiliyor, yazın gelişimini izliyordu; çalar saati yıllar yılı çalıştıktan sonra hesabını şaşırmıştı artık, buna karşın yaşlanan bekçi zamanı gayet kesin ve dakik duyumsamaya başlamıştı, acı ve mutluluğu duyumsar gibi; ne yaparsa yapsın, hatta uyurken bile (gerçi yaşlılıkta hayat uykudan güçlüdür – gözü açıktır, dakika sektirmez), saat sonlarında bekçi bir tedirginlik ya da arzuya kapılıyor, kalkıp çanı çalıyor ve tekrar sessizleşiyordu.

"Hayatta mısın daha, dede?" dedi bekçiye Zahar Pavloviç. "Kimin için sayıyorsun günleri?"

Bekçi yanıt vermemek istiyordu: Yetmiş yıllık ömründe işlerinin yarısını boşuna yaptığına, sözlerinin dörtte üçünü ise boşuna söylediğine kani olmuştu: Kaygıları, çocuklarını ve karısını yaşatmaya yetmemiş, sözleri ise gereksiz bir gürültü gibi unutulmuştu. "Bu adama bir söz söylersem," diye sorguladı kendisini bekçi, "adam bir *verst** yol gider, unutur, ebediyen tutmaz beni hafızasında: Kimiyim ki ben onun – ebeveyni değilim, yardımcısı değilim!"

"Boşuna çalışıyorsun!" diye sitem etti Zahar Pavloviç.

Bekçi bu aptalca sözü şöyle yanıtladı:

"Nasıl yani boşuna? Köylümüzün on kere göç ettiğini bilirim ben, her seferinde de gerisingeri dönmüştür. Yine dönecektir: Uzun süre insansız kalınmaz."

"Çanı ne diye çalıyorsun peki?"

Bekçi, Zahar Pavloviç'i, ellerini her iş için konuşturan ama zamanın değerini bilmeyen biri olarak tanıyordu.

"Al işte, ne diye çalıyormuşum! Çanla zamanı kısaltıyorum ben ve şarkılar söylüyorum..."

"Söyle madem," dedi Zahar Pavloviç ve köyden çıkıp gitti. Sapa bir yerde avlusuz bir dam gördü – birisi yel yeperek evlenmiş, babasıyla kavga etmiş ve taşınmış olmalıydı. Bu dam da boştu ve içerisi rezil haldeydi. Ayrılırken tek bir şey sevindirdi Zahar Pavloviç'i: Damın bacasında bir ayçiçeği büyümüştü, olgunlaşıyordu artık ve yetişen başını güneşe doğru eğmişti.

Tozdan köhnemiş kuru otlar bürümüştü yolu. Sigara içmek için her oturuşunda Zahar Pavloviç zeminde otların ağaçlaştığı hoş ormanlar görüyordu: ufak, endişeli hayvanların günlük ihtiyaçlarına uygun do-

* Rus uzunluk ölçüsü birimi, 1,067 km. –*ç.n.*

nanıma, kendi yollarına ve sıcaklığına sahip küçük bir dünya. Karıncaları seyre dalan Zahar Pavloviç dört *verst* boyunca aklında tuttu onları ve sonunda şöyle düşündü: "Karınca ya da sivrisinekteki akıl bizde olsaydı hayatı bir çırpıda hiç sıkıntısız yoluna koyabilirdik: Bu ufaklıklar dostça yaşamanın büyük ustaları; insanın becerikli karıncaya erişmesi güç."

Zahar Pavloviç, şehrin dışındaki ormanlıkta belirdi, çok çocuklu dul bir marangozun kilerini kiraladı, dışarı çıktı ve düşünmeye koyuldu: Neyle meşgul olacaktı?

Ev sahibi marangoz işten geldi, Zahar Pavloviç ile oturdular.

"Oda için ne kadar ödeyeyim sana?" diye sordu Zahar Pavloviç.

Marangoz gülmek istedi ama gülmedi, boğazını hırıldatmakla yetindi: Sesi ümitsizliğini, ebediyen ve gırtlağına kadar kedere gömülmüş insanlara özgü o kanıksanmış çaresizliği ele veriyordu.

"Neyle uğraşıyorsun sen? Hiçbir şeyle öyle mi? Otur gitsin o zaman, benim çocuklar kafanı koparana kadar..."

Doğru söylemişti: Hemen ilk gece marangozun oğulları –on ile yirmi yaş arasında çocuklar– uyuyan Zahar Pavloviç'i sidikleriyle yıkadılar, kilerin kapısına ise ocak maşası dayadılar. Fakat hiçbir zaman insanlarla ilgilenmeyen Zahar Pavloviç'i kızdırmak zordu. Makinelerin, karmaşık, güçlü aletlerin var olduğunu biliyor, insanın asaletini bunlara göre ölçüyordu, yoksa öyle rasgele bir küstahlığa göre değil. Nitekim Zahar Pavloviç sabahleyin marangozun büyük oğlunun ustalık ve ciddiyetle dev bir balta yaptığını gördü, demek ki ondaki esas şey sidik değil el becerisiydi.

Bir hafta sonra Zahar Pavloviç işsizliğinden öyle bir müteessir oldu ki, marangozun evini izin almadan onarmaya koyuldu. Çatının eğreti birleşme yerlerini düzeltti, sofa önündeki taş merdiveni yeniden yaptı, bacalarda biriken kurumu temizledi. Akşam vakitlerinde de küçük kazıklar yontuyordu.

"Ne yapıyorsun?" diye sordu marangoz bir akşam, bıyıklarını ekmeğinin kabuğuna silerek. Az önce yemek yemişti: patates ve turşu.

"Belki bir işe yarar," diye yanıtladı Zahar Pavloviç.

Marangoz, kabuğu çiğnerken şöyle düşündü: "Mezar çevirmeye yarar! Benim çocuklar oruç zamanı mezarlıktaki bütün mezarları bilhassa bozdulardı."

Zahar Pavloviç'in sıkıntısı, emeğinin faydasızlığına ağır basıyor ve geceleri iyice yorulana değin kazık yontmayı sürdürüyordu. Zanaatsız kaldığında ellerindeki kan kafasına vuruyordu; o zaman her şeyi öyle derinden düşünmeye başlıyordu ki, hezeyana kapılıyor, yüreğinde sıkıntılı bir korku büyüyordu. Gündüz güneşli avluda gezinirken, insanın solucandan geldiği, solucanın ise içinde pis kokulu boş bir karanlıktan başka şey barındırmayan basit, çirkin bir boru olduğu yolundaki düşüncesini yenemiyordu bir türlü. Şehir evlerini gözlemleyen Zahar Pavloviç, tıpatıp kapalı tabutlara benzediklerini keşfetmiş ve marangozun evinde gecelemekten korkmuştu. Hayvansı çalışma gücü hedef bulamadığında kemirip duruyordu Zahar Pavloviç' in ruhunu; kendisine hâkim olamıyor, çalışırken hiç tatmadığı duygularca eziliyordu. Rüya görür olmuştu: Güya madenci babası ölüyor, annesi ise onu yaşatmak için göğsünden süt sağıp damlatıyordu üzerine; fakat babası kızgın kızgın söyleniyordu: "Bırak da acımı bari rahatça çekeyim, pis cadı." Sonra uzun uzun yatıyor, ölümü geciktiriyordu; tepesinde dikilen annesi soruyordu: "Yakın mı?" Babası bir çilekeşin hırsıyla tükürüyor, yüzünü yere çeviriyor ve anımsatıyordu: "Eski pantolonumla göm beni ha, bunu Zaharka'ya verirsin!"

Zahar Pavloviç bir tek çatıda oturup, bazen şehrin iki *verst* ötesinden geçen kudurgan demiryolu trenlerini izlerken mutlanıyordu. Lokomotifin hızlı hızlı soluk alışından, tekerlerin dönüşünden Zahar Pavloviç'in vücudu tatlı tatlı kaşınıyor, gözleri lokomotife duyduğu şefkatin hafif yaşlarıyla ıslanıyordu.

Marangoz, kiracısına bir müddet baktı, baktı, sonunda kendi sofrasına oturtup bedavaya yedirip içirmeye başladı onu. Marangozun oğulları işe Zahar Pavloviç'in hususi kâsesine sümük atmakla başladılar; babaları ayağa kalktı ve tek söz etmeden, en büyüklerinin elmacıkkemiğine elinin tersiyle bir şiş konduruverdi.

"Kendim insan gibi insanım," dedi marangoz sakin sakin ve yerine oturdu, "ama öyle bir pislik doğurtmuşum ki az kaldı öldürecek beni. Bak şu Fedka'ya! Şeytan gücü var: Nerede şişirdi işkembesini böyle anlamadım gitti – küçüklükten beri ucuz aş yiyor bunlar..."

Güzün ilk yağmurları başladı – zamansız, faydasız. Köylüler çoktan yabancı memleketlerde yitmiş, çoğu da madenlere ve güney ekmeğine varamadan yollarda ölmüştü. Zahar Pavloviç marangozla birlikte iş aramaya gara gitti: Marangozun tanıdığı bir makinist vardı.

Makinisti, lokomotif ekibinin kestirdiği nöbetçi kulübesinde buldular. Makinist, çok insan az iş olduğunu söyledi; civar köylerin artıkları topluca garda yaşıyor ve ne iş olsa düşük ücretle yapıyorlardı. Marangoz dışarı çıktı, bir şişe votka ile bir kangal sucuk getirdi. Votkayı içen makinist Zahar Pavloviç ve marangoza buhar makinesini ve Westinghouse'un frenini anlattı.

"Altmış dingilli bir katarın eğimlerde nasıl durakladığını bilir misin sen?" diyordu dinleyicilerin cehaletine isyan ederek makinist ve ellerini esneterek duraklama gücünü gösteriyordu. "Yaa! Fren kolunu bir açarsın, tankın altındaki tutaklardan mavi alev vurur, vagonlar ense enseye gelir, lokomotif kapalı buharı üfler – bir hamlede boruyu fıkırdatır! Vay anasını be!.. Doldur! Turşu almadığın fena olmuş: Sucuk mideyi şişiriyor!.."

Zahar Pavloviç oturmuş susuyordu: Baştan inanmıştı lokomotif işine giremeyeceğine, tahta tavalardan sonra nasıl baş ederdi bunlarla!

Makinist anlattıkça, mekanik aletlere duyduğu ilgi daha mahrem ve kederli bir hal alıyordu, karşılıksız aşk gibi.

"Ne diye ekşidin öyle?" Zahar Pavloviç'in efkârını fark etmişti makinist. "Yarın depoya gel, başmakinistle konuşurum ben, belki silici olarak alırlar seni! Karnını doyurmak istiyorsan pısırık durmayacaksın, orospu çocuğu..."

Makinist lafının ortasında durakladı: Geğirtisi gelmişti.

"Aksi şeytan, senin sucuk ters taraftan çıkıyor! On kapiğe aldın getirdin tabii, sefil herif, paçavra atıştırsam daha iyiydi... Ama," dedi makinist tekrar Zahar Pavloviç'e yönelip, "ama lokomotifi ayna gibi isterim, mayıs eldivenleriyle her parçasını yoklayabileceğim, ona göre! Lokomotifin toza tahammülü yoktur: Makine, kardeş, küçükhanımdır... Kadın oldu muydu işe yaramaz – fazladan delikle makine yürümez..."

Makinist, birtakım kadınlara ilişkin soyut sözlerle epeyi açıldı. Zahar Pavloviç dinliyor, dinliyor ve hiçbir şey anlamıyordu: Kadınların özel bir şekilde ve uzaktan sevilebileceklerini bilmiyordu; bu durumdaki bir insanın evlenmesi gerektiğini biliyordu. Dünyanın yaradılışından ya da bilinmeyen nesnelerden ilgiyle söz edilebilirdi ama kadından söz etmek de erkekten söz etmek kadar anlaşılmaz ve sıkıcıydı. Zahar Pavloviç'in de bir zamanlar bir karısı olmuş, o da sevilmişti doğrusu, kendisi de kadını incitmemişti, ama öyle büyük bir mutluluk gördüğü de söylenemezdi. İnsan birçok özellikle donatılmıştır; üzerinde tutkuyla düşünecek olursan, kendi kendinin her saniye nefes alışından bile coşkuya kapılıp kişneye kişneye gülebilirsin. Ama ne olur o durumda? İşgüzarlık, kendi vücudunla oyalanır durursun işte; ciddi bir varoluş değildir seninkisi. Zahar Pavloviç oldum bittim böyle konuşmaları sevmezdi.

Bir saat sonra makinist nöbetini anımsadı. Zahar Pavloviç ve marangoz ona ikmalden çıkan lokomotife kadar eşlik ettiler. Makinist daha uzaktan görev başı tonlamasıyla yardımcısına seslendi:

"Buhar ne durumda?"

"Yedi atmosfer," diye yanıtladı pencereden sarkan yardımcı gülümsemeden.

"Su?"

"Normal düzey."

"Ateş?"

"Bastırıyorum."

"Harika."

Ertesi gün Zahar Pavloviç depoya geldi. Yaşayan insana güveni olmayan ihtiyar başmakinist uzun uzun inceledi onu. Lokomotifleri öyle büyük bir acı ve kıskançlıkla seviyordu ki dehşetle izliyordu hareketlerini. Kendisine kalsa bütün lokomotifleri, cahillerin kaba ellerinde sakatlanmasınlar diye ebedi istirahata yollardı. İnsan çok, makine az diye düşünüyordu; insanlar canlıdır ve kendi başlarının çaresine bakarlar, makine ise hassas, korunmasız, kırılgan bir varlıktır: Onu muntazaman sürebilmek için insan önce karısını terk etmeli, bütün kaygıları kafasından atmalı, ekmeğini makine yağına banmalıdır – işte o zaman insan makineye yaklaştırılabilir, o da on yıllık sabrın ardından!

Başmakinist, Zahar Pavloviç'i anlamaya çalışıyor ve kıvranıyordu. "Yaltakçının teki olmalı, parmak basılacak yerde bu mal gider varyosu geçirir, manometre camının azıcık azıcık silinmesi gereken yerde öyle bir verir ki gücünü, bütün cihazı borusuyla birlikte söker götürür. Bir çiftçiyi makineye yaklaştırmak yakışık alır mı hiç?! Tanrım, tanrım," diyerek sessizce ama yürekten sinirleniyordu ihtiyar. "Neredesiniz eski makinistler, ateşçiler, siliciler? Eski insanlar lokomotifin yanında dururken titrerlerdi, şimdi ise herkes kendisini makineden akıllı sanıyor! Reziller, kâfirler, namussuzlar, çılgınlar, şeytanın yaltakçıları! Aslında yapılması gereken, hareketi derhal durdurmak! Bugünün makinistlerinden ne olur ki? Ayaklı felaket bunlar, insan değil! Serseri bunlar, at cambazları, çılgınlar – vida bile verilmez ellerine, tutmuş regülatör kullanıyorlar! Halbuki ben lokomotif hareketteyken fazladan bir tıkırtı duyayım, ana mekanizmada bir şey olmadık bir ses çıkarsın, evet ya ben tırnağımın ucuyla, oturduğum yerden hissederim, acımdan tir tir titrerim, ilk durakta dudaklarımla bulurum kusuru, yalarım, emerim, kanımla yağlarım, gitmem öyle gözüm kapalı... Bu ise çavdar tarlasından çıktığı gibi doğruca lokomotife binmek istiyor!"

"Evine git, önce şu suratını bir yıka, sonra yaklaş lokomotife," dedi başmakinist, Zahar Pavloviç'e.

İkinci gün Zahar Pavloviç yüzünü yıkayıp tekrar geldi. Başmakinist, lokomotifin altına girmiş dikkatlice yaylara dokunuyor, küçük çekiciyle hafifçe vuruyor ve çınlayan demire kulağını dayıyordu.

"Motya!" diye seslendi başmakinist tesviyeciye. "Bu somunu yarım çizik kadar sıkıştırıver!"

Motya ingilizanahtarıyla yarım devir dokundu somuna. Başmakinist ansızın öyle bir gücendi ki, Zahar Pavloviç acıdı ona.

"Motyuşka!" dedi başmakinist zulüm görmüş birinin sessiz üzüntüsüyle, oysaki dişlerini gıcırdatıyordu. "Ne yaptın sen, lanet olasıca alçak! Ne dedim ben sana: somunu!! Hangi somunu? Ana somunu! Sense kontrasomunu çevirdin be adam, feleğimi şaşırttın benim! Karşıma geçmiş kontrasomunu indiriyorsun! Gelmiş bir de kontrasomunuma dokunuyorsun! Ne yapayım ben sizi, söyleyin ha, lanet olasıca hayvanlar? Defol git, mal herif!"

"Sayın makinist, izin verin de ben kontrasomunu yarım devir geri çevirip ana somunu yarım çizik kadar sıkıştırıvereyim!" diye rica etti Zahar Pavloviç.

Bir yabancının haklılığını anlamasına sevinen başmakinist etkilenmiş gibiydi, barışçıl bir sesle yanıt verdi:

"Ha? Fark ettin değil mi sen de? O, o... bir oduncu, tesviyeci filan olamaz. Somunun, somunun adını bile bilmez! Ha? Eh, ne yaparsın? Lokomotife hatun gibi davranıyor yahu, bir şırfıntı gibi! Hey yarabbim!.. Gel, gel hadi buraya, somuncuğu istediğim şekilde sık da göreyim..."

Zahar Pavloviç lokomotifin altına girip her şeyi doğru ve gerektiği şekilde yaptı. Sonra başmakinist akşama kadar lokomotiflerle uğraştı, makinistlerle didişti. Işıklar yakıldığında Zahar Pavloviç başmakiniste kendisini anımsattı. Beriki yine karşısında durmuş kendi düşüncelerini düşünüyordu.

"Makinenin babası maniveladır, anası ise eğimli satıh," dedi başmakinist şefkatle, geceleri kendisine huzur veren mahrem bir şeyi düşünür gibi. "Yarın ocakları temizlemeyi dene – zamanında gel ha. Tabii bilmiyorum, söz veremem – deneriz, bakarız. Fazlasıyla ciddi bir iş bu! Anlasana: ocak! Herhangi bir şey değil, ocak!.. Hadi, hadi, yürü git!"

Zahar Pavloviç marangozun kilerinde bir gece daha uyudu, şafakla birlikte, mesaiye üç saat kala depoya geldi. Düzleştirilmiş raylar, uzak ülke adları yazan yük vagonları vardı burada: Trans-Hazar, Trans-Kafkasya, Ussuri demiryolları. Yollarda farklı, tuhaf adamlar geziniyordu, akıllı ve düşünceli adamlar: makasçılar, makinistler, bakımcılar ve diğerleri. Etraf bina, makine, alet ve teçhizatlarla doluydu.

Zahar Pavloviç'in önünde yeni, ustalıklı bir dünya vardı. Sanki uzun zamandır tanıyor, seviyordu bu dünyayı; sonsuza değin tutunmaya karar verdi ona.

KITLIKTAN BİR YIL ÖNCE Mavra Fetisovna on yedinci kez hamile kaldı. Kocası Prohor Abramoviç Dvanov gereğinden az sevindi bu işe. Her gün tarlaları, yıldızları, engin havayı şöyle bir inceler, "Hepimize yeter!" derdi. İçinde küçük insanların, soyunun devamının kaynaştığı damında sakin sakin yaşayıp giderdi. Karısı on altı çocuk doğurmuş, bunlardan yalnızca yedisi hayatta kalmıştı, sekizinci de evlatlıktı: kendi arzusuyla boğulan balıkçının oğlu. Karısı öksüzü elinden tutup da getirdiğinde Prohor Abramoviç karşı çıkmamıştı.

"Ne diyelim, çocuk ne kadar çok olursa, ihtiyarlar o kadar güven içinde ölürler... Besle onu, Mavruşa!"

Öksüz sütünü içmiş, ekmeğini yemiş, sonra geri çekilip yabancı insanlara gözlerini yummuştu.

Mavra Fetisovna ona bakıp iç geçirmişti:

"Tanrı bir dert daha gönderdi... Büyümeden ölür herhalde: Gözlerinden belli, ömrü uzun değil; boş yere ekmek yiyecek sırf..."

Ne var ki çocuk iki yıl boyunca ölmemiş ve hatta bir kere bile hastalanmamıştı. Az yiyordu, Mavra Fetisovna öksüzü kabullendi.

"Ye canım, ye," diyordu, "bizden almadığını başkalarından hiç kapamazsın..."

Prohor Abramoviç epeydir yokluktan ve çocuklardan yılmıştı; yavrular hastalanıyor, yenileri doğuyor, mahsul bir bozuluyor bir düzeliyordu; onun ise hiçbir şeye derin bir dikkat gösterdiği yoktu, bu ilgisizliği yüzünden de iyi bir insan sayılıyordu. Yalnızca, karısının neredeyse her yıl hamile oluşu biraz sevindiriyordu onu: Bir tek çocuklardı hayata sıkı sıkıya tutunduğunu hissettiren – küçük, yumuşak elleriyle onu toprağı sürmeye ve ev işlerine koşturmaya sevk ediyor, türlü endişelere salıyorlardı. Prohor Abramoviç uykulu uykulu geziniyor, yaşıyor ve çalışıyordu, iç mutluluk için fazladan enerjisi yoktu ve hiçbir şeyi kesin olarak bilmiyordu. Tanrı'ya dua ediyor, ama yürekten bir yakınlık da beslemiyordu ona; kadın sevgisi, iyi yiyecek arzusu ve benzeri gençlik tutkularından ise vazgeçmişti, çünkü karısı çirkindi ve seneler geçtikçe daha da tekdüze, besleyici olmayan yiyeceklerle doyuruyordu karnını. Çocukların çoğalması Prohor Abramoviç'in kendine olan ilgisini azaltıyordu; daha ferah ve hafif hissediyordu kendisini bu sayede. Yaşadıkça köyde olup bitenlere daha sabırlı ve şuursuz yaklaşır olmuştu Prohor Abramoviç. Eğer tüm çocukları bir gün içinde ölseydi, ertesi gün bir o kadar çocuğu evlat edinirdi, onlar da ölseydi, Prohor Abramoviç anında tarımcılık yazgısını terk eder, karısını hür bırakır, kendisi ise yalınayak kim bilir hangi yollara düzülürdü – yüreğinin belki yine böyle üzüleceği fakat ayaklarının bari sevineceği, tüm insanları çeken o yere doğru.

Karısının on yedinci hamileliği Prohor Abramoviç'i iktisadi düşünceler yüzünden üzmüştü. Bu sonbahar köyde, geçen sonbahara göre daha az çocuk doğmuştu ve en önemlisi, kuraklık öncesindeki yıllar hariç yirmi yıl peş peşe doğuran Marya Teyze gebe değildi. Bütün köy fark etmişti bu durumu; Marya Teyze'nin yüksüz gezdiğini gören köylüler şöyle diyorlardı: "Hımm, Marya bugünlerde kız geziyor – demek yazın kıtlık olacak."

Marya bu yıl da zayıf ve özgür gezmekteydi.

"Tarlayı mı dinlendiriyorsun, Mar Matveyevna!" diye saygıyla soruyordu önünden geçen erkekler.

"Ne olacak!" diyordu Marya, alışkın olmadığı avare halinden utanarak.

"Dert etme," diye avutuyorlardı onu. "Bakarsın bir oğlan daha doğuruverirsin: Kıvraksındır sen o işte..."

"Boşa yaşamanın ne lüzumu var!" diye yürekleniyordu Marya. "İş ki ekmek olsun."

"Bak bu doğru," diye onaylıyordu köylüler. "Hatunun doğurmasında ne var, iş ona ekmek yetiştirmekte... Sen yok musun sen, hey gidi cadı: Bilirsin sen vaktini..."

Prohor Abramoviç karısına zamansız ağırlaştığını söyledi.

"Hadi ordan Proşa," diye yanıtladı onu Mavra Fetisovna, "doğuran ben değil miyim, gerekirse elimde torba dilenirim onlar için, sana ne oluyormuş!"

Prohor Abramoviç uzun süre ağzını açmadı.

Aralık gelmişti, oysa kar yağmıyordu, kışlık ekinler donmuştu. Mavra Fetisovna ikiz doğurdu.

"Yavruladın ha," dedi başucunda oturan Prohor Abramoviç. "Şükür Tanrı'ya: Şimdi ne yapacağız peki? Bunlar uzun ömürlü de olurlar – alınları kırış buruş, elleri yumruk yumruk."

Evlatlıkları da yanlarında duruyor, yaşlanmış görünen çarpık bir yüzle anlamadığı bu şeye bakıyordu. Yetişkinler adına yakıcı bir utancın kabardığını duyuyordu içinde, onlara olan sevgisini bir anda kaybetmişti, kendisini yalnız hissediyor, kaçmak ve bir hendekte saklanmak istiyordu. Birbirine yapışmış iki köpek gördüğünde de böyle hem sıkılmış, hem korkmuştu – iki gün boyunca yemek yememiş, tekmil köpeklere sevgisini de ölene kadar kaybetmişti. Loğusanın yatağı sığır eti ve ıslak buzağı kokuyordu, Mavra Fetisovna'nın kendisi ise öyle güçsüz düşmüştü ki hiçbir şey hissetmiyordu, rengârenk yamalı yorganının altında havasız kalmıştı. Yaşlılıktan ve annelik yağlarından ileri gelen kırışıklarla kaplı bacağı açıktaydı; bacağın üzerinde geçmiş acıların sarı lekeleri ve katılaşan kanının dolaştığı kalın lacivert damarlar görülüyordu; adamakıllı yayılan bu damarlar dışarı çıkmak için deriyi parçalamaya hazırdı sanki. Ağacı andıran damarlardan birine bakarak, kanı bedenin harap vadilerinde gayretle dolaştıran yüreğin bir yerlerde nasıl çarptığını hissetmek mümkündü.

"Ne o Saş, daldın?" diye sordu Prohor Abramoviç halsiz düşen evlatlığına. "İki kardeş geldi sana. Kendine bir dilim ekmek kes de koş oyna – hava ısındı..."

Saşa ekmek almadan gitti. Mavra Fetisovna beyaz, akışkan gözlerini açtı ve kocasını çağırdı:

"Proşa! Öksüzle birlikte on oldular, sen de on ikincisin..."

Prohor Abramoviç kendisi de yapabiliyordu bu hesabı.

"Bırak yaşasınlar, fazladan boğazın fazladan rızkı gelir."

"İnsanlar kıtlık olacak diyorlar, Tanrı öyle bela göstermesin: Memedekiler bir yandan, ufaklıklar diğer yandan, ne yaparız biz?"

"Olmayacak kıtlık," dedi Prohor Abramoviç kendini rahatlatmak için. "Kışlıklardan hayır gelmezse yazlıklar güldürür yüzümüzü."

Kışlık ekinden gerçekten de hayır gelmedi: Daha sonbaharda ölmüşlerdi, ilkbaharda ise buzla örtüldüler. Yazlıklar ise kâh korkutuyor kâh sevindiriyordu, ama iyi kötü yetiştiler, *desyatina** başına onar *pud*** armağan ettiler çiftçiye. Prohor Abramoviç'in büyük oğlu on bir yaşındaydı, evlatlığıyla akran sayılırlardı. İçlerinden birinin dilenip aileye kuru ekmek desteği sağlaması gerekiyordu. Prohor Abramoviç'in sesi çıkmıyordu: Kendi çocuğunu göndermeye kıyamıyor, öksüzü göndermeye de utanıyordu.

"Ne diye oturuyorsun suspus?" dedi Marya Fetisovna öfkeyle. "Agapka yedi yaşındakini gönderdi, Mişka Duvakin kızını koşturdu, sen daha otur, aymaz budala! Darımız Noel'e kadar çıkışmaz, yaz bayramından beridir ekmek yüzü gördüğümüz yok!.."

Prohor Abramoviç bütün akşam eski çuval bezinden kullanışlı ve bol bir torba dikmekle uğraştı. İki defa Saşa'yı çağırıp omuzlarını ölçtü:

"Fena değil ha? Sıkmıyor değil mi şurası?"

"Fena değil," diye yanıtladı Saşa.

* 1,09 hektar değerinde yüzey ölçü birimi. –*ç.n.*
** 16,3 kg. değerinde ağırlık birimi. –*ç.n.*

Yedi yaşındaki Proşka babasının yanında oturuyor, babası kastarsız ipi elinden kaçırdıkça o da yeniden iğneye geçirmeye çalışıyordu.

"Baba, yarın Saşka'yı dilenmeye mi kovacaksın?" diye sordu Proşka.

"Ne diye gevezelik ediyorsun sen?" diye kızdı baba. "Sen de büyü, sen de dileneceksin."

"Ben gitmem," diye itiraz etti Proşka, "ben hırsızlık edeceğim. Grişka Amca'nın kısrağını çalmışlar diyordun ya hani? İyi etmişler, Grişka Amca da yeni bir iğdiş aldı. Büyüyünce, iğdişini de ben çalacağım."

Geceleyin Marya Fetisovna, Saşa'yı öz çocuklarından fazla doyurdu. Herkesten sonra yağlı lapa yedirdi, bolca süt içirdi ona. Prohor Abramoviç ambardan bir sırık getirdi ve herkes uyurken bir yol asası yonttu. Saşa uyumuyor, Prohor Abramoviç'in ekmek bıçağıyla bastonu yontuşunu dinliyordu. Proşka sesli sesli burnundan soluyor ve boynunda gezinen hamamböceğinden ötürü büzüşüyordu. Saşa böceği düşürdü ama öldürmeye korktu ve ocağın üzerinden yere attı.

"Sen uyumuyor musun Saş?" diye sordu Prohor Abramoviç. "Uyumana bak, ne oldu ki?"

Çocuklar erken uyanır, karanlıkta, horozlar daha uyuklarken dövüşmeye başlarlardı; ihtiyarlar ise ancak ikinci ötüşte uyanır, ezilen yerlerini kaşırlardı. Köyde henüz tek sürgü gıcırdamamıştı, tarlada tek mahluk cırlamıyordu. Böyle bir saatte Prohor Abramoviç evlatlığını avlunun dışına çıkardı. Çocuk Prohor Abramoviç'in elini güvenle tutmuş uykulu uykulu yürüyordu. Hava nemliydi; kilise bekçisi çanı çalıyordu, kederli uğultuyu duyan çocuk irkildi. Prohor Abramoviç öksüze eğildi:

"Saşa, şuraya bak şimdi. Yol köyden çıkıp dağa uzanıyor, görüyor musun? Oradan yürüyeceksin. Sonra koca bir köy ve tümseğin üzerinde bir kule göreceksin. Korkma sakın, dosdoğru git, karşına çıkan şehirdir, şehrin ambarlarında çok ekmek var. Çantayı doldurdun muydu eve dinlenmeye gel... Hadi bakalım, oğlum benim, yolun açık olsun!"

Saşa, Prohor Abramoviç'in elini tutuyor ve çayır güzünün gri sabah yoksulluğuna bakıyordu.

"Yağmur mu yağmış ki oraya?" diye sordu Saşa uzak şehri kastederek.

"Çok!" diye onayladı Prohor Abramoviç.

O zaman çocuk elini bıraktı ve Prohor Abramoviç'e bakmadan torbası ve asasıyla bir başına sessizce yola koyuldu, yönünü kaybetmemek için dağa tırmanan yolu süzerek. Çocuk kilise ve mezarlığın arkasında gözden yitti, uzun süre de görünmedi. Prohor Abramoviç aynı yerde duruyor ve çocuğun vadinin diğer tarafında belirmesini bekliyordu. Yapayalnız serçeler sabahın köründe yolu didikliyor ve görünüşe bakılırsa üşüyorlardı. "Bunlar da öksüz," diye düşündü Prohor Abramoviç, "kim ne atar ki önlerine?"

Saşa ne istediğini bilmeden mezarlığa girdi. O an ilk kez kendi kendisini düşünüyordu, göğsüne dokundu: İşte buradayım – diğer her yerde ise yabancı ve kendisine benzemeyen şeyler vardı. İçinde yaşadığı; Prohor Abramoviç'i, Mavra Fetisovna'yı, Proşka'yı sevdiği evin kendi evi olmadığı anlaşılmıştı. Sabahın soğuğunda çıkarılmıştı oradan. Bilinç suyunun sızmadığı üzgün yarı-çocuk ruhunda kocaman, ezici bir dargınlık kabarmış, boğazına kadar uzanmıştı.

Mezarlığı örten ölü yaprakların huzuruna basan her ayak sessizleşiyor, usulca atıyordu adımını. Her yanda köylü haçları vardı, birçoğu isimsizdi, ölülerin anısını taşımıyordu. En köhne haçlar çekti Saşa'nın ilgisini; onlar da düşüp toprakta ölmeye meylediyordu. Haçsız mezarlar daha da iyiydi – ebediyen öksüz düşmüş insanlar yatıyordu diplerinde: Onların da anneleri ölmüş, babaları ise nehir ve göllerde boğulmuştu. Saşa'nın babasının mezar tümseği hepten çiğnenmişti; mezarlığın derinlerine yeni tabutların taşındığı bir patikacık geçiyordu üzerinden.

Babası oracıkta sabırlı sabırlı yatıyor, kışı yalnız başına geçirmesinin ne kadar fena ve korkunç olduğundan şikâyet etmiyordu. Ne vardı orada? Kötü, sessiz ve daracık bir yerdi; bastonlu, torbalı dilenci çocuk görünmüyordu oradan.

"Baba, beni dilenmeye kovdular, yakında yanına öleceğim. Yalnız başına sıkılıyorsundur orada, ben de sıkılıyorum."

Çocuk asasını mezarın üzerine koydu, üzerini yapraklarla örttü, güvende olsun ve kendisini beklesin diye.

Saşa yakında, çantasını ekmek kabuklarıyla doldurunca, buraya gelmeye karar verdi; madem bir evi yoktu, kendisine babasının yanında bir zeminlik kazacak ve orada yaşayacaktı.

Prohor Abramoviç evlatlığını beklemekten yılmıştı artık, gitmek istiyordu. Saşa çukurlu dere yollarından atlayıp kil tepeyi tırmanmaya koyulmuştu. Ağır yürüyordu, şimdiden yorgun düşmüştü, buna karşın pek yakında kendi evi ve kendi babası olacağı için sevinmekteydi; varsın babası ölü yatsın ve hiçbir şey söylemesindi, her zaman yakınında olacaktı, sıcak terli gömleği vardı üzerinde, göl kıyısında yan yana oldukları rüyalarında Saşa'yı kucaklayan kolları vardı; ölü bile olsa sağlamdı, aynı ve değişmezdi.

"Bastonu nereye gitti ki?" diye düşündü Prohor Abramoviç.

Sabah nemlenmişti, çocuk elleriyle tutuna tutuna tırmanıyordu kaygan yokuşu. Çanta, el sırtından düşme giysi gibi geniş ve bol sallanıyordu üzerinde.

"Bak hele, nasıl dikmişim çantayı: Boyu sefile değil, açgözlülüğüme uygun," diye geç bir sitemde bulundu kendisine Prohor Abramoviç. "Ekmek doldurdu mu taşıyamaz onu... Ama artık önemi yok: Ne olacaksa olsun..."

Yolun o bilinmez diyara döndüğü yerde çocuk durdu. Yaklaşan günün şafağında, köy ufkunun çizgisindeydi; mevhum bir uçurumun üzerinde, gökyüzü gölünün kıyısında duruyordu. Bozkırın boşluğuna korku içinde bakıyordu Saşa: Tepeler, uzaklık, ölü toprak nemli ve engindi, bu yüzden her şey yabancı ve korkunç görünüyordu. Yine de sağlam kalıp köy çukurluğundaki mezarlığa dönme fikri kıymetliydi onun için; babası o daracık yerdeydi ve orada her şey küçüktü, üzgündü, toprak ve ağaçlar sayesinde rüzgârdan korunuyordu. Bu yüzden ekmek kabuğu toplamak için aceleyle şehrin yolunu tuttu.

Prohor Abramoviç yolun eğiminde gözden yiten öksüze acıdı: "Rüzgârdan güçsüz düşecek bu çocuk, tarla sınırındaki bir çukura yatıp can verecek – âlem dediğin aile kulübesine benzemez."

"Hepimiz küstah ve de alçağız!" diye düşündü Prohor Abramoviç; kendisini doğru tanımlamış, bu doğruluktan içi hafiflemişti. Damında bir gün boyunca gereksiz bir işle uğraşarak sessizce dertlendi, ahşap oydu. Ağır bir felaket atlattığında hep bir akçam ormanı ya da var olmayan ormanlar oyardı tahtanın üzerine. Sanatı daha fazla gelişmezdi, çünkü bıçağı kördü. Mavra Fetisovna giden evlatlığı için aralıklarla ağlıyordu. Sekiz çocuğu ölmüştü, her biri için ocağın yanında üçer gün aralıklarla ağlamıştı. Prohor Abramoviç için tahta oymak neyse, kendisi için de ağlamak oydu. Prohor Abramoviç, Mavra Fetisovna'nın daha ne kadar ağlayacağını, kendisinin ise yamuk tahta oyacağını önceden biliyordu: bir buçuk gün.

Proşka baktı, baktı ve kıskançlığa kapıldı:

"Ne diye ağlıyorsunuz? Saşka kendisi dönecek. Baba, bana keçe çizme yapsan daha iyi edersin, Saşka senin oğlun değil, öksüzün. Oturmuş bıçağı köreltiyorsun boyuna, yaşından utan."

"Üstüme iyilik sağlık!" diyerek ağlamayı kesti Mavra Fetisovna, şaşkın. "Büyükler gibi laf geveleyene de bakın – kalkmış babasına kusur buluyor bit yumurtası!"

Ama Proşka haklıydı: Öksüz iki hafta sonra geri döndü. O kadar çok ekmek kabuğu ve kuru francala getirmişti ki, kendisi hiçbir şey yememiş olmalıydı. Getirdiklerinin tadına bakmak da nasip olmadı Saşa'ya, çünkü akşama doğru ocağın üzerine yattı ve ısınamadı – yol rüzgârları bütün sıcaklığını üfleyip çıkarmıştı içinden. Baygın vaziyette yaprakların arasındaki bastondan ve babasından söz ediyordu: Babası korusundu bastonu ve haçların büyüyüp düştüğü göl kıyısındaki zeminlikte beklesindi.

Üç hafta sonra, evlatlığı iyileştiğinde Prohor Abramoviç kırbacını aldı ve yürüyerek şehre yollandı, meydanlarda dikilip iş aramaya.

Proşka iki kere Saşa'nın peşinden mezarlığa gitti. Öksüzün kendi kendisine elleriyle mezar kazdığını ve derin kazamadığını gördü. O zaman öksüze babasının küreğini getirdi ve kürekle daha kolay kazabileceğini söyledi – bütün köylüler onunla kazıyorlardı.

"Seni her halükârda kapı dışarı edecekler," diye haber verdi Proşka gelecekten. "Babam güzden beridir hiçbir şey biçmedi, annem ise yazın yavrulayacak – üçüz doğuracak gibi bu sefer. Kesin söylüyorum sana!"

Kürek Saşa'nın boyuna uygun değildi, hemen yoruluyordu çalışmaktan.

Proşka dikiliyor, geç düşen yakıcı yağmurun seyrek damlalarıyla ürperiyor ve tavsiyelerde bulunuyordu:

"Geniş kazma – tabut alacak para yok, olduğun gibi giriverirsin içeri. Elini çabuk tut, yoksa annem doğuracak, sen fazladan boğaz olacaksın."

"Ben zeminlik kazıp içinde yaşayacağım," dedi Saşa.

"Bizim aşımız olmadan mı?" diye sordu Proşka.

"Evet ya – hiçbir şey olmadan. Yazın frenkmaydanozu koparır yerim işte."

"O zaman yaşa," dedi Proşka rahatlayarak. "Bize de dilenmeye gelme sakın: Verecek şeyimiz yok."

Prohor Abramoviç şehirde beş *pud* un kazandı, birilerinin at arabasıyla geri döndü ve ocağın üzerine yattı. Unun yarısını yediklerinde Proşka bundan sonra ne olacağını düşünmeye başlamıştı.

"Uyuşuk," dedi bir gün, ocağın üzerinden aynı sesle bağıran ikizlere bakan babasına. "Unu yutunca ne olacak, açlıktan gebereceğiz! Doğurttun bizi, doyur şimdi!"

"Şeytanların artığına bak sen!" diye küfretti yukarıdan Prohor Abramoviç. "Benim değil, senin baba olman gerekirdi, serseri oğlu serseri!"

Proşka yüzünde aylak mı aylak bir ifade, nasıl baba olunması gerektiğini düşünerek oturuyordu. Çocukların anasının karnından çıktıklarını biliyordu artık –karnı olduğu gibi yara izleri ve kırışıklıklarla kaplıydı– peki ya öksüzler? Proşka iki kere, geceleyin uyandığında, babasının bizzat annesinin karnını mıncıkladığını görmüştü, sonra karın şişiyor ve sığıntı çocuklar doğuyordu. Bunu da anımsattı babasına:

"Annemin üstüne yatma sen de! Yanına yatıp uyu. Baksana, Paraşka kadının bir tane bile veledi yok... Fedot Dede karnını mıncıklamıyor da ondan..."

Prohor Abramoviç ocaktan indi, keçe çizmelerini giydi ve bir şey arandı. Damda fazladan hiçbir şey yoktu, o zaman Prohor Abramoviç süpürgeyi aldı ve Proşka'nın yüzüne çarpıverdi. Proşka bağırmadı, hemen yüzüstü sıranın üzerine yattı. Prohor Abramoviç konuşmadan, içinde kin biriktirmeye çalışarak kamçılamaya koyuldu onu.

"Acımıyor, acımıyor, ne yapsan da acımıyor!" diyordu Proşka yüzünü göstermeden.

Kamçılama faslının ardından Proşka kalktı ve konuştu:

"Saşka'yı kov madem, fazladan boğaz olmasın."

Prohor Abramoviç Proşka'dan daha fazla eziyet çekmişti; cesareti kırılmış halde, sesleri kesilen ikizlerin beşiğinin başında oturuyordu. Proşka'yı kamçılamıştı, çünkü Proşka haklıydı: Mavra Fetisovna tekrar ağırlaşmıştı, kışlıkları biçecek alet de yoktu artık. Prohor Abramoviç âlemde, otlar vadinin dibinde nasıl yaşarsa öyle yaşıyordu: Baharda, eriyen karlar biner tepelerine, yazın sağanaklar, rüzgârda kum ve toz, kışları kar yüklenir, havasız kalırlar; her zaman ve her an darbeler ve ağırlıklar altında yaşarlar, bu yüzden vadi otları kambur, eğilmeye ve felaketi içlerinden geçirmeye müsait halde büyürler. Çocuklar da bu şekilde yığılıyorlardı Prohor Abramoviç'in üzerine, kendi doğumundan daha zor ve mahsulden daha sık. Eğer tarla, karısı gibi doğursaydı, karısı ise doğurganlığında aceleci davranmasaydı böyle, Prohor Abramoviç çoktan refaha kavuşmuş, halinden hoşnut bir aile reisi olurdu. Ne var ki yaşamı boyunca çocuklar dere gibi akmış, milin vadiyi doldurması gibi, Prohor Abramoviç'in ruhunu endişelerin kilden lığı altına gömmüşlerdi. Bundan ötürü Prohor Abramoviç yaşamını ve kişisel kaygılarını neredeyse hiç hissetmiyordu; çocuksuz özgür insanlar ise Prohor Abramoviç'in bu baygın halini tembellik diye adlandırıyorlardı.

"Proş, hey Proş!" diye seslendi Prohor Abramoviç.

"Ne var?" dedi Proşka suratını asarak. "Hem dövüyorsun, hem Proş diyorsun..."

"Proş, Marya Teyze'ye bir bakıver ha, karnı şişmiş mi zayıf mı? Çoktandır rastlamıyorum neye hikmetse, hastalandı mı ne etti?!"

Proşka kindar değildi, hem kendi ailesi söz konusu oldu mu çalışkandı da.

"Benim baba, senin Proşka olmamız gerekirdi," dedi babasına. "Ne diye bakacaksın kadının karnına: Kışlıkları biçmedin mi? Aç kaldığının resmidir işte."

Annesinin *şuşunka*'sını* giyinen Proşka aile reisi edasıyla homurdanmayı sürdürüyordu:

"Köylülerin uydurması. Yazın Marya Teyze yüksüzdü ama yağmur yağıyordu. Tutturamadı işte – bir sığıntı doğurması gerekirken doğurmadı."

"Kışlıklar dondu, hissetmişti," dedi babası alçak sesle.

"Bütün bebeler annelerini emiyorlar, ekmek filan yedikleri yok," diyerek karşı çıktı Proşka. "Anne de yazlıklarla besleniverir... Gitmem

* Dokuma çuhadan uzun kadın giysisi. –*ç.n.*

senin Marya'ya – onun göbeği şişerse sen ocağın üstünden hiç inmezsin: Otlar çıkacak dersin, yazlıklar da iyi durumda. Ama bizim açlık çekmeye niyetimiz yok: Bizi ne demeye doğurdunuz ki annemle!"

Prohor Abramoviç susuyordu. Saşa da kendisine bir şey sorulmadıkça konuşmazdı. Proşka'nın karşısında kendi evinde bir öksüze benzeyen Prohor Abramoviç bile Saşa'nın nasıl biri olduğunu, iyi olup olmadığını bilmiyordu. Dilenmeye korkusundan gitmiş olabilirdi ama aklından ne geçirdiğini hiç söylemezdi ki. Saşa ise az düşünürdü çünkü bütün yetişkinleri ve çocukları kendisinden akıllı sanır, bu yüzden de onlardan korkardı. Prohor Abramoviç'ten çok, her kırıntıyı sayan ve kendi avlusunun dışındaki kimseyi sevmeyen Proşka' dan korkardı.

KALÇASINI ÇIKARA ÇIKARA, uzun ve tahripkâr elleriyle otlara değe değe yürüyen kambur bir adam vardı köyde: Pyotr Fyodoroviç Kondayev. Uzun zamandır belinde ağrı yoktu – demek ki havalarda bir değişiklik beklenmiyordu.

O yıl güneş erken olgunlaşmıştı gökte: Nisan sonunda, temmuz ortalarındaki gibi yakıyordu. Ayaklarıyla kuru zemini, vücutlarının kalanıyla da öldürücü sıcağın adamakıllı durgun boşluğunu hisseden köylüler suskunlaştı. Çocuklar, yağmur bulutunun çıkışını zamanında fark edebilmek için ufku gözetliyorlardı. Oysaki kır yollarında toz sütunları ayaklanıyor, başka köylerden gelen arabalar geçiyordu sütunların içinden. Kondayev sokağın ortasından yürüyordu, ruhunu saran kaygının –on beş yaşındaki yarı çocuk, yarı genç kız Nastya'nın– yaşadığı yere doğru gitmekteydi. Kambur, düzgün insanların yürekleriyle sevmeleri gibi, sık sık sancıyan hassas yeriyle, beliyle seviyordu kızı – ya da kamburunun ucuyla. Kondayev kuraklıktan keyif alıyor ve ümidini yitirmiyordu. Elleri her zaman biraz sarı ve yeşildi – ayaküzeri ot yolar, parmaklarının arasında ufalardı. Bütün yakışıklı adamları köyden geçici işlere sürecek açlığa seviniyordu; birçoğu da ölecek, kadınları Kondayev için hür bırakacaklardı. Kondayev, toprağı kavuran, toz tüttüren gergin güneşin altında gülümsüyordu. Her sabah küçük gölde yıkanıyor ve gelecekteki karısına yorulmak bilmeden sarılacak kıvrak, sağlam elleriyle kamburunu okşuyordu.

"Hiç fena değil," diyordu kendi kendisinden hoşnut Kondayev. "Erkekler postalanacak, kadınlar kalacak. Beni yiyen ömrünce unutmaz – sağlam öküzümdür çünkü..."

Kondayev sarkık, cins kollarıyla ortalığı gümbürdetiyor, Nastya'yı sarmaladığını hayal ediyordu onlarla. Nastya'da –bedeninin zayıflığına rağmen– gizli, kuvvetli bir füsunun yaşamasına şaşırıyordu. Onu yalnızca düşündüğünde bile kanı kabarıyor, bedeni sertleşiyordu. Düş gücünün cazibesinden ve sahiciliğinden kurtulmak için küçük gölde yüzüyor, sanki vücudundaki gizli bir mağaraya su dolduruyor, sonra aşkın tatlı tükürüğüyle birlikte fışkırtıyordu suyu.

Eve dönerken rastladığı tüm köylülere geçici işler bulmalarını salık veriyordu Kondayev.

"Şehir kale gibidir," diyordu. "Her şeyden yeterince bulunur orada; hem güneş tepemize bindi baksana, inadına da binecek – hangi mahsulden söz ediyorsun sen! Kendine gel bakalım!"

"Ya sen ne yapacaksın, Pyotr Fyodoroviç?" diye soruyordu karşısındakinin kaderini köylü.

"Ben kötürümüm," diye bildiriyordu Kondayev. "Ben sırf duygu sömürüsüyle gayet güzel geçinip gidebilirim. Sense hatununu acından öldüreceksin, yılan herif! Kendin göç git, gelen arabalarla ekmek gönder ona – kârlı iş!"

"Evet, galiba öyle yapmak gerekecek," diye isteksizce iç geçiriyordu karşılaştığı adam, oysaki evinde bir şekilde idare etmeyi kuruyordu kafasından: Lahanaydı, yemişti, mantardı, ottu, sonrasını da yaşayıp görürdü.

Kondayev eskimiş çitleri, ölü kütüklerin bulunduğu çukurlukları, her tür köhnemişliği, cılızlığı ve boyun eğen, söndü sönecek sıcaklığı severdi. Şehvetinin sessiz öfkesi bu yalnız yerlerde teselli buluyordu. Güçsüz canlı varlıkları engelsizce kucaklayabilmek için bütün köyü soluksuz, yorgun düşürmek isterdi. Kondayev, sabah gölgelerinin sessizliğinde yatarken yarı viran haldeki köyleri, ot bürümüş sokakları ve diken diken, kurumuş bitki sapları içinde aç biilaç dolaşan incecik kararmış Nastya'yı şimdiden getirebiliyordu gözünün önüne. Yaşamın, ister bir ot parçasında ister bir genç kızda olsun, sırf görünüşünden dahi sessiz, kıskanç bir azgınlığa kapılıyordu Kondayev; söz konusu bir otsa, öldüresiye sıkıyordu onu, her canlı şeyi, kadın bekâreti gibi dehşet ve açgözlülükle hisseden acımasız, şehvetli ellerinde; şayet söz konusu bir kadın ya da genç kızsa, Kondayev babasından, kocasından, erkek kardeşlerinden, gelecekteki nişanlısından amansızca nefret ediyor ve ölmelerini ya da çalışmaya gitmelerini diliyordu. Kıtlığın ikinci yılı bu yüzden büyük ümitler bağışladı Kondayev'e; yakında köyde yalnız kalacağını ve o zaman hatunlara gönlünce canavarlık edebileceğini sanıyordu.

Sıcaktan yalnızca bitkiler değil, damlar ve çit kazıkları da ihtiyarlıyordu hızla. Saşa bunu daha geçen yaz fark etmişti. Sabahları şafağın şeffaf bir şekilde ve huzur içinde söküşünü görüyor, babasını ve Mutevo gölünün kıyısında geçen çocukluğunun ilk yıllarını anımsıyordu. Erken ayin çanıyla birlikte güneş doğuyor ve kısa süre sonra bütün yeryüzünü ve köyü ihtiyarlığa, insanların kuruyup çatlayan hıncına dönüştürüyordu.

Proşka çatıya çıkıyor, endişeli yüzünü buruşturuyor ve gökyüzünü gözlüyordu. Sabahları hep aynı şeyi soruyordu babasına: belinin ağrıyıp ağrımadığını (yani havanın değişip değişmeyeceğini) ve ayın ne zaman yıkanacağını.*

Kondayev gündüzleri, vızıldayan haşerelerin ifrit kesilmesiyle eğlenerek sokakta gezinmeyi seviyordu. Bir defasında, gökyüzünden bir şey damladığını zannettiği için pantolonsuz sokağa fırlayan Proşka'yı fark etti.

Kulübeler, güneşin kızdırdığı korkunç sessizlikten dile gelmiş şarkı söylüyordu adeta, çatıları örten saman ise kararmıştı ve yanık kokusu yayıyordu.

"Proşk!" diye seslendi kambur. "Ne diye gökyüzünü dikizliyorsun sen bakayım? Şu sıralar hava pek serin sayılmaz, ha?"

Proşka hiçbir şeyin damlamadığını, aldandığını anlamıştı.

"Git milletin tavuklarını avuçla, kırık kötürüm!" dedi gücenik ve damla hususunda hayal kırıklığına uğramış bir halde. "Hayatın dibi görünmüş, bizimki seviniyor. Git babamın horozunu yokla!"

Proşka'nın attığı taş isabet ediverdi kambura: Kondayev duyduğu ince acıdan haykırdı ve taş arayışı içinde toprağa eğildi. Bulamadı, bir avuç kuru toz fırlattı o zaman Proşka'ya. Fakat Proşka başına ge-

* Yeni ayın yazları yağmur habercisi olduğuna inanılırdı. *–ç.n.*

leceği önceden sezip eve kaçmıştı bile. Kambur, avluya girdi, koşarken elleri toprağı süpürüyordu. Yoluna Saşa çıktı; Kondayev ona zayıf elinin parmak eklemleriyle tepeden vurdu, Saşa'nın kafa kemikleri çınladı. Saçlarının altındaki derisi patlayıp temiz, serin kanıyla hemencecik ıslanıveren Saşa yere düştü.

Bir ara kendine geldi, sonra tekrar yarı baygın düştü ve rüyaya daldı. Bir yandan havanın sıcak olduğunu, uzun, aç bir günün sürüp gittiğini ve kamburun kendisine vurduğunu da hatırında tutarak, gölde, nemli sisin içinde babasını gördü: Babası kayığıyla puslu yerlere karışıyor ve annesinin kalaydan yüzüğünü fırlatıyordu kıyıya. Saşa yüzüğü ıslak otların içinden alıyor ve işte kambur bu yüzükle kafasına vuruyordu. Bu sırada sıcaktan kurumuş, çatlaklarının birinden kara bir yağmurun döküldüğü göğün çıtırtısı duyuluyor, yağmurla birlikte ortalık derhal sessizleşiyordu: Beyaz güneşin çınlayışı dağın ardında, sular altında kalan çayırlarda yitip gidiyordu. Çayırda kambur dikiliyor ve artık kendiliğinden sönen küçük güneşin üzerine işiyordu. Fakat rüyanın yanı sıra Saşa devam eden günü de görüyor ve Proşka'nın Prohor Abramoviç ile konuşmasını işitiyordu.

Kondayev ise insansızlıktan ve köylülerin diğer gamlarından faydalanarak milletin tavuklarını kovalamaktaydı harmanlarda. Tavuğu yakalayamadı – korkmuş, sokaktaki bir ağaca konmuştu hayvan. Kondayev ağacı sallamak istedi ama yoldan bir arabanın geçtiğini fark etti ve ilgisiz birinin adımlarıyla evinin yolunu tuttu usulca. Proşka doğru söylemişti: Kondayev tavukları yoklamayı seviyordu ve bunu uzun süre, tavuk dehşetten ve acıdan elini pisletene kadar yapabilirdi, kimileyin de tavuk vaktinden önce bırakıverirdi sıvı yumurtasını eline; etraf tenhaysa Kondayev avucundaki olgunlaşmamış yumurtayı yutar, tavuğun da kafasını koparırdı.

Bereketli yıllarda milletin gücü kuvveti yerinde olurdu güzün ve yetişkinler çocuklarla bir olup kamburu çileden çıkarmaya uğraşırlardı:

"Pyotr Fyodoroviç, bizim horozu da yoklasana bir!"

Kondayev alaylara tahammül edemez ve hakaret edenlerin arkasından koştururdu, ta ki bir yeniyetmeyi yakalayıp hafif sakat bırakana kadar.

Saşa yine ihtiyar günü gördü sadece. Çoktandır sıcağı bir ihtiyar, gece ve serinliği ise küçük kızlar ve erkekler olarak canlandırıyordu.

Kulübenin penceresi açıktı ve Mavra Fetisovna ocağın yanında çaresizce çırpınmaktaydı. Bütün doğurma tecrübesine rağmen içindeki bir şey rahat vermiyordu ona.

"Midem bulanıyor. Zorlanıyorum, Prohor Abramıç... Git kadını getir."

Saşa akşam çanı çalmadan, uzun üzgün gölgeler peydahlanmadan otların içinden kalkmadı. Kulübenin pencereleri kilitlenmiş, perdeleri örtülmüştü. Kadın, avluya bir leğen çıkardı ve çitin altına bir şey boca etti. Oraya bir köpek koşturdu ve sıvı dışındaki her şeyi yedi. Proşka çoktandır dışarı çıkmıyordu, evdeydi oysa. Diğer çocuklar yabancıların avlularında koşturuyorlardı. Saşa yerinden kalkıp kulübeye zamansız gitmekten korkuyordu. Otların gölgeleri toplanıp birleşmiş, bütün gün aşağılardan esen hafif rüzgâr dinmişti; kadın, başı örtülü, çıktı dışarı, kapı önündeki basamaklarda durdu, karanlık doğuya dönüp dua etti ve gitti. Huzurlu gece bastırdı. Kulübenin çevresindeki toprak sırada bir ocak çekirgesi sesini denedi ve uzun bir şarkı tutturdu ardından, şarkısıyla bütün avluyu, otları ve ilerideki şarampolü, yeryüzünde yaşanabilecek en iyi yer olan bir çocukluk yurdunda topluyordu. Saşa karanlığın değiştirdiği ama şimdi daha da tanıdık gelen binalara, çitlere, çevresini ot bürümüş kızağın oklarına bakıyor, acıyordu onlara, kendisi gibi oldukları ama sustukları, kıpırdamadıkları ve bir gün temelli ölecekleri için.

Saşa, eğer kendisi buradan giderse onsuz bütün avlunun aynı yerde dura dura daha da sıkılacağını düşünüyor ve burada gerekli olduğu için seviniyordu.

Kulübeden yeni bebeğin hüngürdemesi yükseldi, hiçbir sözcüğe benzemeyen sesiyle ocak çekirgesinin yerleşen şarkısını bastırmıştı. Ocak çekirgesi sustu, herhalde o da ürkütücü çığlığı dinlemekteydi. Proşka, elinde Saşa'nın güzün dilenmeye gönderildiği torba ve Prohor Abramoviç'in şapkasıyla dışarı çıktı.

"Saşka!" diye bağırdı Proşka boğulan gece havasına. "Çabuk buraya gel, otlakçı!"

Saşa oracıktaydı.

"Ne istiyorsun?"

"Tut şunu, babam sana şapkasını hediye ediyor. Al bu da torban.

Tak ve çıkarayım deme, topladığını kendin ye, bize getirme..."

Saşa şapka ve torbayı aldı.

"Siz burada tek başınıza mı yaşayacaksınız?" diye sordu, bu insanların kendisini sevmekten vazgeçtiklerine inanmayarak.

"Olamaz mı? Tabii ya tek başımıza!" dedi Proşka. "Yeni bir sığıntımız doğdu, o olmayaydı sen bedavadan yaşayacaktın! Ama şimdi bize hiç lazım değilsin – yüksün anca, annem doğurmadı ki seni, sen kendin doğdun..."

Saşa küçük kapıdan çıktı. Proşka tek başına dikildi ve o da avludan çıktı, öksüze bir daha dönmemesini anımsatacaktı. Öksüzün henüz bir yere gittiği yoktu, yeldeğirmenindeki küçük ateşe bakıyordu.

"Saşka!" diye emretti Proşka. "Bize bir daha gelme sen. Torbana ekmek konuldu, şapka hediye edildi – şimdi yoluna git. İstersen harman yerinde yat, gece ne de olsa. Penceremizin önünde görmeyelim seni bir daha, yoksa babamın aklı başına gelir..."

Saşa sokak boyunca yürüdü, mezarlığa doğru. Proşka avlu kapısını kilitledi, bostanı gözden geçirdi ve sahipsiz sırığı yerden aldı.

"Yağmur yağmıyor da yağmıyor!" dedi Proşka yaşlı başlı birinin sesiyle ve dişlerinin arasındaki kertikten bir tükürük koyverdi. "Yok oğlu yok işte: Yat şuraya, toprağa kapaklan istersen, iblis ıslatasıca!"

Saşa babasının mezarına sokuldu ve yarısı kazılmış küçük mağaranın içine girdi. Haçların arasından geçerken korkmuştu ama babasının yanında, bir zamanlar göl kıyısındaki zeminlikte uyuduğu gibi huzurlu uyudu.

Sonradan mezarlığa iki adam geldi, haçları yakıt niyetine koparıyorlardı fakat uykunun alıp götürdüğü Saşa hiçbir şey duymadı.

ZAHAR PAVLOVİÇ kimseye ihtiyaç duymadan yaşıyordu: İçinde ateş yanan lokomotif kazanının kapısı önünde saatlerce oturabilirdi.

Dostluğun ve insanlarla sohbet etmenin verdiği büyük keyfin yerini tutuyordu bu. Canlı alevi izlerken yaşadığını biliyordu Zahar Pavloviç – kafası düşünüyor, yüreği hissediyor, bütün bedeni sessizce tatmin oluyordu. Zahar Pavloviç kömüre, profil demirlerine, uykudaki hammadde ve yarı işlenmiş ürünlerin hepsine saygı duyuyor ama aslında yalnızca tamamlanmış ürünleri seviyor ve hissediyordu; insan emeğiyle dönüşen, sonra da kendi bağımsız yaşamını sürdüren şeyleri. Öğle yemeği molalarında bile gözünü lokomotiften ayırmayan Zahar Pavloviç sevgisini sessizce yaşıyordu. Kendi evini de cıvatalar, eski supaplar, mini vanalar ve diğer mekanik parçalarla doldurmuştu. Masaya bir sıra halinde dizdiği bu nesneleri seyre dalıyor ve asla yalnızlıktan sıkılmıyordu. Zahar Pavloviç yalnız değildi de zaten – makineler insandı ona göre, içinde hep birtakım duygular, düşünceler, arzular uyandırıyorlardı. Makara adı verilen ön lokomotif tekerleği Zahar Pavloviç'i yerin sonsuzluğunu düşünmeye itmişti. Geceleri yıldızlara bakmak için mahsus dışarı çıkıyordu: Evren geniş miydi, tekerleklerin sonsuza değin yaşamasına ve dönmesine yetecek kadar yer var mıydı? Yıldızlar şevkle ışıldıyordu ama her biri yalnızlık içindeydi. Zahar Pavloviç gökyüzünün neye benzediğini düşündü. Ve kendisini bandaj almaya gönderdikleri kavşak istasyonunu anımsadı. Garın platformundan yapayalnız sinyallerin denizi görülüyordu: makaslar, semaforlar, yolağızları, ikaz lambaları ve koşturan lokomotiflerin projektör ışıkları. Gökyüzü de böyle ama daha uzaktı ve sakince, daha bir düzenli çalışıyordu. Sonra Zahar Pavloviç göz kararı, lacivert, kırpışan bir yıldıza kaç *verst* uzaklıkta olduğunu hesaplamaya koyuldu: Kollarını ölçercesine araladı ve aklından bu ölçüyü boşluğa uydurdu. Yıldız, iki yüzüncü *verst*'te parlıyordu. Her ne kadar evrenin sonsuz olduğunu okuduysa da, kendisini endişelendirdi bu keşfi. Evrenin gerçekten de sonsuz olmasını isterdi, tekerleğe her zaman gereksinim duyulsun ve herkesin mutluluğu için hiç durmadan üretilsin diye; gelgelelim sonsuzluğu bir türlü hissedemiyordu.

"Kaç *verst* belli değil, çünkü ırak!" diyordu Zahar Pavloviç. "Fakat bir yerlerde bir çıkmaz var ve en son *verşok** da nihayetinde bitiyor... Sonsuzluk diye bir şey gerçekten de var olsaydı, kendiliğinden geniş bir alana yayılırdı ve katılık diye bir şey olamazdı... Nasıl yani – sonsuzluk? Nihayetinde bir çıkmaz olmak zorunda!"

Er geç tekerleklerin işsiz kalacağı düşüncesi Zahar Pavloviç'i iki gün boyunca kaygılandırdı, sonra aklına, bütün yollar çıkmaza vardığında dünyayı esnetebileceği fikri geldi; ne de olsa yer, demir çubuk

* 4,4 cm. –*ç.n.*

gibi ısıtılarak uzatılabilirdi – böylece sakinleşti.

Başmakinist, Zahar Pavloviç'in aşkla çalıştığını görüyordu –ocaklar, metale en ufak zarar verilmeden temizleniyor, pırıl pırıl ediliyordu– ama yine de Zahar Pavloviç'e tatlı bir söz söylediği yoktu. Başmakinistin pek iyi bildiği bir şey varsa, o da makinelerin, insan aklı ve becerisinden ziyade kendi istekleriyle yaşayıp yürüdükleriydi; insanlarla bir ilgisi yoktu bu işin. Aksine tabiatın, enerjinin ve metalin iyiliği insanları bozuyordu. Herhangi bir yaltakçı ocakta ateş yakabilirdi ama lokomotif kendiliğinden giderdi, yaltakçı ise yükten başka bir şey değildi. Ve eğer teknik gelecekte de böyle ilerleyecek olursa, insanlar, şüpheli başarılarından yozlaşa yozlaşa pasa dönüşeceklerdi; o zaman onları çalışkan lokomotiflerle ezmekten ve makineyi âlemde hür bırakmaktan başka çare kalmayacaktı. Yine de başmakinist, Zahar Pavloviç'e diğerlerinden az çıkışıyordu – Zahar Pavloviç çekicini her zaman esefle, öyle kaba kuvvet kullanmadan vurur, lokomotifin içinde sağa sola tükürmez, makinenin bedenini aletlerle acımasızca tırmalamazdı.

"Sayın başmakinist!" diye seslenmişti bir keresinde Zahar Pavloviç, işe olan sevgisi hatırına yüreklenerek. "İzninizle bir şey soracaktım: Neden insan böyle vasattır, kötü ile iyi arası bir şeydir de, makineler aynı derecede fevkaladedir?"

Başmakinist kızgın kızgın dinliyordu – lokomotifleri başkalarından kıskanır, onlara beslediği hisleri şahsi üstünlüğü sayardı.

"Cahil şeytan," diyordu kendi kendisine başmakinist, "bu da mekanizmalara burnunu sokuyor. Yüce tanrım!"

Karşılarında gece ekspresi için ısıtılan lokomotif durmaktaydı. Başmakinist uzun uzun lokomotife baktı ve içi alışık olduğu o sevinç yüklü şefkat hissiyle doldu. Lokomotif ihtişamlı, yüksek bedeninin dengeli bağlantıları üzerinde yüce gönüllü, dev ve sıcak durmaktaydı. İçinde uğultulu, hesapsız bir hayranlık duyan başmakinist lokomotife odaklanmıştı. Deponun kapıları yaz mevsiminin akşam boşluğuna; müphem geleceğe; rüzgârda, trenin akıl almaz hızında, gecenin baygınlığında, tehlikelerde ve şaşmaz makinenin ince uğultusunda tekrarlanan yaşama açılmıştı.

Başmakinist kapıldığı yırtıcı bir iç güçle yumruklarını sıktı, gençliğe ve gürleyen geleceğin önsezisine benziyordu bu güç. Zahar Pavloviç'in düşük uzmanlık seviyesini unutmuştu ve onu, bir eşitini yanıtlar gibi yanıtladı:

"Sen çalıştın ve akıllandın tabii! Ama aslında insan safsatadır!.. Evinde yan gelir yatar ve hiçbir değeri yoktur... Oysa kuşları alalım..."

Lokomotif tiz bir çığlık attı ve sohbetin sözlerini bastırdı. Başmakinist ve Zahar Pavloviç çınlayan akşam havasına çıktılar ve soğumuş lokomotiflerin arasından geçtiler.

"Kuşları alalım! Büyüleyicidirler, ama arkalarında hiçbir şey bırakmazlar, çünkü çalışmazlar! Kuşların bir emeğini gördün mü sen? Yoktur öyle bir şey! Ha, yiyecek için, yuva için az buçuk çabalarlar, ama bir alet yaptıkları görülmüş müdür? Kendi yaşamlarının önüne geçme açıları nerededir? Yoktur, olamaz da."

"Ya insanın nesi var?" dedi Zahar Pavloviç, anlamaksızın.

"İnsanın makineleri var! Anladın mı? İnsan her mekanizmanın temelidir, kuşlar ise kendi varlığının amacıdır."

Zahar Pavloviç başmakinistle aynı şekilde düşünüyor, yalnızca doğru sözcükleri seçmede geri kalıyordu ve bu hal, düşüncelerini can sıkıcı bir şekilde frenlemekteydi. Başmakinist için de, Zahar Pavloviç için de, insan eli değmemiş tabiat alımsız ve ölüydü: hayvan olsun, ağaç olsun. Hayvan ve ağacın yaşamları onları etkilemiyordu çünkü hiçbir insan üretimlerine katılmış değildi – bilinçli bir vuruşun, şaşmaz ustalığın izlerini taşımıyorlardı. Zahar Pavloviç'in yere eğdiği bakışlarına takılmadan, bağımsızca yaşayıp gidiyorlardı. Oysaki bütün aletler –hele ki metaliklerse– tam aksine, can verilmiş olarak vardı, hatta yapıları ve güçleri itibariyle insandan daha ilginç ve gizemliydiler. Zahar Pavloviç devamlı aklına takılan bir soru üzerinde düşünmeyi pek severdi: İnsanın gizli hayati gücü, hem boyutları, hem anlamlarıyla ustalarını aşan heyecan verici makinelerde hangi yolla ortaya çıkıveriyordu?

Başmakinist nasıl da haklıydı: Her insan emeğiyle kendi kendisini aşıyor, daha iyi, kendi fani anlamından daha uzun ömürlü aletler yapıyordu. Dahası, Zahar Pavloviç insanın o ateşli, heyecanlı gücünü lokomotiflerde görebiliyordu, o güç ki, işçide hiçbir neticeye varamayarak susuyordu. Bir tesviyeci ancak sarhoşken iyi konuşurdu, oysaki lokomotifte saklı insan her zaman yüce ve korkunçtu.

Bir keresinde Zahar Pavloviç, yerinden çıkan bir somunu vidaya sokmak için gerekli cıvatayı bulamamıştı. Deponun içinde dolaşıp soruyordu: Üç sekizlik cıvatası olan var mıydı – vida için. Ona böyle bir cıvata olmadığını söylüyorlardı, oysaki bu tür cıvatalardan herkeste vardı. Mesele şu ki, çalışmaktan sıkılan tesviyeciler iş meselelerini birbirleri için zorlaştırarak eğleniyorlardı. Zahar Pavloviç'in bu her atölyede rastlanan kurnazca, gizli eğlenceden haberi yoktu. Bu sessiz takılma, diğer ustaların, işgününün uzunluğuna ve tekdüze işin sıkıntısına katlanmalarını sağlıyordu. Komşularının keyfi olsun diye Zahar Pavloviç boş yere az iş görmemişti. Büroda yığılı durmalarına rağmen paçavra almaya ambara gidiyordu; depoda zaten fazla fazla bulunan ahşap merdiven ve yağ bidonları yapıyordu; hatta birinin dolduruşuna gelmiş, lokomotif kazanının kontrol sigortalarını kendisi değiştirmek istemişti, neyse ki oralara tesadüf eden bir ateşçi vaktinde uyarmıştı onu – yoksa Zahar Pavloviç'i tek kelime etmeden kovabilirlerdi.

Bu kez uygun cıvatayı bulamayan Zahar Pavloviç, somun vidasını sıkmak için çentikli bir çivi uydurmaya girişmişti, uydururdu da çünkü sabrını asla yitirmezdi, ama ona şöyle dediler:

"Bak hele, vida için üç sekizlik, gel al cıvatanı!"

O günden itibaren Zahar Pavloviç'e Vida İçin Üç Sekizlik lakabıyla seslenir oldular, buna karşın acilen bir alete ihtiyaç duyduğunda daha nadiren kandırıyorlardı onu.

Sonradan hiç kimse, Zahar Pavloviç'in Vida İçin Üç Sekizlik ismini, vaftiz edildiği isimden çok sevdiğini öğrenemedi: Bu isim herhangi bir makinenin sorumlu bir parçasını andırıyor ve Zahar Pavloviç'i, demir parçalarının upuzun yolları mağlup ettiği o gerçek ülkenin bedensel bir parçası kılıyordu.

GENÇLİĞİNDE ZAHAR PAVLOVİÇ bir gün büyüyüp akıllanacağını düşünürdü. Lakin yaşam süreğen bir şevk gibi hiç hesapsız ve duraksamasız geçmişti; Zahar Pavloviç zamanı bir kez olsun karşısına çıkan katı bir nesne olarak duyumsamamıştı, çalar saat mekanizmasında bir bilmece olarak vardı onun için zaman. Fakat rakkasın sırrını öğrenen Zahar Pavloviç, zaman diye bir şeyin olmadığını, yalnızca zembereğin düzenli, sağlam gücünün var olduğunu görmüştü.

Yine de tabiatta sessiz ve hazin bir şey vardı, birtakım güçler dönüşsüz olarak faaliyet gösteriyordu. Zahar Pavloviç ırmakları gözlemliyordu: Ne hızları, ne su seviyesi değişiyordu ve bu istikrar acı bir keder veriyordu insana. Karlar eriyordu tabii, boğucu sağanaklar boşanıyordu, rüzgâr soluk kesiyordu ama yine de sessiz, aldırışsız yaşamdı hükmünü süren – ırmaklar, büyüyen otlar, değişen mevsimler. Zahar Pavloviç, bu düzenli güçlerin bütün dünyayı bir donakalmışlığa mahkûm ettiğini düşünüyor, gizliden gizliye hiçbir şeyin iyi yönde değişmediğine ikna oluyordu – köyler ve insanlar nasıldıysalar, o şekilde kalacaklardı. Tabiattaki güç dengesinin korunabilmesi uğruna felaketler tekrarlanıp duruyordu. Dört yıl önce kıtlık olmuştu, köylüler göç etmiş, çocuklar zamansız mezara girmişti, gel gör ki bu yazgı ebediyen değişmemiş, ortak yaşamın doğru bir şekilde ilerlemesi için geri dönmüştü.

Zahar Pavloviç, ne kadar yaşasa da değişmediğini ve akıllanmadığını şaşırarak görüyordu; on-on beş yıl önce nasıldıysa o şekilde kalmıştı. Belki bazı eski önsezileri şimdi sıradan düşüncelere dönüşmüştü, fakat bu da hiçbir şeyi iyi yönde değiştirmiş değildi. Eskiden, gelecek yaşamını lacivert derin bir boşluk olarak canlandırırdı gözünde, o denli uzaktı ki hiç yoktu neredeyse. Zahar Pavloviç, yaşadıkça bu yaşanmamış yaşam boşluğunun kısalacağını baştan biliyordu, ardında ise ölü, çiğnenmiş bir yol uzanacaktı. Aldanmıştı oysa: Yaşam çoğalıp birikirken, gelecek de büyüyüp seriliyordu önünde – gençliğinde olduğundan daha derin ve gizemli, sanki Zahar Pavloviç ömrünün sonundan uzaklaşıyor yahut hayata duyduğu ümit ve inanç artıyordu.

Lokomotif fenerlerinin camında kendi yüzünü gören Zahar Pavloviç şöyle diyordu kendisine: "Şaşılacak şey, yakında öleceğim ama hâlâ aynıyım."

Sonbahara doğru takvimde bayramlar sıklaştı: Bir keresinde üç tatil üst üste geldi. Zahar Pavloviç böyle günlerde sıkılır ve son sürat giden trenleri görebilmek için demiryolu boyunca uzaklara yürürdü. Yol üzeri, annesinin gömülü olduğu madenci kasabasına uğramak gelmişti içinden. Cenaze yerini ve annesinin isimsiz, dilsiz mezarının yanındaki başkasına ait demir haçı çok iyi anımsıyordu. O haçın üzerinde, Ksenya Fyodorovna İroşkinova'nın 1813 yılında kolera hastalığından on sekiz yaş üç aylıkken öldüğüne ilişkin paslı, neredeyse eriyip gitmiş asırlık bir yazı vardı. Şöyle bir cümle de nakşedilmişti taşa: "Nur içinde yatasın sevgili kızım, çocukların ebeveynleriyle buluşacakları güne kadar."

Zahar Pavloviç mezarı açıp annesine bakmayı arzuladı şiddetle: kemiklerine, saçlarına ve çocukluk yurdunun bütün kaybolan kalıntılarına. Canlı bir anneye bugün de hayır demezdi doğrusu çünkü çocukluğuyla bugünü arasında büyük bir fark görmüyordu. O zaman da, ilk yaşlarının mavi sisinde, bahçe çitindeki çivileri, yol kenarlarındaki demirhanelerden yükselen dumanı ve araba tekerleklerini severdi, döndükleri için.

Küçük Zahar Pavloviç evinden nerelere giderse gitsin, kendisini her daim bekleyen bir annesi olduğunu bilir ve hiçbir şeyden korkmazdı.

Demiryolu hattını iki yandan çalılar koruyordu. Bazen çalıların gölgesinde dilenciler otururdu: Ya yemek yer, ya ayakkabılarını değiştirirlerdi. Muzaffer lokomotiflerin trenleri son hızla sürükleyişini görürlerdi. Fakat dilencilerin teki bile lokomotifin kendisinin neden yürüdüğünü bilmezdi. Daha basit bir fikir, kendilerinin hangi mutluluk uğruna yaşadığı fikri bile akıllarına gelmezdi dilencilerin. Hangi inanç, umut, sevgi idi kumlu yollarda dilencilerin ayaklarına kuvvet veren – sadaka verenlerin hiçbiri bilmezdi. Kimileyin Zahar Pavloviç de kendisine uzanan bir avuca iki kapik bırakıverir, dilencilerin yoksun oldukları, kendisine ise ödül olarak verilmiş bir şeyin –makineleri anlamanın– bedelini düşünmeden ödemiş olurdu böylece.

Payandanın üzerinde saçları karmakarışık bir erkek çocuğu oturmuş, sadakalarını türlerine göre ayırıyordu: Küflüleri ayrı yere koyuyor, tazecе olanları torbasına atıyordu. Çocuğun bedeni zayıf ama yüzü dinç ve endişeliydi.

Zahar Pavloviç durdu, temiz güz başı havasında sigarasını tüttürdü.

"Defoluları mı ayırıyorsun?"

Teknik sözcüğü anlamadı çocuk.

"Amca, bir kapik versene," dedi, "ya da sigarandan biraz ayır."

Zahar Pavloviç bir beşlik çıkardı.

"Yankesicinin, arsızın tekisin kesin," dedi, aslında kötülük düşünmeden, kendi utancını yenmek için sadakasının iyiliğini kaba bir sözcükle örtbas etmeye çalışarak.

"Yo, ben yankesici değilim, ben dilenciyim," diye yanıtladı çocuk, torbadaki kabukları sıkıştırıp düzelterek. "Annem babam var benim, açlıktan saklandılar."

"Aşını niye paketledin peki?"

"Eve uğramaya niyetliyim. Annemle çocuklar gelmişlerdir belki – ne yiyecekler geldilerse?"

"Sen kimlerin çocuğusun ki?"

"Babamın çocuğuyum, yetim öksüz değilim. Aha şunlar var ya, hepsi yankesici, ama babam beni kırbaçladıydı vaktinde."

"Baban kimlerden peki?"

"Babam da annemden doğdu, karnından. Karınları mıncıklıyorlar mıncıklıyorlar silme sığıntı doğuyor, sen de işin yoksa gez dilen onlar için!"

Çocuk babasına duyduğu hoşnutsuzluktan kederlendi: Beşliği çoktan boynundaki keseye saklamıştı; kesede bir hayli de bakır para vardı.

"Pestilin çıktı, ha?" diye sordu Zahar Pavloviç.

"Evet ya, çıktı," diye onayladı çocuk. "Siz şeytanlardan sadaka koparmak kolay mı sanırsın? Laf uydurmaktan insanın karnı acıkıyor! Beşliği verdin ama için de cız etmiştir ha! Ben olsam asla vermezdim."

Çocuk, bozuk ekmekten küflü bir parça aldı; belli ki ekmeğin iyisini köye, ebeveynlerine götürüyor, kötüsünü kendisi yiyordu. Bu hal hemen hoşuna gitti Zahar Pavloviç'in.

"Baban seni seviyordur herhalde?"

"Sevdiği mevdiği yok, uyuşuğun teki o. Anamı daha çok seviyorum, içinden kan akıyor. Bir keresinde hastayken gömleğini yıkamıştım."

"Baban kim senin?"

"Proşka Amca.* Buralı değilim ki ben..."

* Proşka, hem Prohor (baba Dvanov), hem Prokofiy (evlat Dvanov) isimlerinin samimi söylenişidir. Çocuk kendi babasından –belki de dalga geçmek için– "amca" diye söz ediyor. –*ç.n.*

Zahar Pavloviç'in hafızasında terk edilmiş damın bacasından çıkan ayçiçeği ve köy sokağındaki muzır çalılar canlandı ansızın.

"Sen Proşka Dvanov'sun, kancıkoğlu!"

Çocuk, çiğnemediği yeşil ekmeği püskürttü ağzından ama atmadı, torbaya geri koydu: Sonra yutardı.

"Sen de Zaharka Amca mısın nesin?"

"Benim ya!"

Zahar Pavloviç oturdu. Şimdi zamanı, Proşka'nın, annesinin yanından yabancı şehirlere kadar uzanan yolculuğu olarak hissetmişti. Görmüştü ki zaman acının hareketidir ve işlenmeye müsait olmasa bile herhangi bir madde gibi hissedilir bir şeydir.

Bu arada unvanı elinden alınmış papaz çömezine benzeyen bir ufaklık da önlerinden geçip gitmemiş, oturup gözlerini sohbet eden ikiliye dikmişti. Dudakları kırmızıydı, bebekliğinden kalma ödemli bir güzelliği korumuşlardı, gözleri uysaldı ama keskin bir zekânın pırıltısı yoktu içlerinde. Bitmek bilmez dertlerini tongaya düşürmeye alışkın sıradan insanların yüzlerine benzemiyordu bu yüz.

Çocuk Proşka'yı rahatsız etmişti, özellikle de dudaklarıyla.

"Dudaklarını niye pörtlettin? Elimi mi öpmek istiyorsun?"

Çömez kalktı ve nereye çıktığını kendisinin de tam olarak bilmediği yoluna gitti.

Proşka bunu hemen sezdi ve çömezin arkasından şöyle dedi:

"Gitti. Nereye gittiğini kendi de bilmiyor. Geri çevir, bu tarafa yürür: sığıntı şeytanlar!"

Zahar Pavloviç, Proşka'nın erken gelişmiş aklına şaşmıştı biraz. Kendisi, insanlara zor alışmış ve uzun süre onları kendisinden akıllı sanmıştı.

"Proş!" dedi Zahar Pavloviç. "Ya şu küçük çocuk, balıkçının öksüzü nereye gitti? Annen almıştı onu yanına."

"Saşka mı?" diye tahmin etti Proşka. "O herkesten önce kaçtı köyden! İfritoğlunun tekiydi ha, hayatı zehir ederdi insana! Son ekmek kabuğumuzu da çalıp ortalardan kayboldu bir gece! Peşinden az koşmadım, sonra ne hali varsa görsün dedim ve eve döndüm..."

Zahar Pavloviç inandı ve düşüncelere daldı.

"Baban nerede peki?"

"Babam göçtü. Bana da bütün aileyi doyurmamı tembihledi. İnsanlardan ekmeği topladım topladım köye geldim, bir baktım ne annem var, ne çocuklar. Milletin yerine de ısırganotu bitmiş damlarda..."

Zahar Pavloviç Proşka'ya bir ellilik verdi ve şehre gelirse tekrar uğramasını rica etti.

"Kasketini vereydin keşke!" dedi Proşka. "Nasılsa hiçbir şeyine acıdığın yok. Kafamı yağmurlar yıkıyor, soğuk alabilirim."

Zahar Pavloviç, daha çok kıymet biçtiği demiryolu rozetini çıkarıp kasketini Proşka'ya uzattı.

Uzun mesafe treni geçti, Zahar Pavloviç para ve kasketi geri almaya kalkışmadan, çabuk çabuk ayaklandı Proşka. Kasket, karman çorman kafasına tam olmuştu ama Proşka onu şöyle bir deneyip çıkardı ve ekmek torbasına bağladı.

"Haydi, güle güle. Yolun açık olsun," dedi Zahar Pavloviç.

"Senin için söylemesi kolay, ekmeksiz kalmazsın," diye sitem etti Proşka. "Bizde o da yok."

Zahar Pavloviç başka ne söyleyebileceğini bilmiyordu, hiç parası da kalmamıştı.

"Geçen gün şehirde Saşka'ya rastladım," dedi Proşka. "O budala yakında büsbütün geberip gidecek: Kimse bir şey vermiyor ona, dilencilik işinde pek yüreksiz. Kendim yemedim, bir porsiyonumu ona verdim. Anama da sen kakalamışsındır onu kesin, madem öyle Saşka için para ver!" diye bitirdi sözünü Proşka ciddi bir sesle.

"Sen Saşka'yı bana getirsene bir ara," diye yanıtladı Zahar Pavloviç.

"Ne verirsin peki?" diye sordu baştan Proşka.

"Alırsın hakkını. Bir ruble veririm!"

"Tamam," dedi Proşka. "Getiririm sana onu. Ama bak alıştırma sakın, yoksa dizginlerini kaptırırsın ha."

Proşka köye doğru gitmedi. Kendince hesapları, ekmek kazanmaya yönelik kendince planları olmalıydı.

Zahar Pavloviç onu bakışlarıyla takip etti ve nedense, makine ve aletlerin herhangi bir insandan daha değerli olduklarından şüphe duyuverdi.

Proşka uzaklaşıyor, küçük bedeni, durulan dev tabiatın ortasında giderek hazinleşiyordu. Demiryolunda yayan yürüyordu Proşka.

Trene başkaları biniyordu; ona ilişmiyor, bir işine de yaramıyordu demiryolu. Köprü, ray ve lokomotiflere bakışı, yol kenarı ağaçlarına, rüzgârlara ve kumlara bakışı gibi kayıtsızdı. Her tür suni yapı Proşka için başkasının arazisindeki tabiat manzarası gibiydi. Fikir yürüten canlı aklının yardımıyla yoğun, gergin bir şekilde sürdürüyordu varlığını. Aklını tam olarak hissediyor olması pek muhtemel değildi; beklenmedik bir şekilde, neredeyse bilinçsizce konuşmasından, çocukluğunu aşan mantıklı laflarına kendisinin de şaşmasından belliydi bu.

Proşka, hattın kıvrıldığı yerde kayboldu – yalnız, küçük ve her tür korunmadan yoksun. Zahar Pavloviç ebediyen alıkoymak istedi onu ama yetişilemeyecek kadar uzaklaşmıştı.

Sabahleyin Zahar Pavloviç her zamanki kadar istemiyordu işe gitmeyi. Akşamleyin üzerine bir keder çökmüş, hemen yatmıştı. Her an masasının üzerinde bulundurduğu cıvatalar, vanalar ve eski manometreler de sıkıntısını dağıtamıyordu – bakıyor ve kendisini onların meclisinde gibi hissetmiyordu. Bir şey içini kemiriyordu, alışkın olmadığı bu ters gidişten yüreği gıcırdıyordu sanki. Zahar Pavloviç çökmüş gibi görünen devasa bir tabiatın yığıldığı uzaklara doğru hat boyunca ağır ağır yürüyen Proşka'nın küçük, zayıf bedenini unutamıyordu bir türlü. Açık bir fikir, karmaşık sözcükler olmaksızın, salt hassas duygularının hararetiyle düşünüyordu Zahar Pavloviç ve bu kadarı bile ıstırap çekmesine yetiyordu. Kötü durumda olduğunu kendisi de bilmeyen Proşka'nın zavallılığını, Proşka'dan ve onun kurnaz yaşamından bağımsız çalışan demiryolunu görüyor, bir türlü neyin neyden kaynaklandığını anlayamıyor, yalnızca adlandıramadığı acısına yanıyordu.

Ertesi gün –Proşka'ya rastlamasından iki gün sonra– Zahar Pavloviç depoya varamadı. Bekçi kulübesinden bir numara aldı ve geri astı yerine. Gününü bir koyakta, güneş ve pastırma yazının örümcek ağları altında geçirdi. Lokomotiflerin düdük öttürüşlerini, gürültüyle ilerleyişlerini işitiyor ama bakmaya çıkmıyor, artık lokomotiflere saygı duymuyordu.

Balıkçı Mutevo Gölü'nde, yersiz yurtsuz ise ormanda ölmüştü, boş köyü otlar sarmıştı, buna karşın kilise bekçisinin saati işliyor, trenler tarifeye sadık yol alıyordu – ve şimdi saat ve trenlerin bu kusursuz hareketi Zahar Pavloviç'in canını sıkıyor, utandırıyordu onu.

"Proşka benim yaşımda ve aklımda olsa kim bilir neler yapardı," diye düşündü Zahar Pavloviç, durumunu değerlendirerek. "Bir şeyleri bozardı o kancıkoğlu!.. Gerçi Saşka onun krallığında da dileniyor olurdu."

Temiz bir rüzgâr esmiş, Zahar Pavloviç'in içinde huzur ve güvenle yaşadığı makine sevgisinin sıcak sisini dağıtmıştı. Zahar Pavloviç' in karşısına, makinelerin yardımına güvenerek kendilerini kandırmayan çıplak insanların korunmasız, yalnız yaşamı dikilivermişti.

Zahar Pavloviç yavaş yavaş başmakinistin gözünden düşmüştü. Ben de, diyordu başmakinist, seni ciddi ciddi eski ustaların dölü saymıştım, vasat bir şeymişsin meğer – vasıfsız işgücü, karı artığı sen de!

Gerçekten de Zahar Pavloviç, ruhundaki tedirginlik yüzünden gayretkeş ustalığını kaybediyordu. Sırf para kazanmak uğruna olunca çivinin kafasına doğru şekilde vurmak bile zorlaşmıştı. Başmakinist bunu herkesten iyi biliyordu – işçiyi makineye çeken duygu yok olduğunda, emek, hesapsız, bedava doğasından kopup para ihtiyacına hizmet ettiğinde, işte o zaman dünyanın sonunun geleceğine inanıyordu, hatta daha da beteri: Son ustanın ölümüyle, güneşin bitkilerini yutmak ve ustaların verdiği ürünleri bozmak için son alçaklar çıkacaktı meydana.

MERAKLI BALIKÇININ OĞLU öylesine yumuşak başlıydı ki, hayatta görüp duyduğu her şeyin sahiden öyle olduğunu sanıyordu. Kendisine sadaka vermeyi reddettiklerinde, diğer insanların da kendisinden daha zengin olmadıklarına inanıyordu. Onu kurtaran, genç bir tesviyecinin karısının hastalanması olmuştu. Tesviyecinin işe giderken karısını emanet edeceği kimsesi yoktu, karısı ise odada yalnız kalmaktan korkuyor ve feci şekilde sıkılıyordu. Verilen sadakaya en ufak bir ilgi göstermeden dilencilik eden çocuğun yorgunluktan kararmış yüzünün güzelliği hoşuna gitmişti adamın. Kendisi için en sevgili olmaktan çıkmamış hasta karısının başına oturtmuştu onu.

Saşa günler boyunca tabure tepesinde, hastanın ayakucunda oturuyor, babasının anılarındaki annesi kadar güzel buluyordu onu. Bu yüzden hastaya, olgun çocukluğunun evvelce kimselerin gereksinim duymadığı fedakârlığıyla yardım ediyordu. Kadın onu sevmişti ve Aleksandr diye çağırıyordu, hanımefendi olmaya alışık değildi çünkü. Ne var ki kısa süre içinde iyileşti ve kocası Saşa'ya, "Çocuk, al sana yirmi kapik, git şimdi bir yerlere," dedi.

Saşa, alışkın olmadığı parayı aldı, avluya çıktı ve ağladı. Ayakyolunun yakınında Proşka'yı gördü, çöplüğün üzerinde oturuyor, elleriyle çöpleri eşeliyordu. Kemik, bez ve teneke toplar, sigara içer olmuştu; çöp yığınlarının tozu yüzünü yaşlandırmıştı.

"Sen yine mi ağlıyorsun, sümüklü şeytan?" diye işine ara vermeden sordu Proşka. "Gel şurayı eşele, ben de gidip bir çay içeyim: Tuzlu yemiştim demin."

Fakat Proşka meyhaneye değil, Zahar Pavloviç'in yanına gitti. Beriki okuryazarlığının yetersizliğinden ötürü yüksek sesle bir kitap okumaktaydı: "Kont Viktor elini sadık, cesur yüreğinin üzerine bastırdı ve şöyle dedi: Seni seviyorum hayatım..."

Proşka önce masal okunduğunu düşünerek dinledi ama sonra hayal kırıklığına uğradı ve hemen söze girdi:

"Zahar Palıç, ver bakalım bir rubleyi, öksüz Saşka'yı getireceğim sana!"

"Ha?!" dedi Zahar Pavloviç irkilerek. Hayatta olsaydı karısının bugün de seveceği hüzünlü, ihtiyar yüzünü Proşka'ya çevirdi.

Proşka tekrar Saşa'nın fiyatını bildirdi ve Zahar Pavloviç ona bir ruble verdi, ne de olsa şimdilerde Saşka'ya da razıydı. Marangoz dairesinden taşınmış, travers fabrikasına geçmişti, iki odanın boşluğu kalmıştı Zahar Pavloviç'e. Son zamanlarda tedirgin edici olsa bile eğlenceliydi marangozun oğullarıyla oturmak; o kadar delikanlılaşmışlardı ki güçlerini nereye harcayacaklarını bilemiyorlardı ve birkaç kez bile isteye evi yakmış, her seferinde tamamen yayılmasına kalmadan söndürmüşlerdi ateşi. Babaları kızdıkça şöyle diyorlardı: "Ateşten mi korkuyorsun be dede? Yanan şey çürümez! Sen ihtiyarı yakmak lazım asıl, mezarda çürümeyesin, hiç kokmayasın diye!"

Gitmeden önce oğullar ayakyolu kulübesini devirdiler, avlu köpeğinin kuyruğunu kestiler.

Proşka hemen gitmedi Saşka'nın yanına: Önce bir paket "Zemlyaçok" sigarası aldı ve tezgâh başındaki kadınlarla boş boş lafladı. Sonra çöp yığınına geri döndü.

"Saşka," dedi. "Gidelim, seni götüreyim de bir daha başıma ekşime!"

SONRAKİ YILLARDA ZAHAR PAVLOVİÇ giderek daha da çöktü. Yalnız başına ölmemek için can sıkıcı bir arkadaş edindi kendisine, karısı Darya Stepanovna'yı. Kendisini hiç hissetmemek daha çok işine geliyordu: Depoda işten başını alamıyor, evde karısı vırvır ediyordu. Doğrusu, bu çift vardiyalı telaş Zahar Pavloviç'in başına belaydı ama o da olmasa yollara vururdu kendisini, avare. Makine ve aletler eskisi gibi ilgisini çekmiyordu artık: Birincisi, o ne kadar çalışsa da insanlar yine yoksul ve zavallı yaşıyorlardı; ikincisi, dünyası aldırışsız bir düşle örtülmekteydi. Galiba Zahar Pavloviç fazlasıyla yorulmuştu ve ölümünün sessizce yaklaştığını gerçekten de sezinleyebiliyordu. Yaşlanan birçok ustanın başına gelir bu: On yıllar boyunca uğraştıkları katı maddeler onlara toplu mahvoluş yazgısının değişmezliğini öğretir gizliden gizliye. Lokomotifler gözlerinin önünde bozulur, güneşin altında yıllarca çürür, sonra da hurdaya döner. Pazar günleri Zahar Pavloviç ırmağa balık tutmaya ve son düşüncelerini düşünmeye gidiyordu.

Evdeki tesellisi Saşa idi. Ne var ki her daim hoşnutsuz karısı bu teselliye yoğunlaşmasına bile izin vermiyordu. Belki bunda da hayır vardı: Zira Zahar Pavloviç kendisini cezbeden nesnelere layığıyla yoğunlaşabilseydi, herhalde oturup ağlardı.

Uzun yıllar boyunca böyle dalgın dalgın yaşadı. Bazen karyolasının üzerinden, kitabını okuyan Saşa'yı gözlemliyor ve şöyle soruyordu ona:

"Saş, sana azap veren bir şey yok, değil mi?"

"Hayır," diyordu, üvey babasının âdetlerine alışkın Saşa.

"Ne dersin," diye devam ediyordu kuşkularına Zahar Pavloviç, "herkesin yaşaması şart mı değil mi?"

"Şart," diye yanıtlıyordu Saşa, babasının iç sıkıntısını biraz anlayarak.

"Peki, sen bir yerlerde okudun mu acaba: Ne içinmiş?"

Saşa kitabını bırakıyordu.

"Yaşadıkça hayatın giderek daha iyi olacağını okudum."

"Hah!" diyordu Zahar Pavloviç safça. "Aynen böyle mi basmışlar?"

"Aynen böyle basmışlar."

Zahar Pavloviç içini çekiyordu:

"Mümkündür. Herkes bilemez bunu."

Saşa bir yıldır depoda çırak olarak çalışıyordu, marangoz çıkacaktı. Makinelere ve ustalığa ilgi duyuyordu ama Zahar Pavloviç gibi değil. Makinenin sırrını keşfettikten sonra biten türden bir merak değildi onunki. Makineler Saşa'yı faaliyet gösteren canlı nesnelerle eşit düzeyde ilgilendiriyordu. Onları öğrenmekten ziyade hissetmek, hayatlarını sürmek istiyordu. Bu yüzden işten dönen Saşa kendisini lokomotif olarak hayal ediyor ve hareket halindeki lokomotifin çıkardığı bütün sesleri çıkarıyordu. Uykuya dalarken köydeki tavukların çoktan uyuduğunu düşünüyor ve tavuklarla ya da lokomotifle bir olmanın bilinci onu tatmin ediyordu. Saşa herhangi bir konuda bağımsız davranamazdı: Önce davranışının bir benzerini arar, ancak daha sonra eyleme geçerdi, kendi ihtiyacı için değil, bir şeye ya da birine duyduğu merhametten.

"Ben de onun gibiyim," derdi Saşa kendi kendine sık sık. Eskimiş çite baktığında samimi bir sesle düşünürdü: "Duruyor öylece!" Kendisi de bir yerlerde hiç gereksiz duruyordu işte. Sonbahar akşamları evde sıkılan Saşa tahta panjurların hazin hazin gıcırdayışını dinler ve hissederdi: Onlar da sıkılıyor, dedi miydi geçerdi sıkıntısı.

İşe gitmekten bıktığında Saşa kendisini gece gündüz esip duran rüzgârla teselli ederdi.

"Ben de onun gibiyim," derdi rüzgârı gördüğünde, "hem ben sadece gündüz çalışıyorum, o ise gece gündüz – onun işi daha beter."

Trenler çok sık geçer oldu: Savaş başlamıştı. Ustalar savaşa karşı kayıtsız kaldılar – askere alınmıyorlardı ve savaş onlara, onarıp ikmal ettikleri ama sadece tanımadık etmedik avare insanları taşıyan lokomotifler kadar yabancıydı.

Saşa güneşin hareketini, mevsimlerin geçişini ve trenlerin günler boyunca koşuşunu monoton bir şekilde hissediyordu. Balıkçı babasını, köyü ve Proşka'yı unutuyordu artık; yaşı ilerledikçe, vücudunun içine sızarak duyumsanmayı bekleyen başka olay ve şeylere doğru yürüyordu. Kendi kendisini bağımsız, katı bir nesne olarak algılayamıyordu Saşa – her zaman duyguları yardımıyla bir şeyler hayal ediyor ve hayal, kendisine ilişkin tasavvurunu kovalıyordu içinden. Hayat derin ve kesintisiz akıp geçiyordu, bir annenin rüyasının o sıcacık ve sıkış sıkış ortamındaymış gibi. Şeylerin dış görüntüsü etkiliyordu onu, tıpkı yeni ülkelerin bir yolcuyu etkilemesi gibi. On altı yaşına girmiş olmasına rağmen kendi amaçlarına sahip değildi, buna karşın her bir hayatı en ufak bir iç dirence takılmaksızın duyarlılıkla izliyordu – cılız avlu otlarını da, gece vakti sokaktan geçen, sığınacak yeri olmadığı için biri kendisini duysun da acısın diye öksüren rasgele bir insanı da. Saşa dinliyor ve acıyordu. Yetişkin insanların bir kadına duydukları biricik sevgiden dolayı kapıldıkları o esin dolu heyecana kapılıyordu. Pencereden bakıyor, sokaktan geçenle ilgili tahminlerde bulunuyordu elinden geldiğince. Yabancı, karanlığın kuytusunda kayboluyor, yürürken kaldırımın üzerindeki, kendisinden daha da isimsiz ufak taşları tıkırdatıyordu. Uzaklardaki köpekler korkunç ve uğultulu seslerle havlıyorlardı, gökyüzünden yorgun yıldızlar düşüyordu ara sıra. Kim bilir belki de gecenin en koyu yerinde, serin, dümdüz tarlanın ortasında seyyahlar yürüyordu, sessizlik ve ölen yıldızlar Saşa' nın olduğu gibi onların da ruh halinin bir parçasına dönüşüveriyordu.

Zahar Pavloviç Saşa'ya hiçbir konuda engel olmuyordu – onu yaşlılığın bütün sadakatiyle, hesapsız, müphem birtakım ümitlerle seviyordu. Saşa'dan sık sık savaş hakkında bir şeyler okumasını rica ediyor, zira kendisi lamba ışığında harfleri seçemiyordu.

Saşa çatışmaları, şehirlerde çıkan yangınları ve dehşet verici metal, insan ve mal kaybını okuyordu. Zahar Pavloviç sessizce dinliyor, en sonunda şöyle diyordu:

"Yaşadıkça şunu düşünüp duruyorum: İnsan insan için bu kadar mı tehlikelidir de aralarında iktidarın durması gerektir? İktidardan çıkıyor ya savaş da... Dönüp dönüp düşünüyorum, savaşı iktidar özellikle uydurmuş olmasın: Sıradan bir insan bunu yapamaz çünkü..."

Saşa bunun doğrusunun nasıl olması gerektiğini soruyordu.

"Öyle işte," diye yanıtlıyordu Zahar Pavloviç ve coşuyordu. "Başka bir şekilde. Kavga daha yeni başladığında beni gönderselerdi yanına, bir çırpıda uzlaşırdım o Alman'la, daha da ucuza gelirdi öylesi. Bir de en akıllı insanları gönderdiler güya!"

Zahar Pavloviç, candan bir sohbet kurulamayacak tek bir insan dahi tahayyül edemiyordu. Ama oradakiler, yukarıdakiler –çar ve görevlileri– hiç de aptal olmasa gerekti. Demek ki savaş ciddi değil, kasıtlı bir işti. Ve bu noktada Zahar Pavloviç çıkmaza giriyordu: İnsanları kasten öldüren biriyle candan sohbet edilebilir mi, yoksa önce zararlı silahı, zenginliği ve şerefi mi alınmalıdır elinden?

Saşa ilk kez kendi deposunda ölü bir insan gördü. Mesainin son saatiydi, düdükten hemen önce. Saşa silindirlerin salmastralarını sıkıştırırken, iki makinist solgun başmakinisti taşıdı içeri; kafasından fışkıran koyu kan mazotlu toprağa damlıyordu. Başmakinisti büroya götürdüler, oradan telefonla kabul odasını aramaya koyuldular. Başmakinist böyle ak saçlı ve yaşlı iken kanının bu kadar kırmızı ve genç olması Saşa'yı şaşırtmıştı: İçten içe çocuktu sanki daha bu adam.

"Şeytanlar!" dedi başmakinist açık seçik. "Kafama petrol sürün, kan dursun bari!"

Ateşçilerden biri çabucak bir kova petrol getirdi, içine batırdığı paçavrayı başmakinistin kan içindeki kafasına sürdü. Kararan kafadan herkesin görebildiği bir buhar çıktı.

"İşte, işte!" diyerek adamları yüreklendirdi başmakinist. "İşte şimdi rahatladım. Ya siz öleceğimi mi sanmıştınız? Erken bayram ettiniz, alçaklar..."

Başmakinist yavaş yavaş halsiz düştü ve bayıldı. Saşa onun kafasındaki çukurları ve derinlere batmış ölü saçları gördü. O an bile cıvatayı insandan daha değerli ve kullanışlı saymasına rağmen, kimse başmakiniste olan dargınlığını anımsamıyordu.

Oracıkta duran Zahar Pavloviç gözlerini güçlükle açık tutmaktaydı, ele güne karşı yaşlar dökülmesin diye. Bir kez daha, insanın, ne kadar öfkeli, akıllı ve cesur bilinse de, yine de hazin ve zavallı olduğunu, gücü tükendiği için öldüğünü görüyordu.

Başmakinist birdenbire gözlerini açıp çalışanlarının ve yoldaşlarının yüzlerine odaklandı. Aydınlık hayat bakışlarında hâlâ parıldasa da yaşlı adam sisli bir kesafet içinde tükeniyor, ağaran gözkapakları ise kaşlarının altındaki yuvalara gömülüyordu.

"Ne ağlıyorsunuz?" diye sordu her zamanki sinirinden artakalanla. Kimsenin ağladığı yoktu, yalnızca Zahar Pavloviç'in faltaşı gibi açtığı gözlerinden yanaklarına kirli, istemsiz bir nem süzülmekteydi. "Ne diye dikilmiş ağlıyorsunuz, düdük çalmadı ki!"

Başmakinist gözlerini yumdu ve tatlı karanlıkta tuttu onları. Ölümü hissettiği filan yoktu; bedeni eskisi gibi sıcaktı fakat önceden hiç hissetmemişti bu sıcaklığı, şimdi ise bağrının kızgın, çıplak suları içinde yüzer gibiydi. Bütün bunlar daha önce de gelmişti başına ama çok önceden; nerede olduğunu anımsamıyordu. Başmakinist tekrar gözlerini açtığında insanları gördü, kıpırtılı bir suyun içindeydiler sanki. İçlerinden biri hemen tepesinde duruyordu, bacaksız gibiydi ve pis, işten çarpılmış eliyle kederli yüzünü örtüyordu.

Başmakinist ona sinirlendi ve aceleyle konuştu, çünkü çevresindeki su kararıyordu artık:

"Ne demeye ağlıyor bu? Geraska malı da kazanı yaktı yine... Ne diye ağlıyor yahu? Toparlan da yeni bir insan yap..."

Başmakinist bu sessiz, kızgın karanlığı nerede gördüğünü anımsamıştı: Annesinin içindeki sıkışıklıktı bu, onun aralanmış kemikleri arasına geri girmeye çalışıyor ama fazla büyümüş olan yaşlı bedeninden ötürü sığışamıyordu...

"Toparlan da yeni bir insan yap... Somun yapamazsın, aşağılık herif, ama insan dedin miydi anında..."

Bu esnada başmakinist soluk aldı ve dudaklarıyla bir şey emmeye koyuldu. Dar bir yerde havasız kaldığı belli oluyordu – omuzlarını oynatıyor ve sonsuza değin sığmaya çabalıyordu yerine.

"İyice sokun beni boruya," diye fısıldadı şişkin çocuk dudaklarıyla, dokuz ay sonra tekrar doğacağının açık seçik bilincinde. "İvan Sergeyeviç, Vida İçin Üç Sekizlik'i çağır, kontrasomunla sıkıştırıversin beni kuzum..."

Sedyeyi geç getirdiler. Başmakinisti kabul odasına götürmek için bir neden kalmamıştı.

"Adamı evine götürün," dedi ustalar doktora.

"Asla olmaz," diye yanıtladı doktor. "Protokol için lazım o bize."

Protokole, başmakinistin, beş *sajen*'lik* çelik halatla bağlanmış işlemeyen lokomotifin aktarımında ölümcül yaralar aldığı yazıldı. Makastan geçiş sırasında halat yoldaki fener direğine sürtünmüş, direk düşmüş ve mesnet, çekici lokomotifin tankından arkadaki lokomotifi izleyen başmakinistin kafasına zarar vermişti. Olay, başmaki-

* 1 *sajen* = 2,13 m. –*ç.n.*

nistin kendi dikkatsizliği, ayrıca öngörülen hareket ve kullanım kurallarını ihlali yüzünden meydana gelmişti.

Zahar Pavloviç Saşa'nın elini tuttu, depodan eve geldi. Akşam yemeğinde karısı piyasadaki ekmek kıtlığından, ayrıca hiçbir yerde sığır eti bulunmadığından söz etti.

"Biz de ölürüz, olup olacağı o," diye yanıtladı onu Zahar Pavloviç ilgisizce. Gündelik hayat mühim anlamını yitirmişti kendisi için.

Ömrünün o gençlik yıllarında Saşa için her günün kendine özgü, gelecekte tekrar etmeyecek, isimsiz bir büyüsü vardı; başmakinistin sureti onun için anıların kuytusuna çekilmişti. Fakat Zahar Pavloviç' in böyle kendiliğinden kabuk bağlayan bir yaşam gücü yoktu: İhtiyarlamıştı ve o yaşta da çocukluktaki kadar hassas ve çıplaktır insan ölüm karşısında; kalan ömründe başmakinist aklına her geldiğinde gamlanacaktı.

Sonraki yıllarda Zahar Pavloviç'i etkileyen bir şey olmadı. Yalnızca akşamları kitap okuyan Saşa'ya baktığında, içinde ona karşı bir acıma duygusu kabarıyordu. Zahar Pavloviç Saşa'ya şöyle demek isterdi: Yorma kendini kitapla, orada ciddi bir şey yazıyor olsaydı insanlar çoktan birbirleriyle kucaklaşmış olurlardı. Ne var ki Zahar Pavloviç hiçbir şey söylemiyordu, oysa içinde durmadan sevinç gibi basit bir şey kıpırdanıyor fakat zihni kendisini ifade etmesine engel oluyordu. Dostluğun tüm sözcükleri ve hayatın anlamına dair bilmeceleri ortadan kaldırdığı pürüzsüz göl kıyılarında soyut, huzur verici bir yaşamın hasretini çekiyordu.

Zahar Pavloviç şüpheler içinde yolunu kaybediyordu; ömrü boyunca makineler ve aletler gibi rasgele meraklar oyalamıştı onu, ancak şimdi gelmişti aklı başına. Meme verirken bir şey fısıldamış olmalıydı kulağına annesi, tadını ebediyen unuttuğu sütü gibi hayati önem taşıyan bir şey. Fakat annesi hiçbir şey fısıldamamıştı, kendi başına da bütün bir âlemi anlayamazdı ya. Bu yüzden Zahar Pavloviç boyun eğerek yaşamaya başlamıştı, her şeyin kökten değişeceğini ümit etmiyordu artık: Ne kadar araç yaparsa yapsın ne Proşka binebilirdi onlara, ne Saşka, ne de kendisi. Lokomotifler ya yabancı insanlar için, ya askerler için çalışır, onlar da zorla götürülürler. Lokomotifin kendisi ise keyfince davranamayan dilsiz, ağızsız bir yaratıktır. Zahar Pavloviç şimdi sevdiğinden çok acıyordu lokomotife ve hatta depoda baş başa kaldıklarında şöyle diyordu ona:

"Gidecek misin? Eh, git bakalım! Şaft millerini nasıl da dikmişsin, alçak yolcular ağır olmalı."

Sussa bile duyuyordu Zahar Pavloviç lokomotifi.

"Ocak ızgarası akıtıyor, kömür kötü," diyordu lokomotif üzgün üzgün. "Yokuşları zor alıyorum. Hatunlar da kocalarının yanına cepheye gider oldular, her birinde de üçer *pud* çeken birer apalak çocuk. Posta vagonlarını desen şimdilerde ikişer ikişer takıyorlar, eskiden birdi... İnsanlar ayrılık acısı çekiyor, mektuplar yazıyorlar."

"Yaa," diye düşünceli düşünceli söyleşiyordu Zahar Pavloviç ve insan ayrılıklarının ağırlığını çeken lokomotife nasıl yardımcı olabileceğini bilmiyordu. "Sen de fazla zorlama kuvvetini, aheste aheste çek."

"Olmaz," diye yanıtlıyordu akıllı gücünün halimliğiyle lokomotif. "Setin üzerinden çok köyler görüyorum: İnsanlar ağlıyor oralarda – mektup bekliyorlar, yaralı yakınlarını bekliyorlar. Salmastrama bak, sıktılar iyice, piston çubuğumu ısıtacağım yolda."

Zahar Pavloviç gidip salmastranın cıvatalarını gevşetiyordu.

"Gerçekten çok sıkmış alçaklar, böyle olur mu hiç!"

"Ne kurcalıyorsun sen orada?" diye soruyordu nöbetçi makinist bürosundan çıkarak. "Çok mu rica ettiler senden oraları kurcalamanı? Söylesene, evet mi hayır mı?"

"Hayır," diyordu Zahar Pavloviç uysal uysal. "Çok sıkmışlar gibi geldi de bana..."

Makinist kızmıyordu.

"Dokunma, madem sana öyle gelmiş. Nasıl sıkarsan sık yine de yolda buharlanır bunlar."

Sonra lokomotif sessizce homurdanıyordu Zahar Pavloviç'e:

"Sıkmakla ilgisi yok – ortadaki itici mil çalışmıyor, o yüzden salmastralar buhar yapıyor. Kendim ister miydim hiç bunu yapmayı?"

"Gördüm ben zaten," diye iç geçiriyordu Zahar Pavloviç. "Ama ben siliciyim, kendin de biliyorsun, bana inanmazlar."

"Aynen öyle!" diyerek kalın sesiyle üzüntüsüne ortak oluyordu lokomotif ve serinleyen gücünün karanlığına gömülüyordu.

"Ben de öyle diyorum ya!" diye onaylıyordu Zahar Pavloviç.

Saşa akşam kurslarına başladığında Zahar Pavloviç içinden sevindi. Ömrü boyunca kendi gücüyle, kimsenin yardımı olmadan yaşamış, kendi duygularından evvel bir yol göstereni olmamıştı, oysa kitaplar Saşa'ya başkasının aklını öğretiyordu.

"Ben eziyet çektim, Saşa ise okuyor – hepsi bu!" diyordu Zahar Pavloviç, oğlana imrenerek.

Saşa biraz okuduktan sonra yazmaya koyuluyordu. Zahar Pavloviç'in karısı uyuyamıyordu lambanın ışığından.

"Yazıp duruyor," diyordu. "Ne yazıyorsa?"

"Sen uyu," diye öğütlüyordu Zahar Pavloviç. "Gözlerini derinle ört de uyu!"

Karısı gözlerini yumuyor ama gözkapaklarının ardından da gazyağının boşa yandığını görebiliyordu. Yanılmamıştı kadın – gerçekten de boşa yanmıştı Aleksandr Dvanov'un gençliğinde lamba, sonradan zaten peşlerinden gitmediği kitapların, ruhu huzursuz eden sayfalarını aydınlatarak. Ne kadar okusa ve düşünse içinde hep boş bir yer kalıyordu, betimlenmemiş ve anlatılmamış bir dünyanın tedirgin bir rüzgâr gibi içinden geçtiği o boşluk. On yedi yaşındayken Dvanov göğsünün üzerinde hâlâ bir zırh taşımıyordu, ne tanrı inancı ne de başka bir düşünsel avuntu; önünde uzanan isimsiz yaşama yabancı bir ad vermiş değildi. Gelgelelim dünyanın isimsiz kalmasını da istemiyordu; tek beklediği, bilinçli olarak uydurulmuş lakaplar yerine ismini dünyanın kendi ağzından duymaktı.

Bir defasında geceleyin, her zamanki efkârına düşmüş oturuyordu. İnançla örtülmemiş yüreği sızlıyor ve bir teselli arzuluyordu. Dvanov başını eğdi ve vücudunun içinde, sözleri seçilemeyen uzak bir şarkının uğultusu gibi hayatın her gün doluştuğu, sonra fazlaca durmadan, çoğalmadan çıkıverdiği bir boşluk tasavvur etti.

Saşa arkasındaki engin karanlığa çarpan gerçek bir rüzgârın soğukluğunu duyar gibi oldu içinde; önünde, rüzgârın doğduğu yerde ise şeffaf, hafif ve devasa bir şey vardı – kendi soluğuna ve kalp atışına dönüştürmesi gereken canlı hava dağları. Bu önseziyle göğsü şimdiden sıkışmış, vücudunun içindeki boşluk, geleceği zaptetmeye hazırlanarak daha da genişlemişti.

"Bu benim işte!" dedi yüksek sesle Aleksandr.

"Kimsin sen?" diye sordu uyumayan Zahar Pavloviç.

Saşa, keşfinin bütün sevincini yok eden bu ani utançla tutuşarak hemen sustu. Yalnız oturduğunu sanmıştı, oysa Zahar Pavloviç kendisini dinliyordu.

Zahar Pavloviç bunu fark etti ve sorusunu kendi kendisine verdiği kayıtsız bir yanıtla öldürdü:

"Kitap kurdusun sen, hepsi o... Yat uyu iyisi mi, geç oldu..." Zahar Pavloviç esnedi ve barışçıl bir tonla konuştu tekrar: "Eziyet etme kendine, Saş, zaten zayıfsın..."

"Bu da merakından suda boğulacak," diye fısıldadı kendi kendine Zahar Pavloviç yorganın altında. "Bense yastığımda boğulacağım. Aynı şey."

Gece sessizce sürüp gidiyor, istasyondaki vagon bağlayıcıların öksürükleri sofaya değin ulaşıyordu. Şubat bitiyordu, hendek sırtları soyunmuş, geçen yılın otları çıkmıştı meydana; Saşa, dünyanın yaradılışını izler gibi izliyordu onları. Ölü otların ortaya çıkışını merhametle seyrediyor, kendi kendisinden esirgediği titiz bir dikkatle inceliyordu onları.

Yabancı, uzak bir yaşamı neredeyse hararetle hissedebiliyor, oysa kendi kendisini güçlükle tasavvur ediyordu. Kendisini sadece düşünebiliyordu, oysa başka şeyleri kişisel yaşamının duyarlılığıyla hissediyor ve bunun diğer insanlarda farklı olduğunu görmüyordu.

Zahar Pavloviç bir defasında Saşa'yla eşitiymiş gibi konuştu.

"Dün Şe serisi lokomotifinin kazanı patladı," dedi Zahar Pavloviç.

Saşa'nın haberi vardı.

"Al sana bilim," dedi Zahar Pavloviç öfkeyle, hem buna hem de başka bir şeye kızmıştı. "Lokomotif daha yeni gelmişti fabrikadan, perçinler havaya uçtu!.. Kimsenin bir şeyleri gerçekten bildiği yok... Canlı, aklının tersine gidiyor..."

Saşa akılla beden arasındaki farkı anlamıyor, bu yüzden de susuyordu. Zahar Pavloviç'in sözlerine bakılırsa akıl güvenilmez bir güçtü, makineler ise insanın yürek bilgisiyle icat edilmişti, akıldan bağımsız.

Arada bir istasyondan katarların uğultusu yükseliyordu. Çaydanlıklar gümbürdüyor, insanlar yabancı kabileler gibi tuhaf seslerle konuşuyorlardı.

"Göçüyorlar!" diyerek kulak veriyordu Zahar Pavloviç. "Göçe

göçe belalarına göçecekler sonunda."

İhtiyarlıktan ve hayatının yanılgılarından hayal kırıklığına uğrayan Zahar Pavloviç devrime hiç şaşırmamıştı.

"Devrim savaştan kolaydır," diye açıklıyordu Saşa'ya. "İnsanlar zor işe kalkışmazlar: Bu işte bir bit yeniği var..."

Artık Zahar Pavloviç'i kandırmak olanaksızdı ve o yanılmamak adına devrimi reddetti.

Bütün ustalara, yine güya pek akıllı insanların iktidara geldiklerini söylüyordu – bundan bir hayır ummamak gerekirdi.

Ta ekim ayına kadar, ilk kez akıllı bir insan olmanın tadını çıkararak dalga geçti Zahar Pavloviç. Ne var ki bir ekim gecesi şehirden gelen silah seslerini duyunca bütün geceyi avluda geçirdi, eve yalnızca sigarasını yakmak için giriyordu. Bütün gece kapıları çarptı, karısını uyutmadı.

"Rahat dur be, kuduruk ifrit!" diyordu yalnızlık içinde dönüp duran ihtiyar kadın. "Kurtlu!.. Ne olacak şimdi? Ne ekmek, ne giyecek!.. O ateş eden elleri nasıl da kopmuyor? Anasız büyümüş bunlar!"

Zahar Pavloviç avlunun ortasında, ucu yanan sarma sigarasıyla dikiliyor, uzaktaki silah atışlarına kafa sallıyordu.

"Oldu mu sahiden de?" diye soruyordu kendi kendine Zahar Pavloviç ve yeni bir sarma sigara yakmak için içeri giriyordu.

"Yat, uğursuz herif!" diye öğütlüyordu karısı.

"Saşa, sen uyumuyorsun değil mi?" diyordu Zahar Pavloviç endişeyle. "Aptallar iktidara geliyor, bakarsın hayat akıllanır."

Sabahleyin Saşa ve Zahar Pavloviç şehrin yolunu tuttular. Zahar Pavloviç, derhal kayıt olacağı en ciddi partiyi bulmak istiyordu. Bütün partiler bir devlet binasında yer alıyordu, her biri de kendisinin en iyi olduğunu düşünmekteydi. Zahar Pavloviç partileri kendi aklına göre inceliyordu; anlaşılmaz bir programı olmayan, her şeyin sözlü, açık ve doğru olduğu bir partiydi aradığı. Yeryüzü cennetinin kurulacağı tarihi hiçbir yerde kesin olarak söylemediler kendisine. Birileri, mutluluğun girift bir ürün olduğundan bahsediyordu; insanın amacı mutluluk değil, tarih kanunlarının gerçekleştirilmesiydi. Bazıları ise mutluluğun aralıksız, sonsuza dek sürecek bir mücadele olduğunu söylüyordu.

"Bak sen şu işe!" diyordu Zahar Pavloviç, akıllı akıllı şaşırarak.

"Maaşsız çalış demek o. Buna parti değil, sömürü derler. Gidelim bu yerden Saş. Dinde bile Ortodoks bayramı vardı hiç olmazsa..."

Bir sonraki partide insanın fazlasıyla muhteşem ve açgözlü bir varlık olduğunu, mutluluğa doyacağını düşünmenin dahi tuhaf kaçacağını, zira bunun dünyanın sonu olacağını söylediler.

"Bize gereken de o ya!" dedi Zahar Pavloviç

Koridorun son kapısının ardında en uzun isme sahip olan en son parti bulunmaktaydı. Orada yalnızca asık çehreli bir adam oturuyordu, bütün diğerleri yönetmeye çıkmışlardı.

"Ne var?" diye sordu Zahar Pavloviç'e.

"İkimiz kaydolmak istiyoruz. Yakın mıdır bütün bunların sonu?"

"Sosyalizm mi yani?" dedi adam, anlamamıştı. "Bir yıl sonra. Bugün yalnızca kurumları işgal ediyoruz."

"Yaz o zaman bizi," dedi Zahar Pavloviç sevinerek.

Adam onlara birer tomar küçük kitapçık ve yarısı yazılarla dolu birer kâğıt verdi.

"Program, tüzük, karar, anket," dedi. "Doldurun ve her biriniz ikişer kefil gösterin."

Zahar Pavloviç aldatılacağı önsezisiyle buz kesti.

"Sözlü olmaz mı?"

"Hayır. Aklımdan kaydedemem, parti ise sizi unutur."

"Ara sıra uğrayarak yaparız."

"İmkânsız: Kartlarınızı neye göre yazacağım? Ankete göre, aşikâr, kurul sizi onaylarsa tabii."

Zahar Pavloviç adamın açık, net, adil ve karşısındakine hiç güvenmeden konuştuğunu fark etti: En akıllı iktidar olacaktı bu galiba, bir yıl sonra ya bütün dünyayı kesin olarak yeniden kuracak ya da öyle bir toz kaldıracaktı ki çocukların bile yüreği dayanmayacaktı.

"Sen kaydol Saş, deneme için," dedi Zahar Pavloviç. "Ben bir yıl bekleyeyim."

"Deneme için kaydetmiyoruz," diyerek reddetti adam. "Ya ebediyen ve bütünüyle bizimsiniz ya da başka kapıları çalın."

"Tamam, gerçekten yazılsın o zaman," diyerek kabul etti Zahar Pavloviç.

"O zaman iş değişir," dedi adam itiraz etmeksizin.

Saşa anketi doldurmak üzere oturdu. Zahar Pavloviç partili adamı devrim konusunda sorguya çekmeye koyuldu. Beriki, daha ciddi bir şeyle meşguldü, işinin arasından yanıt veriyordu.

"Mermi fabrikasının işçileri dün grev ilan ettiler, kışlalarda isyan çıktı. Anladın mı? Moskova'da da iktidar iki haftadır işçilerin ve en yoksul köylülerin elinde."

"Hadi canım?"

Telefon, partili adamın konuşmasını böldü. "Hayır, yapamam," dedi adam ahizeye. "Buraya kitle temsilcileri geliyor, birinin de bilgilendirmeyle uğraşması gerek!"

"Ne hadisi?" dedi neden sonra anımsayarak. "Parti, hareketi resmileştirmek için temsilcilerini gönderdi oraya, geceleyin de hemen şehrin yaşamsal merkezlerini ele geçirdik."

Zahar Pavloviç hiçbir şey anlamıyordu.

"İyi de yahu, askerlerle işçiler isyan çıkarmış, size ne oluyor? Kendi güçleriyle devam etselerdi işte!"

Zahar Pavloviç sinirleniyordu.

"Amma yaptın, işçi yoldaş," dedi parti üyesi sakin sakin, "böyle düşünecek olsak, bugün burjuvazi elinde tüfek ayakta olurdu, Sovyet iktidarı da olmazdı."

"Moskova'da yoksul köylüler yok ki," dedi Zahar Pavloviç kuşkuyla.

Asık çehreli partili adam daha da çattı kaşlarını: Kitlelerin büyük cehaletini ve partinin gelecekte bu cehaletle ne kadar çok uğraşması gerekeceğini getirmişti gözünün önüne. Daha işin başında yorulduğunu hissetti ve Zahar Pavloviç'i yanıtlamadı. Ama Zahar Pavloviç onu dolaysız sorularla bezdirmeyi sürdürüyordu. Şehirde şimdi kimin başmüdür olduğunu, işçilerin iyi yaşayıp yaşamadıklarını merak ediyordu.

Asık çehreli adam canlandı hemen; böylesi sert, dolaysız bir sorgu neşelendirmişti onu. Bir yere telefon açtı. Zahar Pavloviç unuttuğu bir merakla baktı telefona. "Bu şeyi dikkatimden kaçırmışım," diye düşündü kendi aletlerini anımsayarak. "Bundan ömrümce yapmadım hiç."

"Perekorov yoldaşı ver bana," dedi partili adam telin içine doğru. "Perekorov mu? Şöyle bir durum var. Bir an önce gazeteyle bilgilendirmeye başlamak gerekiyor. Şöyle bolca popüler kitap çıkarılsa hiç fena olmaz... Dinliyorum. Sen de kimsin? Kızıl Ordulu mu? Hadi hadi, kapa telefonu – senin bir şeyden anladığın yoktur..."

Zahar Pavloviç yine kızdı:

"Ben yüreğim sızladığı için sordum bunları sana, sense beni gazeteyle avutuyorsun... Hayır arkadaş, her iktidar bir çarlıktır, aynı synkletos* ve monarşi, çok şeyler düşündüm ben..."

"Ya ne gerekiyor peki?" dedi kafası karışan muhatabı.

"Mülkiyeti aşağılamak," diye yanıtladı Zahar Pavloviç. "İnsanları da başıboş bırakmak. Daha iyi olur öyle, tanrı biliyor ya, gerçek bu!"

"İyi de bu dediğin anarşi!"

"Ne anarşisi yahu – bireysel hayat sadece!"

Partili adam, karmakarışık ve uykulu başını salladı:

"Bu konuşan, içindeki küçük mülkiyetçi senin. Yarım yıl geçsin, prensip itibariyle yanıldığını kendin göreceksin."

"Bekleyeceğiz," dedi Zahar Pavloviç. "Başaramazsanız size ek zaman tanırız."

Saşa anketi tamamladı.

"Oldu mu gerçekten de?" diyordu dönüş yolunda Zahar Pavloviç. "Doğru bir iş mi bu sahi? Öyle görünüyor."

Yaşlılığında öfkeli biri olmuştu Zahar Pavloviç. Revolverin doğru elde olmasını önemsemeye başlamıştı şimdi; Bolşevikleri kontrol edilebileceği bir kaliper tasarlıyordu kafasında. Hayatı boyunca kaybettiklerini ancak son bir yılda anlamıştı. Her şeyi yitirmişti ve uzun yıllar boyu çalışmasının sonucunda tepesindeki dağınık gökyüzünü değiştirememişti hiç; elzem, ışıl ışıl bir gücün boş yere çırpındığı bedeninin tükenişini aklayacak hiçbir kazanımı yoktu. En önemli şeye sahip olamadan hayattan ebediyen ayrı düşme noktasına kendisi getirmişti kendisini. Ve işte şimdi çitlere, ağaçlara, elli yıldır hiçbir sevinç ve yardım sunamadığı, veda etmesi gereken bütün yabancı insanlara üzülerek bakıyordu.

"Saş," dedi Zahar Pavloviç, "sen öksüzsün, hayat bedavaya geldi sana. Acıma ona, esas hayatı yaşa sen."

Üvey babasının gizli acısına saygı duyan Aleksandr susuyordu.

"Fedka Bespalov'u anımsıyor musun?" diye sürdürdü sözünü Za-

* Antik Yunan'da yüksek meclis. *–ç.n.*

har Pavloviç. "Öyle bir tesviyecimiz vardı – öldü şimdi. Bir şey ölçmeye gönderirlerdi onu bazı, gider parmaklarıyla ölçerdi, kollarını ayırıp gelirdi geri. Gelene kadar bir arşını bir *sajen* olur çıkardı. 'Ne yaptın sen ha, kancıkoğlu?' diyerek azarlarlardı onu. 'Aman çok da umurumdaydı ya... Bunun için kovmazlar nasılsa,' derdi."

Aleksandr üvey babasının ne demek istediğini ancak ertesi gün anladı.

"Bunlar her ne kadar Bolşevik de olsa, idealleri uğruna kendilerini feda da etse," diyordu Zahar Pavloviç nasihat yollu, "senin gözünü dört açman gerek. Unutma – baban boğuldu senin, annenin kim olduğu zaten belli değil, milyonlarca insan ruhsuz yaşayıp gidiyor... Büyük bir dava bu... Bolşevik dediğin boş bir kalbe sahip olmalı ki, içine her şeyi sığdırabilsin..."

Zahar Pavloviç kendi sözleriyle tutuşuyor ve giderek hırslanıyordu.

"Yoksa... Yoksa ne olur biliyor musun? Ocağın içine düşersin, rüzgârda duman olursun! Cüruf olursun, cüruf ise fırın kancasıyla yamaçtan aşağı atılır! Anladın mı beni, anlamadın mı yoksa?.."

Derken Zahar Pavloviç coşkudan içlenmeye geçti ve sigarasını yakmak için heyecanla mutfağa gitti. Sonra döndü ve üvey oğluna çekingence sarıldı.

"Saş, sakın ha bana gücenmeyesin! Ben de öksüzün biriyim, sızlanacak kimsemiz yok seninle bizim."

Aleksandr gücenmiyordu. Zahar Pavloviç'in yürek açlığını hissediyor ama devrimin de dünyanın sonu olduğuna inanıyordu. Gelecek dünyada Zahar Pavloviç'in endişesi anında yok olacak, balıkçı babası ise uğrunda gönüllü olarak boğulduğu şeye kavuşacaktı. Kendi net duygularında Aleksandr o yeni âleme çoktan sahipti, ama yalnızca yapılabilirdi o âlem, anlatılamazdı.

Altı ay sonra Aleksandr yeni açılan demiryolu kursuna, sonra teknik okula girdi.

Akşamları Zahar Pavloviç'e yüksek sesle teknik ders kitaplarını okuyor, beriki ise bilimin anlaşılmaz seslerinin ve Saşa'sının onları anlıyor oluşunun keyfini çıkarıyordu.

Ne var ki kısa süre sonra Aleksandr'ın öğrenimi kesintiye uğradı, hem de uzun süreliğine. Parti onu iç savaş cephesine gönderiyordu, bozkır şehri Novohopyorsk'a.

Zahar Pavloviç Saşa ile garda bütün gün oturdu, istasyondan geçecek katarı bekledi, heyecanlanmamak için üç libre *mahorka** içti. Aşk dışında her şeyi konuşmuşlardı. Zahar Pavloviç utangaç bir sesle ihtiyatlı sözler söyledi aşk üzerine:

"Saş, sen artık yetişkin bir çocuksun... Kendin de biliyorsun her şeyi... En önemlisi bu işi mahsus yapmamak... Çok aldatıcı bir meseledir bu: Ortada fol yok yumurta yoktur ama bir şey bir yere çeker seni, bir şey istersin... Her insanın aşağısında koca bir emperyalizm vardır..."

Aleksandr vücudundaki emperyalizmi hissedemiyordu. Bunu özel ve acayip bir şey gibi tasavvur etti.

Tren geldiğinde Aleksandr vagona girdi, Zahar Pavloviç platformdan şöyle seslendi ona:

"Bana mektup yazıver bir ara, yaşadığını, sağlığının iyi olduğunu yaz... hepsi o..."

"Fazlasını da yazarım," diye yanıtladı Saşa, Zahar Pavloviç'in nasıl da yaşlı ve öksüz bir insan olduğunu ancak fark ediyordu.

Gar çanı beş defa çalmıştı bile, hepsinde de üçer kere, katar ise bir türlü kalkamıyordu. Yabancı insanlar Saşa'yı vagonun kapısından içeri itelediler, bir daha da görünmedi dışarıda.

Zahar Pavloviç bitkin düştü ve evine gitti. Eve varması uzun sürdü, yol boyunca sigarasını yakmayı unuttu ve bu küçük tatsızlıktan ötürü eziyet çekti. Evde Saşa'nın devamlı oturduğu köşedeki masanın başına oturdu ve heceleye heceleye cebir okumaya koyuldu, hiçbir şey anlamıyor ama yavaş yavaş teselli buluyordu.

NOVOHOPYORSK ŞEHRİ Aleksandr Dvanov yetişene kadar Kazaklar tarafından zaptedilmiş fakat Nehvorayko adlı öğretmenin müfrezesi onları şehirden sepetlemeyi başarmıştı. Novohopyorsk'un çevresi hep kuruydu da nehrin civarında bir yer bataklıktı; Kazaklar buradan nasılsa geçilmez diyerek uyanıklığı elden bırakmışlardı. Oy-

* Kalitesiz türün. –*ç.n.*

saki Nehvorayko öğretmen boğulmasınlar diye atlarının ayaklarına hasır pabuç geçirerek ıssız bir gece vakti şehri ele geçirmişti, Kazaklar ise bataklık vadiye püskürtülmüş, atları yalınayak olduğundan uzun süre orada kalmışlardı.

Dvanov Devrim Komitesi'ne uğradı ve insanlarla konuştu. Berikiler Kızıl Ordululara çamaşır dikmek için amerikan bezi bulunmayışından şikâyet ettiler biraz, milletin kafası bit kaynıyordu ama taş üstünde taş bırakmayana kadar dövüşmeye karar vermişlerdi.

Depo makinisti, Devrim Komitesi başkanı, Dvanov'a şöyle dedi:

"Devrim risk demektir: Başaramazsak toprağın altını üstüne getirir, kil bırakırız – başka kancık evlatları beslensin dursun onunla, madem işçinin şansı yaver gitmiyor!"

Dvanov'a mühim bir iş vermediler, "Kal bizimle burada, hepimiz için iyi olur," dediler sade, "sonra bakarız en çok neye canın sıkılacak."

Dvanov'un yaşıtları pazar meydanındaki kulüpte oturmuş harıl harıl devrim eserleri okuyorlardı. Okurların etrafında kızıl dövizler asılıydı, pencerelerden ise tarlaların tehlikeli boşluğu görülmekteydi. Okurlar ve dövizler korunmasızdı, bozkırın ortasından gelen bir kurşun doğruca genç bir komünistin kitaba eğilmiş başına isabet edebilirdi.

Dvanov bozkırın savaşçı devrimine alışmaya çalışırken, tam da buralı yoldaşlarını sevmeye başlamışken, dönme emrinin yazılı olduğu bir mektup geldi vilayetten. Aleksandr şehirden suskun ve yürüyerek çıktı. Gar dört yüz *verst* ötedeydi fakat vilayete nasıl varacağını bilmiyordu Dvanov: Kazakların hattı ele geçirdikleri söyleniyordu. Gardan çıkan orkestra tarladan geçerken kederli bir müzik çalıyordu, varlıklı kasabalılar tarafından devasa Peskah Köyü'nde müfrezesiyle birlikte imha edilen Nehvorayko'nun soğuyan bedeniydi bu getirilen. Nehvorayko'ya acıdı Dvanov çünkü başucunda annesi ile babası değil, sırf müzik ağlamaktaydı, insanlar ise arkasından duygusuz yüzlerle, devrimin gündelik yaşantısı içinde kendi kaçınılmaz ölümlerine hazırlıklı, yürüyorlardı.

Şehir, Dvanov'un ve dönüp bakınan gözlerinin ardında kendi vadisine çöküyordu; Aleksandr ise, kendisi yokken adeta daha da korunmasız kalan o Novohopyorsk'a acır olmuştu.

Gara varan Dvanov ot bürümüş, unutulmuş boşluğun tedirginliğini duyumsadı. Her insan gibi onu da çekmekteydi uzak topraklar, sanki bütün uzak ve görünmez nesneler kendisini özlüyor ve çağırıyordu.

On ya da daha fazla isimsiz insan yerde oturmuş, kendilerini daha iyi bir yere götürecek bir trenin gelmesini ümit ediyorlardı. Devrimin eziyetlerine sızlanmadan katlanıyor, bozkır Rusyasında ekmek ve kurtuluş arayışı içinde sabırla dolanıyorlardı. Dvanov dışarı çıktı, beşinci yolda bir ordu treni gördü ve ona doğru yürüdü. Tren, araba ve top taşıyan sekiz adet üstü açık yük vagonu ile iki yolcu vagonundan oluşmaktaydı. Arkasına iki üstü açık vagon daha takılmıştı, kömür yüklü.

Müfreze komutanı dokümanlarını inceleyip yolcu vagonuna aldı Dvanov'u.

"Yalnız biz Razgulyayevski denen ara istasyona kadar gidiyoruz, yoldaş!" diye bildirdi komutan. "Oradan sonra tren gerekmeyecek bize: Mevzie çıkıyoruz."

Dvanov Razgulyayevo'ya kadar gitmeyi kabul etti, böylece evine yaklaşmış olacaktı.

Kızıl Ordulu topçuların neredeyse hepsi uyuyordu. Balaşovo aşağılarında iki hafta boyunca çarpışmış ve feci yorulmuşlardı. Uykusunu almış iki kişi pencere kenarında savaş sıkıntısından kurtulmak için şarkı mırıldanarak oturuyordu. Komutan yattığı yerde *Zarafet Düşkünü Münzevinin Tik Tarafından Yayımlanan Maceraları*'nı* okumaktaydı, siyasi komiser ise telgrafhaneye takılıp kalmıştı. Bu vagon, uzun yollarda canları sıkılan ve yalnızlıktan bunalınca, cepheden memlekete yollanan mektuplarda her daim kullanılan o mürekkepli kalemlerle duvar ve sıraları karalayan nice Kızıl Orduluyu taşımış olmalıydı. Dvanov, bu yazıları samimi bir kederle okuyordu; evindeyken de yeni takvimi senenin başında okuyup bitirirdi böyle.

"Ümidimiz denizin dibine demir atmıştır," diye yazmıştı meçhul bir ordulu gezgin ve düşüncelerinin mekânını iliştirivermişti: "Cankoy, 18 Eylül 1918."

Hava karardı ve tren kalkış düdüğünü çalmadan hareket etti. Dva-

* 18. yüzyılda yaşamış Wilhelm Heinrich Wackenroder'in *Herzensergiessungen eines kunstliebenden Klosterbruders* adlı eserinden söz ediliyor. *–ç.n.*

nov sıcak vagonda sızıverdi, uyandığında içerisi karanlıktı. Fren tutaklarının gıcırtısı ve aralıksız bir başka ses olmuştu onu uyandıran. Pencerede anlık bir ışık parladı ve bir mermi alçacık ısıttı havayı. Yakınlarda bir yerde patlayıp anızı ve sakin gece tarlasını ışıl ışıl aydınlattı. Dvanov ayıldı ve ayağa kalktı.

Tren ürkekçe kesti hareketini. Komiser dışarı çıktı, Dvanov da onunla birlikte. Belli ki Kazaklar hattı ateşe tutuyordu, bataryaları yakınlarda bir yerde parıldıyor ama mermileri hedefin gerisine düşüyordu devamlı.

Serin ve kederliydi gece, iki kişi uzun uzun lokomotife doğru yürüdü. Aracın kazanı azıcık gürültü çıkarıyor, manometrenin üzerinde kandil gibi küçük bir ışık yanıyordu.

"Niye durdunuz?" diye sordu komiser.

"Yoldan korkuyorum, yoldaş komiser, ateş ediyorlar, bizse ışıksız gidiyoruz – bir kaza açacağız başımıza!" diye yanıtladı makinist yukarıdan kısık sesle.

"Saçma: Baksana uzağa sıkıyorlar!" dedi komiser. "Sesini çıkarmadan bir an önce kaç sen!"

"Peki!" diye kabul etti makinist. "Ama sadece bir yardımcım var... Baş edemez, ocağa bir asker verin!"

Dvanov anladı ve yardım etmek için lokomotife bindi. Lokomotifin önünde bir şarapnel patladı ve bütün katarı aydınlattı. Rengi atan makinist regülatör kolunu oynattı ve Dvanov ile yardımcısına seslendi:

"Buharı koru!"

Aleksandr canla başla ocağa odun sokuşturmaya koyuldu. Lokomotif tıkır tıkır sesler çıkararak hızlandı. Ölü karanlık serilmişti önlerinde ve belki de içinde sökülmüş raylar saklıyordu. Kavislerde tren öyle bir savruluyordu ki raydan çıkacaklarını sanıyordu Dvanov. Tren sıkça ve güçlü bir şekilde buhar çıkarıyor, lokomotifin koşan bedeninin sürtünmesiyle oluşan hava cereyanının uğultulu sesi işitiliyordu. Lokomotifin altında arada bir küçük köprüler gümbürdüyor, yukarıda ise açık ocaktan kaçan ateşi yansıtan bulutlar esrarengiz bir ışıkla parlayıveriyordu. Dvanov çabuk terlemişti, hem Kazak bataryası geride kaldığına göre makinistin treni ne diye böyle koşturduğuna şaşıyordu. Ne var ki korkuya kapılan makinist, ocağın beslenmesine bizzat yardım ederek buhar talep ediyordu durmadan ve regülatörü bir kez olsun en uç noktadan ayırmamıştı.

Aleksandr lokomotiften dışarı baktı. Bozkıra çoktandır, yalnızca trenin gidişiyle bozulan sessizlik hâkimdi. İleride sisli ışıklar kırpışıyordu: Galiba bir istasyon vardı orada.

"Ne diye böyle koşturuyor?" diye sordu Dvanov yardımcıya makinisti kastederek.

"Bilmiyorum," diye yanıtladı beriki, somurtkan.

"İyi de, bu gidişle kazayı kendimiz yapacağız!" dedi Dvanov, kendisi de ne yapması gerektiğini bilemeyerek.

Lokomotif gerilimden titriyor, kendisini boğan gücünden ve tüketemediği hızından kurtulmak için raydan çıkmanın fırsatını kollayarak bütün gövdesini sallıyordu. Bazen Dvanov, lokomotifin çoktan raydan çıktığını, ardındaki vagonların yetişemediğini, kendisinin ise yumuşak toprağın sessiz tozu içinde can verdiğini sanıyor, o zaman yüreğini korkudan sakınmak için göğsüne dokunuyordu.

Tren bir istasyonun makas ve kavşaklarından sarsılarak geçerken Dvanov tekerlerin makas göbeklerinde ateş püskürttüğünü görüyordu.

Sonra lokomotif tekrar, önündeki yolun karanlık kuytuluğuna ve son sürat giden trenin öfkesine gömülüyordu. Kavisler lokomotif ekibinin ayağını yerden kesiyor, hıza uyum sağlayamayan arka vagonlar rayların bitişme yerlerinde tekerleri inleyerek sıçrıyordu.

Yardımcı işten bıkmış olacak, makiniste seslendi:

"İvan Palıç! Şkarino'ya bir şey kalmadı, duralım da su alalım!"

Makinist duydu ama yanıt vermedi. Dvanov, onun yorgunluktan düşünmeyi unuttuğunu tahmin etti ve dikkatlice su vagonunun alt vanasını açtı. Böylece kalan suyu akıtıp makinisti gereksiz koşuyu kesmeye mecbur edecekti. Fakat beriki regülatörü kendiliğinden kapattı ve pencereden uzaklaştı. Yüzü sakindi, tütün almaya uzandı. Dvanov da sakinleşti ve su vagonunun vanasını kapadı. Makinist gülümsedi ve şöyle dedi:

"Neden yaptın bunu? Beyazların zırhlı treni Maryinski İstasyonu'ndan beridir peşimizde, uzaklaşmaya çalışıyordum!"

Dvanov anlamamıştı:

"Şimdi nereye gitti ya? Bataryayı geçince neden hızı kesmediniz peki, daha Maryinski İstasyonu'na varmadan?.."

"Zırhlı geride kaldı, artık yavaşlayabiliriz," diye yanıtladı makinist. "Odunların üstüne çık, arkaya bak!"

Aleksandr odun tepesinin üzerine çıktı. Hâlâ pek süratli gidiyorlardı, rüzgâr Dvanov'un bedenini üşütüyordu. Arkası zifiri karanlıktı, peşlerinden aceleyle gelen vagonlar gıcırdıyordu yalnızca.

"Maryino'ya varana kadar neydi peki aceleniz?" diye ağzını yokladı yine Dvanov makinistin.

"Batarya bizi seçememişti, hedef değiştirebilirdi, uzaklaşmak gerekiyordu!" diye açıkladı makinist, ama Dvanov onun korktuğunu düşündü.

Şkarino'da tren durdu. Komiser geldi ve makinistin anlattıklarına hayret etti. Şkarino boştu, lokomotife musluktan son su yavaşça akıyordu. Oralı bir adam yanlarına geldi ve gece rüzgârına karşı boğuk bir sesle Povorino'da Kazak devriyelerinin gezindiğini, katarın geçemeyeceğini bildirdi.

"Biz Razgulyay'a kadar gidceeğiz!" diye yanıtladı komiser.

"İyi öyleyse..." dedi adam ve karanlık istasyon binasına girdi.

Aleksandr da peşi sıra yapıya girdi. Bekleme salonu boş ve sıkıcıydı. Terk edilmişlik, unutulmuşluk ve fazla uzamış bir kasvet karşıladı onu iç savaşın bu tehlikeli evinde. Komiserle konuşan o yabancı yalnız adam, köşedeki sağlam kalmayı başarmış sıraya uzandı ve iki-üç parça kıyafetiyle örtünmeye koyuldu. Kim olduğuna ve buraya neden düştüğüne dair güçlü, samimi bir merak duydu Aleksandr. Kaç kere rastlamıştı kendi yalnızlık yasalarına göre yaşayan böyle yabancı, meçhul insanlara, ama bir kere olsun yanlarına gidip bir şey sormayı ya da onlara katılıp birlikte hayatın çarkından düşmeyi çekmemişti canı – ne evvelce olmuştu böyle bir şey, ne de sonrasında olacaktı. Belki de o zaman Şkarino İstasyonu'ndaki o adama yaklaşıp yanına uzansaydı, sabahleyin de çıkıp bozkır havası içinde yitseydi daha iyi olurdu Dvanov için.

"Makinist korkağın teki, zırhlı tren filan yoktu arkamızda!" dedi Dvanov sonradan komisere.

"Canı cehenneme – bir şekilde götürür!" diye sakin ve yorgun yanıtladı onu komiser, sonra da arkasını dönüp vagonun yolunu tuttu; yürürken kendi kendine kederle söyleniyordu: "Ah, Dunya, Dunya'm benim, çocuklarımı nasıl doyuruyorsun acaba?.."

Aleksandr da vagona bindi, insanların acılarına henüz anlam veremiyordu: Birisi boş garda yatıyor, diğeri karısını özlüyordu.

Vagona binen Dvanov yattı, gelgelelim şafak sökmeden önce bir tehlikenin serinliğini duyumsayarak uyandı.

Tren ıslak bozkırda duruyordu, Kızıl Ordulular horluyor, uykularında vücutlarını kaşıyorlardı – kart deriyi tırmalayan tırnakların keyifli gıcırtısı işitiliyordu. Komiser de uyuyordu, yüzünü buruşturmuştu; herhalde uykudan önce, terk ettiği ailesini anıp dertlenmiş, sonra da yüzünde acıyla öylece uyuyakalmıştı. Dinmek bilmez rüzgâr olgun otları büküyordu soğuyan bozkırda, ham toprak ise dünkü yağmurda cıvık çamura dönüşmüştü. Komutan da komiserin karşısına yatmış uyuyordu; Rafael'in anlatıldığı yerde açık kalmıştı kitabı. Dvanov sayfaya baktı: Rafael'in, Akdeniz'in sıcak kıyılarında dünyaya gelen ilk mutlu insanların yaşayan tanrısı olduğu yazıyordu orada. O zamanı gözünde canlandıramıyordu Dvanov: Rüzgâr esiyordu herhalde orada da ve köylüler sıcakta toprağı sürüyor, küçük çocukların anneleri ölüyordu.

Komiser gözlerini açtı:

"Ne o, durduk mu yoksa?"

"Durduk!"

"Lanet olsun! Günde yüz *verst* yol gidiyoruz!" dedi komiser öfkeyle ve Dvanov yine onunla birlikte lokomotife yöneldi.

Lokomotif terk edilmiş vaziyette duruyordu, ortalıkta ne makinist vardı ne de yardımcısı. İleride –beş *sajen* ötede– beceriksizce sökülmüş raylar gözüküyordu.

Komiser ciddileşti:

"Kendileri mi gitti, öldürüldüler mi? Şeytanın kendisi gelse anlayamaz! Nasıl gideceğiz biz şimdi?"

"Elbette kendileri gittiler!" dedi Aleksandr.

Lokomotif kızgındı daha, Dvanov kendisi, acele etmeden götürmeye karar verdi katarı. Komiser kabul etti, Dvanov'un yardımına iki Kızıl Ordulu verdi, diğerlerine ise yolu düzeltmelerini buyurdu.

Üç saat sonra katar yola koyulmuştu. Dvanov her şeyi –ocağı, suyu, yolu– kendisi denetliyordu, bir tür heyecan içindeydi. Koca tren uslu uslu gitmekteydi, Dvanov da fazla koşturmuyordu onu. Yavaş yavaş yüreklendi ve hızlandı ama yine de meyil ve kavislerde sert bir şekilde fren yapıyordu. Yardım eden Kızıl Ordululara işi anlatmıştı, buharı gereken basınç seviyesinde tutmada oldukça iyiydiler.

Zavalişnıy adında insansız bir ara istasyon çıktı karşılarına; ayakyolunun önünde bir ihtiyar oturmuş, bakışlarını kaldırıp trene bakmadan ekmeğini yiyordu. Dvanov makaslara dikkat ederek yavaşça geçti istasyondan ve hızla ileri atıldı. Sislerin arasından güneş çıkıyor, soğumuş nemli toprağı ısıtıyordu yavaşça. Tek tük kuşlar boş toprağın üzerinde havalanıyor ve derhal yiyeceklerinin başına geri konuyorlardı: dökülen, zayi olan tahılların başına.

Uzayıp giden düz bir meyil başladı. Dvanov buharı kapadı ve hızını artırarak ilerledi.

Düz yolun ta ilerisi görülüyordu, meylin bozkır çukurluğunda yokuşa dönüştüğü yere kadar. Dvanov rahatladı ve yardımcılarının çalışmasına göz atmak, biraz da konuşmak için koltuğundan indi. Beş dakika sonra pencereye döndü ve dışarı baktı. Uzakta bir semafor görülüyordu, orası Razgulyay olmalıydı işte; semaforun ardından yükselen lokomotif buharını seçti ama şaşırmadı: Razgulyay Sovyetlerin elindeydi; daha Novohopyorsk'tayken biliyorlardı bunu. Razgulyay'da bir karargâh vardı ve büyük kavşak istasyonu Liski ile düzenli irtibat sağlanıyordu.

Razgulyay'daki lokomotifin buharı buluta dönüştü ve Dvanov bacası ile ön kısmını gördü lokomotifin. "Liski'den gelmiştir herhalde," diye düşündü; fakat lokomotif semafora doğru ilerliyordu, Novohopyorsk katarının üzerine. "Şimdi durur, makasa giriyor," diye düşünerek takip etti Dvanov karşı lokomotifi. Ne var ki bacadan hızlı hızlı çıkan buhar trenin çalıştığını belli ediyordu: Lokomotif süratle gelmekteydi karşıdan. Dvanov pencereden sarktı ve gözünü dört açıp takibe koyuldu. Lokomotif semaforu geçmişti; ağır bir yük yahut ordu katarını tek hatlı yoldan Dvanov'un alnına alnına sürüklemekteydi. Dvanov artık yokuş aşağı iniyordu, öteki lokomotif de öyle; tam bozkır çukurluğunda karşılaşacaklardı, yol kesitinin kırıldığı yerde. Aleksandr berbat bir durumda olduğunu anladı ve çift siren kolunu çekti; Kızıl Ordulular karşıdan gelen treni fark ettiler, korkudan telaşlanmaya başladılar.

"Yavaşlayacağım şimdi, atlayın siz!" dedi onlara Dvanov: Nasılsa artık bir faydaları olamazdı. Westinghouse freni çalışmıyordu,

Aleksandr bunu önceki gün öğrenmişti, eski makinist gitmeden önce. Tek çare geri geri gitmekti – buharın yönünü değiştirmek. Karşıdaki tren de Novohopyorsk katarının ayırdına varmış, tehlike düdüğü çalıyordu aralıksız. Dvanov, tehlike alarmı susmasın diye düdüğün halkasını bir supaba taktı ve ters yön manşonunu çevirmeye koyuldu.

Elleri soğumuştu, gergin helisel dişli çarka güçlükle söz geçirdi. Ardından bütün buharı serbest bıraktı ve sönen bir bitkinlikle kazana yaslandı; Kızıl Orduluların lokomotiften atladıklarını görmemişti ama yokluklarına sevindi.

Katar yavaşça geriye doğru kaydı; bacasından su püskürten lokomotif geri geri gitmeye başladı.

Dvanov lokomotiften inmek istiyordu ama ters yön buharını sertçe açarken silindir kapaklarını kopardığını anımsadı. Silindirlerden buhar çıkıyordu, salmastraları delinmiş ama kapaklar sağlam kalmıştı. Karşı tren çok süratli yaklaşıyordu: Fren tutaklarının tekerlerin altında sürtünmesinden lacivert duman yayılıyordu, ne var ki tren fazlasıyla ağırdı ve lokomotif tek başına bastıramazdı hızını. Makinist sert ve aceleci bir şekilde üçlü düdük çalarak ekibinden el frenlerini çekmelerini istiyordu. Dvanov anlıyor ve olup bitenleri dışarıdan biri gibi izliyordu. O anda yavaş düşünmesi işine yaradı; lokomotiften inmeye korkmuştu çünkü siyasi komiser kendisini vururdu ya da sonradan partiden çıkarılabilirdi. Dahası, Zahar Pavloviç de kendi babası da şevke gelmiş koca bir lokomotifi asla makinistsiz ölüme göndermezlerdi, bu da aklındaydı Aleksandr'ın.

Dvanov darbeye dayanabilmek için pencere önündeki çıkıntıya tutundu ve son kez hasmına bir göz attı. Öteki trendeki insanlar gelişigüzel dökülüyordu, sakatlanarak ve canlarını kurtarmanın derdinde; lokomotiften de biri atlayıverdi: makinist ya da yardımcısı. Dvanov ardına, kendi trenine baktı: Görünürde kimseler yoktu, herkes uyuyor olmalıydı.

Aleksandr gözlerini yumdu, çarpışmanın gümbürtüsünden korkuyordu. Sonra bir anda, atlamak için can gelen ayaklarıyla kabinden fırladı ve iniş merdiveninin tırabzanına tutundu; ancak o anda bilincinden bir hayır geldi: Kazan darbe sırasında muhakkak patlayacak ve kendisi de bir makine düşmanı gibi paramparça olacaktı. Hayatını bekleyen ve bir saniye sonra onsuz öksüz kalacak sağlam, berk toprak ayaklarının hemen dibinde koşturmaktaydı. Toprak erişilmezdi ve canlı gibi uzaklaşıyordu; Dvanov çocukluğundan bir görüntü ve bir duygu anımsadı: Annesi pazara gidiyor, kendisi ise henüz alışamadığı titrek bacakları üzerinde peşinden koşturuyor, annesinin dönmemecesine gittiğine inanıyor ve gözyaşlarını ağlıyordu.

Karanlığın sıcak sessizliği Dvanov'un görüşünü engelledi.

"İzin ver bir şey daha söyleyeyim!.." dedi Dvanov ve kendisini kuşatan sıkışıklığın içinde kayboldu.

Kendine geldiğinde uzakta ve yalnızdı; yaşlı kuru otlar boynunu gıdıklıyordu, tabiat ise çok gürültülü geldi ona. Her iki lokomotif de sirenlerini ve emniyet valflarını inletmekteydi: Sarsıntıdan yayları gitmişti. Dvanov'un lokomotifi rayların üzerinde düzgünce duruyordu, sadece iskeleti anlık gerilim ve ısınmadan ötürü morararak bükülmüştü. Razgulyay lokomotifi ise raydan çıkmış, tekerleri balasta saplanmıştı. Novohopyorsk treninin ön vagonunun içine iki vagon girmişti duvarlarını yararak. Razgulyay katarının iki vagonu sıkışıp otların üzerine fırlamıştı, tekerleri ise su tankının üzerinde duruyordu.

Komiser, Dvanov'a yaklaştı:

"Hayatta mısın?"

"Sorun yok. Neden oldu bu peki?"

"Şeytan bilir! Onların makinisti frenlerim tutmadı diyor, Razgulyay'da duramamış! Tutukladık o serseriyi! Senin gözün neredeydi peki?"

Dvanov korktu:

"Geri geri gittim ben – komisyon topla istersen, kumanda durumunu incelesinler..."

"Ne komisyonu be! Bizden ve onlardan kırk kişiyi yere serdiniz – bu kayıplarla beyazların koca bir şehri ele geçirilirdi! Yakınlarda da Kazaklar sürtüyormuş deniyor... Mahvolduk!.."

Az sonra Razgulyay'dan işçi ve alet edevat taşıyan bir yardımcı tren geldi. Dvanov'u unuttu herkes, o da Liski'nin yolunu tuttu yürüyerek.

Ne var ki yolunun üzerinde bir insan devrilmiş yatıyordu. Öyle süratle şişmekteydi ki, büyüyen bedeninin hareketi izlenebiliyordu; yüzü ise, adam karanlığa gömülüyormuş gibi usul usul koyulaşmaktaydı – o kadar ki Dvanov gün ışığını kontrol etti, bir insan bu şekilde kararabildiğine göre ışığın hâlâ yürürlükte olup olmadığını görmek için.

Az sonra adam öyle büyümüştü ki Dvanov korkmaya başladı: Patlayıp hayat sıvısını püskürtebilirdi. Dvanov uzaklaştı yanından; fakat o esnada adam sönmeye ve aydınlanmaya başladı – çoktan ölmüş olmalıydı, yalnızca ölü maddeler kıpırdanıyordu içinde.

Bir Kızıl Ordulu da çömelmiş, kanının düşük kalite koyu renk şarap gibi aktığı kasığına bakıyordu; Kızıl Ordulunun yüzü sararıyordu, ayağa kalkmak için eline dayanıyor ve aksak sözcüklerle kanına sesleniyordu:

"Dursana, köpek, güçsüz düşeceğim!"

Ne var ki kan tadını duyuracak denli yoğundu, önce kara kara akmaya başladı, sonra hepten kesildi; Kızıl Ordulu sırtüstü devrildi ve sessizce, yanıt beklemeyen bir samimiyetle konuştu:

"Of, nasıl sıkılıyor canım... Yanımda da kimseler yok!"

Dvanov Kızıl Ordulunun yanına geldi, beriki açık bir bilinçle ricada bulundu:

"Gözümü kapasana!" Kuruyan gözleri kırpışmadan, gözkapakları hiç mi hiç titremeden bakıyordu.

"Niye ki?" diye sordu Aleksandr ve utancından telaşlandı.

"Acıyor..." diye açıkladı Kızıl Ordulu ve gözlerini kapamak için dişlerini sıktı.

Fakat gözler kapanmıyor, bulanık bir minerale dönüşerek solup ağarıyordu. Ölen gözlerinden bulutlu göğün yansıması geçti apaşikâr; tabiat, yolunu kesen hayattan kurtulmuş gibi adamın içine dönüyordu adeta ve bu eziyet bitsin diye ölüp uyum sağladı ona Kızıl Ordulu.

Razgulyay İstasyonu'nun çevresinden dolandı Dvanov durdurup kontrol etmesinler diye ve insanların yardım görmeden yaşadıkları o ıssızlık içinde yitip gitti.

Demiryolu kulübeleri düşünceli sakinleriyle daima ilgisini çekmişti Dvanov'un; yol bekçilerinin, yalnızlıkları içinde sakin ve akıllı olduklarını düşünürdü. Dvanov su içmek için yol üzerindeki evlere giriyor, oyuncakla değil hayal gücüyle oynayan yoksul çocukları görüyor ve hayatlarının yazgısını paylaşmak için ilelebet onlarla kalmaya meylediyordu.

Dvanov o geceyi bir kulübede geçirdi ama odada değil küçük sofada, çünkü odada bir kadın doğum yapmaktaydı, bütün gece yüksek sesle inlemişti. Kocası, Dvanov'un üzerinden aşa aşa uykusuz gezip durmuş, şaşkınlıkla söylenmişti kendi kendine: "Böyle bir zamanda... Böyle bir zamanda..."

Doğan çocuğunun, devrim derdi arasında çabucak ölmesinden korkuyordu. Dört yaşındaki oğlan da annesinin gürültülü telaşından ötürü uyanıyor, su içiyor, işemeye çıkıyor, olup biteni yabancı biri gibi izliyordu, anlayarak ama hak vermeden. Sonunda Dvanov ansızın kendinden geçti ve sıkıcı, uzun bir yağmurun çatıda yumuşacık hışırdadığı sabahın donuk ışığıyla uyandı.

Hoşnut ev sahibi çıktı odadan ve şöyle dedi doğruca:

"Oğlan doğdu!"

"Çok iyi," dedi ona Aleksandr ve kalktı şilteden. "Adam olacak!"

Doğan çocuğun babası gücendi:

"Ne demezsin, sonra da inek güdecek – çok var burada bizden!"

Dvanov yoluna devam etmek üzere yağmura çıktı. Dört yaşındaki oğlan pencerenin kenarında oturmuş, hayal ettiği, kendi hayatına benzemeyen bir şey çiziyordu parmaklarıyla cama. Aleksandr veda niyetine iki kere el salladı ona ama çocuk korktu, indi pencereden; Dvanov bir daha da görmedi onu, görmeyecek de hiçbir zaman.

"Görüşmek üzere!" dedi Dvanov gece konakladığı eve ve Liski' nin yolunu tuttu.

Bir *verst* sonra eli bohçalı dinç bir ihtiyar kadına denk geldi.

"Doğurdu!" dedi ona Dvanov acele etmesin diye.

"Doğurdu ha?!" dedi kadın birden şaşırarak. "Düşük yaptı zahir, gördün mü başa geleni, anam babam! Ne gönderdi Tanrı?"

"Oğlan," diye belirtti Dvanov hoşnutça, hadiseye kendi de katılmış gibi.

"Oğlan! Güldürmeyecek anasıyla babasının yüzünü hayırsız!" dedi ihtiyar hükmünü bildirerek. "Ah, anam babam, zordur doğurması pek zor: Şu âlemde tek bir erkek doğum yapmış olaydı, karısıyla kaynanasının ayaklarına kapanırdı!.."

İhtiyar kadın derhal Dvanov'u ilgilendirmeyen uzun bir konuşma başlattı, beriki onun lafını kesti:

"Haydi nene, kal sağlıcakla! Senle benim doğuracağımız yok, ne diye tartışalım ki?"

"Sağlıcakla, canım! Anneni aklından çıkarayım deme! Hayırsız olma!"

Dvanov ebeveynlerini sayacağına söz verdi ve saygısıyla ihtiyar kadını sevindirdi.

UZUNDU EV YOLU Aleksandr'ın. Bulutlu günün gri kederi içinde yürüyor, güz toprağına bakıyordu. Kimileyin gökyüzünde güneş beliriyor, ışığıyla otlara, kumlara, ölü kile sokuluyor ve şuursuzca duygu alışverişinde bulunuyordu onlarla. Güneşin bu sözsüz dostluğu ve toprağı ışıkla yüreklendirmesi hoşuna gidiyordu Dvanov'un.

Liski'ye vardığında, tayfaları ve Çinlileri Çariçin'e götüren bir trene bindi. Tayfalar, etsiz çorba yolladığı için gıda noktasındaki memuru dövmek üzere treni biraz beklettiler, ardından katar sakince yoluna koyuldu. Rus tayfaların reddettiği balıklı çorbayı Çinliler yiyip bitirdi, çorba kazanlarının kenarında kalan tüm besleyici nemi de ekmekleriyle sıyırdıktan sonra, tayfaların ölüme ilişkin sorusunu şöyle yanıtladılar: "Biz ölümü severiz! Çok severiz çok!" Sonra Çinliler, karınları tok, yatıp uyudular. Geceleyin ise, düşünceler yüzünden gözüne uyku girmeyen tayfa Kontsov, tüfeğinin namlusunu kapı aralığından çıkarıp yol üzerindeki demiryolu evlerinin, işaretlerin ışıklarına ateş etmeye koyuldu. Kontsov insanları korurken onlar için boş yere öleceğinden korkuyordu; bu nedenle de önce birilerine zarar veriyordu ki, zarar gören bu kimselerin uğruna savaşma sorumluluğu kazansın. Ateş edince Kontsov hemen tatmin olup sızdı ve dört yüz *verst* boyunca uyudu, Aleksandr ise ikinci günün sabahında çoktan ayrılmıştı o trenden.

Dvanov avlusunun kapısını açtı ve sofanın önünde büyüyen yaşlı ağaca sevindi. Ağaç yara ve kesikler içindeydi, odun kesenler dinlenirken balta saplıyordu gövdesine, ama hâlâ canlıydı ve hasta dallarının üzerinde yeşil yaprakların tutkusunu koruyordu.

"Geldin ha, Saş?" diye sordu Zahar Pavloviç. "İyi oldu geldiğin, yalnız başıma kaldıydım yoksa burada. Gece sen yokken uyku tutmuyordu, yattığım yerden kulak kesiliyordum geldin mi acaba diye! Kapıyı da kilitlemedim ki hemen girebilesin içeri..."

Evdeki ilk günlerinde Aleksandr üşüyor ve ocağın üzerinde ısınmaya çalışıyor, Zahar Pavloviç ise aşağıda oturuyor ve oturduğu yerde kestiriyordu.

"Saş, bir isteğin var mı?" diye soruyordu arada bir Zahar Pavloviç.

"Hayır, hiçbir şey istemiyorum," diye yanıtlıyordu Aleksandr.

"Belki bir şeyler yersin diye düşündüydüm ben de."

Kısa süre sonra Dvanov Zahar Pavloviç'in sorularını duyamaz oldu; geceleri Aleksandr'ın çoraplarının ısındığı sobaya yüzünü dayayıp ağladığını da göremiyordu. Tifo olmuştu Dvanov; bu tifo, hastanın bedenini sekiz ay boyunca terk etmedi, tekrarladı durdu, sonra da akciğer iltihaplanmasına dönüştü. Aleksandr hayatını unutmuş yatıyor, ancak kış geceleri, pek seyrek, lokomotif düdüklerini duyuyor, anımsıyordu onları; kayıtsız kulaklarına uzaktaki bir topçu birliğinin uğultusu erişiveriyordu bazen, sonra hasta tekrar sıcak ve gürültülü vücudunun dar ortamında sıkışıp kalıyordu. Bilinçli olduğu anlarda bomboş ve kupkuru yatıyordu Dvanov, bir tek derisini hissedebiliyor ve yatağına tutunuyordu sıkı sıkı – kuru, hafif örümcek cesetleri gibi uçuvereceğini zannediyordu zira.

Paskalya arifesinde Zahar Pavloviç evlatlığına bir tabut yaptı: sağlam, güzel, yakalı ve sürgülü bir tabut, usta-babadan oğluna son bir armağan. Zahar Pavloviç, Aleksandr'ı böyle bir tabutun içinde saklamak istiyordu, canlı değilse bile tek parça halinde, ki anıp sevebilsin onu; her on yılda bir oğlunu mezarından çıkarmak niyetindeydi, onu görüp kendisini onunla birlikte hissedebilmek için.

Dvanov yeni bir yaz mevsiminde çıktı evden; hava su gibi ağır geldi ona, alev alev yanan güneş gürültülü, bütün dünya ise o güçsüz haline göre fazla taze, fazla yakıcı, esritici. Hayat bir kez daha parladı Dvanov'un önünde – bedeni geriliyor, düşüncesi hayal gücüyle kanatlanıyordu.

Çitin gerisinden tanıdık bir kız bakmaktaydı Aleksandr'a: Sonya Mandrova. Tabut yapıldığı halde Saşa'nın neden ölmediğini anlamamıştı.

"Ölmedin mi?" diye sordu.

"Hayır," dedi ona Aleksandr. "Sen de mi hayattasın?"

"Ben de hayattayım. Birlikte yaşayacağız seninle. İyi misin şimdi?"

"İyi. Sen?"

"Ben de iyiyim. Neden böyle zayıfsın peki? Ölüm geldi ama sen içine almadın değil mi?"

"Sen ölmemi mi istiyordun?" diye sordu Aleksandr.

"Bilmem ki," diye yanıtladı Sonya. "İnsanların çok olduğunu gördüm, ölüyorlar ama kalıyorlar da."

Dvanov onu avlusuna çağırdı; Sonya yalınayak çitten atladı ve kış boyunca unuttuğu Aleksandr'a dokundu. Dvanov ona hastalığı sırasında rüyalarına giren şeyleri ve rüya karanlığı içinde nasıl canının sıkıldığını anlattı: Hiçbir yerde insan yoktu orada. Şimdiyse yeryüzünde de az insan olduğunu görmüştü, tıpkı savaşın yakınındaki tarlalardan geçerken olduğu gibi – o zaman da nadiren rastlamıştı evlere.

"Yanlışlıkla 'bilmem ki' dedim sana," dedi Sonya. "Eğer ölseydin çok ağlardım ben. Uzağa gitsen hadi neyse, ne olursa olsun tek parça halinde yaşadığını düşünürdüm bari..."

Aleksandr hayretle baktı ona. Az yemek yese de bu yıl içinde büyümüştü Sonya; saçları koyulaşmış, vücudu daha bir ihtiyatlı olmuştu ve insan onun yanında utanıp sıkılıyordu.

"Senin haberin yok daha Saş, ben artık kursa gidiyorum!.."

"Ne öğretiyorlar orada?"

"Bilmediğimiz her şeyi. Orada bir öğretmen diyor ki, biz leş kokulu hamurmuşuz, kendisi bizden tatlı çörek yapacakmış. Ne derse desin, sonuçta ondan politika öğreneceğiz, doğru değil mi?"

"Sen leş kokulu hamur musun ki?"

"Hı hı. Ama sonra olmayacağım, diğerleri de olmayacaklar, çünkü ben çocukların öğretmeni olacağım, onlar da küçük yaştan akıllanacaklar. O zaman onları leş kokulu hamur diyerek gücendirmeyecek kimse."

Dvanov ona tekrar alışabilmek için eline dokundu, ikinci elini de verdi ona Sonya.

"Böyle daha çabuk iyileşirsin," dedi. "Sen soğuksun, ben sıcağım. Hissediyor musun?"

"Sonya, akşam bize gelsene," dedi Aleksandr. "Çünkü sıkıldım ben yalnızlıktan."

Sonya geldi akşam; Saşa ona resim yaptı, kız da nasıl daha iyi yapılacağını gösterdi. Zahar Pavloviç tabutu yavaştan dışarı çıkardı ve yakmak üzere parçaladı. "Artık beşik yapmak lazım," diye düşündü. "Şöyle yumuşak yaylı demir nereden bulurum ki?.. Yok bizde, lokomotif için olandan var. Belki Saşa'nın Sonya'dan çocukları olur, ben de onları korurum. Sonya yakında büyüyecek – yaşasın tabii, o da bir öksüz."

Sonya gidince Dvanov hemen yattı korkusundan, sabaha kadar uyumak, yeni günü görmek ve geceyi anımsamamak istiyordu. Gelgelelim yatıyor ve açık gözleriyle görüyordu geceyi; içindeki güçlenen, heyecanlı yaşam dalıp gitmek istemiyordu. Dvanov, tundra karanlığını canlandırdı gözünde, yeryüzünün sıcak yerlerinden kovulan insanlar oraya gelmişlerdi yaşamaya. O insanlar, kaybettikleri yaz ikliminin yerini tutacak evleri inşa edebilmek için kereste taşıyabilecekleri küçük bir demiryolu yapmışlardı. Dvanov kendisini, yeni şehirlerin kurulması için tomruk taşınan o kereste yolunun makinisti olarak hayal etti, aklından makinistin bütün işini yapmaktaydı – ıssız menzillerden geçiyor, istasyonlarda su depoluyor, kar fırtınasının ortasında ıslık çalıyor, yavaşlıyor, yardımcısıyla konuşuyordu, en sonunda Kuzey Buz Denizi'nin kıyısında bulunan menzil istasyonunda uyuyakaldı. Rüyasında, yoksul zeminden fışkırmış büyük ağaçlar gördü, çevrelerinde uçucu, hafif hafif kıpırdanan meydan vardı, boş yol da sabırla uzaklara gidiyordu. Dvanov bütün bunlara imrendi; ağaçları, havayı ve yolu alıp içine sığdırmak istedi, himayeleri altında ölmeden evvel. Ve bir şey daha anımsamak istedi Dvanov, ne var ki bu çaba anının kendisinden daha ağırdı ve düşüncesi, hareket eden tekerleğin üzerinden havalanan kuş gibi bilincinin dönemecinden havalanıp gitti rüyasında.

GECELEYİN RÜZGÂR ÇIKTI ve bütün şehri ayaz kuşattı. Birçok evde soğuk baş gösterdi, çocuklar korunmak için tifolu annelerinin ateşli bedenlerine sokularak ısınmaya çalışıyordu. Vilayet Yürütme Kurulu Başkanı Şumilin'in karısında da tifo vardı, iki çocuğu uykularını sıcakta uyumak için iki yandan sokulmuşlardı kadına; Şumilin'in kendisi ise odayı aydınlatmak için masanın üzerinde gaz ocağı yakıyordu çünkü lambaları yoktu, elektrik ise sönmüştü. Şumilin, bir iple pulluğu çekip toprağı sürecek bir rüzgâr motoru çizmekteydi. Vilayette at sıkıntısı çekilir olmuştu ve yeni at neslinin doğmasını, sonra da cer gücüne ulaşmasını bekleyecek zaman yoktu, demek ki bilimsel bir çözüm aramak gerekiyordu.

Çizimini bitiren Şumilin divana uzandı ve gerekli eşyalara sahip olmayan Sovyet ülkesinin genel yoksulluğuna ayak uydurmak adına paltosunun altında büzüşüp sessizce uyuyakaldı.

Sabahleyin Şumilin, vilayet kitlelerinin muhtemelen bir şeyler düşünmüş olduğunu ve belki sosyalizmin de bir yerlerde kazara başarılmış olabileceğini tahmin etti, zira insanların felaket korkusu karşısında, yokluğu göğüslemek için bir araya gelmekten başka çıkar yolları yoktu. Karısı tifodan solmuş beyaz gözlerle bakıyordu kendisine ve Şumilin tekrar paltosunun altına gizlendi. "Bir an önce," diye fısıldadı kendi kendine rahatlamak için, "bir an önce başlatmak gerek sosyalizmi, yoksa kadın ölecek."

Çocuklar da uyanmıştı ama yataklarının sıcağından çıkmıyor, canları yemek çekmesin diye tekrar uyumaya çalışıyorlardı.

Sessizce toparlanıp işe gitti Şumilin; karısına çabuk dönme sözü verdi; her gün veriyordu bu sözü, oysa geceyarısı çıkıp geliyordu.

Vilayet Yürütme Kurulu'nun önünden insanlar geçiyordu; aslında vadi köylerinde otururlarmış da temizlenip paklanmadan uzak yola düzülmüşler gibi kil içindeydi üstleri başları.

"Nereye böyle?" diye sordu bu ağır ağır gidenlere Şumilin.

"Biz mi?" dedi, hayatın güvenilmezliğinden ötürü boyu ufalmaya başlayan bir ihtiyar. "Nereye olursa gidiyoruz, yolumuz kesilene kadar. Geri çevir bizi, geri gideriz."

"O zaman en iyisi ileri gidin," dedi onlara Şumilin.

Aklına, okuduğu bilimsel bir kitap geldi odasında; hızın etkisiyle çekim kuvveti, bedenin ve hayatın ağırlığı azalıyordu, demek insanların başları beladayken hareket edip durmaları da bundandı. Rus seyyah ve hacılar da, halkın gamlı ruhuna çöken ağırlığı dağıtmak için öyle devamlı geziniyor olmalıydılar. Vilayet Yürütme Kurulu'nun penceresinden ekilmemiş çıplak tarlalar görülüyordu; kimileyin orada yalnız bir insan belirirdi, çenesini asasına dayayıp şehre odaklanır, sonra küçük bir koyaktaki damına giderdi, alacakaranlığında yaşadığı ve birtakım ümitler beslediği.

Şumilin telefonda, Vilayet Komitesi'nin sekreterine endişesinden söz etti: "Tarlalarda ve şehirde dolaşan insanlar bir şeyler düşünüyor ve istiyorlar, biz ise onları odamızdan yönetiyoruz: Vilayete şöyle ahlaklı, bilimsel bir delikanlı göndermenin zamanı gelmedi mi? Bir baksın, belki de hayatın içinde sosyalist unsurlara rastlar: Sonuçta kitlelerin de kendilerince arzuları vardır, belki de kendi ellerinden çıkma bir hayat sürüyorlardır, ne de olsa henüz yardıma alışmış değiller; yokluğun ortasında bir nokta bulunmalı ve oradan yola çıkılmalı hemen, zamanımız yok!"

"İyi madem, gönder," dedi sekreter kabul ederek. "Bulurum ben sana birini, sen de gerekli emirlerle donatıverirsin."

"Hemen bugün yolla," diye rica etti Şumilin. "Benim eve sevk et."

Sekreter, emri kurumunun alt birimlerine gönderdi ve sonra meseleyi unuttu. Organizasyon Bölümü kâtibi, sekreterin emrini komite mekanizmasında indirebileceği daha derin bir yer bulunmadığı için kendisi düşünmeye koyuldu: Vilayeti incelemeye kimi gönderseydi? Kimse yoktu: Tüm komünistler zaten faaliyet halindeydiler; kayıtlarda yalnızca Novohopyorsk'tan şehrin su tesisatını onarması için çağırılan Dvanov diye birinin adı geçiyordu, onun da siciline hastalandığına dair bir belge iliştirilmişti. "Ölmediyse onu gönderirim," diye karar verdi kâtip ve Vilayet Komitesi sekreterini Dvanov konusunda bilgilendirmeye gitti.

"Kendisi üstün bir parti üyesi değil," dedi kâtip. "Üstünlük göstereceği bir durum yaşanmadı bizim buralarda. Ama büyük işler verilirse insanlar kendilerini gösterebilirler, sekreter yoldaş."

"Peki," diye yanıtladı sekreter. "Çocuklar kendi keşfettikleri işlerde pişip olgunlaşsınlar."

Akşamleyin Dvanov kâğıdı aldı: Sosyalizmin kitleler arasında kendiliğinden doğuşu üzerine sohbet etmek üzere Vilayet Yürütme Komitesi başkanının yanına gitmeliydi derhal. Dvanov kalktı ve alışkanlığını yitirmiş ayaklarıyla yürüdü; Sonya, elinde defteri ve bir dulavratotuyla kurstan dönmekteydi; dulavratotunu koparmıştı çünkü alt kabuğu beyazdı, geceleri rüzgâr tarıyor, ay ışıtıyordu onu. Sonya, gençliği uyku vermediğinde pencereden bu dulavratotuna bakardı, şimdi ise boş araziye girip koparmıştı onu. Evinde birçok bitkisi vardı zaten, en çok da asker mezarlarında büyüyen her-dem-taze çiçeklerinden.

"Saşa," dedi Sonya. "Bizi yakında köylere götürecekler, çocuklara okuma yazma öğretmeye, ama ben çiçekçilik yapmak istiyorum."

Aleksandr şöyle yanıtladı onu:

"Çiçekleri hemen hemen herkes sever zaten, başkalarının çocuklarını ise seven azdır, anca ebeveynleri."

Sonya'nın aklı ermemişti, doğru düşünmesine engel bir sürü yaşamsal hisle doluydu içi henüz. Gücenerek uzaklaştı Aleksandr'ın yanından.

Şumilin'in nerede oturduğunu kesin olarak bilmiyordu Dvanov. Önce Şumilin'in oturduğunu sandığı o tahmini evin avlusuna girdi. Avluda bir dam, içinde bir kapıcı vardı; hava kararıyordu artık, tahta ranzaya uzanmıştı kapıcı karısıyla birlikte, temiz örtünün üzerine apansız gelecek bir konuk için ekmek bırakmışlardı. Dvanov dama bir köye girer gibi girdi; saman ve süt, tüm Rus köylülerinin içerisinde doğduğu o bereketli ev sıcaklığı kokuyordu burası ve kapıcı-ev sahibi karısıyla mesleğinin dertleri üzerine bir şeyler fısıldaşıyor olmalıydı.

Kapıcıya gururu incinmesin diye avlu sıhhiyecisi adı verilmişti o günlerde; Şumilin'i göstermesi rica edilince keçe çizmelerini giydi, iç çamaşırının üzerine kaputunu geçiriverdi kapıcı.

"Gidip hazine için biraz üşüteyim, sen de uyuma daha, Polya."

O sırada Şumilin fincan tabağına koyduğu patates püresiyle hasta karısını beslemekteydi, kadın yiyeceği güçlükle çiğniyor, bir eliyle de yamacına sığınmış üç yaşındaki oğlunu avutuyordu.

Dvanov meramını söyledi.

"Bekle, karımı doyurayım," diye rica etti Şumilin ve işi bitince emrini açıkladı: "Kendin de görüyorsun işte, yoldaş Dvanov, neye ihtiyacımız olduğunu: Ben gündüzleri görevdeyim, akşamları hatunu elimle besliyorum. Başka bir şekilde yaşamasını öğrenmemiz gerek..."

"Böylesi de fena sayılmaz," diye yanıtladı Dvanov. "Ben hastayken de Zahar Pavloviç beni eliyle beslerdi, severdim bunu."

"Neyi severdin?" dedi Şumilin, anlamamıştı.

"İnsanların elden ağza beslenmelerini."

"Hah, sev madem," dedi Şumilin bir şey hissetmeden ve Dvanov' dan yürüyerek vilayeti dolanmasını, insanların yaşayışlarına bakmasını istedi; fukaralar kendiliklerinden toplaşmış, sosyal vaziyete uygun yerleşmiş olmalıydılar. "Biz burada çalışıyoruz," diye fikrini bildirdi Şumilin üzüntüyle, "kitleler ise yaşıyor. Korkarım, yoldaş Dvanov, komünizm orada daha hızlı ortaya çıkacak – yoldaşlık dışında bir korunmaları yok çünkü. Sen oraya gidip bir göz atsan iyi olur."

Dvanov, tarlalarda dolaşan, cephede boş yapılarda uyuyan çeşitli insanları anımsadı; belki o insanlar sahiden de rüzgârdan ve devletten gizli bir koyakta toplaşmış, dostluklarından hoşnut yaşayıp gidiyorlardı. Dvanov girişimci halkın arasında komünizmi aramayı kabul etti.

"Sonya," dedi ertesi sabah. "Ben gidiyorum, hoşçakal!"

Kız çitin üzerine çıktı, avluda elini yüzünü yıkamaktaydı.

"Ben de gidiyorum Saş. Kluşa kovdu beni yine. Köyde tek başıma yaşarım daha iyi."

Sonya'nın, Kluşa Teyze diye bir tanıdığında kaldığını, anne babasının olmadığını biliyordu Dvanov. Yalnız başına hangi köye gidecekti ama? Meğer Sonya ve kız arkadaşlarını kurstan vaktinden önce mezun ediyorlarmış çünkü köyde cahil insan çeteleri türemiş ve Kızıl Ordu müfrezeleri kadar kadın öğretmenler de gönderiliyormuş oraya.

"Artık devrimden sonra görüşeceğiz seninle," dedi Dvanov.

"Görüşeceğiz," diye onayladı Sonya. "Yanağımdan öp beni, ben de seni alnından. Gördüm, insanlar hep böyle vedalaşıyor, benimse vedalaşacak kimsem yok."

Dvanov dudaklarıyla kızın yanağına dokundu, kendi alnında da Sonya'nın dudaklarının kuru çelengini hissetti; Sonya arkasını döndü ve ıstırap çeken mütereddit eliyle çiti okşadı.

Dvanov Sonya'ya yardım etmek istedi ama eğilebildi yalnızca ve saçlarından yayılan solmuş ot kokusunu duydu. O sırada genç kız başını çevirip hayata döndü.

Zahar Pavloviç eşikte, yapımı yarım kalmış demir bir bavulla dikiliyor ve yaş biriktirmemek için gözlerini kırpıştırmıyordu.

DVANOV VİLAYETİN İÇİNDE, kaza ve nahiye yollarında yürümekteydi. Yerleşim bölgelerinin yakınlarından geçiyor, bu yüzden vadi dereleri, koyaklar boyunca yürümesi gerekiyordu. Boşaltma havzalarına çıktığında tek bir köy bile göremez oluyordu; hiçbir yerde ocak bacalarından duman tütmüyor, belli ki bozkırın bu yükseltileri nadiren ekilip biçiliyordu; yabancı otlar büyüyordu burada, sık mı sık muzır otlar kuşlarla haşerelere barınak ve yiyecek sağlıyordu.

Havzalardan baktığında Rusya şenelmemiş görünse de Dvanov'a, vadi derinliklerinde, suyu kıt çayların kıyılarında hep köyler yaşamaktaydı. İnsanların suyun izini sürerek yerleştikleri belliydi, su kaynaklarının köleleriydiler. Başlangıçta Dvanov hiçbir şey göremedi vilayette, her yer yoksul bir hayal gücünün ürünü gibi birörnek gözüküyordu; ama işte bir akşam yatacak yer bulamayınca bir havzanın tepesindeki sıcak muzır otların içine sığındı.

Dvanov yattı ve parmaklarıyla altındaki zemini eşeledi. Aslında toprak gayet bereketliydi fakat süreni yoktu; Aleksandr buralarda at sıkıntısı çekildiğini düşündü, sonra da uyuyakaldı. Şafak sökerken başka bir bedenin ağırlığını duyarak uyandı ve revolverini çıkardı.

"Korkma," dedi yanına yıkılan adam. "Uykumda üşüdüm, baktım sen de yatıyorsun... Gel kucaklaşıp uyuyalım da ısınalım."

Dvanov onu kucakladı, ikisi de ısındılar. Sabahleyin Aleksandr bu adamı bırakmadı, fısıldayarak sordu ona:

"Burayı niye sürmüyorlar? Toprak kara baksana! At mı yok nedir?"

"Bekle," diye yanıtladı ısınmış yaya hırıltılı, *mahorka* çatlağı bir sesle. "Söylerdim sana ama aklım ekmeksiz devretmiyor. Eskiden insanlar vardı, şimdi onlar boğaz oldular. Anladın mı sözümü?"

"Hayır anlamadım, ne olacak?" dedi Dvanov şaşırarak. "Bütün gece benimle ısındın, şimdi de mızırdanıyorsun!.."

Yaya ayağa kalktı.

"Gece gecedir be adam! İnsanın derdi güneşin yolunu izler; akşamleyin içine batar, sabahleyin çıkar tepeye. Akşam donduydum ben, gündüz değil ki!"

Dvanov'un cebindeki çöplerin arasında biraz ekmek içi vardı.

"Al, ye," diyerek verdi ekmeği, "aklın karnına devretsin, sen olmadan da öğrenirim ben öğreneceğimi."

O gün öğleyin Dvanov, faaliyet halindeki bir koyağın içinde uzak bir köy buldu ve köy sovyetindekilere*, onlara ait bozkır topraklarına Moskovalı göçmenlerin oturtulacağını söyledi.

"Buyursun otursunlar," diyerek kabul etti sovyet başkanı. "Nasılsa orada sonları gelecek, içmeye su yok ki orada, hem uzak da. Biz kendimiz ezelden beri dokunmamışız o toprağa... Eğer ki orada su olsaydı, suyumuzu çıkarmalarına razı olurduk, o malazı da memnuniyetle işlerdik..."

Şimdi Dvanov vilayetin daha da ötelerine gidiyor ve nerede duracağını bilemiyordu. Kuru, yüksek havzalarda suyun ışıldayacağı zamanı düşünüyordu; işte o zaman sosyalizm gelmiş olacaktı.

Az sonra önünde kadim, çoktandır kurumuş bir nehrin dar vadisi belirdi. Vadide Petropavlovka kasabası yer alıyordu, küçücük bir suvatın etrafına üşüşmüş bir sürü açgözlü ev.

Petropavlovka'nın caddesinde Dvanov buraya bir zamanlar buzulların getirdiği sapkın kayalar gördü. Şimdi o taşlar damların önünde duruyor, ihtiyarlar için koltuk görevi görüyordu.

Dvanov bu taşları daha sonra, köy sovyetinde otururken anımsayıverdi. Yaklaşan gece için kendisine yatacak yer göstersinler diye, bir de Şumilin'e mektup yazmak için uğramıştı oraya. Dvanov mektuba nasıl başlanması gerektiğini bilmiyordu, Şumilin'e tabiatın özel bir yaratma yeteneğine sahip olmadığını, işini sabırla gördüğünü bildirdi: Finlandiya'dan bir buzulun diline binip, ovaları ve zamanın kasvetli uzunluğunu aşarak sapkın kayalar gelmişti Petropavlovka'ya. Yenilenmiş hayatı üzerinde kurmak için tek tük derelerden, derindeki kaynaklardan su verilmeliydi yüksek bozkıra. Finlandiya'dan sapkın kaya getirmeye kıyasla daha yakın bir hedefti bu.

Dvanov yazarken, masasının yanında kaprisli yüzü ve psikozlu, kendi eliyle tıraş ettiği sakalıyla bir köylü de bir şey bekliyordu.

* Sovyet sözcüğü metinde iki farklı anlamda kullanılmıştır. Cins isim olarak kullanılan sovyet sözcüğü, "devlet iktidarının temsil organı", bir tür "heyet" anlamına gelir, kimi zaman da bu kurumun yer aldığı yapıya işaret eder. Özel isim olarak geçen Sovyet sözcüğü ise ("Sovyet iktidarı" tamlamasında olduğu gibi) SSCB'yi, Sovyet rejimini vs. ifade eder. *–ç.n.*

"Uğraşıp duruyorsunuz!" dedi adam, herkesin ortak yanılgısından emin.

"Uğraşıyoruz!" dedi Dvanov, adamı anlayarak. "Sizi temiz suya, bozkıra çıkarmak şart, öyle değil mi?"

Köylü şehvetle sakalını kaşıdı.

"Bak sen şuna! Demek en akıllı insanlar teşrif etmiş! Siz olmasaydınız aklımız ermezdi karnımızı doldurmaya!"

"Hayır, ermezdi!" diye iç geçirdi kayıtsızca Dvanov.

"Hey, çatlak, uzaklaş buradan!" diye bağırdı diğer masadan köy sovyeti başkanı. "Tanrı değil misin sen, ne işin olur bizimle?"

Bu adam kendisini tanrı sanırmış meğer, her şeyi de bilirmiş. İnancı gereği toprağı sürmeyi bırakmış, doğrudan beslenir olmuş toprakla. Ekmek topraktan geldiğine göre, toprağın içinde tokluk barındırdığını söylüyormuş – mideyi alıştırmak gerekiyormuş ona yalnızca. Öleceği sanılıyormuş bu Tanrı'nın ama o yaşıyor ve milletin karşısına geçip dişlerinin arasına sıkışan kili kurcalıyormuş. Bunun için biraz saygı duyuluyormuş ona.

Köy sovyetinin sekreteri Dvanov'u yatı yerine götürürken, Tanrı eşikte dikiliyordu üşüye üşüye.

"Tanrı," dedi sekreter, "yoldaşı Kuzya Pogankingile götürüver, sovyet gönderdi de – onların sırasıdır!"

Dvanov Tanrı ile birlikte gitti.

Gençten bir köylü çıktı yollarına ve Tanrı'ya seslendi:

"Merhaba, Nikanorıç, Lenin olma vaktin geldi Lenin, yeter tanrılık ettiğin!"

Fakat Tanrı susmasını bildi ve selamı yanıtsız bıraktı. Ancak biraz uzaklaştıklarında içini çekti:

"Böyle devlet olmaz olsun!"

"Ne o?" diye sordu Dvanov, "Tanrı'yı tutmuyor mu pek?"

"Hayır," diye dürüstçe itiraf etti Tanrı. "Gözleriyle görüyorlar, elleriyle yokluyorlar ama inanmıyorlar. Güneşi kabul ediyorlar halbuki, hem de bizzat erişmedikleri halde. Köklerine kadar acı çeksinler bakalım, kabuk dökene değin."

Pogankin'in damının önünde Dvanov'u bıraktı Tanrı ve vedalaşmadan arkasını döndü.

Fakat Dvanov salmadı onu:

"Dursana, şimdi ne yapmayı düşünüyorsun peki?"

Tanrı, üzerinde yapayalnız bir insan olduğu köy meydanına karamsar bir bakış fırlattı.

"Bir gece topraklarını ellerinden aldığımı ilan ederim, korkudan inanırlar işte."

Tanrı ruhani derinliklere daldı ve bir dakika kadar sustu.

"Başka bir gece de geri dağıtırım – ve Bolşeviklerin şanı hakkaniyetle bana geçer."

Dvanov hiç yargılamadan takip ediyordu Tanrı'yı bakışlarıyla. Yol seçmeden gidiyordu Tanrı: şapkasız, sırtında bir ceket, yalınayak. Yiyeceği kildi, ümidi ise hayal.

Pogankin Dvanov'u pek şefkatsiz karşıladı – yoksulluktan canı sıkılıyordu. Çocukları açlık yıllarında yaşlanmışlardı, büyükler gibi ekmek kazanmanın yollarını düşünüyorlardı sırf. İki kızı koca hatunlara benzemişlerdi bile: Annelerinin uzun eteklerini, bluzlarını giymiş, saçlarına firketeler takmış, dedikodu ediyorlardı. Bu küçük, akıllı, kaygılı kadınlar tuhaf görünüyorlardı insana; gayet bilinçli hareket etmelerine rağmen henüz üreme duygusundan yoksundular. Bu ihmal, Dvanov'un gözünde sevimsiz, ayıp varlıklara dönüştürüyordu kızları.

Karanlık bastırdığında on iki yaşındaki maharetli Varya, patates kabuğu ve bir kaşık darıdan çorba pişirdi.

"Babalık, in de yemeğini ye!" diyerek babasını çağırdı Varya. "Ana, çocukları sesle hele avludan: Ne işleri var o soğukta, mor şaklabanlar!"

Dvanov utandı: İleride neye benzeyecekti bu Varya?

"Sen de arkanı dön," dedi Varya Dvanov'a. "Hangi birinizi besleyelim: Kendimiz olmuşuz bir sürü!"

Varya saçlarını toparladı, sanki altlarında münasebetsiz bir şey varmış gibi bluzunu ve eteğini düzeltti.

İki erkek çocuğu geldi: sümüklü, açlığa alışkın ve ne olursa olsun çocukluklarıyla mutlu. Devrimden haberleri yoktu çocukların, patates kabuğunu ebedi yiyecek sanıyorlardı.

"Kaç kere dedim size erken geleceksiniz diye!" dedi Varya erkek kardeşlerine bas bas. "Kör olasıcalar sizi! Derhal giysilerinizi çıkarın! Nereden bulacağız yenisini?"

Küçük erkekler, eski püskü koyun postundan paltolarını çıkarıverdiler, gel gör ki altlarında ne pantolonları, ne gömlekleri vardı. Sonra çıplak vaziyette masanın kenarındaki sıraya çıktılar ve çömelip oturdular. Çocuklar kıyafetlerini bu şekilde esirgemeye ablaları tarafından alıştırılmış olmalıydılar. Varya koyun postundan paçavraları bir araya getirdi ve kaşıkları dağıtmaya koyuldu.

"Babalığı takip edin, daha sık saldırmaya kalkmayın!" diye duyurdu yemek düzenini, kendisi ise köşeye oturdu, yanağını avucuna dayadı: Ev sahibeleri sonradan yerdi yemeklerini ne de olsa.

Erkekler babalarını gözlemliyorlardı dikkatle: O kaşığını kâseden çıkarır çıkarmaz berikiler daldırıyor, anında yutuyorlardı çorbalarını. Sonra yine boş kaşıklarla nöbete çekiliyor, babalarını bekliyorlardı.

"Şimdi ben sizi, şimdi ben sizi!" diye tehditler savuruyordu Varya, kardeşleri babalarıyla aynı anda kâseye davrandıklarında.

"Varka, babam hep koyu yerleri kapıyor, söyle kapmasın!" dedi ablasından katı adalet dersini öğrenen erkeklerden biri.

Belli ki Pogankin'in kendisi de Varya'dan çekiniyordu çünkü daha sulu yerleri kaşıklar olmuştu.

Pencerenin ardında, yeryüzüne benzemeyen gökte çekici yıldızlar olgunlaşmaktaydı. Dvanov Kutupyıldızı'nı seçti ve yıldızın var olmaya kaç vakittir katlanıyor olabileceğini düşündü; kendisinin de uzun süre katlanması gerekecekti.

"Yarın eşkıyalar damlar yine!" dedi Pogankin lokmasını çiğnerken ve kaşığını çocuklardan birinin alnına vurdu: Sonuncu, patates parçasını çıkarıverdi anında.

"Neden eşkıyalar damlasın?" diye sordu Dvanov.

"Dışarısı yıldızlandı – toz toprak oturur şimdi! Bizim burada ortalık çamurlandı mıydı barış, yol kurudu muydu savaş demektir!"

Pogankin kaşığını bıraktı ve geğirmek istedi ama başaramadı.

"Şimdi kapışın," diyerek izin verdi çocuklara. Berikiler kâsedeki kalıntıları kapmak üzere atıldılar.

"Bir yıldır aynı erzağı yemekten hıçkıramaz oldum!" diye bildirdi Pogankin ciddi ciddi Dvanov'a. "Eskiden öyle miydi ya, bir öğle yemeği yerdin, ta akşam ayinine kadar hıçkıra hıçkıra ebeveynlerini anardın! Lezzet denen bir şey vardı!"

Dvanov uykuya dalmak ve bir an önce ertesi güne erişmek için toparlanıyordu. Ertesi gün eve dönmek üzere demiryoluna gidecekti.

"Canınız sıkılıyor galiba?" diye sordu Dvanov uyku öncesi durgunluğuyla.

"Öyle ya, eğlense miydik de! Köyde her yer sıkıcı. Ondan ya, fazladan yavrulayıp duruyor millet. Başka işi olaydı, herkes kadınına eziyet mi ederdi?"

"Yukarılardaki bereketli toprağa göçseydiniz siz de!" demek aklına geldi Dvanov'un. "Orada bolluk içinde yaşayabilirsiniz, neşeniz de yerine gelir."

Pogankin düşüncelere daldı.

"Yok canım – paçanda böyle bir sürüyle yerinden kıpırdamak ne mümkün!.. Hey, çocuklar, yatmadan önce gidin köpüğünüzü işeyin..."

"Ya ne olacak?" dedi Dvanov, adamı sınayarak. "Alacaklar toprağınızı elinizden."

"Nasıl olur? Emir mi çıktı yoksa?"

"Çıktı," dedi Dvanov. "En iyi topraklar ne diye boş duracakmış? Koca devrim oldu toprak yüzünden, verdiler onu size ama şimdi de hiç doğurmuyor neredeyse. Toprağı yabancı göçmenlere verecekler, binsinler diye tepesine... Kuyular kazacak, kurak vadilerde çiftlikler kuracak onlar da – toprak bin doğuracak. Sizse anca misafirliğe gidiyorsunuz bozkıra..."

Pogankin endişeye kesti. Dvanov bulmuştu onun korkusunu.

"Oranın toprağı sahiden de bir harika!" dedi Pogankin, kendi mülkünü kıskanarak. "Ne istersen doğurur. Sovyet iktidarı gayrete göre mi karar veriyor ki?"

"Elbette," diyerek gülümsedi Dvanov karanlıkta. "Göçmenler gelecek işte, onlar da siz gibi köylü. Daha çok hâkimlerse onlara verirler toprağı. Sovyet iktidarı mahsul sever."

"O doğru işte," diye dertlendi Pogankin. "O zaman dağıtımı* da rahatça kotarır!"

* Sovyetlerin ilk yıllarında uygulanan, Kızıl Ordu ve şehirli proletaryaya gıda sağlamayı amaçlayan, köylülerin elindeki ihtiyaç fazlası yiyecek maddelerine sembolik bir fiyat karşılığında devletçe el konulması anlamına gelen bir tür vergilendirme. *–ç.n.*

"Yakında dağıtım yasaklanacak," diye uydurdu Dvanov. "Savaşın ateşi söner sönmez paylaştırma da bitecek."

"Köylüler de öyle diyor," dedi Pogankin kabullenerek. "Böyle korkunç derde kim katlanır ki! Hiçbir devlette böyle şeye göz yumulmamıştır... Bozkıra çıkmak sahiden daha mı faydalıdır dersin?"

"Çık tabii," diye bastırdı Dvanov. "On çiftçi daha bulup yollan..."

Sonradan Pogankin Varya ve hasta karısıyla uzun uzun konuştu göç meselesini. Dvanov ruhlarına koca bir hayal bırakmıştı.

Sabahleyin Dvanov köy sovyetinde darı lapası yedi ve yine Tanrı'yı gördü. Tanrı lapayı geri çevirdi. "Neme gerek o benim," dedi, "yesem bile ebediyen tok tutacak değil."

Köy sovyeti Dvanov'a araba vermedi, Tanrı ona demiryoluna yirmi *verst* uzaklıktaki Kaverino kasabasının yolunu gösterdi.

"Aklından çıkarma beni," dedi Tanrı; bakışları kederlendi. "İşte ebediyen ayrılıyor yollarımız, bunun ne kadar üzücü olduğunu kimse anlayamaz. İki insandan geriye birer insan kalır! Ama şunu unutma, bir insan diğerinin dostluğundan doğar, ben ise kendi ruhumun kilinden büyüyorum."

"O yüzden mi tanrısın sen?" diye sordu Dvanov.

Tanrı kederli kederli bakıyordu ona, gerçeğe inanmayan birine bakarcasına.

Dvanov bu Tanrı'nın akıllı olduğuna karar verdi ama ters istikamette yaşıyordu; olsun, Rus insanı çift yönlü etkiye açık insandır: Böyle de yaşayabilir, tersi şekilde de ve her iki durumda da sağ kalır.

SONRA UZUN BİR YAĞMUR BAŞLADI ve Dvanov dağlık yola ancak akşama doğru çıkabildi. Aşağıda sakin bozkır nehrinin loş vadisi uzanmaktaydı. Gelgelelim nehrin öldüğü görülüyordu: İçi, koyaktan dökülen lığla dolmuştu ve uzunlamasına akmaktansa batak batak genişlemekteydi. Bataklıkların üzerine gece kasveti çökmüştü bile. Balıklar dibe çekilmiş, kuşlar yuvalarının kuytusuna uçmuş, haşereler kıpırtısız sazlıkların aralarında donup kalmıştı. Canlı mahluklar sıcağı ve güneşin tırmalayıcı ışığını seviyordu, törensi sesleri alçak çukurlarda toplaşmış, bir fısıltıya dönüşüp ağırlaşmıştı.

Oysaki Dvanov bir gündüz şarkısının belli belirsiz bentlerini duyduğunu sanıyor ve sözcüklerini iade etmek istiyordu şarkıya. Hayatın tekrarlanan, çevredeki merhametle çarpılıp çoğalan heyecanını tanıyordu. Fakat şarkının bentleri dağılıyor, cılız rüzgârda yırtılıyor, tabiatın iç karartıcı güçlerine karışıyor ve kil gibi sessizleşiyordu. Kendi bilinç duygusuna benzemeyen hareketi işitiyordu Dvanov.

Bu boyun eğmiş, sönmekte olan dünyada Dvanov kendi kendisiyle bir sohbete tutuştu. Açık havada yalnız başına sohbet etmeyi severdi ve birisi kendisini duyacak olsa, sevdalısıyla aşkın karanlığında basılmış âşık gibi utanırdı Dvanov. Mevcut duyguyu ancak sözcükler düşünceye dönüştürüyor, bu nedenle sohbet ediyordu düşünen insan. İnsanın kendi kendisiyle sohbeti sanat, başkalarıyla sohbeti ise eğlenceydi.

"O yüzden insan kalabalığa, eğlenceye gidiyor, suyun yokuş aşağı akması gibi," diye bitirdi sözünü Dvanov.

Başıyla yarım daire çizdi ve görünür dünyanın yarısını süzdü. Sonra düşünmek için tekrar konuşmaya koyuldu:

"Ne olursa olsun tabiat ciddi şey. Bu şarkısı söylenen ırmaklar ve dereler sadece kır şiiri demek değil. Onlarla toprağı, inekleri ve insanları sulayabilirsin. Kazanç getirirler hem, ki daha iyidir öylesi. Toprak ve sudan insanlar beslenir; benim de insanlarla birlikte yaşamam gerekecek."

Sonra Dvanov yorulmaya başladı, bütün vücudunu sarmalayan bir sıkıntıyı duyarak yürüyordu. Bitkinlikle gelen sıkıntı bağrını kurutuyor, zihni fantazinin neminden yoksun kalınca vücut hareketi giderek ağırlaşıyordu.

Kaverino köyünün dumanları göründüğünde yol bir koyağın yukarısına uğradı. Koyağın içinde hava yoğunlaşıp kararıyordu. Orada birtakım sidiksi bataklar vardı ve belki de, hayatın çeşitliliğinden düşüncenin tekdüzeliğine kaçan tuhaf birtakım insanlar barınıyordu.

Vilayetin bu köylerinde, Petropavlovka kasabasındaki Tanrı'nın canlı benzerleri vardı.

Koyağın derininde yorgun atlar burunlarından soluk alıp veriyordu. Birtakım insanlar yol alıyor, atları kile saplanıyordu.

Atlı müfrezenin ön sıralarındaki bir genç, cesur sesiyle bir şarkı tutturdu, fakat sözleri ve ezgisi buralardan uzaklara aitti şarkının.

Bir şey var o uzak ülkede,
Karşısında bu kıyının,
Giren bizim düşlerimize,
Sahip olduğu düşmanın...

Atlar düzenli adım atmaya başladı. Müfreze öndeki şarkıcının şarkısını başka bir ezgiyle bastırdı koro halinde:

Ey elmacık, kaplanasın
Olgun altınla
Sovyetler kesecek seni
Çekiç-orakla...

Yalnız şarkıcı, müfrezeyle uyumsuz sürdürüyordu şarkısını:

İşte kılıcım, ruhum işte,
Mutluluğum ise orada...

Müfreze bu kıtanın sonunu kendi nakaratıyla bastırdı:

Ah elmacık,
Cancağızım benim,
Tayına düşecek
Çürüyeceksin...
Ağaçta büyürsün
Ağaca ne mutlu,
Sovyetlere düştün
Numaralı mühürlü...

İnsanlar bir ağızdan ıslık çaldılar ve bir çırpıda bitirdiler şarkıyı:

Eh elmacık
Özgürlüğünü sakla:
Ne Sovyet'e, ne çarlara,
Ama bütün halka...

Şarkı dindi. Koyağın içindeki geçit törenini merak eden Dvanov duraklamıştı.

"Hey, yukarıdaki adam!" diye seslendi müfrezedekiler Dvanov'a. "Başsız halkın yanına in bakalım!"

Dvanov yerinde kaldı.

"Çabuk buraya gel!" dedi biri yüksek, kalın sesiyle, galiba ilk şarkıyı tutturandı. "Aksi takdirde bire kadar say ve arpacığın üzerine oturduğunu bil!"

Dvanov, Sonya'nın böyle bir hayattan sağlam çıkabileceğine ihtimal veremeyerek kendisini korumamaya karar verdi:

"Kendiniz çıksanıza – burası kuru! Ne diye atların canını çıkarıyorsunuz koyağın içinde, *kulak** muhafızları sizi!"

Aşağıdaki müfreze durdu.

"Nikitok, şunu delip geç!" diye emretti kalın ses.

Nikitok tüfeğini doğrulttu fakat önce Tanrı'ya yüklenip ezilen ruhunu boşalttı:

"İsa Mesih'in torbasına, Meryem Ana'nın kaburgasına ve bütün Hıristiyan nesline – ateş!"

Dvanov sıkıştırılmış alevin ses çıkarmadan parlayışını gördü ve bacağına küsküyle vurulmuş gibi koyağın dibine yuvarlandı. Bilinci aydınlıktı hâlâ ve yuvarlanan kafasının iki yanındaki kulakları, sırayla dayandıkları, canlılarla dolu toprağın korkunç gürültüsünü duyuyordu. Dvanov sağ bacağından yaralandığını anlamıştı; demirden bir kuş saplanmıştı oraya ve kanatlarının sert tüylerini kıpırdatıyordu.

Koyağın içine düşen Dvanov bir atın sıcak bacağına yapıştı ve işte bu bacağın yanında korkusu geçip gitti. Bacak yorgunluktan sessizce titriyor, ter, yol otu ve durgun hayat kokuyordu.

"Hayatın yangınından kurtar onu, Nikitok! Üstündekiler senindir!"

Dvanov duydu. Atın bacağını iki eliyle sıktı; bacak, tanımadığı ve hiç tanımayacağı ama şimdi ansızın ihtiyaç duyuverdiği kadının mis kokulu, canlı bedenine dönüştü. Dvanov saçların sırrını anlamıştı şimdi, yüreği boğazına tırmandı, hürriyet sarhoşluğu içinde haykırdı ve rahatlatıcı, doygun bir huzur duyuverdi. Tabiat Dvanov'dan, annesinin şuursuzluğu içinde doğmasının nedeni olan o şeyi almayı ihmal etmemişti: üreme tohumunu, yeni insanlar da aile olabilsinler diye.

* Kiralık işgücü kullanan zengin köy ağası. –*ç.n.*

Ölüm arifesi sürüp gidiyordu ve Dvanov, Sonya'ya derinden sahip olduğunu sandı. Son demlerinde, toprağı ve atın bacağını kucaklayan Dvanov hayatın uğultulu tutkusunu ilk kez tattı ve kendisine dokunan bu ölümsüzlük kuşunun rüzgârın kuruttuğu, çırpıntılı kanadı karşısında düşüncenin hiçliğine şaşırıverdi.

Nikitok geldi yanına ve alnını yokladı Dvanov'un: Sıcak mıydı daha? Eli büyük ve kızgındı. Dvanov, bu elin hemen ayrılmasını istemiyordu kendisinden ve okşayan avucunu koydu üzerine. Fakat Dvanov Nikitok'un neyi kontrol ettiğini biliyordu ve yardımcı oldu ona:

"Kafama vur, Nikita. Kafatasımı dağıt bir an önce!"

Nikita, eline benzemiyordu – Dvanov seziverdi bunu. Avucunda sakladığı hayatın huzuruyla uyumsuz olan ince, pis bir sesle bağırdı:

"Hah, sen sağ mısın? Dağıtmayacağım seni, dikişini sökeceğim: Neden hemen ölecekmişsin, insan değil misin? Acı çek, sürün biraz... Aheste aheste daha sağlam ölürsün!"

Önderin atının ayakları yanaştı. Kalın ses Nikitok'a haddini bildirdi derhal:

"Eğer, alçak herif, bir kez daha bir insanla alay ettiğini görürsem seni de mezara dikerim haberin olsun! İşini bitir, üstündekiler senindir, dendi. Müfrezemizin çete değil anarşi olduğunu kaç kere söyledim!"

"Hayatın, özgürlüğün ve düzenin anası!" dedi yerde yatan Dvanov. "Soyadınız nedir?"

Önder güldü:

"Senin için fark eder mi artık? Mraçinski!"

Dvanov ölümü unuttu. Mraçinski'nin yazdığı *Çağımız Agasfer'inin Maceraları* kitabını okumuştu. Bu atlı olmasındı o kitabı yazan da?

"Yazarsınız siz! Kitabınızı okumuştum. Fark etmez artık ama kitabınız hoşuma giderdi."

"Kendisi soyunsun yahu! Leşiyle mi uğraşacağım? Ölürse önünü çeviremezsin!" Bıkmıştı Nikitok beklemekten. "Kıyafeti beline oturuyor, yırtılır çıkarırken, ne kârım kalır."

Dvanov, Nikita'yı zarara sokmamak için kendiliğinden soyunmaya koyuldu: Gerçekten de elbisesini yıpratmadan bir ölüyü soymak imkânsızdı. Sağ bacağı taş kesilmişti, bükülmüyordu ama ağrısı kesilmişti. Nikita fark etmişti bunu, bir yoldaş gibi yardım ediyordu.

"Burana denk geldim ha?" diye sordu Nikita bacağını özenle kaldırarak.

"Burama," dedi Dvanov.

"Eh, olsun... Kemik sağlam, yaranı da yağ bağlar nasılsa, genç delikanlısın. Annen baban kalacak mı arkanda?"

"Kalacak," diye yanıtladı Dvanov.

"Kalsınlar," dedi Nikita. "Biraz özler unuturlar. Annelerle babalar için tam özleme vaktidir şimdi! Komünist misin sen?"

"Komünist."

"Kendi bileceğin iş: Kim istemez hükümdarlığı!"

Önder konuşmadan onları izliyordu. Diğer anarşistler Dvanov ve Nikita'yla ilgilenmeksizin atlarına çekidüzen veriyor, sigara yakıyorlardı. Son akşam ışığı da söndü koyağın üzerinde, bir gece daha başladı. Dvanov Sonya hayalinin artık tekrar etmeyeceğine üzülüyor, hayatın kalan kısmını ise hatırına getirmiyordu.

"Demek kitabım hoşunuza gitti ha?" diye sordu önder.

Dvanov'un üzerinde artık ne kaban kalmıştı, ne pantolon. Nikita torbasına indirmişti onları.

"Evet dedim ya," diye onayladı Dvanov ve bacağındaki çürüyen yaraya baktı.

"Ya kendiniz kitaptaki fikre katılıyor musunuz? Anımsıyor musunuz onu?" diye ağzını yokladı önder. "Ufuk çizgisinin tam üzerinde yalnız başına yaşayan bir insan vardır kitapta."

"Hayır," dedi Dvanov. "Fikrini filan unuttum ama ilginç kurgulanmıştı. Olur böyle. Maymunun Robinson'a bakışı gibiydi insana bakışınız: Her şeyi ters anlamışsınız, ilginç bir kitap çıkmış ortaya."

Dikkati cezbolan önder şaşkınlıkla eyerin üzerinde doğruldu:

"Pek tuhaf iş... Nikitok, komünisti Limannıy Çiftliği'ne kadar götürüyoruz, orada tastamam senin olacak."

"Ya üstündekiler?" dedi Nikita, üzgün.

Dvanov, ömrünün kalanını çıplak geçirmeyi kabullenerek uzlaştı Nikita ile. Önderin bir itirazı yoktu, uyardı Nikita'yı:

"Rüzgârda bozulursa külahları değişiriz ha! Bolşevik entelektüeli bu, az rastlanan bir tip."

Müfreze yola koyuldu. Dvanov, Nikita'nın atının üzengisine tutundu ve tek sol ayağı üzerinde yürümeye çalıştı. Sağ ayağı ağrımıyordu ama üzerine bastığında patlamayı ve içindeki demirden tüyleri tekrar hissediyordu.

Koyak bozkırın içinden geçiyor, daralıp yükseliyordu. Gece rüzgârı esiyor, çıplak Dvanov gayretle sol bacağının üzerinde zıplıyor ve bu sayede ısınıyordu.

Nikita eyerin üzerinde Dvanov'un çamaşırlarını karıştırmaktaydı hamaratça.

"İşemişsin, lanet!" dedi Nikita öfkesiz. "Bakıyorum da, küçük çocuklar gibisiniz hepiniz yahu! Bir tane de temizine rastlasam içim yanmaz: Hepsi de anında altını pisletiverir, önce helaya mı göndersek ne etsek... Ama bir keresinde iyi bir adama rastladımdı, nahiye komiseriydi: 'Vursana sümsük herif!' demişti bana, 'elveda partim, elveda çocuklarım.' İşte onun çamaşırı temiz kalmıştı. Özel bir adamdı!"

Dvanov bu özel Bolşeviki gözünde canlandırdı ve şöyle dedi Nikita'ya:

"Yakında sizi de kurşuna dizecekler ama üstünüzdekilere dokunmadan, kıyafetinizle, çamaşırınızla. Biz ölülerin sırtındakileri çıkarıp giymeyiz."

Nikita gücenmedi:

"Zıpla sen, zıplamana bak! Laflama vaktin daha gelmedi. Ben, kardeş, donuma zarar vermem, beni işetemezsiniz."

"Bakacak değilim donuna," diyerek avuttu Dvanov Nikita'yı. "Öyle bir şeyi fark edersem de ayıplamam ben."

"Benim de ayıpladığım yok," dedi Nikita kabullenerek. "Herkesin başına gelebilir. Ben asıl mala kıymet veririm."

Limannıy Çiftliği'ne iki saat sonra düşe kalka vardılar. Anarşistler ev sahipleriyle konuşurken Dvanov rüzgârda titriyor, ısınmak için göğsünü ata dayıyordu. Sonra atları götürdüler, Dvanov'u ise bir başına unuttular. Atını götüren Nikita şöyle dedi ona:

"İstediğin yere sıvışabilirsin. Tek ayakla fazla uzağa zıplayamazsın nasılsa."

Dvanov kaçmayı düşündü ama bedeni öyle güçsüzdü ki toprağa oturdu ve köyün karanlığında ağlayıverdi. Çiftlik hepten sessizleşmiş, eşkıyalar evlere dağılmış, yatıp uyumuşlardı. Dvanov ambara kadar süründü, darı samanlarının içine girdi. Hayatın kendisinden derin, o yüzden de akılda tutulamayan rüyalar gördü bütün gece. Derken uzun gecenin sessizliğinde uyandı, masallara bakılırsa çocukların büyüdüğü. Dvanov'un gözlerinde rüyadan kalma yaşlar duruyordu. O gün öleceğini anımsadı ve canlı bir bedeni kucaklar gibi samanları kucakladı.

Bu teselli sayesinde tekrar uyuyakaldı. Nikita sabah güçbela buldu onu ve öldüğüne karar verdi önce çünkü Dvanov dudaklarında hareketsiz, yekpare bir tebessümle uyuyordu. Aslında ona bunu düşündüren Dvanov'un tebessümsüz gözlerinin kapalı oluşuydu. Nikita, bir canlının yüzünün bütünüyle gülmeyeceğini az çok biliyordu: Bir şeysi illaki hüzünlü kalırdı, ya gözleri, ya ağzı.

SONYA MANDROVA bir at arabasıyla Voloşino Köyü'ne gelmiş ve öğretmenliğini yaptığı okulda yaşamaya başlamıştı. Aynı zamanda çocuk doğurtmaya, akşam oturmalarına, yara iyileştirmeye de çağırılıyor ve elinden geldiğince kimseyi kırmadan yapıyordu bunları. Bu küçük koyak boyu köyünde herkesin ihtiyacı vardı ona, Sonya da halkın acısına ve hastalıklarına teselli verebildiği için kendisini önemli ve mutlu hissediyordu. Fakat geceleri yalnız kalıyor, Dvanov'dan mektup bekliyordu. Zahar Pavloviç ve tüm tanıdıklara adresini vermişti ki Saşa'ya yaşadığı yeri bildirmeyi unutmasınlar. Zahar Pavloviç bu konuda söz vermiş ve Dvanov'un fotoğrafını armağan etmişti ona:

"Nasıl olsa hanımı olduğunda, benimle oturacağın vakit resmi geri getirirsin," demişti.

"Getiririm," demişti Sonya ona.

Okulun penceresinden gökyüzüne bakıyor ve sessiz gece üzerindeki yıldızları görüyordu. Öyle sessizdi ki orası, bozkırda sırf boşluk var, solumaya yetecek hava yok sanılırdı; ondandı yıldızların aşağı kayması. Sonya mektubu düşünüyordu: Tarlalardan tehlikesizce getirebilecekler miydi onu? Mektup, hayatını besleyen fikre dönüşmüştü; her neyle meşgul olursa olsun mektubun bir yerlerden kendisine doğru gelmekte olduğuna inanıyordu. Hayatını sürdürmesini, neşeli ümitler beslemesini gerekli kılıyordu mektup; o zaman Sonya köy insanlarının dertlerini azaltmak için daha hamarat, daha gayretli çalışıyordu. Mektubun bütün bunların acısını çıkaracağını biliyordu.

Ne var ki o zamanlar yabancı insanlar okuyorlardı mektupları. Dvanov'un Şumilin'e mektubu daha Petropavlovka'da okunmuştu. İlk olarak postacı okumuştu, ardından okumaya meraklı tüm tanıdıkları: öğretmen, diyakoz, dükkâncının dulu, rahip yardımcısının oğlu ve birileri daha. Kütüphaneler çalışmıyordu o sıra, insanlar ise mutsuzdu, ruhlarını avutacak bir şey arıyorlardı. O yüzden postacının damı kütüphaneye dönüşmüştü ya. En ilginç mektuplar sahiplerine hiç ulaşamıyor, tekrar tekrar okunmak ve devamlı keyif vermek üzere alıkonuyordu.

Postacı resmi paketleri derhal kenara ayırıyordu, ne anlama geldiklerini okumadan da bilirdi herkes. Okurlar en çok da Petropavlovka'dan transit geçen mektuplardan dersler çıkarıyorlardı: Yabancı insanlar kederli ve ilginç mektuplar yazıyordu.

Postacı, okunan mektupları melasla yapıştırıyor ve yollarına salıveriyordu.

Sonya henüz bilmiyordu bunları, bilseydi tüm köy postanelerini yürüyerek dolaşırdı. Okulda maaş için değil mülkiyetin ebediyeti için görev yapan bekçinin köşedeki ocağı delip geçen horlamalı uykusunu duyuyordu. Bekçi isterdi ki çocuklar okula hiç gelmesinler: Masaları kazıyor, duvarları karalıyorlardı zira. Kendisi ilgilenmezse öğretmenin öleceğini, okulun ise köylüler tarafından ev ihtiyaçlarında kullanılmak üzere sökülüp götürüleceğini kestirebiliyordu. Sonya yakınında bir insanın yaşadığını duyduğunda daha rahat uyuyor, ayaklarını paspasa silip soğuk soğuk ağaran yatağına yatıyordu dikkatlice. Bir yerlerde, ağızlarını bozkırın karanlığına çevirmiş sadık köpekler havlıyordu.

Sonya vücudunu hissetmek ve sıcaklığıyla ısınmak için kıvrılıp uyudu. Koyu renk saçları yastığa esrarengiz bir şekilde yayılmıştı, ağzı ise rüyasını dikkatle izlemesinden ötürü aralıktı. Vücudunda kara yaraların açıldığını görüyordu, uyanınca eliyle bedenini gayriihtiyari, hızlıca yokladı.

Birisi sopayla okulun kapısını dövmekteydi. Bekçi uykulu yerinden kalkmıştı bile, reze ve sürmeyle uğraşıyordu sofada. Dışarıdaki kıpırdak adamı azarlamaktaydı:

"Ne vuruyorsun kamçı kabzasını öyle? Bir kadın istirahat ediyor burada, tahta da zaten şuncacık! Ne istiyorsun ha, ne?"

"Ne var burada?" diye sordu dışarıdan sakin bir ses.

"Burası lisedir," diye yanıtladı bekçi. "Sen ne sandıydın, han mı?"

"Demek burada bir öğretmen oturuyor?"

"Görevi gereği nerede bulunması gerekirdi ya?" dedi bekçi, şaşkın. "Hem sana ne ondan? Koyar mıyım ben seni onun yanına hiç? Arsız herif!"

"Göster bize onu..."

"Kendileri isterlerse bakarsın."

"Bırak girsinler! Kim o?" diye seslendi Sonya ve odasından sofaya fırladı.

İki kişi atlarından indiler: Mraçinski ve Dvanov.

Sonya onları görünce geri çekildi. Karşısında saçı sakalına karışmış kirli ve kederli Saşa dikilmekteydi.

Mraçinski, Sofya Aleksandrovna'ya tepeden bakıyordu: Bu kızın acınası bedeni dikkatine ve çabalarına layık olamazdı.

"Başkaları da var mı yanınızda?" diye sordu Sonya, henüz sevincinin ayırdına varamayarak. "Çağırın yoldaşlarınızı, Saş, şekerim var, çay içeceksiniz."

Dvanov kapı önündeki taş merdivenden diğerlerine seslenip döndü. Nikita ile birlikte biri daha çıkageldi; kısa boylu, zayıf, bakışları dikkatsiz bu adam, kadını daha eşikten görmüş, anında yakınlık duymuştu ona – sahip olmak için değil, zulüm gören kadın zayıflığını korumak için. Adı Stepan Kopyonkin idi.

Kopyonkin onurlu ama gergin bir tavırla başını eğerek herkesi selamladı ve Sonya'ya iki aydır kim bilir kimin için cebinde taşıdığı amberbaris şekerini ikram etti.

"Nikita," dedi Kopyonkin nadiren duyulan tehditkâr sesiyle. "Mutfağa gidip su kaynatıver, Petruşa ile birlikte hallediverin bu operasyonu. Hem bak bakayım balın var mı – önüne çıkan her pisliği yağmalamada üstüne yoktur: Cephe gerisinde vereceğim senin hükmünü, rezil şey!"

"Bekçinin adının Pyotr* olduğunu nereden biliyorsunuz?" diye

*Kopyonkin'in yukarıda Petruşa diye bahsettiği kişi Pyotr'dur. Petruşa bu ismin samimi söylenişidir. –*ç.n.*

sordu Sonya ürkekçe ve şaşırarak.

Kopyonkin samimi bir saygıyla doğruldu:

"Kendisini Buşinski'nin malikânesinde el konulan mülkiyetin imhası sırasında devrimci halka direndiği için bizzat tutuklamıştım, yoldaş."

Dvanov, bu insanlardan korkan Sonya'ya yöneldi:

"Kim bu biliyor musun? Sahra Bolşeviklerinin komutanı, şu adam beni öldürecekti, kurtardı elinden!" Dvanov Mraçinski'yi gösterdi. "O adam anarşiden söz ediyor, oysa hayatımın devamından korkuyordu."

Dvanov gülüyordu, üzüldüğü yoktu geçmişe.

"Böyle alçaklara ilk meydan savaşına kadar katlanırım," diye bildirdi Kopyonkin, Mraçinski'yi kastederek. "Düşünsenize, Saşa Dvanov'u, bu kukumav kuşunun müfrezesiyle birlikte tavuk avladığı bir çiftlikte çıplak ve yaralı halde buldum! Meğer iktidarsızlık ararlarmış! Ne? dedim. Anarşi dediler. Ah, kökleri kuruyasıcalar: Herkes iktidarsız olacak lakin bunların ellerinde tüfekleri olacak! Baştan sona safsata! Bende beş kişi vardı, bunlarda otuz: Geldim ama haklarından. Avlu hırsızları bunlar, savaşçı mavaşçı değil! Bunu ve Nikitka'yı esir aldım işte, kalanları çalışkan olma sözü alıp dağıttım. Bakayım eşkıyalara da Saşa'ya saldırdığı gibi saldıracak mı, öyle yürekli olacak mı bakayım. O zaman toplayıp çıkaracağım kendisini."

Mraçinski elinde bir yonga, tırnaklarını temizliyordu. Adaletsizce mağlup edilmiş birinin tevazusunu korumaktaydı.

"Yoldaş Kopyonkin'in ordusunun diğer üyeleri nerede peki?" diye sordu Sonya Dvanov'a.

"İki günlüğüne karılarının yanlarına gönderdi onları Kopyonkin, yenilgilerin askerlerin karılarını kaybetmelerinden kaynaklandığına inanıyor. Aileli ordular kurmayı istiyor."

Nikita bira şişesi içinde bal, bekçi ise semaver getirdi. Bal gazyağı kokuyordu, yine de silip süpürdüler hepsini.

"Beceriksiz herif, kancıkoğlu!" dedi Kopyonkin Nikita'ya öfkeyle. "Balı şişeyle çalıyor: Çoğunu yerlere dökmüşsündür. Bir çömlek de mi bulamadın!"

Derken Kopyonkin birdenbire coşup değişiverdi. Çay fincanını havaya kaldırdı, şöyle seslendi herkese:

"Yoldaşlar! Gelin şimdi içelim, yeryüzündeki tüm bebekleri korumak için güç toplayalım, bir de güzeller güzeli Rosa Luxemburg'u yâd edelim! Bütün katil ve cellatlarını mezarı üstüne ellerimle sereceğime ant içerim!"

"Şahane!" dedi Mraçinski.

"Hepsini geberteceğiz!" diye onayladı Nikita ve bardağındakini tabağa döktü. "Kadınlarda ölümcül yaralar açılmasına müsaade edilemez."

Sonya korku içinde oturuyordu.

Çay içilip bitirilmişti. Kopyonkin fincanını ters kapattı, parmağıyla altına vurdu. O esnada gözüne Mraçinski çarpıverdi ve ondan hoşlanmadığını anımsadı.

"Sen şimdilik mutfağa gidiver, arkadaş, bir saat sonra da atlara su vereceksin... Petruşka!" diye seslendi Kopyonkin bekçiye. "Bunlardan gözünü ayırayım deme! Yürü sen de," dedi Nikita'ya. "Kaynar suyu kafana dikme, lazım olabilir. Sıcak ülkede mi sandın kendini?"

Nikita ağzındakini derhal yuttu ve susamayı kesti. Kopyonkin karanlık düşüncelere daldı. Uluslararası yüzünde belirgin bir duygunun izi yoktu o an, üstelik kökenini, ırgat mı profesör mü olduğunu tahmin etmek de olanaksızdı; devrim şahsi özelliklerini çoktan silip atmıştı. Bakışlarını bir anda coşku bürüyebiliyordu, insanlar yalnızca yoldaşlarına hürmet etsinler diye yeryüzündeki tüm taşınmaz malları yakabilirdi, yaptığına içtenlikle inanarak.

Gel gör ki anılar Kopyonkin'i taşa çeviriveriyordu yeniden. Bazen Sonya'yı şöyle bir süzüyor, o zaman Rosa Luxemburg'u daha da çok seviyordu: İkisinin de saçları siyahtı, vücutları acınası; bunları gören Kopyonkin'in aşkı anılar geçidindeki yolunda ilerleyip gidiyordu.

Rosa Luxemburg'a beslediği hisler öylesine heyecanlandırmıştı ki Kopyonkin'i, acı yaşlarla dolu gözleri kederlendi. Kurtlanmış gibi döneniyor, nişanlısını öldüren burjuvaziye, eşkıyalara, İngiltere ve Almanya'ya tehditler yağdırıyordu.

"Aşkım şimdi kılıçta ve tüfekte parlıyor, zavallı yürekte değil!" diye ilan etti Kopyonkin ve kılıcını çıkardı. "Rosa'nın düşmanlarını fukara, kadın demeden muzır otlar gibi biçeceğim!"

Nikita elinde süt dolu bir çömlekle çıkageldi. Kopyonkin kılıcını sallamaktaydı.

"Günlük erzakımız tükenmiş gitmiş, bizimki hâlâ geçmiş yılın sineklerini korkutuyor!" diyerek sessizce ama hoşnutsuz sitem etti Nikita. Sonra yüksek sesle rapor verdi: "Yoldaş Kopyonkin, öğle yemeğine bir aş getirmişim ki sana, resmen su. Ne istersen buluverirdim aslında ya sen yine sövmeye başlayacaktın. Değirmenci dün bir koyun boğazlamış – izin ver de asker payımızı alıvereyim ha! Sefer payı almaya hakkımız vardır."

"Var mıdır?" diye sordu Kopyonkin. "O zaman üç kişilik asker payı al ama önce kantarda bir tart! Fazlasını da alayım deme!"

"Alınır mı hiç, karşıdevrim olur!" diyerek onayladı Nikita, sesinde adaletsever bir tınıyla. "Resmi payı bilirim ben: Kemikleri almam."

"Halkı uyandırma şimdi, yarın alırsın gıdayı," dedi Kopyonkin.

"Yarına kadar eti gizlerler, yoldaş Kopyonkin," diye tahminde bulundu Nikita ama gitmedi, zira Kopyonkin irdelemeleri sevmez, aniden harekete geçebilirdi.

Vakit geç olmuştu. Kopyonkin iyi uykular dileyerek Sonya'yı selamladı, dörtlü uyumak için Pyotr'un yanına mutfağa geçti. Beş kişi hasırın üzerine yan yana yattılar, kısa süre sonra Dvanov'un yüzü uykudan soldu, kafasını Kopyonkin'in göbeğine gömüp sessizleşti; yanında kılıcı, üzerinde üniformasıyla uyuyan Kopyonkin ise korumak için elini koydu onun üzerine.

Toplu uyku vaziyetini bekleyen Nikita ayaklanıverdi, önce Kopyonkin'i inceledi.

"Nasıl burnundan burnundan soluyor şeytan! İyi adam aslında!"

Ve sabah kahvaltısı için bir tavuk aramaya çıktı.

Dvanov endişe içinde çırpındı bir an, rüyasında kalbinin duracağından korkmuştu, uyanıp oturdu.

"Sosyalizm nerede peki?" dedi Dvanov anımsayarak ve bir eşyasını ararcasına odanın karanlığına bakındı; çoktan bulduğunu ama bu yabancı insanların arasında uyurken kaybediverdiğini sandı onu. Kendisini bekleyen cezadan korkan Dvanov başı açık, ayağında çorap dışarı çıktı, tehlikeli, dilsiz geceyi gördü ve köyün içinden geçip kendi uzağına koştu.

Aydınlanan gri toprağın üzerinde koştu durdu böyle, ta ki sabahı ve bozkır garının dumanını görene kadar. Yola koyulmak için sefer saatini bekleyen bir tren durmaktaydı orada.

Dvanov kendine gelemeden boğucu kalabalığın içinden platforma daldı. Arkasında gitmeye can atan gayretli bir adam vardı. Kalabalığı öyle bir iteliyordu ki üstü başı yırtılıyordu sürtünmeden, sonunda önündeki herkes –Dvanov da aralarında olmak üzere–yük vagonunun fren sahanlığına düşüverdi. Adam kendisi çıkabilsin diye önündekileri de bindirmek zorunda kalmıştı vagona. Şimdi başarısına gülüyor ve sahanlık duvarındaki küçük levhayı okuyordu yüksek sesle: "Sovyetler'de ulaşım, tarih lokomotifinin yoludur."

Okur levhaya canıgönülden katıldı: Rayların üzerinden kim bilir nereye giden önü yıldızlı, bomboş, sağlam bir lokomotif canlandırmıştı gözünde; ıvır zıvır şeyleri aşınmış lokomotifler taşırdı, tarih lokomotifleri değil; levha, o an gitmekte olanları kastetmiyordu.

Dvanov her tür manzaradan uzak durmak ve eski yolunda kaybettiği ya da görmeyi unuttuğu şeye varana dek yolculuğu düşünceden muaf atlatmak için gözlerini yumdu.

İki gün sonra Aleksandr neden yaşadığını ve nereye gönderildiğini anımsadı. Gelgelelim insanın içinde bir de küçük seyirci yaşar: ne davranışlara ne acıya katılan, her daim serinkanlı ve değişmez bir seyirci. İşi görmek ve şahit olmaktır ama insanın hayatında söz hakkından yoksundur ve yapayalnız ne diye var olduğu bilinmez. İnsan bilincinin bu köşesi, büyük bir apartmanın kapıcı odası gibi gündüz ve gece aydınlıktır. Bu uyku bilmez kapıcı, insanın girişinde yirmi dört saat oturur, apartmanının tüm sakinlerini tanır, ne var ki hiçbir sakin işleri konusunda kapıcıya akıl danışmaz. Sakinler girer çıkar, seyirci-kapıcı ise bakışlarıyla yolcu eder onları. Etkisiz haberdarlığından ötürü kimileyin kederli görünür ama her zaman nazik ve yalnızdır, ayrıca başka bir apartmanda da bir dairesi bulunur. Yangın durumunda kapıcı itfaiyeyi arar ve olayların gelişimini dışarıdan izler.

Dvanov trende kendinden geçmiş vaziyette gider, sonra yürürken, içindeki bu seyirci her şeyi görmekteydi ama bir kez olsun uyarmadı onu, yardımcı olmadı. Dvanov'a paralel yaşıyordu ama Dvanov değildi.

Bir adamın ölen erkek kardeşi gibi sürdürür varlığını bu seyirci: İnsana ait her şey vardır, meydandadır da onda, ne ki ufak fakat en önemli bir şey eksik kalır. İnsan hiç anımsamaz onu ama hep güvenir ona – bir sakinin evinden ayrılırken ardında bıraktığı karısını kapıcıdan hiç kıskanmaması gibi.

Harem ağasıdır o ruhun. Şahit olduğu budur işte.

İlk bir saati konuşmadan geçirdi Dvanov. Nerede bir kitle varsa orada derhal bir önder peydahlanır. Kitle önder aracılığıyla beyhude ümitlerini sigortalar, önder ise kitleden gereksindiği şeyleri edinir. Yirmi kişinin sığıştığı fren sahanlığı, kendisi binebilmek için diğerlerini vagona ittiren o adamı önder kabul etmişti. Bu önder hiçbir şey bilmiyor ama her şeyi bildiriyordu, bu nedenle insanlar ona inanıyorlardı: Bir yerlerden bir *pud* un bulmak istiyorlardı ve eziyet çekme gücüne kavuşmak için sahiden de bulabileceklerini bilmeleri gerekiyordu işte. Önder herkesin kesinkes un takas edebileceğini söylüyordu: Şimdi gittikleri o yerde önceden de bulunmuştu kendisi. Köylülerin tavuk ve buğday böreği yedikleri o varlıklı kasabayı biliyordu. Yakında orada bir dini bayram olacak ve bütün *meşoçnik*'lere* muhakkak ikramda bulunulacaktı.

"Kulübeleri sıcak, hamam gibi," diye onları temin ediyordu önder. "Koyun yağına doy, sırtüstü yat uyu! Orada her sabah bir testi ekşi süt içerdim, ondan ki içimde bir tane bağırsak solucanı yoktur. Öğle yemeğinde desen, kaynar *borş*'tan** terlersin, sonra etleri yutmaya bir başlarsın ki, sonra lapayı, sonra krepleri... Elmacıkkemiklerine kramp girene kadar yer durursun. Yemek direk gibi dikilir ta boğazına dayanır. Eh, sen de kaşığına biraz domuz yağı alır sürersin, yedirirsin bir güzel, sonra zaten hemen uykun gelir. Zenginlik yahu!"

İnsanlar tehlikeli bir sevincin korkusu içinde dinliyorlardı önderi.

"Tanrım, eski devirler dönecek mi ki bir gün?" dedi zayıf bir ihtiyar, handiyse bahtiyarlıkla; karnının doymayışını, bir kadın çocuğunun ölümünü nasıl hissederse öyle ıstırap ve tutkuyla hissediyordu. "Hayır efendim, geçip giden şey dönmez geri!.. Ah, ah, bir kadehceğiz içivereydim şimdi – bağışlayıverirdim çarın bütün günahlarını!"

"Ne o babalık, çok mu canın çekti?" diye sordu önder.

"Sorma a canım! Neler neler içtim ben. Cilaya, verniğe kaldım, kolonyaya bir sürü para saydım. Hepsi de boşuna: Tırmalıyor ama gönendirmiyor ruhunu alçak! Hatırlar mısın votkayı? Nasıl mis gibi ya-

* Rusya'da iç savaş sırasında gıda maddeleri bulmak ve karaborsacılık yapmak için bereketli yerlere giden kişi. Rusça *meşok*: çuval, *meşoçnik*: çuvalcı. –*ç.n.*

** Pancar, lahana ve çeşitli baharatlardan yapılan Rus çorbası. –*ç.n.*

parlardı o alçağı! Şeffaftı, sanırsın tanrının havası – ne bir toz, ne bir koku, kadının gözünden akan yaş gibi. Şişeciği şöyle muntazamdı, yaftası düzgüncecik – sanat eseriydi sanat! Bir yüzlük attın mıydı eşitlik, kardeşlik geldi zannederdin. Ne hayattı be!"

Durmayıp yiten şeye samimiyetle yanarak iç geçirdi tüm dinleyiciler. Sabah göğü tarlaları aydınlatmıştı, hazin bozkır manzaraları ruha sızmaya meylediyor ama içeri alınmıyor, tren yürüdükçe savrulup gidiyordu, dönüp bakanları da yoktu.

O unutulup gitmiş sabah vakti şikâyet ve hayaller içinde devam ediyordu insanlar yollarına ve dikildiği yerde uyuyakalmış genç adamın farkında değillerdi aralarındaki. Eşyasız ve çuvalsız gidiyordu o: Tahıl için bir kabı olmalıydı yanında, belki de birilerinden kaçıyordu sadece. Önder âdet yerini bulsun diye dokümanlarını kontrol etmek istedi ve nereye gittiğini sordu ona. Dvanov uyumuyordu, yanıtladı: tek bir istasyon.

"Varmak üzeresin durağına," diye bildirdi önder. "Şuncacık mesafe için boşuna yer kapladın: Yürüyerek gitseydin ya."

Gün başlamıştı ama gazyağı feneri halen aydınlatmaktaydı istasyonu, fenerin altında nöbetçi müdür yardımcısı dikilmekteydi. Yolcular lokomotifin her tıkırtısından ürkerek, ellerinde çaydanlıklar, bu istasyonda ebediyen kalakalmamak için koşuşuyorlardı, acele etmelerine lüzum yoktu oysa: Bu tren bu istasyonda gündüzü, hatta geceyi de geçirecekti.

Dvanov bütün gün demiryolu yakınlarında uyukladı, geceleyin ise istasyon civarında, bir miktar para karşılığı herkese gece barınağı sunulan büyük dama yöneldi. Han-damın tabanına millet katman katman uzanmıştı. Ateşi yanan açık ocak aydınlatıyordu bütün evi. Ölü kara sakalıyla bir köylü ocağın başında oturmuş, ateşin hareketini takip etmekteydi. İç çekiş ve horlamalar öylesine gürültülüydü ki burada uyunmuyor da çalışılıyor sanılırdı. O kaygılarla dolu günlerde uyku bile bir işti. Tahta bölmenin arkasında bir oda daha vardı, daha küçük ve karanlık. O odada, Rus ocağının üzerinde yalnızca iki çıplak insan uyumadan oturuyor, kıyafetlerini onarıyordu. Dvanov ocak üstünün geniş olmasına sevindi ve oraya tırmandı. Çıplak insanlar yer açtılar ona. Fakat ocağın üzeri öylesine kızgındı ki patates konsa pişerdi.

"Burada uyku tutmaz seni, genç adam," dedi çıplaklardan biri.

"Burası anca bit kurutmaya yarar."

Dvanov yine de uzandı. Yanında birisi var gibi geldi ona: Aynı anda hem içinde olduğu damı hem de ocağın üzerine uzanmış kendi kendisini görmekteydi. Yol arkadaşına yer açmak için öteye kaydı ve onu kucaklayıp kendinden geçti.

İki çıplak giysilerini onardılar. Biri, "Geç oldu, baksana ufaklık uyuyor," dedi ve ikisi birden, uyuyan insan boğazları arasında kendilerine yer aramak üzere aşağı indiler. Kara sakallı adamın ocağı sönmüştü; ayağa kalktı adam, kollarıyla gerindi ve şöyle dedi:

"Of, derdim derdim bezdirenim!" Sonra dışarı çıktı ve bir daha geri dönmedi.

Damın içi soğumaya başlamıştı. Bir kedi belirdi ve neşeli patisiyle dağınık sakallara dokunarak yatanların üzerinde gezindi.

Birisi kediyi anlamadı ve rüyasının içinden seslendi:

"Geç git, küçük kız, kendimiz de yemedik daha."

Birdenbire odanın ortasında, yeni biten sakalının tutamları dik dik, şişkin bir delikanlı doğrulup oturdu.

"Anne, ana! Ver o kuponu bana, ihtiyar cadaloz! Bana ver dedim o kuponu... Demiri ona giydir!"

Kedi sırtını yay gibi bükmüş, delikanlıdan bir tehlike bekliyordu.

Yanındaki ihtiyar uyuyordu ama yaşlı aklı rüyasında da çalışmaktaydı.

"Yat, sersem, yat," dedi ihtiyar. "Milletin içinde neyden korkarsın? Uyumana bak."

Delikanlı bilinçsizce devrildi yerine.

Yıldızlı gece göğü gündüzün son sıcaklığını emmekteydi, şafak sökmeden hava yükseğe çekilmeye başlıyordu. Pencereden çiyle örtülü, değişmiş otlar görülüyordu, mehtaplı vadilerin koruları gibi. Uzakta, yorulmak nedir bilmez bir hızlı tren düdüğünü öttürüp duruyordu – ağır mesafeler sıkıştırıyordu onu, feryatlarla geçiyordu kuytu bir çukurluğun içinden.

Birinin uykudaki hayatından kulak tırmalayıcı bir ses yükseldi ve Dvanov ayıldı. Sonya'ya götürdüğü francala sandığını anımsadı; o sandığın içinde bir sürü besleyici francala vardı. Şimdi ise ocağın üzerinde sandık mandık yoktu. O zaman Dvanov sandığı aşağıda aramak için dikkatlice indi ocağın üzerinden. Sandığı kaybetme korkusuyla tepeden tırnağa titriyordu, ruhunun tüm gücü sandık hasretine dönüşmüştü. Dvanov dizlerinin üzerine çöktü ve sandığı altlarına sakladıklarını zannettiği uyuyan insanları yoklamaya koyuldu. Uyuyanlar bir o yana bir bu yana dönüyorlardı, altlarında ise çıplak zeminden başka bir şey yoktu. Sandık hiçbir yerden çıkmıyordu. Dvanov kaybı yüzünden dehşete kapıldı ve içlenip ağladı. Sonra tekrar uyuyanlara sokuldu, çantalarını yokladı ve hatta ocağın içine göz attı. Birçok kişinin ayaklarını ezdi, bazılarının yanaklarını topuğuyla çizdi, kimisini de olduğu gibi yerinden kaldırdı. Yedi kişi uyanıp oturdu.

"Ne arıyorsun, şeytan, ne?" diye sordu yakışıklı bir adam sessiz bir öfkeyle. "Ne ektiydin buraya ha, uykusuz ifritoğlu seni?"

"Çarp şuna çizmeni, Stepan, sen daha yakınsın!" diye önerdi, tuğla üzerine yasladığı başı şapkalı bir başka adam.

"Sandığımı gördünüz mü acaba?" diye sordu Dvanov kendisini tehdit eden insanlara. "Kilitliydi, dün getirmiştim, şimdi yok."

Yarı yarıya kör ama o yüzden daha da hassas bir adam çantasını yokladı ve konuştu:

"Bak sen sinsiye! Sandıkmış! Var mıydı da sandığın? Dün yüksüz gelmedin miydi sen buraya? Gözümü kırpmadan oturuyordum ben. Canı sandık çekmiş beyimizin!.."

"Bir tanecik patlatıver şuna Stepan: Senin yumruğun benimkinden şişkindir!" dedi şapkalı adam. "Haddini bildir lütfen: Bütün yurttaşları uyandırdı hayvanın kancığı! Şimdi yarına kadar uyumadan otur oturabilirsen."

Dvanov insanların ortasında sersemlemiş vaziyette duruyor, yardım bekliyordu.

Diğer odadan, Rus ocağının üzerinden birinin giderek kalınlaşan sesi yükseldi:

"Derhal dışarı atın şu gezgini! Yoksa birazdan kalkıp hepinizi uçuracağım. Sovyet insanına gece bari rahat verin yahu."

"Hah, şunun için bir de çenenizi yoruyorsunuz!" diye bağırdı kapının yanındaki koca alınlı bir delikanlı ve ayağa fırladı. Dvanov'u devrilmiş bir ağaç gövdesi gibi belinden kavrayıp dışarı sürükledi.

"Don burada!" dedi delikanlı ve kapıyı çarpıp damın sıcaklığına girdi.

Dvanov sokak boyunca yürüdü. Yıldız kümeleri tepesinde nöbet tutmaktaydı. Yıldızlar dünyanın öteki tarafına doğru hafifçe aydınlatıyordu göğü, aşağıya ise serin bir temizlik hâkimdi.

Kasabadan çıkan Dvanov koşmak istedi ama düştü. Bacağındaki yarayı unutmuştu, oysa oradan sürekli kan ve koyu bir sıvı sızıp duruyordu; yaranın deliğinden bedeninin ve bilincinin gücü kaçıyor, Dvanov uyuklamak istiyordu. Şimdi fark etmişti zayıf düştüğünü, yarasını bir birikintiden aldığı suyla ferahlattı, sargısını tersyüz etti ve yoluna dikkatle devam etti. Önünde yeni bir gün, günlerin en iyisi başlamaktaydı; doğudan vuran ışık ürkütülmüş bir kuş sürüsünü andırıyordu bugün, gökyüzünde kıvıl kıvıl koşuşup bulanık yükseklere süzülen.

Dvanov'un yolunun sağında, aşınmış, çökmüş bir kurganın üzerinde bir köy mezarlığı vardı. Rüzgârın ve suların eskittiği yoksul haçlar sadıkane dikiliyordu. Önlerinden ağır ağır geçen canlılara, ölülerin boşuna yaşamış olduklarını ve dirilmek istediklerini anımsatıyorlardı. Dvanov mezarlardaki ölülere merhametini iletsinler diye haçlara el salladı.

NİKİTA, VOLOŞİNO okulunun mutfağında oturmuş bir tavuk bedeni yiyor, Kopyonkin ve diğer mücadele adamları ise yerde uyukluyorlardı. Sonya herkesten önce uyandı; kapıya yanaşıp Dvanov'a seslendi. Fakat Nikita Dvanov'un geceyi burada geçirmediğini söyledi kendisine, mademki komünistti, yeni hayat uğrunda yol almaya devam ediyor olmalıydı. O zaman Sonya yalınayak bekçi Pyotr'un odasına girdi.

"Siz ne diye yatıp uyuyorsunuz burada peki?" dedi. "Saşa gitmişken!"

Kopyonkin önce birini açtı gözlerinin, ikinci gözü ayakta ve şapkalıyken açıldı.

"Petruşa," diye bekçiye seslendi, "herkese yetecek kadar su kaynat, ben yarım günlüğüne ayrılıyorum!.. Gece neden söylemediniz bana, yoldaş?" diyerek sitem etti Sonya'ya Kopyonkin. "Genç bir adam o, özgür bir varlık; tarlalarda sönüp gider, yarası da var. Şimdi bir yerlerde yürüyordur, rüzgâr gözlerinden yüzüne sürüyordur yaşlarını..."

Kopyonkin avluya, atının yanına gitti. At muazzam bir yapıya sahipti, insandan ziyade odun taşımaya elverişliydi. Sahibine ve iç savaşa alışmış, taze çit ve çatı samanıyla besleniyor, azla yetiniyordu. Ne var ki karnını adamakıllı doyurabilmesi için genç bir ormanın sekizde birini yemeli, üzerine küçük bir bozkır gölü içmeliydi. Kopyonkin atına saygı duyuyor, üçüncü dereceden paha biçiyordu ona: Rosa Luxemburg, devrim ve at.

"Merhaba Proleter Gücü!" diyerek selamladı Kopyonkin kaba yemle tıkabasa doyduğu için burnundan soluyan atını. "Rosa'nın mezarına gidelim!"

Kopyonkin hayatının tüm iş ve yollarının kaçınılmaz olarak Rosa Luxemburg'un mezarına çıkacağını ümit ediyor, buna inanıyordu. Bu ümit yüreğini ısıtıyor, her gün devrim için kahramanlıklar yapma gereksinimi doğuruyordu içinde. Kopyonkin her sabah Rosa'nın mezarına gitmesini emrediyordu atına. "Rosa" kelimesine fena halde alışan at ise dehlendiğini sanıyordu; "Rosa" sesini işitir işitmez önünde ister bataklık, ister gür bir orman, ister kürtün öbekleri olsun derhal bacaklarını oynatmaya başlıyordu.

"Rosa, Rosa!" diye mırıldanıyordu arada bir Kopyonkin yol boyunca ve at şişman bedenini geriyordu.

"Rosa!" diye diye iç geçiriyordu Kopyonkin ve Almanya'ya doğru akıp giden bulutlara imreniyordu: Rosa'nın mezarının ve onun potinleriyle ezdiği toprağın üzerinden geçeceklerdi ne de olsa. Kopyonkin'e göre bütün yol ve rüzgârlar yönlerini Almanya'ya çevirmişlerdi, çevirmedilerse bile yeryüzünü dolanacak, nihayet Rosa'nın memleketine çıkacaklardı.

Eğer yol uzunsa ve karşısına bir düşman çıkmıyorsa Kopyonkin daha bir derinden ve yürekten heyecanlanıyordu.

Yakıcı bir keder yoğunlaşıp birikiyordu içinde ve Kopyonkin'in yalnız bedenini avutacak bir kahramanlık fırsatı denk gelmiyordu bir türlü.

"Rosa!" diye haykırıyordu hazin hazin Kopyonkin, atını korkutarak; kuytularda bereketli iri yaşlarla ağlıyordu, sonradan kendiliklerinden kuruyan.

Proleter Gücü genellikle yoldan değil kilosunun ağırlığından yoruluyordu. At, Bityuga Nehri'nin çayırlık vadisinde büyümüştü, yurdunun tatlı otlarını anımsayınca yerlere zevk tükürükleri damlatıyordu kimileyin.

"Yine mi tıkınasın tuttu?" diyerek fark ediyordu Kopyonkin eyerinin üzerinden. "Önümüzdeki yıl bir aylığına muzır otlara salacağım seni, sonra doğruca mezara gideceğiz..."

At minnettar kalıyor, önüne çıkan otları toprağın içine gömüyordu gayretle. Yol ansızın ikiye ayrıldığında Kopyonkin'in atını pek öyle yönlendirdiği söylenemezdi. Proleter Gücü'nün kendisi yollardan birini diğerine yeğliyor, her zaman da Kopyonkin'in silahlı eline ihtiyaç duyulan bir yerlere çıkıyordu. Kopyonkin ise plansız, istikametsiz, rasgele ve atının iradesi doğrultusunda hareket ediyordu; ortak yaşamı kendi kafasından akıllı sayıyordu.

Eşkıya Groşikov uzun zaman izini sürmüştü Kopyonkin'in ama hiç rastlayamamıştı ona, zira Kopyonkin'in kendisi de nereye gideceğini bilmezken Groşikov nereden bilebilecekti.

Voloşino'dan beş *verst* kadar uzaklaşan Kopyonkin beş damlık bir çiftliğe vardı. Kılıcını çıkardı ve ucuyla tüm damların kapılarını sırayla çaldı.

Damlardan çılgın, ölümle tanışmaya çoktan hazırlıklı kadınlar fırlıyordu.

"Ne istedin, yavrum? Beyazlar gitti, kızıllar desen saklanmazlar!" dedi biri.

"Ailecek dışarı çıkın, derhal!" diye emretti tok bir sesle Kopyonkin.

En sonunda yedi hatun, iki ihtiyar adam çıktı dışarı; çocukları çıkarmadılar, kocalarını ise kilerlere saklamışlardı.

Kopyonkin halkı süzdü ve emretti:

"Dağılın şimdi evlerinize! Barış işleriyle uğraşın!"

Dvanov'un bu köyde olmadığı aşikârdı.

"Rosa'nın biraz daha yakınına gidelim, Proleter Gücü," diyerek tekrar atına seslendi Kopyonkin.

Proleter Gücü tekrar toprağı haklamaya koyuldu.

"Rosa!" diyerek canlandırmaya çalışıyordu ruhunu Kopyonkin ve çıplak bir çalıyı süzüyordu kuşkulu kuşkulu: O da kendisi kadar özlüyor muydu Rosa'yı? Eğer o kadar özlemiyorsa Kopyonkin atını ona yöneltiyor ve çalıyı kılıcıyla kesip atıyordu: "Madem Rosa'ya ihtiyacın yok, başka bir şey için de var olmayıver. Rosa'dan daha gerekli bir şey olamaz!"

Kopyonkin'in şapkasının içinde bir Rosa Luxemburg resmi dikiliydi: Boyalarla öyle güzel resmedilmişti ki herhangi bir kadın onunla boy ölçüşemezdi. Kopyonkin resmin gerçeğin tıpkısı olduğuna inanıyor ve pek duygulanacağı için sökmeye korkuyordu onu.

Akşama kadar boş yollarda ilerledi Kopyonkin, Dvanov'un haşatı çıkmış vaziyette yatıyor olabileceği çukurları kolaçan etti. Fakat her yerde sessiz bir insansızlık hüküm sürmekteydi. Akşama doğru Kopyonkin Maloye adında uzun bir köye ulaştı ve avlu avlu dolaşarak nüfusu kontrol etmeye koyuldu hemen; köylü ailelerinin içinde Dvanov'u arıyordu. Köyün sonuna vardığında gece başlamıştı: O zaman Kopyonkin koyağa indi ve Proleter Gücü'nün adımlarını kesti. Ve ikisi –insan ile at– bütün gece huzur içinde sustular.

Sabahleyin Kopyonkin Proleter Gücü'ne karnını doyurması için vakit tanıdı, sonra tekrar sırtına binip gerekli gördüğü yere gitti. Yol kumluk lığ içinden geçmekteydi ama Kopyonkin uzun süre durdurmadı atını.

Güçlükle hareket eden Proleter Gücü boncuk boncuk ter döktü. Ne olduysa öğle vakti tenha bir köyün kenarında oldu. Kopyonkin o köye girip atına mola tayin etmişti.

Dulavratotlarının içinde zengin kürkü ve kısa şalıyla bir kadın gezinmekteydi.

"Kimsin sen?" diyerek durdurdu onu Kopyonkin.

"Ben mi? Ebeyim ebe."

"Buralarda insan mı doğuyor ki?"

Ebe sokulganlığa alışmıştı ve erkeklerle konuşmayı seviyordu.

"Doğmaz mı, doğmaz mı? Erkek milleti akın etti savaştan, hatunları ateş bastı..."

"Bana bak, kadın: Geçenlerde buraya şapkasız bir delikanlı gelmiş olacak, karısı doğuramıyor bir türlü, seni arıyordu bu genç galiba, bir koşu damları dolan da soruver, buralarda bir yerde miymiş? Sonra gel bana söyle! İşittin mi?!"

"Şöyle sıskaca mı? Saten gömlekli?" dedi tanır gibi olan ebe.

Kopyonkin düşündü ama anımsayamadı, bir şey söyleyemedi. Onun için tüm insanlar iki tür yüze sahipti: dost yüzleri ve yabancı yüzler.

Dostların gözleri mavi, yabancıların genellikle siyah ve kahverengi olurdu, subay ve eşkıya işi; sonrasına dikkat etmezdi Kopyonkin.

"O!" diyerek kabul etti Kopyonkin. "Saten gömlekli ve pantolonlu."

"Eh, ben sana hemencecik getiriveririm onu – Fekluşa'nın evinde oturuyor, patates haşlıyordu Fekluşa ona..."

"Getir onu bana, kadın, sana proleter teşekkürlerimi sunarım!" dedi Kopyonkin ve Proleter Gücü'nü okşadı. At makine gibi duruyordu: büyük, titrek, kas düğümleriyle sarmalanmış. Böyle bir atın üzerinde insan ham toprağı sürmeli, ağaç sökmeliydi.

Ebe, Fekluşa'ya gitti.

Fekluşa, dolgun pembe kollarını sıvamış, bir dul kadının ne serveti olursa yıkamaktaydı.

Ebe haç çıkardı ve sordu:

"Senin kiracı nerelerde? Bir atlı soruyor onu."

"Uyuyor," dedi Fekluşa. "Çocuk öldü ölecek zaten, uyandıramam."

Dvanov ocağın üzerinden sağ kolunu sarkıttı, derin ve seyrek nefesi bu koldan izlenebiliyordu.

Ebe, Kopyonkin'in yanına döndü; Kopyonkin kendisi yollandı Fekluşa'nın evine.

"Konuğunu uyandır!" diye emretti Kopyonkin kesin ve net.

Fekluşa Dvanov'un kolunu dürttü. Beriki uykulu korkusundan hemen dile geldi ve yüzünü gösterdi.

"Gidelim, yoldaş Dvanov!" dedi Kopyonkin rica yollu. "Öğretmen seni getirmemi buyurdu."

Dvanov uyandı ve anımsadı:

"Hayır, ben buradan bir yere gitmem. Dön sen."

"Senin bileceğin iş," dedi Kopyonkin. "Hayattasın ya, gerisi berkemal."

Kopyonkin karanlık çökene kadar yol aldı ama daha kestirme bir yoldan. Geceydi, değirmeni ve okulun aydınlık pencerelerini seçti.

Bekçi Pyotr ve Mraçinski, Sonya'nın odasında dama oynuyorlardı, öğretmenin kendisi ise mutfakta masanın başında oturmuş, başı avuçlarında, gamlanmaktaydı.

"Gelmek istemiyor," diye bildirdi Kopyonkin. "Bekâr bir hatunun ocağının üzerinde yatıyor."

"Yatsın o zaman," diyerek el çekti Sonya Dvanov'dan. "Hep beni küçük bir kız sanıyor, oysa ben de bir şeylerden kederleniyorum."

Kopyonkin atların yanına gitti. Müfreze üyeleri henüz karılarının yanından dönmemişlerdi, Mraçinski ve Nikita ise işsiz güçsüz, halkın aşıyla karın şişirerek yaşamaktaydılar.

"Böyle giderse savaşta bütün köyleri yiyip bitireceğiz," sonucuna vardı Kopyonkin içinden. "Cephe gerisinde hiçbir kaynağımız kalmayacak: O zaman nasıl varır kişi Rosa Luxemburg'un yanına?"

Mraçinski ve Nikita, Kopyonkin'e her tür zahmete nasıl da hazır olduklarını göstermek için faydasızca döneniyorlardı avluda. Mraçinski beklemiş gübrelerin üzerine çıkmış, ayaklarıyla eziyordu onları.

"Yürüyün eve gidin," dedi onlara Kopyonkin ağır ağır düşünerek. "Yarın ikinizi de serbest bırakacağım. Ayarsız insanları ne diye peşimden sürükleyecekmişim? Sizden düşman mı olur – sığıntı olur anca! Artık var olduğumu biliyorsunuz ya, o yeter."

DVANOV HAYATININ O UZADIKÇA uzayan döneminde rahat rahat evde oturuyor ve ev sahibesinin ocağın yanındaki sicimlere çamaşır dizişini izliyordu. Bir kabın içinde at yağı yanmaktaydı, ilçe resimlerindeki cehennem ateşleri gibi; köy sakinleri sokaktan geçip terk edilmiş civar yerlere gidiyorlardı. İç savaş oralarda halk malının kırıkları halinde boy göstermekteydi: ölü atlar, arabalar, eşkıyalara ait yakasız kaftanlar ve yastıklar. Yastık eşkıyalar için eyerin yerini tutuyordu; o yüzden eşkıya müfrezelerinde şöyle bir komut kullanılırdı: Kuş tüyünee bin! Buna yanıt olarak Kızıl Ordu komutanları, çetelerin peşi sıra at sırtında koşarken şöyle bağırırlardı:

"O yastıklar hatunlara geri gidecek!"

Sredniye Boltai kasabası sakinleri geceleri geniş koyak ve fundalıklara çıkıyor, geçmiş çarpışmaların izinde ev eşyası arayarak geziniyordu. Birçoklarının payına da bir şeyler düşüyordu: Bu iç savaşı yağmalama zanaatı hiç de kazançsız değildi. Askerlik Şubesi'nin oraya buraya astığı, bulunan askeri teçhizatın iade edilmesine ilişkin emirler de kâr etmiyordu: Savaş gereçleri parçalara ayrılıyor, barışçıl mekanizmalara dönüştürülüyordu. Su soğutmalı mitralyöze dökme demirden tencere takılıyor, oluyordu sana ev votkası yapma düzeneği; sefer mutfakları köy hamamlarının içine yerleştiriliyor, üç pusluk sahra toplarının bazı parçaları yün dövmeye yarıyor, top kilitlerinden ise değirmen taşı için besleme hunisi yapılıyordu.

Dvanov bir avluda İngiliz bayrağından bir kadın gömleği gördü. Bu gömlek Rus rüzgârında kuruyor, bir kadın tarafından giyilmişliğin delik ve izlerini taşıyordu nicedir.

Ev sahibesi Fekla Stepanovna işini bitirmişti.

"Sen neden böyle düşüncelisin, genç?" diye sordu ona. "Yemek mi istersin, yoksa canın mı sıkılır?"

"Öylesine," dedi Dvanov. "Senin dam sessiz, dinleniyorum."

"Dinlen. Aceleye lüzum yok, gençsin daha – hayat sana kalacak..."

Fekla Stepanovna ağzını büyük, çalışkan eliyle kapatarak esnedi.

"Bense... ömrü bitirdim. Herifimi çarlık savaşında öldürdüler, ne için yaşarsın, uykuya bile seviniyor insan."

Fekla Stepanovna, kimselerin kendisiyle işi olmayacağını bildiği için Dvanov'un önünde soyunuverdi.

"Ateşi söndür," dedi yalınayak Fekla Stepanovna, "yoksa yarın kalırız ortada."

Dvanov kâseye üfledi. Fekla Stepanovna ocağın üzerine çıktı.

"Sen de buraya çık madem... Zaman o zaman değil – rezilliğimin kusuruna bakmazsın."

Damda bu insan olmasa derhal Sonya'ya geri kaçacağını ya da bir an önce sosyalizmi uzak yerlerde aramaya gideceğini biliyordu Dvanov. Fekla Stepanovna Dvanov'u kadınca sadeliğine alıştırarak koruyordu, ölen anasının kardeşiydi sanki, Dvanov'un anımsamadığı, o yüzden de sevemeyeceği anasının.

Fekla Stepanovna uyuyunca yalnızlık zoruna gitti Dvanov'un. Bütün gün hemen hiç konuşmasalar da yalnız hissetmemişti kendisini: Ne de olsa Fekla Stepanovna bir şekilde düşünmüştü onu, o da kadını aralıksız olarak duyumsamış, bu sayede bir şeylere deliler gibi yoğunlaşmaktan kurtulmuştu. Şimdi Fekla Stepanovna'nın bilincinde yer yoktu ona ve Dvanov, yaklaşmakta olan, kendisine de herkesleri unutturacak uykusunun ağırlığını duydu; bedeninin sıcaklığı aklını dışarıya bir yere kovalayacak, akıl orada yalnız, üzgün bir gözlemci olarak kalacaktı.

Eski inanç, bu sürgün edilen cılız bilinci "koruyucu melek" olarak adlandırırdı. Dvanov o manayı anımsayabiliyordu hâlâ ve yaşayan insanın boğucu karanlığından soğuğa kovulan o koruyucu meleğe acıdı.

Sessizliğinin yorulduğu bir yerlerde Dvanov Sonya'yı özlüyor ve ne yapması gerektiğini bilmiyordu; onu kollarına alıp ileriye, başka ve daha iyi yaşantılara uzanmak isterdi, taze ve hür. Pencerenin ardında ışık tükeniyordu; damın içindeki hava, cereyan olmadığından ağırlaşmıştı.

Savaşı silahsızlandırma işinden dönen insanlar ayaklarını toprağa sürterek geçiyorlardı sokaktan. Kimileyin ağır bir şeyler sürüklüyor, otları ta köklerinden biçerek gidiyorlardı.

Dvanov sessizce ocağın üzerine çıktı. Fekla Stepanovna koltukaltlarını hart hart kaşıyor, bir o yana bir bu yana dönüp duruyordu.

"Yatıyor musun?" diye sordu aldırışsız uykusunda. "İyi, iyi: Uyumana bak."

Ocağın sıcak tuğlaları daha da tedirgin etti Dvanov'u, uyku tutmadı, ancak sıcaktan yorgun düşüp sayıklamalarla kendinden geçince uyuyabildi. Küçük eşyalar –kutular, kâseler, keçe çizmeler, bluzlar– dev hacimli heybetli nesnelere dönüşerek yığılıyordu Dvanov'un üzerine. Onları içinden geçirmeye mecburdu; içine sımsıkı giriyor, derisini geriyorlardı. En çok derisinin patlamasından korkuyordu Dvanov. Canlanan boğucu nesneler değildi onu ürküten, derisinin patlaması, dikiş yerlerine takılan kuru sıcak keçe çizme yününün kendisini boğmasıydı.

Fekla Stepanovna elini Dvanov'un yüzüne koydu. Dvanov solmuş ot kokusu duyduğunu sandı, zavallı, yalınayak bir yarı-kızdan bir çitin önünde ayrılışını anımsadı ve Fekla Stepanovna'nın elini sıktı. Sakinleşip kederden kurtulurken, kadının kolunu daha yukarısından kavradı ve Fekla Stepanovna'ya yaslandı.

"Neden çırpınıyorsun öyle, delikanlı?" dedi kadın bir şeyler sezerek. "Yatıp uyu."

Dvanov yanıt vermedi. Sertmiş gibi çarpmaya başlayan yüreği kendi iç özgürlüğüne seviniyordu yüksek sesle. Dvanov'un hayat bekçisi ise odasında oturuyordu; o sevinmiyor, üzülmüyor, yalnızca görevini yerine getiriyordu.

Dvanov, okşamayı önceden öğrenmiş gibi deneyimli ellerle okşuyordu Fekla Stepanovna'yı. Sonunda elleri korku ve şaşkınlık içinde donup kaldı.

"Neyin var?" diye yakın, gürültülü bir sesle fısıldadı Fekla Stepanovna. "Orası herkeste aynıdır."

"Siz kardeşsiniz," dedi Dvanov, aydınlık bir anının sevecenliğiyle; kız kardeşi aracılığıyla Sonya'ya bir iyilik yapma gereksinimi duyuyordu. Dvanov aslında ne pek sevinmiş, ne de büsbütün kendinden geçmişti: Yüreğinin muazzam mekanizmasının şaşmaz işleyişini dikkatle dinlemekteydi sürekli. Ama işte sonunda yüreği pes etmiş, yavaşlamış, örtülüvermişti, boştu artık. Fazlasıyla açılmış, yanlışlıkla salıvermişti tek kuşunu. Bekçi-gözlemci, uçup giden, yokluk derecesinde hafif bedenini, kederle araladığı kanatları ile götüren kuşun ardından bakakalmıştı. Ve ağladı bekçi – insanın ömrü boyunca bir defa ağlar o, bir defacık yitirir sükûnetini pişmanlık uğruna.

Gecenin muntazam solgunluğu bulanık göründü Dvanov'a damın içinde, gözleri kamaşıyordu. Eşyalar yerlerinde küçük küçük duruyordu; hiçbir şey istemiyordu Dvanov'un canı, sağlıklı bir uykuya daldı.

Ta sabaha kadar yorgunluğunu çıkaramadı Dvanov. Geç uyandı, Fekla Stepanovna ocak kömürlüğünde sacayağının altında ateş yakarken tekrar uyuyakaldı sonra. Öyle bir yorgunluk duyuyordu ki önceki gün kuvvetini tüketen bir yara açılmıştı sanki vücudunda.

Öğleye doğru Proleter Gücü pencerenin önünde durdu. Arkadaşını bulmaya gelen Kopyonkin ikinci kez indi sırtından.

Kopyonkin cama kınıyla vurdu.

"Hanım, konuğunu gönder bana hele."

Fekla Stepanovna Dvanov'un kafasını sarstı.

"Delikanlı, kendine gel, atlı seni sesliyor!"

Dvanov güçlükle uyanıyor, aralıksız mavi bir sis görüyordu.

Ceketi ve şapkasıyla Kopyonkin girdi dama.

"Ne o, yoldaş Dvanov, ebediyen mi mıhlandın buraya? Al, öğretmen gönderdi sana: içliğin."

"Ben temelli kalacağım burada," dedi Dvanov.

Kopyonkin yardımına yetişecek bir düşünce bulamayan başını eğdi.

"O zaman ben gideyim. Elveda, yoldaş Dvanov."

Dvanov pencerenin üst yarısından Kopyonkin'in ovanın derinlerinde uzak bir memlekete doğru yitişini gördü. Proleter Gücü yaşını başını almış savaşçıyı komünizmin diri düşmanının yaşadığı yere götürüyor, Kopyonkin giderek daha da ırıyordu Dvanov'dan – sefil, uzak ve mutlu.

Dvanov ocağın üzerinden zıpladı ve ancak sokağa çıkınca aklına geldi ileride yaralı ayağını esirgemesi gerekeceği, ama şimdilik böylece dayanıversindi.

"Niye bittin dibimde?" diye sordu ona ağır adım giden Kopyonkin. "Yakında öleceğim ben, atın üzerinde tek kalacaksın!.."

Ve Dvanov'u kaldırıp Proleter Gücü'nün arkasına oturttu.

"Karnıma tutun. Birlikte gideceğiz, birlikte var olacağız."

Proleter Gücü ta akşama kadar yol aldı, akşamleyin Dvanov ve Kopyonkin orman ile bozkırın sınırındaki bir bekçi kulübesinde yatıya çekildiler.

"Çeşitli insanlardan yanına uğrayan olmadı mı?" diye sordu Kopyonkin bekçiye.

Kulübesinde pek çok yol insanı gecelemiş olan bekçi şöyle dedi:

"Az adam mı gelip geçiyor şimdilerde, millet boğaz derdinde – hepsini akılda tutmak ne mümkün! Ben umumi adamım, her suratı anımsamaya takatim yok!"

"Avlun niye böyle yanık kokuyor peki?" dedi havayı anımsayan Kopyonkin.

Bekçi ve Kopyonkin avluya çıktılar.

"Duyuyorsun değil mi?" dedi bekçi, Kopyonkin'in dikkatini çekerek. "Otlar oynayıp duruyor, rüzgâr desen yok."

"Yok," dedi dikkat kesilen Kopyonkin.

"Gelip geçenler dedilerdi, beyaz burjuvalar radyo sinyali yolluyormuş. Duydun değil mi, yine yanık koktu?"

"Almıyorum," dedi Kopyonkin havayı koklayarak.

"Burnun tıkanmış senin. Telsiz sinyalleri havayı yakıyor."

"Sopanı salla!" diye emretti aniden Kopyonkin. "Karıştır gürültülerini, hiçbir şey çözemesinler."

Kopyonkin kılıcını çıkardı ve zararlı havayı doğramaya koyuldu, ta ki tecrübeli kolu omuzdan kasınana dek.

"Yeter," diyerek durdurdu bekçiyi Kopyonkin. "Karışmıştır artık."

Zaferinden memnun kaldı Kopyonkin; devrimin Rosa Luxemburg'un bedeninin son kalıntısı olduğunu düşünüyor ve küçük şeylerde bile korumaya çalışıyordu onu. Orman bekçisi susup Kopyonkin ve Dvanov'a iyisinden birer dilim ekmek verdi, sonra uzaklarına oturdu. Kopyonkin ekmeğin lezzetine aldırmadı – tat almadan yer, rüyadan çekinmeden uyur ve vücuduna aldırmadan, en yakın yönü takip ederek yaşardı.

"Ne diye doyuruyorsun karnımızı, belki de yaramaz insanlarızdır biz?" diye sordu Dvanov bekçiye.

"Yemeyeydin madem!" diyerek sitem etti ona Kopyonkin. "Ekmek kendiliğinden çıkar topraktan, köylü karasabanıyla gıdıklayıverir toprağı hepsi o, kadının inek memesini gıdıklaması gibi! Eksik emektir köylününki. Doğru mu, bey?"

"Evet, öyledir herhal," diyerek onayladı karınlarını doyuran adam. "İktidar sizde, doğrusunu siz bilirsiniz."

"Aptalsın sen, *kulak* kardeş," dedi sinirleniveren Kopyonkin. "Bizim iktidarımız korku değildir, halkın düşünmesi, düşüncelere dalmasıdır."

Bekçi şimdilerde sahiden de düşüncelere dalındığını kabul etti. Uykudan önce Dvanov ve Kopyonkin yarından söz ettiler.

"Ne dersin," diye sordu Dvanov, "köyleri Sovyet usulüne göre yerleştirmemiz yakın mıdır?"

Kopyonkin devrim sayesinde her düşmanın alt edilebileceğine inanmıştı.

"Ne kaldı ki şunun şurasında? Bir çırpıda hallederiz. Nehirsiz vadiler Ukraynalılara kalacak yoksa deriz... Yahut silah elde, yapıların taşınması için taşıma yükümü getiririz. Ne demiştik: Sosyalizm topraktır. Dediysek yaparız."

"Öncelikle bozkıra su getirmeliyiz," diye akıl yürüttü Dvanov. "Orası pek kuru, havzalarımız Trans-Hazar çölünden farksız."

"Biz de su tesisatı döşeriz," diyerek çabucak avuttu yoldaşını Kopyonkin. "Fıskiyeler kurarız, kurak yıllarda toprağı ıslatırız, hatunlar kaz yetiştirir, herkesin kuştüyü yastığı olur – parlak iş!"

Bu sırada Dvanov dalıp gitti; Kopyonkin, onun yaralı ayağının altına yumuşak ot koydu, sonra o da sabaha değin sessiz kaldı.

Sabahleyin orman kenarındaki evi terk edip bozkırlık memlekete çevirdiler yönlerini.

Sayısız ayağın çiğnediği yoldan kendilerine doğru bir yaya gelmekteydi. Zaman zaman yatıp yuvarlanıyor, sonra yeniden ayakları üzerinde gidiyordu yaya.

"Ne yapıyorsun sen, cüzamlı?" diye durdurdu yolcuyu Kopyonkin adam yaklaşınca.

"Yuvarlanıyorum hemşerim," diye açıkladı karşılarına çıkan. "Ayaklarım feci yoruldu, onlar dinlenirken ben kendim devam ediyorum yoluma."

Kopyonkin nedense kuşkulanmıştı:

"Eee, normal gitsene, düzgün git."

"İyi ama ben Batum'dan geliyorum, iki yıldır ailemi görmedim: Dinleneyim desem üzerime bir sıkıntı çöküyor, yuvarlanarak gidersem yavaş da olsa eve yaklaştım diye düşünüyorum."

"Şurada görünen köy hangisi?" diye sordu Kopyonkin.

"Şurası mı?" diyerek dönüp baktı seyyah ölüleşmiş yüzüyle: Ömrü boyunca ayla dünya arasına denk mesafe katettiğini bilmiyordu. "Hanskiye Dvoriki olsa gerekir... Şeytan bilir: Bozkırda birçok köyler yaşıyor."

Kopyonkin bu adamı biraz daha derinden anlamaya çalıştı:

"Demek oluyor ki karını pek seviyorsun..."

Yaya uzak yolun sislendirdiği gözleriyle baktı atlılara:

"Elbette, saygım var. Doğum yaparken derdimden çatıya tırmandıydım..."

Hanskiye Dvoriki'den yemek kokusu geliyordu ama aslında tahıldan ev votkası yapılmaktaydı orada. Bu gizli üretime bağlı olarak ahlaksız bir kadın geçiverdi sokaktan koşarak. Bütün damlara dalıyor ve anında geri fırlıyordu:

"Çephe dönüyoo!" diyerek uyarıyordu köylüleri, dönüp dönüp Kopyonkin ve Dvanov'un silahlı gücüne bakınıyordu dehşete kapılarak.

Köylüler ateşe su döküyorlardı, kulübelerden duman yayılıyordu sürüne sürüne; yalaklara alelacele boca edilen votkanın vıcık vıcık karışımından karınları doyan domuzlar çıldırmış gibi koşturuyorlardı köyün içinde.

"Nerede buranın sovyeti, a namuslu insan?" diye seslendi Kopyonkin topal bir yurttaşa.

Nedense gururlu bir ifade takınan topal yurttaş ağır adımlarla, kurum kurum kurularak yürümekteydi.

"Namuslu diyorsun ha? Bacağımı aldınız, şimdi de namuslu mu diyorsunuz?.. Köyde sovyet yok, ben Nahiye Devrim Komitesi'nin yetkilisiyim, fukaranın cezalandıran iktidarı ve gücü. Bakma topal olduğuma, buranın en akıllı kişisiyim: Her şey gelir elimden!"

"Dinle beni, yetkili yoldaş!" dedi Kopyonkin, sesinde fırtınalar. "Karşında Vilayet Yürütme Komitesi'nin başgörevlisi var!" Dvanov atından indi ve yetkiliye elini uzattı. "Devrimci vicdanı ve taşıma yükümünün gerektirdiği askeri nizam çerçevesinde sosyalizmi kuruyor kendisi vilayette. Ne var ne yok burada?"

Yetkili hiç de korkmamıştı:

"Akıl çok bizde, ekmek yok."

Dvanov yakaladı sözü:

"Ama toprak ağalarının elinden alınan topraklara votka kokusu sinmiş."

Yetkili ciddi ciddi gücendi:

"Boş konuşma yoldaş! Dündü daha, resmi emir yazdım: Bugün çarlıktan kurtuluşumuzun şerefine ayin yapılıyor köyümüzde. Bir günlüğüne tarafımdan keyfi davranma izni verildi halka. Bugün ne istersen yap: Karışmadan geziyorum, devrim de dinleniyor biraz... Çaktın mı?"

"Bu keyfi iktidarı sana kim verdi?" diyerek çattı kaşlarını atının üzerinden Kopyonkin.

"Yahu ben buranın Lenin'i sayılırım!" diye açıkladı topal basit gerçeği. "Şu sıra *kulak* fukaraya ikramda bulunuyor – benim fişlerime göre yürüyor iş, emrimin yerine getirilip getirilmediğini denetliyorum."

"Denetledin mi bari?" diye sordu Dvanov.

"Hane hane ve özenle: Her şey gerektiği gibi yürüyor. Savaş öncesinden bile dayanıklılar, atsızlar da memnun."

"Hatun ne diye korktu da koşuyor o zaman?" dedi Kopyonkin, işin içindeki bit yeniğini öğrenmeye çalışarak.

Topalın kendisi de ciddi ciddi öfkelenmişti buna.

"Sovyet bilinci yok daha bunlarda. Yoldaşlarını, konuklarını karşılamaktan korkuyorlar, malı otlara dökmeyi yeğliyorlar, bir de devlet fukarası numarası yapıyorlar. Bütün zulalarını bilirim ben bunların, hayatlarının bütün anlamını görürüm..."

Topalın adı Fyodor Dostoyevski idi: Nahiye Devrim Komitesi yetkilisi İgnatiy Moşonkov'un, ünlü yazarın anısına Fyodor Dostoyevski adını almak isteyen yurttaş İgnatiy Moşonkov'un yapmış olduğu başvuruyu değerlendirerek yazdığı özel protokole öyle kaydettirmişti kendi kendisini. Karar hemen çıkmış, yeni günün başlangıcından itibaren adı ilelebet değişmişti; ayrıca bütün yurttaşlara da lakaplarını tekrar gözden geçirerek tatmin edici bulup bulmadıklarını düşünmelerini önermişti. Tabii bu arada yeni alınan isimlerle uyumluluk gerekliliği de göz önünde bulundurulmalıydı. Fyodor Dostoyevski bu kampanyayı vatandaşların kendi kendilerini yetkinleştirmeleri amacıyla tasarlamıştı: Sözgelimi, Liebknecht denilen kişi bu isme uygun şekilde yaşamalı, aksi takdirde bu şanlı isim geri alınmalıydı kendisinden. Bu şekilde ad değişikliği kayıtlarına iki yurttaş daha geçmişti: Stepan Çeçer, Kristof Kolomb; kuyucu Pyotr Grudin ise Franz Mehring (sokak dilinde Merin*) olmuşlardı. Fyodor Dostoyevski bu adları şartlı ve tartışmalı olarak geçirmişti protokole, Nahiye Devrim Komitesi'nden bilgi talep etmişti zira: Kolomb ve Mehring onurlu insanlar mıydı, adları gelecek yaşam açısından örnek teşkil edebilir miydi, yoksa Kolomb ve Mehring sözleri devrim için bir şey ifade etmiyor muydu? Nahiye Devrim Komitesi henüz bir yanıt göndermemişti. Stepan Çeçer ve Pyotr Grudin neredeyse isimsiz yaşamaktaydılar.

"Madem adlandınız," diyordu onlara Dostoyevski, "müstesna bir şeyler yapın."

"Yaparız," diye yanıtlıyordu ikisi de, "sen onayla yeter ki, bir de rapor veriver."

"Sözlü olarak adlanabilirsiniz ama dokümanlarda şimdilik eski adınızla göstereceğim sizi."

"Sözlü de idare ederiz," diyordu dilekçe sahipleri.

Kopyonkin ve Dvanov, Dostoyevski'ye rastladıklarında, beriki tam da hayatı mükemmelleştirmenin yeni yollarını aramaktaydı. Dos-

* İğdiş. *–ç.n.*

toyevski, yoldaşlararası izdivaca, Sovyetler'de hayatın anlamına kafa yoruyordu; hem acaba mahsulün verimini artırmak için geceler yok edilebilir miydi, günlük emek saadeti nasıl örgütlenmeliydi, ruh denen neyin nesiydi – sızlanan yürek mi, yoksa kafadaki akıl mı? Bunların ve daha birçok başka şeyin sancısını çekmekteydi Dostoyevski, geceleri ailesine rahat yüzü göstermeyerek.

Dostoyevski'nin evinde bir kütüphane dolusu kitap vardı ama artık avunamıyordu ezbere bildiği bu kitaplarla, bu yüzden de bizzat kendisi düşünüyordu.

Dostoyevski'nin damında buğday lapası yiyen Dvanov ve Kopyonkin gelecek yaz sosyalizmi kurmanın gerekliliği üzerine acil bir sohbet başlattılar. Dvanov bu acelenin Lenin'in kendisi tarafından onaylandığını söylüyordu.

"Sovyet Rusyası," dedi Dostoyevski'yi ikna etmeye çalışan Dvanov, "kapitalizm keçisinin saldırdığı genç bir akağaca benzer."

Bir de gazete sloganı alıntıladı:

Büyüt akağacını büyüdüğünce,
Yiyemesin Avrupa'nın keçisi!

Kaçınılmaz kapitalizm tehlikesine dikkat kesilmekten Dostoyevski'nin rengi atmıştı. Beyaz keçilerin gerçekten de genç kabuğumuzu yiyip bitirdiklerini, devrimin çırılçıplak kaldığını ve donup öleceğini getirmişti gözünün önüne.

"Eee, iş kime düşüyor peki, yoldaşlar?" diye haykırdı Dostoyevski coşkuyla. "Madem öyle hemen başlayalım: Yeni yıla kadar yetiştirebiliriz sosyalizmi! Yazın beyaz keçiler geldiğinde Sovyet akağacının kabuğu çoktan sertleşmiş olacak."

Dostoyevski sosyalizmi iyi insanlardan oluşan bir topluluk gibi düşünüyordu. Eşya ve yapıları bildiği yoktu. Dvanov hemen çözmüştü onu.

"Hayır, yoldaş Dostoyevski. Sosyalizm güneşe benzer ve yazın doğar. Onu yüksek bozkırların bereketli toprakları üzerinde kurmak gerekir. Köyünüzde kaç hane var?"

"Hane fazlalığı var bizde: Üç yüz kırk hane, kenar mahallede de on beş hane reisi oturur," diye bildirdi Dostoyevski.

"İyi işte. Beş-altı kadar işletmeye bölünmelisiniz," diye önerdi Dvanov. "Derhal iş yükümü ilan et. Şimdilik malazda kuyu kazadursunlar, bahardan itibaren de taşıma yükümüyle yapı taşıt. Kuyucunuz var mı bari?"

Dostoyevski Dvanov'un sözlerini yavaş yavaş sindiriyor ve gözle görülür koşullara dönüştürüyordu. Gerçek icat etme yeteneğine sahip değildi ve gerçeği ancak düşünceleri kendi bölgesinin olaylarına dönüştürerek anlayabilirdi, bu da vakit alıyordu: Zihninde tanıdık bir yerdeki boş bozkırı canlandırmalı, üzerine isim isim köyünün tüm hanelerini yerleştirmeli ve ortaya ne çıktığına bakmalıydı.

"Kuyucumuz var elbet," dedi Dostoyevski. "Örnekle, Franz Mehring: Ayaklarıyla hisseder suyu. Hendeklerde gezer, ufukları şöyle bir ölçüp biçti miydi, 'Bu yeri altı *sajen* kazın çocuklar,' deyiverir. Su fışkırır o zaman toptan. Anasıyla babası böyle yaratmışlar onu demek."

Dostoyevski'nin, sosyalizmi ortak çiftlik topraklarına sahip az haneli işletme kasabaları olarak canlandırmasına yardımcı oldu Dvanov. Dostoyevski her şeyi kabul etti, bir tek tüm harman yerlerine yayılacak ortak sevinç eksik kalıyordu, gelecek tahayyülünün sevgi ve sıcaklığa dönüşmesi, vücudunda sosyalizmin geçici yokluğundan ötürü vicdan ve sabırsızlığın ayaklanması için.

Kopyonkin dinledi, dinledi ve güceniverdi:

"Nasıl bir bitsin sen yahu: Vilayet Yürütme Komitesi söylemiş bir defa – yaza sosyalizmi hazır edeceksin işte! Mademki disiplinimiz demirden, çıkaracaksın komünizmin kılıcını. Senden Lenin olur mu? Sovyet bekçisisin sen: Yıkımın temposunu yavaşlatıyorsun anca, zararlı ruh!"

Dvanov Dostoyevski'nin aklını çelmeye çalışıyordu hâlâ:

"Bitkiler ekilince yeryüzü başka gezegenlerden bakıldığında daha parlak, daha aydınlık görünecek. Hem su döngüsü de güçlenecek, gökyüzü daha mavi, daha saydam olacak!"

Dostoyevski sevindi: Sosyalizmi tastamam görebilmişti bu kez. Yemlik otların soluğuyla beslenen hafif nemli, mavi bir gökyüzüydü o. Rüzgâr, toprağın bereketli göllerini hafifçe titretiyordu müşterek nefesiyle; hayat öylesine mutluydu ki her şey sakindi. Bir tek Sovyetler'de hayatın anlamını tespit etmek kalmıştı. Bunun için de Dostoyevski seçilmişti oybirliğiyle ve işte o, kırk gündür uykusuz, kendinden geçmiş vaziyette dalgın dalgın oturmaktaydı; namuslu, güzel kızlar yiyecek getiriyorlardı kendisine *–borş* ve domuz eti– fakat Dostoyevski'nin eli bile değmeden geri götürmeleri gerekiyordu: Başını kaldıramıyordu ki işinden.

Genç kızlar âşık oluyordu Dostoyevski'ye ama her biri de partiliydi ve disiplin yüzünden açılamıyor, sessizce acı çekiyorlardı bilinçlilik gereği.

Dostoyevski, çağı ikiye ayırırcasına masayı tırnağıyla çizdi.

"Yapacağım sosyalizmi! Daha çavdar yetişmeden hazır olacak!.. Ben de diyordum neden içim sıkılıyor. Sosyalizmmiş özlediğim."

"Odur," dedi Kopyonkin onaylayarak. "Herkes ister Rosa'yı sevmeyi."

Dostoyevski, Rosa sözünü fark etti ama tam olarak anlamadı – devrimin kısa söylenişi* ya da kendisinin bilmediği bir slogan olabileceğini düşündü.

"Pek doğru, yoldaş!" dedi Dostoyevski sevinerek, çünkü esas mutluluk keşfedilmişti artık. "Yine de bak bana, kendi bölgemde devrimi yönetmekten zayıf düştüm."

"Anlaşılır bir durum: Burada bütün mevcut olayların altından sen çıkıyorsun," dedi Kopyonkin, Dostoyevski'nin kıymetine arka çıkarak.

Gelgelelim Fyodor Mihayloviç o gece rahat uyuyamadı; bir o yana bir bu yana dönüyor, düşüncelerinin ufak tefek ayrıntılarını sayıklıyordu yeknesak.

"Neyin var?" dedi henüz uykuya dalmadığından Dostoyevski'nin çıkardığı sesleri duyan Kopyonkin. "Sıkıntıdan elmacıkkemiklerin mi kasılıyor? İç savaş kurbanlarını anımsa iyisi mi, kederlenirsin bari."

Geceleyin Dostoyevski uyuyanları uyandırdı. Kopyonkin apansız saldırıveren düşmanı karşılamak için daha gözünü açmadan kılıcına davrandı.

"Sovyet iktidarı uğruna dokundum sana!" diye açıkladı Dostoyevski.

"Madem öyle neden daha önce uyandırmadın?" diye sert bir sesle sordu Kopyonkin.

* Rusça devrim *revolyutsiya. –ç.n.*

"Halihazırda hayvanımız yok," dedi hemen lafa giren Dostoyevski: Yarım gecede sosyalizm işini hayata geçirme aşamasına dek düşünüp bitirmişti. "Söyle, hangi vatandaş gider bereketli bozkıra hayvanı yok ise? Yapıları bagaj gibi taşımanın ne anlamı var o zaman?.. Bu telaşlar bitirecek beni..."

Kopyonkin, boğazını temizlemeye .çalışırmış gibi ince âdemelmasını kaşıdı.

"Saşa!" dedi Dvanov'a. "Uyumayı bırak da şu herife Sovyet kanunlarını bilmediğini söyle."

Sonra kara kara Dostoyevski'ye baktı Kopyonkin.

"Sen beyaz destekçisinin tekisin, bölge Lenin'i filan değil! Kafa yorduğu şeye bak. Yarın milletin elinde kalan bütün canlı hayvanı meydana çıkart, içtenlikle, devrim duygusuyla paylaştır. İşte o kadar!"

Kopyonkin derhal uykusuna döndü: Devrime ihanet saydığı ruhsal kuşkuları anlamıyor ve büyütmüyordu; Rosa Luxemburg önceden ve herkese yetecek kadar düşünmüştü her şeyi, şimdi bir tek görülen ve görülmeyen düşmanın bozguna uğratılması için silah tutan elin kahramanlıklar yapması kalmıştı geriye.

Sabahleyin Dostoyevski, Hanskiye Dvoriki'nin bütün hanelerini Nahiye Devrim Komitesi ve Vilayet Yürütme Komitesi'nin ortak emrini ilan ederek dolaştı, istisnasız tüm hayvanlar devrim için paylaşılacaktı.

Ve böylece varlıklı halkın gözyaşları eşliğinde hayvanlar kilise önüne, meydana çıkarıldı. Yoksullar da sızlanan hane reislerini ve acınası ihtiyar kadınları görüp gamlanıyorlardı, kimi varlıksızlar ağlıyordu hatta, halbuki paylarına düşecek vardı.

Kadınlar inekleri öpüyor, erkekler atlarını savaşa oğul gönderir gibi yüreklendirerek fazlaca şefkatli ve eğreti tutuyor, içlerinden de ağlasak mı yoksa böylece idare mi etsek diye düşünüyorlardı.

Kendi uzun ince ama suratı küçük ve şallak, genç kız sesli bir köylü yorga atını getirdi; hiç sitem etmediği gibi, tüm tasalı köylülerini avutmaya da çalışıyordu:

"Ne oldu sana, Mitriy Amca?" diyordu üzgün bir ihtiyara yüksek sesle. "Batsın yerin dibine yahu: Hayata mı veda ediyorsun allasen? Kahrolduğu şeye bak – atını alacaklarmış, şeytan alsın yahu, yenisini ediniriz. Kahrını topla sen geri!"

Dostoyevski tanıyordu bu köylüyü: Eski bir asker kaçağıydı adam. Küçük yaşında raporsuz evraksız çıkagelmişti bir yerlerden, hiçbir savaşa da çağrılamamıştı: Ne doğum yılı belliydi ne adı, resmi olarak zaten yaşamıyor sayılırdı; bir şekilde adlandırmış olmak için, kolaylık olsun diye Noksan diyorlardı asker kaçağına, köy sovyetinin listesinde ise geçmiyordu adı. Bir sekreter bütün diğer soyadlarının altına "Diğerleri – 1; cinsiyeti – kuşkulu" yazmıştı. Ne var ki bir sonraki sekreter bu notu anlamamış, büyükbaş hayvanlar listesine fazladan bir baş ekleyivermiş, "diğerleri"ni ise düpedüz çıkarmıştı listeden. Böylece Noksan bir toplum sızıntısı olarak yaşayıp gidiyordu, arabadan toprağa düşen darı tanesi gibi.

Gelgelelim kısa süre önce Dostoyevski onu vatandaş listesine "şahsi soyadı edinmemiş kaytarıcı orta köylü" adı altında mürekkeple kaydetmiş, böylelikle varlığını iyiden iyiye sağlamlaştırmıştı: Noksan'ı Sovyet çıkarlarına hizmet için doğurmuş sayılırdı.

Bozkır yaşantısı eskiden hayvanın izi sıra ilerlerdi, hayvansız kalıp açlıktan ölme korkusu halkın içine işlemişti, bu yüzden insanlar zarara uğrama korkusundan ziyade önyargıdan ağlıyorlardı.

Dvanov ve Kopyonkin, Dostoyevski hayvanları yoksullara paylaştırmaya başladığı sırada geldiler.

Kopyonkin ağzını aradı onun:

"Yanılmayasın ha: Devrim duygun bütün mü şu anda?"

İktidarıyla gurur duyan Dostoyevski karnından boğazına doğru bir el işareti yaptı. Bulduğu paylaştırma yöntemi basit ve de açıktı: En yoksullar en iyi at ve inekleri alacaktı; gel gör ki hayvan az olduğu için orta köylülere hiçbir şey düşmedi, ancak bazılarına birer koyun.

İş selametle sona ererken aynı Noksan ortaya çıktı ve hırıltılı bir sesle konuştu:

"Fyodor Mihaylıç, yoldaş Dostoyevski, bizimkisi tabii zırva ama sen gücenme şimdi söyleyeceğim şeye. Sakın güceneyim deme ha!"

"Söyle yurttaş Noksan, dürüstçe ve korkmadan söyle!" diyerek izin verdi Dostoyevski herkes görsün, bilsin diye.

Noksan, tasalı halka döndü. Beleş atları korka korka tutan yoksullar bile tasalıydı, birçoğu hayvanları gizlice geri veriyordu varlıklılara.

"Madem öyle bütün kalabalık dinlesin sözümü! Aptallığımı bağışlayın ama soracağım: Sözgelimi bir Petka Rıjov benim yorga atımı ne yapacak? Elindeki yem çatısındaki samandan ibarettir, bostanında bir yedek sırık dahi bulamazsın, karnında desen üç gün öncesinin yarım patatesi kaynar durur. İkincisi – sen gücenmeyesin ha, Fyodor Mihayloviç, devrimdir senin işin, biliriz... İkincisi ise, doğacak yavrular ne yapılacak? Şimdileyin biz fukarayız: Demek oluyor ki, at sahipleri bizim için buzağı yavrulatacaklar öyle mi? Soruver hele bir, Fyodor Mihayloviç, fukara-atlılar bizim için tay ve buzağı beslemek isterler mi?"

Halk böylesi bir aklıselim karşısında taş kesilmişti.

Noksan sessizlikten faydalandı ve sürdürdü:

"Bence beş yıl sonra tavuktan yukarı kimsede hayvan filan kalmayacak. Kim ister ki komşusu için dişi doğurtmayı? Hem zamane hayvanı vadesi dolmadan geberir gider. Bu Petka'nın elinde benim atım ilk yere serilen olacak – adam ömrünce at görmemiş, kazık dışında da yedirecek yemi yok! Sen gel beni avut, Fyodor Mihalıç, aman diyeyim içinden bana gücenmeyesin!"

Dostoyevski onu hemen avuttu:

"Doğru, Noksan, bu paylaştırma işi anlamsız!"

Kopyonkin insan halkasının ortasındaki boş yere fırladı.

"Nasıl yani anlamsız? Ne o, eşkıyaların tarafına mı geçiyorsun? Şimdi ben seni tamamlayayım da gör! Yurttaşlar," diye seslendi Kopyonkin herkesi gözdağıyla titreterek. "Bu noksan *kulak*'ın az önce söylediği şeylerin hiçbirisi olmayacaktır. Sosyalizm anında gelecek ve her şeyin karşılığını verecektir. Daha bir şeyin doğmasına kalmadan iyi günler gelecektir! Yorga atın Rıjov'dan alınmasını ve Vilayet Yürütme Komitesi yetkilisi yoldaş Dvanov'a verilmesini öneriyorum. Şimdi, fukara yoldaşlar, yıkımla mücadele için dağılın!"

Fukaralar nasıl yürüteceklerini unuttukları inek ve atları alıp tereddüt içinde yollarına gittiler.

Donakalan Noksan, Kopyonkin'e bakıyordu – atını kaybetmek değildi onu üzen, merakıydı.

"İzin verin de bir söz sorayım ha, vilayetli yoldaş?" dedi sonunda cesaretlenen Noksan çocuksu sesiyle.

"İktidarın yok, sorabilirsin!" diye merhamet etti Kopyonkin.

Noksan nazikçe ve dikkatlice sordu:

"Sosyalizm nedir, geldiğinde ne olacak ve servet nereden akacak içine?"

Kopyonkin kendisini fazlaca zorlamadan açıkladı:

"Fukara olaydın kendin de bilirdin, *kulak* olduğuna göre anlatsam da anlamazsın."

Akşamleyin Dvanov ve Kopyonkin yola koyulmak istediler ama Dostoyevski bozkırda sosyalizmi neyle başlatıp neyle bitirmesi gerektiğini tastamam öğrenebilmek için sabaha kadar kalmalarını rica etti.

Kopyonkin uzun süreli konaklamalardan sıkılıyordu ve geceleyin yola çıkmaya karar verdi.

"Söyledik ya sana işte her şeyi," diye talimat verdi Dostoyevski'ye. "Hayvan var. Sınıf kitleleri ayaklarının üzerine basıyor. Şimdi taşıma yükümü ilan et, bozkırda kuyu ve havuz kazdır, bahardan itibaren de yapıları taşıt. Yaza kadar sosyalizm otların içinden görünmüş olsun ha! Uğrayacağım yanına yine!"

"Demek oluyor ki sırf fukaralar çalışacak – atlar onlarda çünkü, varlıklılar ise haybeye yaşayacaklar!" dedi yine şüpheye düşen Dostoyevski.

"Ne olmuş?" dedi Kopyonkin, şaşırmamıştı. "Sosyalizm de zaten temiz fukara ellerinden doğmalı, *kulak*'lar mücadelede ölüp gidecek nasılsa."

"Orası öyle," dedi tatmin olan Dostoyevski.

Geceleyin Dvanov ve Kopyonkin Dostoyevski'yi bir kez daha sosyalizmin yetiştirilmesi gereken süre hususunda ihtar edip gittiler.

Noksan'ın yorga atı, Proleter Gücü'nün yanı başında yürüyordu. Kendilerini nüfusun darlığından alıp uzaklara çeken yolu hissettiklerinde her iki atlı da rahatladı. Yerleşik hayat bir gün dahi sürse, kasvet salıyordu yüreklerine; bu nedenle Dvanov ve Kopyonkin dam tavanlarından korkuyor, yüreklerindeki fazla kanı emip götüren yollara yöneliyorlardı.

Atlarını tırıs koşturan iki adamın karşısına geniş bir ilçe yolu çıktı.

Tepelerinde, çoktan batan güneşin yarı yarıya aydınlattığı gece bulutları yüksek yüksek duruyordu, gündüz rüzgârının boşalttığı hava kıpırdanmıyordu artık. Basık mekânın serinliğinden ve suskunluğundan güçsüz düştü Dvanov, atının üzerinde uyuklar oldu.

"Bir konuta rastlarsak şafak sökene kadar kestiriverelim," dedi.

Kopyonkin, engin toprakların üzerine kara bir sessizlik ve huzur gibi uzanmış yakındaki ormanı işaret etti.

"Orada bir nöbetçi olmalı."

Düşünceli, hüzünlü ağaçların arasına girer girmez kuytudaki insan yuvasını koruyan köpeklerin bezgin seslerini duydu yolcular.

Ormanları bilime duyduğu sevgiden ötürü koruyan orman bekçisi o an eski mi eski kitapların başında oturmaktaydı. Devrimi bekleyen acılı yazgıyı öğrenip ailesinin kurtuluşu için bir çıkış yolu bulmak için Sovyet zamanının bir eşini aramaktaydı geçmişte.

Orman müdürü babası kendisine en kötü, okunmayan, unutulmuş yazarların ucuz kitaplarından oluşan bir kütüphane bırakmıştı. Hayatı belirleyen gerçeklerin ihmal edilmiş kitaplarda gizlice varlığını sürdürdüğünü söylerdi oğluna.

Orman bekçisinin babası kötü kitapları doğmayan çocuklara benzetirdi; hassas vücutları hayatın o ana rahmine kadar sokulan kabalığına dayanamayan bu çocuklar ölürlerdi.

"Böyle on çocuk hayatta kalsa insanı ağırbaşlı ve yüce bir varlık kılabilirlerdi," demişti baba oğluna ölmeden. "Oysaki tabiatın sert havasına ve çiğ yiyecek savaşına katlanabilen, kafaca en bulanık, yürekçe en vurdumduymaz şeyler geliyor dünyaya."

O gün orman bekçisi, Nikolay Arsakov'un 1868 yılında yayımlanmış bir eserini okumaktaydı. Kitabın adı *İkinci Dereceden İnsanlar* idi ve bekçi kuru cümleler arasında ihtiyacı olan şeyi bulmaya çabalıyordu. Gözünü dört açıp anlam arayan okur için sıkıcı ve anlamsız kitap diye bir şey olamayacağını düşünüyordu bekçi. Bir kitabın sıkıcılığı okurun sıkıcılığından kaynaklanır, zira okurun arayış halindeki can sıkıntısı esastır okuma işinde, yoksa yazarın becerisi değil.

"Nereden geldiniz acaba?" dedi Bolşeviklere kafa yoran bekçi. "Bir zamanlar var olmuş olmalısınız, hiçbir şey diğer bir şeye benzemeden, var olan bir şeyi aşırmadan gerçekleşemez."

İki küçük çocuğu ve şişmanlayan karısı huzur içinde, şuursuz uyumaktaydılar. Arada bir onları şöyle bir süzen bekçi, zihnini bu üç kıymetli varlığı kollamanın yollarını düşünmeye kışkırtıyordu. Geleceği keşfetmek istiyordu ki vaktinde davranıp en yakın akrabalarının ölümünü engelleyebilsin.

Arsakov yalnızca ikinci dereceden insanların yavaş bir iyileşme sağladığını yazmıştı. Aklın fazlası hiç de gerekli değildi – bereketli topraklar üzerinde olgunlaşmadan eğilen, biçilmeye gelmeyen ota benzerdi o. Üstün insanlar tarafından hızlandırılmak yorardı hayatı, önceden sahip olduğu bir şeyi yitirirdi hayat.

"İnsanlar," diye öğretiyordu Arsakov, "az şey anlayıp, pek erken eyleme geçtiler. Oysa ruhun seyreyleyen tarafını hür bırakabilmek için eylemlerini elden geldiğince ertelemelidir kişi. Seyir, dış hadiselerden kendi payına dersler çıkarmaktır. İnsan tabiat olaylarını olabildiğince uzun bir müddet seyredip dersini almalıdır ki kendi eylemlerine, tecrübenin silahını kuşandıktan sonra, geç ama hatasız başlayabilsin. Cemaat hayatında tüm günahların aklı toy erlerin müdahalesi yüzünden meydana geldiği akıllardan çıkarılmamalıdır. Herkesin mest edici bir mutluluğa çaba harcamaksızın kavuşabilmesi için tarihin şöyle bir elli yıllığına başıboş bırakılması yeterlidir."

Köpekler endişeli seslerle ulumaya koyuldu, bekçi ise tüfeğini alıp geç vakit kapısını çalan konukları karşılamaya çıktı.

Bekçi, Dvanov, Kopyonkin ve atlarını sadık köpeklerin, yetişen yavruların safları arasından geçirdi.

Yarım saat sonra üç adam, yaşam soluğuyla ısınmış tomruktan evin içinde, lambanın etrafında dikiliyordu. Bekçi konuklarına ekmek ve süt çıkardı.

Kuşkular içindeydi, bu gece insanlarından gelebilecek her tür kötülüğe baştan hazırlamıştı kendisini. Neyse ki Dvanov'un yalın yüzü ve sık sık donup kalan gözleri bekçiye teselli veriyordu.

Yemeğini yiyen Kopyonkin açık kitabı aldı ve Arsakov'un yazdıklarını okudu güçlükle.

"Ne düşünüyorsun?" dedi Kopyonkin kitabı Dvanov'a uzatarak.

Dvanov okudu.

"Kapitalist teorisi işte: Yaşa ve kılını kıpırdatma."

"Ben de öyle düşünüyorum!" dedi Kopyonkin kusurlu kitabı yanından uzaklaştırıp. "Söyle bakalım, sosyalizm geldiğinde ormanı nereye sokacağız?" dedi sonra Kopyonkin iç çekip, kederli bir dalgınlık içinde.

"Söyleyin, yoldaş, orman *desyatina* başına ne kadar gelir getirir?" diye sordu Dvanov bekçiye.

"Değişir," dedi bekçi zorlanarak. "Ormanına bağlı, ormanın yaşına ve durumuna – burada pek çok etken..."

"Ortalama dersek?"

"Ortalama... On-on beş ruble olsa gerek."

"O kadarcık ha? Çavdar daha çok getirir herhalde değil mi?"

Bekçi korkmaya başlamıştı, yanılmamaya çalışıyordu.

"Çavdar biraz daha fazla... Yirmi-otuz rubleye varır köylünün temiz geliri *desyatina* başına. Daha az değildir sanıyorum."

Kopyonkin'in yüzünde kandırılmış bir adamın hışmı belirdi.

"O halde orman derhal kaldırılmalı, toprak sürülmeli! Bu ağaçlar kışlık tahılın yerini kaplıyor anca..."

Bekçi sessizleşti, heyecanlanan Kopyonkin'i takip ediyordu dikkatli gözlerle. Dvanov ise Arsakov'un kitabının üzerinde ormancılığın zararını hesaplamaktaydı kurşunkalemle. Bekçiye bir de kaç *desyatina* ormanları olduğunu sorduktan sonra bilançoyu çıkardı.

"Bu orman yüzünden köylüler yılda on bin kaybediyorlar," diye bildirdi Dvanov sakince. "Galiba çavdar daha kârlı olacak."

"Elbette daha kârlı!" diye haykırdı Kopyonkin. "Ormancının kendisi söyledi ya sana. Bütün bu ağaç kalabalığını dibinden kesmek, yerine de çavdar ekmek lazım. Yaz emrini, yoldaş Dvanov!"

Dvanov çoktandır Şumilin ile iletişim kurmadığını anımsadı. Gerçi Şumilin devrime açıkça fayda sağlayacak eylemleri için kendisini yargılamazdı.

Bekçi azıcık karşı çıkmaya yeltenir gibi oldu:

"Şunu söylemek isterim ki keyfi kesimler son zamanlarda zaten fazlasıyla yaygınlaştı, böyle sert bitkileri daha fazla kesmemek gerekir."

"Daha iyi ya," diye karşılık verdi Kopyonkin düşmanca. "Halkın izinden gidiyoruz demektir, önünden değil. Demek ki halkın kendisi de çavdarın ağaçtan faydalı olduğunu sezmiş. Yaz, Saşa, orman kesme emrini."

Dvanov, Yukarı Motninski nahiyesinin bütün köylü-fukara halkına hitaben uzun bir emir yazdı. Vilayet Yürütme Komitesi adına yazılan emirde, fukaralık vaziyetini bildirir rapor alınması ve Bittermanovski ormanının acilen kesilmesi emrediliyordu. Böylece, deniyordu emirde, sosyalizme aynı anda iki yol açılacaktır. Bir yandan ormanı alan fukaralar yüksek bozkırda yeni Sovyet şehirleri kuracak, diğer yandan ise toprak, çavdarın ve uzun sürede çıkan ağaçtan daha faydalı diğer tahılların ekimi için serbest kalmış olacaktır.

Kopyonkin emri okudu.

"Harika!" dedi notunu vererek. "Gel ben de imzamı atayım altına, daha korkutucu olsun: Burada çokları anımsar beni – silahlı insanım ne de olsa."

Ve unvanını olduğu gibi yazıp imzaladı:

"Yukarı Motninski Bölgesi Sahra Bolşevikleri Rosa Luxemburg Müfrezesi Komutanı Stepan Yefimoviç Kopyonkin."

"Yarın yakın köylere götürürsün bunu, diğerleri de kendiliklerinden öğrenirler," diyerek takdim etti Kopyonkin kâğıdı orman bekçisine.

"Peki ormandan sonra ben ne yapayım?" diye sordu talimatlarını bekçi.

Kopyonkin yol gösterdi:

"Aynını işte – toprağı sür ve beslen! Herhalde senelik maaşın koca bir çiftliği yemene yetiyordu değil mi? Şimdi kitle nasıl yaşıyorsa öyle yaşa işte sen de."

Geç olmuştu. Derin devrim gecesi serilmişti yazgısı belirlenen ormanın üzerine. Kopyonkin devrimden önce hiçbir şeye dikkatini vermezdi – ormanlar, insanlar ve rüzgârın zulmettiği mesafeler umurunda değildi, karışmazdı onlara. Şimdi değişmişti her şey. Kopyonkin, kış gecesinin tekdüze uğultusunu dinliyor ve Sovyet toprağının üzerinden sağ salim geçmesini diliyordu.

Yalnızca bıçaklanan Rosa'nın aşkı değildi Kopyonkin'in yüreğindeki – aşk sıcak yuvasında yatmaktaydı, ama işte Sovyet vatandaşları için beslediği endişelerin çalı çırpısından örülmüştü o yuva, bir de, sefaletten perişan düşmüş insanlara duyduğu çetin acıma duygusundan ve her an karşılarına çıkan fukara düşmanları karşısında gösterdikleri coşkun kahramanlıklardan.

Gece son şarkısını söylemekteydi Bittermanovski tepesinin üzerinde. Dvanov ve Kopyonkin at sürmekten yorulan bacaklarını gere gere uyuyorlardı yerde.

Dvanov rüyasında küçük bir oğlan olduğunu ve çocuksu bir sevinçle başkalarından gördüğü gibi annesinin göğsünü sıktığını ama başını kaldırıp da yüzüne bakmaya korktuğunu, bakamadığını gördü. Belli belirsiz bir korku duyuyor, annesinin boynunun üzerinde bir başkasının yüzünü görmekten çekiniyordu – yine böyle sevgili ama akraba olmayan bir yüzü.

Kopyonkin rüya görmüyordu çünkü onun için her şey uyanıkken gerçekleşirdi.

O saat belki de mutluluğun kendisi mutlu olacakları arıyor, mutlu olacaklar ise mutlulukla akrabalıklarını unutarak, günlük sosyal kaygılarının yorgunluğunu çıkarmaya çalışıyorlardı.

ERTESİ GÜN, GÜNEŞİN DOĞUŞUYLA beraber Dvanov ve Kopyonkin uzaklara doğru yola koyuldular ve öğleden sonra Novoselovski ilçesinin güneyinde oturan "Fukara Dostluğu" komününün yönetim toplantısına yetiştiler. Komün, eskiden Karyakin diye birine ait olan çiftliğin yerini işgal etmişti ve şimdilerde binaların komün üyesi yedi ailenin ihtiyaçlarına uygun hale getirilmesi sorununu tartışıyordu. Toplantının sonunda yönetim Kopyonkin'in önerisini kabul etti: Komüne en zaruri şeyler –bir ev, bir ahır ve tahıl ambarı– bırakılacak, geriye kalan iki ev ve diğer daireler komşu köye devredilecek, böylece komünün mülk fazlası çevredeki köylüleri ezmeyecekti.

Ardından köy kâtibi, akşam yemeği için karne yazmaya koyuldu, "Bütün ülkelerin proleterleri, birleşin" sloganını her bir karneye itinayla işledi.

Tüm yetişkin üyelerin –yedi erkek, beş kadın ve dört genç kız– komünde belirli görevleri vardı.

Görevlerin adları liste halinde duvara asılmıştı. Tüm insanlar listeye ve düzene uyarak bütün gün boyunca kendi kendilerine hizmet etmekle meşguldü; görevlerin adları ise emeğe duyulan büyük saygı göz önünde tutularak değiştirilmişti, örneğin gıda başkanı, canlı ulaşım müdürü, demir ustası ve aynı zamanda cansız demirbaş ile inşaat mülkü bekçisi (demircilik, dülgerlik ve diğerleri de aynı şahısta toplanmış olmalıydı), komünün emniyeti ve dokunulmazlığı başkanı, örgütlenmemiş köylerde komünizm propagandası müdürü, yeni neslin komünel eğitmeni ve diğer hizmetleri veren görevliler burada mevcuttu.

Kopyonkin kâğıdı uzun uzun okudu ve bir şeyler düşündü, sonra akşam yemeği karnelerini imzalayan başkana sordu:

"Toprağı nasıl sürüyorsunuz peki ha?"

Başkan imza işini durdurmadan yanıtladı:

"Bu yıl sürmedik."

"Neden o?"

"İç düzeni bozmak olmazdı: Herkesi görevinden alıkoymamız gerekirdi, o zaman ne kalırdı geriye komünden? Zaten zor ayarladık, hem sonra çiftlikte ekmek vardı daha..."

"Eh, madem öyle, ekmek de varsa..." dedi Kopyonkin kuşkularını bir kenara bırakarak.

"Vardı, vardı," dedi başkan, "hemen kayda geçirdik onu, toplumun tokluğu için."

"İyi etmişsiniz yoldaş."

"Kuşkusuz: Bizde her şey kâğıda geçirilmiş ve boğazlara göre rezerve edilmiştir. Sağlık memurunu çağırdık, ilelebet geçerli kalacak gıda normunu önyargısızca tespit etti. Her bir şeyin üzerinde uzun uzun duruldu burada: Komün büyük iştir! Hayatın karmaşıklaşmasıdır!"

Kopyonkin buna da katıldı – mâni olunmazsa insanların kendi kendilerini hakkaniyetle idare edeceklerine inanıyordu. Onun görevi sosyalizm yolunu temiz tutmaktı; bunun için silahlı elini ve sağlam emirlerini kullanıyordu. Bir tek şey tedirgin etmişti Kopyonkin'i: başkanın sözünü ettiği, hayatın karmaşıklaşması meselesi. Dvanov'a danıştı hatta: Acaba "Fukara Dostluğu" komününü hiç beklemeden lağvetseler miydi? Zira hayat karmaşıklaştığında kimin kimi ezdiğini çözmek olanaksızlaşacaktı. Fakat Dvanov vazgeçirdi onu: Olsun, diyordu, sevinçlerinden karmaşıklaştırıyorlar, kendilerini zihin emeğine kaptırdıklarından. Eskiden iki çıplak el, bir anlamsız kafayla çalışıyorlardı; bırak şimdi akıllarına sevinsinler.

"İyi, peki," dedi Kopyonkin anlayarak, "o zaman iyice karmaşıklaştırsınlar bari. Yardım için elimizden geleni yapalım biz de. Bir şeyler uydur sen... şöyle müphem bir şey olsun."

Dvanov ve Kopyonkin uzun yola çıkmadan evvel atları yeme

doysun diye bir günlüğüne komünde kaldılar.

Ferah, güneşli günün sabahında komünün olağan genel toplantısı başladı. Günaşırı düzenleniyordu toplantılar, mevcut olayları zamanında takip edebilmek için. İki madde taşınıyordu gündeme: "mevcut an" ve "mevcut işler". Toplantıdan önce Kopyonkin söz istedi, sevinerek verdiler ona sözü, hatta konuşmacıya zaman kısıtlaması getirilmemesi önerildi.

"Kısıtsız konuş, akşama kadar vakit çok," dedi başkan Kopyonkin'e. Ne var ki Kopyonkin iki dakikadan uzun süre akıcı konuşamazdı çünkü alakasız düşünceler üşüşürdü kafasına, birbirlerini biçimsizleştirip renksizleştirirdi bunlar, öyle ki Kopyonkin kendiliğinden keserdi sözünü ve kafasının içindeki gürültüye kulak verirdi ilgiyle.

Bu sefer Kopyonkin şu yaklaşımla başladı söze: "Fukara Dostluğu komününün amacı işleri karıştırma ve bu karmaşa sayesinde kuytuya sinmiş *kulak*'ı püskürtme suretiyle hayatı çetrefilleştirmek olmalıdır. Her şey karmaşık, sıkışık ve anlaşılmaz olduğunda ise," diye devam etti açıklamasına, "aklı namuslu olana iş çıkacak, diğer herifler ise karmaşıklığın sıkışık yerlerine giremeyeceklerdir. İşte bu nedenle de," diye lafını çabucak bağlayıverdi, kararlaştırdığı cümleyi unutmamak için, "bu nedenle de ortak komün toplantılarını günaşırı değil, her gün ve hatta günde iki kez düzenlemenizi öneriyorum: Öncelikle ortak hayatın karmaşıklaştırılması için, ikincisi ise, mevcut olaylar hiç ilgi görmeden geçip gitmesin diye. Bir gün içinde neler neler olur kim bilir, sizler ise muzır otlara karışmış gibi, ihmalkâr, kalakalırsınız..."

Sözlerinin akıntısı kuruyunca Kopyonkin karaya oturmuş gibi durdu ve tüm söylediklerini derhal unutarak elini kılıcının kabzasına koydu. Herkes korku ve saygıyla bakıyordu ona.

"Prezidyum oybirliğiyle kabulünü öneriyor," diye tamamladı başkan tecrübeli sesiyle.

"Harika," dedi en önlerden, tanımadığı kişilerin aklına güvenen bir komün üyesi – canlı ulaşım müdürü. Herkes el kaldırdı, aynı anda ve dikey, iyi bir alışkanlığı sergileyerek.

"Olmadı işte!" dedi Kopyonkin yüksek sesle.

"Niye ki?" diye sordu telaşlanan başkan.

Kopyonkin bezgin elini katılımcılardan yana salladı.

"Hiç değilse kızlardan biri her zaman karşı oy kullansın..."

"Ne için ama, yoldaş Kopyonkin?"

"Tuhaf adamlarsınız: Karmaşıklaştırma için işte..."

"Anladım – doğru!" dedi başkan sevinerek ve katılımcılara, kümes ve çavdar başkanı Malanya Otverşkova'yı devamlı karşı oy kullanması için seçmeyi önerdi.

Ardından Dvanov mevcut an üzerine bilgi verdi. Gezgin eşkıyaların ıssız, düşman bozkırda dağınık duran komünlere yönelttiği tehdidin ölümcül tehlikesine dikkat çekti.

"Bu insanlar," diyordu Dvanov eşkıyalar için, "şafağı söndürmek isterler, oysa şafak mum değil, uzak, gizli yıldızlarında insan neslinin onurlu ve kudretli geleceğini saklayan devasa gökyüzüdür. Zira kuşkusuz –yeryüzü zaptedildiğinde– tüm evrenin kaderinin belirleneceği saat gelecektir, insan korkunç mahkemesinde yargılayacaktır evreni..."

"Renkli konuşuyor," diyerek övdü Dvanov'u yine o canlı ulaşım müdürü.

"Ses çıkarmadan anlamaya çalış," diye sessizce tavsiyede bulundu ona başkan.

"Sizin komününüz," diye devam etti Dvanov, "eşkıyaları öyle bir şaşırtmalı ki burada ne olup bittiğini hiç anlayamasınlar. Öyle zekice karıştırmalısınız ki işi, komünizm gözle görülmemeli ama meydanda olmalıdır. Diyelim bir eşkıya, elinde kısa namlulu tüfek, komün çiftliğine girmiş, neyi aşırsam, kimin işini bitirsem diye bakınıyor. O sırada karşısına elinde fiş defteriyle sekreter çıkıyor ve diyor ki: 'Yurttaş, bir şeye ihtiyacınız varsa buyurun şu fişi, yürüyün depoya; fukaraysanız azığınızı ücretsiz alabilirsiniz, eğer başka bir şeyseniz, gelin yanımızda bir gün, sözgelimi kurt avcısı olarak çalışın.' Sizi temin ederim ki yurttaşlar, hiçbir eşkıya apansızın elini kaldırmayacaktır size çünkü hemen anlamayacaktır ne dediğinizi. Sonra, eşkıyaların sayısı sizden fazlaysa rüşvet verip kurtulun yahut da silahları boşlayıp hayret içinde çiftlikte gezinmeye başladıklarında ufak ufak rehin alın onları. Doğru mu söylüyorum?"

"Eh, öyle gibi," diyerek kabul etti aynı konuşkan canlı ulaşım müdürü.

"Oybirliğiyle ve bir karşı oyla kabul ediyor muyuz?" dedi başkan.

Fakat biraz daha karıştı işler: Malanya Otverşkova elbette karşı oy kullandı ama onun dışında bir de toprak gübreleme başkanı –tekdüze, sıradan yüzüyle kızıl saçlı bir komün üyesi– çekimser kaldı.

"Derdin ne senin?" diye sordu aklı karışan başkan.

"Karmaşıklaştırmak için çekimser kalacağım!" dedi beriki, fikri kendi uydurmuştu.

O zaman başkanın önerisi üzerine onu devamlı çekimser kalmakla görevlendirdiler.

Akşamleyin Dvanov ve Kopyonkin yollarına devam etmek istediler – Sovyet iktidarı üyelerini bölgenin her yerinde planlı bir şekilde öldüren eşkıyaların gizlenmeden yaşadığı Çornaya Kalitva nehrinin vadisindeki iki kasabaya doğru. Fakat komün başkanı, sekreterin avlunun ortasına, Malanya Otverşkova'nın ise aksine, bahçeye konmasını önerdiği devrim anıtı işini beraberce tasarlamak için komünün akşam toplantısına kalmaya ikna etti onları yalvar yakar. Toprak gübreleme başkanı ise bu meselede çekimser kalıyor ve hiçbir şey söylemiyordu.

"Sana göre hiçbir yere dikmeyelim mi yani?" diye sordu başkan çekimsere.

"Düşüncemi söyleme konusunda çekimser kalıyorum," diye yanıtladı gübreleme başkanı mantıklı bir şekilde.

"Ama çoğunluk onaylıyor, dikmek zorundayız," dedi başkan endişeli endişeli. "Asıl önemlisi figüre karar vermek."

Dvanov bir kâğıdın üzerine figürü çizdi.

Resmi başkana uzattı ve açıkladı:

"Yatık sekiz zamanın ebediyeti anlamına geliyor, iki uçlu dik ok ise mekânın sınırsızlığı."

Başkan figürü tüm katılımcılara gösterdi:

"Burada hem ebediyet, hem sınırsızlık var, tamamdır, daha zekice bir şey düşünülemez: Kabul etmeyi öneriyorum."

Bir karşı oy ve bir çekimserle kabul ettiler figürü. Anıtın çiftliğin ortasına, uzun yıllar devrimi bekleyen eski değirmen taşının üzerine dikilmesine karar verdiler. Demir çubuklardan anıtın kendisini yapma işini de demirci ustasına verdiler.

"Burayı iyi örgütledik," diyordu Dvanov sabahleyin Kopyonkin'e. Yaz ortası bulutlarının altında uzanan killi yol boyunca uzaktaki Çornaya Kalitva vadisine doğru yol alırlarken. "Şiddetli bir karmaşıklaştırmaya girişirler artık, bahara doğru da karmaşıklaştırma adına toprağı sürmeye başlarlar muhakkak ve çiftliğin artıklarını kemirmeyi bırakırlar."

"İyi düşündük," dedi Kopyonkin mutlu mutlu.

"Elbette. Bazen karmaşıklaştırma adına hasta numarası yapan sağlıklı bir insana yeterince hasta olmadığını söylemek, onu rahatsızlığına daha da inandırmak yeterlidir kendiliğinden iyileşmesi için."

"Doğruya doğru, o zaman sağlık ona yeni bir karmaşıklaştırma ve gözden kaçırılmış bir mücevher gibi gelecektir," dedi Kopyonkin, fikri doğru tahmin ederek. İçten içe de karmaşıklaştırmanın nasıl da iyi ve müphem bir sözcük olduğunu düşünüyordu, tıpkı "mevcut an" sözü gibi. An mevcuttu ama geçip gidiyordu işte: Tasavvur edebilene aşk olsun. "Ne deniyor şu sözcüklere, anlaşılmaz olanlara hani?" diye sordu Kopyonkin, mütevazı. "Dermatoloji miydi neydi?"

"Terminoloji," diye yanıtladı Dvanov kısaca.

İçten içe bilgisizliği kültürden çok seviyordu Dvanov: Cahillik halen her tür bilginin yetişebileceği boş tarla ise, kültür toprak tuzlarının bitkilerce çoktan emildiği ve artık hiçbir şeyin yetişmeyeceği ot bürümüş tarla idi. Bu nedenle Dvanov, Rusya'da devrimin, kültürün yetiştiği seyrek çalılıkları kökten temizlemesinden, halkın ise eskisi gibi temiz tarla olarak kalmasından hoşnuttu – sürülmüş toprak değil de şöyle boş, bereketli bir yer. Ve Dvanov bir şeyler ekmek için acele etmiyordu: Savaş rüzgârı Batı Avrupa'dan muzır kapitalizm tohumlarını getirmediği takdirde, iyi toprağın uzun süre dayanamayıp evvelce var olmamış, kıymetli bir şeyi kendiliğinden doğuracağını zannediyordu.

Bir defasında muntazam bozkırın ortasında ağır ağır bir yerlere giden insanları görmüştü de çoklukları karşısında bir sevinç ayaklanmıştı içinde, o erişilmez insanlarla karşılıklı temas içindeydi sanki.

Kopyonkin Rosa Luxemburg'a değgin tekdüze düşüncesinden ezilmiş vaziyette ilerliyordu. Apansızın, teselli bulamayacağı fikri doğmuştu içine, neyse ki süregiden hayatın hezeyanı zihnini sıcaklığıyla sarmaladı da Kopyonkin tekrar, pek yakında başka bir ülkeye varacağını, orada Rosa'nın yakınları tarafından saklanmış yumuşak entarisini öpeceğini, kendisini ise mezarından çıkarıp memleketine, devrime getireceğini hayal etti. Kopyonkin Rosa'nın entarisinin kokusunu bile duyabiliyordu, solan ot kokusuyla karışık hayat kalıntılarının gizli sıcaklığını. Dvanov'un hafızasında da Sonya Mandrova'nın Rosa Luxemburg gibi koktuğunu bilmiyordu.

Bir defasında Kopyonkin bir Nahiye Devrim Komitesi'nde rastladığı Luxemburg portresinin karşısında uzun uzun dikilip kalmıştı. Rosa'nın saçlarına bakıyor, esrarengiz bir bahçe olduklarını sanıyordu; sonra pembe yanaklarına dikkat kesilmiş ve bu yanakları, bu dalgın ama geleceğe erişmeye can atan yüzün tamamını aşağıdan yukarıya dolanan ateşli devrim kanını düşünmüştü.

Görülmez heyecanı gözyaşlarını coşturana değin durmuştu Kopyonkin portrenin karşısında. Aynı gece, köylüleri bir ay önce gıda dağıtımcısının karnını deşip içine de darı doldurmaya kışkırtan *kulak*'ı doğramıştı tutkuyla. Bu dağıtımcı uzun süre, tavuklar karnındaki darıları tane tane gagalayıp bitirene değin, meydandaki kilisenin önünde sürünmüştü sonra.

Kopyonkin bir *kulak*'ı ilk kez öylesine öfkeyle doğramıştı. Aslında yaşadığı gibi coşkuyla değil kayıtsızca öldürürdü o düşmanını, ama işini bitirmeden de bırakmazdı tabii, sanki verim ve ekonominin gücüydü onu harekete geçiren. Kopyonkin Beyaz Ordulular ve eşkıyaları şahsi öfkesine layık önemli düşmanlar olarak görmüyor, bir hatunun darı ayıklaması gibi gündelik bir titizlik ve gayretle öldürüyordu onları. Şaşmaz ama aceleci bir savaşçıydı, ayaküzeri ve at sırtında, duygularını –bilmeden– gelecek ümitlere ve eyleme saklayarak savaşırdı.

Mütevazı Rus göğü, sanki Sovyetler ezelden beridir varmış ve kendisi de tam ona uygun bir gök imiş gibi alışkın ve tekdüze aydınlatıyordu Sovyet toprağını. Dvanov'un içine, devrimden önce gerek gökyüzünün gerekse bütün diğer yerlerin böyle latif değil de başka türlü olduğuna dair lekesiz bir inanç yerleşmişti çoktan.

Göğün yere, insanın insana değdiği noktada ırak, sessiz ufuk çizgisi dünyanın sonu gibi dikiliyordu. Atlı seyahatçiler memleketlerinin kuytu derinliklerine doğru ilerlemekteydiler. Yol nadiren bir yarın çevresinden dolanıyor, o zaman uzak bir çukurlukta bir garip köy gözüküyordu. Dvanov'un içinde bu yapayalnız yabancı yerleşim yerine karşı bir acıma duygusu kabarıyor, karşılıklı hayatın mutluluğunu derhal başlatabilmek için oraya sapmak istiyor ancak Kopyonkin'i ikna edemiyordu: Öncelikle Çornaya Kalitva işini halledelim, sonra buraya döneriz, diyordu o.

Gün, yılgın ve insansız sürüp gitmekteydi, tek bir eşkıya çıkmıyordu atlıların karşısına.

"Sinmişsiniz!" diye haykırıyordu Kopyonkin eşkıyalara hitaben ve ağır, ezici bir güç duyuyordu içinde. "Elimize geçirsek sizi vurur, genel güvenliği sağlardık ne güzel. Kuytulara çekilmiş pis sürüngenler, koyun eti yutuyorlardır şimdi..."

Köylüler tarafından henüz tümü değilse de bir kısmı kesilmiş akağaçların çevrelediği bir patika yanaşıverdi yola. Herhalde yolun ötesindeki bir çiftlikten gelmekteydi.

Patikanın bittiği yerde iki taş sütun dikiliyordu. Birinin üzerinde elle yazılmış bir gazete, diğerinin üzerinde ise atmosfer yağışlarından ötürü yazısı yarı yarıya silinmiş bir teneke tabela asılıydı:

"Yoldaş Paşintsev'in Dünya Komünizmi Devrim Parkı. Dostlara Giriş, Düşmanlara Ölüm."

Elyazması gazetenin yarısı bir düşman tarafından yırtılmıştı ve rüzgârda habire açılıp saçılıyordu. Dvanov gazeteyi tuttu ve Kopyonkin de duysun diye yüksek sesle başından sonuna okudu.

Fukara Hayrı adlı gazete, Büyük Yerel Köy Sovyeti ve Posoşanskaya Nahiyesi'nin güneydoğusunda emniyeti sağlayan Yetkili Bölge Devrim Komitesi'nin yayın organıydı.

Yalnızca "Dünya Devriminin Hedefleri" başlıklı bir makale ve "Tarlaları karlı tutun, emeğin verimini artırın" yazısının yarısı sağlam kalmıştı. Bu yazı orta yerinde amacından sapıyordu: "Karı sürün, böylece gömülen binlerce Kronştat bile korkutamaz bizi."

"Gömülen binlerce Kronştat mı?" Bu söz heyecanlandırmış ve şaşırtmıştı Dvanov'u.

"Kitleleri korkutup ezmek için yazıyorlar hep," dedi Kopyonkin anlam veremeyerek. "Yazı sembolleri de zaten hayatı karmaşıklaştırmak için uydurulmuştur. Okuryazar kişi aklıyla büyüler yapıyor, cahil ise onun için bileğini çalıştırıyor."

Dvanov gülümsedi:

"Saçmalama yoldaş Kopyonkin. Devrim halkın alfabesidir."

"Yanıltma beni yoldaş Dvanov. Bizde her şeye çoğunluk karar

vermez mi, söyle? Neredeyse herkes de cahildir; gün gelecek, cahiller okuryazarlara harfleri unutturmayı kararlaştıracak, işte o vakit toplu eşitlik sağlanacak... Hem zaten az kişiye okuma yazmayı unutturmak herkese en baştan öğretmekten daha kolaydır. Şeytan gelse öğretemez bunlara bir şey! Sen öğretsen de onlar unuturlar..."

"Gel, yoldaş Paşintsev'e uğrayıverelim," dedi düşüncelere dalan Dvanov. "Vilayete rapor göndermem gerek. Uzun zamandır orada ne olup bittiğinden haberim yok..."

"Neyden haberin olacaktı ki: Devrim adım adım ilerliyor işte..."

Patika boyunca bir buçuk *verst* ilerlediler. Yüksekte heybetli beyaz bir çiftlik belirdi, öylesine insansız kalmıştı ki kimseleri barındıramaz gibi görünüyordu. Ana binanın tıpatıp canlı kadın bacağına benzeyen sütunları, üzerine salt göğün yaslandığı kirişi kurumlu bir edayla tutuyordu. Evin kendisi birkaç *sajen* geride duruyordu, kıpırdanmadan iki büklüm çalışan devlere benzetilmiş özel sütunları vardı. Kopyonkin yalnız başlarına dikilen sütunların anlamına eremedi ve onları devrimin hakkından geldiği taşınmaz malın artıkları saydı.

Sütunlardan birinin içinde toprak ağası-mimarın ismi ve profilinden oluşan beyaz bir gravür vardı. Gravürün altına kabartma harflerle şu Latince şiir yazılmıştı:

Kâinat koşan bir kadındır:
Bacakları döndürür dünyayı,
Vücudu havada titreşir,
Gözlerinde yıldızlar parlar.

Dvanov feodalizmin sessizliği ortasında derin derin iç geçirdi ve tekrar sütunları inceledi: üç bakire kadının altı mevzun bacağı. Uzak ve gerekli sanatla her karşılaşmasında olduğu gibi içine huzur ve ümit doldu.

Üzüldüğü tek şey, bu gençlik gerginliğiyle dolu bacakların yabancı olmasıydı. Yine de taşıdıkları genç kızın, hayatını üremeye değil cazibeye adaması iyi bir şeydi; hayatla besleniyordu genç kız ama hayat onun için anlam değil hammaddeydi ve bu hammadde başka bir şeye dönüşmüştü – çirkin ve canlı olan, hissiz ve güzeldi artık.

Kopyonkin de sütunlar karşısında ciddileşti: Anlamsız ve güzel iseler azametli şeylere saygı duyardı. Eğer güzel şeyin bir de anlamı varsa, örneğin büyük bir makinede olduğu gibi, Kopyonkin kitlelere zulmeden o araçtan ruhunun bütün hıncıyla tiksinirdi. Bu sütun gibi anlamsız şeyler karşısında ise kendi kendisine acıyarak ve çarlıktan nefret ederek dururdu. Kendisinin şu an dev kadın bacaklarından ötürü heyecanlanmayışının suçlusu çarlıktı Kopyonkin'e göre ve ancak Dvanov'un kederli yüzüne bakarak kederlenmesi gerektiğini anlayabiliyordu.

"Bütün kaygıları bir kenara bırakıp biz de şöyle dünya çapında, harikulade bir şey yapsak ne iyi olur!" dedi Dvanov üzgün üzgün.

"Hemen yapamazsın," dedi Kopyonkin şüpheyle. "Burjuvazi bütün ışığımızı kesmişti. Şimdi biz daha yüksek, daha harika direkler dikeceğiz, böyle yüz kızartıcı dirgenler değil."

Solda, ot ve çalıların arasında küçük ev ve yapıların kalıntıları, sinlik üzerinde mezarlar gibi yatmaktaydı. Sütunlar defnedilmiş boş bir dünyanın nöbetini tutuyordu. Dekoratif, asil ağaçlar ince gövdelerini bu pürüzsüz yok oluşun üzerine eğmişti.

"Ama biz daha iyisini yapacağız – hem de dünya meydanının üzerinde, öyle kıyıda köşede değil!" Dvanov eliyle tüm çevreyi işaret etti, fakat içinden bir sesin "Dur bakalım!" dediğini duydu hemen: Dürüst, kendine acımayan bir yanıydı onu uyaran.

"Tabii ki yapacağız: Gerçekler ortada, slogan belli," diyerek onayladı Kopyonkin esin dolu bir ümitle. "Bize düşen yorulmamak!"

Kopyonkin dev insan ayağı izlerine rastladı ve onları izleyerek atını sürdü.

"Buranın sakini ne giyiyor ki ayağına?" dedi Kopyonkin, az şaşırmamıştı. Kılıcını çekti: Eski düzeni koruyan bir dev çıkabilirdi karşısına. Toprak ağalarının olurdu öyle besili adamları: Yanına gelir, hiç uyarmadan öyle bir geçirirdi ki pençesini kirişlerin yırtılırdı.

Kopyonkin seviyordu kirişlerini – kuvvet ipleri olduklarını düşünüyor ve kopmalarından korkuyordu.

Atlılar yıkık evin bodrum katına açılan ezeli kunt kapıya vardılar. Bir insan evladına ait olamayacak izler oraya götürüyordu; kapının ardında bir heykel toprağı çırılçıplak bırakasıya tepinmişti sanki.

"Kim var orada acaba?" dedi hayretler içinde kalan Kopyonkin. "Yırtıcı bir insandan başkası olamaz. Şimdi kükreyecek bize, hazır ol yoldaş Dvanov!"

İçten içe neşelenmişti aslında Kopyonkin, çocukların gece ormanında duydukları türden ürpertici bir coşkuya kapılmıştı: Korkularına, dirilen merakları karışıverir hani yarı yarıya.

Dvanov seslendi:

"Yoldaş Paşintsev!.. Kim var orada?"

Kimse yoktu, otlar rüzgârsız susuyor, gün desen sönüyordu.

"Yoldaş Paşintsev!"

"Ha!" diye uzak, koca bir ses yükseldi toprağın rutubetli, çınlamalı bağrından.

"Dışarı çık, köylüm!" diye emretti Kopyonkin yüksek sesle.

"Ha!" diye karamsar ve akisli bir ses yükseldi bodrumun karnından.

Fakat ne korku, ne de çıkma arzusu işitiliyordu bu seste. İçeriden, yattığı yerden sesleniyordu anlaşılan.

Kopyonkin ve Dvanov beklediler biraz, sinirlendiler sonra.

"Çık dendi sana be!" diyerek bastı yaygarayı Kopyonkin.

"İstemiyorum," diye yanıtladı meçhul insan. "Ana binaya git, ekmek ve ev votkası var masanın üzerinde."

Kopyonkin atından indi ve kılıcıyla kapıyı dövdü.

"Çık yoksa bomba atarım!"

Beriki sustu – belki de bombayı ve sonrasında olacakları bekliyordu merakla. Neden sonra yanıt verdi:

"Atsana hadi, arsız! Benim burada koca stokum var: İnfilaktan ananın içine geri kaçarsın!"

Ve tekrar sustu. Kopyonkin'in bombası yoktu.

"Atsana haydi, pislik!" dedi kuytusundan esrarengiz adam, sakin bir sesle. "Sayende silahlarımı kontrol etmiş olurum. Benim bombalar paslanmış mı nemlenmiş ne, bir türlü patlamıyor şeytanlar!"

"Haa!" dedi Kopyonkin tuhaf tuhaf. "Madem öyle çık da yoldaş Troçki'nin gönderdiği paketi al."

Adam sustu ve düşündü.

"Nereden yoldaşım oluyormuş be, bütün millete emirler yağdırıyor! Devrim kumandanları benim yoldaşım değildir. Sen iyisi mi bombanı at – hiç değilse merakımı gidereyim!"

Kopyonkin ayağıyla zemine batmış bir tuğlayı çıkardı ve kapıya fırlatıverdi. Kapı demir demir çınladı ama sakinliğinden ödün vermedi.

"Parçalanmadı adi, maddesi katılaşmış!" dedi Kopyonkin, kusuru teşhis ederek.

"Benimkilerden de ses yok!" diye yanıtladı meçhul adam ciddi ciddi. "Pimini çektin miydi sen pimini? Ver de bir markasına bakayım şunun."

Düzenli metal tıkırtısı işitildi, birisi sahiden de demirden adımlarla yaklaşmaktaydı. Kopyonkin kılıcı kınında bekliyordu onu, merakı temkinliliğini aşmıştı. Dvanov yorga atından inmedi.

Meçhulün tangırtısı yaklaşmıştı artık ama acelesiz adımını hızlandırmıyor, galiba gücünün ağırlığını yenmeye çabalıyordu.

Kapı hemen açıldı, kilitli değildi.

Kopyonkin manzara karşısında sessizleşti ve iki adım geriledi – bir dehşet ya da anlık bir aydınlanma beklemişti, oysaki muhatabı ortaya çıkmış ama esrarengizliğini de korumuştu.

Ardına değin açılan kapıdan ufak tefek bir adam çıkmıştı; baştan ayağa zırh ve cebelerle ambalajlanmıştı adam, miğferi ve ağır bir kılıcı vardı. İri, metal çizmeler giymişti ayaklarına; üç bronz borunun birleşmesiyle oluşan konçları vardı çizmelerin ve adam yürüdükçe otları ölümüne eziyorlardı.

Adamın yüzü –özellikle de alnı ve çenesi– kasklarla korunuyordu, hepsinin üzerine de bir kafes geçirilmişti. Bütün bunlar savaşçıyı düşmanın her türlü darbesinden koruyordu.

Adamın kendisi ise kısa boyluydu ve pek korkunç sayılmazdı.

"Bomban nerede?" diye sordu karşılarına dikilen, hırıltılı ve ince sesiyle; metal nesnelere ve meskeninin boşluğuna çarpıp yankılandığında çınlayan bu ses gerçekte acınası idi.

"Seni rezil!" diye haykırdı Kopyonkin, öfkesiz ama aynı zamanda saygısız bir sesle. Şövalyeye büyük bir ilgiyle bakıyordu.

Dvanov açık açık güldü – bu adamın abartılı kıyafeti konusunda kimden esinlendiğini hemen anlamıştı. Ama gülmesi, antika kaskın üzerine cıvatayla tutturulmuş ve somunla sıkıştırılmış Kızıl Ordu yıldızını fark etmesindendi.

"Neye sevindiniz öyle, alçaklar?" diye sordu serinkanlı şövalye, kusurlu bombayı bulamayarak. Şövalye hiçbir şekilde eğilemiyor, ancak silah ve zırh takımının ağırlığıyla durmaksızın cebelleşirken kılıcıyla otları kıpırdatıyordu azıcık.

"Başını belaya sokturma, cinli!" dedi normal duygularına dönen Kopyonkin ciddi ciddi. "Yatacak yer göster. Kuru otun var mı?"

Şövalyenin meskeni çiftlik evinin bodrum katında yer almaktaydı. İsli lambanın karaya çalan ışığıyla aydınlanan bir salonu vardı. Uzaktaki köşede tepeleme şövalye zırhları ve soğuk silah, öteki köşede ise –orta yerde– el bombalarından bir piramit yığılıydı. Salonda bir de masa, masanın yanında bir tabure, üzerinde meçhul bir içecek veya belki de zehirle dolu bir şişe duruyordu. Şişenin üzerine hamurla bir kâğıt yapıştırılmış, mürekkepli kalemle "Burjuvalara Ölüm!" sloganı yazılmıştı.

"Çöz beni de yatayım!" diye rica etti şövalye.

Kopyonkin zekice tasarlanmış parçalarına kafa yorarak uzun süre çabaladı şövalyenin ölümsüz kıyafetini çıkarmak için. En sonunda şövalye parçalandı ve bronz kabuğun içinden alelade yoldaş Paşintsev çıkıverdi: otuz yedi yaşında boz renkli bir adam, inatçı gözlerinin biri eksik, diğeri ise bu yüzden daha bir dikkat kesilmiş.

"Gelin birer bardak içelim," dedi Paşintsev.

Ne var ki Kopyonkin'i eski zamanlarda bile cezbetmezdi votka; duygularını etkilemeyen faydasız bir içecek olarak gördüğü için bilinçli olarak reddederdi onu.

Dvanov da anlamazdı içkiden, dolayısıyla Paşintsev yalnız başına içti. "Burjuvalara Ölüm" yazılı şişeyi alıp doğruca gırtlağına boşaltıverdi.

"Yılan!" dedi şişeyi dipleyince ve yüzü yumuşayarak oturdu.

"Ne o, pek mi hoş?" diye sordu Kopyonkin.

"Pancar likörü," diye açıkladı Paşintsev. "Bekâr bir kız kaynatıyor pak elleriyle – masum bir içecek, pek de ıtırlı, babacığım..."

"Kimsin sen yahu?" diye sordu canı sıkılan Kopyonkin.

"Ben şahsi bir insanım," diye bilgi verdi Paşintsev Kopyonkin'e. "Kendi kendime çıkardığım karar der ki on dokuz senesinde bu iş bitmiştir... Ordu, iktidar, düzen kurulmuştur; bugün yine birileri halka 'hizaya gir', 'pazartesi başla' demektedir... Ben sizin gibi..."

Paşintsev mevcut durumu kısa bir el hareketiyle tanımladı.

Dvanov düşünmeyi bırakmıştı, fikir yürüteni dinliyordu usulca.

"On sekiz ve on dokuz senelerini anımsar mısın?" diye sordu Paşintsev sevinç gözyaşlarıyla. Ebediyen yitip gitmiş bir zaman coşkun anılarını su yüzüne çıkarmaktaydı: Hikâyesinin ortasında masayı yumrukluyor, bodrumu çevreleyen dünyaya tehditler savuruyordu. "Bundan böyle hiçbir şey olmayacak," diyordu Paşintsev, gözlerini kırpıştıran Kopyonkin'i nefretiyle ikna etmeye çalışarak. "Her şeyin sonu gelmiştir: Yasalar çıktı, insanlar arasında farklılık oluştu, sanki şeytanın teki teraziye koymuş da tartmış insanları... Beni al – aha bunun nelerle dolu olduğunu öğrenmenin mümkünü var mı hiç?" Paşintsev, aklın sığabilmesi için beynin büzüşmüş olması gereken alçak kafatasına vurdu. "Bu kafada, kardeş, bütün mesafeleri alacak yer bulunur. Herkesinki de böyledir. Bunlarsa kalkmış üzerimde iktidar kurmaya çalışıyorlar! Ne dersin sen bütün bunlara? Söylesene, aldatmaca mı değil mi?"

"Aldatmaca," dedi Kopyonkin, sade ruhuyla kabullenerek.

"Yaa, işte!" diye bitirdi lafını memnun kalan Paşintsev. "Ben de bundan böyle ortak ateşten ayrı yanacağım!"

Paşintsev Kopyonkin'in de kendisi gibi bu yeryüzünün bir öksüzü olduğunu hissetmişti, samimi sözlerle ebediyen yanında kalmasını rica etti ondan.

"Daha ne istersin ki?" diyordu Paşintsev bir dost insanı duyumsamanın sevinciyle kendisinden geçerek. "Yaşayıp gidersin burada. Yersin, içersin, beş varil elma ıslattım, iki çuval *mahorka* kuruttum. Dost ağaçların arasında yaşarız, otlar üzerinde şarkılar söyleriz. Yanıma binlerce insan gelir benim. Komünümdeki bütün sefillerin keyfi yerinde: Halkın buradan gayrı rahat sığınağı yok ki. Köyde Sovyetler izliyor, komiserler-bekçiler gözetliyor insanları, İlçe Gıda Komitesi ekmek arıyor karınlarında, benim burası öyle mi ya? Karşıma devletten kimse çıkamaz..."

"Korkuyorlardır senden," sonucuna vardı Kopyonkin, "demirler içinde dolaşıyorsun baksana, bombaların üzerinde uyuyorsun..."

"Kesinlikle korkuyorlar," diye kabul etti Paşintsev. "Bana sırnaşmayı, çiftliği kayıt altına almayı istedilerdi, bütün koşumlarımla çıktım komiserin karşısına, fırlattım bombamı: Yâr eder miyim size ben şu komünü! Başka bir seferinde dağıtım payı almaya geldiler. Dedim ki komisere: 'Gönlünce ye, iç, kancıkoğlu, ama fazladan bir şey almaya kalkışırsan leşin kalır geriye haberin olsun.' Komiser bir fincan ev votkası içip gitti: 'Teşekkürler yoldaş Paşintsev,' demesin mi bana?

Avucuna da ay çekirdeği doldurdum, aha şu demir sopayla sırtından dürtüp resmi bölgelere defettim..."

"Şimdi ne olacak peki?" diye sordu Kopyonkin.

"Hiç, yönetim nedir bilmeden yaşıyorum, harika oluyor. İktidar yan gözle bakmasın diye de burayı devrim parkı ilan ettim, devrimi el değmemiş kahramanlık kategorisinde saklıyorum..."

Dvanov yazıya aşina olmayan titrek bir elin duvara kömürle çizdiği harfleri gördü. İsli lambayı eline alıp devrim parkının duvar şahitliklerini okudu.

"Oku, oku," diye tavsiye etti ona sevinerek Paşintsev. "Kimileyin insan susup susup sonunda duvarda konuşmaya başlıyor: Uzun süre insansız kaldığımda içim bulanır benim..."

Dvanov duvardaki şiiri okudu:

Burjuva gider, iş gelir
Yine köylünün boynunda yüküm.
İnan, emekçi köylüm,
Çayır çiçekleri senden rahat yaşar!
Bırak o halde sürüp ekmeyi biçmeyi,
Bırak toprak kendi bitkileriyle dolsun.
Sen de yaşa ve eğlen
İki kere peş peşe gelinmez hayata,
Kutsal komünle tutuş el ele namusunla
Ve herkesin kulağına gürle:
"Yeter mahzun dertlendiğimiz,
Şişmanlayalım gelin hepimiz.
Uzak dursun fani fukara işleri,
Toprak bedavaya besler bizleri."

Birisi düzenli, evcil bir tıkırtıyla kapıyı çaldı.

"Ha!" diye seslendi ev votkasını buharlaştırıp bitirdiği için suskunlaşan Paşintsev.

"Maksim Stepanıç," diye seslendi dışarıdaki, "izin ver de arabaya takacak sırık bakayım orman kenarından: Yarı yolda çatlayıverdi benimkinin oku, kışı senin burada geçireceğim neredeyse."

"Olmaz," diyerek onu geri çevirdi Paşintsev. "Ne zamana kadar öğretmenlik edeceğim ben size? Ambara ilan asmadım mı: Toprak kendiliğinden biten bir şeydir, demek oluyor ki kimsenin değildir. Sormadan alsaydın izin verirdim..."

Dışarıdaki insan sevinçten hırıldadı.

"Sağolasın o zaman. Madem rica etmiş olduk bir kere, sırığa dokunmayacağım, başka bir şey armağan ederim ben kendime."

Paşintsev rahatça konuştu:

"Asla sormayacaksın, kölelik psikolojisi bu, kendi kendine armağan edeceksin her şeyi. Kendi gücünden doğmadın ya, cabadan doğdun – hesapsızca yaşa işte."

"Çok doğru, Maksim Stepanıç," diye onayladı kapının ötesindeki ricacı bütün ciddiyetiyle. "Kendiliğinden kaptığıyla yaşar kişi. Çiftlik olmayaydı köyümüzün yarısı ölmüştü. Beş yıldır malını götürüyoruz buranın: Bolşevikler adil insanlar! Sağolasın, Maksim Stepanoviç."

Paşintsev hemen sinirlendi:

"Yine mi 'sağolasın'! Almayacaksın hiçbir şey, cahil şeytan!"

"Niyeymiş o, Maksim Stepanıç? Üç yıl boyunca mevziide boşa mı kan döktüm ben? Ahbabımla ikimiz demir fıçı almaya geldik, sense cüret etme diyorsun..."

"Al sana memleket!" dedi Paşintsev kendisine ve Kopyonkin'e, sonra kapıya döndü: "Araba oku almaya gelmedin miydi sen? Şimdi de fıçı çıkardın!"

Ricacı bozuntuya vermedi.

"Hepsine de razıyım... Kimileyin bir tavuk götürürsün, yoluna bir de demir şaft çıkıverir, öyle pis pis sürünür de tek başına hakkından gelemezsin. O yüzden perişandır ya hep evlerimizin hali..."

"Madem iki kişisiniz," diye bitirdi konuşmayı Paşintsev, "beyaz sütundan hatun bacağı götürün... Evde bir yer bulursunuz ona."

"Olur," dedi memnun kalan ricacı. "Römorkörle ufak ufak götürürüz biz onu – çini keseriz sonra."

Ricacı sütunu bir ön incelemeden geçirmek üzere dışarı çıktı, en elverişli yağma yolunu bulmak için.

Gecenin başında Dvanov Paşintsev'e daha iyi bir fikir önerdi: Çiftliği köye sürüklemektense köyü çiftliğe taşısındı.

"Daha az iş çıkar," diyordu Dvanov. "Ayrıca çiftlik yüksek yerde, buranın toprağı daha bereketli."

Paşintsev buna bir türlü razı olmuyordu.

"Bahardan beri vilayetteki cümle ayaktakımı buraya doluştu, en temiz proletarya. Onlar nereye gidecek o zaman? Hayır, ben burada *kulak* zorbalığına pabuç bırakmam!"

Dvanov köylülerin ayaktakımıyla sahiden de uyuşamayacağını düşündü. Öte yandan bereketli toprak boşa gidiyordu. Devrim parkı sakinlerinin bir şey ektiği yoktu, meyve bahçesinin kalıntıları ve tabiatın büyüttüğü bitkilerle geçiniyorlardı: Kazayağı ve ısırganotundan lahana çorbası pişiriyor olmalıydılar.

"Bak şimdi," dedi Dvanov, kendisinin bile beklemediği bir şey akıl ederek. "Çiftliği köye değiş: Çiftliği köylülere ver, köyü devrim parkı yap. Nasılsa senin için fark etmiyor – insanlar önemli, yer değil. Millet koyağın içinde kıvranıyor, sen tek başına tepeyi tutmuşsun!.."

Paşintsev mutlu bir şaşkınlıkla Dvanov'a baktı.

"İşte bu harika! Aynen öyle yapacağım. Hemen yarın köye gidip köylüleri ayaklandırıyorum."

"Gelirler mi?"

"Bir gün içinde hepsi burada olacak!" diye coşkun bir inanmışlıkla haykırdı Paşintsev, sabırsızca ileri doğru atıldı hatta. "Hemen şimdi gideyim ben yahu!" dedi fikrini değiştirerek.

Şimdi Dvanov'u da sevmişti Paşintsev. Başta pek hoşlanmamıştı aslında ondan: Susup oturuyordu, bütün program, tüzük ve tezleri ezbere biliyor olmalıydı – böyle akıllıları sevmezdi Paşintsev. Ömrünce, aptal ve zavallıların akıllılardan daha iyi, hayatlarını özgürlük ve mutluluk yönünde değiştirmede daha yetenekli olduklarını görmüştü. Paşintsev gizliden gizliye işçi ve köylülerin elbette okumuş burjuvalardan daha aptal fakat buna karşın daha candan olduklarını biliyordu, sıradışı kaderleri de bu hallerinden kaynaklanmaktaydı.

Kopyonkin aceleye gerek olmadığını, zaferi her halükârda garantilediğimizi söyleyerek yatıştırdı Paşintsev'i.

Paşintsev kabul etti ve yabani otlardan söz açtı. Berbat edilmiş çocukluk yıllarında, acınası ve ölüme mahkûm otların darıyı sarmalayışını izlemeyi severmiş. Hatunların sıcak bir gün denk gelince yakışıksız yabani otları hiç acımadan demet demet ayıklayacaklarını bilirmiş: peygamber çiçeklerini, sarıyoncaları, ipek otunu. Bu otlar alımsız ekinlerden güzelmiş aslında – çiçekleri çocukların ölüm öncesi gözlerine benzermiş, terli hatunların kendilerini yolacaklarını bilirlermiş. Gelgelelim bu tür otlar cılız ekinlerden canlı ve sabırlıymış, hatunlar geçip gidince sayısız ve ölümsüz doğarlarmış tekrardan.

"İşte fukaralar da öyledir!" diye kıyasladı Paşintsev, "Burjuvalara Ölüm"ü içip bitirdiğine yanarak. "Bizde güç daha fazla ve diğer heriflerden daha cana yakınız..."

Paşintsev o gece kendisini zaptedemedi, gitti. Gömleğinin üzerine zırhlı yeleğini giyip çiftlik içlerine doğru açıldı. Orada gece serinliğine yakalandı ama harareti dinmedi. Aksine, yıldızlı gök ve o göğün altındaki kısa boyluluğunun bilinci derin duygulara ve acil bir kahramanlığa sevk etti onu. Paşintsev dev gece dünyasının gücü karşısında kendisinden utandı ve fazlaca düşünmeden şerefine şeref katıvermek istedi.

Ana binada hepten barınaksız ve hiçbir kayıtta adı geçmeyen bir grup insan yaşamaktaydı. Dört pencere açık ocaktaki ateşin ışığıyla parlıyordu; ocağın içinde yemek pişiyordu. Paşintsev hane halkının huzuruna kıyıp pencereyi yumrukladı.

Saçına tarak girmemiş bir genç kız ayağında uzun keçe çizmelerle çıktı.

"Ne istedin, Maksim Stepanıç? Niye gece gece tehlike çanı çalıyorsun?"

Paşintsev ona yanaştı ve coşkun sempatisi sayesinde kızın ayan beyan kusurlarını görmezden gelebildi.

"Grunya," dedi, "gel öpeyim seni, bekâr güvercinim benim! Bombalarım kurumuş patlamaz, sütunları devirmek istedim demin, olmadı. Gel de sarılayım sana şöyle yoldaşça."

Grunya sokuldu:

"Sana bir haller oldu – ciddi adamdın güya... Çıkar şu demiri üzerinden yahu, bütün yumuşak etimi tırmalayacaksın..."

Fakat Paşintsev onu koyu renk kuru dudak kabuklarından kısaca öpüp geri döndü. Üzerine sarkan kudretli göğün altında rahatlamış, eskisi kadar bunalmaz olmuştu. Hacmi büyük, niteliği üstün her şey Paşintsev'de seyretme keyfi değil, savaşma hissi, büyük ve farklı olanı gücü ve önemiyle aşma hevesi uyandırıyordu.

"Neyiniz var?" diye sordu Paşintsev konuklarına durup dururken, tatmin olan duygularını boşaltmak için.

"Uyku vakti," diyerek esnedi Kopyonkin. "Bizim kuralı bir kenara yazdın mı sen? Köylüleri geniş toprağa oturtuyorsun: Misafircilik oynayacak halimiz yok ya seninle..."

"Köylüleri yarın sürükleyeceğim, sabotaja yer yok!" dedi Paşintsev kesin bir dille. "Ama siz kalın biraz, bağlarımızı kuvvetlendirelim! Grunka yarın öğle yemeği pişirir size... Benim burada bulduğunuzu başka yerde bulamazsınız ha! Nasıl etsem de Lenin'i çağırsam şuraya diye düşünüp duruyorum – ne de olsa önderdir!"

Kopyonkin Paşintsev'i süzdü –Lenin'i istiyordu bu adam!– ve anımsattı:

"Sen yokken bombalarına baktım – hepsi de bozuk: Nasıl sürüyorsun ki bu saltanatı?"

Paşintsev itiraz etmedi:

"Tabii ki bozuklar: Kendim boşalttım onları. Ama halkın bir şeyden çaktığı yok: Sırf politikayla alt ediyorum onları – demirler kuşanıp geziyorum, bombaların üzerinde uyuyorum... Az güçle düşmanı atlatma manevrası, anladın mı? Ama bir yerlerde aklına gelirsem burdan bahsedeyim deme."

İsli lamba söndü. Paşintsev durumu açıkladı:

"Eh, çocuklar, rasgele yatıverin madem – göz gözü görmüyor, yatağım da yok... İnsanlar benim üzgün bir birey olduğumu düşünüyordur herhalde..."

"Üşütüksün sen, üzgün değil," diye düzeltti Kopyonkin iyi kötü yerleşmeye çalışırken.

Paşintsev gücenmeden yanıtladı:

"Burası, kardeş, yeni hayat komünüdür – hatunlar şehri değil: Kuş tüyü şilte bulunmaz."

Sabaha doğru yeryüzü yıldızlı yüceliğini yitirdi, gri ışıkla değiştirdi pırıltısını. Gece parlak bir süvari birliği gibi çekildi, yeryüzüne çetin sefer gününün piyadesi indi.

Paşintsev, Kopyonkin'i şaşırtacak bir şey yaptı ve kızarmış koyun eti getirdi. Sonra iki atlı devrim parkından güneye giden yola çıkıp Çornaya Kalitva vadisine doğru uzandılar. Paşintsev beyaz sütunların altında sert şövalye takımları içinde dikilmiş, fikir ortaklarının ardından bakıyordu.

VE İŞTE İKİ ADAM yine at sırtında gidiyor, güneş ise ülkenin kıtlığı üzerinde yükseliyordu.

Dvanov başını eğdi, düz yerde yeknesak hareketten bilinci ufalıyordu. Dvanov'un şimdi kalp niyetine hissettiği şey, aslında kabaran duygu gölünün basıncından durmaksızın titreyen bir bentti. Kalbin yükselttiği duygular, rahatlatıcı bir düşünce dalgasına dönüşerek bendin diğer yanına taşıyordu. Ne var ki bendin üzerinde, insana yürekten katılmayan, yalnızca düşük bir ücret karşılığında şekerleme yapan o bekçinin nöbetçi ateşi yanıyordu hep. Kimileyin bu ateş sayesinde iki mekânı da görebiliyordu Dvanov: yükselen sıcak duygu gölünü ve bendin gerisinde kendi hızından ötürü serinleyen upuzun devingen düşünceyi. O zaman, bilincini besleyen fakat aynı zamanda da frenleyen yüreğinden önce davranıp mutlu olabiliyordu.

"Tırıs sürelim, yoldaş Kopyonkin!" dedi, kendisini bu yolun ötesinde bekleyen geleceğe doğru can atan Dvanov. Çocukluğa özgü, duvarlara çivi çakma, sandalyelerden gemi yapma, içinde ne var diye bakmak için çalar saat sökme sevinci ayaklanmıştı içinde. Havasız yaz gecelerinde tarlalarda görülen o anlık korkutucu ışık titriyordu yüreğinin üzerinde. Belki de bu içinde yaşayan, bedeninin bir parçasına dönüşmüş soyut sevgisiydi gençliğin yahut doğumunun sürüp giden gücü. Fakat Dvanov onun sayesinde, duygu gölünde iz bırakmadan yüzen müphem hadiseleri de görebiliyordu aniden. Rosa Luxemburg'un insanlar arasındaki dostluğun gücüyle dirilip canlı bir vatandaş olacağı yakınlardaki güneşli sosyalizm ülkesine doğru ruhunda huzur, pürüzsüz bir inançla yol alan Kopyonkin'i süzdü Dvanov.

Yol, *verst*'ler boyunca uzanan bir meyle dönüştü. İnsan hızlanırsa üzerinden kopup uçabilirdi sanki. İleride, karanlık ve hüzünlü vadinin üzerinde, erkenci akşam alacakaranlığı donup kalmıştı.

"Kalitva!" diye gösterdi Kopyonkin ve yakınına varmışçasına sevindi.

Atlılar susamıştı, kupkuru beyaz tükürükler savuruyorlardı aşağıya.

Dvanov önündeki yoksul manzaraya bakakaldı. Yer de gök de bitkin ve perişandı: İnsanlar burada münferiden yaşıyor, ateşin dışına konan odunların sönmesi gibi eylemsiz duruyorlardı.

"İşte sosyalizm için gereken hammadde!" dedi Dvanov çevreyi inceleyerek. "Tek bir yapı yok, sırf öksüz tabiatın kederi!"

Staraya Kalitva kasabasıyla birlikte atlıların karşısına torbalı bir adam çıktı. Şapkasını çıkardı ve eğilip atlıları selamladı adam, tüm insanların kardeş olduğuna ilişkin o kadim anının etkisiyle. Dvanov ve Kopyonkin de selam verdiler, üçü de iyi hissetmişti kendilerini.

"Yağmaya gelmiş yoldaşlar, gebermediler gitti!" dedi torbalı adam içinden, epeyi uzaklaşınca.

Kasabanın girişinde iki köylü nöbet beklemekteydi: Biri kısa namlulu tüfek, diğeri çit kazığı tutuyordu.

"Kimlerdensiniz?" diye sordular yaklaşan Dvanov ile Kopyonkin'e.

Kopyonkin bu askeri karakolun anlamını pek idrak edemeyerek atını yavaşlattı.

"Uluslararasıyız biz!" dedi Kopyonkin, Rosa Luxemburg'un unvanını anımsayarak: uluslararası devrimci.

Nöbetçilerin akılları karıştı:

"Yahudi misiniz?"

Kopyonkin serinkanlılıkla kılıcını çekti: O kadar yavaş yaptı ki bunu nöbetçiler tehdide inanmadılar.

"Bu sözün için şuracıkta işini bitirebilirim," dedi Kopyonkin. "Kim olduğumdan haberin var mı senin? İşte dokümanlarım..."

Kopyonkin elini cebine attı, oysa ne dokümanı ne herhangi bir kâğıdı olmuştu ömrünce: Ekmek kırıntılarını ve diğer çöpleri yokladı.

"Alay yaveri!" diye hitap etti Kopyonkin Dvanov'a. "Devriyeye tezkereciklerimizi gösteriveriniz..."

Dvanov içinde ne olduğunu bilmediği ama üç yıldır gittiği her yere götürdüğü zarfı çıkardı ve korumaya fırlattı. Nöbetçiler açgözlülükle saldırdılar zarfa, kırk yılda bir görevlerini yerine getirmenin sevinciyle.

Kopyonkin eğildi ve bir ustanın rahat hareketiyle nöbetçiyi hiç yaralamadan elindeki kısa namluluyu düşürüverdi kılıcıyla; Kopyonkin'de devrimci yeteneği vardı.

Nöbetçi dürtülen elini doğrulttu:

"Ne yapıyorsun sen, budala, biz de kızıl değiliz ki..."

Kopyonkin değişti:

"Askeriniz çok mu? Kimlerdensiniz?"

Köylüler öyle düşündüler, böyle düşündüler, sonunda dürüstçe yanıtladılar:

"Yüz kafa varız, yirmi de tüfeğimiz vardır... İspodniye Hutora'dan Timofey Plotnikov konuğumuzdur. Dündü, gıda kolu kayıp vererek çekildi buradan..."

Kopyonkin geldiği yolu işaret etti nöbetçilere:

"Marş-marş şu tarafa gidin, alaya rastlayacaksınız, getirin buraya. Plotnikov'un karargâhı nerede?"

"Kilisenin orada, muhtarın avlusunda," dedi köylüler ve olaylara karışmama arzusuyla kederli kederli baktılar köylerine.

"Haydi, davranın bakalım!" diye emretti Kopyonkin ve kınıyla atına vurdu.

Çitin ardına bir hatun çömmüştü, ölmeye hazır. Dışarı çıkma nedeni yarı yolda durmuştu içinde.

"Damlatıyor musun, ihtiyar?" dedi Kopyonkin onu fark ederek.

Hatun ihtiyar değil, yaşını almış hoş bir kadındı.

"Sen damlattın galiba, pis budala!" diyerek iliklerine değin kızdı ve eteğini aralayıp öfkeli bakışlarla ayağa kalktı.

Kopyonkin'in atı hantallığından silkinip dörtnala koşuverdi, ön ayaklarını havaya kaldıra kaldıra.

"Yoldaş Dvanov, gözün bende olsun, geride kalayım deme!" diye bağırdı Kopyonkin, kılıcı emrine amade parlayarak havada.

Proleter Gücü var gücüyle toprağı dövüyordu; Dvanov dam camlarının çınladığını duydu. Fakat sokaklarda in cin top oynuyordu, hatta köpekler bile atlılara saldırmadı.

Devasa köyün sokak ve kavşaklarından geçen Kopyonkin kiliseye doğru ilerlemekteydi. Ne var ki Kalitva dört yüzyıldır aile sarmaşıklarıyla kuşatılmıştı: Kimi sokaklar enlemesine duran beklenmedik damlarla kesilmiş, kimileri ise yeni avlularla sımsıkı örtülmüş, yazlık dar geçitlerden tarlaya sapıyordu.

Kopyonkin ve Dvanov dar ve kör sokakların çetrefil ağına düştüler, oldukları yerde dönüp durmaya başladılar. O zaman Kopyonkin bir bahçe kapısı açtı ve sokakların çevresinden dolanıp son sürat harmanlara daldı. Köy köpekleri önce temkinli ve yalnız havlaştılar, sonra karşılıklı sesleşip sayılarının çokluğundan ötürü coşarak bir ağızdan ulumaya koyuldular, köyün bir ucundan diğer ucuna.

Kopyonkin bağırdı:

"Evet, yoldaş Dvanov, bastır şimdi..."

Dvanov köyü geçip bozkırın diğer tarafına doğru atılması gerektiğini sandı. Ne var ki yanılmıştı: Geniş bir sokağa çıktıklarında Kopyonkin köyün içlerine doğru sürdü atını.

Demirhaneler kapalı duruyor, damlar ise terk edilmiş gibi susuyordu. Yalnızca çitin önünde bir şeyler kurcalayan bir ihtiyara rastladılar; o da her tür kargaşaya alışmış olmalıydı ki dönüp bakmadı onlardan yana.

Dvanov hafif bir tıngırtı duydu, biri kilise çanının dilini metale azıcık sürterek sallıyor sandı.

Sokak kıvrıldı ve eskiden devlete ait içki dükkânlarına meskenlik eden pis kırmızı tuğla evlerden birinin önünde toplanmış kalabalığı meydana çıkardı.

Halk ağır, kalın bir sesle bir ağızdan bağrışıyordu; Dvanov'a ulaşan salt sözsüz uğultuydu.

Kopyonkin zayıflayıp incelmiş yüzünü çevirdi:

"Ateş et, Dvanov! Şimdi her şey bizim olacak!"

Dvanov kiliseye doğru iki el ateş etti ve kılıcını savurarak kendi kendisini coşturmaya başlayan Kopyonkin'in peşi sıra bağırdığını işitti. Yumuşak bir dalga halinde kıpırdanan köylü kalabalığı, arkalarına bakınan yabancı yüzlerle aydınlandı, kaçan insan selleri akıtmaya başladı içinden. Kimileri de yardım ümidiyle komşularına tutunarak yerlerinde tepiniyordu. Bu tepinenler kaçanlardan daha tehlikeliydi: Korkuyu dar bir yere hapsetmişlerdi ve cesurlara kıpırdayacak yer bırakmıyorlardı.

Dvanov köyün barışçıl kokusunu içine çekti –yanık samanla ılık süt karışımı– ve kokudan karnı ağrıdı: Şimdi bir fiske tuz dahi yiyemezdi. Köyün büyük, sıcak ellerinde can vermekten, düşmanlarını öfkeleriyle değil kalabalıklarıyla mağlup eden uslu insanların koyun postu kokulu havasında boğulmaktan korktu.

Fakat Kopyonkin her nedense kalabalığa sevinmişti ve zaferinden ümitliydi artık.

Birdenbire, önünde insanların çırpındığı damın pencerelerinden değişik çapta tüfekler yaylım ateşi açıverdi. Ayrı ayrı silahlar farklı sesler çıkarıyordu.

Kopyonkin hayat duygusunu karanlık bir yere kapatan ve fani işlere karışmasına engel olan bir tür transa geçmişti. Sol elindeki tabancasıyla dama ateş açıp camı paramparça etti.

Dvanov kendisini eşikte buluverdi. Atından inip eve dalması kalmıştı artık. Kapıya ateş etti, kapı kurşunun ittirmesiyle ağır ağır açıldı ve Dvanov koşarak içeri girdi. Sofa ilaç ve korunmasız meçhul bir insanın kederi kokuyordu. Kilerde önceki çatışmalarda yaralanmış bir köylü yatmaktaydı. Dvanov onu ayrımsamadı ve mutfaktan geçip oturma odasına daldı. Odada kızıl bir köylü, sağlıklı sağ kolu havada, tabancalı sol eli aşağıda, boylu boyunca dikilmekteydi; bu elden arada bir, yağmurdan sonra yapraklardan su damlaması gibi kan damlıyor, adamın ömrünün mahzun hesabını tutuyordu.

Oturma odasının penceresi kırılmıştı, Kopyonkin ise ortalarda yoktu.

"At silahını!" diye bağırdı Dvanov.

Eşkıya korkuyla bir şeyler mırıldandı.

"Haydi!" dedi Dvanov öfkelenerek. "Kolunla birlikte düşürürüm yoksa, tek kurşun yeter!"

Köylü revolverini kanının içine attı ve yere baktı: Silahı sırılsıklam ettiğine üzülmüştü – kuru vaziyette verse daha kolay affederlerdi kendisini.

Dvanov, yaralı esirine o andan itibaren ne yapması gerektiğini bilmiyordu, Kopyonkin'in nerede olduğunu da. Nefesini düzenledi ve *kulak*'lara ait pelüşlü bir koltuğa oturdu. Köylü sarkan ellerine hâkim olamayarak karşısında dikilmekteydi. Dvanov bu adamın eşkıyaya benzemeyişine, sıradan ve galiba varlıksız bir köylü oluşuna şaşırdı.

"Otur!" dedi Dvanov.

Köylü oturmadı.

"Sen *kulak* mısın?"

"Yok, biz buranın en aşağı adamlarıyız," diye tane tane söyledi gerçeği köylü. "*Kulak* savaşmaz: Ekmeği çoktur – hepsini alamazlar elinden..."

Dvanov inandı ve korktu. Ardında bıraktığı, üzgün, solgun halkın yaşadığı köyleri getirdi gözünün önüne.

"Sağ elinle beni vurabilirdin – sadece sol elinden yaralanmışsın."

Eşkıya Dvanov'a bakıp sessizce düşündü – kurtulmak için değil, tüm gerçeği anımsamak için.

"Solağım ben. Daha fırlamama kalmadan dediler alay geliyor, öyle gücüme gitti ki bir başıma ölmek..."

Dvanov heyecanlanmıştı: Her durumda düşünebilirdi o. Bu köylü, devrimin kendi genç aklını aşan kederini, beyhudeliğini anlatıyordu ona. Dvanov yoksul köylerin kaygısını duyumsuyordu artık ama yazamazdı onu kelimelerle.

"Aptallık!" diye düşündü Dvanov, içten içe tereddüt ederek. "Kopyonkin gelir gelmez kurşunlamalı bunu. Ot da büyürken toprağı deler: Devrim zorla eylenen bir şeydir ve tabiatın gücüdür... Alçaksın sen!" Çabucak ve tutarsızca değişmişti Dvanov'un bilinci.

"Evine git!" diye emretti eşkıyaya.

Beriki, büyülenmiş gözleri Dvanov'un elindeki silaha kilitlenmiş bir halde kapıya doğru yürüdü geri geri. Dvanov anladı ve hareket edip de adamı korkutmamak için mahsus gizlemedi revolverini.

"Dur!" diye seslendi sonra Dvanov.

Köylü, itaatkâr, durdu.

"Beyaz subaylar geldi mi sizin buraya? Plotnikov kimin nesidir?"

Eşkıyanın dermanı kesilmişti, ıstırap içinde kendisini yenmeye çalışıyordu.

"Yok, kimse gelmedi," diye yanıtladı yalan söylemekten çekinerek. "İkrar ederim sana, can insan: Kimsecikler gelmedi... Plotnikov bizim aşağı köylerden biridir..."

Dvanov köylünün korkusundan doğruyu söylediğini görüyordu.

"Korkmasana sen! Rahat rahat git evine."

Eşkıya, Dvanov'a inanıp yürüdü.

Pencerede kalan cam parçaları çıtırdadı o sırada: Kopyonkin'in Proleter Gücü'ydü, bu bozkır adımıyla yanaşan.

"Nereye gidiyorsun? Kimsin sen?" diyen Kopyonkin'in sesini duydu Dvanov. Kopyonkin yanıt beklemeden esir eşkıyayı kilere serdi.

"Biliyor musun, yoldaş Dvanov, handiyse şu Plotnikov'un kendisini yakalıyordum," diye bildirdi Kopyonkin coşkun göğsü kabararak. "İçlerinden iki alçak kaçtı elimden – ne biçimdi o atları yahu! Benimkinin sırtında tarla sürmek gerek, ben savaşıyorum... Gerçi uğurumdur o benim – bilinçli maldır!.. Haydi bakalım, meclis vakti..."

Kopyonkin çan kulesine bizzat tırmanıp tehlike çanını çaldı. Dvanov köylülerin toplanmasını beklemek üzere kapı önündeki taş basamağa çıktı. Ötede çocuklar sokağın ortasına fırlıyor, Dvanov'dan yana bakıp geri kaçıyorlardı. Kopyonkin'in gürültülü acil çağrısına koşturan filan yoktu.

Koca kasabanın üzerinde kara kara söylüyordu şarkısını çan, nefes ile nidayı usulca değiştirip durarak. Dvanov anlamını unutarak dinlemeye daldı tehlike çanını. Endişe, inanç ve kuşkuydu melodinin anlattığı. Devrim de bu tutkularla yürür – salt demirden inançla değil, titreyen kuşkuyla da hareket eder insanlar.

Kapı önündeki taş basamağa siyah saçlı, göğüslüklü, şapkasız bir adam yanaştı, görünüşe göre bir demirci.

"Ne diye milletin rahatını kaçırıyorsunuz siz?" diye sordu doğruca. "Yolunuza gidin, dost yoldaşlar. On tane aptalımız var – anca o kadar destekçi çıkar size buradan..."

Dvanov da doğruca Sovyet iktidarına ne için gücendiğini söylemesini rica etti ondan.

"Evvela ateş edip sonra sual ediyorsunuz, ondan gelecek ya sonunuz da zaten," diye yanıtladı demirci kızgın kızgın. "Gel de çık işin içinden: Toprağı verdiniz, son tohumumuza varana dek alıyorsunuz elimizden: Öyle toprağı siz tepe tepe kendiniz kullanın! Köylüye anca ufuk manzarası düşüyor. Kimi kandırdığınızı sanıyorsunuz?"

Dvanov, gıda dağıtımının devrimin kanı olduğunu, gelecek güçlerini beslediğini açıkladı.

"Kalsın!" diye reddetti bilgiç bilgiç demirci. "Halkın onda biri ya aptal, ya serseridir kancıkoğulları, köylü gibi çalışmamışlardır ömürlerince – kim çıkarsa giderler peşinden. Çar gelse, onun da peşine düşecek bir ekip çıkarırdık biz. Partinize de bir sürü yaramaz herif doldurmuşsunuz... Devrim için ekmek diyorsun! Ahmaksın sen ahmak, halk ölüyor, kime kalacak senin devrimin ha? Bir de savaş bitti demezler mi..."

Demirci, karşısındakinin de tüm komünistler gibi tuhaf biri olduğunu idrak ederek sustu: İyi adam gibi görünür ama sıradan halkın üstüne yürürdü bunlar.

Dvanov elinde olmadan gülümsedi demircinin fikrine: Halkın

içinde yaklaşık onda birlik bir tuhaf adamlar kesimi vardır ki her işe hazırdır sahi – devrime de, manastıra kapanıp dua etmeye de.

Kopyonkin geldi; demircinin tüm sitemlerine açık seçik yanıtlar veriyordu o:

"Alçaksın sen, efendi! Bizler hepimiz eşit yaşıyoruz artık, sense şöyle istiyorsun: İşçi aç kalıversin, ben tahıl votkası çekeyim!"

"Eşit ama ne eşit!" dedi demirci intikamını alarak. "Zırnık anladığın yok senin eşit hayattan! Ben evlendiğimden beri kafa yoruyorum bu işe: Görüyorum ki hep tuhaflar bizi yönetmiş, halkın kendisine hiç geçmemiş ki iktidar: Onun, canım benim, daha ciddi işleri vardı – aptalları doyuruyordu beleşe..."

Demirci bilge bir sesle kahkaha attı ve bir sigara sardı.

"Peki ya gıda dağıtımı iptal edilseydi?" diye sordu Dvanov.

Demirci tam neşelenmişken tekrar çattı kaşlarını:

"Olamaz! Daha kötü başka bir şey icat edersiniz siz – eski bela kalsın başta daha iyi: Nasılsa alıştı köylüler tahılı zulaya gömmeye..."

"Dünya yıkılsa umurunda mı şunun: Alçak herif!" diyerek verdi puanını muhatabının Kopyonkin.

Halk eve yaklaşmaya başlamıştı: Sekiz kişi geldi, köşeye oturdu. Dvanov onlara yanaştı – Kalitva çetesinin hayatta kalan üyeleriydi bunlar.

"Konuş bakalım!" diye alay etti demirci. "İşte bütün tuhaflar toplaştı, azıcık bir şey gelmemiş..."

Demirci sustu, sonra tekrar keyifle aldı sözü:

"Dinlesene sen beni. Beş bin kişiyiz biz, küçüğüyle büyüğüyle. Aklında tut. Şimdi bir hesaplayayım sana: Yetişkinlerin onda birini al, onlar bir grup oldu muydu, devrim bitti demektir."

"Neden?" dedi Dvanov, anlamamıştı hesabı.

Demirci ateşli ateşli açıkladı:

"O zaman cümle tuhaflar iktidara geçer, halk ise kendi başına yaşar – iki tarafın da değme keyfine..."

Kopyonkin toplananlara dakika kaybetmeden Plotnikov'un peşine düşmelerini, yeni bir çevik çete toplamadan adamı ortadan kaldırmalarını emretti. Dvanov köyün komünistlerinden, Plotnikov'un Kalitva'da seferberlik ilan etmek istediğini ama başarısız olduğunu öğrendi; iki gün süren meclis boyunca Plotnikov herkesi gönüllü olarak çeteye katılmaya ikna etmeye çalışmıştı. Bugün de Dvanov ve Kopyonkin'in saldırdıkları sırada öyle bir meclis sürmekteydi. Plotnikov'un kendisi köylüleri yakından tanıyordu, yaman adamdı, kendi köylülerine sadık, o yüzden de âlemin kalanına düşmandı. Köylüler, ölen papazın yerine koyarak hürmet ediyorlardı ona.

Meclis sürerken bir hatun koşup gelivermiş, seslenmişti:

"Millet, kızıllar köyün girişinde! Koca atlı alayı buraya doğru geliyor!"

Kopyonkin ve Dvanov'un sokakta belirdiğini görenler de alayın geldiğini düşünmüştü.

"Gidelim Dvanov!" dedi dinlemekten sıkılan Kopyonkin. "Şu yol nereye çıkar? Kim gelir bizimle?"

Komünistler mahcup oldular:

"O yol Çernovka köyüne... Biz, yoldaşlar, hepimiz de atsızız..."

Kopyonkin, hepsini reddedercesine elini salladı.

Demirci dik dik Kopyonkin'e baktı ve kendisi vardı yanına:

"Eh, yolun açık olsun bari!" dedi ve koca elini uzattı.

"Sana da bari," deyip avucunu uzatarak yanıtladı Kopyonkin. "Unutma beni – huysuzlanacak olursan geri döner işini bitiririm!"

Demirci korkmadı:

"Unutma, unutma, bana Sotıh derler. Burada benim gibisi yoktur. İş aklıma yatarsa, kendim de bilirim kancamı kapıp at koşturmasını. Hem at da bulurum: Sen asıl şunlara bak, atsızmış kancıkoğulları..."

Kalitva kasabası bozkırın vadiye indiği yerdeydi. Çornaya Kalitva nehrinin vadisi ise yekpare bataklık çalılarıyla kaplıydı.

İnsanlar kendi aralarında tartışıp birbirleriyle itişirken tabiatın asırlık mücadelesi sürmekteydi: Nehir yaşlanmış, vadideki bakir otlar yalnızca sivri sazlıkların delip geçebildiği ölümcül bir suyla örtülmüştü.

Vadinin ölü yapağısı şimdi ancak rüzgârın aldırışsız şarkılarını dinliyordu. Yaz sonunda cılızlaşan nehir ile onun uzak denize giden yolunu kepek zerreleriyle ilelebet tıkayan lığ kumlarının çetin mücadelesi sürüp gidiyordu.

"İşte, yoldaş Dvanov, soluna bak," dedi Kopyonkin, subasarın maviliğini göstererek. "Ben buraya daha küçükken gelmiştim babamla:

Unutulmaz bir yerdi. Taze ot kokusu bir *verst* öteye yayılırdı, şimdi su bile çürüyor burada..."

Dvanov pek nadiren rastlamıştı bozkırda böyle uzun esrarengiz vadi arazisine. Nehirlerin ölürken sularını durdurması, geçit vermez bataklarıyla kıyıdaki bitkileri kaplaması nedendi? Herhalde tüm vadi boyu, nehirlerin ölümünden ötürü yoksullaşıyordu. Kopyonkin Dvanov'a buralı köylülerin eskiden, nehir henüz taze ve canlıyken, ne çok çiftlik ve kümes hayvanı olduğunu anlattı.

Kararmakta olan akşam yolu, ölen vadinin kıyısı boyunca uzanıyordu. Çernovka ile Kalitva arası topu topu altı *verst* idi fakat atlılar ancak birinin harmanına girdiklerinde fark ettiler Çernovka'yı. O zamanlar Rusya bütün halkların yolunu aydınlatmak için para harcıyor, oysa kendi damlarında ışık bulundurmuyordu.

Kopyonkin köyde iktidarın kimlerde olduğunu öğrenmeye gitti, Dvanov ise atlarla birlikte köyün girişinde kaldı.

Gece bastırıyordu, donuk ve sıkıcı; kâbuslarla yeni yeni tanışan çocuklar korkar böyle gecelerden: Uyumazlar, kendilerini dehşetten korusunlar diye annelerini de uyutmazlar.

Fakat yetişkinler öksüzdür ve Dvanov düşman köyün girişinde erimiş bozkır gecesini ve tepesindeki serin gökyüzü gölünü seyrederek tek başına dikiliyordu bugün.

Karanlığı dinleyerek, ağır zamanı sayarak dolaşıyor, geri dönüyordu.

"Zor buldum seni," dedi görünmez Kopyonkin öteden. "Sıkıldın mı? Şimdi süt içeceksin."

Köyde iktidar kimdeydi, Plotnikov buralarda mıydı, hiçbir şey öğrenememişti Kopyonkin. Buna karşın bir yerlerden bir çanak süt, bir dilim zaruri ekmek bulabilmişti.

Yemeklerini yiyen Kopyonkin ve Dvanov köy sovyetinin yolunu tuttular. Kopyonkin sovyet tabelası asılı kulübeyi buldu, ne var ki içerisi boş, köhne, hokka ise mürekkepsizdi – yerel iktidarın işleyip işlemediğini kontrol için Kopyonkin parmağını daldırmıştı içine hokkanın.

Sabahleyin yaşlı başlı dört köylü geldi, şikâyetçiydiler: Tüm iktidarlar bırakmıştı onları, yaşamaya korkar olmuşlardı.

"Kim olursa olsun razıyız," diyordu köylüler. "Yoksa başımıza buyruk kalakaldık – komşu komşuyu boğazlayacak. İktidarsız olur muymuş hiç: Rüzgâr bile başsız esmez, biz sebepsiz yaşıyoruz."

Çernovka çok iktidarlar görmüştü ama dağılmıştı hepsi de. Sovyet iktidarı da kendiliğinden parçalanmıştı; başkan seçilen köylü görevini terk etmişti. Hürmet az, diyordu, tanımayan yok beni, hürmetsiz iktidar olmaz. Ve köy sovyetinden ayağını kesmişti. Çernovkalılar başkanlığa, yabancı, bu yüzden de herkesin saygı duyacağı birini getirmek için Kalitva'ya gidip geliyorlardı. Ama öyle de olmamıştı: Kalitvalılar yabancı yerlere başkan sürmeye yönelik bir yönetmelikleri bulunmadığını söylemiş, kendi cemaatinizden saygın birilerini seçin demişlerdi.

"Ya saygın kimsemiz yoksa!" demişti Çernovkalılar kederle. "Biz hepimiz eşitiz ve birbirimize benzeriz: Birimiz hırsız, diğerimiz aylağız, üçüncümüzün de hatunu yamandır, pantolonunu saklar... Ne yapacağız biz şimdi?"

"Sıkıldınız mı böyle yaşamaktan?" diye sordu Dvanov dertleriyle ilgilenerek.

"Tıkıldık kaldık! Gelip geçenler söylüyor, bütün Rusya'da kültür açığı kapanmış, bize ise dokunmadan geçmiş kültür: Hakkımız yendi!"

Köy sovyetinin penceresinden içeri nemli gübre ve sürülmüş sıcak toprak kokusu doluyordu; bu kadim köy havası huzuru ve üremeyi anımsatıyordu. Konuşanlar yavaş yavaş sustular, Dvanov da atlara bakmak üzere dışarı çıktı. Bereketli at fışkısını gagalayan kadidi çıkmış muhtaç bir serçe görüp sevindi orada. Yarım yıldır serçe görmemişti ve bir kez olsun âlemin neresine sığındıkları sorusu gelmemişti aklına. Birçok güzel şey Dvanov'un sınırlı, yoksul zihnini es geçerdi; çoğu zaman kendi hayatı bile taşı dolanan dere gibi kavislerle dolanırdı zihninin çevresinden. Serçe çitin üzerine kondu. Köy sovyetinden iktidar diye diye dertlenen köylüler çıktı. Serçe çitten koptu ve uçarayak alelade fukara şarkısını mırıldandı.

Köylülerden biri Dvanov'a yanaştı – yüzü çiçekbozuğu, karnı aç, ne istediğini asla bir anda söylemeyen, lafı uzaklardan, ortalama nesnelerden tutup getiren, karşısındaki kişi bir iyilik istemesine izin verir mi vermez mi anlamak için muhatabının karakterini dikkatle sınayan insanlardan. Bütün bir geceyi şu dünyada Ortodoksluğun sarsıldığından söz ederek geçirebilir bu adam, oysa gerçekte inşaat için keresteye ihtiyacı vardır. Her ne kadar değnekleri eski devlet *daça*'sından* çoktan kesip götürmüşse de bu seferlik izin isteyiverir, zira önceki keyfi davranışından ötürü başına neyin gelebileceğini dolaylı yoldan sınamanın derdindedir.

Dvanov'a yaklaşan köylü, yüzüyle ve hayata suç içeren bir meşguliyet gözüyle bakma, her dakika hükmünü verecek iktidarı bekleme tavrıyla, uçup giden o serçeye benziyordu.

Dvanov köylüden ihtiyacı ne ise hemen ve süslemeden deyivermesini rica etti. Ne var ki Kopyonkin tekli camın ardından Dvanov'u duymuştu ve böyle yaparsa köylünün ömrünce baklayı ağzından çıkarmayacağı uyarısında bulundu. "Adım adım yürüt sohbeti, yoldaş Dvanov," dedi.

Köylüler güldüler, anlamışlardı: Karşılarında tehlikesiz, gereksiz insanlar vardı.

Çiçekbozuğu suratlı konuştu. Kendisi yersiz yurtsuzdu ve toplum onu başkalarının çıkarlarını gözetmekle yükümlü kılmıştı.

Sohbet yavaş yavaş Çernovka topraklarına bitişik Kalitva topraklarına uzandı. Sonra tartışma nedeni fundalıktan geçildi ve iktidarda duruldu.

"Bir çeşit iktidar olmalı elbet; gerçi iktidar çok da lazım değil ya bize," diye meseleyi her iki açıdan bakarak açıkladı çiçekbozuğu suratlı. "Olaya orta noktadan bakarsan uçlar görünmez, uçlardan başladın mı da sonunu getirmesi uzun sürer. Gel de çık şu işin içinden..."

Dvanov acele ettirdi:

"Düşmanlarınız varsa Sovyet iktidarına ihtiyacınız var demektir."

Fakat çiçekbozuğu suratlı meselenin bilincindeydi:

"Düşman olmasına yok da, çevremiz de pek bir geniş, gelirler: Komşunun tavuğu komşuya kaz görünürmüş... Değişen bir şey de yok esasen; otlar büyüyor, havalar değişiyor ama yine de bir kıskançlık var içimizde: İktidarsız dururken ya bazı kolaylıklardan mahrum kaldıysak! Artık gıda payı alınmıyormuş deniyor, bizse toprağı ekmeye korkuyoruz hâlâ... Halka başka kolaylıklar da gösterilmiş, kapışırlar da bize kalmazsa ya!"

* Sayfiye. *–ç.n.*

Dvanov irkildi: Nasıl olurdu da gıda payı toplanmazdı? Kim söylemişti bunu? Fakat çiçekbozuğu suratlının kendisi de bilmiyordu: Gerçekten duymuş da olabilirdi bunu, içinden geçeni uyduruvermiş de olabilirdi. Şöylece açıklayıverdi: Köyden kimliksiz bir asker kaçağı geçmişti, çiçekbozuğu suratlının lapasından yemiş ve artık gıda dağıtımı filan yapılmadığını bildirmişti – köylüler Kremlin kulesine, Lenin'in yanına çıkmışlardı: Üç gece oturmuş ve müsamaha denen şeyi icat etmişlerdi.

Dvanov kederleniverdi, sovyete gitti ve geri dönmedi. Sonuçsuz kalan ricalara alışkın köylüler avlularına dağıldılar.

"Dinle beni, yoldaş Kopyonkin!" diye seslendi heyecanlı heyecanlı Dvanov.

Kopyonkin her şeyden çok başkasının mutsuzluğundan korkardı: Çocukken, yabancı bir köylünün cenazesinde, geride bıraktığı dulundan da çok kahırlanarak ağlamışlığı vardı. Peşin peşin burkuldu içi ve daha iyi duyabilmek için ağzını araladı.

"Yoldaş Kopyonkin!" dedi Dvanov. "Biliyor musun, benim şehre gidesim var... Sen beni burada bekle, çabuk dönerim... Geçici olarak sovyetin başına geç, canın sıkılmasın – köylüler kabul edecektir. Görüyorsun ya hallerini..."

"Lafı mı olur canım?" dedi Kopyonkin neşeyle. "Gönlünce git lütfen, istersen bir yıl da beklerim ben seni... Başkanlık da yaparım elbet – bu bölgeyi biraz tırmalamak gerek."

Akşamleyin Dvanov ve Kopyonkin yolun ortasında öpüştüler, her ikisi de anlamsızca utanmıştı. Dvanov gece vakti demiryoluna doğru uzaklaştı.

Kopyonkin uzun süre, arkadaşını göremez oluncaya dek dikildi sokakta; sonra köy sovyetine döndü ve boş binanın içinde ağladı. Bütün gece sessiz ve uykusuz, yüreği âciz, yattı. Köy kıpırtısızdı çevresinde, tek bir canlı sesi işitilmiyordu; eziyetli, bunaltıcı kaderinden ebediyen el çekmiş gibiydi. Ancak arada bir boş köy sovyeti avlusunda baharı bekleyen aksöğütlerin çıplak dalları hareket ediyordu.

Kopyonkin pencerenin ardında karanlığın çalkalanışını seyrediyordu. Kimileyin söndü sönecek solgun bir ışık geçiveriyordu içinden, rutubet ve insansız yeni günün sıkıntısı kokan. Belki sabah oluyordu, belki de ayın ölü avare ışığıydı bu.

Gecenin uzun sessizliğinde Kopyonkin farkında olmadan duygularının gerilimini yitiriyor, adeta yalnızlıkla serinliyordu. Kuşkunun ve kendine acımanın cılız ışığı yavaş yavaş belirmekteydi bilincinde. Rosa Luxemburg'u canlandırmaya çalıştı hafızasında, oysa bir tabutun içinde bitkin bir loğusayı andıran, çok zayıf ölü bir kadın görebildi yalnız. Yüreğe berrak, neşeli ümit gücünü veren o tatlı gönül akışı harekete geçmedi bu kez Kopyonkin'in içinde.

Şaşkın ve üzgündü, gece göğüyle ve yıllanmış yorgunlukla sarmalanıyordu. Rüyasında kendisini görmüyordu, korkardı görse: Sıranın üzerinde, yabancı yüzünde bir çilekeşin derin kırışıkları, yaşlı, tükenmiş bir insan yatmaktaydı, ömrünce kendi kendisine hiçbir hayrı dokunmamış bir insan. Bilincin aydınlığından rüyaya geçiş diye bir şey yoktur, rüyada da aynı hayat sürer, çıplak kalır ama yüzü. İkinci kez çok eskiden ölen annesini gördü Kopyonkin rüyasında. İlk defa evlenmeden önce girmişti rüyasına: Çamurlu tarla yolundan gidiyordu annesi, sırtı o denli zayıftı ki lahana çorbası ve çocuk kokan, yağdan parlamış bluzunun altından kaburga ve omurga kemikleri fırlıyordu; eğilmiş, oğluna tek sitem etmeden gidiyordu anne. Kopyonkin, gittiği yerde hiçbir şeyi olmadığını biliyordu annesinin ve ona bir alaçık yapmak için yarın çevresini koşar adım dolanmıştı. Ormanın aşağılarında bir yerlerde sebzeciler, bostancılar yaşardı sıcak mevsimde, Kopyonkin anasının alaçığını tam da oraya kondurmayı düşünmüştü ki kendisine ormanda başka bir baba ve başka bir oğul bulabilsin kadın.

Bugün ise annesi her zamanki gamlı yüzüyle girmişti Kopyonkin'in rüyasına. Kırışık gözyaşı pınarlarını, tamamı kirlenmesin diye mendilinin ucuyla siliyor ve büyümüş oğlunun karşısında küçük, kuruyup iğneye dönmüş haliyle konuşuyordu:

"Yine bir şıllık bulmuşsun kendine, Styopuşka. Yine yalnız bırakmışsın ananı, elin insafına bırakmışsın. Tanrı seninle olsun."

Bağışlıyordu Kopyonkin'i kadın çünkü kanından doğurduğu, kendisinden el çekmiş hayırsız oğlunun üzerinde annelik gücünü yitirmişti.

Kopyonkin annesini ve Rosa'yı aynı şekilde seviyordu çünkü onun için aynı ilk varlık idiler, tıpkı geçmiş ile geleceğin kendi biricik hayatının içinde barınabilmesi gibi. Bunun nasıl olduğunu anlamıyor ama Rosa'nın, çocukluğu ve annesinin devamı olduğunu hissediyordu, yoksa ihtiyar kadına bir hakaret filan değil.

Ve annesi Rosa'yı kötülüyor diye Kopyonkin'in yüreği sıkıştı.

"Anne, o da senin gibi öldü," dedi Kopyonkin âciz analık öfkesine acıyarak.

İhtiyar kadın mendilini çekti – ağladığı filan yoktu.

"Yoo, oğlum, sen bakma onların dediklerine!" diyerek dedikodu etmeye koyuldu anne. "Sana öyle de böyle de der onlar, cümlesi aynıdır, evlendikten sonra bir de bakarsın ki yanına yatılacak gibi değil: Bir deri bir kemik, boynunun üzerinde de bir karış surat. İşte geliyor yavuklun, şunun salınışına bak: Küçücük çocuğun aklını çeldi rezil şey!.."

Sokaktan Rosa geliyordu: ufak, canlı, gerçek, kara gözleri köy sovyetinde asılı duran resimdeki gibi üzgün. Kopyonkin annesini unuttu ve Rosa'yı daha iyi seyredebilmek için camı kırdı. Pencerenin ardında yazlık köy sokağı vardı, boş ve sıkıcı – kuraklık ve sıcak zamanı tüm köyler öyledir. Rosa yoktu ama. Ara sokaktan bir tavuk fırladı uçarak, tozlu kanatlarını ayırıp bir tekerlek izi boyunca koştu. Sonra insanlar çıktı arkalarına bakına bakına ve nihayet başka birileri boyanmamış ucuz bir tabut çıkardılar, akrabalık nedir bilmemiş kişilerin kamu parasıyla gömüldükleri tabutlardan.

Tabutun içinde Rosa yatıyordu, talihsiz loğusalarda görülen sarı lekelerle kaplıydı yüzü. Saçının siyahlığında kadınsı olmayan bir aklık yıllanmaktaydı, yorgun düşüp tüm canlılardan el çekmiş gibi alnının altına göçmüştü gözleri de. Kimseye ihtiyacı yoktu, kendisini taşıyan erkekler için de alımsızdı. Taşıyıcılar yalnızca toplumsal vazifelerini yerine getirmek adına çabalıyorlardı, her hanenin uyduğu sıraya sadık.

Kopyonkin dikkatle bakıyor ve inanmıyordu: Onun tanıdığı değildi tabutun içinde bu yatan – onun gözü görürdü ve kirpikleri vardı. Rosa'yı ne kadar yakına getirirlerse, civar köyler ve yokluk dışında hiçbir şey görmemiş kadim yüzü bir o kadar kararıyordu.

"Anamı gömüyorsunuz!" diye bağırdı Kopyonkin.

"Hayır, bu kocasız bir karı!" diyerek hiç üzüntüsüz konuştu bir köylü ve omzundaki örtüyü düzeltti. "Görüyorsun ya, başka köy yokmuş gibi tutmuş tam da bizim köyde ölüvermiş: Ne fark edecektiyse kendisi için..."

Köylü, emeğinin hesabını tutuyordu. Kopyonkin bunu hemen anladı ve bağımlı insanları teselli etti:

"Toprağını serper serpmez bana gelin, bir şeyler ısmarlarım size."

"Olur," diye yanıtladı aynı köylü. "Kuru kuruya gömmek günahtır. Artık o tanrı kuludur ama yine de kaldırılacak gibi değil, insanın omzunu kesiyor."

Kopyonkin sıranın üzerinde yatıyor ve köylülerin mezarlıktan dönmelerini bekliyordu. Bir yerlerden soğuk vuruyordu. Kırık camı kapamak için ayağa kalktı, oysa tüm pencereler sağlamdı. Sabah rüzgârıydı esen, avluda ise suyu verilmemiş atı Proleter Gücü kişnemekteydi çoktandır. Kopyonkin üzerindeki kıyafete çekidüzen verdi, hıçkırdı ve açık havaya çıktı. Komşuların kuyu çıkrığı su almak için eğiliyordu, çitin ardında genç bir hatun daha iyi sağabilmek için ineğini okşuyor ve göğüsten gelen sesiyle tatlı tatlı konuşuyordu:

"Maşka, Maşenka, kabartma öyle tüylerini, burun bükme öyle, sevap dediğin yapışır kalır, günah dediğin dökülür gider..."

İhtiyacını gören yalınayak bir adam soldaki eşikten görünmez oğluna bağırıyordu:

"Vaska, kısrağı suya götür!"

"Kendin iç, içti o!"

"Vaska, git darı döv, yoksa havanı kafanda paralarım."

"Dün dövdüm daha: Hep ben hep ben – kendin döv!"

Serçeler ev kuşları gibi avlularda koşuşuyordu; kırlangıçlar ne kadar güzel olsalar da, güzün muhteşem ülkelere gider, oysa serçeler burada kalır, soğuğu ve insan yoksulluğunu paylaşmak için. Acı tohum gagalayan gerçek proleter kuşudur onlar. Tüm hassas varlıklar uzun süren bezdirici sıkıntılardan ötürü ölebilir yeryüzünde, oysa köylü ve serçe gibi hayat dolu varlıklar kalır ve sıcak güne kadar dayanırlar.

Gülümsedi Kopyonkin, küçücük beyhude hayatında dev bir vaat bulabilmiş serçeye. Bu serin sabah vakti bir ufak tohumla değil, insanların bilmediği bir hayalle ısındığı aşikârdı. Kopyonkin de ekmek ve refahla değil, şuursuz ümitle yaşıyordu.

"Böylesi daha iyi," dedi çalışan serçeden bakışını ayırmaksızın.

"Bak hele: Küçük ama nasıl da didikliyor... İnsan şu serçe kadar olabilse, cümle âlem çoktan çiçeklenmişti..."

Dünkü çiçekbozuğu suratlı köylü geldi sabah sabah. Kopyonkin onu lafa tuttu, sonra evine kahvaltıya gitti ve masa başında otururlarken birden soruverdi:

"Peki ya sizin burada Plotnikov diye bir köylü var mı?"

Çiçekbozuğu suratlı, sorunun iç yüzünü anlamaya çalışırcasına düşünceli bakışını dikti Kopyonkin'in üzerine:

"Benim Plotnikov. Niye sordun ki? Bizim köyde zaten topu topu üç soyadı yürürlüktedir: Plotnikovlar, Ganuşkinler ve Tselnovlar. Sen hangi Plotnikov'u istedin?"

Kopyonkin nasıl tarif edeceğini buldu:

"Al donlu aygırı olanı – eli uz, boylu boslu, at üstünde kırıtanı... Bilir misin?"

"Ha Vanka o, ben Fyodor! O beni ilgilendirmez. Üç gün evvel aygırı sakatlanmış... Pek mi lazımdı sana? Şimdi gider çağırıveririm..."

Çiçekbozuğu Fyodor gitti: Kopyonkin silahını çıkarıp masanın üzerine koydu. Fyodor'un hasta hatunu nutku tutulmuşçasına Kopyonkin'e bakıyordu, korkudan hıçkırığı sıklaşmıştı.

"Kim o kulağını çınlatıp duran?" diye sordu Kopyonkin merhametle.

Hatun, konuğunun yüreğini yumuşatmak için ağzını çarpıtıp gülümsedi ama iki lafı bir araya getiremedi.

Fyodor çabuk döndü, yanında Plotnikov ile. Plotnikov sabahleyin eşikten Vaska'ya bağıran o yalınayak köylü çıktı. Şimdi keçe çizmeler vardı ayağında, ellerinde ise düğününden önce aldığı pejmürde şapkasını buruşturuyordu nazik nazik. Hiçbir şeyiyle sivrilmeyen bir görünüme sahipti: Benzerleri arasından seçmek için önce birlikte yaşamak gerekirdi onunla. Yalnızca göz rengi nadirdi – kestane: hırsızlığın ve mahrem niyetlerin rengi. Kopyonkin somurtmuş, eşkıyayı inceliyordu. Plotnikov ürkmemiş ya da kasten korkusuz bir tavır takınmıştı:

"Ne bakıyorsun? Kendi adamlarını mı arıyorsun?"

Kopyonkin derhal sözünü kesti:

"Konuş, halkı kışkırtacak mısın? Halkı Sovyet iktidarına karşı ayaklandıracak mısın? Açıkça söyle – evet mi, hayır mı?"

Plotnikov Kopyonkin'in karakterini anladı, itaatini ve yasadışı eylemlerinden ötürü duyduğu gönüllü pişmanlığı daha açık ifade edebilmek için eğik suratını astı mahsus.

"Yo, bir daha hiç yapmayacağım – aynen söylüyorum."

Kopyonkin sert görünmek için biraz sustu.

"İyi, beni aklından çıkarma. Mahkeme değil tenkil olurum sana: Bir şey duyacak olursam seni anında sökerim kökünden, ananın anasına varana kadar kazarım toprağını, oracıkta gebertirim... Yürü şimdi evine ve âlemde var bil beni..."

Plotnikov gidince çiçekbozuğu suratlı şaşkınlıktan kalakaldı ve saygıyla hıçkırmaya koyuldu.

"İşte, işte adalet buna denir! Demek senmişsin iktidar!"

Kopyonkin çiçekbozuğu Fyodor'u böyle içtenlikle iktidar istediği için sevmişti bile: Hem Dvanov da, Sovyet iktidarının tabiattan gelme çok sayıda alımsız insandan ibaret olduğunu söylerdi.

"Ne iktidarı?" dedi Kopyonkin. "Biz tabiatın gücüyüz."

ŞEHİR EVLERİ fazlasıyla büyük göründü Dvanov'a: Dam ve bozkır görgüsüne sahipti kendisi ne de olsa.
Şehrin üzerinde yaz parlamaktaydı, üremesini bilen kuşlar binaların arasında, telefon direklerinin üzerinde şarkı söylüyordu. Dvanov şehri, salt disiplin içinde devrime hizmet edenlerin bulunduğu, bu katı görev için işçi, memur ve Kızıl Orduluların günbegün yaşayıp çile çektiği, geceleri ise yalnızca bekçilerin var olduğu, onların da endişeli gece vatandaşlarından kimlik sorduğu gri bir kale olarak bırakmıştı. Şimdi ise insansız bir kutsal mekân değil, yaz ışığıyla aydınlanan bayramlık bir yerleşim yeri olarak görüyordu onu.

Önce şehirde beyazlar var sandı. Garda, gri francalaların kuyruksuz ve kartsız satıldığı bir büfe bulunuyordu. Garın yanındaki Vilayet Gıda Komitesi'ne ait bir deponun üzerinde kalitesiz boyadan harfleri akmış nemli bir tabela asılıydı. "Tüm vatandaşlara her şey satılır. Savaş öncesi ekmeği, savaş öncesi balığı, taze et, kendi yapımımız tuzlamalar."

Tabelanın altına ufak harflerle firmanın adı iliştirilmişti:

"ARDULYANTS, ROMM, KOLESNİKOV AŞ"

Dvanov bunun mahsus yapıldığına karar verdi ve dükkâna girdi. İçeride, yalnızca ilk gençliğinde gördüğü ve çoktan unuttuğu normal ticaret tertibatıyla karşılaştı: Camlı tezgâhlar, duvar rafları, kantar yerine hassas terazi, gıda deposu acenteleri ve veznedarlar yerine nazik tezgâhtarlar, canlı müşteri kalabalığı ve bolluk kokan yiyecek stoğu.

"Burası senin bildiğin Vilayet Dağıtım Şubesi'ne benzemez," dedi süregiden ticareti izleyen biri anlayışla. Dvanov başını çevirip nefretle baktı ona. Adam bu bakıştan tedirgin olmadı, aksine ağırbaşlılıkla gülümsedi, "Ne bakıyorsun, yasal bir gerçeğe sevinmekteyim ben!" dercesine.

Müşteriler dışında koca bir de insan kalabalığı dikilmekteydi: Bu sevinçli olayla canıgönülden ilgilenen izleyicilerdi bunlar. Müşteriden çoktu sayıları, ticarete dolaylı olarak katılıyorlardı. Kimisi ekmeğe yanaşıyor, bir parça yuvarlayıp ağzına atıyordu. Tezgâhtar sesini çıkarmadan sıradakini bekliyordu. Ticaretsever ekmek parçasını uzun uzun çiğniyordu, diliyle çeşit çeşit ayar vererek lokmasına, derin düşüncelere dalarak; sonra tezgâhtara notunu bildiriyordu:

"Bir acılık var! Azıcık bir şey, anlarsın ya! Hamur mayası mı koyuyorsunuz?"

"Bira mayası," diyordu tezgâhtar.

"Hah! İşte, onun tadı duyuluyor. Ama yine de azık ekmeği gibi öğütülmemiş, maharetliymiş pişiren de: Fazla söze ne hacet!"

Sonra adam etin başına gidiyor, şefkatle yokluyor, uzun uzun kokluyordu onu.

"Ne o, keseyim mi biraz?" diye soruyordu satıcı.

"At eti midir diye bakıyorum," diyerek inceliyordu adam. "Yo hayır, damarı az, köpük de görünmüyor. Yoksa, bilirsin ya, at etinden su değil köpük çıkar: Midem almıyor onu, hastalık sahibiyim ben..."

Satıcı hakareti adamın yanına bırakıp cesurca ete götürüyordu elini:

"Haniymiş at eti?! Beyaz Çerkassk etidir bu – sırf fileto! Duymuyor musun nasıl tatlı tatlı kokuyor? Dişlerinin arasında dağılacak. Süzme yoğurt gibi çiğ çiğ yiyebilirsin."

Tatmin olan adam seyirci kalabalığına karışıyor ve keşiflerini ayrıntılarıyla rapor ediyordu.

Seyirciler vazifelerinin başından ayrılmadan ticaretin tüm fonksiyonlarını tahlil ediyorlardı ilgiyle. İçlerinden ikisi dayanamayıp tezgâhtarlara yardıma girişmişti: Tezgâhların üzerindeki tozu üflüyor, daha bir doğru tartsın diye teraziyi kuştüyüyle süpürüyor ve taşlarını düzenliyorlardı. Gönüllülerden biri malların adlarını yazmak için kâğıt kesti, sonra kâğıtları telden ayaklara taktı, ayakları ise gerekli mallara sapladı; her bir malın üzerinde müşterinin nesneleri hemencecik tanımasını sağlayacak küçük bir tabela duruyordu artık. Gönüllü, darı sandığının içine "darı" yazısını saplamıştı, sığır etine "inekten kanlı canlı et" vs. Mallar böylece daha net izah edilmişti.

Arkadaşları bu özenini hayranlıkla izliyordu. Bunlar devlet dairelerine çekidüzen vereceklerin atalarıydı, zamanlarının önüne geçmişlerdi. Müşteriler giriyor, okuyor ve üstü yazılı mala daha bir gönülden inanıyorlardı.

İhtiyar bir kadın dükkâna girdi ve uzun süre içeriyi süzdü. Açlıkla perçinlenen yaşlılıktan ötürü kafası titriyordu, direnç merkezleri zayıflamıştı, burnundan ve gözlerinden istemsiz nem sızıyordu. İhtiyar kadın tezgâhtara yanaştı ve yırtık yerleri sert iple dikilmiş kartını uzattı.

"Gerekmez, nene, zaten vereceğiz," diye beyan etti tezgâhtar. "Çocukların ölürken neyle beslendin?"

"Erdik mi yani muradımıza?" dedi duyguları kıpırdanan ihtiyar.

"Erdik: Lenin aldı, Lenin veriyor."

İhtiyar kadın, "O ya, babacığım," diye fısıldayıp hüngür hüngür öyle bir ağladı ki gören de ihtiyarın bu iyi günleri kırk yıl daha yaşayacağını sanırdı.

Tezgâhtar, askeri komünizmin günahlarını affettirmek için bir dilim iyi pişmiş ekmek verdi ona, dönüş yolunda yesin diye.

Dvanov bütün bunların gerçekten de olup bittiğini, devrimin yüz ifadesinin değiştiğini anladı. Evine kadar başka dükkân çıkmadı karşısına ama çörek ve puf böreği adım başı satılıyordu. İnsanlar satın alıyor, yiyor ve yiyeceklerden söz ediyorlardı. Şehir bolluk içinde ziyafet çekiyordu. Artık tüm insanlar tahılın güçlükle büyüdüğünü, bitkinin insan gibi karmaşık ve hassas bir hayatı olduğunu, güneş parladıkça toprağın zahmetli emek teriyle ıslandığını biliyorlardı; insanlar artık gökyüzüne bakıp bakıp çiftçilere acımaya alışmışlardı, havalar gerektiği gibi gitsin, kar bir çırpıda erisin, su tarlalarda donup buzdan kabuk bağlamasın istiyorlardı: Kışlıklara zarar verirdi bu. İnsanlar önceden bilmedikleri birçok şeyi öğrenmişlerdi; meslekleri genişlemiş, yaşam duyguları toplumsallaşmıştı. Bu nedenle de şimdi puf böreklerinin tadını çıkarıyor, bu puf böreklerinin vasıtasıyla yalnızca tokluklarını değil, isimsiz emeğe olan saygılarını da çoğaltıyor, çifte keyif yaşıyorlardı. Bundandı insanların beslenirken avuçlarını ağızlarının altında açık tutmaları, avuçta biriken kırıntılar da yeniyordu sonra.

Bulvarlardan, yeni hayatlarını seyrede seyrede kalabalıklar geçiyordu. Çokları daha dün et yemişlerdi ve alışkın olmadıkları bir kuvvet duyuyorlardı. Günlerden pazardı, boğucu bir gün: Yaz göğünün sıcaklığını ancak uzak tarlalardan ağır ağır esip gelen rüzgâr dağıtıyordu biraz.

Bazen binaların yanında dilenciler oturuyor, bilinçli olarak Sovyet iktidarına sövüyorlardı – oysa gelip geçenler sadaka veriyordu onlara, hayatın kolaylaştığına işaret ettikleri için: Son dört yıldır dilenciler ve güvercinler kaybolmuştu şehirden.

Dvanov insan kitlesinden ürke ürke küçük şehir bahçesinden geçmekteydi, bozkırın havadar özgürlüğüne alışmıştı çünkü. Yanı sıra Sonya'ya benzer bir kız yürüdü bir süre – yüzü nahif, sevimliydi, kapıldığı izlenimlerden hafifçe göz süzüyordu. Fakat bu kızın gözleri Sonya'nınkilerden daha koyuydu, hem çözülmemiş bir derdi varmışçasına yavaştı bu gözler, yarı aralık bakıyor, hüznünü gizliyordu. "Sosyalizmde Sonya, Sofya Aleksandrovna olacak," diye düşündü Dvanov. "Zaman geçecek."

Zahar Pavloviç sofada oturmuş, kundura boyasıyla Aleksandr'ın yırtık pırtık çocukluk potinlerini temizlemekteydi, anısı daha uzun süre yaşasın diye. Saşa'ya sarılıp ağladı, evlatlığına duyduğu sevgi devamlı artıyordu. Ve Dvanov Zahar Pavloviç'in bedenini kavramış dururken, komünizm geldiğinde babalarımızı ve annelerimizi ne yapacağız, diye düşündü.

Akşamleyin Dvanov Şumilin'in evine gitti; yanı sıra birçok kişi sevgililerine doğru yürümekteydi. İnsanlar daha iyi beslenmeye başlamış ve içlerindeki ruhu hissetmişlerdi. Yıldızlar ise herkesi cezbetmiyordu – şehir sakinleri büyük düşüncelerden ve uçsuz bucaksız mekânlardan bıkmışlardı: Görmüşlerdi ki, yıldızlar bir avuç azık darısına dönüşebilirdi, idealleri ise tifo biti korurdu.

Şumilin öğle yemeğini yiyordu, Dvanov'u da oturttu sofraya.

Çalar saat çalışmaktaydı yemek masasının üzerinde; Şumilin içten içe imreniyordu ona: Saatler her daim çalışırdı, kendisi ise hayatını uyku için yarıda bırakıyordu. Dvanov ise imrenmiyordu zamana – yedekte bol bol ömrünün bulunduğunu hissediyor, saate nasılsa yetişebileceğini biliyordu.

"Sindirime vakit yok," dedi Şumilin. "Parti toplantısına gitmeli artık... Sen gelecek misin, yoksa herkesten akıllı mı kesildin?"

Dvanov susarak geçiştirdi. Bölge Komitesi'ne giderken yolda Dvanov vilayette yaptıklarını elinden geldiğince anlattı ama Şumilin'in hemen hiç ilgilenmediğini görüyordu.

"Duydum, duydum," dedi Şumilin. "Seni yalnızca nedir nasıldır şöyle bir bakmaya göndermişlerdi, cins herif. Evraklara bakıyorum da, bir zıkkım anlaşılmıyor, gözün neredeydi bilmem. Gitmiş ortalığı dağıtmışsın. Köylüleri Bittermanovski ormanını kesmeye fitillemişsin, kancıkoğlu! Bulmuşsun bir sünepe takımı çıkmışsın aylaklığa..."

Dvanov gücenip utanmaktan kıpkırmızı kesildi.

"Onlar sünepe değil, yoldaş Şumilin... Üç devrim daha yapar onlar gıkları çıkmadan, şayet gerekirse..."

Şumilin konuşmaya tenezzül etmedi; demek ki kendi kâğıtları insanlardan güvenilirdi. Ve böylece birbirlerinden utanarak, konuşmadan yürüdüler.

Parti toplantısının yapılması gereken şehir sovyetinin salon kapısı içeri vantilatör gibi hava dolduruyordu. Tesviyeci Gopner avucunu havaya tutmuş, yoldaş Fufayev'e burada iki atmosfer basıncı olduğunu söylüyordu.

"Bütün partiyi bu salona toplasak," diye fikir yürütüyordu Gopner, "sırf partinin nefesiyle elektrik istasyonu kurulabilir, şuracıkta çarpılayım ki!"

Fufayev bezgin bezgin elektrik ışığını inceliyor ve gecikmeden ötürü bunalıyordu. Ufak tefek Gopner aklına gelen başka birtakım teknik hesapları anlatıyordu Fufayev'e. Belli ki Gopner'in evde konuşabileceği kimsesi yoktu ve kalabalığa seviniyordu.

"Kara kara düşünerek dolanıyorsun," dedi Fufayev kesin ve sakin bir sesle, ardından kemikten bir tümseğe benzer göğsüne nefes doldurdu: Ondan ya, bütün gömlekleri çoktan yırtılmıştı, yamalıydı hepsi de. "Oysaki hepimizin konuşmadan bol bol çalışmasının zamanı gelmiştir."

Gopner, Fufayev'e ne diye iki Kızıl Bayrak nişanı verildiğine şaşıyordu. Fufayev'in kendisi, geçmişe geleceği yeğ tuttuğu için asla söz etmemişti bu nişanlardan ona. Geçmişi ilelebet yok olmuş yararsız bir olgu gibi görüyor, nişanlarını göğsünde değil, evindeki sandıkta saklıyordu. Fufayev'in geveze karısından öğrenmişti Gopner nişanların varlığını; kocasını kendisi doğurmuş gibi hayatını ezbere biliyordu kadın.

Bilmediği ufak bir şey vardı yalnız: azık ve nişanların ne için verildiği. Kocası şöyle demişti ona: "Hizmetlerimiz için, Polya – olması gereken de bu." Karısı, hizmeti devlet binalarında yazmanlık olarak tasavvur edip avunmuştu.

Fufayev'in kendisi uzaktan bakıldığında pek sert yüzlü bir adamdı, yakından ise barışçıl, hülyalı gözlere sahipti. Büyük kafası, kafatasının içinde sıkılan suskun aklının bakir gücüne işaret ediyordu. Salt dağılmış karargâhların listelerinde kalan unutulmuş savaş kahramanlıkları bir yana, Fufayev tarımı ve genel olarak sakin üretken emeği severdi. Şimdilerde Vilayet Malzeme Değerlendirme Bölümü'nün başındaydı ve görevi gereği devamlı bir şeyler icat etmesi gerekiyordu; işine de gelmişti bu durum: En son, atsız fukaralara arazi gübrelemeleri için karneyle gübre dağıtacak bir şebeke kurmuştu vilayette. Kazandığı başarılarla yetinmiyor ve sabah sabah sokaklara bakınarak at arabasıyla şehri dolaşıyor, arka avlulara uğruyor ve devletin değerlendirebileceği bir hırtı pırtı daha keşfedebilmek için yoluna çıkan dilencileri sorguya çekiyordu. Gopner ile de engin değerlendirme sahasında karşılaşmıştı.

Fufayev herkese eşit ciddiyetle şunu soruyordu:

"Yoldaş, devletimiz o kadar zengin değil, değerlendirebileceğimiz, işe yaramaz bir şeyin var mıdır?"

"Ne gibi mesela?" diye soruyordu herhangi bir yoldaş.

Fufayev zorlanmıyordu:

"Kemirilmiş, çiğ bir şey ya da şöyle lif filan, yahut başka bir... göze batmaz malzeme..."

"Ateşin çıkmış olacak, Fufayev!" diyordu şaşıp kalan yoldaş. "Ne lifinden söz ediyorsun sen? Ben kendim hamamda kuru dalla yıkanıyorum..."

Yine de arada bir Fufayev'e işe yarar tavsiyeler verildiği oluyordu, sözgelimi devrim öncesi arşivlerinin çocuk yurtlarını ısıtmak amacıyla değerlendirilmesi, kuytu sokaklardaki muzır otların sistematik olarak biçilmesi suretiyle hazır yem sağlanması ve geniş çaplı keçi sütü üretimine geçilmesi – iç savaş gazilerine ve yoksullara ucuz süt sağlamak için.

Geceleri Fufayev rüyasında isimsiz hurdalardan oluşan soyut kütleler şeklinde çeşit çeşit değerlendirme malzemesi görüyordu. Görev bilincinden dehşete kapılmış vaziyette uyanıyordu, zira namuslu bir insandı o. Bir defasında Gopner ona gücünün üzerinde kaygılanmamasını tembihlemişti, en iyisi eski dünya sakinleri için yazılı emir çıkartmaktı, devrimin gereksinim duyması ihtimaline karşı hırtı pırtılarının başından ayrılmadan beklesinlerdi; oysaki gerekmeyecekti bunlar hiç – yeni dünya, hiçbir zaman atılacak duruma düşmeyecek ebedi malzemeden inşa edilecekti zira.

Bunun üzerine Fufayev biraz olsun yatışmıştı, kütleli rüyalar nadiren eziyet veriyordu ona artık.

Şumilin, Fufayev'i de, Gopner'i de tanıyordu, Dvanov ise yalnızca Gopner'i.

"Merhaba, Fyodor Fyodoroviç," dedi Dvanov Gopner'e. "Nasıl gidiyor hayat?"

"Muntazam," diye yanıtladı Gopner. "Yalnız ekmek serbest satışa çıktı, lanet olasıca!"

Şumilin Fufayev ile konuşuyordu. Vilayet Komitesi onu ağır yaralı Kızıl Ordululara yardım sağlayacak komisyonun başkanlığına getirmeye niyetliydi. Cepheden beridir tenha görevlere alışan Fufayev kabul etmişti. Zaten birçok komutan da sosyal yardım kurumlarında, sendikalarda, sigorta sandığında ve devrimin kaderinde ağırlığı bulunmayan diğer kurumlarda çalışıyordu; devrimin kuyruğunda sürüklendikleri sitemi yöneltildiğinde, devrimin omzuna biniyordu o zaman bu kurumlar. Askerlikten gelme insanlar nedense her tür göreve saygıyla yaklaşıyor ve demirden disiplin adına, her ne kadar geçmişte tümen komuta etmiş olsalar da, kızıl köşeyi* yönetmeye bile razı oluyorlardı.

Gopner'in hoşnutsuz sesini işiten Şumilin, ona döndü:

"Ne o, azığın fazla mı geliyor? Serbest ticaretten hoşlanmıyor musun?"

"Hiç de hoşlanmıyorum," diye anında ve ciddiyetle bildirdi Gopner. "Yiyecek devrimle yan yana gelir mi sanıyorsun? Asla gelmez – şuracıkta çarpılayım ki!"

"Aç adam nasıl özgür olacak?" dedi Şumilin hor gören bir gülümsemeyle.

Gopner coşkulu ses tonunu yükseltti:

"Ben de sana diyorum ki biz hepimiz ancak ortak derdimiz varsa yoldaşız. Ekmek olursa, mülk olursa, insan minsan çıkmaz ortaya! Milletin karnında ekmek ekşirken, özgürlük mü kalır, yüreğin ağzında izlersin anca onu! Düşünce, hafifliği ve acıyı sever... Ezelden beri görülmüş şey midir yağlı insanların özgür yaşadığı?"

"Sen tarih mi okudun da?" dedi Şumilin şüpheyle.

"Tahmin ediyorum!" dedi Gopner göz kırparak.

"Neymiş tahminin acaba?"

"Ekmek ve bütün diğer maddeyi biriktirmektense birbirimiz için telef etmemiz gerektiği. İnsan için en iyisini yapamıyorsan, ekmeğini bari verecekmişsin. Oysa biz en iyisini vermek istemiştik..."

Zil toplantı başlangıcını haber verdi salondakilere.

"Gidip ufaktan düşünüp taşınalım," dedi Gopner Dvanov'a. "Ne de olsa sen ve ben artık nesne değil lanet olasıca özneleriz: Konuşuyorum ama kendi değerimi anlayamıyorum!"

Gündemde tek bir sorun vardı: yeni ekonomi politikası. Gopner derhal kafa yormaya koyuldu; politika ve ekonomiyi sevmiyor, hesabın makinede kolay yapıldığını, hayatta ise sırf değişkenlerin ve tekil şahısların yaşadığını düşünüyordu.

Eski demiryolu teknisyeni, yeni Vilayet Komitesi sekreteri toplantılara pek inanmıyor, formalite olarak görüyordu onları, zira işçi adam nasılsa konuşma hızında düşünmeye yetişemezdi: Proleterin düşüncesi duygusunda işlerdi, kelinin altında değil. Bu nedenle sekreter genellikle konuşmacıları sınırlıyordu:

* Sovyetler'de bir örgüt yahut kurum binasının, propaganda amacıyla çeşitli stant ya da duvar gazeteleriyle donatılmış köşesi. *–ç.n.*

"Toparla, toparla yoldaş, sen gevezelik edebil diye gıda kolları ekmek kazanmaya çalışıyor – unutma bunu!"

Bazen de şöyle basit sözlerle yöneliyordu katılımcılara:

"Yoldaşlar, bir şey anlayan var mı? Ben hiçbir şey anlamadım. Bu kapıdan çıktığımızda," diyerek kızgın kızgın heceliyordu sekreter, "ne yapacağımızı bilmemizdir bizim için önemli olan. Bu herif ise bir objektif koşullardır tutturmuş sızlanıp duruyor karşımızda. Ben de diyorum ki, devrim varsa objektif koşul filan olmaz..."

"Doğru!" diyerek bastırıyordu onu katılımcılar. Yanlış bile olsaydı, bir sürü insan çıkar, yine de bildikleri gibi yapardı.

Vilayet Komitesi sekreteri kederli bir yüzle oturmaktaydı; yaşını almış bir adamdı ve gizliden gizliye kulübeden dönme bir okuma salonunu yönetmeye gönderilmek istiyordu, orada sosyalizmi el yordamıyla inşa edip herkes için görünür bir şekle sokmak. Bilgiler, raporlar, bildiri ve genelgeler sekreterin sağlığını bozmaya başlamıştı; onları eve götürüp geri getirmiyor, dosya yöneticisine ise sonradan şöyle diyordu:

"Yoldaş Molelnikov, oğlum yakmış ben uyurken ocağın üzerinde. Uyandım, bir baktım, ocakta kül. Gel kopyaları göndermemeyi deneyelim bir de – bakalım karşıdevrim olacak mı olmayacak mı?"

"Tamam," diyerek kabul ediyordu Molelnikov. "Kâğıtla hiçbir şey yapamazsın, orası kesin – bir tek kavramlar yazılıdır onda; vilayeti kavramlarla elinde tutmak ise kısrağı kuyruğundan tutmaya benzer."

Molelnikov köylülerdendi ve Vilayet Komitesi'ndeki işlerinden o kadar sıkılıyordu ki avluda kendisine bostan kurmuş, iş saatlerinde dışarı çıkıp evleklerle ilgileniyordu.

Vilayet Komitesi başkanı kısmen hoşnuttu bugün: Yeni ekonomi politikasını kendi akışına, proletaryanın arzusuna bırakılmış devrim olarak canlandırıyordu gözünde. Oysa eskiden devrim mekanizma ve kurumların çekme gücü sayesinde yürürdü, devlet mekanizması sahiden de sosyalizmi inşa edecek makineymiş gibi. Sekreter konuşmasına da bununla başladı.

Dvanov, Gopner ile Fufayev'in arasında oturuyordu; önlerinde ise yabancı bir adam dışa kapalı zihninde bir şeyler düşünerek ve sözcüklerden kendisini alamayarak hiç aralıksız mırıldanmaktaydı. Düşünmeyi devrimde öğrenen her zaman yüksek sesle konuşurdu ve kimse ondan şikâyetçi olmazdı.

Partililer birbirlerine benzemiyorlardı: Her bir yüzde kendi yapımı bir şey vardı, sanki her insan bir yerlerden kendi kimsesiz gücüyle kazanmıştı kendisini. Binler arasından seçilebilir böyle bir yüz: belirgin, süreğen gerginliğinden ötürü kederli ve hafiften güvensiz. Zamanında beyazlar hiç yanılgısız sezerlerdi böyle özel, kendi yapımı insanları ve normal çocukların sakatları ve hayvanları döverkenki o hastalıklı kudurganlığıyla yok ederlerdi: korku ve şehvani bir zevkle.

Nefes gazı tavanın altında bir tür bulanık, mahalli gök oluşturmuştu bile. Mat elektrik ışığı gücünden hafifçe titreyerek yanmaktaydı – galiba elektrik istasyonunun dinamosunda tek parça transmisyon kayışı yoktu ve eski, yıpranmış kayışın ipi kasnağa değiyor, dinamonun gerilimini değiştiriyordu. Salondakilerin yarısı için anlaşılır bir durumdu bu. Devrim ilerledikçe yorgun makine ve mamuller daha şiddetli bir direnç gösteriyorlardı ona; vadeleri çoktan dolmuştu ve ancak tesviyecilerle tamircilerin kamçılayan ustalığı sayesinde dayanıyorlardı.

Dvanov'un tanımadığı o partili, başı eğik, konuşmacıyı dinlemeksizin alenen mırıldanmaktaydı önlerinde.

Gopner soyut uzaklara dalmıştı, çifte akıntıya kaptırmıştı kendisini: konuşmacının sözleri ve kendi aceleci bilinci. Bir insanı yakından tahayyül edemediği ve kısacık da olsa onun hayatını yaşayamadığı zaman acıtan bir rahatsızlık duyardı içinde Dvanov. Endişe içinde Gopner'e dikti bakışlarını: kırk yıllık çalışma hayatının neredeyse bütünüyle yiyip bitirdiği, yaşını başını almış, kirişleri çıkık bu adama. Burnu, elmacıkkemikleri ve kulakmemelerinin derisi öylesine gergindi ki ona bakan kişiyi sinirden kaşıntı tutabilirdi. Gopner hamamda soyunduğunda bir erkek çocuğuna benziyor olmalıydı, oysaki gerçekte pek az kişinin olabileceği denli dayanıklı, güçlü ve sabırlıydı. Uzun süren iş açgözlülükle yemişti ve yiyordu Gopner'in bedenini, mezarda da uzun süre sağlam duracak şeyleri kalmıştı geriye: kemik ve kıl. Emek ütüsüyle kurutulmuş, her tür hırstan arınmış hayatı dikkatli bilincinin içine sıkışmıştı Gopner'in, bu bilinç gözlerini çıplak zihnin olgun tutkusuyla aydınlatıyordu.

Dvanov onunla daha önceki karşılaşmalarını anımsadı. Bir zamanlar şehrin yanından geçen Polnıy Aydar nehrine savak kurma konusunda çok sohbetler etmiş, Gopner'in kesesinden *mahorka* içmişlerdi; toplumun iyiliğini düşündüklerinden çok, insanlar için faydasız ilhamlara kapıldıklarından konuşurlardı.

Konuşmacı şimdi her bir sesinde anlam kıpırdanan küçük, sıradan sözler sarf ediyordu; bu sözlerde konuşmacının insana duyduğu görünmez saygı ve sağduyusuna değgin korku vardı, bu yüzden dinleyici, onu da akıllı zannediyordu.

Dvanov'a komşu bir partili kayıtsızca bildirdi salondakilere: "Paçavramız kalmadı, dulavratotu depoluyoruz!.."

Elektrik kesildi, ışık kızıllaştı: İstasyondaki dinamo dönmeyi sürdürüyordu demek hâlâ. Tüm insanlar yukarı baktı. Elektrik usulca söndü.

"Al sana!" dedi birisi karanlıkta.

Sessizlikte, bir arabanın kaldırımdan gürültüyle geçişi, bekçinin uzaktaki odasında bir çocuğun ağlayışı duyuldu.

Fufayev Dvanov'a, bölgelerde köylülerle mal değişiminin ne anlama geldiğini sordu – sekreter bu konuda bilgi vermekteydi. Fakat Dvanov bilmiyordu. Gopner de bilmiyordu. "Bekle," dedi beriki Fufayev'e, "istasyon kayışını dikerlerse raportör söyler şimdi."

Elektrik yandı: İstasyondakiler aksaklıkları neredeyse makineler daha çalışırken gidermeye alışmışlardı.

"Sovyet iktidarı için serbest ticaret," diye sürdürüyordu raportör, "perişanlığımızın en ayıp yerlerini bile örtecek ot gibi bir şeydir..."

"Anladın mı?" diye sordu Fufayev Gopner'e sessizce. "Burjuvaziyi de mahalli ticarete sokmalı – o da değerlendirilecek bir nesne..."

"İşte bu!" dedi meseleyi anlayan Gopner ve yüzü gizli bir zaafın etkisiyle karardı.

Konuşmacı duraksadı.

"Ne vızıldıyorsun sen orada, Gopner? Hemen onaylama bakalım, ben kendim de her şeyi anlamış değilim. İnandırmaya çalışmıyorum, danışıyorum size – en akıllınız değilim ben..."

"Sen de herkes gibisin!" dedi Gopner, sekreteri yüksek sesle ama iyi niyetle tanımlayarak. "Bizden de aptal olursan başkasını getiririz yerine, canımız çıksın ki!"

Katılımcılar hoşnut hoşnut güldüler. O zamanlar belirli bir meşhur insan kadrosu yoktu, dolayısıyla herkes kendi adını ve anlamını hissediyordu.

"Lafları ipe diz, bitir işlerini," diyerek bir kez daha tavsiyede bulundu konuşmacıya Gopner oturduğu yerden.

Tavandan çamur damlıyordu. Tavan arasındaki küçük bir çatlaktan bulanık su sızmaktaydı. Fufayev oğlunun tifodan boş yere öldüğünü, kuşatma müfrezelerinin* şehirlerin etrafını boşuna çevreleyip ekmeği dışarıda bıraktıklarını ve boşuna yağlı bitler yetiştirdiklerini düşündü.

Birdenbire Gopner yeşeriverdi, kuru kıllı dudaklarını sıktı ve sandalyesinden kalktı.

"İyi değilim, Saş!" dedi Dvanov'a ve elini ağzına tutup gitti.

Dvanov peşinden çıktı. Dışarı çıkınca Gopner durdu ve kafasını soğuk tuğla duvara dayadı.

"Devam et sen, Saş," dedi bir şeyden utanarak Gopner. "Ben şimdi hallederim."

Dvanov dikiliyordu. Sindirilmemiş siyah bir yiyecek çıkardı Gopner ama pek az.

Gopner seyrek bıyıklarını kırmızı mendiliyle sildi.

"Yıllarca aç karnına yaşadım hiçbir şey olmadı," dedi Gopner, şaşkın. "Bugün peş peşe üç pide yediydim, unutmuşum..."

Binanın eşiğine oturdular. Salonun penceresi hava girsin diye ardına değin açılmıştı ve tüm sözler duyuluyordu. Bir tek gece hiçbir şey söylemiyor, yeryüzünün boş ve karanlık yerlerinin üzerinde özenle gezdiriyordu çiçek çiçek yıldızlarını. Vilayet sovyetinin karşısında itfaiye ekibinin at ahırı vardı, yangın kulesi ise iki yıl önce yanmıştı. Nöbetçi itfaiyeci şimdi vilayet sovyetinin çatısında geziniyor, oradan gözlemliyordu şehri. Canı sıkılıyordu yerinde; şarkı söylüyor, çizmelerini demire pat pat vuruyordu. Dvanov ve Gopner sonradan itfaiyecinin sessizleştiğini duydular – herhalde salondaki konuşmalar ona da ulaşmıştı.

Vilayet Komitesi sekreteri şimdi de gıda çalışmalarına kara yazgılı yoldaşların gönderildiğinden, kızıl bayrağımızın ise sıklıkla me-

* Asıl ordunun arkasında konuşlanan birlikler. Askerlerin savaş meydanından kaçmasını engellemek, ajan ve kaçakları yakalamak, geride kalan yahut kaçan askerleri birliklerine teslim etmekle yükümlüydüler. *–ç.n.*

zar kaplamada kullanıldığından söz ediyordu.

İtfaiyeci sözün sonunu duyamadı ve şarkısını tutturdu:

Tarlada yürür idi pabuçlar
Boş gönderirdi pabuçları insanlar...

"Ne söylüyor o lanet olasıca?" dedi Gopner ve kulak verdi. "Ağzına geleni söylüyor, yeter ki düşünmesin... Su tesisatı da bozuk: İtfaiyeciler ne işe yarıyor acaba!"

Bu sırada itfaiyeci salt yıldızların aydınlattığı şehre bakıyor ve düşünüyordu: Bütün şehir aynı anda tutuşuverse ne olurdu şimdi? Şehirden geriye kalan çıplak topraktan köylüler yararlanırdı, itfaiye ekibi köy milisine dönüşür, milisin işi ise daha rahat olurdu.

Dvanov arkasında, merdivenlerden inen bir insanın ağır adımlarını duydu. Bir şeyi ses çıkarmadan kavramayı beceremeyen adam düşüncelerini mırıldanıyordu kendi kendine. Körü körüne düşünemezdi – akli heyecanını öncelikle söze çevirmeliydi, ancak daha sonra, sözü duyduğunda, açık bir şekilde hissedebilirdi onu. Kitapları da yüksek sesle okuyor olmalıydı, gizemli, ölü işaretleri sesli nesnelere çevirebilmek ve onları böylece duyumsayabilmek için.

"Hadi canım sen de!" diyordu kendisine ısrarla ve yine kendisi dikkatle dinliyordu. "O söylemese bilmiyorduk sanki: Ticaret, mal değişimi, vergiler! Zaten vardı bunlar: Ticaret de bütün kollarda mevcuttu, köylü de kendi gıda payını kendisinden kesiyordu, vergi de oluyordu! Doğru mu söylüyorum yoksa aptal mıyım?.."

Adam arada bir basamaklarda duraklıyor ve kendi kendisine itiraz ediyordu:

"Aptalsın tabii! Lenin'in senden akılsız olduğunu mu düşünüyorsun yoksa: Hadi canım sen de!"

Adamın azap çektiği aşikârdı. Çatıdaki itfaiyeci, aşağıda olup bitenlerden bihaber yine şarkısını tutturdu.

"Yeni ekonomi politikasıymış!" diyordu adam, sessizce şaşırarak. "Komünizme yeni bir lakap takmışlar sadece, bana da herkesin Çevengurlu demesi gibi – katlanacaksın mecburen!"

Adam Dvanov ve Gopner'in yanlarına vardı ve sordu:

"Söyleyiniz bana lütfen: Komünizm bende sel olmuş gidiyor – onu politikayla durdurabilir miyim yoksa gerekmez mi?"

"Gerekmez," dedi Dvanov.

"Eh, madem gerekmez, öyleyse şüpheye ne hacet?" dedi adam kendi kendisini avuturcasına ve cebinden bir çitmik tütün çıkardı. Kısa boyluydu, komünist üretici forması vardı üzerinde, çarlık savaşı kaçağı bir askerin sırtından düşme bir kaput – yüzünde de cılız bir burun.

Dvanov toplantı boyunca önünde mırıldanan o komünisti tanıdı.

"Nereden çıktın sen böyle?" diye sordu Gopner.

"Komünizm'den. Duydun mu öyle bir yer?" diye yanıtladı gelen adam.

"Geleceğin anısına öyle bir köy mü kurulmuş?"

Adam anlatacağı şeyler olmasına sevindi.

"Ne köyünden söz ediyorsun sen: Partisiz misin nesin? Öyle bir yer var, koca ilçe merkezi. Eskiden Çevengur denirdi. Ben hâlen oranın Devrim Komitesi başkanıyım."

"Çevengur Novoselovsk'a yakın mıdır?" diye sordu Dvanov.

"Tabii ki yakındır. Ama orada yaygaracılar yaşar, yanımıza gelmezler, bizde her şey bitmiştir."

"Neymiş o biten?" diye sordu Gopner şüpheli şüpheli.

"Dünya tarihi yahu! Nemize gerek bizim o?"

Gopner de Dvanov da başka bir şey sormadı. İtfaiyeci çatının eğiminde uykulu gözlerle şehri süzerek düzenli adımlarla takırdıyordu. Şarkı söylemiyordu, kısa süre sonra büsbütün kesildi sesi – tavan arasına uyumaya gitmiş olmalıydı. Ne var ki o gece ihmalkâr itfaiyeciyi yönetim bastı. Üç muhatabın karşısına resmi bir adam dikildi ve kaldırımdan çatıya seslenmeye koyuldu:

"Raspopov! Gözcü! İtfaiye müfettişiniz sesleniyor. Kimse var mı kulede?"

Çatıda halis bir sessizlik vardı.

"Raspopov!"

Müfettiş ümidini kesti ve kendisi çatıya çıktı.

Gecede, genç yaprakların sesi, havanın hareketi ve otların zemini tırmalayarak büyümesi işitiliyordu inceden. Dvanov gözlerini yumuyor ve bir suyun yeraltı çevrintisine karışırken tekdüze bir sesle uzun uzun sızlandığını duyar gibi oluyordu. Çevengur İlçe Yürütme Komitesi başkanı burnuna tütün çekiyor ve hapşırmaya meylediyordu.

Toplantının sesi nedense kesilmişti: Herhalde katılımcılar düşünüyorlardı.

"Gökyüzünde ne de çok ilginç yıldız var," dedi başkan, "ama hiçbir ulaşım yok onlara."

İtfaiye müfettişi nöbetçi gözcüyü çatıdan indirdi. Beriki uykusunda üşümüş uslu ayaklarıyla gidiyordu tenkile.

"Bir ay boyunca zorunlu çalışmalara katılacaksınız," dedi müfettiş serinkanlılıkla.

"Götürürlerse giderim," diyerek cezayı kabul etti suçlu. "Benim için fark etmez: Orada da aynı azığı veriyorlar, kanuna göre çalışılıyor."

Gopner eve gitmek üzere ayaklandı, bütün vücudunu bir illet sarmıştı. Çevengurlu başkan son kez tütün koklayıp açıkyüreklilikle bildirdi:

"Ah, çocuklar, Çevengur nasıl da güzeldir şimdi!"

Dvanov, bozkırın karanlığında bir yerlerde uyanık gezen Kopyonkin'i, uzak yoldaşını özledi.

Kopyonkin o esnada Çernovka köy sovyetinin kapısının önündeki basamaklarda dikilmekte ve sessizce Rosa için son günlerde yazdığı bir dizeyi mırıldanmaktaydı. Tepesinde damladı damlayacak yıldızlar asılıydı, köyün girişindeki son çitin ardında ise sosyalizmin toprakları uzanmaktaydı, geleceğin meçhul halklarının yurdu. Proleter Gücü ve Dvanov'un yorga atı, bütün diğer meselelerde insanın cesaret ve aklına bel bağlamış vaziyette kuru ot çiğniyorlardı muntazaman.

Dvanov da ayağa kalktı ve elini Çevengurlu başkana uzattı:

"Soyadınız nedir?"

Çevengur'dan gelen adam hemen ayılamadı kendisini heyecanlandıran düşüncelerden.

"Benim oralara gidip çalışalım, yoldaş," dedi. "Ah nasıl da güzeldir şimdi bizim Çevengur!.. Gökte ay, altında koca emekçi bölgesi, hem de olduğu gibi komünizmin içinde, gölde balık gibi! Tek bir eksiğimiz var: şöhret..."

Gopner çabucak durduruverdi böbürlenen adamı:

"Ne ayı be, lanet olası? Bir hafta önce son çeyreği bitti..."

"Şevkimden söyleyiverdim onu," diye itiraf etti Çevengurlu. "Bizim ora aysız daha da güzeldir. Abajurlu lambalarımız yanar."

Üç adam sokak boyunca beraberce yürüdüler, doğudaki ışığı sezmiş birtakım kuşların küçük bahçelerden gelen kaygılı haykırışları eşliğinde. Arada bir uykusuz geceler geçirmek iyi gelir insana – serin, rüzgârsız dünyanın görünmez yarısını o gecelerde keşfederdi Dvanov.

Çevengur kelimesi hoşuna gitmişti Dvanov'un. Bu küçük ilçeden söz edildiğini önceden de duymuştu gerçi ama yine de meçhul bir ülkenin çekici uğultusunu anımsatıyordu adı. Çevengurlunun Kalitva'dan geçeceğini öğrenince Çernovka'daki Kopyonkin'i ziyaret etmesini rica etti ondan, Kopyonkin'e kendisini, Dvanov'u beklemektense yoluna gitmesini söylesindi. Dvanov yine okumak ve teknik okulu bitirmek istiyordu.

"Uğramak iş değil," diyerek kabul etti Çevengurlu. "Komünizm kurulmuşken hâlâ ayrılık derdi çeken insanlara bakmak ilgimi çeker."

"Şeytan bilir ne saçmalıyor!" diye isyan etti Gopner. "Her yer perişan, bir bunun ışığı yanıyor abajur altında."

Dvanov bir tahta perdeye bir kâğıt dayadı ve Kopyonkin'e mektup yazdı.

"Sevgili yoldaş Kopyonkin! Özel bir şey yok. Politika değişmiş ama doğru. Yorga atımı herhangi bir fukaraya ver, kendin de git..."

Dvanov durdu: Kopyonkin'in gidip uzun süreliğine yerleşebileceği neresi vardı ki?

"Soyadınız nedir?" diye sordu Dvanov Çevengurluya.

"Benimki mi? Çepurnıy. Ama sen Japon diye yaz; bütün bölge Japon diye bilir."

"... Git Japon'un yanına. Onun orada sosyalizm olduğunu söylüyor. Doğru ise bana yaz, bense artık dönmeyeceğim, canım senden ayrılmamak istese de. Seni de Rosa Luxemburg'u da unutmayacağım. Savaş arkadaşın *Aleksandr Dvanov*."

Çepurnıy kâğıdı aldı ve oracıkta okuyuverdi.

"Çorba etmişsin," dedi. "Akıl duygun zayıf senin."

Ve vedalaşıp kendi yönlerine gittiler: Gopner ve Dvanov şehrin bir ucuna, Çevengurlu ise hana.

"Nasıldı?" diye sordu Zahar Pavloviç Dvanov'a evde.

Aleksandr ona yeni ekonomi politikasından söz etti.

"O iş dumandır!" diye kararını bildirdi karyolasında yatan baba. "Vaktinde yetişmeyen şey boşa ekilmiş demektir... İktidarı aldıklarında ertesi gün tüm yeryüzüne gönenç getirme sözü verdilerdi, şimdi de diyorsun ki objektif koşullar yolumuzu kesiyor... Papazlar da cennete gidecekti de şeytan geçit vermediydi..."

Dairesine varan Gopner'in bütün ağrıları dindi.

"Canım ne istiyor acaba?" diye düşünüyordu. "Babam Tanrı'yı ayan beyan görmek isterdi, bense boş bir yer istiyorum, lanet olsun, her şeyi en baştan, kendi aklıma göre yapmak için..."

Gopner sevinçten ziyade kesinlik istiyordu.

Çepurnıy'ın ise kafasına bir şey taktığı yoktu: Onun şehri Çevengur'da hem hayat gönenci, hem hakikat kesinliği, hem de varoluş acısı, gerektiği ölçüde kendiliğinden meydana gelirdi. Hana varınca atına ot yedirdi ve kestirmek üzere bir arabaya tırmandı.

"Şu Kopyonkin'in yorgasını arabaya koşuveririm," diyerek verdi kararı baştan. "Ne diye herhangi bir fukaraya verecekmiş, fukaraya zaten bir sürü haklar verdiler, hadi canım sen de!"

Sabahleyin han, pazara gelen köylülerin arabalarıyla doldu. Azar azar getirmişlerdi, kimi bir *pud* darı, kimi beş kâse süt, el konulacak olursa içleri yanmasın diye. Hudut karakolunda kuşatma müfrezesiyle karşılaşmamışlardı, o yüzden baskını şehirde bekliyorlardı. Baskın niyeyse gelip çatmıyor, köylüler ise mallarının tepesinde sıkıla sıkıla oturuyorlardı.

"El koymuyorlar mı şimdilerde?" diye sordu Çepurnıy köylülere.

"Niyeyse dokunmadılar – ağlasak mı gülsek mi?"

"O neden o?"

"Daha kötüsü geleceğine başa, el koysalar daha iyiydi! Bu iktidar nasıl olsa bedavaya yaşatmaz adamı."

"Bak sen adamın derdine!" diye düşündü Çepurnıy anlayarak. "Şunları küçük toprak ağası ilan edeceksin, daltaban takımını salacaksın üzerlerine, yirmi dört saat içinde bütün bu burjuva mikrobunu hane hane kaldıracaksın ortadan!"

"Ateş versene!" dedi aynı yaşlı başlı köylü rica yollu.

Çepurnıy ona yabancı gözlerle şöyle bir baktı.

"Mülk sahibi adamsın, daha varlıksızdan sadaka mı istiyorsun?"

Köylü anladı ama belli etmedi gücendiğini.

"Gıda dağıtımcıları her şeyimizi aldı be yoldaş: O olmayaydı ben kendim de torbacağızını dolduruverirdim senin."

"Ne doldururdun ya!" dedi Çepurnıy şüpheyle. "Anca boşaltmasını bilirsin sen!"

Köylü yerde bir dingil çivisi gördü, arabadan inip koncunun arkasına sıkıştırdı onu.

"Yerine göre," diye bildirdi değişmez sesiyle. "Yoldaş Lenin, diyor gazeteler, hesap severmiş: Demek oluyor ki insan kötü ellerden akanla torbasını doldurabilir, yere döküleceğine."

"Sen de mi torbaya kaldın da?" diye sordu Çepurnıy doğruca.

"Aynen öyle. Yedim miydi ağzımı bağlarım. Senden dökülüyor ama toplayanın yok. Biz de yaman adamlarız, hemşerim, ne diye bilmeden insanları üzüyorsun?"

Çevengur'da büyük aklı öğrenen Çepurnıy sustu. Devrim Komitesi başkanıydı ya, bu unvanı kullanmazdı Çepurnıy. Kimi vakit kalem odasında otururken aklına, köylerde tıpatıp birbirine benzeyen insanların yaşadığına, bunların kendilerinin de hayatlarını nasıl sürdüreceklerini bilmediklerine, eğer kendi hallerine bırakılırlarsa nesillerinin tükeneceğine dair hazin bir düşünce gelirdi, bu yüzden de bütün ilçe onun akılcı ilgisine ihtiyaç duyuyor olmalıydı. Oysaki ilçe meydanını gezdiğinde her bir vatandaşın şahsi aklı bulunduğuna kani olmuş ve nüfusa idari yardımı çoktan kesmişti. Yaşlı başlı muhatabı, canlı insanın kendi kaderini daha ana karnında öğrendiğine ve denetime ihtiyaç duymadığına dair basit sezgisini bir kez daha pekiştirmişti Çepurnıy'ın.

Handan çıkan Çepurnıy'ın yolunu han sahibinin yardımcısı kesti ve gece yatısının parasını istedi. Berikinin parası yoktu, olamazdı da, Çevengur'da bütçe diye bir şey yoktu çünkü; vilayettekilerin de işine geliyordu bu, zira orada hayatın, kendi bedelini ödeyen sağlıklı temeller üzerinde işlediğini düşünüyorlardı; Çevengur sakinleri ise çoktandır, insanın dünyaya bir kerecik gelen yoldaş bedeninin feda edildiği her tür emeğe, tesise ve karşılıklı hesaplara saadeti yeğ tutmuşlardı.

Hancıya verecek bir şeysi yoktu Çevengurlu'nun.

"Ne istersen al," dedi yardımcıya. "Ben çıplak bir komünistim."

Çevengurlu'yla zıtlaşan o köylü bu konuşmayı duyup yanaştı.

"Tarifeye göre borcu nedir?" diye sordu.

"Bir milyon, konuk odasında yatmadıysa tabii," diye fiyat biçti yardımcı.

Köylü arkasını döndü ve gömlek yakasının altından deri bir cüzdan çıkardı.

"Al sana, canım, salıver adamı," diyerek uzattı parayı Çevengurlu'nun eski muhatabı.

"Benim işim hizmet," dedi yardımcı özür yollu. "Canını çıkarırım da kimseyi beleşe salmam şu avludan."

"Mantıklı," diyerek sakin sakin katıldı ona köylü. "Bura bozkır değil, müessese: insan ile hayvana eşit konfor."

Şehrin dışında kendisini daha hür ve akıllı hissetti Çepurnıy. Yine karşısında sakinleştirici boşluk uzanıvermişti. Orman, tepe ve binaları sevmiyordu Çevengurlu, yeryüzünün gök manzaralı, düz, meyilli karnından hoşlanıyordu, içine rüzgâr çeken ve yayanın ağırlığı altında göz süzen.

Devrim Komitesi sekreteri kendisine yüksek sesle genelge ve tabloları, plan oluşturulması için hazırlanan soruları ve vilayete ait diğer devlet materyallerini okurken Çepurnıy hep aynı şeyi söylüyor –"politika!"– ve dalgın dalgın gülümsüyordu, içten içe hiçbir şey anlamayarak. Kısa süre sonra sekreter okumayı kesmiş, Çepurnıy'ın yönlendirmesini beklemekten yılarak tüm iş hacmini tek başına göğüslemişti.

Şimdi karnı ak, kendi kara bir at götürmekteydi Çevengurlu'yu, kimindi bilinmez. Çepurnıy onu ilk kez şehir meydanında geleceğin parkının bitkilerini yerken görmüş, avlusuna getirmiş, arabaya koşmuş ve çıkmıştı yola. Kimsenin olmayışı, atı Çevengurlu'nun gözünde daha değerli ve sevgili kılıyordu: Herhangi bir vatandaş dışında ilgilenecek kimsesi yok demekti. İşte o yüzden Çevengur ilçesindeki tüm hayvanlar semiz, enfes bir görünüme ve yuvarlak vücut hatlarına sahipti.

Yol uzun süreliğine sarmaladı Çepurnıy'ı. Ezbere bildiği tüm şarkıları söyledi, bir şey düşünmek istedi ama düşünecek bir şey yoktu – her şey açıktı, geriye eyleme geçmek kalıyordu: Bir şekilde dönüp dolaşmalı, fazla iyi gitmesin diye mutlu hayatını yormalıydı ama arabanın üzerinde güçtü kendini yorması. Çevengurlu arabadan atladı ve atın kesildi kesilecek yorgun nefesinin yanı sıra koşturdu. Koşmaktan pestili çıkınca atın sırtına bindi, araba ise arkada eskisi gibi boş boş gümbürdüyordu. Çepurnıy dönüp arabaya baktı, kötü ve yanlış yapılmış gibi göründü ona: Yol için fazla ağırdı.

"Hoo," dedi ata ve aynı anda arabayı çözdü. "Atın diri ömrünü ölü yüke mi harcatacaktım: Hadi canım sen de!" Ve koşumları bırakıp serbest kalan atın sırtında yoluna devam etti; araba, okunu indirdi ve oralardan geçecek ilk köylünün keyfi muamelesini beklemek üzere devrildi.

"Şu an benim ve atın içimizde kan akıyor!" diye düşünüyordu Çepurnıy amaçsızca, gayretten azade. "Kopyonkin'in yorgasını dizgininden tutmak gerekecek, koşmaya araba yok."

Akşama doğru küçük bir bozkır köyüne erişti, o kadar ıssızdı ki burası insanlar çoktan nalları dikmiş sanılırdı. Akşam göğü bozkırın devamı gibi görünüyordu ve Çevengurlu'nun altındaki at hudutsuz ufka yorgun bacaklarının korkunç yazgısıymış gibi bakıyordu.

Çevengurlu, birinin barışçıl damının kapısını çaldı. Arka avludan bir ihtiyar çıktı ve çitin ardından başını gösterdi.

"Kapıyı aç," dedi Çepurnıy. "Ekmek ve kuru ot gezer mi sende?"

İhtiyar, dikkatli, alışkın gözlerle atlıyı süzüyor, korkusuzca susuyordu. Çepurnıy çitin üstünden atladı ve kapıyı açtı. Açlıktan bir hal olan at derhal ambarın dibindeki suskun gece otlarını yemeye koyuldu. İhtiyar, konuğun keyfi davranışından afallamış olacak ki yabancı bir insan gibi devrik bir meşenin üzerine oturdu. Kulübede kimse karşılamadı Çevengurlu'yu; içerisi, artık terlemeyen ve eşyaları coşkun vücudunun izleriyle kirletmeyen kuru yaşlılık temizliği kokmaktaydı; rafın üzerinde darı kabuğu ve ufalanmış ottan yapılma bir dilim ekmek buldu, yarısını ihtiyara bıraktı, kalanını ise güçlükle yedi.

Gecenin ilk saatlerinde ihtiyar kulübeye girdi. Çepurnıy, uyuyana kadar canı sıkılmasın diye koklamak üzere cebindeki enfiye kırıntılarını birleştiriyordu.

"Atın çırpınıp duruyor dışarıda," dedi ihtiyar. "Az biraz ot verdim ona... Geçen yıldan kaldıydı bir kucak, yesin..."

İhtiyar, düşüncesiz, dalgın bir sesle konuşuyordu, ruhunda kendince bir yük taşırmış gibi. Çepurnıy kuşkulandı.

"Kalitva sizin buralardan uzak mıdır, baba?"

"Uzak mı değil mi bilmem," diye yanıtladı ihtiyar, "ama burada kalacağına oraya gidersen daha yakın olur..."

Çevengurlu damın içini bakışlarıyla hızlıca taradı ve ocağın közlüğünde bir tencere maşası fark etti – devrimi artık sükûnet saydığı için yanına revolver almamıştı.

"Kimler var ki sizin burada? Eşkıyalar mı yoksam?"

"İki tavşan ölümden korkarsa koca kurdu kemirir atar, canım ciğerim! Millet pek elemli, köyümüz desen yol kenarında, canı çeken yağmalayıverir... Köylüler de ne yapsın aileleriyle dar koyaklara, uzak tenhalara çekildi, buraya adım atana da yaşamayı yasaklıyorlar..."

Gece bulutla kaplı, naçar gökyüzünü aşağı iteledi. Çepurnıy köyden çıkıp tehlikesiz bozkır karanlığına daldı, atı yolu kendiliğinden koklaya koklaya uzaklara yöneldi. Topraktan kesif bulutlar halinde bereketli sıcaklık yükseliyordu ve havayı içine bol bol çeken Çevengurlu ağır ağır giden atının boynuna sarılıp uyudu. Yanına varacağı kişi Çernovka köy sovyetinin masasının başında oturmaktaydı o gece. Masanın üzerindeki lamba pencerenin ardındaki devasa karanlığı aydınlatarak yanıyordu. Kopyonkin üç köylüye sosyalizmin, şahane toprakları zayi olan yüksek bozkıra çıkacak su olduğundan söz ediyordu.

"Onu biz ufaklığımızdan beridir biliyoruz, Stepan Yefimıç," diyerek onaylıyordu köylüler: Çene çalabildikleri için mutluydular çünkü uyumak istemiyorlardı. "Buralı değilsin ama yoksulluğumuzu hemencecik fark ediverdin, kim verdi sana acep bu aklı? Lakin biz bu sosyalizmi Sovyet iktidarına beleşe tedarik ediverirsek karşılığında elimize ne geçecek? Ne de olsa az emek konulmayacak... Ha, ne dersin?"

Kopyonkin Dvanov'un yanında olmayışından ötürü yeise kapılıyordu – o olsaydı sosyalizmi kafadan kanıtlayıverirdi köylülere.

"Nasıl ne geçecek?" diyerek kendisi açıklamaya çalışıyordu Kopyonkin. "İlk başta senin kendi ruhun rahatlayacak. Ya şimdi nasıl o ruhun vaziyeti?"

"Ruhumun mu?" diyerek lafının orta yerinde duraksıyor ve içinde ne olduğunu seçmeye çalışarak göğsüne bakınıyordu muhatabı. "Buramda, Stepan Yefimıç, ancak elem var, kara bir yer..."

"Ya, kendin de görüyorsun işte," diye işaret ediyordu Kopyonkin.

"Geçen yıl hatunu koleradan gömdüm," diye bitiriyordu lafını elemli vatandaş, "bu bahar da gıda kolu ineğimi yedi... İki hafta damımda askerler kaldı, kuyudan olanca suyumu çekip içtiler. Köylüler hatırlar..."

"Hem de nasıl!" diyordu iki şahit onaylayarak.

Kopyonkin'in atı –Proleter Gücü– sefere çıkmadan geçirdiği bu üç hafta içinde semirmiş, vücudu şişmişti. Geceleri dikildiği yerde gücünden ve bozkır hasretinden böğürüyordu. Köylüler gündüz köy sovyetinin avlusuna gelip Proleter Gücü'nün gönlünü almaya çalışmışlardı birkaç kez. Proleter Gücü seyircilerine somurtuyor, başını kaldırıp kara kara esniyordu. Köylüler, gamlı hayvandan saygıyla uzaklaşıyor, sonra şöyle diyorlardı Kopyonkin'e:

"Atın da at doğrusu, Stepan Yefimıç! Paha biçilemez – Draban İvanıç demelı ona!" Kopyonkin atının değerini çoktandır biliyordu:

"Sınıf malı o: Bilinç bakımından sizden daha devrimcidir!"

Bazen Proleter Gücü, işsiz güçsüz dikildiği ahırı yıkmaya davranıyordu. O zaman Kopyonkin kapı önündeki basamaklara çıkıp kısa bir emir yolluyordu ona:

"Kes, serseri!"

Sessizleşiyordu at.

Dvanov'un yorgası Proleter Gücü'nün komşuluğundan ötürü büsbütün uyuz olmuş, uzun uzun tüylerle kaplanmış, aniden çıkagelen bir kırlangıçtan dahi titrer olmuştu.

"Bu at sahibini istiyor," diyordu köy sovyeti ziyaretçileri. "Yoksa kendi kendisini çürüğe çıkaracak."

Kopyonkin köy sovyetindeki makamında yerine getirmesi gereken bir göreve rastlamamıştı. Yanına her gün köylüler geliyordu laflamaya; Kopyonkin bu lafları dinliyor ama neredeyse hiç yanıtlamıyor, eşkıya saldırılarına karşı devrimci köyün muhafızlığını yapmakla yetiniyordu, ne var ki eşkıyaların da sesi kesilmiş gibiydi.

Toplantıda son sözünü bildirmişti Kopyonkin:

"Sovyet iktidarı size bir nimet verdi, hepsini kullanın ki düşmanlara kalmasın. Kendiniz de insansınız, yoldaşsınız, size akıl hocalığı edemem, mahallenin hırgürünü köy sovyetine taşımayın. Benim işim bellidir, her tür teşebbüsü kökünden kazırım..."

Köylüler Kopyonkin'e her geçen gün daha büyük saygı duyuyorlardı, zira ne gıda dağıtımının, ne taşıma yükümünün lafını ediyor, Nahiye Devrim Komitesi'nden gelen kâğıtları ise Dvanov'un dönüşüne kadar beklemesi için üst üste diziyordu. Okuryazar köylüler bu kâğıtları okuyor, Kopyonkin'e yazılanı yerine getirmeden imha etmesini tembihliyorlardı.

"Artık iktidar her yerde örgütlenebilir, kimsecikler engel olamaz ona," diyorlardı. "Yeni yasayı okudun mu, Stepan Yefimıç?"

"Hayır, ne diyor ki?" diye yanıtlıyordu Kopyonkin.

"Lenin'in ta kendisi ilan etmiş, ne sandın! İktidar artık yerel güç imiş, tepe gücü değil!"

"O zaman nahiye bizim için geçerli olamaz," sonucuna varıyordu Kopyonkin. "Yasaya göre bu kâğıtları atmak gerekir."

"Gayet yasal!" diye onaylıyordu orada bulunanlar. "Ver biz onlardan porsiyon porsiyon cıgara kâğıdı yapalım."

Yeni yasa Kopyonkin'in hoşuna gitmişti; Sovyet iktidarını açık arazide binasız filan kurup kuramayacağını merak ediyordu.

"Olur," diye yanıtlıyordu düşünen muhatapları. "Yeter ki yoksullar yakınlarda, beyaz muhafızlar uzakta olsun..."

Kopyonkin rahatlamıştı. Konuşmalar geceyarısı bitmişti o gün: lambada gazyağının sonu gelince.

"Nahiyeden gazyağını az gönderiyorlar," diye sızlandı lafa doyamayanlar giderayak. "Devlet doğru düzgün hizmet vermiyor. Aha koca şişeyle mürekkep göndermişler de bir işe mi yaradı? Gazyağı, bitki yağı gönderseler daha iyiydi."

Kopyonkin geceye bir göz atmak için avluya çıktı – seviyordu göğü, yatmadan evvel seyrediyordu hep. Dostunun kokusunu alan Proleter Gücü sessiz sessiz soludu. Kopyonkin atı duydu ve yine o küçük kadın, geri dönmez kaybı canlandı gözünde.

Bir yerlerde yalnız başına yatıyordu şimdi, bahar gecesinin karanlık çalkantısı altında; sıcak ve diri olduğu vakitler giydiği boş potinleri ise kilere atılmıştı.

"Rosa!" dedi Kopyonkin ikinci, küçük sesiyle.

Ahırdaki at yol görmüş gibi kişnedi ve ayağıyla sürgünün kirişini çıtırdattı: Baharın beter yollarına fırlamaya, Alman mezarlığına, Kopyonkin'in en sevgili toprağına doğru atılmaya meylediyordu, yampiri. Köy sovyetinde pürdikkat oturmaktan ve Dvanov'a beslediği yoldaşça bağlılıktan, Kopyonkin'i saran o boğucu endişe şimdi usulca su yüzüne çıkmıştı. Kopyonkin'in yakında olduğunu bilen at koca duygularının ağırlığını duvarlara ve çite devirerek azgınlık etmeye koyuldu, sanki Rosa Luxemburg'u seven Kopyonkin değil, tam da kendisiydi.

Kopyonkin kıskançlığa kapıldı.

"Kes, serseri, kes," dedi ata, içinden sıcak bir utanç dalgasının geçtiğini duyarak.

At homurdandı ve tutkularını göğsünün içinde cıyaklatıp sessizleşti.

Yırtık, kara bulutlar geçiyordu gökten fena fena, uzak bir sağanağın kalıntıları. Yukarıda iç karartıcı bir gece kasırgası sürüyor olmalıydı, aşağısı ise sakin ve gürültüsüzdü; komşu tavuklarının bir o yana bir bu yana dönüşü, küçük, zararsız sürüngenlerin hareketinden çitlerin gıcırdayışı bile işitiliyordu.

Kopyonkin elini kerpiç duvara dayamıştı, sert iradesini yitiren yüreği çökmüştü içinde.

"Rosa! Rosa'm benim, Rosa!" diye fısıldadı kendi kendine, atın duymaması için. Ne var ki at tek gözüyle delikten bakıyor, kuru, sıcak soluğundan tahtalar da kuruyup çatlıyordu. Güçsüzce eğilen Kopyonkin'i fark eden at istinat duvarına suratı ve göğsüyle abanıverdi ve bütün yapıyı sağrısının üzerine devirdi. Ani sinir boşalmasından deve gibi böğürmeye koyuldu Proleter Gücü ve ahırın ezici yapısını sağrısıyla savurduğu gibi Kopyonkin'e doğru atıldı, son sürat koşmaya, ağzında köpük, hava yutmaya, görünmez yolları koklamaya hazır.

Kopyonkin'in yüzü derhal kurudu, göğsünü bir esinti yalayıp geçti. Atını hazırlamadan sırtına atladı ve mutluluğa erdi. Proleter Gücü dörtnala köyün dışına fırladı; vücudunun ağırlığından sıçrayamayan at ön ayaklarıyla harman çitlerini, bahçe duvarlarını deviriyor, sonra üzerlerinden geçip bildiği yönde ilerliyordu. Rosa Luxemburg ile buluşmasına yirmi dört saatlik yol kalmışçasına neşelendi Kopyonkin.

"Ne keyifli gitmesi!" dedi yüksek sesle, ilerleyen gecenin nemini içine çekerek, toprağı delip çıkan otları koklayarak.

At, gücünün sıcaklığını toynak izlerine dağıtıyor, açık araziye varmak için acele ediyordu. Kopyonkin yüreğinin hızdan boğazına yükseldiğini, hafiflediğini hissediyordu. Biraz daha süratlenseler Kopyonkin saadetinin verdiği hafiflikten şarkı söyleyebilirdi, ama Proleter Gücü uzun süreli doludizgin koşular için fazlasıyla yapılıydı ve kısa süre sonra geniş adımlarla ilerlemeye koyuldu. Atın altında bir yol var mıydı yok muydu, görülmüyordu; fakat yeryüzünün ucu ışıkla tazelenmişti ve Proleter Gücü bir an önce o uca erişmek için can atıyor, Kopyonkin'in de zaten oraya gitmek istediğini sanıyordu. Bozkırın ucu bucağı görülmüyor, alçalan göğe doğru ahenkli uzun bir eğim tırmanıyordu yalnız, henüz hiçbir atın zaptedemediği. Yolun iki yanından uzak vadilerin nemli, soğuk buharı yükseliyor ve acıkmış köylerin bacalarından sessiz sütunlar halinde ocak dumanı süzülüyordu. Kopyonkin buhardan, dumandan ve de uykusunu almış meçhul insanlardan hoşlanıyordu.

"Ne haz!" dedi kendi kendine ve soğuk, rahatsız edici ekmek kırıntıları gibi ensesinden içeri doldu.

Uzakta, ışık huzmelerinin ortasında keskin hatlarıyla bir adam dikilmiş, eliyle kafasını kaşıyordu.

"Bulmuş kaşınacak yeri!" dedi Kopyonkin adamı kınayarak. "Tan vakti tarlanın ortasında dikildiğine, uyumadığına göre bir meşguliyeti olmalı. Varayım yanına, kimlik sorup bir korkutayım hele şu şeytanı!"

Gelgelelim Kopyonkin'i hayal kırıklığı bekliyordu: Tan ışığında durmuş kaşınan adam herhangi bir cep emaresine yahut bir deliğe sahip değildi ki gereken kimliği üzerinde bulundurabilsin. Kopyonkin yarım saat sonra vardı onun yanına, güneş ışığı artık tüm göğü tantanaya boğmuşken. Adam kuru bir tepenin üzerinde oturmuş, tırnağıyla özene bezene vücudunun yarıklarındaki kirleri ayıklıyordu, yeryüzünde yıkanmaya su yokmuş gibi.

"Gel de böyle bir şeytanı örgütle!" dedi içinden Kopyonkin ve kendisinin de şapkasının içine dikili Rosa Luxemburg portresi dışında hiçbir evrakı olmadığını anımsayarak kimlik kontrolünden caydı.

Uzakta, iç geçiren toprağın telaşlı sisi içinde bir at duruyor, kıpırdamıyordu. Bacakları o kadar kısaydı ki Kopyonkin atın canlı ve de gerçek olduğuna inanamazdı; boynuna küçük bir insan yapışmıştı dermansızca. Kopyonkin cesaretinin kaşınan coşkusuyla seslendi: "Rosa!" ve Proleter Gücü, şişman vücudunu bir çırpıda yürüttü çamurların içinden. Kısa bacaklı atın dikildiği yer bir zamanların suyu bol, şimdi ise yok olmuş gölü idi. Atın ayakları lığ katmanı içinde boğulmuştu. Atın üzerindeki adam, hayvanın boynunu, sadık ve narin yavuklusuna sarılır gibi bağlılıkla kavrayıp derin bir uykuya dalmıştı. At ise uyumuyor, güven dolu gözlerle, kendisine bir kötülük etmesini beklemeden Kopyonkin'e bakıyordu. Uyuyan adam düzensizce soluk alıp veriyor ve arada bir gırtlağının derininden sevinçle gülüyordu, mutlu rüyalarında geziniyor olmalıydı o an. Kopyonkin adamı tepeden tırnağa süzdü ve düşman olmadığını sezdi: Kaputu fazlasıyla uzundu, yüzü desen uykuda bile devrimci kahramanlığa ve evrensel birlikteliğin sevecenliğine hazırdı. Uyuyanın kendisi öyle pek güzel sayılmazdı, ancak zayıf boynundaki damarlarda çarpan kalbi onun iyi, varlıksız ve zavallı bir insan olduğunu düşündürüyordu. Kopyonkin uyuyanın şapkasını çıkarıp içine baktı, terden yağlanmış eski bir şerit gördü: G. G. Breyder, Lodz.

Kopyonkin şapkayı, hangi kapitalistin mamulünü taşıdığını kendi de bilmeyen uykulu kafaya taktı gerisin geri.

"Hey," diye seslendi, gülümsemeyi bırakıp ciddileşen uykucuya. "Şu burjuva şapkanı ne diye değiştirmezsin?"

Adam memleketinin koyaklarını gördüğü sürükleyici rüyalarını alelacele noktalayarak yavaş yavaş uyanmaktaydı; o koyaklarda şen bir sıkışıklık içinde insanlar barınırdı – uyuyanın, emekçi yoksulluğu içinde ölmüş tanıdıkları.

"Yakında Çevengur'da istediğin şapkayı şıp diye dikiverecekler sana," dedi uyanan. "İple kafanın ölçüsünü al."

"Sen kimsin ki?" diye serinkanlı bir kayıtsızlıkla sordu insan kitlelerine çoktandır alışmış Kopyonkin.

"Ben bu yakınlarda oturuyorum artık, Çevengur'un Japonu'yum, parti üyesi. Yoldaş Kopyonkin'e uğrayacaktım, yorga atını almak için, ama işte atım perişan oldu, kendim de ayakta uyumuşum."

"Senden parti üyesi mi olur, a şeytan!" dedi Kopyonkin meseleyi anlayarak. "Başkasının atına göz dikmişsin sen, komünizme değil."

"Doğru değil bu, yoldaş, doğru değil," dedi gücenen Çepurnıy. "Komünizmden önce atı almaya cesaret edebilir miydim hiç? Biz komünizme kavuştuk, fakat yorga atımız az."

Kopyonkin doğan güneşe baktı: Şu dev, kızgın küre bile öğle vaktine doğru kolayca yüzmekteydi – demek hayatta da hiçbir şey öyle pek zor ve sıkıntılı olmasa gerekti.

"Demek sen komünizm işini hallettin ha?"

"Hah! Sen ne sandın!" diye haykırdı hakarete uğramışçasına Çevengurlu.

"Demek şapkanızla yorga atınız noksan kaldı, diğer her şeyiniz bol ha?"

Çepurnıy Çevengur'a duyduğu coşkun sevgiyi gizleyemezdi: Şapkasını çıkarıp çamurun içine fırlattı, sonra Dvanov'un yazdığı yorga atın teslimine ilişkin notu çıkarıp yırttı, dört parçaya ayırdı.

"Hayır, yoldaş, Çevengur mülkü toplamıyor, yok ediyor. Orada müşterek ve harika insanlar yaşar, hem dikkatini çekerim, evlerinde konsolları filan yoktur ve herkes birbiri için gayet alımlıdır. Yorgaya gelince, şöyle oldu: Vilayete gittiydim, vilayet sovyetinde önyargı sahibi oldum, handa ise şunun bunun biti bulaştı – ne gelir elden, söyler misin lütfen?"

"Göster bana o zaman şu Çevengur'u," dedi Kopyonkin. "Yoldaş Rosa Luxemburg'un anıtı var mı orada? Aklınıza bile gelmemiştir kesin, yaltakçılar!"

"Olmaz olur mu canım, tabii ki var: Bir köy yerinde dikiliyor, hem de saf taştan. Yanı başında da yoldaş Liebknecht boylu boyunca dikiliyor, kitlelere sesleniyor... İlk onları düşündük ya zaten: Yine ölenler olursa, onları da gözden kaçırmayız!"

"Peki ne dersin," diye sordu Kopyonkin, "yoldaş Liebknecht Rosa için, kadın için erkek neyse o muydu, yoksa bana mı öyle geliyor?"

"Sana öyle geliyor," diyerek rahatlattı Kopyonkin'i Çevengurlu. "Bilinçli insanlardı onlar! Vakitleri yoktu: Düşünen adam sevmez. Ne sandın, senle ben gibi miydiler, hadi canım sen de!"

Rosa Luxemburg daha bir azizleşti Kopyonkin'in gözünde, yüreği tükenmez bir tutkuyla sosyalizme aktı.

"Söyle, ne var senin şu Çevengur'da – havzalar üzerine kurulmuş sosyalizm mi, yoksa ona giden tutarlı adımlar mı anca?" Kopyonkin artık başka bir sesle soruyordu, beş yıllık ayrılığın ardından karşılaştığı kardeşine "Annemiz hayatta mı?" diye sorar gibi, ihtiyarın öldüğüne çoktan inanmışken.

Çepurnıy sosyalizmde yaşaya yaşaya korunmasız sevdiklerimiz için duyduğumuz o derin kaygıları çoktan unutmuştu: Çevengur toplumunu çarlık ordusuyla aynı anda silahsızlandırmıştı o, çünkü hiç kimse bedenini görünmez ortak yarar uğruna tüketmek istemiyor, herkes hayatının yakın yoldaşlardan kendisine döndüğünü görmeyi arzuluyordu.

Çevengurlu sakin sakin tütününü kokladı ve ancak ondan sonra üzüldü.

"Ne diye havzaları kakıyorsun ki kafama? Vadiler kime gitti peki? Toprak ağalarına mı sence? Bizim Çevengur boydan boya sosyalizmdir: Her tümsek uluslararası mülktür! Bizde hayatın yüce üstünlüğü esastır!"

"Hayvanlar kimin peki?" diye sordu Kopyonkin, Rosa'ya giden yolların kenarında o aydınlık dünyayı kurmak Dvanov'la ikisine değil de işte şu kısa boylu adama nasip olduğu için vücudunun olanca birikmiş gücüyle hayıflanarak.

"Yakında onları da salacağız tabiatın içine," diye yanıtladı Çevengurlu, "hayvan da insan gibi bir şeydir: Sadece asırlık zulüm altında insandan geri kalmıştır. İstemez mi o da insan olmasını?"

Kopyonkin, kendisiyle eşit olduğunu hissettiği Proleter Gücü'nü okşadı. Önceden de biliyordu bunu ama Çevengurlu'nunki gibi bir düşünce gücüne sahip değildi, bu yüzden Kopyonkin'in birçok duygusu söze dökülmeden kalmış, azaba dönüşmüştü.

Bozkırın döndüğü, gökle yerin bitiştiği yerde arabalar gözüktü ve üzerlerindeki küçük köy insanlarını bulutların önünden geçirerek ilerledi Kopyonkin'in görüş hizası boyunca. Arabalar toz kaldırıyordu: Demek ki yağmur yağmıyordu orada.

"O zaman senin memlekete gidelim!" dedi Kopyonkin. "Yüzleşelim gerçeklerle!"

"Gidelim," diyerek kabul etti Çepurnıy. "Klabzdyuşa'mı özledim zaten!"

"Kimmiş o, hanımın mı yoksa?"

"Bizde hanım olmaz: Sadece savaş arkadaşları kalmıştır."

SİSLER GÜNEŞİN keskin bakışı altında rüyalar gibi ölüyordu. Geceleyin korkunç görünen yerler aydınlıkta alelade ve yoksul duruyordu şimdi. Toprak, üzerinden yorganı kaymış anne gibi üryan ve sızılı, uyumaktaydı. Gezginlerin su içtikleri bozkır nehrinin üzerinde sessiz bir sayıklama halinde asılı duruyordu sis hâlâ, ışığı bekleyen balıklar patlak gözlerle suyun ta üstünde yüzüyordu.

Çevengur'a daha beş *verst* yol vardı ama şimdiden önlerinde sürülmemiş topraklarının uçucu manzaraları seriliyor, ilçe deresinin rutubeti, insanların yaşadığı alçak yerlerin kederi seçiliyordu. Sefil Firs nemli vadi boyunca yürümekteydi; en son gecelediği yerlerde duymuştu ki bozkırda boş bir yer açılmıştır, orada rasgele insanlar yaşamakta, herkesi de kendi aşlarıyla doyurmaktadır. Firs, bütün yolunca, bütün ömrünce suyun yahut nemli toprağın içinden yürümüştü. Kendisini heyecanlandıran, kendisinden bir şeyler talep eden akışkan suyu seviyordu. Suyun ne istediğini de, kendisine ne diye gerektiğini de anlamıyordu Firs, yine de topraklı suyun bol olduğu yerleri seçiyor, pabuçlarını içine daldırıyor, yatıya kaldığı yerde dolama çoraplarını uzun uzun sıkıp suyu parmaklarıyla yokluyor, incelen akışını tekrar izliyordu. Dere ve şelalelerin yamacına oturup canlı sellere kulak verirken bir güzel rahatlıyor, kendisi de suyun içine yatıp isimsiz tarla deresine katılacak gibi oluyordu. O gün de nehir kıyısında gecelemiş, gece boyunca suyun şarkısını dinlemiş, sabahleyin ise aşağı kayıp vücudunu çekici ıslaklığa yapıştırmış, daha Çevengur'a varmadan huzura ermişti.

Firs'in az ötesinde, sessiz ovanın orta yerinde sabahın çarpıcı ferahlığını yaşayan küçük şehir görülmekteydi. Havanın yakıcı tazeliğinden ve güneşten, şehre bakan yaşlı başlı adamın iyilik dolu gözleri yaşarıyordu; yalnızca gözleri değil, yumuşak, sıcak, doğuştan temiz yüzünün bütünü iyiydi. Yaşı ilerlemişti artık, başka ihtiyarların aksine hiçbir zaman sirke barındırmayan sakalı ağarmaya yüz tutmuştu, acelesiz adımlarla ömrünün faydalı gayesine doğru ilerlemekteydi. Bu ihtiyarla yan yana giden kimse, nasıl rayihalı ve müşfik biri olduğunu, onunla dürüst, sakin sohbetler etmenin ne denli hoş şey olduğunu bilirdi. Karısı ona "babacığım" der, fısıl fısıl konuşurdu; o hoş halim tavır hiç değişmezdi eşler arasında. Belki de bu yüzden çocukları olmamıştı, evlerine ise kupkuru ebedi bir sessizlik hâkimdi. Ancak nadiren hanımın barışçıl sesi işitilirdi:

"Aleksey Alekseyeviç, babacığım, gel tanrı nimetinden ye, üzme beni."

Aleksey Alekseyeviç yemeğini öyle bir itinayla yerdi ki elli yaşına kadar dişleri bozulmamıştı ve ağzı çürük değil, sıcak soluk kokardı. Gençliğinde, akranları kızlara sarılır ve geceleri delikanlılığın uyku tanımaz gücüyle şehir dışındaki çalılıkları ezerken, Aleksey Alekseyeviç şahsi gayretiyle yiyeceğin mümkün olduğunca uzun süre çiğnenmesi gerektiğini keşfetmiş, o gün bugündür de adamakıllı eritene değin geveler olmuştu lokmalarını, öyle ki Aleksey Alekseyeviç'in gün ışığı altında geçen ömrünün dörtte biri buna harcanmış sayılırdı. Devrimden önce Aleksey Alekseyeviç, bir kredi şirketinin yönetim üyesi, şimdinin Çevengur ilçesindeki ücra şehrin belediye meclisi azasıydı.*

Şimdi Aleksey Alekseyeviç Çevengur'a giderken civar tepelerden ilçe merkezini izliyordu. Temiz vücudundan yayılan o daimi taze ekmek kokusunu kendisi de duyuyor, hayatta olmanın sessiz sevinciyle tükürüğünü çiğniyordu.

Sabahın köründe bile yaşlı şehir telaş içindeydi. Şehrin çevresindeki orman açıklıklarında, fundalıklarda gezinen insanlar görülüyordu: kimileri çift, kimileri tek, ama hepsi de bohçasız ve mülksüz. Çevengur'un on çanı vardı ama biri bile çalmıyordu, ekime müsait ovaların sessiz güneşi altında tek işitilen halkın telaşıydı; bir yandan da evler kıpırdanıyordu şehirde – galiba, buradan görülmeyen insanlar bir yerlere sürüklüyordu onları. Küçük bir bahçe Aleksey Alekseyeviç'in gözleri önünde eğildi ve zarif bir edayla ileri doğru atıldı – insanlar onu da köküyle birlikte kaldırmış, daha iyi bir yere göçürmekteydi.

Aleksey Alekseyeviç şehre girmeden evvel temizlenmek için Çevengur'un yüz *sajen* kadar dışında çömeldi. İhtiyar Sovyet yaşantısının bilimini anlamıyordu, tek bir alan vardı onun ilgisini çeken: *Fukara* gazetesinde hakkında bir şeyler okuduğu kooperatif. Bugüne kadar hep suspus yaşamış ve hiçbir işe bulaşmaya bulaşmaya ruh huzurunu yitirmişti; bu nedenle kimileyin aniden sinirleniveren Aleksey Alekseyeviç evinin kızıl köşesindeki** sönmez kandilleri söndürüyor, karısı da kuştüyü şilteye kapaklanıp yüksek sesle ağlıyordu. Kooperatifle ilgili yazıyı okuyan Aleksey Alekseyeviç, Nikolay Mir-

* Sovyetlerin ilk yıllarında çarlıktan kalma coğrafi bölümleme sistemi geçerliydi. İlçe (*uyezd*) denilen birim en küçük coğrafi birimdi; ilçenin merkezine ise şehir (*gorod*) deniyordu. –*ç.n.*

** Rus köylüsünün kulübesinde ikonun bulunduğu köşe. –*ç.n.*

likiyski ikonuna yanaşmış, şefkatli buğdaysı elleriyle yakmıştı kandilini. Bundan böyle kutsal görevini, kalan ömrünün aydınlık yolunu keşfetmiş sayılırdı. Lenin'i ölen babası gibi duyumsamıştı; bir zamanlar, küçük Aleksey Alekseyeviç uzaktaki bir yangından ürküp bu korkunç hadiseyi kavrayamadığında, oğluna "Yanaş bana Alyoşa, iyice yanaş!" diyen babası gibi. Alyoşa, elenmiş un ekmeği kokan babasına yanaşmış, sakinleşip uykulu uykulu gülümsemişti. "Gördün mü bak," demişti babası, "bir de korkuyordun!" Alyoşa babasını salmamış, yanında uyutmuş, sabahleyin ise annesinin lahanalı çörek pişirmek için yaktığı ocak ateşini görmüştü.

Kooperatif makalesini inceleyen Aleksey Alekseyeviç'in ruhu Sovyet iktidarına ısınmış, onun halkçı sıcak nimetini kabul etmişti. Önünde bolluk ve birliğin tanrısal devletine götüren kutsal bir yol serilivermişti. O zamana kadar Aleksey Alekseyeviç korkuyordu sosyalizmden, oysa şimdi, sosyalizme kooperatif denildiğinde, yürekten sevmişti onu. Çocukluğunda da uzun süre Sabaoth'tan* korkup Tanrı'yı sevmemişti, oysa annesi kendisine "Ya ben, oğlum, ölünce nereye gideceğim?" diye sorduğu vakit Alyoşa, öldüğünde annesini korusun diye Tanrı'yı da sevmiş, çünkü babasının vekili olarak kabul etmişti onu.

Aleksey Alekseyeviç Çevengur'a, kooperatifi –insanların yoksulluktan ve karşılıklı acımasızlıktan kurtuluşunu– aramaya gelmişti işte.

Yakındaki gözlem yerinden gördüğü kadarıyla Çevengur'da insan aklının meçhul gücü işlemekteydi, fakat Aleksey Alekseyeviç baştan affetmişti bu aklı, zira insanların kooperatifte el ele vermeleri, birbirlerini hamarat bir sevgiyle sevmeleri uğruna çalışıyordu o. Aleksey Alekseyeviç öncelikle kooperatif tüzüğünü ele geçirmek, sonra da İlçe Yürütme Komitesi'ne gidip başkan Çepurnıy yoldaşla kooperatif ağı üzerine kardeşçe bir sohbet etmek istiyordu.

Fakat öncelikle devrim masraflarına maruz kalan Çevengur'a kafa yordu biraz. Yaz tozu emektar topraktan havalanıp yakıcı sıcağın yukarılarına tırmanıyordu. Bahçelerin, küçük ilçe manastırlarının ve

* Yahudilik ve Hıristiyanlıkta Tanrı'nın sıfatlarından biri, İsrail ordularının tanrısı olarak tercüme edilmektedir. *–ç.n.*

sabit şehir mülkünün üzerindeki gök ise Aleksey Alekseyeviç'in dokunaklı hatırasındaki gibiydi aynı – ama ne hatıra, herkesin bilebileceği şey değildi bu. Ve Aleksey Alekseyeviç kendisinin bütünüyle bilincinde, gökyüzünün sıcaklığını sanki çocukluğuymuş, annesinin teniymiş gibi duyumsayarak dikiliyordu; hafızasına gömülü o çok eski zamanlarda olduğu gibi göğün güneşli karnından tüm insanlara besin sızıyordu yine, bir annenin göbek bağından sızarcasına.

Bu güneş, Çevengur'un gönencini asırlarca aydınlatabilirdi – elma bahçelerini, sakinlerinin altında çocuklarını yedirip içirdiği demir çatıları ve insanı ağaçların gölgesinden yuvarlak ebediyet boşluğuna ürkekçe çağıran kiliselerin parlak, kızgın kubbelerini.

Çevengur'un hemen hemen tüm sokakları ağaçlıydı; yatıya kalmadan geçip giden gezginlere baston yapmaları için dallarını sunuyordu ağaçlar. Çevengur avlularında gün gören birçok ot, haşere girdaplarına atmosferin çukurluklarında barınak, yiyecek ve bir amaç sağlıyordu, yani Çevengur ancak kısmen insanlarca iskân edilmiş sayılabilirdi – küçük endişeli varlıklar daha bol yaşıyordu içinde, ne var ki yaşlı Çevengurluların bunu önemsedikleri yoktu.

Onlar daha büyük olayları önemserlerdi, örneğin yaz sıcağını, fırtınaları ve Tanrı'nın ikinci gelişini. Yaz sıcak geçiyorsa Çevengurlular komşularını artık kışın gelmeyeceği, evlerin ise yakında kendiliğinden tutuşup yanacağı konusunda uyarırdı; yeniyetmeler de babalarının buyruğuyla kuyulardan su taşıyıp yangınları geciktirmek için evlerin dış cephelerini ıslatırdı. Geceleyin, sıcağın peşinden yağmur yağardı genellikle. "Bir boğuluyoruz, bir ıslanıyoruz," derdi Çevengurlular hayret içinde, "böyle şey ezelden beri görülmemiştir!" Kış günü tipi baş gösterdiyse Çevengurlular bilirlerdi ki ertesi gün sokağa bacadan çıkmaları gerekecek, kar muhakkak yığılacak evlerin üzerine. Herkesin odasında bir kürek hazır beklerdi ya, "Kazmakla çıkabilir misin böyle karın altından!" derdi ihtiyarın teki şüpheyle. "Baksana nasıl uluyor fırtına! Bizim buralarda hiç olmamalıydı böylesi. Nikanor Amca benden büyüktür –sigaraya başlayalı seksen yıl olmuş– gel gör ki böyle bir deli kışı o da anımsamaz! Kesin bir iş var bu işin içinde!" Sonbaharın gece fırtınalarında Çevengurlular kendilerini sağlama almak, toprağa ve mezara daha yakın olabilmek için yerde yatarlardı. İçten içe her Çevengurlu başlayan fırtına ya da sıcağın Tanrı'nın ikinci gelişine dönüşebileceğine inanır ama kimse de vaktinden önce evini terk etmek ve ömrünü tamamlamadan ölmek istemezdi. Bu nedenle Çevengurlular sıcak, fırtına ve donun ardından dinlenip çay içerlerdi.

"Bitti, şükür sana Tanrım!" diyerek haç çıkarırdı Çevengurlular dinen felaketin ardından mutlu ellerle. "Bekliyorduk artık İsa Mesih'i, önümüzden geçip gitti: Kutsal iradesine kalmış her şey!"

İhtiyarlar Çevengur'da hafızasız yaşarlardı, diğerleri ise nasıl yaşamaları gerektiğini hiç bilmezlerdi, ne de olsa her an Tanrı'nın ikinci gelişiyle insanların iki zümreye ayrılıp çıplak, sefil ruhlara dönüşmesini beklemeliydiler.

Aleksey Alekseyeviç bir vakitler Çevengur'da kalmıştı, pek iyi bilirdi oranın yoksul ruhani yazgısını. Şehir ve ilçeyi yönetmeye istasyondan yayan gelen Çepurnıy –yetmiş *verst* yol tepmişti– Çevengur'un eşkıyalıkla geçindiğini düşünmüştü ilkin, çünkü kimse katiyen hiçbir şey yapmıyor, oysa herkes ekmek yiyor, çay içiyordu. Bu nedenle zorunlu olarak doldurmaları için tek soruluk bir anket dağıtmıştı insanlara: "Emekçilerin devletinde ne uğruna ve hangi maddenin üretimi sayesinde yaşamaktasınız?"

Çevengur nüfusunun hemen hemen tümü aynı yanıtı vermişti: Yanıtı ilk uyduran kilise hanendesi Loboçihin olmuş, komşuları ondan kopya çekmiş ve sözlü olarak uzaktakilere aktarmıştı.

"Tanrı'nın uğrunda yaşıyoruz, kendi kendimizin değil," diye yazmıştı Çevengurlular.

Çepurnıy tanrısal hayatı tahayyül edememiş, şehrin hane hane yirmi dört saat teftişi için kırk kişiden oluşan bir komisyon kurmuştu derhal. Daha anlamlı anketler de yapılmış, bunlarda meşguliyet sorusuna şu cevaplar gelmişti: hapishanede anahtarcılık, hayatın hakikatini bekleme, Tanrı'ya kavuşma sabırsızlığı, ölümcül yaşlılık, gezginlere yüksek sesle kitap okuma ve Sovyet iktidarına sempati. Çepurnıy anketleri incelemiş ve sivil meşguliyetlerin karmaşıklığından ötürü acı çektiğini duyumsamıştı, neyse ki tam zamanında Lenin'in "Bir devleti yönetmek ziyadesiyle zor iştir" sloganını anımsamış ve büsbütün rahatlamıştı. Sabah erkenden kırk kişilik komisyon gelmişti yanına, uzun yürüyüşün ardından sofada oturup su içmiş, sonra da şöyle demişlerdi:

"Yoldaş Çepurnıy, uyduruyorlar, hiçbir meşguliyetleri filan yok, yan gelip yatıyor, uyukluyorlar."

Çepurnıy anlamıştı:

"Sizi şaşkınlar – o sırada geceydi gece! Siz bana bunların ideolojilerinden söz edin lütfen!"

"Yoktur ideolojileri," demişti komisyon başkanı. "Hepsi de dünyanın sonunu bekliyor..."

"Söylemedin mi onlara dünyanın sonunun şu günlerde karşıdevrim sayılacağını?" diye sormuştu, her faaliyeti evvela devrimle kıyaslamaya alışkın Çepurnıy.

Başkan korkmuştu:

"Hayır, yoldaş Çepurnıy! Ben ikinci gelişin onlar için faydalı olacağını, bizim de işimize geleceğini düşünmüştüm..."

"Nasıl olur?" diye sordu Çepurnıy sertçe.

"Evet ya. Bizim açımızdan etkisizdir ama ikinci gelişin ardından küçük burjuvazi tedavülden kalkacaktır..."

"Doğru ya, kancıkoğlu!" diye haykırmıştı meseleyi anlayan Çepurnıy. "Nasıl oldu da benim aklıma gelmedi bu? Senden de akıllıyım oysa!"

O zaman kırk kişiden biri mütevazı bir şekilde öne çıkıp rica etmişti:

"Yoldaş Çepurnıy, izniniz olur mu?"

"Sen de kimsin?" Tüm diğer simaları ezbere bilen Çepurnıy bu yüzü evvelce görmemişti Çevengur'da.

"Ben, yoldaş Çepurnıy, eski sınırlarıyla Çevengur ilçesinin Zemstvo* Tasfiye Komitesi başkanıyım, soyadım Polyubezyev'dir. Komisyona komitem tarafından atandım. Yanımda komite yönetim toplantısı protokolünün bir kopyası var."

Aleksey Alekseyeviç Polyubezyev eğilip selam vermiş ve elini uzatmıştı Çepurnıy'a.

"Öyle bir komite mi var?" diye sormuştu Çepurnıy şaşkınlık içinde, Aleksey Alekseyeviç'in elini hissetmeden.

* Rusya'da 1918'de Sovyet iktidarı tarafından lağvedilene kadar varlığını sürdürmüş, seçimle belirlenen yerel yönetimler; eğitim, sağlık, yol inşaatı gibi işlerden sorumluydular. *–ç.n.*

"Var!" demişti komisyon kitlesinden biri.

"Hemen bugün lağvedilsin! İmparatorluk artığı başka şeyler de var mı bakılsın ve yine bugün lağvedilsin!" diye emretmişti Çepurnıy ve Polyubezyev'e yönelmişti: "Konuş lütfen, yurttaş!"

Aleksey Alekseyeviç büyük bir hassasiyet ve özenle şehirdeki malzeme üretimini anlatmış ve böylece Çepurnıy'ın düzensiz de olsa dev bir hafızaya sahip aydınlık zihnini daha da bulandırmıştı. Hayatı parçalar halinde sindirirdi Çepurnıy; sessiz bir göle benzeyen kafasında, bir zamanlar gördüğü dünyanın, rastladığı olayların kalıntıları yüzer, ama hiçbir zaman bu kalıntılar yapışıp tek parça olmaz, Çepurnıy onları ne bağlayabilir, ne canlı bir anlam yükleyebilirdi onlara. Tambov ilinin çitlerini, dilencilerin soyadlarını ve yüzlerini, cephedeki topçu ateşinin rengini anımsar, Lenin'in öğretisini harfiyen bilirdi, fakat tüm bu açık seçik anılar zihninin içinde başlarına buyruk yüzer, tek bir faydalı kavram oluşturmazlardı. Aleksey Alekseyeviç dümdüz bozkırdan, o bozkırdan varlıklarını uzakta arayan insanların geçtiğinden, yollarının uzun olduğundan, evlerinden ise bedenleri dışında hiçbir şey almadıklarından söz etmişti. Bu yüzden emekçi bedenlerini yiyecekle değiştokuş etmişler ve bu sayede uzun yıllar içerisinde Çevengur meydana gelmişti: Nüfus toparlanmıştı burada. O zaman bu zamandır gelip geçici işçiler gitmiş, şehir ise tanrıya emanet kalmıştı.

"Sen de mi emekçi bedenini uyduruk yiyeceğe değişenlerdensin?" diye sormuştu Çepurnıy.

"Hayır," demişti Aleksey Alekseyeviç, "ben memur adamım, işim, kâğıt üzerinde düşünmektir."

"Şimdi içimde parlak bir duygu kıpırdandı," demişti o zaman Çepurnıy. "Keşke söylediklerimi derhal yazıverecek bir sekreterim olsaydı!.. Öncelikle emekdışı öğelerin bedenleri yok edilmelidir!.."

O zamandan beri Aleksey Alekseyeviç, Çepurnıy'ı görmemişti ve Çevengur'da neler olup bittiğini bilmiyordu. Zemstvo Komitesi tabii acilen ve ebediyen lağvedilmiş, üyeleri akrabalarının yanlarına dağılmıştı. Şimdi ise Polyubezyev başka bir konuyu görüşmek istiyordu Çepurnıy ile; Lenin'in ilan ettiği kooperatif sayesinde sosyalizmin canlı kutsallığını hissetmişti ve Sovyet iktidarının iyiliğini istiyordu. Karşısına tek bir tanıdık çıkmadı Aleksey Alekseyeviç'in. Ortalıkta birtakım zayıf insanlar dolanıyor, geleceğe dair bir şeyler düşünüyorlardı. Tam Çevengur'un girişinde yaklaşık yirmi kişi ahşap bir evin yerini değiştiriyor, iki atlı sevinç içinde bu işi gözlemliyordu.

Atlılardan birini tanıdı Polyubezyev.

"Yoldaş Çepurnıy! Sizi kısa bir mülakata çağırmama izin verir misiniz?"

"Polyubezyev!" dedi Çepurnıy, Aleksey Alekseyeviç'i tanıyarak – her somut şeyi aklında tutardı. "Söyle lütfen, derdin nedir?"

"Kooperatiflerden bahsetmek istiyorum kısaca... Hakkı yenmişlerin gazetesinde, yani *Fukara*'da çıkan o yazıyı okudunuz mu, yoldaş Çepurnıy, sosyalizme giden ahlaki yolun anlatıldığı?"

Çepurnıy hiçbir şey okumamıştı.

"Ne kooperatifi? Ne yolundan söz ediyorsun? Vardık biz, vardık. Ne sandın, a sevgili yurttaş! Sizdiniz o tanrı aşkına emek yollarını aşındıran. Şimdi, kardeşim benim, yol mol kalmadı – vardı insanlar."

"Nereye?" diye sordu yüreğindeki kooperatif ümidini yitiren Aleksey Alekseyeviç boyun eğerek.

"Nasıl nereye? Hayatın komünizmine. Karl Marx'ı okumadın mı?"

"Hayır, yoldaş Çepurnıy."

"Okusan fena olmaz, sevgili yoldaş: Tarih bitti sen farkında değilsin."

Aleksey Alekseyeviç susup kaldı, sormadı bir şey ve yaşlı otların bittiği, eski insanların yaşadığı, ihtiyar karısının kendisini beklediği uzağa gitti. Orada yaşamak üzücü ve zordu belki ama Aleksey Alekseyeviç orada doğmuş, büyümüş ve gençlik yıllarında kimi kimi gözyaşı dökmüştü. Evindeki mobilyaları, köhne avlusunu, hanımını anımsadı ve onların da Karl Marx'ı bilmediklerine, bu yüzden de kocalarından ve sahiplerinden ayrılmayacaklarına sevindi.

Karl Marx'ı okumaya vakit bulamamış olan Kopyonkin, Çepurnıy'ın eğitimliliği karşısında mahcup olmuştu.

"Ne o?" diye sordu. "Sizin burada Karl Marx'ı okumak şart mıdır?"

Çepurnıy Kopyonkin'in endişesine son verdi:

"Adamı korkutmak için dedim öyle yahu. Kendim de ömrümce okumuş değilim. Mitinglerde bir şeyler duymuşum işte, propagandasını yapıyorum. Gerek de yok okumaya: Eskidendi o, insanlar okur, yazarlardı, yaşamaya gelince... bir nane yaşadıkları yoktu, hep başka insanlar için yollar ararlardı."

"Neden şimdilerde ev ve bahçeleri kucaklayıp taşıyor insanlar?" dedi Kopyonkin.

"Bugün *subbotnik** var," diye açıkladı Çepurnıy. "Bu insanlar Çevengur'a yayan geldiler ve yoldaşlarıyla birlikte darlık içinde yaşamaya gayret ediyorlar."

Çepurnıy'ın da bütün Çevengurlular gibi belirli bir ikametgâhı yoktu. Bu koşullar sayesinde Çepurnıy ve Kopyonkin *subbotnik*'çilerin yerinden oynatamadıkları bir tuğla evde konakladılar. Mutfakta gezgine benzer iki kişi uyuyordu, torbalarının üzerinde; üçüncü biri ise yağ yerine çaydanlıktaki soğuk suyu kullanarak ustalıklı bir şekilde patates kızartıyordu.

"Yoldaş Piyusya!" diyerek bu adama yöneldi Çepurnıy.

"Ne istiyorsun?"

"Yoldaş Prokofiy şu an nerede bulunuyor biliyor musun?"

Piyusya bu ehemmiyetsiz soruya yanıt vermekte acele etmiyor, yanan patatesle boğuşuyordu.

"Senin hatunla bir yerlerde bulunuyor," dedi.

"Sen burada kal," dedi Kopyonkin'e Çepurnıy, "ben gidip Klabzdyuşa'yı arayayım: Pek hoş hatundur, pek!"

Kopyonkin kıyafetlerinden kurtuldu, hiç ayrılmadığı silahlarını yanına tepe gibi yığıp, yere serdiği giysisinin üzerine yarı çıplak uzandı. Çevengur ne kadar sıcak olsa, ne kadar yoldaşlık koksa da Kopyonkin, belki de yorgunluktan, kendisini kederli hissediyor, yüreği ise daha da ötelere gitmeye çağırıyordu onu. Henüz Çevengur'da aleni ve bariz bir sosyalizm fark edememişti; tabiatın ortasında dokunaklı ama dayanıklı, ahlaklı bir güzellik seçebilmiş değildi, hani ikinci küçük Rosa Luxemburg'un doğabileceği ya da Alman burjuva toprağında can veren birincisinin bilim tarafından diriltilebileceği bir yer. Kopyonkin Çepurnıy'a Çevengur'da ne yapması gerektiğini sormuştu. Beriki şöyle yanıtlamıştı onu: Hiçbir şey, bizim ihtiyaçlarımız ve meşguliyetlerimiz yok. İç yaşamını sürdürürsün! İyidir bizim Çe-

* Sovyetlerde cumartesileri (*subbota*, Rus. cumartesi) toplum yararına ücret alınmadan gönüllü yapılan işler. –*ç.n.*

vengur. Güneşi ebedi görevine seferber ettik, toplumu ise sonsuza dek dağıttık!

Kopyonkin Çepurnıy'dan daha aptal olduğunu görmüş ve sesini çıkarmamıştı. Daha evvel, yolda sormuştu ürkekçe: Rosa Luxemburg olsa Çevengur'da ne yapardı? Çepurnıy bu soruya yanıt olarak özel bir bilgi vermemiş, yalnızca şöyle demişti: Çevengur'a bir varalım bizim Prokofiy'e sorarsın, o her şeyi açık ve net ifade edebiliyor, bense yalnızca yönlendirici devrim sezgisi aşılıyorum ona! Kendi sözcüklerimle mi konuştum sanıyorsun seninle? Hayır, Prokofiy öğretti bana bunları!"

Piyusya nihayet suda patatesi kızartmayı başardı ve oracıkta kestiren iki gezgini uyandırmaya koyuldu. Kopyonkin de biraz atıştırmak üzere doğruldu, tok karnına daha çabuk uyuyabilmek ve kederine son vermek için.

"Çevengur'da insanların iyi yaşadıkları doğru mu?" diye sordu Piyusya'ya.

"Şikâyet etmiyorlar!" diye yanıtladı beriki acelesiz.

"Sosyalizm nerede peki?"

"Senin taze gözle daha iyi görmen gerek," diye açıkladı isteksizce Piyusya. "Çepurnıy bizim alıştığımız için ne özgürlüğü, ne refahı görebildiğimizi söylüyor – buralıyız ne de olsa, iki yıldır burada yaşıyoruz."

"Eskiden kim yaşıyordu burada?"

"Eskiden burjuvalar yaşıyordu. Onlar için Çepurnıy ile ben ikinci gelişi tertipledik."

"Bilim var ama artık, olacak iş mi bu?"

"Neden olmasın?"

"Nasıl olur yahu? Dolandırmadan söyle!"

"Ne sandın beni, masalcı mı? Ani bir fırsat doğmuştu işte, Durağanüstü'nün emriyle..."

"Olağanüstü mü?"*

"Evet ya."

"Ha," dedi anlar gibi olan Kopyonkin. "İyi etmişsiniz."

* Sovyetler Birliği'nde 1917 yılında kurulan Olağanüstü Karşıdevrim, Spekülasyon ve Sabotajla Mücadele Komisyonu (ÇeKa). *–ç.n.*

Avludaki bir çite bağlanan Proleter Gücü çevresini kuşatan insanlara hırlıyordu sessizce; birçok kişi kudretli yabancı atın sırtına binip Çevengur'u çevreleyen sınır yolunda koşturmak istiyordu onu. Fakat somurtkan Proleter Gücü isteklileri dişleriyle, suratıyla ve ayaklarıyla uzaklaştırıyordu.

"Halkın hayvanısın sen artık!" diyerek güzellikle kandırmaya çalışıyordu onu zayıf bir Çevengurlu. "Ne diye yaygara koparıyorsun?"

Kopyonkin atının üzüntülü sesini işitti ve yanına geldi.

"Açılın," dedi bütün özgür insanlara. "Görmüyor musunuz, düzenbazlar, atın da bir yüreği var!"

"Görüyoruz," diye yanıtladı bir Çevengurlu, inançlı. "Biz yoldaş hayatı sürüyoruz, senin atın ise burjuva."

Kopyonkin saygıyı filan boşlayıp ezilenler karşısında atın proleter şerefini savundu.

"Atma, serseri, devrim beş yıl bindi benim atıma, sen ise kendin devrimin sırtına binmişsin!"

Kopyonkin daha öteye götüremedi teessüfünü; karşısındakilerin kendisinden kat kat akıllı olduklarını sezinliyor ve bu yabancı akıl yüzünden yalnızlaştığını hissediyordu. Hayatı akıl ve yarardan öte yaşayan Dvanov'u anımsadı, özleyiverdi onu.

Lacivert hava Çevengur'un üzerinde yüksek bir hüzün gibi duruyor, dosta giden yol, atının gücünü aşıyordu.

Üzüntü, şüphe ve tedirgin edici bir öfkeye kapılan Kopyonkin Çevengur'daki sosyalizmi derhal, sıcağı sıcağına sınamaya karar verdi. "Eşkıyalar burada yuvalanmış olmasın sakın?" diye düşündü kıskanç kıskanç. "Şimdi ben onlara komünizm ne demekmiş döve döve gösteririm, köşelerine kurulmuş alçaklar!"

Kopyonkin mutfağa gidip su içti, giyinip kuşandı. "Rezillere bak yahu, atı bile huylandırdılar!" diye düşünüyordu hiddet içinde. "Komünizmi akıl ve fayda sanıyorlar, bedeni yokmuş gibi – uyduruk bir şey, bir kazanımmış gibi sırf!"

Kopyonkin'in atı acil savaş görevlerine her daim hazırdı ve birikmiş gücünün gürleyen tutkusuyla Kopyonkin'i engin sırtına kabul etti.

"Önümden koş, bana sovyeti göster!" diye seslendi sokaktan geçen bir yabancıya Kopyonkin tehdit eder gibi.

Beriki durumunu anlatmaya çalıştı ama Kopyonkin kılıcını çıkarmıştı bile. Adam, Proleter Gücü ile aynı hizada koşmaya koyuldu. Arada bir arkasına dönüyor, bağırarak sitemler yağdırıyor, Çevengur'da insanların çalışıp koşmadığını, bütün vergi ve yükümleri ise güneşin üstlendiğini söylüyordu kılavuz.

"Yoksa burada yalnızca tedavi gören ordulular mı yaşıyor? Belki de çarlık savaşında burada revirler vardı!.." diye kuşkuya kapıldı içinden Kopyonkin. Atın önünden de güneş mi koşacak yahu, sen yatacaksın da?" diye sordu koşan adama.

Çevengurlu sık soluğunu dindirip yanıt vermek için üzengiye tutundu:

"Bizim burada, yoldaş, insan huzura erer: Burjuvalardı o acele eden, zıkkımlanmaları, zulmetmeleri gerekiyordu çünkü. Biz ise yemeğimizi yiyoruz, arkadaşlık ediyoruz... Al sana sovyet."

Kopyonkin, mezarlığın kapısındaki ahududu rengi devasa tabelayı okudu hece hece:

"Kurtarılmış Çevengur Bölgesi Sosyal İnsanlık Sovyeti."

Sovyetin kendisi kilisenin içinde yer alıyordu. Kopyonkin mezarlık yolundan manastır eşiğine doğru ilerledi.

Kilisenin kapısının üstünde yarım ay şeklinde "Gelin bana bütün emek veren ve zahmet çekenler, sizi huzura gark edeyim" yazmaktaydı. Bu sözler etkiledi Kopyonkin'i, her ne kadar sloganın kime ait olduğunu anımsasa da.

"Benim huzurum nerede acaba?" diye düşündü ve yüreğindeki yorgunluğu gördü. "Yok, hayır, insanları huzura filan erdiremezsin: Sınıf değilsin ki, şahıssın sen. Bugün yaşasan SR* olacaktın, ki bir çırpıda harcar atardım seni."

Proleter Gücü eğilmeden serin manastır yapısının içine daldı; atlı ise geri dönen çocukluğunun şaşkınlığıyla girdi kiliseye, sanki yurdunda, ninesinin kilerinde bulmuştu kendisini. Kopyonkin daha önce de, yaşadığı, gezdiği ve savaştığı ilçelerde çocukluğunun unuttuğu mekânlarına rastlamıştı. Bir zamanlar köyündeki yine böyle bir kilisede dua eder, oradan da evine, annesinin onu sarmalayan yakınlığına dönerdi. Kilise, çocukluğunun ölüp giden akranları, kuş sesleri,

* Sosyalist-Devrimci Parti üyesi (*sotsial-revolyutsioner*). –*ç.n.*

yazları gizemli Kiev'e yollanan korkunç ihtiyarlar (o yükseliş halindeki zamanda gerçekten de tüm ihtiyarlar esrarengiz kimselerdi çünkü anneleri ölmüştü, onlar ise yaşıyor ve ağlamıyorlardı) – belki tüm bunlar değildi de çocukluk denilen şey, kim bilir, hayattaki annesinin eteğinin kokusu yaz havasında gezinen çocuğun duyduğu heyecandı.

Kopyonkin'in atıyla kiliseye girdiği o gün devrim henüz inançtan daha yoksuldu ve ikonları kızıl manifaturayla örtememişti: Kubbenin altına resmedilmiş tanrı Sabaoth, Devrim Komitesi'nin toplandığı vaiz kürsüsüne bakıyordu dik dik. Şimdi kürsüde, parlak kırmızı masanın başında üç kişi oturmaktaydı: Çevengur İlçe Komitesi başkanı Çepurnıy, bir genç adam ve yüzü, geleceğin dişi komünisti kendisiymişçesine neşeli, dikkatli bir kadın. Masanın üzerinde Yevtuşevski' nin *Problemler Kitabı*'nı hazır bulunduran genç adam, Çepurnıy'a güneşin gücünün kesinlikle herkese yeteceğini ve güneşin dünyanın on iki katı olduğunu kanıtlamaya çalışıyordu.

"Prokofiy, sen düşünme, ben düşünürüm; sen formüle etmeye bak!" diye buyuruyordu Çepurnıy.

"Kendin hisset, yoldaş Çepurnıy: Bilime ters ise insan ne diye kıpırdasın?" diye açıklıyordu genç adam ara vermeden. "Bütün insanları ortak darbe için toplayacak olsak, güneşin gücü karşısında, komün karşısında yalnız başına çiftçi ne ise o olurlar işte! İşe yaramaz diyorum sana!"

Çepurnıy yoğunlaşabilmek için gözlerini yumdu.

"Kimi sözün doğru, kimisi safsata! Sen mihrapta Klavdyuşa'yı okşa, ben de izninle sezgilerimle ilgileneyim... Haklı mısın değil misin görelim!"

Kopyonkin atının ağır adımlarını yavaşlattı, bütün Çevengur'u sabırsızlıkla ve derhal yoklama niyetini bildirdi: Gizli bir karşıdevrim ocağı olmasındı burası?

"Pek bir bilgesiniz siz buralılar," diyerek noktaladı sözünü Kopyonkin. "Ama akılda her daim sessizleri ezme kurnazlığı saklıdır."

Kopyonkin genç adama derhal sömürücü teşhisi koydu: Siyah bulanık gözleri vardı, eskinin ekonomik zihni yüzünden okunuyordu, çehrenin tam ortasından koca delikli, hassas ve rezil bir burun bakınıyordu – namuslu komünistlerin burunları pabuç gibidir, gözleri ise saflıklarından ötürü gri ve daha bir akrabamsı olur.

"Sana gelince, ufaklık, dolandırıcının tekisin!" dedi Kopyonkin, hakikati gözler önüne sererek. "Kimliğini göster bakalım!"

"Buyur, yoldaş!" diyerek kabullendi genç adam bütün iyi niyetiyle.

Kopyonkin küçük defter ve kâğıtları aldı. Şöyle yazıyordu içlerinde: Prokofiy Dvanov, 1917 Ağustosu itibariyle parti üyesidir."

"Saşa'yı bilir misin?" diye sordu Kopyonkin, dostunun soyadı hatırına karşısındakinin zalim suratını bir süreliğine bağışlayarak.

"Bilirdim ufakken," diye yanıtladı genç adam, zekâ fazlalığından ötürü gülümseyerek.

"Madem öyle Çepurnıy bana boş bir form versin, Saşa'yı buraya çağırmak gerek. Aklı akılla kerteceksin ki komünizmin kıvılcımları saçılsın..."

"Biz postaneyi feshettik, yoldaş," diye açıkladı Çepurnıy. "İnsanlar yığınlar halinde yaşıyorlar zaten, bizzat görüşüyorlar, nelerine gerek postane, söyler misin lütfen! Burada, kardeş, proleterler sımsıkı birleşmişlerdir!"

Kopyonkin postanenin yokluğuna pek de üzülmemişti, zira ömrünce iki mektup almışlığı vardı, kendisi ise bir kerecik yazmıştı, emperyalist savaştayken karısının öldüğünü öğrendiğinde akrabalarla uzaktan uzağa ağlaşmak gerektiğinde.

"Vilayete yayan giden olmaz mı peki?" diye sordu Kopyonkin Çepurnıy'a.

"Var öyle bir yaya," dedi Çepurnıy anımsayarak.

"Kimmiş o, Çepurnıy?" diye sordu her iki Çevengurlunun da hoşlandığı kadın canlanarak. Sahiden de hoş kadındı: Hatta Kopyonkin delikanlılığında olsa böylesini kucaklayıp uzun süre kıpırtısız kalabileceğini hissetti. Bu kadından ağır ve serin bir ruh huzuru yayılmaktaydı.

"Mişka Luy yok mu?" diye anımsattı Çepurnıy. "Yol konusunda yamandır! Sen vilayete gönderirsin, o Moskova'da yahut Harkov'da alır soluğu, mevsim sonu da anca geri döner, ya çiçekler uç vermiştir, ya kar yığılmıştır..."

"Ben verirsem görevi, kestirmeden gidiverir," dedi Kopyonkin.

"Gitsin," dedi Çepurnıy izin vererek. "Onun için yolculuk iş sayılmaz, hayatın gelişimidir!"

"Çepurnıy," diye seslendi kadın. "Luy'a biraz un veriver, takas etsin de bir kısa şal getiriversin bana."

"Veririz, Klavdiya Parfenovna, muhakkak veririz, fırsattan istifade ederiz," diye avuttu onu Prokofiy.

Kopyonkin basım harfleriyle şunları yazdı Dvanov'a:

"Sevgili yoldaş ve dost Saşa! Buraya komünizm gelmiş de dönüyor bile – bir an evvel olay yerine gelmelisin. Burada sırf yaz güneşi çalışıyor, insanlar anca yavan yavan dostluk ediyorlar; oysaki hatunlar zorla kısa şal koparmaya çalışıyor, ne kadar hoş olsalar da resmen zarar veriyorlar. Kardeşin ya da aileden akraban bana gayet antipatik geldi. Mamafih, birey gibi yaşıyorum, kendimden başka bir şey düşünmüyorum, çünkü bana hiç de saygı duymuyorlar. Bir olay olmuyor. Bilim ve tarih diyorlar buna, ama ne idüğü belli değil. Devr. saygılarımla, Kopyonkin. Ortak fikriyat adına gel."

"Habire bir şeyler düşünüyorum, sanıyorum, zannediyorum – zorlanıyor yüreğim!" diyordu Çepurnıy dertli dertli, manastırın karanlık havasında. "Komünizmimiz işliyor mu, işlemiyor mu bilmem! Yoldaş Lenin'e mi gitsem acaba, bana bütün hakikati bizzat formüle ediversin!"

"Fena olmaz, yoldaş Çepurnıy!" dedi Prokofiy onaylayarak. "Yoldaş Lenin sana bir slogan verir, alır getirirsin. Zira böylesi akıllara zarar: Sırf benim kafamla düşünülüyor. Avangard da yorulur! Hem bir ayrıcalık da görmüyorum karşılığında!"

"Benim yüreğimi saymıyor musun peki? Gerçeği söyle!" dedi Çepurnıy gücenerek.

Prokofiy belli ki zihin gücünün kıymetini biliyor ve emniyetli sükûnetini bozmuyordu.

"Duygu dediğin, yoldaş Çepurnıy, kitlesel bir akımdır, düşünce ise örgütlenmedir. Yoldaş Lenin'in kendisi demişti, bizim için örgütlenme her şeyden üstündür diye..."

"İyi de ben burada kıvranıyorum, sen düşünüyorsun – hangisi daha kötü?"

"Yoldaş Çepurnıy, ben de seninle Moskova'ya geleceğim," diye bildirdi kadın. "Merkezi hiç görmediydim, orada insanlar şaşılacak gibiymiş diyorlar!"

"Çattık!" diyebildi Kopyonkin. "Sen bunu doğruca Lenin'in yanına götür, Çepurnıy: 'Al sana, yoldaş Lenin,' deyiverirsin, 'komünizm görmüş hatun!' Alçaklar sizi!"

"Ne var ki?" dedi gerginleşen Çepurnıy. "Sence işler yolunda değil mi yani burada?"

"Hayır efendim, değil!"

"Ya nasıl olacaktı, yoldaş Kopyonkin? Duygularımın haşatı çıktı inan."

"Ben biliyor muyum ki? Benim işim düşman güçleri ortadan kaldırmaktır. Hepsini kaldırdığımda, olması gereken şey kendiliğinden olacak."

Prokofiy sigara içiyordu, bir kez bile kesmedi Kopyonkin'in sözünü, bu örgütlenmemiş silahlı gücün devrime ne şekilde uydurulabileceğini düşünmekteydi.

"Klavdiya Parfenovna, gelin biraz gezelim, haylazlık edelim," diyerek kadına sarih bir nezaketle teklifte bulundu Prokofiy. "Yoksa halsiz düşeceksiniz."

Bu çift kilise eşiğine çekilince Kopyonkin arkalarından işaret etti Çepurnıy'a.

"Burjuvazi – aklında olsun!"

"Hadi canım?"

"Yemin olsun ki!"

"Ne edeceğiz şimdi? Çıkarsak mı Çevengur'dan?"

"Panik bindirme tepeme yahu! Komünizmi fikirden vücuda indir, silahlı güç kullan! Bekle Saşa Dvanov bir gelsin – gösterir size!"

"Akıllı bir insan olmalı?" dedi Çepurnıy ürkerek.

"Onun kafasının içinde kan düşünür, yoldaş, senin Prokofiy'inkinde ise kemik," diye açıkladı Kopyonkin, gururlu ve tane tane. "Bir kerecik olsun anladın mı?.. Al şu mektubu, yoldaş Luy'u gönder yola."

Düşünce gerilimi içindeyken aklına hiçbir şey gelmezdi Çepurnıy'ın; ancak hiçbir hakikat hissi vermeyen unutulmuş, faydasız olayları anımsardı. Aklında kâh çarlık savaşı sırasında geçtiği ormanlardaki Polonya kiliseleri canlanır, kâh hendeğin birinde bir öksüz kız oturur frenkmaydanozu yerdi; fakat Çepurnıy'ın ruhunda boş yere saklanan bu kıza ömrün neresinde rastlanılmıştı, ebediyen meçhul kalacaktı; hem kız şimdi hayatta mıydı, onu da söylemesi imkânsızdı. Belki de o kız Klavdyuşa idi, o zaman sahiden de fevkalade güzeldi ve üzücüydü ondan ayrılması.

"Niye hasta hasta bakıyorsun?" diye sordu Kopyonkin.

"Öylesine, yoldaş Kopyonkin," dedi Çepurnıy kederli bir yorgunlukla. "Bütün bir hayat bulutlar gibi akıyor içimden!"

"Süzülmeli oysa, bundan kaçmış senin tadın bence," dedi Kopyonkin, ona anlayışla sitem ederek. "Temiz havaya çıkalım: Rutubetli tanrı kokuyor burası."

"Çıkalım. Atını da al," dedi Çepurnıy hafifleyerek. "Açık havada ben de daha güçlü olurum."

Dışarı çıktıklarında Kopyonkin Çepurnıy'a manastır-devrim komitesinin girişindeki yazıyı gösterdi: "Gelin bana bütün emek verenler."

"Sovyet usulü yazdır şunu!"

"Cümle uyduracak kimse yok, yoldaş Kopyonkin."

"Prokofiy'e yaptır!"

"O kadar derin değil o, gelemez üstesinden; özneyi bilir yüklemi unutmuştur. Senin Dvanov'u sekreter yapacağım ben, Prokofiy de özgürce haylazlık etsin... Söyle lütfen, o cümlenin nesi hoşuna gitmedi? Düpedüz kapitalizme karşı çıkıyor..."

Kopyonkin fena fena kaşlarını çattı.

"Sence Tanrı tek başına tüm kitleleri huzura erdirebilir mi? Bu burjuva yaklaşımıdır, yoldaş Çepurnıy. Devrimci kitle şaha kalktığı vakit kendi kendisini huzura erdirecektir!"

Çepurnıy, içinde fikrini barındıran Çevengur'a bakıyordu. Sessiz bir akşam başlamaktaydı, Çepurnıy'ın ruhundaki kuşkuya benziyordu bu akşam, düşüncenin tüketip dizginleyemediği önseziye. Çepurnıy umumi bir hakikatten, hayatın anlamından habersizdi; çeşit çeşit insan görmüştü ve hepsinin tek bir yasaya uyması olanaksızdı. Bir vakitler Prokofiy Çevengur'a bilim ve aydınlanma getirmeyi önermişti fakat Çepurnıy bu tür girişimleri hiç ümit payı bırakmaksızın reddetmişti. "Şaşırdın mı sen," demişti Prokofiy'e, "bilimin ne demek olduğunu bilmez misin yoksa? Burjuvaziyi gittiği yerden döndürür: Her bir kapitalist bilimadamı olur çıkar başımıza, organizmaları toz ilaçlarla tuzlamaya kalkar, gel de hesaplaş onunla sonra! Hem sonra bilim ha babam gelişir durur, neyle biteceği hiç belli olmaz."

Çepurnıy cephelerde çok hastalık çekmiş ve tıbbı ezber etmiş, iyileşir iyileşmez de bölük sıhhiyeciliği sınavını vermişti ama, aslında doktorların fikri sömürücüler olduklarını düşünüyordu.

"Ne dersin?" diye sordu Kopyonkin'e. "Senin Dvanov buralara bilim getirmez değil mi?"

"Bana bundan söz etmedi: Onun işi yalnızca komünizmdir."

"Doğrusu ya ben korkar oldum," diye itiraf etti Çepurnıy düşünmeye çalışarak, fakat birden, bilime ilişkin şüphelerini pek doğru sözlerle formüle eden Proşka'yı anımsadı. "Prokofiy denetimim altında şöyle bir şey formüle etmişti: Akıl da ev gibi bir mülktür, bilimsizleri ve takatsizleri ezecektir..."

"Madem öyle aptalları silahlandır," dedi Kopyonkin çıkış yolunu bularak. "Sıkıysa çıksın karşılarına o akıllı, elinde toz ilacıyla! Ben mesela, neyim sanıyorsun, kardeş? Ben de aptalım ama son derece özgür yaşıyorum."

Çevengur sokaklarından insanlar geçiyordu. Bunların kimileri evlerin yerini değiştiriyor, kimileri bahçeleri kaldırmış taşıyordu. Ve işte dinlenmeye, söyleşmeye, günü yoldaşların arasında noktalamaya gidiyorlardı şimdi. Yarın bir işleri ve meşguliyetleri olmayacaktı çünkü Çevengur'da herkesin yerine ve her bir kimse için evrensel proleter ilan edilen güneş çalışmaktaydı. İnsanların meşguliyetleri ise zorunlu değildi. Prokofiy Çepurnıy'ın kışkırtmasıyla emeğe yeni bir tanım getirmiş, buna göre emek ebediyen bir nevi açgözlülük kalıntısı, hayvanca-sömürgence bir şehvetperestlik ilan edilmişti, zira emek mülkün –yani zulmün– ortaya çıkmasına neden oluyordu; oysaki güneşin kendisi yaşamalarına yetecek nevaleyi sağlıyordu insanlara, kasti çalışmayla elde edilen her tür artış ise sınıf savaşının ateşini körüklüyor, zira fazladan zararlı nesneler yaratılmış oluyordu. Ne var ki insanlar her cumartesi çalışıyordu Çevengur'da, buradaki hayatın güneş sistemini azıcık çözen Kopyonkin de buna şaşırmıştı ya.

"E, o emek değil ki, *subbotnik*!" diye açıkladı Çepurnıy. "Prokofiy bu hususta doğru anladı beni ve parlak bir cümle çıkardı ortaya."

"Bilicin falan mı senin bu adam?" dedi Prokofiy'e güvenmeyen Kopyonkin.

"Yok canım, güdük aklıyla benim yüce duygularımı seyreltiyor işte. Ama söz ehli delikanlıdır, o olmasa dilsiz ıstıraplar içinde kıvranırdım... *Subbotnik*'lere gelince, mülk üretilmiyor ki onlarda –buna izin verir miyim hiç?– sadece küçük burjuva mirası gönüllü olarak yıpratılıyor işte. Zulüm bunun neresinde, söyler misin lütfen!"

"Hiçbir yerinde," diyerek samimiyetle onayladı Kopyonkin.

Çepurnıy ve Kopyonkin sokağın ortasına sürüklenen bir ambarda gecelemeye karar verdiler.

"Klavdyuşa'na gitseydin ya sen," diye tavsiyede bulundu Kopyonkin. "Üzüyorsun kadını!"

"Prokofiy meçhul bir yere götürdü onu: Bırak sevinsin, hepimiz eşit proleterleriz. Prokofiy bana kendisinden daha iyi olmadığımı açıkladı."

"Ama sen demedin miydi yüce duygularım var diye, kadınlar böyle adamlara meyleder!"

Çepurnıy'ın aklı karışmıştı: Sahiden de öyle görünüyordu! Fakat yüreği sızlamaktaydı ve düşünemiyordu bugün.

"O yüce duygum, yoldaş Kopyonkin, göğsümde sancıyor, genç yerlerimde değil."

"Hah," dedi Kopyonkin, "madem öyle benimle kal, istirahat et: Benim kalbin vaziyeti de pek fena!"

Proleter Gücü, Kopyonkin'in kendisi için şehir meydanından biçtiği otu çiğnedi ve geceyarısı o da uzandı ambarın tabanına. At, bazı çocuklar gibi yarı aralık gözlerle uyuyor, bilincini yitirmiş, kara, üzücü bir kendinden geçiş içinde sızlanan Kopyonkin'e uysal uysal bakıyordu.

Çevengur'un komünizmi bu karanlık bozkır saatlerinde korunmasızdı, çünkü insanlar gündüzki iç yaşantının yorgunluğunu uykunun gücüyle tedavi ediyorlardı ve inançlarına bir süreliğine ara vermişlerdi.

GEÇ UYANIYORDU ÇEVENGUR; hükmü asırlar süren zulmün ardından dinlenmelere doyamıyordu sakinleri. Devrim, Çevengur ilçesi için uykuyu fethetmiş ve ruhu başlıca meslek ilan etmişti.

Çevengur'un yayası Luy, vilayete doğru sık adımlarla yürümekte, Dvanov'a yazılan mektubu taşımaktaydı; yanında ayrıca peksimet ve vücudunun ısıttığı akağaç kabuğundan bir matarada su da vardı. Karıncalarla tavukların uyandığı saatte çıkmıştı yola, güneş henüz gökyüzünü boylu boyunca soymadan. Yürüyüş ve havanın çekici tazeliği sayesinde düşünceye ait şüphe ve hırslar bırakmıştı Luy'un yakasını; yol Luy'u tüketiyor, zararlı hayat fazlalığından kurtarıyordu. Henüz gençliğinde, bir taşın nasıl olup da uçtuğunu kendiliğinden keşfetmişti Luy: Hareket coşkusuyla havadan da hafif bir hal alıyordu. Harfleri ve kitapları bilmezken Luy inanmıştı ki komünizm insanların ileri doğru aralıksız hareketi olmalıdır. Çepurnıy'a kaç kere komünizmi seyahat ilan etmesini ve Çevengur'u ebedi yerleşikliğinden kurtarmasını öğütlemişti.

"İnsan neye benzer, ata mı yoksa ağaca mı? Elinizi vicdanınıza koyun da söyleyin bana!" diye sormuştu Devrim Komitesi'ndekilere kısa sokaklardan bunaldığı bir vakit.

"Daha yüce bir şeye!" diye bir cevap uydurmuştu Prokofiy. "Açık okyanusa, sevgili yoldaş, ve de şemaların harmonisine!"

Luy nehir ile göl dışında su görmüş değildi, tek bildiği harmoni ise armonikanınkiydi.

"Herhalde ata daha çok benziyor insan," demişti Çepurnıy tanıdığı atları hatırına getirerek.

"Anlıyorum," demişti Prokofiy, Çepurnıy'ın duygularını sürdürerek. "Atın göğsü var, göğsünün içinde yüreği var, yüzü gözü de asil, ağaçta ise öyle şey yok!"

"Aynen öyle, Proş!" demişti Çepurnıy sevinerek.

"Ben de onu diyorum ya!" diye onaylamıştı Prokofiy.

"Kesinlikle doğru!" diye son onayı vermişti Çepurnıy.

Memnun kalan Luy, Devrim Komitesi'ne Çevengur'u derhal uzağa taşımayı önermişti. "İnsan dediğinin rüzgârla yıkanması lazım," diyordu Luy onları ikna etmek için, "yoksa yine güçsüzü ezmeye girişir, bilemedin kendiliğinden kuruyup kalır, nasıl sıkılır canı biliyor musun sen hiç? Yolda ise kimse dostluktan kaçınamaz, komünizme de yeterince iş çıkar!"

Çepurnıy Prokofiy'e okunaklı bir şekilde yazdırmıştı Luy'un önerisini, sonra bu öneri Devrim Komitesi'nin toplantısında görüşülmüştü. Çepurnıy Luy'un özünde haklı olduğunu seziyor ama Prokofiy'e yönlendirici sezgilerini aktaramıyordu, o yüzden üyeler bütün o bahar günü boyunca pek ağır çalışmışlardı. O zaman Prokofiy Luy'un davası için bir ret uydurmuştu usulen: "Savaş ve devrimler çağı yaklaştığından ötürü insanların hareketi komünizmin ivedi alameti sayılmalıdır, yani: Bütün ilçe nüfusu, kriz büsbütün olgunlaştığında kapitalizmin üzerine atılmalı ve insanlar yeryüzünün tüm yollarında yoldaşlık duygusu içinde çelikleşmeli, zafer koşusu hiç durmamacasına sürdürülmelidir; fakat şimdilik komünizm burjuvazinin elinden alınan sahayla sınırlandırılmalıdır ki yönetecek bir şeyimiz olsun."

"Hayır, yoldaşlar," diyerek karşı çıkmıştı aklıselim sahibi Luy. "Yerleşik düzende komünizm hiçbir şekilde gerçekleşemez: Ne düşmanı olur ne sevinci!"

Prokofiy, Luy'u dikkatle dinleyen Çepurnıy'ı gözlemliyor, tereddütlü duygularını çözemiyordu.

"Yoldaş Çepurnıy," diyerek denemişti şansını Prokofiy. "İşçinin kurtuluşu işçinin kendi işi değil midir? Bırakın Luy gitsin ve yavaş yavaş kurtulsun! Bizimle ne alakası var?"

"Doğru!" diyerek sözü bağlamıştı aniden Çepurnıy. "Yürü, Luy: Hareket kitlelerin işidir, biz ayaklarının altında dolaşmayız!"

"Eh, sağolun," deyip Devrim Komitesi'ni selamlamıştı Luy ve Çevengur'dan bir yerlere gitmek için bir gereklilik aramaya koyulmuştu.

Bir defasında şişman atının sırtındaki Kopyonkin'i fark ettiğinde utanç basmıştı Luy'u, çünkü Kopyonkin bir yere gidiyor, kendisi ise yerinde kıpırdamadan yaşıyordu ve Luy daha da çok istemişti şehirden gitmeyi, hem de daha uzağa; gitmeden önce de Kopyonkin'e bir iyilik yapmayı kararlaştırmıştı ama neyle yapsın, Çevengur'da hediyelik nesne bulunmaz: Ancak atına su verebilirdi, oysaki Kopyonkin yabancıları hayvana katiyen yanaştırmıyor, suyunu da bizzat içiriyordu. Ve işte üzülüyordu Luy, âlemde ev ve madde çoktu ama bunların içinde insanların birliğini ifade edenler azdı.

Vilayetten Çevengur'a dönmemeye ve ta Petrograd'a varıp donanmaya katılmaya, denizlere açılmaya, dünyayı, denizleri ve insanları kardeş ruhunun besini imişler gibi izlemeye karar verdi Luy. Çevengur vadilerini gören havzada durup şehre ve sabah ışığına baktı:

"Elveda komünizm, elveda yoldaşlar! Yaşadıkça her birinizi anımsayacağım!"

Kopyonkin şehir sınırının dışında Proleter Gücü'nün ayaklarını açmaya çalışıyordu, yüksekte duran Luy'u fark etti.

"Harkov'a gidiyor olacak serseri," diye düşündü Kopyonkin. "Bunların yanında kala kala devrimin altın günlerini kaçıracağım!" Atını bozkır adımıyla şehre doğru yürüttü, hemen bugün komünizmi kontrolden geçirip gereken önlemleri almalıydı.

Evlerin yerleri değiştirilip durduğundan sokaklar yok olmuştu Çevengur'da, bütün yapılar yerlerinde değil gelişigüzel duruyordu; akarcasına uzanan düz yollara alışkın Proleter Gücü heyecanlanıyor ve sık dönemeçlerde terliyordu.

Eğik bir seyyar ambarın önünde bir delikanlı ile genç kız –gövdesine bakılacak olursa Klavdyuşa– gocuk altında yatmaktaydılar. Kopyonkin atını dikkatlice dolandırdı uyuyanların çevresinden: Gençlikten utanıyor ve büyük geleceğin krallığı olarak gördüğü için saygı duyuyordu ona. Kendisine devrim yürüyüşünde yol arkadaşlığı eden Aleksandr Dvanov'u da gençliği hatırına sevmişti saygıyla – kızlara karşı kayıtsızlığının daha da güzel kıldığı gençliği hatırına.

Bir yerlerde, ev kalabalığının ortasında uzun uzun ıslık çalındı. Kopyonkin hassasiyetle kulak kabarttı. Kesildi ıslık.

"Kopyonkin! Yoldaş Kopyonkin, gel suya girelim!" Çepurnıy idi yakınlardan seslenen.

"Islık çal, sesine geleceğim!" diyerek kalın, sağır edici bir sesle yanıtladı Kopyonkin.

Çepurnıy canla başla ıslık çalmaya koyuldu, Kopyonkin karman çorman şehrin dar boğazlarından geçerek ona ulaşmaya çalışıyordu. Çepurnıy ahırın taş basamaklarında, çıplak vücudunu kaputla örtmüş, yalınayak dikilmekteydi. İki parmağını ıslığı kuvvetlendirmek için ağzına sokmuştu, gözleri ise sıcağın kızıştığı güneşli göğe bakıyordu.

Proleter Gücü'nü ahıra kilitleyen Kopyonkin, bugün tüm insanlarla büsbütün kardeş olmuş biri gibi mutlu, yalınayak Çepurnıy'ın peşi sıra yürüdü. Nehir yolunda karşılarına çok sayıda uyanmış Çevengurlu çıktı; her yerdeki gibi sıradan insanlardı bunlar, ama görünümleri yoksuldu, yüzlerine bakılırsa buralı değildiler.

"Yaz günü uzundur: Neyle uğraşacak bunlar?" diye sordu Kopyonkin.

"Gayretlerini mi soruyorsun?" dedi Çepurnıy tam anlayamamıştı.

"En azından."

"Eh, insan ruhu – şimdi başlıca meslek odur. Ürünü ise dostluk ve yoldaşlıktır! Meşguliyet değildir de nedir bu, söyler misin lütfen!"

Kopyonkin eski örselenmiş hayatını düşündü bir süre.

"Pek güzel senin Çevengur pek," dedi kederli kederli. "Ama acıyı da örgütlemek gerekmez mi burada? Komünizm dediğin keskin olmalı, biraz ağı lezzete lezzet katar."

Çepurnıy ağzında taze tuz tadı duydu ve hemen anladı Kopyonkin'i.

"Haklısın galiba. Acıyı kasten örgütlememiz gerekecek şimdi. Gel yarından itibaren ele alalım bu işi, yoldaş Kopyonkin!"

"Ben yapmam, benim işim başka. Hele bir Dvanov gelsin, her şeyi çözüverir."

"Prokofiy'e devrediveririz işi!"

"Bırak şu Prokofiy'i! Delikanlı senin Klavdyuşa'yla üremek istiyor, sen hâlâ her işin içine katıyorsun onu!

"Orası da öyle galiba – bekleyelim madem silah arkadaşını!"

Çevengurka nehrinin yorulmak bilmez suyu kıyıda çırpınmaktaydı; coşku ve özgürlük kokan hava yükseliyordu içinden, iki yoldaş suya karşı soyunmaya koyuldular. Çepurnıy kaputunu atınca çıplak ve acınası kalakaldı, buna karşın vücudundan çoktan kapanmış, kabuk bağlamış bir analığın Kopyonkin'in güçlükle anımsayabildiği sıcak kokusu yayılıyordu.

Güneş bireysel bir dikkatle Çepurnıy'ın sıska sırtını aydınlattı, insanı hep kaşındıran o görünmez mahlukatı sıcağıyla cansız bırakmak için derisinin bütün terli yarıklarına, girintilerine sokularak. Kopyonkin saygıyla baktı güneşe: Birkaç yıl önce Rosa Luxemburg'u ısıtmıştı, şimdi de mezarının üzerindeki otların yaşamasına yardım ediyordu.

Kopyonkin çoktandır girmemişti nehre ve alışana değin uzun bir süre titredi soğuktan. Çepurnıy ise cesurca yüzüyor, suyun içinde gözlerini açıyor, dipten çeşitli kemikler, büyük taşlar ve at kafaları çıkarıyordu. Nehrin acemi Kopyonkin'in yüzemeyeceği orta yerinde Çepurnıy bağırarak şarkılar söylüyor ve giderek konuşkanlaşıyordu. Kopyonkin sığ yerlerde dalıyor, suyu avuçluyor ve şöyle düşünüyordu: Bu da bir yerlere akıyor, iyi hissettiği bir yerlere!

Çepurnıy hepten neşeli ve mutlu döndü.

"Biliyor musun Kopyonkin, suyun içindeyken gerçeği kesinkes

biliyormuşum gibi geliyor... Oysa Devrim Komitesi'ne girdim miydi habire bir şeyler sanıyor, bir şeyler zannediyorum..."

"Kıyıda çalış sen de."

"O zaman vilayetten gelen tezleri yağmur ıslatır, akılsız herif!"

Kopyonkin tezin ne demek olduğunu bilmiyordu. Bir yerlerden anımsıyordu bu sözcüğü ama bir duygu uyanmıyordu içinde.

"Yağmur yağıyorsa, peşinden güneş çıkıyorsa, acıma sen de tezlere," dedi teselli edercesine Kopyonkin. "Nasılsa ekin büyüyecektir."

Çepurnıy güçbela bir şeyler saydı, parmaklarıyla da yardım etti aklına.

"Demek tam üç tez öne sürüyorsun ha?"

"Birine bile gerek yok," diye reddetti Kopyonkin. "Kâğıda sadece şarkıları yazmalı ezberden."

"Nasıl olur? Güneş, al sana birinci tez! Su, iki, toprak üç."

"Rüzgârı unuttun mu?"

"Rüzgârla birlikte dört. İşte o kadar. Doğru olmalı. Ama biliyor musun, eğer vilayetin tezlerine yanıt verip burada her şeyin yolunda gittiğini yazmazsak komünizmimizi oracıktan lağvediverirler."

"Hiç de bile," diye itiraz etti bu tahmine Kopyonkin. "Oradakiler de bizim gibi kişiler."

"Bizim gibi olmasına bizim gibiler de anlaşılmaz şeyler yazıyorlar ve sürekli, anlarsın ya, bir şeyleri daha fazla hesaba katmamızı, milleti daha sert yönetmemizi istiyorlar... Çevengur'da neyi hesaba katacaksın, insanları nerelerinden yöneteceksin?"

"Biz ne güne duruyoruz?!" dedi Kopyonkin şaşırarak. "İzin verir miyiz hiç rezillerin içimize sızmasına! Arkamızda Lenin var bugüne bugün!"

Çepurnıy dalgın dalgın sazlığın içine girdi ve cılız gece renginde solgun çiçekler kopardı. Bunu, nadiren gördüğü ama yine de kaygı dolu bir şefkat beslediği Klavdyuşa için yaptı.

Çiçeklerden sonra Çepurnıy ile Kopyonkin giyindiler ve nehir kıyısı boyunca otsu nemli örtünün üzerinden yürüdüler. Çevengur buradan sıcak bir memleket gibi görünüyordu: Güneşin aydınlattığı, başları açık, havanın ve özgürlüğün tadını çıkaran, yalınayak insanlar vardı orada.

"Güzel hava," dedi Çepurnıy boşluğa. "İnsanın bütün sıcaklığı dışarıda!" Eliyle şehri ve içindeki tüm insanları işaret etti.

Sonra Çepurnıy iki parmağını ağzına soktu, ıslık çaldı ve kızgın iç yaşantısının hezeyanına kapılarak kaputunu çıkarmadan tekrar suya daldı; kabına sığmayan bedeninin kara sevinci eziyordu onu ve sazlıkların arasından temiz nehre atıldı, sıkıntılı, müphem tutkularını orada tüketmek için.

"Cümle âlemi komünizmin hürriyetine salıverdiğini zannediyor: Seviniyor, serseri!" diye düşünerek kınadı Çepurnıy'ın davranışını Kopyonkin. "Bense burada hiçbir şey göremiyorum!"

Sazlıkların arasında bir kayık duruyordu, içinde çıplak bir adam sessizce oturmaktaydı; düşünceli düşünceli nehrin karşı kıyısını inceliyordu adam, oysa kayıkla gidebilirdi oraya. Kopyonkin onun çıkık kaburgalı güçsüz bedenini ve hasta gözünü gördü.

"Paşintsev misin sen yoksa?" diye sordu Kopyonkin.

"Evet, ya kim olacaktı!" diye yanıtladı beriki hemen.

"O zaman devrim parkındaki makamını neden bıraktın?"

Paşintsev ehlileşmiş başını eğdi üzgünce:

"Oradan rezilce uzaklaştırıldım, yoldaş!"

"Bomba kullansaydın..."

"Erken boşaltmışım onları meğer: Ve işte dramatik bir psikopat gibi hürmet görmeden memleket memleket geziyorum."

Kopyonkin devrim parkını lağveden uzaklardaki beyaz alçaklardan tiksindiğini hissetti, içinde cesur bir karşı güç ayaklanmıştı.

"Tasalanma sen, yoldaş Paşintsev: Biz o beyazları attan inmeden harcarız, devrim parkını da sıcağı sıcağına tekrar kurarız. Elinde ne kaldı senin şimdi?"

Paşintsev kayığın dibinden şövalyelerin taktığı cinsten bir göğüs zırhı çıkardı.

"Yetmez," dedi Kopyonkin kesin bir dille. "Bir tek göğsü korur o."

"Kafanın zaten canı çıksın," dedi Paşintsev umursamazca. "Kalp her şeyden değerli benim için... Kellemle kolum için de bir şeylerim var." Paşintsev bir de küçük silah-zırh takımı gösterdi: kızıl yıldızın hiç çıkmamacasına vidalandığı alın siperliğini ve elindeki son boş bombayı.

"Eh, bu sana yeter de artar bile," dedi Kopyonkin. "Fakat söylesene, devrim parkın nereye gitti? O kadar mı güçsüz kaldın da köylüler kolayca *kulak*'laştırdılar onu?"

Paşintsev'in ruhu sıkkındı, kederinden zor konuşuyordu:

"Dedik ya sana yahu, büyük bir sovhoz örgütü atadılar oraya. Ne diye çıplak vücuduma bakıp duruyorsun?"

Kopyonkin bir kez daha Paşintsev'in çıplak vücudunu süzdü.

"O zaman giyin: Gidip birlikte Çevengur'u tetkik edelim. Burada da hakikat eksikliği var, insanlar rüya görüyor."

Fakat Paşintsev Kopyonkin'e yol arkadaşlığı edemezdi. Göğüs zırhı ve siperliği dışında kıyafeti olmadığı anlaşılmıştı.

"Böylece gel," diye yüreklendirdi onu Kopyonkin. "İnsanlar canlı vücut mu görmedi sanıyorsun? Ne zarafet ne zarafet! Aynı şeyleri tabuta koyuyorlar!"

"Hayır, işin rezil tarafı ne biliyor musun?" Konuşurken bir yandan da metalik kıyafetini kurcalıyordu Paşintsev. "Devrim parkından beni sağ salim salıverdiler; tehlikedeydim ama canlıydım, üstüm başım yerindeydi. Köyde kendi köylülerim gördüler beni, baktılar ki işi bitik adamın teki geliyor, üstelik de orduya yenilmiş, bütün kıyafetimi kesiverdiler. Şafak vakti zırhla ısınayım diye iki parça fırlattılar arkamdan, bombayı ise kendim tuttum vermedim."

"Koca ordu mu geldi üstüne yahu?" dedi Kopyonkin, şaşkın.

"Ya, ne sandın? Yüz süvari bir kişinin karşısına dikildi. Yedekte de üç pus hazır bekliyordu. Ona rağmen bir gece bir gündüz teslim olmadım – boş bombalarla korkuttum koca orduyu; Grunka, oradaki kızın teki, gitti yetiştirdi, kancık."

"Hah," dedi Kopyonkin, anlatılanlara inanarak. "Haydi gidelim, ver bir elime demirlerini."

Paşintsev kayıktan indi ve Kopyonkin'in kıyı kumunda bıraktığı güvenilir izleri takip ederek yürümeye koyuldu.

"Korkma," diye avutmaya çalışıyordu Kopyonkin çıplak yoldaşını. "Kendin soyunmadın ya, yarı-beyazlar kırmış kalbini."

Paşintsev vücudu çıplak, yalınayak gezişinin fukaralar uğruna, komünizm uğruna olduğunu anlamıştı, o yüzden rastlayacağı kadınlardan utanmıyordu.

Karşısına ilk çıkan Klabzdyuşa oldu; Paşintsev'in vücudunu şöyle bir süzüp bir Tatar kadını gibi gözlerini mendille örttü.

"Felaket derecede pörsük bir erkek," diye düşündü, "her yeri de benlerle kaplı, ama temiz, pürüz yok teninde!" Ardından yüksek sesle, "Burası cephe değil yurttaşlar, çıplak gezmek pek de edebe uygun sayılmaz," dedi.

Kopyonkin Paşintsev'den bu karakurbağasına aldırmamasını rica etti. "Burjuvadır, durmadan gıdaklar: Kâh kısa şal ister, kâh Moskova, şimdi de çıplak bir proletere geçit vermiyor," dedi. Yine de Paşintsev biraz utanır gibi oldu ve vücudunun çoğunluğunu açıkta bıraksa da zırh ile siperliği giyindi.

"Böylesi daha iyi," dedi. "Yeni politikanın üniforması olduğunu düşünürler!"

"Daha ne istiyorsun?" dedi Kopyonkin şöyle bir bakıp. "Neredeyse giyinik sayılırsın şimdi, yalnız demirin içinde üşüyeceksin!"

"Vücudum ısıtır, kan akıyor içimizde kan!"

"Benim içimde de akıyor!" dedi Kopyonkin hissederek.

Zırhın demiri üşütmüyordu Paşintsev'in vücudunu, sıcaktı Çevengur. İnsanlar çıkmaz sokaklarda, yerinden oynatılmış evler arasında sıra sıra oturuyor, alçak sesle söyleşiyorlardı; yalnız güneşten değil, insanlardan da sıcak ve nefes yayılıyordu. Paşintsev ve Kopyonkin boğucu havanın içinden geçiyorlardı; evlerin sıkışıklığı, kızgın güneş ve heyecan verici insan kokusu yüzünden hayat pamuklu yorgan altında uykuya benziyordu.

"Bir uyuşukluk çöktü üstüme, senin?" diye sordu Paşintsev'e Kopyonkin.

"Benim de eh işte!" diye yanıtladı Paşintsev kendi kendisini çözemeyerek.

Kopyonkin'in ilk geldiğinde kaldığı sabit tuğla evin önünde tek başına Piyusya pineklemekte ve belirsizce her şeye birden bakınmaktaydı.

"Dinle, yoldaş Piyusya!" diyerek ona yöneldi Kopyonkin. "Bütün Çevengur'u keşfe çıkmam gerekiyor, yol gösteriver sen bize!"

"Olabilir," diyerek kabul etti Piyusya yerinden kalkmadan.

Paşintsev evin içine girdi ve yerden eski bir asker kaputu aldı, 1914 model. Bu kaput uzun boylular içindi ve Paşintsev'in bütün vücudunu anında rahatlattı.

"Şimdi tam bir yurttaş gibi giyinmiş oldun!" dedi Kopyonkin onu tartarak. "Ama kendine daha az benzedin."

Üç kişi sıcak Çevengur yapılarının arasından yol aldılar. Yolun ortasında ve boş yerlerde, solgun, kederli bahçeler duruyordu: Birkaç kere omuzlara yüklenip yerleri değiştirildiğinden, güneşe ve yağmura rağmen halsiz düşmüşlerdi.

"Olaya bak!" dedi Kopyonkin suskun ağaçları işaret ederek. "Şeytanlar anca kendilerine komünizm yapmışlar, ağacın canı yok sanki!"

Orman açıklığında nadiren görülen yabancı çocuklar havadan, özgürlükten ve günlük eğitim almamaktan şişmandılar. Yetişkin insanlar ise Çevengur'da kim bilir nasıl yaşıyorlardı: Kopyonkin yeni duygular fark edememişti onlarda henüz; uzaktan bakıldığında emperyalizm tatilcileri gibi görünüyorlardı, ama içlerinde ve aralarında neler olup bittiğine dair bir veri yoktu ortada; keyiflerinin yerinde oluşunu ise Kopyonkin insan vücudundaki sıcak kanın buharlaşmasına bağlıyor, komünizm göstergesi saymıyordu.

Devrim Komitesi'nin yer aldığı mezarlığın yakınında toprak uzun bir sıra halinde göçmüştü.

"Burjuvalar yatıyor burada," dedi Piyusya. "Çepurnıy'la ben ilaveten ruhlarını da aldık."

Kopyonkin hoşnut bir şekilde mezarın göçmüş toprağını yokladı ayağıyla.

"Yapman gerekeni yapmışsındır!" dedi.

"Kaçınılmaz bir şeydi," diyerek savundu gerçeği Piyusya, "yaşama gerekliliğimiz doğmuştu..."

Paşintsev ise mezarlığın çiğnenmemiş olmasına içerledi: Çiğnenip üzerine eski bir bahçe konmalıydı ki ağaçlar kapitalizmin kalıntılarını emip sosyalizm yeşilliğine dönüştürüversin; fakat Piyusya kendisinin de ciddi bir önlem olarak gördüğü çiğneme işini gerçekleştirememişti, çünkü vilayet, Olağanüstü başkanlığından derhal almıştı onu. Buna neredeyse hiç gücenmemişti Piyusya, çünkü Sovyet makamlarında kendisine benzemeyen eğitimli insanların görev alması gerektiğini ve burjuvazinin bu konuda işe yaradığını biliyordu. Bu bilinç sayesinde Piyusya, vazifesinden uzaklaştırılınca, devrimin kendisinden akıllı olduğunu ilelebet kabul etmiş ve Çevengur kolektifinin içinde sesini soluğunu kesip kalmıştı. Her şeyden çok da kalem odalarından ve yazılı kâğıtlardan çekiniyordu; onları gördüğü anda susuyor, bütün vücudu kararıp çökerken, düşünce ve yazının kara büyüsünün ne denli kudretli olduğunu duyumsuyordu. Piyusya'nın zamanında Çevengur'un Olağanüstüsü şehrin ağaçsız meydanında yer alırdı; sermaye tenkillerini yalnızca kaydetmek yerine Piyusya halkın bilgisine açmış ve yakalanan toprak ağalarını öldürme işini ırgatlara devretmeyi önermişti, böylece de yerine getirilmişti bu iş. Şimdi ise Çevengur'da komünizm adamakıllı geliştiği için Çepurnıy'ın şahsi kararıyla ebediyen kapatılmış ve bulunduğu meydana evler itilmişti.

Kopyonkin burjuvazinin ağaçsız, tepesiz ve anısız toplumezarı başında düşünceli düşünceli dikiliyordu. Rosa Luxemburg'un uzaktaki mezarının bir ağacı, bir tepesi, ebedi anısı olsun diye böyle yapıldığını sezinler gibi oluyordu bunun. Tek bir şey vardı Kopyonkin'in pek hoşuna gitmeyen: Burjuvazinin mezarı iyice çiğnenmemişti.

"İlaveten ruhlarını da aldık burjuvaların diyorsun ha?" diye sordu Kopyonkin kuşkuyla. "Ama seni ilga etmişler işte – demek ki burjuvaları öldüresiye vurmamışsınız! Toprağı bile doğru düzgün ezmemişsiniz baksana!"

Kopyonkin bu konuda şiddetle yanılıyordu. Çevengur burjuvasının kökü namusluca kazınmıştı, ahiret hayatı bile sevindiremezdi onu, zira vücudunun peşi sıra ruhu da kurşuna dizilmişti.

Çevengur'da kısa bir süre kalan Çepurnıy'ın şehirdeki yoğun küçük burjuva varlığından ötürü kalbi ağrımaya başlamıştı. Bütün vücudu eziyetten kıvranıyordu; Çevengur'un zemini komünizm için pek dardı, üstelik mülkiyetin ve varlıklı insanların kirini taşıyordu, evler ise balmumu kokan tuhaf insanlarla doluydu ezelden beri; oysaki komünizmin bir an önce canlı temele oturtulması şarttı. Çepurnıy özellikle tarlalara gidiyor, açık, ferah yerlere bakıyordu – acaba komünizme tam da oradan mı başlanmalıydı? Neden sonra vazgeçiyordu, çünkü o durumda proletarya ve köy fukaraları ezilenlerin elleriyle yapılmış Çevengur binalarından, eşyalarından mahrum kalacaktı. Çevengur burjuvazisinin ikinci geliş beklentisi yüzünden nasıl bunaldığını biliyordu Çepurnıy ve şahsen bir itirazı yoktu ona. Devrim Komitesi'nde iki ay başkanlık yapmış, canından bezmişti: Burjuvazi yaşıyor, komünizm gelmiyordu; geleceğe desen vilayet genelgelerinde denildiği gibi bir dizi ardışık-atılımsal geçiş dönemi atlatılarak çıkılacaktı ki, Çepurnıy bu sonuncuların kitleleri kandırmak uğruna uydurulduğundan şüpheleniyordu.

İlk olarak bir komisyon oluşturmuştu; komisyon üyeleri de Çepurnıy'a ikinci gelişin gerekliliğinden söz edip duruyordu, fakat o zaman Çepurnıy sessiz kalmış, evrensel devrimin uğraşacak bir şeyi olsun diye küçük burjuvaziyi sağ bırakmaya karar vermişti içten içe. Neden sonra Çepurnıy çilesinden kurtulmak için Olağanüstü'nün başkanı Piyusya'yı çağırmıştı yanına.

"Şehri şu dayanılmaz unsurlardan temizle bana!" diye emretmişti Çepurnıy.

"Olur," demişti Piyusya sözünü dinleyerek. Tüm Çevengur sakinlerini kırıp geçirmeye niyetliydi, Çepurnıy da rahatlayarak onaylamıştı onu.

"Hayırlı bir iş çıkaracağız, anlıyorsun değil mi?" diyordu Piyusya'yı ikna etmek için. "Aksi takdirde, kardeş, bütün halk geçiş aşamalarında ölüp gidecek. Hem sonra burjuvalar insan da sayılmazlar artık: İnsanın doğar doğmaz atası maymunu öldürdüğünü okumuştum. Onu getir aklına: Proletarya varken burjuvaziye ne gerek? Düpedüz çirkin bir durum bu!"

Piyusya burjuvaziyi bizzat tanıyordu: Çevengur sokaklarını aklına getiriyor ve her bir hane reisini gözünde açık seçik canlandırıyordu: Şekotov, Komyagin, Pihler, Znobilin, Şapov, Zavın-Duvaylo, Perekrutçenko, Syusyukalov ve tüm komşularını. Dahası Piyusya onların yaşama ve beslenme şekillerini de biliyordu ve herhangi birisini silah dahi kullanmadan elleriyle öldürmeye hazırdı. Olağanüstü başkanı olduğundan beri huzur nedir bilmiyor, sinirlerine hâkim olamıyordu: Küçük burjuvalar her gün Sovyet ekmeği yiyor, kendisine ait evlerde yaşıyor (Piyusya bundan önce yirmi yıl taş döşeyiciliği yapmıştı) ve devrimin yolunda sinsi bir pislik gibi duruyorlardı. Burjuvazinin en yaşlı, kırış buruş mensupları karşısında bile sabırlı Piyusya bir sokak savaşçısına dönüşüyordu: Şapov, Znobilin ve Zavın-Duvaylo'ya çok kereler yumrukla giriştiği olmuştu, onlar da bu durumu sessizce sineye çekiyor, hakaretlere boyun eğiyor, umutlarını geleceğe bağlıyorlardı. Diğer burjuvalar çıkmıyorlardı yoluna Piyusya'nın, özellikle evlerine uğramayı ise Piyusya istemiyordu, zira habire sinirlenmekten ruhu sıkışıyordu.

Ne var ki İlçe Yürütme Kurulu sekreteri Prokofiy Dvanov burjuvaziyi hane hane ve habersizce imha etme fikrini onaylamamıştı. Bunun daha teorik bir usulle yapılması gerektiğini söylüyordu.

"Nasılmış bakalım, formüle et!" diye buyurmuştu ona Çepurnıy.

Prokofiy SR'lere has dalgın saçlarını düşünceli düşünceli arkaya atmıştı.

"Kendi önyargılarını esas alarak!" diye formüle etmişti sonunda.

"Hisseder gibiyim!" demişti Çepurnıy, anlamasa bile düşünmeye hazır.

"İkinci gelişi esas alarak!" demişti Prokofiy, daha net bir dille. "Kendileri istiyorlar bunu, bırakalım kavuşsunlar – günah bizden gider."

Çepurnıy ise tam aksine üstlenmişti suçu:

"Günah bizden gider de ne demek, söyler misin lütfen! Şayet biz devrimsek tepeden tırnağa suçluyuz demektir! Şayet kendini bağışlatmak için böyle formüle ediyorsan defolup gidersin!"

Prokofiy de her akıllı insan gibi soğukkanlıydı:

"İkinci gelişin resmen ilan edilmesi kesinlikle gerekmektedir, yoldaş Çepurnıy. İkinci geliş esas alınarak şehir yerleşik proletarya için temizlenmelidir."

"Peki ya bize iş düşecek mi?" diye sormuştu Çepurnıy.

"Aslında, evet! Ama sonradan, mülkü paylaştırmalıyız ki daha fazla czemesin bizi."

"Mülk senin olsun," demişti Çepurnıy. "Proletaryanın kendi elleri var. Böyle bir zamanda nasıl olur da burjuva sandıklarını sayıklarsın, söyler misin lütfen! Kararı yaz hadi."

Prokofiy, Çevengur burjuvazisinin geleceğini kısaca formüle etmiş ve doldurduğu kâğıdı Piyusya'ya uzatmıştı; beriki, varlıklıların soyadlarını ezberinden eklemeliydi.

Çepurnıy şunları okumuştu: Sovyet iktidarı, ebedi saadetin örgütlenmesi amacıyla burjuvaziye yıldız ve gökcisimleriyle donatılmış sonsuz gökyüzünün tamamını bağışlıyordu: Yeryüzü, temel yapılar ve alet edevata gelince, bu gibi şeyler bütünüyle aşağıda –gökyüzüyle değiştokuş edilmek suretiyle– proletaryanın ve emekçi köylünün elinde kalıyordu.

Kararın sonunda, burjuvaziyi örgütlü, acısız bir surette ahirete götürecek ikinci gelişin süresi belirtiliyordu.

Burjuvazi kilise meydanında çarşambayı perşembeye bağlayan

geceyarısı toplanmalıydı, Vilayet Meteoroloji Bürosu'nun bülteni de karara gerekçe olarak gösterilmişti.

Prokofiy vilayet kâğıtlarının saygı uyandıran karanlık çetrefilliğinden çoktandır hoşlanmaktaydı; dudağında bir şehvet tebessümü, onların dilini ilçe ölçülerine uyarlıyordu.

Piyusya karardan hiçbir şey anlamamıştı, Çepurnıy ise tütününü koklamış ve tek bir şeyi merak etmişti: Prokofiy ikinci gelişi neden bugüne, pazartesiye değil de perşembeye kesmişti?

"Çarşamba oruç günüdür, uslu uslu hazırlanırlar!" diye açıklamıştı Prokofiy. "Hem dahası bugün ve yarın havanın kapalı olması bekleniyor, işte hava raporu da elimde!"

"Lüzumsuz bir avantaj," diye sitem etmişti Çepurnıy, ama ikinci gelişin hızlandırılması konusunda fazla da ısrar etmemişti.

Prokofiy ise Klavdiya ile bir olup bütün varlıklı vatandaşların evlerini dolaşmış, ayaküzeri küçük boy el eşyalarını istimlak etmişti: bilezikler, ipek eşarplar, altın çarlık madalyaları, genç kız pudrası ve benzeri. Klavdyuşa eşyaları küçük sandığına yerleştiriyor, Prokofiy ise burjuvalara sözlü olarak hayatlarının uzatılacağını vaat ediyordu, cumhuriyetin geliri artsın yeterdi; burjuvalar orta yerde dikiliyor, uslu uslu teşekkür ediyorlardı. Çarşambayı perşembeye bağlayan geceye değin Prokofiy işini zor bitirmiş, ikinci gelişi cumayı cumartesiye bağlayan geceye kesmediğine yanmıştı.

Çepurnıy, Prokofiy'in elinde fazla mal birikmesinden korkmuyordu: Proletaryaya yakışmazdı ne de olsa bunlar, eşarp ve pudra bilinçte iz bırakmaksızın kaybolurlardı kafadan.

Çarşambayı perşembeye bağlayan gece Çevengur burjuvazisi kilise meydanını doldurmuştu, daha akşamdan gelmişlerdi. Piyusya meydanın çevresini Kızıl Ordulularla kuşatmış, burjuva seyircilerin arasına ise zayıf *çekist*'leri* sokmuştu. Listedeki burjuvalardan yalnızca üçü gelmemişti: İkisi evlerinin altında kalıp ezilmiş, üçüncüsü ise yaşlılıktan ölmüştü. Piyusya iki *çekist*'i derhal evlerin neden çöktüğünü öğrenmeye göndermiş, kendisi ise burjuvaları sıkı bir nizama sokmaya koyulmuştu. Burjuvalar yanlarında sabun, havlu, çamaşır, puf böreği, aile merhumlarının adlarının yazılı olduğu defterciklerle

* Karşıdevrimle Mücadele Olağanüstü Komisyonu (ÇeKa) üyesi. –*ç.n.*

dolu bohçalar, sandıklar getirmişlerdi. Piyusya her birinin eşyalarını gözden geçirmiş, hele defterleri pek bir dikkat kesilerek incelemişti.

"Oku," demişti bir *çekist*'e.

Okumuştu beriki:

"Tanrı'nın Yevdokiya, Marfa, Firs, Polikarp, Vasiliy, Konstantin, Makariy kulları ve tüm akrabaları nur içinde yatsın. Tanrı, Argippina, Mariya, Kosma, İgnatiy, Pyotr, İoann ve Anastasiya'ya, ayrıca zadelerine ve akrabalarına, bir de hasta Andrey'e sağlık bağışlasın."

"Zadelerine mi?" diye sormuştu Piyusya.

"Evet ya!" diye doğrulamıştı *çekist*.

Kızıl Ordulu safının ardında burjuvaların karıları dikiliyor, gece havasında hüngür hüngür ağlıyorlardı.

"Uzaklaştır şu suç ortaklarını!" diye buyurmuştu Piyusya. "Zadelere ihtiyaç yok burada!"

"Onların da işini bitirsek fena olmaz, yoldaş Piyusya!" diye tavsiyede bulunmuştu *çekist*.

"Neden o, çokbilmiş? Esas organları nasılsa kesildi sayılır!"

Çöken evleri kontrolden dönen iki *çekist* şunları anlatmıştı: Evler tavandan çökmüştü zira tavan aralarına ağır mı ağır tuz ve un çuvalları yığılmıştı; burjuvalar un ile tuzu stok mahiyetinde yığmışlardı – ikinci geliş sürerken beslenmek, onu sağ salim atlattıktan sonra da yaşamaya devam etmek için.

"Demek öyle!" demişti Piyusya ve geceyarısını beklemeden *çekist*'leri sıraya dizmişti. "Gebertin şunları, çocuklar!" Ve en yakınındaki burjuvanın –Zavın-Duvaylo'nun– kafatasına revolverindeki kurşunu sıkıvermişti.

Burjuvanın kafasından sessiz bir buhar çıkmış, sonra saçlarının arasından balmumuna benzer çiğ analık maddesi sızmıştı, fakat Duvaylo düşmemiş, ev bohçasının üzerine oturup kalmıştı.

"Hatun, boynuma bir kundak bağlayıver!" demişti Zavın-Duvaylo sabrederek. "Ruhum aktı akacak!" Ve bohçanın üzerinden düşmüş, kollarını bacaklarını açıp bir beyin hanımını kucaklaması gibi kucaklamıştı toprağı.

Çekist'ler, önceki gün ayinde şarapla ekmek yemiş sessiz burjuvaları vurmuşlardı böylece ve burjuvalar, yağlı boyunlarını omurlarını incitecek denli bükerek, beceriksizce, çarpılarak düşmüşlerdi yere. Yaralarının tadını duymadan evvel kesilmişti dizlerinin dermanı, o yüzden kurşunlar rasgele bir yerlerine saplanıp canlı etle örtülmüştü.

Yaralı tüccar Şapov yerde yatıyordu, bedeni ufalmıştı, eğilen bir *çekist*'ten rica etmişti:

"Can insan, izin ver nefes alayım – eziyet etme bana. Kadını çağır, vedalaşayım! Yahut elini veriver, uzağa gitme, korkuyorum yalnız kalmaktan."

Çekist ona elini vermek istemişti:

"Tut bakalım, nasılsa suyun ısındı!"

Şapov ele kavuşamamış, yardım almak için bir dulavratotuna tutunmuş, yarım kalan ömrünü ona emanet etmişti; vedalaşmak istediği kadına hasretini yitirene değin de bırakmamıştı bitkiyi, sonra dostluğa ihtiyacı kalmayan elleri kendiliğinden düşmüştü. *Çekist* anlamış, nutku tutulmuştu: Burjuvalar da içlerine kurşun girince proletarya gibi yoldaşlığa hevesleniyor, oysa kurşun yoksa bir tek mülkiyeti seviyorlardı.

Piyusya, Zavın-Duvaylo'ya dokunmuştu:

"Ruhun nereden akıyor? Boynundan mı? Dur sökeyim onu oradan!"

Piyusya sol eliyle Zavın'ın boynunu kavramış, güzelce sıkmış ve silahının namlusunu adamın ensesinin altına dayamıştı. Fakat Zavın'ın boynu durmadan kaşınıyor, ceketinin çuha yakasına sürtünmesi gerekiyordu.

"Kaşınma, rezil herif: Bekle ben bir güzel tırmalayacağım seni!"

Duvaylo hâlâ yaşıyor ve korkmuyordu:

"Kafamı bacaklarının arasına koyup sık, bas bas bağırayım, hatunum dikiliyor orada, hiç duymuyor sesimi!"

Piyusya, bu burjuvanın bedenini son kez hissetmek için yanağına bir yumruk atmıştı; serzenişli bir sesle bağırmıştı o zaman Duvaylo:

"Maşenka, öldürüyorlar!"

Piyusya Duvaylo'nun kelimeleri uzatıp sonuna kadar telaffuz etmesini beklemiş, sonra boynuna iki el ateş etmiş, ısınıp kuruyan dişetlerini gevşetmişti ağzının içinde.

Bu tekil cinayeti gören Prokofiy sitem etmişti Piyusya'ya:

"Komünistler arkadan vurmazlar, yoldaş Piyusya!"

Piyusya öylesine gücenmişti ki hemen toplayıvermişti aklını:

"Komünistlere, yoldaş Dvanov, komünizm yaraşır, subay kahramanlığı değil!.. O yüzden çeneni kapalı tut, yoksa seni de gönderirim yukarı! Her orospu kızıl bayrakla örtünmek istiyor, boş yerlerinde namus bitecek sanıyor... Kurşunum o bayrağı delip geçer yine bulur seni!"

Yanlarına gelen Çepurnıy bu konuşmaya son vermişti:

"Ne oluyor böyle, söyler misiniz lütfen? Yeryüzünde hâlâ burjuvalar nefes alıyor, sizse durmuş komünizmi kelimelerde arıyorsunuz!"

Çepurnıy ve Piyusya ölü burjuvaları incelemeye bizzat gitmişlerdi; bedenler öbek öbek yatıyordu yerde –üçlü, beşli ve daha kalabalık öbekler halinde– belli ki karşılıklı vedalarının son dakikalarında hiç olmazsa bedenlerinin kimi parçalarıyla yakınlaşmaya meyletmişlerdi.

Çepurnıy makinistlerin rulman sıcaklığını kontrol etmeleri gibi, elinin tersiyle burjuvaların boyunlarını yokluyor, tümünün de hâlâ yaşadığını zannediyordu.

"Ben Duvaylo'nun boynundan ruhunu da söktüm ilaveten!" demişti Piyusya.

"Doğru: Ruh boyundadır!" demişti Çepurnıy anımsayarak. "*Kadet*'ler* bizi neden boynumuzdan asıyorlar sanıyorsun? İp yanıklarıyla parçalamak için ruhumuzu: O zaman gerçekten ölüp gideriz! Yoksa uğraş dur: Zordur insanı öldürmesi!"

Piyusya ve Çepurnıy bütün burjuvaları yoklamalarına rağmen öldüklerinden kesinkes emin olamıyorlardı: Kimileri iç geçirir gibiydi, bazılarının ise gözleri hafif aralıktı ve geceleyin sürünerek kaçmak, Piyusya ile başka proleterlerin sırtından geçinmeyi sürdürmek için numara yapıyorlardı; o zaman Çepurnıy ve Piyusya burjuvaların yaşamasını engellemeye karar vermişlerdi: Silahlarını doldurup yerde yatan tüm zenginlerin boyunlarını bezelerini delecek şekilde kurşunlamışlardı sırasıyla.

"Şimdi içimiz rahat edebilir!" demişti işi kurtaran Çepurnıy. "Yeryüzünde ölüden daha fakir proleter yoktur."

* 20. yüzyıl başlarında Rusya'da faaliyet gösteren Anayasal Demokrasi Partisi üyesi. Sovyet tarihine Karşıdevrimci Liberal Burjuvazi Partisi olarak geçmiştir. –*ç.n.*

"Sağlama aldık işi," demişti tatmin olan Piyusya. "Gidip Kızıl Orduluları salıverelim."

Kızıl Ordulular gönderilmiş, *çekist*'ler ise Çevengur'un burjuva mirasına toplumezar hazırlamak üzere alıkonulmuşlardı. Şafak sökene kadar *çekist*'ler işi kurtarmış, bütün ölüleri bohçalarıyla birlikte çukura yığmışlardı. Ölülerin karıları yaklaşmaya cesaret edemiyor, kazı işlerinin bitmesini uzakta bekliyorlardı. Tepe oluşmasın diye fazla gelen toprağı şafağın aydınlattığı boş meydana serpen *çekist*'ler kürekleri toprağa saplayıp sigaralarını yaktıklarında, Çevengur'un tüm sokaklarından ölülerin karıları yürümüştü üzerlerine.

"Ağlayın!" demişti onlara *çekist*'ler ve yorgunluktan gidip yatmışlardı.

Kadınlar belirsiz, düz mezarın kil kesekleri üzerine yatmış, kederlenmek istemişlerdi, ama üşütmüşlerdi gece boyu, acı dinmişti içlerinde ve ölülerin karıları ağlayamamıştı daha fazla.

ÇEVENGUR'DA OLUP BİTENİ öğrenen Kopyonkin şimdilik kimseyi cezalandırmamaya, Aleksandr Dvanov gelene kadar sabretmeye karar verdi, hem yaya Luy da yoluna devam etmekteydi daha.

Luy gerçekten de epeyi yol katetmişti o günlerde, kendisini sağlıklı, tok ve mutlu hissediyordu. Canı yemek çektiğinde bir dama girip sahibesine "Hatun, bana bir tavuk yoluver, yorgun insanım," diyordu. Hatun tavuğa kıyamazsa Luy ona veda ediyor ve bozkırdaki yoluna düzülüyor, akşam yemeğinde insanın acınası evcil gayretlerinin değil güneşin yetiştirdiği frenkmaydanozlarını yiyordu. Luy asla dilenmiyor, hırsızlık etmiyordu; uzun süre yemek yeme fırsatı yakalayamadıysa da günün birinde nasılsa doyasıya yiyeceğini bildiği için açlıktan hastalanmıyordu.

Şimdi Luy tuğladan bir ambarın çukurunda geçirmekteydi geceyi; vilayet merkezine topu topu kırk *verst* asfalt yolu kalmıştı. Luy oncacık yolu kafasına takmıyor, uykusunu almış olmasına rağmen uzun uzun ense yapıyordu. Yattığı yerde tek düşündüğü, nasıl edip de sigarasını yakacağıydı. Tütünü vardı ya kâğıdı yoktu; evraklarını çoktan içip bitirmişti, elinde kalan tek kâğıt Kopyonkin'in Dvanov'a yazdığı mektuptu. Luy mektubu çıkardı, kırışıklarını açtı, ezberlemek için iki kere okudu, sonra mektuptan on adet boş sarma sigara hazırladı.

"Mektubu kendi sesimle anlatırım ona, daha akıcı olur!" diye düşündü sağduyulu Luy ve kendi kendisine onayladı: "Elbette, aynen öyle! Nasıl olacaktı ya?"

Sigarasını yakan Luy yola çıktı ve asfaltın yumuşak yanından şehre doğru ilerlemeye koyuldu. Yüksekte, mesafenin bulanık sisi içinde, iki duru nehrin ortasındaki havzanın üzerinde kuleleri, balkonları, manastırları, okul, mahkeme ve devlet kurumlarının uzun binaları ile yaşlı şehir görülüyordu; Luy o şehirde eskiden beri insanların yaşadığını ve başkalarına rahat vermediklerini biliyordu. Şehrin dışında –ormanlık girişinde– tarım makine ve aletleri fabrikasının dört bacası, güneşe ekmek üretmede yardımcı olmak için duman üflüyordu. Luy'un hoşuna gitti bacaların uzak dumanı, koşturan lokomotifin düdüğü, kuytuda doğuran sessiz tarla otları.

Petrograd ve Baltık Denizi'nin kıyısına götüren yol vilayet merkezinin içinden geçiyor olmasa, Luy şehri çevresinden dolanır, mektubu da götürmezdi: O kıyıdan, devrimin düz ovalarının soğuğundan ayrılıp sıcak burjuva ülkelerini ele geçirmek için gemiler açılıyordu denizlerin karanlığına.

Gopner o sırada şehir tepesinden Polnıy Aydar nehrine doğru inmekteydi ve bozkırın içinden geçip gıda kasabalarına uzanan asfaltlanmış yolu gördü. Buradan görülmeyen Luy da işte o yoldan yürümekte, soğuk denizdeki Baltık donanmasını hayal etmekteydi. Gopner köprüden geçti ve balık tutmak üzere karşı kıyıya oturdu. Can çekişen bir kurdu iğneye geçirdi, oltasını attı ve akıp giden nehrin sessizce kıpırdanışına dalıp gitti; suyun serinliği ve nemli otların kokusu Gopner'in nefesini ve düşüncesini ayaklandırıyordu; nehrin mırıltısını dinliyor, savaşsız yaşamı, nehirlerin kendisini götürmeden aktıkları ufkun ötesindeki saadeti düşünüyor, kuru başını yavaş yavaş ıslak otlara eğiyor, düşünce huzurundan uykuya geçiyordu. Oltanın iğnesine küçük bir balık takıldı, genç bir çapak; bu çapak dört saat boyunca derin, özgür sulara sıvışmaya can atmıştı, iğnenin battığı dudağının kanı kurdun kanlı suyuna karışıyordu; yorulmuştu çapak çırpınmaktan, güçlenmek için kurdun bir parçacığını yuttu, sonra iğneyi dudağının kıkırdağıyla birlikte çıkarmak üzere keskin demiri çekiştirmeye koyuldu tekrar.

Luy beton bendin üstünden zayıf, yorgun bir adamın uyukladığını gördü kıyıda, ayakucunda da oltasının kamışı kıpırdanıyordu kendiliğinden. Luy adama yaklaştı, çapağın tutulduğu oltayı sudan çıkardı; çapak yayanın avucunda yatıştı, solungaçlarını açtı ve korku dolu yorgunluğu içinde can vermeye koyuldu.

"Yoldaş," dedi Luy uyuyana. "Balığını alsana! Dünya yıkılsa duyacağın yok!"

Gopner besleyici kanın doldurduğu gözlerini aralayıp dibinde peydahlanan bu adamı anlamaya çalıştı. Yaya bir sigara yakıp karşıdaki şehrin yapılarını seyretmek üzere oturdu.

"Rüyamda bir şeyi inceleyip duruyordum, bitiremedim bir türlü," diyerek başladı konuşmaya Gopner. "Bir de uyandım ki sen dikiliyorsun tepemde, hayallerim gerçekleşmiş sanki..."

Gopner aç, kıllı boynunu kaşıdı ve yılgınlığa kapıldı: Güzelim düşünceleri rüyasında ölüp gitmişti, nehir bile anımsatamazdı artık onları.

"Lanet olasıca, geldin uyandırdın beni," dedi Gopner öfkeyle, "şimdi yine canım sıkılacak!"

"Nehir akıyor, rüzgâr esiyor, balık yüzüyor," dedi Luy, ağır ve sakin, "sense oturmuş acıdan paslanıyorsun! Bir yol tutmalısın, rüzgâr eser çözülür fikrin, bir şey öğrenmiş olursun."

Gopner yanıt vermedi: Ne diye önüne gelene yanıt verecekti ki, ne anlardı bu köy lağımcısı komünizmden?

"Yoldaş Aleksandr Dvanov hangi avluda oturur, hiç duydu muydun?" diye soruverdi Luy yol üzeri halletmesi gereken işi anımsayarak.

Gopner gelenin elinde tuttuğu balığı alıp suya fırlattı.

"Bakarsın yaşar!" dedi açıklama olarak.

"Artık canlanmaz!" dedi Luy şüpheli şüpheli. "O yoldaşı yüz yüze bir görmem gerek..."

"Görüp de ne yapacaksın, ben nasılsa görürüm!" dedi Gopner belirsizce. "Saygı mı duyuyorsun ki ona?"

"Sırf lakabı için saygı duyulmaz kişiye, ne iş başardığını ise bilmiyorum! Yoldaşlarımız Çevengur'da ona acilen ihtiyaç olduğunu söylüyorlardı..."

"Ne işleri düşmüş ki ona?"

"Yoldaş Kopyonkin'in yazdığına göre komünizm oraya gelmiş de dönüyormuş bile..."

Gopner esaslı onarım isteyen bir makineyi incelercesine süzdü Luy'u; kapitalizmin bu tür insanların akıllarını yıprattığını anlamıştı.

"İhtisasınız, bilinciniz yok ki, lanet olasıcalar!" dedi Gopner. "Nasıl yapacaksınız komünizmi?"

"Hiçbir şeyimiz yok," dedi Luy savunmaya geçerek, "sahip olacak bir tek insanlar kaldı, bu yüzden de yoldaşlık ortaya çıktı."

Gopner dinlenmişliğin verdiği gücün galeyanını duyumsadı ve azıcık düşündükten sonra içindekini söyleyiverdi:

"Lanet olsun, hakikaten pek akıllıca bu, ama işe yaramaz: Yedek destekler olmadan yapmışsınız! Anladın mı beni, yoksa sen kendin de komünizmden kaçmak için mi koşuyorsun?"

Luy, Çevengur'un etrafında komünizm değil geçiş basamağı bulunduğunu biliyordu ve dağın üzerindeki şehre de bir basamak gözüyle bakmaktaydı.

"Sen basamakta yaşıyorsun," dedi Gopner'e, "ondan sana koşuyormuşum gibi geliyor. Ben yayan yürüyorum, sonra donanmayla burjuva devletlerine yüzeceğim, geleceğe hazırlayacağım onları. Komünizm bedenime yerleşmiş artık, ondan kaçış yok."

Gopner Luy'un elini yokladı, güneş ışığına tuttu: Büyüktü, damarlıydı bu el, geçmiş emeğinin onmaz izleriyle kaplıydı, tüm ezilenlerde görülen o benlerle.

"Belki de doğrudur!" diye düşündü Gopner Çevengur için. "Havadan ağır olan o lanet uçaklar da uçmuyor mu?"

Luy bir kez daha Kopyonkin'in sesli mektubunu Dvanov'a iletmesini tembihledi ona; Dvanov vakit kaybetmeden Çevengur'a gitsindi, yoksa komünizm güçsüz düşebilirdi. Gopner onu temin etti ve oturduğu sokağı gösterdi.

"Git karıma görün, yedirsin içirsin seni, ben de ayakkabımı çıkarıp sığ suya gireceğim, değnekle kefal tutmayı deneyeceğim: O lanet olasıcalar akşama doğru böceğe çıkıyorlar..."

Luy insanlardan çabucak ayrılmaya alışmıştı artık, çünkü sürekli yenilerine, hem de daha iyilerine rastlıyordu; toprağın yiyecek bitkiler biriktirmesine, insanları yoldaşlık için doğurmasına yarayan gün ışığını başını kaldırdığı her yerde görebilirdi.

Yayanın arkasından bakan Gopner bir bahçe ağacına benzetti onu; gerçekten de Luy'un bedeni bütünlüklü bir düzenden, bir örgütlülükten yoksundu: İçinden dalların dağınıklığı ve kerestenin sertliğiyle fırlamış kolları ve bacakları arasında bir uyumsuzluk vardı.

Luy köprüde gözden yitti, Gopner ise biraz daha dinlenmek üzere uzandı; izinliydi ve yılda yalnızca bir kez hayatın tadını çıkarabiliyordu. Fakat kefal tutamadı o gün, zira rüzgâr çıkmış, şehir kulelerinin ardından bulut kümeleri baş göstermişti, Gopner'in dairesine yollanması gerekecekti. Oysa karısıyla bir odanın içinde oturmaktan canı sıkılırdı, o yüzden Gopner daima yoldaşlarına misafirliğe gitmek isterdi, en çok da Saşa ve Zahar Pavloviçlere. Böylece yine yol üzeri tanıdık ahşap eve uğrayıverdi.

Zahar Pavloviç yatıyor, Saşa ise insanları unutmuş kuru ellerini üzerinde ovuşturarak kitabını okuyordu.

"Duydunuz mu?" dedi Gopner, durduk yere teşrif etmediğini bildircesine. "Çevengur'da tam bir komünizm örgütlenmiş!"

Zahar Pavloviç burnundan düzenli olarak tıslamayı kesti: Uykusunu frenleyip kulak kabarttı. Aleksandr susuyor, inançlı bir heyecanla Gopner'e bakıyordu.

"Ne bakıyorsun?" dedi Gopner. "Uçaklar da uçuyor, halbuki havadan ağır o lanet olasıcalar! Komünizm neden örgütlenemezmiş?"

"Habire devrimi kenarlarından lahana gibi kemiren o keçiyi nereye sokmuşlar peki?" diye sordu Dvanov'un babası.

"Ona objektif koşullar denir," diye açıkladı Aleksandr. "Babam günah keçisinden söz ediyor."

"O günah keçisini yemişler!" diye bildirdi Gopner, şahit olmuşçasına. "Artık kendileri hayatın suçlusu olacaklar."

Bir pusluk tahtalardan yapılma duvarın ardında bir insan ağlamaya koyuldu, giderek daha sesli boğuluyordu gözyaşlarına. Dargın başını vurup durduğu masanın üzerindeki bira bardağı titredi; demiryolu deposunda ocakçı olarak çalışan, ileri mevkilere hiç mi hiç yükselemeyen yalnız bir *komsomol*'lu* oturmaktaydı orada. *Komsomol*'lu

* *Komsomol* – Komünist Gençlik Birliği'nin kısa söylenişi. –*ç.n.*

biraz hüngürdedi, sonra sessizleşip sümkürdü.

"Değme alçaklar otomobillere biniyor, şişman artistlerle evleniyor, bense böyle vasat geldim gidiyorum!" diyordu *komsomol*'lu, kederli bir hınçla. "Hemen yarın Bölge Komitesi'ne gideceğim, beni de alsınlar yazıhaneye: Siyaset dersini iyi bilirim ben, koca merkez büroyu yönetecek adamım! Onlar kalktılar beni ocakçı yaptılar, yetmezmiş gibi dördüncü dereceden başlattılar... İnsandan anlamıyor ki alçaklar..."

Zahar Pavloviç serinlemek ve yağmura bakmak için avluya çıktı: Süreğen miydi, yoksa geçici bir buluttan mı düşüyordu? Süreğendi yağmur, bütün gece ya da gece-gündüz yağacaktı; çitle çevrili avlularda yağmur ve rüzgârın salladığı ağaçlar hışırdıyor, bekçi köpekleri havlıyordu.

"Ne biçim esiyor rüzgâr, yağmur da yağıyor!" dedi Zahar Pavloviç. "Oğlum ise yakında yine gidecek yanımdan."

Gopner Aleksandr'ı Çevengur'a çağırmaktaydı içeride:

"Komünizmin ölçüsünü alırız," diye diretiyordu, "bire bir krokisini çıkarır döneriz gerisin geri vilayete; hele bir kalıbı elimize versinler Çevengur'da, yeryüzünün altıda birinde komünizmi kurmak kolay olur."

Dvanov sesini çıkarmadan Kopyonkin'i ve sözlü mektubunu düşünüyordu: "Komünizm geldi de dönüyor."

Zahar Pavloviç dinledi, dinledi ve şöyle dedi:

"Bakın çocuklar: İşçi adam güçsüz aptalın tekidir, komünizm de öyle basit iş değildir. Sizin Çevengur'da insanlar arasında bir sürü ilişkiler kurmak gerekiyor daha – bir çırpıda halletmişler mi yani bunu?"

"Neden olmasın?" diye iddia etti Gopner inançla. "Yerel iktidar akıllıca bir şey keşfedivermiş, becermiş işte lanet olasıca! O kadar mı inanılmaz bir şey bu?"

Zahar Pavloviç'in şüphesi yine de yabana atılır gibi değildi:

"Öyle olmasına öyle de, insan dediğin yalız bir madde değildir. Aptal adam lokomotifi yürütemez, ki biz çar zamanını görmüş insanlarız. Anladın mı şimdi beni?"

"Anlamasına anladım," dedi Gopner kavramaya çabalayarak, "ama etrafımda hiç de öyle bir şey görmüyorum."

"Sen görmüyorsun ama ben görüyorum işte," dedi Zahar Pavloviç, onun şaşkınlığını kurcalayarak. "Demirden dilediğini yapabilirim, ama insandan komünist yapamam!"

"Kim yapmış ki onları yahu, kendi kendilerine olmuş lanet olasıcalar!" diye karşı çıktı Gopner.

Bunu kabul ediyordu Zahar Pavloviç.

"O başka mesele! Yerel iktidarın o işle ilgisi yoktur demek istedim ben, çünkü insan üretilen şeylerle akıllanır, iktidardakilere gelince, onlar zaten âlemin akıllısı: Akılla işleri bitmiş! Şayet insan dertlere katlanacağına dökme demir gibi çatlayıverseydi, iktidar da şahane olurdu!"

"O zaman, baba, iktidar olmazdı," dedi Aleksandr.

"O da mümkün!" diye onayladı Zahar Pavloviç.

Duvarın ardında kudurganlığını henüz büsbütün atlatamamış *komsomol*'lunun ne eziyetler içinde uyuduğu duyuluyordu. "Alçaklar," diyordu durumunu artık kabullenmişçesine iç geçirerek, pek önemli bir şey görüyordu belli ki rüyasında. "Kendileri iki kişi karyolada yatıyor, bense tek başıma tuğla ocağın üzerinde!.. İzin ver yumuşak yerde yatayım, a sekreter yoldaş, bittim ben bu pis iş yüzünden... Kaç yıldır aidat yatırıyorum, izin ver de payımı alayım!.. Neler oluyor?.."

Serin yağmur selleri geceyi gürültüyle dolduruyordu; Aleksandr, düşen ağır damlaların sokak göllerini ve derelerini dövdüğünü duyuyordu; havanın bu barınaksız ıslaklığında tek bir şey vardı onu teselli eden: bir zamanlar yine böyle tekinsiz, yine böyle geçitsiz tabiatı beraberce ve başarıyla alt eden Kabarcık, Saman ve Pabuç masalı.

"Kabarcıktı o, öbürü de kadın değildi, samandı, yoldaşları ise bırakılmış bir pabuç. Dostça geçmişlerdi tarlalardan, su birikintilerinden; çocukluk sevinciyle, o meçhul pabuca benzediklerini hissediyorlardı," diye düşünüyordu içinden Dvanov. "Benim de kabarcık ve samandan yoldaşlarım var, oysa nedense bıraktım onları ben, pabuçtan beterim..."

Gece uzak bozkır otları kokuyordu, sokağın diğer tarafında o an devrim işlerinin beklediği, gündüzleri ise askerlik yükümlülerinin sayıldığı bir devlet kurumu vardı. Gopner ayakkabılarını çıkardı ve sabahleyin karısından neler çekeceğini bile bile yatıya kaldı: "Nerede kaldın," diyecekti, "benden gencini buldun kendine değil mi?!" ve köprücükkemiğine geçirecekti odunu. Hatunlar ne anlardı ki yoldaşlıktan: Bütün komünizmi tahta testeresiyle küçük burjuva parçalarına ayıracaklardı!

"Lanet olsun! Çok şey mi lazım bir erkeğe?" diye iç geçirdi Gopner. "Ama işte sakin sakin tanzim etmeye fırsat yok!"

"Ne homurdanıyorsun sen?" diye sordu Zahar Pavloviç.

"Aileden söz ediyorum: Benim hatunun bünyesinde bir *pud* canlı ete karşılık beş *pud* küçük burjuva ideolojisi var. Öyle bir karşı-ağırlık asılı işte boynumda!"

Dışarıda yağmur kesiliyordu, kabarcıklar sessizleşti ve toprak ıslak ot, soğuk su paklığı, açık yolların tazeliği koktu. Dvanov'un içinde bir üzüntü vardı yatarken, bugünü boşa yaşamış gibi hissediyordu kendisini; bu ansızın gelip çatan histen, hayattan bıkma hissinden utanıyordu içten içe. Dün daha iyiydi, oysa Sonya köyden gelmiş, eski dairede kalan eşyalarını bohça yapıp kim bilir nerelere gitmişti dün. Saşa'nın camını tıklatmış, elini sallayıp veda etmişti, dışarı çıkmıştı Saşa, ama Sonya yoktu artık hiçbir yerde. Ve dün, akşama kadar onu düşünmüştü Saşa, onunla var olmuştu işte; şimdi ise neyle yaşaması gerektiğini unutmuştu ve uyuyamıyordu.

Gopner uyumuştu bile, ama nefesi öylesine güçsüz ve acınası idi ki, Dvanov yanına vardı ve bu insanın içindeki hayat bitiverecek diye korktu. Dvanov, Gopner'in düşen elini göğsüne koydu ve uyuyanın karmaşık, nazik yaşantısına kulak kesildi tekrar. Bu insanın nasıl kırılgan, korunmasız ve güven dolu olduğu belliydi, yine de birisi onu da dövmüş, hırpalamış, kandırmış, nefret etmiş olmalıydı ondan; halbuki zaten öldü ölecekti, nefesi uykusunda söndü sönecek. Kimse seyretmez uyuyan insanları, oysa hakiki sevgili yüzler sadece onlardadır; uyanık insanın yüzü ise hafızayla çarpılmıştır, duygu ve muhtaçlıkla.

Dvanov Gopner'in iki yana attığı kollarını yatıştırdı, sonra sevecen bir merakla Zahar Pavloviç'i inceledi yakından, o da derin uykuda kendinden geçmişti. Sonra sinen rüzgâra kulak verdi Dvanov ve ertesi güne kadar kalkmamak üzere yattı. Babası uykusunda sağlıklı ve sağduyulu bir yaşam sürüyordu, gündüzün olduğu gibi, o yüzden geceleyin pek değişmiyordu onun yüzü; rüya görse bile yararlı, uyanıklığa yakın şeyler görüyordu, insanın sonradan utandığı, sıkıldığı türden şeyler değil.

Dvanov vücudunun bütününü duyumsayabileceği şekilde büzüştü ve kıpırtısız kaldı. Gözlerinin önünde, yorgunluğun dağılışı gibi, bir çocukluk günü canlanıverdi yavaş yavaş – yılların karmakarışık derinliğinde değil, sesi kesilmiş, tekinsiz, kendi kendisine eziyet eden vücudunun derinliğinde. Loş akşam güzünün içinden seyrek gözyaşları gibi yağmur damlıyordu memleketinin köy mezarlığına; kilise bekçisinin geceleyin saati kuleye tırmanmadan çalmasına yarayan ip rüzgârda sallanıyordu; alçaktan, ağaçların üzerinden doğum yapmış köy kadınlarını andıran buruşuk bulutlar geçiyordu. Küçük çocuk Saşa öz babasının mezarı başında hışırdayan son yaprakların altında dikiliyordu. Kil tepecik yağmurlardan erimişti, gelip geçenler ölümüne eziyorlardı onu ve gömülen babası kadar ölü yapraklar düşüyordu üzerine. Saşa boş torbası ve kendisini uzun yola uğurlayan Prohor Abramoviç'in armağan ettiği bastonuyla dikiliyordu.

Babasından ayrılışına anlam veremeyen çocuk, bir vakitler onun cenaze gömleğini çekiştirdiği gibi mezarın toprağını yokluyor ve yağmurun ter koktuğunu sanıyordu, Mutevo gölünün kıyısında babasının sıcak kucağında geçirdiği o tanıdık hayat koktuğunu. Sonsuz olduğu söylenen o yaşantı şimdi dönmüyordu geri ve çocuk bilemiyordu: Şaka mıydı dönmeyişi, yoksa ağlamalı mıydı? Küçük Saşa kendisinin yerine bastonunu bırakıyordu babasına, mezarın tepeciğine gömüyordu onu, üzerine ise yakınlarda ölen yaprakları diziyordu ki bilsin babası Saşa'nın tek başına yürümekten nasıl da sıkıldığını, her zaman ve her yerden buraya döneceğini, bastonunun ve babasının yanına.

Dvanov'un içi ezildi ve o bastonu babasından hâlâ almadığı için ağladı rüyasında. Oysaki babası kayığa binmiş geliyor ve beklemekten bitap düşen oğlunun korkusuna gülümsüyordu. Kütükten yapılma eğreti kayık her bir şeyden sallanıyordu –rüzgârdan, kürekçinin nefesinden– ve babasının özel, her daim muammalı yüzü, âlemin bir yarısına uysal ama tutkulu bir acımayla bakıyordu; diğer yarısını ise bilmiyor, kafa yoruyordu ona baba, belki de nefret ediyordu ondan. Kayıktan inerken babası sığ suyu okşuyor, otların uçlarına incitmeden tutunuyor ve çocuğa sarılıyordu sonra; yakınındaki dünyaya bir dostuna, kimsenin görmediği tek düşmanıyla savaşında kendisine eşlik eden mücadele arkadaşına bakar gibi bakıyordu.

"Neden ağlıyorsun ufaklık?" diyordu babası. "Senin baston kocaman oldu, ağaca dönüştü, çıkarabilir misin hiç onu sen!.."

"Çevengur'a nasıl giderim şimdi?" diye soruyordu çocuk. "Sıkılacağım orada."

Babası otların içine oturuyor ve konuşmadan gölün öteki kıyısına bakıyordu. Bu sefer sarılmıyordu oğluna.

"Sıkılma işte, çocuk," diyordu baba. "Benim de canım sıkılıyor burada yatmaktan. Bir şeyler yap Çevengur'da: Ne diye ölü ölü yatacakmışız?.."

Saşa babasına yanaşıp dizlerine yatıyordu, çünkü Çevengur'a gitmek istemiyordu canı. Babanın kendisi de ağlıyordu ayrılacakları için, sonra acısından öyle bir sıkıyordu ki oğlunu, çocuk kendisini ebediyen yalnız bırakılmış gibi hissedip hüngür hüngür ağlıyordu. Daha uzun zaman tutunuyordu babasının gömleğine; güneş ötede, uzak, yabancı Çevengur'un yaşadığı ormanın üzerinde yükselmiş, orman kuşları göle su içmeye gelmişti, babası ise oturmuş kalmıştı, gölü ve başlayan fuzuli günü izliyordu, çocuk uyuyakalmıştı dizlerinde; o zaman baba gözyaşları kurusun diye güneşe çevirdi oğlunun yüzünü, ne var ki güneş çocuğun yumulu gözlerini gıdıkladı, uyandırdı onu.

Gopner yırtık dolama çoraplarını ayağına uydurmaya çabalıyor, Zahar Pavloviç ise kesesine tütün doldurmuş işe gitmeye hazırlanıyordu. Güneş ormanların üzerinde gezinir gibi yükseliyordu evlerin tepesinde ve ışığı Dvanov'un ıslak yüzüne vuruyordu. Zahar Pavloviç kesenin ağzını bağladı, bir dilim ekmek, iki patates aldı ve: "Eh, ben gittim. Tanrı sizinle olsun," dedi. Dvanov, Zahar Pavloviç'in dizlerine ve yaz kuşları gibi uçuşan sineklere baktı.

"Ne dersin, gidecek misin Çevengur'a?" diye sordu Gopner.

"Gideceğim. Sen?"

"Benim senden neyim eksik? Ben de gideceğim..."

"İşin ne olacak? İstifa mı edeceksin?"

"Evet, ne yapalım... Kestiriveririm hesabımı, o kadar: Şu zamanda komünizm lanet olasıca iş disiplininden daha önemli. Parti üyesi değil miyim ben sence?"

Dvanov Gopner'e karısını sordu bir de, kendisi giderse ne yiyip ne içecekti? O zaman Gopner düşüncelere daldı ama basit ve kısa düşüncelere.

"Çekirdekle besleniverir canım – fazlası nesine gerek?.. Aşk değil bizimkisi, anca olgu. Proletarya da aşktan değil olgudan doğmuştur ne de olsa."

Gopner kendisine asıl yola çıkma ilhamını veren şeyi söylememişti. Karısı çekirdekle beslensin diye değil, Çevengur'un ölçüsünü alıp bir an önce vilayette komünizmi örgütlemek için gidiyordu; o zaman komünizm diğer gereksiz insanlar gibi yaşlanan karısını da bolluk bereket içinde geçindirecekti kuşkusuz, şimdilik bir şekilde dayanmalıydı kadın. Kalıp da sonsuza dek çalışayım dese işleri ne bitecek, ne düzelecekti. Gopner yirmi beş yıl çalışmıştı gıkını çıkarmadan, gel gör ki hâlâ hayattan kişisel bir çıkar elde edebilmiş değildi: Aynı şeyler devam edip duruyor, anca zaman akıp gidiyordu boş yere. Ne gıda, ne kıyafet, ne yürekte saadet: Çoğalan bir şey yoktu, demek ki insanların şimdi emekten ziyade komünizme gereksinimi vardı. Dahası karısı Zahar Pavloviç'in yanına gelebilirdi, adamcağız bir proleter kadınından bir dilim ekmeği sakınacak değildi. Komünizmin henüz bir fayda getiremediği, fakat insanların ekmek talep ettiği, ailevi dertlerle ve kadınları avutmakla uğraştığı safhada, durmaksızın çalışan uysal emekçilere de ihtiyaç vardı.

KOPYONKİN ÜMİDİNİ YİTİRMEDEN bir güncük geçirebildi Çevengur'da, sonra komünizmi hissedemediği bu şehirde kalakalmaktan yoruldu. Çepurnıy da ilk başlarda, burjuvaziyi gömdükten sonra, mutluluk yolunda nasıl bir yaşam sürdürülmesi gerektiğini hiç mi hiç bilmiyordu, yoğunlaşmak için uzak çayırlara gidiyor, orada canlı otların ve yalnızlığın ortasında komünizmin içine doğmasını bekliyordu. Çayırlarda insansız iki gün geçirip tabiatın karşıdevrimci sevecenliğini seyrettikten sonra dertlenmiş ve Karl Marx'ın aklına başvurmuştu: Koca kitap, diye düşünmüştü, her bir şey yazıyordur içinde; şaşırmıştı da hatta dünya ve insan üzerine bunca laf edilmiş olmasına: yeryüzü böylesine aralıklı donatılmışken, bozkırlar ev ve insanlardan fazlayken.

Yine de o kitap için sesli okuma oturumu düzenlemişti Çepurnıy: Prokofiy okuyor, kendisi ise başını eğmiş, pürdikkat dinliyor, arada bir sesi kısılmasın diye okuyanın bardağına *kvas** dolduruyordu. Kitap bittiğinde Çepurnıy hiçbir şey anlamadığını ama rahatladığını duyumsamıştı.

"Formüle et, Proş," demişti usulca, "bir şeyler hisseder gibiyim."

Prokofiy kafasını çalıştırmış, sonunda sade bir formül bulmuştu:

"Öyle zannediyorum ki, yoldaş Çepurnıy..."

"Bırak zannetmeyi, artık alçakların sınıfını imha etme kararını ver bana."

"Zannediyorum ki," diye toparlamıştı Prokofiy mantıklı mantıklı, "Karl Marx kendilerinden söz etmediğine göre artık sınıfların var olmaması gerekmektedir."

"Varlar ama – sokağa bir çıkıyorsun, dul kadınlar, kâhyalar yahut kovulmuş bir proleter müdürü... Ne yapacağız, söyler misin bana lütfen?"

"İşte ben de Karl Marx'a göre var olmadıklarına göre neticede var olmamaları gerektiğini zannediyorum."

"Ama yaşıyorlar ve bilvasıta eziyorlar bizi. Neyin nesidir bu?"

Prokofiy en azından bir örgütleme şekli düşünmek için zorlamıştı tekrar alışkın kafasını.

Çepurnıy onu bilime uygun düşünmeye çalışmaması konusunda uyarmıştı – bilim bitmiş sayılmazdı, sürmekteydi gelişimi: Ham çavdar biçilmezdi.

"Düşünüyor ve zannediyorum ki, yoldaş Çepurnıy – aynen bu sırayla tabii..." diye başlamıştı Prokofiy, çıkış yolunu bularak.

"Çabuk düşün ne düşüneceksen yahu, heyecanlanıyorum!"

"Şu çıkarımda bulunuyorum işte: Nüfusun kalanını Çevengur'dan mümkün olduğunca uzağa sürmeli ki yollarını yitirsinler."

"Orasına güven olmaz ki: Ya çobanlar yol gösterirse..."

Prokofiy lafına ara vermiyordu.

"Komünizm merkezinden uzaklaştırılan herkese haftalık azık verilir. Tahliye Birimi İmha Komitesi yapar bunu..."

"Hatırlat da yarın o komiteyi feshedeyim."

"Aklımda tutarım, yoldaş Çepurnıy. Sonra da bütün orta-yedek-artık burjuvazinin idam edileceği ilan edilir ve derhal af çıkarılır..."

"O nasıl iş o?!"

* Malt suyu ve çavdar unundan yapılan ekşimtırak bir içki. *–ç.n.*

"Çevengur'dan ve komünizmin diğer merkezlerinden ebediyen sürülme şartıyla affedilirler. Şayet artıklar Çevengur'a tekrar adım atacak olurlarsa idam cezaları yirmi dört saat içinde yerine getirilir."

"Bu gayet makul, Proş! Kararı kâğıdın sağ tarafına yazıver lütfen."

Çepurnıy uzun uzun tütününü koklamış, tadını epeyi bir süre sindirmişti. Şimdi iyi hissediyordu kendisini: Alçak artık sınıfı ilçe dışına çıkarılacak, Çevengur'da ise komünizm başlayacaktı, zira başlayabilecek başka bir şey yoktu. Çepurnıy Karl Marx'ın kitabını eline almış, sık harflerle dolu sayfalara saygıyla dokunmuştu teker teker: "Yazmış da yazmış adamcağız," demişti acıyarak, "biz ise her şeyi yapıp bitirdikten sonra okuduk – hiç yazmasaymış keşke!"

Kitap boşuna okunmuş gibi olmasın diye Çepurnıy başlığın altına bir iz bırakmıştı: "Çevengur'da alçakların artık sınıfının tahliye edilmesi suretiyle yerine getirilmiştir. Bilgili Marx böylelerinden bahsetmiyor, ama gelecekte tehlikeli olacakları muhakkak. Neyse ki biz gereken önlemi verdik." Ve ardından Çepurnıy işinin bitmişliğini memnuniyetle hissederek pencerenin kenarına koymuştu kitabı özenle.

Prokofiy kararı yazıp bitirdiğinde dağılmışlardı. Prokofiy Klavdyuşa'yı aramaya, Çepurnıy ise komünizm gelmeden evvel şehri kolaçan etmeye yollanmışlardı. Evlerin yakınlarında –kulübe çevresindeki toprak sıralarda, yatık meşelerin ve türlü rasgele oturağın üzerinde– yabancı insanlar güneşleniyordu: ihtiyar kadınlar, kurşuna dizilen hane reislerinin lacivert kasketli kırklık uşakları, önyargılarla yetiştirilmiş ufak tefek delikanlılar, kovulma mahmurluğu içindeki memurlar ve aynı sınıfın diğer taraftarları. Gezinen Çepurnıy'ı gören mahkûmlar sessizce ayaklanıyor, küçük bahçe kapılarını çarpmadan, olabildiğince kuytuya sinmeye çalışarak kayboluyorlardı bostanların içinde. Ocak yortusu arifesinde tüm avlu kapılarına tebeşirle çizilen mezar haçları neredeyse bütün yıl kalırdı kapılarda: Bu yıl tebeşirden haçları silebilecek şiddette bir yanal yağmur yağmamıştı henüz. "Yarın ıslak bezle dolaşmak gerek buraları," diye kaydetmişti aklına Çepurnıy, "basbayağı ayıp bu."

Şehrin ucunda kudretli, derin bozkır baş göstermişti. Yaşam dolu kesif hava sessiz akşam otlarını besliyordu usulca ve sönüp giden uzaklardan huzursuz bir insan arabayla geçiyor, ufkun boşluğunda toz kaldırıyordu. Güneş batmamıştı, ama çıplak gözle bakılabiliyordu artık o yorulmak bilmez sıcak küreye; kızıl gücü yetmeliydi komünizmin ebediyetine ve fani karın doyurma ihtiyacından kaynaklı kişilerarası geçimsizliğin sona ermesine, ne de olsa bu koskoca gökcismi insanlara aldırmadan yiyecek büyütmek için çalışacaktı. Kişilerin biri diğerinden uzaklaşmalıydı ki güneşin aydınlattığı o nifak meydanı dostluk nesnesiyle dolsun.

Çepurnıy sesi soluğu çıkmadan güneşi, bozkırı ve Çevengur'u gözlemliyor, komünizmin yakınlığından ötürü inceden inceye heyecanlanıyordu. Ruhunun coşmasından korkuyordu, çünkü coştuğunda olanca gücüyle kafasındaki düşünceleri eziyor, duygularını yaşamasını güçleştiriyordu. Şimdi Prokofiy'i bulması uzun sürerdi, oysa o formüle edebilir, ruhunu sarih kılabilirdi.

"Niye böyle zorlanıyorum ben, komünizm geliyor komünizm!" diye düşünüyordu Çepurnıy, heyecanının karanlığında sessizce aranarak.

Güneş giderayak otlara nemini indirmişti havanın. Güneşin patırtısından kurtulan tabiat mavileşmiş, sakinleşmişti, oysaki güneş de yorgun düşen hayatın ortak yoldaşlığı uğruna didiniyordu. Çepurnıy'ın ayağıyla kırdığı bir sap ölü başını diri komşusunun yapraktan omzuna yaslamıştı; Çepurnıy ayağını çekip kokulara dikkat kesilmişti: Uzak bozkırların kuytuluğundan ayrılık acısına, insan hasretine dair kokular geliyordu.

Çevengur'un son çitlerinden itibaren sık muzır ot çalıları başlıyor, bozkırın sürülmemiş topraklarına değin uzanıyordu; Çepurnıy'ın ayakları diğer başına buyruk otlar arasında kardeşçe büyüyen tozlu dulavratotlarının sıcaklığı içinde rahattı. Muzır otlar, ölgün mesafelerden korur gibi çepeçevre kuşatmıştı Çevengur'u, Çepurnıy'ın kemikleşmiş insansızlığını duyumsadığı mesafelerden. Mutsuz insanlara benzeyen bu sabırlı kardeş otlar da olmasaydı kabul edilemezdi bozkırın varlığı; neyse ki rüzgâr muzır otların soyunu sürdürecek tohumları savuruyor, insan ise yüreği ezilerek komünizme yürüyordu otların içinden. Çepurnıy duygularının yorgunluğundan sıyrılmak istiyordu, ama yine de beline kadar otları yararak Çevengur'a doğru gelen adamı beklemişti. Bu gelenin, o alçakların kalıntılarından değil, ezilenlerden biri olduğu hemen fark ediliyordu: Yatacak yer bulmaktan yana ümidini yitirmiş, homurdanarak, bir düşmanın üzerine yürür gibi yürüyordu Çevengur'un üzerine. Gezginin adımları gayrimuntazamdı, bacakları koca ömrün yorgunluğundan iki yana çarpılıyordu; Çepurnıy ise, "İşte bir yoldaş geliyor," diye düşünüyordu, "bekleyeyim de kucaklaşayım şunla, üzüntüm gitsin – komünizm arifesinde yalnız kalmaktan korktuydum zaten!"

Çepurnıy bir dulavratotunu yoklamıştı; onun istediği de komünizm idi: Bütün bu muzır otlar canlı bitkilerin dostluğuna delaletti. Oysaki çiçekler, küçük bahçeler, bir de tarhlar kesinlikle alçaklara ait fidelerdi, sökmeyi ve ebediyen ezmeyi unutmamalıydı bunları Çevengur'da: Sokaklarda hayatın sıcaklarına da, ölümün karlarına da proletaryayla birlikte katlanacak hür otlar büyüsündü. Az ileride muzır otlar eğilmiş, yabancı bir bedenin hareketiyle hışırdamıştı sanki uslu uslu.

"Seviyorum sizi Klavdyuşa, yemek istiyorum sizi, ama sizin aklınız hep başka yerlerde!" demişti Prokofiy'in gamlı sesi. Çepurnıy'ın böyle uzaklara gelebileceğini düşünmemişti.

Çepurnıy duymuş ama üzülmemişti: İşte bir adam gelmekteydi ve onun da Klavdyuşa'sı yoktu!

Adam yaklaşmıştı: Sakalı karaydı, bir şeylere adanmış gibiydi gözleri. Sık muzır otlar arasından, herhalde ter kokusu yayan kızgın, tozlu çizmelerle geliyordu.

Çepurnıy hazin bir edayla çite dayanmıştı; bu kara sakallı adamın kendisi için pek sevgili ve değerli olduğunu görmekteydi korkarak. Eğer şimdi o geliyor olmasa, Çepurnıy boş ve sıkıcı Çevengur'da acısından ölebilirdi. Klavdyuşa'nın helaya çıkabileceğine, üreme arzusu duyabileceğine inanmıyordu içinden; Çevengur'daki tüm yalnız komünistleri yoldaşçasına avutan bu kadına saygısı fazlasıyla büyüktü; oysaki o gitmiş Prokofiy ile muzır otların içine yatmıştı, bu arada bütün şehir komünizm beklentisi içinde sinmiş durumdaydı ve Çepurnıy da üzüntüsünden bir dosta ihtiyaç duyuyordu. Şimdi Klavdyuşa'ya sarılabilse rahatlıkla iki-üç gün daha bekleyebilirdi komünizmi, gel gör ki bu şekilde yaşamaya sabrı kalmamıştı, yoldaşlık duygusunun yaslanabileceği kimse yoktu. Aslında kimsecikler hayatın açık ve sonsuz anlamını formüle edecek güce sahip değildi, ama dostluk içinde, yoldaşların sürekli mevcudiyetine tutunarak yaşanırsa, hayatın gailesi birbirini kucaklamış çilekeşlere eşit ve küçük parçalar halinde paylaştırılırsa, çıkardı kişinin aklından o anlam.

Yaya, Çepurnıy'ın karşısında durmuştu.

"Ne dikiliyorsun? Seninkileri mi bekliyorsun?"

"Benimkileri ya!" diye onaylamıştı Çepurnıy sevinerek.

"Artık herkes yabancı, çok beklersin! Akrabalarına mı bakıyorsun yoksa?"

"Hayır, yoldaşlarıma."

"Bekle bakalım," demişti yoldan geçen adam ve aş torbasını sırtına tekrar yerleştirmek üzere durmuştu. "Yok artık yoldaş filan. Eskinin vasat aptalları iyi yaşar oldu: Geziyorum görüyorum ben."

Demirci Sotıh hayal kırıklığına alışmıştı, Kalitva kasabasında yaşamakla yabancı bir şehirde yaşamak arasında fark görmüyordu, o yüzden kasabadaki demirhanesini bütün yaz başıboş bırakmış, inşaat sezonu gelip çatınca tesisat işi aramaya çıkmıştı, zira tesisat iskeletleri çitlere benzerdi ve o yüzden tanıdıktı.

"Anlarsın ya," diyordu Sotıh karşısına bir insan çıkmasına sevindiğinin bilincine varamadan, "yoldaşlar iyi adamlardır, ama aptal olurlar ve fazla yaşamazlar. Nereden bulacaksın bu devirde yoldaşı? En iyileri fukara için didineyim derken mezarı boylamıştır, dayanıp kalanlar ise bir işe yaramadan gezerler ortalıkta... Lüzumsuz şahsiyetler dersen, milletin tepesine, iktidara konmuş, onları istediğin kadar bekle yine gelmezler!"

Sotıh çantasının hakkından gelmiş, yoluna devam etmek üzere bir adım atmıştı bile; ne var ki Çepurnıy ona dikkatlice dokunup, korunmasız dostluğunun heyecanı ve utancından ağlamıştı.

Demirci ilkin Çepurnıy'ın yapmacıklığını sınamak için susmuş, sonra kendisi de insanlarla arasındaki duvarı desteklemeyi bırakıp gevşemişti.

"Demek ki, ağladığına göre, ölen iyi yoldaşlardan artakalmışsın sen! Gel sarılıp yatıya çekilelim, uzun uzun düşünelim. Boş yere de ağlama, insanlar şarkı değil: Şarkılar ağlatır beni hep, kendi düğünümde bile ağladıydım..."

Çevengur erkenden kapıyordu kapılarını, uyumak, uykusunda tehlikeleri duymamak için. Ve hiç kimse, hatta kulak kesilen Çepurnıy bile kimi avlu sakinlerinin sessizce söyleştiğini bilmiyordu. Bahçe duvarlarının önünde, dulavratotlarının rahatlığında uzanıyordu eskinin kâhyaları, kovulmuş memurları; Tanrı'nın miladından, İsa'nın bin yıllık hükümdarlığından,* acılardan üşüyen toprağın gün gelip huzura ereceğinden söz ediyorlardı fısıltıyla. Komünizmin cehennemsi dibinden uslu uslu geçebilmek için gereksinim duyuyorlardı bu tür sohbetlere; asırların unutulan ruhani birikimi sayesinde yaşlı Çevengurlular kalan ömürlerini sabır ve ümidin onuru içinde geçiriyordu. Buna karşın Çepurnıy ve tek tük yoldaşlarının işi zordu: Komünizm kitaplarda, masallarda veya başka yerde anlaşılır bir şarkı şeklinde yazılmamıştı ki tehlikeli anlarda anımsayıp avunabilsinler. Karl Marx yabancı bir Sabaoth gibi bakıyordu duvarlardan, korkutucu kitaplarını okuyan biri komünizmi tahayyül edip huzura eremezdi; Moskova ve vilayet afişlerinde karşıdevrim Hidra'sı** ve kooperatif köylerine basma, çuha taşıyan tren resimleri vardı, fakat hiçbir yerde Hidra'nın kafasını koparmaya, yüklü trenleri sürmeye değecek geleceğin o dokunaklı resmine rastlanmıyordu. Çepurnıy yalnızca kendi esin dolu yüreğine tutunmalı ve onun zorlu gücüyle elde etmeliydi geleceği, burjuvaların ruhlarını susmuş bedenlerinden sökerek, yoldan geçen yayan demirciye sarılarak.

Sabahın ilk temiz saatlerine kadar şenliksiz bir ahırın samanları üzerinde yatmıştı Çepurnıy ile Sotıh, komünizmi ve ruhunu düşünce yoluyla arayarak. Sözlerinin doğru mu yanlış mı olduğuna aldırmaksızın her proletere seviniyordu Çepurnıy. Uykusuz kalmak, kendi aşırı güçlerinden boğulan duygularının formüle edilişini uzun uzun dinlemek iyi gelirdi ona; böylece içi huzurla dolar, nihayetinde uyuyabilirdi. Sotıh da uyumuyordu ama birçok kez susup sızmıştı; uyku gücünü yenileyince uyanıyor, bir-iki laf ediyor ve yorulup tekrar yarı baygınlığa yuvarlanıyordu. O uyuyunca Çepurnıy, daha iyi dinlenebilsin diye bacaklarını düzeltiyor, ellerini kavuşturuyordu.

"Okşama beni, utandırma insanı," diye sesleniyordu Sotıh ahırın

* İsa'nın ikinci gelişinin ardından yeryüzünde bin yıllık hükümdarlık kuracağına inanan Hıristiyanlara ait bir öğreti, hiliazm (İng. *chiliasm*). Öğretiye göre bu bin yıl içinde, ölen çilekeşler tekrar canlanacak, şeytanla son kez savaşacak, ardından kıyamet kopacaktır. *–ç.n.*

** Antik Yunan mitlerinde Lerna bataklıklarında yaşayan dokuz başlı canavar. *–ç.n.*

sıcak tenhalığında. "Zaten yanında olmak hoşuma gidiyor."

Uykunun en derin yerinde içerisi ahır kapısının deliklerinden sızan ışıkla aydınlanmış, serin avludan içeri buram buram gübre kokusu dolmuştu; Sotıh doğrulmuş ve düzensiz uykudan bulanan gözleriyle yeni güne bakmıştı.

"Ne oldun? Yat sağına, dal gitsin," demişti zamanın bu kadar çabuk geçmesine hayıflanan Çepurnıy.

"Uyku mu veriyorsun ki," diye sitem etmişti Sotıh. "Bizim kasabada bir aktivist vardı, köylülere rahat vermezdi; sen de aktivistin tekisin, put çarpasıca!"

"Ne yapayım uykum yoksa, söyler misin lütfen!"

Sotıh saçlarını düzeltmiş, sakalını kıvırmıştı, uykusunda ölümün karşısına derli toplu çıkmak ister gibiydi.

"İhmalkârlıklar yüzünden uyku girmiyor gözüne, devrim dağılıyor çünkü yavaş yavaş. Yat yamacıma da uyu, sabahleyin de kızıllardan artakalanları toplayıp gürle, yoksa baksana millet yayan yapıldak yollara düzüldü yine..."

"Derhal toplarım," demişti Çepurnıy niyetini formüle ederek ve bir an evvel uyuyup güç toplamak için yayanın sakin sırtına gömmüştü yüzünü. Fakat bu kez de Sotıh'ın uykusu kaçmıştı, sızamıyordu. "Şafak söktü," dedi Sotıh sabahın geldiğini görerek. "Gitme vaktim geldi sayılır; sonra, hava ısınınca küçük bir kovuk bulur yatarım daha iyi. Şu adama bak nasıl da uyuyor. Komünizm istiyor canı, tutturmuş: Bütün halkı kendisinden ibaret sanıyor!"

Sotıh Çepurnıy'ın düşen kafasını doğrultmuş, zayıf bedenini kaputla örtmüş ve buradan ebediyen gitmeye davranmıştı.

"Elveda, ahır!" demişti eşikte durup, geceyi geçirdiği yapıya. "Yaşa ha, yanmayasın sakın!"

Yavrularıyla birlikte ahırın derinliğinde uyuyan kancık beslenmek için bir yerlere gitmiş, yavrular ana hasretiyle dağılmışlardı; tombul bir yavru Çepurnıy'ın boynuna sokulmuş, açgözlü bebe diliyle bademciğinin üzerini yalamaya koyulmuştu. Çepurnıy ilk başta yalnızca gülümsüyordu, gıdıklıyordu onu yavru, sonra soğuyan tükürüğün verdiği rahatsızlıktan uyanmaya başlamıştı.

Çevengur'dan geçen o yoldaş yoktu yanında; fakat yorgunluğunu atan Çepurnıy fazlaca yanmamıştı onun yokluğuna; "Komünizmi bir an evvel bitirmek gerek," diyerek ümitlendiriyordu kendi kendisini, "o zaman o yoldaş da Çevengur'a döner."

Bir saat sonra bütün Çevengur Bolşeviklerini –on bir kişi– İlçe Yürütme Komitesi'nde toplamış ve her zaman söylediği şeyi söylemişti onlara:

"Çocuklar, bir an önce komünizmi yapmalıyız, yoksa tarihi an geçip gidecek. Prokofiy bize formüle ediversin!"

Karl Marx'ın bütün kitaplarını şahsi kullanımı için bulunduran Prokofiy devrimi gönlünce formüle ediyordu, Klavdyuşa'nın keyfi ve objektif durum doğrultusunda.

Objektif durum ve Prokofiy'in düşünce freni ise Çepurnıy'ın karanlık ama tutarlı ve yanılmaz duygusu idi. Prokofiy devrimin aşamalı yavaşlığını ve Sovyet iktidarının uzun süren hareketsizliğini kanıtlamak için Marx'ın yazdıklarını ezberden aktarmaya başlar başlamaz Çepurnıy dikkatten kuruyor ve komünizmin taksitlendirilmesini kökten reddediyordu.

"Proş, sen Karl Marx'tan fazla düşünme: O temkinliliğinden kötüsünü yazmış; mademki biz komünizmi başlatabiliyoruz, Marx'ın da işine gelir bu..."

"Marx'ın sözünden çıkamam, yoldaş Çepurnıy," demişti Prokofiy mütevazı bir fikri itaatle, "kitapta bu şekilde basıldığına göre, bizim de teoriyi harfiyen izlememiz gerekir."

Piyusya cehaletinin ağırlığından bunalarak iç geçiriyordu sessizce. Diğer Bolşevikler de Prokofiy'e karşı çıkmıyorlardı hiç: Onlar için tüm sözcükler kitlesel bir mesele değil, tek bir insanın sayıklamalarıydı.

"Bu söylediklerinin hepsi de gayet makul, Proş," demişti Çepurnıy, yumuşak ve temkinli bir dille karşı çıkarak, "yalnız söyle bana lütfen, bu uzun devrim yürüyüşü bizleri perişan etmez mi? İlk başta da ben iktidarı koruyayım derken bozulur aşınırım: İnsan o kadar uzun süre herkesten iyi olamaz ki!"

"Nasıl isterseniz yoldaş Çepurnıy!" diyerek razı olmuştu Prokofiy katı bir alçakgönüllülükle.

Çepurnıy, içindeki yeğin duyguları belli belirsiz anlıyor, zor katlanıyordu onlara.

"Ben nasıl istersem değil, yoldaş Dvanov, siz hepiniz nasıl isterseniz, Lenin nasıl isterse, Marx'ın gece gündüz düşündüğü şekilde!.. Gelin işimize bakalım, Çevengur'u burjuva kalıntılarından temizleyelim..."

"Şahane," demişti Prokofiy, "zorunlu kararname tasarısını hazırladım bile..."

"Kararname değil emir," diyerek düzeltmişti daha sert olsun diye Çepurnıy, "kararları sonra karalarız, şimdi eylem vakti."

"Emir şeklinde yayımlarız," demişti Prokofiy yine kabul ederek. "Karalayın kararı, yoldaş Çepurnıy."

"Karalamam," diyerek reddetmişti Çepurnıy, "sözlü olarak söyledim sana, yeter."

Ne var ki Çevengur burjuvazisinin kalıntıları, bahçe duvarlarına, tahta perdelere ve çitlere unla yapıştırılan sözlü emir-kararı dinlememişlerdi. Çevengur'un yerli halkı pek yakında her şeyin biteceğine inanıyordu: Hiçbir zaman var olmamış bir şey öyle uzun uzadıya süremezdi ya. Çepurnıy burjuva kalıntılarının gitmesini yirmi dört saat beklemiş ve Piyusya ile birlikte insanları evlerinden kovalamaya yollanmıştı. Piyusya karşısına çıkan herhangi bir eve girmiş, en ergin burjuvayı arayıp bulmuş ve tek laf etmeden elmacıkkemiğine indirivermişti yumruğunu.

"Emri okudun mu?"

"Okudum, yoldaş," diye yanıtlamıştı burjuva uslu uslu. "Evraklarımı kontrol ediniz. Burjuva değilim ben, eski Sovyet memuruyum, ilk talepte kurumlara alınmam icap etmektedir..."

Çepurnıy kâğıdını almıştı:

"Yol. Prokopenko P. T.'ye, yukarıdaki tarihten itibaren Tahliye Birimi Tohum-Yem Deposu kumandan yardımcılığı görevinden çıkarıldığını, ayrıca Sovyetler içindeki vaziyeti ve düşünce şekli gerekçesiyle devrimci-güvenilir bir şahıs olduğunu teyiden verilmiştir.

Tahliye Birimi Müdürü P. Dvanov."

"Neymiş?" demişti Piyusya bekleyerek.

Çepurnıy kâğıdı yırtmıştı.

"Çıkar şunu dışarı. Bütün burjuvaziyi belgelerle tasdik etmişiz."

"Ama nasıl olur, yoldaşlar?" demişti Prokopenko, onları merhamete çağırarak. "Elimde vesikam var, Sovyet memuruyum ben, beyazlarla da gitmedim, herkes gittiydi hem..."

"Gider misin sen hiç, evin burada!" diye açıklamıştı Piyusya Prokopenko'ya davranışının nedenini ve kulağına bir tane geçirivermişti şefkatle.

"Bu işi ele al, şehri boşalt bana," diye tembihlemişti Çepurnıy Piyusya'ya son olarak, kendisi ise daha fazla heyecanlanmamak ve komünizm hazırlığını yetiştirmek için uzaklaşmıştı. Gelgelelim öyle hemen başaramamıştı Piyusya burjuvaları sürmeyi. Başlangıçta tek başına çalışıyordu, kalan varlıklıları bizzat dövüyor, yiyecek ve eşya paylarını kendisi bohçalıyordu; ne var ki akşama doğru öyle bir yorulmuştu ki avlu sakinlerini dövmeyi bırakmış, yalnızca eşyalarını bohçalamaya koyulmuştu konuşmadan. "Böyle giderse çözüleceğim!" diye korkmuştu Piyusya ve kendisine yardımcı olacak komünistler aramaya çıkmıştı.

Gel gör ki koca Bolşevik müfrezesi de seferber olsa artık kapitalistlerin hakkından yirmi dört saatte gelemezdi. Kimi kapitalistler Sovyet iktidarının kendilerini ırgat tutmasını rica ediyorlardı, öyle azıksız, maaşsız filan; diğerleri ise eski manastırlarda yaşamalarına, en azından uzaktan Sovyet iktidarına sempati duymalarına izin verilmesi için yalvarıyorlardı.

"Hayır, hayır," diyerek geri çeviriyordu istekleri Piyusya, "siz artık insan değilsiniz ve tabiat da baştan sona değişti..."

Birçok yarı-burjuva, eşyalarıyla ve geride bıraktığı şeylerle vedalaşırken yerlere yatıp ağlıyordu. Yastıklar sıcak tepeler gibi duruyordu karyolaların üzerinde, hacimli sandıklar hüngürdeyen kapitalistlerin hiç ayrılmadıkları akrabaları gibi dikiliyordu ve dışarı çıkan her yarı-burjuva, akciğerinden çoktan kanına sızmış, vücudunun parçası haline gelmiş evcimenliğinin senelik kokusunu götürüyordu üzerinde. Kokunun eşya tozundan kaynaklandığını bilmiyordu herkes, ama her biri de bu kokuyu soluyarak kanını tazeliyordu. Piyusya yarı-burjuvaların acısının bir yerde uzun süre beklemesine fırsat vermiyordu: Zaruri ihtiyaç bohçalarını sokağa fırlatıyor, sonra insanoğlunu ıskartaya çıkaran bir ustanın kayıtsızlığıyla kederli insanları öylece kaldırıp bohçaların –sığınabilecekleri en son adanın– üzerine oturtuyordu. Yarı-burjuvalar açık havaya çıkınca acılanmayı kesiyor, bohçaları yokluyorlardı: Hakları olan her şeyi koymuş muydu içlerine Piyusya? Gecenin geç saatlerinde alçakların artık sınıfını evlerinden eden Piyusya yoldaşlarıyla sigara içmeye oturmuştu. İnce, muhrik bir yağmur başlamıştı; rüzgâr helak olup durmuş, yağmurun altına yatmıştı. Yarı-burjuvalar bohçaların üzerinde aralıksız uzun sıralar halinde oturuyor, bir şey olmasını bekliyorlardı.

Çepurnıy gelmiş ve sabırsızlığını ele veren bir sesle derhal ve ebediyen Çevengur'dan kaybolmalarını buyurmuştu, çünkü komünizmin bekleyecek vakti yoktu, yeni sınıf, konut ve ortak mülkiyet beklentisi içinde boş boş durmaktaydı. Kapitalizm artıkları Çepurnıy'ın sözlerini dinlemişlerdi, ama sessizlik ve yağmur içinde oturmayı sürdürüyorlardı.

"Yoldaş Piyusya," demişti Çepurnıy ölçülü bir edayla. "Bu ne çılgınlıktır söyler misin? Biz öldürmeden kendileri kaybolsunlar bir an önce – onların yüzünden devrimi salacak yer bulamıyoruz..."

"Şimdi hallederim, yoldaş Çepurnıy," demişti Piyusya ve somut bir fikir yakalayarak revolverini çıkarmıştı.

"Kaybol git!" demişti en yakınındaki yarı-burjuvaya.

Beriki yüzünü yoksul ellerine eğmiş ve süreğen bir ağlama tutturmuştu, hazin bir girizgâhta bulunmaksızın. Piyusya sıcak kurşunu onun bohçasına sıkmış ve yarı-burjuva ateşin dumanı içinde derhal dirilen ayaklarının üzerine sıçramıştı, Piyusya ise bohçayı sol eliyle yakalayıp öteye fırlatmıştı.

"Böylece gidivereceksin," demişti Piyusya, kararlı. "Proletarya sana eşya armağan ettiyse derhal kapıp kaçman gerekiyordu, şimdi de geri alıyoruz işte."

Piyusya'nın yardımcıları aceleyle eski Çevengur nüfusunun bohça ve sepetlerini kurşunlamaya koyulmuşlardı ve yarı-burjuvalar yavaşça, korkusuzca Çevengur'un sakin dış bölgelerine doğru yola çıkmışlardı.

On bir sakin kalmıştı şehirde, içlerinden dokuzu uyuyor, biri sağırlaşan sokaklarda acı çekerek dolanıyordu. On ikinci Klavdyuşa idi, fakat o ortak sevinç hammaddesi olarak görülüyor, tehlikeli kitlesel yaşamdan ayrı, özel bir yerde saklanıyordu.

Geceyarısına doğru yağmur durmuş, gökyüzü halsiz düşüp donmuştu. Kederli yaz karanlığı sessiz ve boş, korkunç Çevengur'u örtmekteydi. Çepurnıy temkinli yüreğiyle sabık Zavın-Duvaylo'nun evinin açık bahçe kapısını kapatmış, şehir köpeklerinin nereye kaybolduklarını düşünmekteydi; avlularda sadece ezeli dulavratotu ve iyi cins kazayağı vardı, evlerin içinde ise asırlardır ilk kez hiç kimse derinden iç geçirmiyordu uykusunda. Çepurnıy kimileyin bir eve giriyor, sağlam kalmış bir koltuğa oturuyor, tütün kokluyordu ki hiç değilse bir şeyi kıpırdatmış, kendi kendisi için bir ses çıkarmış olsun. Dolaplarda üst üste ev yapımı puf börekleri diziliydi, evlerden birinden ise bir şişe kilise şarabı çıkmıştı: *Visant*. Proletarya gelene kadar şarabın tadı kaçmasın diye mantarını derine ittirmişti Çepurnıy, puf böreklerinin üzerine de havlu örtmüştü tozlanmasınlar diye. En güzeli de yatakların donatılış şekliydi: Nevresimler temiz ve soğuktu, yastıklar her kafaya huzur vaat ediyordu; denemek için karyolalardan birine uzanmıştı Çepurnıy, fakat karyolaya rahatsız devrimci ruhunun karşılığında konmuş gibi, hemen utanıp sıkılmıştı böyle rahat yatmaktan. Döşeli boş evlere aldırmayan on Çevengurlu Bolşevik'ten hiçbiri de hoş bir yatı yeri aramaya çıkmamıştı kendisine; hep beraber, devrimin henüz öksüz olduğu 1917 yılında rezerve edilmiş ortak tuğla evin tabanında yatmışlardı. Çepurnıy'ın kendisi de bu sıcak konforlu konuk odalarını değil, sadece o tuğla binayı kendi evi sayıyordu.

Çevengur'un üzeri olduğu gibi çaresiz hüzünle örtülüydü, sanki baba evinin avlusuna annenin tabutu çıkarılmıştı ve yetim kalan çocuk kadar çit de, dulavratotları da, terk edilmiş sofa da hasret çekiyordu. Ve işte çocuk başını çite yaslıyor, eliyle pürüzlü tahtaları okşuyor, sönen dünyanın karanlığında ağlıyor, baba ise gözyaşlarını siliyor, "Yok bir şey," diyordu, "yakında her şey düzelecek, alışılacak." Çepurnıy duygularını yalnızca anıları sayesinde formüle edebilirdi, geleceğe ise karanlık, beklentili bir yürekle, salt devrimin kenarlarına tutunarak yürüyebiliyor, yolundan sapmamayı bu sayede başarıyordu. Ne var ki bu gece hiçbir anısı Çevengur'un durumunu tespit etmede yardımcı olamamıştı Çepurnıy'a. Evler sönük sönük duruyordu, yalnızca yarı-burjuvalar değil, ufak hayvanlar da ebediyen terk etmişti onları; inek bile yoktu hiçbir yerde. Hayat bu yerin üzerinden elini çekmiş, ölü kaderini de on bir kişiye teslim edip bozkır otlarının içine ölmeye gitmişti; içlerinden onu uyuyor, biri ise meçhul tehlikenin efkârı içinde geziniyordu.

Çepurnıy bir çitin önüne yere oturmuş, büyüyen bir dulavratotunu yoklamıştı iki parmağıyla hafifçe: O da bir canlıydı ve artık komünizmde yaşayacaktı. Şafak nedense sökmek bilmiyordu, oysa yeni günün vakti gelmişti artık. Çepurnıy sessizleşmiş ve korkmaya başlamıştı: Güneş doğacak mıydı sabahleyin, sabah gelecek miydi ki hiç? Yoktu ki artık eski dünya!

Akşam bulutları tükenmiş gibi mecalsiz asılı duruyordu kıpırtısız yerlerinde, büyümek ve üremek için bozkır otları kullanmıştı hep nemlerinin azalan gücünü; rüzgâr yağmurla birlikte aşağı inmiş, uzun süre otların sıkışıklığında yatmıştı. Çepurnıy çocukluğundan anımsıyordu bu durup kalmış boş geceleri: Vücudu öyle sıkıntılı, öyle dar gelirdi ki uyumak istemezdi küçükken, gözleri açık yatardı ocağın üzerinde, damın havasız sessizliğinde. Karnından boynuna kuru, dar bir derenin aktığını hissederdi o zamanlar, yüreğini hoplatıp duran, çocuk aklına hayatın kederini yükleyen. İçini oyan endişeden küçük Çepurnıy ocağın üzerinde dönüp durur, öfkesinden ağlardı, sanki bir kurtçuk gıdıklardı vücudunun orta yerini. Aynı havasız, kuru endişe, belki de yeryüzünü ebediyen söndürmüş olan bu Çevengur gecesinde de huzursuz ediyordu Çepurnıy'ı.

"Yarın güneş doğunca düzelecek her şey," diyerek avutmaya çalışıyordu kendisini Çepurnıy. "Yarı-burjuvalar gibi oturdum komünizmden gamlanıyorum!.."

Yarı-burjuvalar şimdi herhalde bozkıra sinmiş yahut ağır adımlarla Çevengur'dan uzaklaşmakta olmalıydılar: Tekmil yetişkin insanlar gibi onlar da çocukların ve parti üyelerinin iyi bildiği tereddüt kaygısından bihaberdiler. Yarı-burjuvalar için gelecek mutsuzdu sadece, tehlikeli ve gizemli değil; Çepurnıy ise oturmuş yarından korkuyordu, çünkü bu ilk gün biraz tuhaf ve korkunç geçecekti, ezelden beri bakir olan bir şey olgunlaşıp evliliğe hazır hale gelmişti de bütün insanlar yarın evlenmeliydi sanki.

Çepurnıy utançtan elleriyle yüzünü ovuşturmuş ve uzun bir süre anlamsız ayıbına katlanarak susmuştu.

Çevengur'un ortasında bir yerlerde bir horoz ötmeye başlamış, Çepurnıy'ın önünden sahibinin avlusunu terk etmiş bir köpek geçmişti sessizce.

"Juçok, Juçok!" diye çağırmıştı Çepurnıy köpeği sevinçle. "Buraya gel lütfen!"

Juçok uslu uslu yanaşmış, kendisine uzanan insan elini koklamıştı, el iyilik ve saman kokuyordu.

"İyi misin, Juçok? Ben değilim!"

Juçok'un tüylerinin arasına dulavratotları karışmış, kıçı atların gübrelediği çamura bulanmıştı. İlçenin sadık bir köpeğiydi bu, Rus kış ve gecelerinin bekçisi, orta halli avluların sakini.

Çepurnıy köpeği bir eve götürmüş, puf börekleriyle beslemişti. Köpek tehlike ürpertisi içinde yiyordu, zira böyle bir yemek doğumundan beri ilk kez düşmüştü payına. Çepurnıy köpeğin korktuğunu fark etmiş ve bir parça da ev işi yumurtalı börek buluvermişti ona, ama beriki böreğe dokunmamış, sadece koklamış ve hayatın sunduğu bu armağana güvenemeyerek temkinlice gezinmişti çevresinde; Çepurnıy Juçok'un dönmeyi bırakıp böreği yemesini beklemiş, sonra alıp kendisi yutmuştu güvenli olduğunu kanıtlamak için ona. Juçok zehirden kurtulduğuna sevinmiş ve kuyruğuyla yerin tozunu süpürmeye koyulmuştu.

"Sen burjuva değil fukara köpeği olmalısın," diyerek sevmişti Juçok'u Çepurnıy. "Kendini bildin bileli has un yememişsin, yaşa şimdi Çevengur'da."

İki horoz daha ötmüştü dışarıda. "Demek üç kuşumuz var," diye saymıştı Çepurnıy, "ve bir baş hayvan."

Evin oturma odasından çıkan Çepurnıy açık havada hemen üşüyüvermiş ve değişik bir Çevengur görmüştü: Henüz uzaklardan bakınan güneşin gri ışığıyla aydınlanmış, açık, serin bir şehir; evlerinde yaşamaya korkmazdı bu şehrin kişi, sokaklarında da gezebilirdi, çünkü otlar eskisi gibi büyümeye devam ediyor, patikalar olduğu gibi duruyordu. Sabahın ışığı yeryüzüne yayılıyor, solgun, viran bulutları kemiriyordu.

"Demektir ki güneş bizim olacak!" Ve Çepurnıy tamahkârca doğuyu işaret etmişti.

İki isimsiz kuş Çepurnıy'ın üzerinden alçacık geçip kuyruklarını silkeleyerek çitin üzerine konmuştu. "Siz de mi bizimlesiniz?!" diyerek kuşları selamlayan Çepurnıy cebinden bir avuç çöp ve tütün çıkarıp fırlatmıştı onlara: "Yiyin lütfen!"

Çepurnıy artık uyumak istiyor ve hiçbir şeyden utanmıyordu. On yoldaşının yattığı ortak tuğla eve girmiş, dört serçeyle karşılaşmıştı orada, onlar da önyargılı bir temkinlilikle uçup çite konmuşlardı.

"Size güveniyorum!" demişti serçelere Çepurnıy. "Siz akrabamız kuşlarsınız, yalnız artık hiçbir şeyden korkmamalısınız. Burjuva yok burada: Yaşayın lütfen!"

Tuğla evin içinde ateş yanıyordu: İki kişi uyuyor, sekiz kişi yatıyor ve tepelerine bakıyorlardı konuşmadan: Yüzleri yılgındı, kara düşüncelerle gölgelenmişti.

"Neden uyumuyorsunuz ki?" diye sormuştu sekiz kişiye Çepurnıy. "Yarın ilk günümüz, güneş yükseldi bile, kuşlar bize doğru uçuyor, boş yere korka korka yatıyorsunuz..."

Çepurnıy altına kaput serip samanların üzerine yatmış, sıcakta kendinden geçerek susmuştu. Pencerenin ardında çiy beliriyordu, Çevengur Bolşeviklerine ihanet etmeyen, başlarının üzerinde doğan çıplak güneşi selamlıyordu çiy. Bütün gece uyumayan Piyusya yüreği dinlenmiş vaziyette kalkmış, gayretle elini yüzünü yıkamış, komünizmin ilk günü hatırına temizlenmişti. Lambada sarı, ölgün bir ışık yanmaktaydı, Piyusya onu yok etmenin keyfiyle söndürmüş ve Çevengur'u kimsenin korumadığını anımsamıştı. Kapitalistler haber vermeden yerleşebilirdi şehre ve yine bütün gece lamba yakmak gerekirdi ki yarı-burjuvalar komünistlerin silahlı ve uykusuz oturduğunu anlasın. Piyusya evin tepesine çıkmış, güneşin karşısında ısınan çiyin azgın ışığından kaçınmak için teneke çatının üstüne oturmuştu: O zaman Piyusya güneşe de bakmıştı, gurur ve sevecenlik dolu gözlerle, sanki ona sahipmiş gibi.

"Bastır şimdi, taşlar bile yeşersin," diye fısıldamıştı Piyusya boğuk bir coşkuyla: Çığlık atmasına yetecek kadar söz bulamamıştı, bilgilerine güvenmiyordu. "Bastır!" diyerek bir kez daha sevinçle sıkmıştı yumruklarını, güneşin kile, taşa, Çevengur'a bastırmasına yardımcı olmak için.

Oysa Piyusya olmasa da güneş kuru ve sert dayanmaktaydı toprağa ve ilkin toprak, bitkin düşüp otların suyunu, kumlu kilin nemini akıtmış, geniş, tüylü bozkır boyunca ürpermişti; güneş ise gergin, kuru sabrından akkorlaşıyor, güçleniyordu ancak.

Güneşin yakıcılığından dişetleri kaşınmıştı Piyusya'nın: "Eskiden hiç böyle doğmazdı," diye kıyaslamış ve sonucu kendi lehlerine bulmuştu. "Cesaret sırtımı tırmalıyor, üflemeli aletlerin müziği gibi."

Piyusya daha da uzaklara, güneşin gideceği yerlere bakmıştı: Bir şeyler engel olmasındı sakın yürüyüşüne. Derken bir hakaret işitmiş gibi bir adım gerilemişti: Çevengur'un hemen dışında dünkü yarıburjuva kafilesi durmaktaydı; ateşleri yanıyor, keçileri otluyor, hatunları yağmur birikintilerinde çamaşır yıkıyordu. Yarı-burjuvalar ve görevden kovulanlar ise didinip duruyor, galiba zeminlik kazıyorlardı; üç kâhya serin havada çıplak vaziyette çalışarak iç çamaşırı ve çarşaflardan çadır uydurmaktaydı, yeter ki konut ve mülk yapmak olsundu onlara.

Piyusya'nın dikkatinden kaçmamıştı: Yarı-burjuvalar bunca manifatura malzemesini nereden bulmuşlardı? Kendisi gayet kıt dağıtmıştı malzemeyi!

Piyusya güneşe elinden alınan bir malmış gibi acılı gözlerle bakmış, sonra tırnaklarıyla boynundaki ince damarları kaşımış, mahcup ve saygılı, yukarıya seslenmişti:

"Bekle, harcama kendini yabancılara!"

Eş ve kız kardeş sahibi olma, temizlik ve tokluk gibi alışkanlarını yitiren Çevengur Bolşevikleri kendi icatlarıyla yaşıyorlardı. Sabun yerine kumla yıkanıyor, yüzlerini kollarına ve dulavratotlarına siliyor, tavukları bizzat yokluyor ve kıyıda köşede yumurta arıyorlardı, sade çorbalarını ise ne amaçla üretildiği belirsiz bir demir varilin içinde sabahtan pişiriyorlardı. Varilin ısındığı ateşin önünden her geçen yakınlarda biten çeşit çeşit otu sokuşturuveriyordu içine: ısırganotu, dereotu, kazayağı ve diğer yenilebilir yeşilliği. Aynı varile birkaç tavuk, denk gelmişse bir dana sağrısı atılıyor ve çorba gece geç vakte kadar kaynıyordu, Bolşevikler beslenmek için devrim işlerini bitirene ve çorba kabına böcekler, kelebekler ve sivrisinekler doluşana kadar. O zaman Bolşevikler yemeklerini yiyorlardı –günde bir kez– ve şevkle dinleniyorlardı.

Piyusya çorba pişen varilin önünden geçmiş, ama içine hiçbir şey atmamıştı.

Kilerin kapısını açmış, makineli tüfek şeritlerinin durduğu yamuk, ağır kovayı almış ve tavuk yumurtalarını kafasına dikmeyi bitiren yoldaş Kirey'den makineli tüfeği peşi sıra sürüklemesini rica etmişti. Kirey barış günlerinde göle gidip mitralyözle avlanır ve neredeyse her defasında bir martı, bilemedin bir balıkçıl getirirdi; makineliyle suyun içindeki balıkları vurmayı da denemişti, ama isabet ettirdiği nadirdi. Kirey Piyusya'ya nereye gittiklerini sormamıştı, hedef ne olursa olsun ateş etmek onun için zevkti, canlı proleter olmasın yeterdi.

"Piyus, ister misin sana gökten bir serçe gümleteyim!" diyerek aranıyordu Kirey.

"Gümletirim seni şimdi!" diye reddetmişti Piyusya gücenerek. "Sen miydin evvelsi günü bostandaki tavukları vuran?"

"Neyse ne: İnsanın canı çekiveriyor..."

"Neyse ne filan değil: Tavuk elle boğulur. Sen boş yere kurşun sıkıp durursan fazladan bir burjuva hayatta kalır..."

"Haa, bir daha müsaade etmem, Piyusya..."

Yarı-burjuva kafilesinin ateşleri sönmüştü, demek kahvaltıları hazırdı ve bugünü de sıcak yemeksiz geçirmeyeceklerdi.

"Şu dünkü ahaliyi görüyor musun?" demişti Piyusya, Kirey'e sönen ateşlerin çevresinde küçük kolektifler halinde oturan yarı-burjuvaları göstererek.

"Vay! Ben onları elimden kaçırır mıyım şimdi?"

"Kurşunları tavuklara harcamışsın ama! Hadi çabucak çevir makineyi üstlerine, yoksa Çepurnıy uyanacak, bu artıklar yüzünden ruhu sızlayacak yine..."

Kirey atik hareketlerle mitralyözü ayarladı ve fişek şeridini oracıkta işletiverdi. Bir yandan mitralyözün tutacağını çevirirken bir yandan da anında ellerini kurtarmaya, sonra yanaklarını, ağzını, dizlerini tokatlamaya vakit buluyordu Kirey, böylece eşlik ediyordu hızla seken kurşunlara. O zaman kurşunlar hedefi şaşırıyor, yakınlara saplanıp öteye beriye toprak sıçratıyor, otları kökünden söküyordu.

"Kaybetme hasmını, iyice kestir gözüne!" diyordu aylak aylak yatan Piyusya. "Acele etme, namluyu ısıtma!"

Ne var ki Kirey bedenini mitralyöze uydurmak için elini ayağını oynatmadan rahat edemezdi.

Çepurnıy tuğla evin tabanında sağa sola dönmeye başlamıştı; henüz uyanmadıysa da yakınlardaki makineli tüfeğin düzenli çarpıntısından tekler olmuştu nefesi. Yanı başında uyuyan yoldaş Jeyev de makinelinin sesini işitmiş ve uyanmamaya karar vermişti, çünkü yakınlarda bir yerde çorba için kuş avlayan Kirey'di bu. Jeyev kendisininkiyle birlikte Çepurnıy'ın kafasını da kaputla örtmüş, böylece makinelinin sesini kesmişti. Çepurnıy kaputun altında havasızlıktan daha da fazla döner olmuş, nihayet kaputu hepten kaldırıp atmış, nefesini serbest bırakır bırakmaz da uyanmıştı, zira pek bir sessiz ve tehlikeliydi ortalık.

Güneş iyice yükselmişti bile ve Çevengur'da sabahtan itibaren komünizm başlamış olmalıydı.

Odaya Kirey girmiş ve boş şeritlerin durduğu kovayı bırakmıştı yere.

"Kilere götürsene!" diyordu makineliyi sofaya sürükleyen Piyusya dışarıdan. "Ne diye takırdıyorsun orada, milleti uyandırıyorsun!"

"Hafifledi zaten, yoldaş Piyusya!" demişti Kirey ve sonra kovayı her zamanki yerine, kilere götürmüştü.

ÇEVENGUR'UN YAPILARI ora insanlarının yaşamına yaraşır asırlık sağlamlığa sahipti; o insanlar ki duygu ve kaygılarına sadakatle hizmet etmekten yorgun düşer, mülk biriktirmekten yaşlanırlardı.

Gel gör ki sonradan böylesi tıkız, güngörmüş yapıların yerini elle değiştirmek zor gelmişti proleterlere, çünkü evlerin temel atılmadan yerleştirilen alt iskeletleri zeminin derinlerine kök salmıştı bile. Bu yüzden şehir meydanı –Çepurnıy ve sosyalizm zamanında evler taşındıktan sonra– sürülmüş toprağa benzemişti: Proleterler ahşap evleri söküyor, köklerini fütursuzca sürüklüyorlardı. Ve Çepurnıy o zor *subbotnik* günlerinde, alçakların artık sınıfını katledip sürdüğüne pişman olmuştu: Zaten yeterince perişan olmuş proletaryanın yerine o alçaklar oynatabilirdi filizlenmiş evleri yerinden. Ama işte Çevengur sosyalizminin ilk günlerinde proletaryanın ek kaba işgücüne ihtiyacı olacağını bilemezdi Çepurnıy. Sosyalizmin o en ilk gününde ise, kendisinden önce uyanan güneş ile hazır ve nazır Çevengur'un genel görünümü öylesine ümitlendirmişti ki Çepurnıy'ı, Prokofiy'den derhal bir yerlere gidip yoksulları Çevengur'a çağırmasını rica etmişti.

"Yürü, Proş," diye usulca seslenmişti Çepurnıy, "baksana pek seyreğiz, yoldaşlık olmazsa sıkılıveririz yakında."

Prokofiy Çepurnıy'ın fikrini onaylamıştı:

"Tabii, yoldaş Çepurnıy, çağırmak gerek: Sosyalizm kitlesel iştir... Başka kimleri çağırayım?"

"Bütün berikileri de çağır işte," diyerek noktalamıştı emrini Çepurnıy. "Piyusya'yı da kat yanına, yallah, git gidebildiğince. Bir yoksul görürsen getir, bize yoldaş olsun."

"Ya berikileri?" diye sormuştu Prokofiy.

"Berikileri de getir. Sosyalizm olgudur bizde."

"Kitlelerin desteğinden mahrum her olgu kendi içinde istikrarsızdır, yoldaş Çepurnıy."

Çepurnıy bunu anlamıştı.

"Ben de sana sıkılacağız diyorum ya. Böyle sosyalizm mi olur hiç? Kendim de hissediyorum zaten, neyi kanıtlamaya çalışıyorsun bana?"

Prokofiy karşı çıkmamış ve derhal proletaryayı almaya gideceği bir vasıta aramaya koyulmuştu. Öğleye doğru çevre bozkırlardan sahipsiz bir at bulmuş ve Piyusya'nın yardımıyla faytona koşmuştu onu. Akşama doğru arabaya iki haftalık yiyecek ve giyeceğini de yükleyen Prokofiy ülkenin kalanına –Çevengur'un dışına– doğru yola çıkmıştı; kendisi faytonun içinde oturmuş bölge haritasını inceleyerek gideceği yönü belirlerken, Piyusya da koşmayı unutmuş olan atı sürüyordu. On Bolşevik faytonun arkasından yürüyor ve gidişini izliyorlardı, çünkü sosyalizm geldiğinden beri ilk kez araba sürülüyordu ve tekerler söz dinlemeyebilirdi.

"Proş," diye seslenmişti Çepurnıy ayrılırken. "Gözünü dört aç ha, – sen bize gereken şahısları getir, biz şehri korumasını biliriz."

"Peh!" demişti Prokofiy gücenerek. "Ne yani, proletarya mı görmedik?"

İç savaş sayesinde şişmanlayan yaşlı Bolşevik Jeyev faytona yanaşmış ve Prokofiy'i kuruyan dudaklarından öpmüştü.

"Proşa," demişti, "kadın bakmayı da ihmal etme, dilenci bile olur. Şefkat için lazım olacak bize, kardeş, yoksa görüyorsun işte seni öpmem gerekti."

"Onu şimdilik bir kenara bırak," demişti Çepurnıy. "Kadını yoldaş değil, tabiat olayı olarak görüyorsun sen, ondan saygı duyuyorsun... Cazibesine göre değil sosyal durumuna göre getir, Proş. Yoldaş olacaklarsa çağır hatunları lütfen, aksi takdirde kovala gitsinler bozkıra!"

Jeyev arzusunu savunmaya kalkışmamıştı, zira sosyalizm zaten gerçekleşmişti, nasılsa kadınları da çıkarırdı içinden, hiç değilse gizli yoldaş suretinde. Gelgelelim Çepurnıy'ın kendisi de kadınların genç sosyalizme ne gibi bir zarar verebileceğini pek anlıyor sayılmazdı, mademki kadınlar yoksul ve yoldaş olacaktı. Tek bildiği, geçmiş hayatta kadın sevgisinin ve doğurganlığının her zaman mevcut olduğuydu, fakat bunlar yabancı, tabiata has meselelerdi, insana ve komünizme değil; insancıl Çevengur yaşantısında ise kadın, komünizmin bir parçası olmayan güzelliğiyle değil, daha kuru ve insani suretiyle makbuldü, ne de olsa kadın doğasının güzelliği kapitalizmde de vardı, dağların, yıldızların ve diğer insandışı hadiselerin var olması gibi. Bu sezgilerden ötürü Çepurnıy, yüzüne yoksulluğun ve çalışmaktan yaşlanmanın gölgesi düşmüş her kadını selamlamaya hazırdı Çevengur'da; böyle bir kadın yalnızca yoldaşlık etmeye yarar ve ezilenler arasında fark yaratmaz, kimsesiz Bolşeviklerin merakını cezbederek çözülmelerine yol açmazdı. Çepurnıy şimdilik, hiç de kadınsı olmayan sınıfsal şefkati kabul ediyordu; sınıfsal şefkatin ise bircinsten proleter insanıyla yakından ilgilenme anlamına geldiğini hissetmekteydi – oysaki tabiat burjuvayı ve kadının kadınsı özelliklerini proletaryanın ve Bolşeviklerin gücünden bağımsız olarak yaratmıştı. Bu nedenle Sovyet Çevenguru'nun üzerine titreyen Çepurnıy şehrin, düz, fakir bozkırın ortasında yer almasına ilişkin tali gerçeği de yararlı buluyordu; hem Çevengur'un üzerindeki gök de bozkıra benziyordu ve hiçbir yerde, insanları komünizmden ve karşılıklı yakın ilgiden alıkoyabilecek güzel tabiat güçleri çarpmıyordu göze.

Aynı günün akşamı, Prokofiy ve Piyusya proletaryanın peşine düştükten sonra, Çepurnıy ve Jeyev şehrin çevresini dolaşmış, bir yandan çitlerin kazıklarını düzeltirken (zira çitleri de esirgemek gerekiyordu artık) gecenin ıssızlığında Lenin'in zekâsından söz etmiş ve bugünlük bu kadarıyla yetinmişlerdi. Yatmaya çekilirlerken Jeyev Çepurnıy'a ertesi gün şehre kimi simgeler asılmasını önermişti, ayrıca yaklaşan proletarya için evlerin yerlerini de silmek icap ediyordu.

Çepurnıy yerleri silmeyi ve yüksek ağaçlara simgeler asmayı kabul etmişti; sevinmişti bile bu işe, çünkü geceyle birlikte ruhu heyecanla doluyordu. Bütün dünya, bütün burjuva kitleleri Çevengur'da komünizmin belirdiğini biliyor olmalıydı, dış tehlikeler daha da yakındı şimdi. Bozkırın ve koyakların karanlığında Beyaz Ordu'nun patırtısı yahut yavaşça sokulan yalınayak eşkıya müfrezelerinin hışırtısı duyulabilirdi – o zaman ne otları, ne Çevengur'un boş evlerini bir daha görebilirdi Çepurnıy, ne de şimdi kim bilir nerelerde insan saygısı görmeksizin, ömrünün anlamından bihaber dolaşan meçhul, barınaksız proletaryayı temiz yerleri, taze havasıyla karşılamaya hazır bu bakir şehrin üzerinde parlayan yoldaş güneşi. Bir tek şey avutuyor ve coşturuyordu Çepurnıy'ı: Moskova yakınlarında ya da Prokofiy'in haritaya bakıp belirlediği üzere Valday Dağları'nda, Kremlin denilen uzak, gizli bir yer vardı; işte orada Lenin lamba ışığı altında oturuyor, düşünüyor, uyumuyor ve yazıyordu. Ne yazıyordu acaba şimdi oralarda? Artık Çevengur diye bir yer vardı ve Lenin'in yazmayı bırakmasının, gerisingeri proletaryaya karışıp yaşamasının zamanı gelmişti. Çepurnıy Jeyev'in gerisinde kalmış, Çevengur'un taşıt girmez rahat sokaklarından birinde otların içine uzanmıştı. Lenin'in o an Çevengur'u ve Çevengur Bolşeviklerini düşündüğünü biliyordu, her ne kadar buradaki yoldaşlarının adlarını bilmese de. Lenin herhalde Çepurnıy'a mektup yazıyor, ona uyumamasını, Çevengur komünizmini kollamasını, bütün isimsiz yöre halkının gönlünü ve hayatını çelmesini öğütlüyor olmalıydı: Hiçbir şeyden korkmasındı Çepurnıy, çünkü tarihin uzun vadesi dolmuştu, yoksulluk ve acı öylesine çoğalmıştı ki onların dışında hiçbir şey kalmamıştı geriye. Çepurnıy bütün yoldaşlarıyla birlikte onu, Lenin'i Çevengur'a misafirliğe beklesindi ki o da gelip yeryüzünün tekmil çilekeşleriyle kucaklaşsın, böylece bedbahtlığın hayatın içindeki hareketine son verilsindi. Nihayet Lenin selamlarını gönderiyor ve komünizmin Çevengur'da ebediyen kök salmasını emrediyordu.

Bu noktada Çepurnıy huzurlu ve dinlenmiş vaziyette ayağa kalkmıştı, tek yandığı Lenin'in yanına Kremlin'e yürüyerek Çevengur haberlerini götürebilecek bir burjuva yahut savaşçının dahi kalmamış olmasıydı.

"Eski komünizm orada olmalı işte, Kremlin'de," diyordu Çepurnıy imrenerek. "Lenin orada ne de olsa... Ya Kremlin'de de benim için

Japon diyorlarsa? Burjuvazi verdiydi o adı bana, şimdi de doğru adımı bildirmeye gidecek adam kalmadı işte..."

Tuğla evde lamba yanıyor, sekiz Bolşevik tehlike beklentisi içinde uyumuyorlardı. Çepurnıy gelmiş ve şöyle demişti onlara:

"Yoldaşlar, artık kendimiz bir şeyler düşünmek zorundayız, herkese yetecek bir Prokofiy'imiz kalmadı... Şehir açık vaziyette duruyor, hiçbir yerinde ne bir fikir yazıyor ne bir şey: Kim yaşar burada, ne için yaşar, önünden geçen yoldaşların haberi bile olmaz. Aynı şey yerler için de geçerli: Yerlerin silinmesi gerek, Jeyev iyi fark etti bu perişanlığı, evleri de rüzgârla havalandırmalı, yoksa sokaktan geçerken bakıyorum da her yer burjuvazi kokuyor hâlâ... Düşünmemizin zamanı geldi yoldaşlar, yoksa ne işimiz var ki burada, söyler misiniz lütfen!"

Tüm Çevengurlu Bolşevikler utanmış, düşünmeye çalışmışlardı. Kirey kafasının içindeki gürültüyü dinlemeye koyulmuştu, gayretten ve kanının hücumundan kulaklarındaki kir kaynayana kadar beklemişti bir düşüncenin belirmesini. Sonunda Kirey Çepurnıy'a yaklaşmış ve elini vicdanına koyup usulca bildirmişti:

"Yoldaş Çepurnıy, benim kulaklarımdan irin geliyor aklımı zorlayınca, ama düşünce yok..."

Çepurnıy düşünmek yerine başka bir dolaysız görev vermişti Kirey'e:

"Yürü şehrin etrafını dolaş sen, ses seda var mı dinleyiver: Biri geziniyordur belki, belki de korka korka dikiliyordur. Hemen bitirme işini, diri halde getir – burada kontrol ederiz."

"Onu yapabilirim," diyerek kabul etmişti Kirey, "hem gece de uzun, biz düşünene kadar şehirde ne var ne yok bozkıra kaçırıverir birileri..."

"Öyle olur ya," demişti endişeye kapılan Çepurnıy. "Şehirsiz de bize hayat değil, anca fikir ve savaş kalır yine."

Kirey açık havaya komünizmi beklemeye çıkmıştı; diğer Bolşevikler ise oturuyor, düşünüyor ve lambanın içinde fitilin gaz yağını emişini duyuyorlardı. Dışarısı da bir o kadar sessizdi, gecenin karanlığında, zaptedilmiş mülkün uğultulu boşluğunda ağır ağır yürüyen Kirey'in uzaklaşan ayak sesleri yankılanmıştı uzun süre.

Bir tek Jeyev boş oturmuyordu; savaş zamanı bozkırda bir mitingde kulağına çalınan bir simge gelmişti aklına. Kendisine temiz kumaş verilmesini istemişti Jeyev: Gelip geçen proleterleri sevindirecek, Çevengur'a uğramadan geçmelerini önleyecek sözler yazacaktı üzerine. Çepurnıy bizzat, burjuvalardan kalma bir eve gidip temiz keten bezi getirivermişti. Jeyev bezi ışığa tutup düzeltmiş, beğenmişti onu.

"Yazık," demişti Jeyev bez için. "Ne çok gayret ve temiz kadın eli harcanmış buna. Bolşevik hatunlar da böyle hoş mallar yapmayı öğrense fena olmaz."

Jeyev karnının üzerine yatmış, ocak kömürüyle harfleri çizmeye koyulmuştu bezin yüzeyine. Herkes Jeyev'in çevresinde dikiliyor, halden anlayarak bakıyordu ona, çünkü Jeyev hepsinin rahatlaması için bir an evvel devrimi ifade etmeliydi.

Ve ortak sabrın sıkıştırdığı Jeyev hafızasını gayretle tarayarak Çevengur'un simgesini yazmıştı:

Fukara yoldaşlar. Yeryüzünde her tür rahatlığı ve eşyayı yapan sizsiniz, şimdi de hepsini yıktınız ve daha iyisini arzuluyorsunuz: birbirinizi. O nedenle civar yollardan Çevengur'a yoldaş alınmaktadır.

Çepurnıy simgeyi ilk onaylayan olmuştu.

"Doğru," demişti, "ben de hissetmiştim: Mülk dediğin anca gelip geçici faydadır, yoldaşlar ise ihtiyaçtır, onlarsız hiçbir şeyi yenemezsin, kendin de alçak olur çıkarsın."

Ve sekiz adam hep birlikte, insanların uğrayabileceği ezilmiş yolun yakınındaki bir sırığa asmak üzere boş şehrin içinden geçirmişlerdi bezi. Çepurnıy çalışmak için acele etmiyordu; komünizmin bu ikinci gecesinde herkesin yatıp uyumasından, kendisinin ise bir başına kalıp kedere, endişeye boğulmasından korkuyordu; oysa yoldaşlarının yanındayken bir hengâmedir ruhunu tüketiyor, içindeki güç tükenince daha az korkuyordu. İki sırık bulup da bezi astıklarında geceyarısı rüzgârı esmişti. Sevinmişti Çepurnıy buna: Ortalıkta burjuva kalmadığına, rüzgâr eskisi gibi estiğine ve sırıklar sallandığına göre, burjuvazi tabii bir güç sayılmazdı bundan böyle.

Kirey durmaksızın şehrin çevresini turluyor olmalıydı, ama hiç sesi çıkmıyordu ve gece rüzgârını yutan sekiz Bolşevik bozkırın gürültüsünü dinliyor, birbirlerini ürpertici karanlığın içinde ansızın patlak verebilecek bir gece tehlikesinden korumak için dağılmıyorlardı. Jeyev öldürmeden öyle uzun süre bekleyemezdi düşmanını, o yüzden etraflı bir keşifte bulunmak için tek başına bozkırın yolunu tutmuştu; yedi kişi ise şehri bir tek Kirey'e emanet etmiş olmamak için yedekte kalmışlardı. Yedi Bolşevik ısınmak için toprağa uzanmış, etraflarındaki geceye kulak kesilmişlerdi, belki de rahat karanlığının içinde bir düşmanı gizleyen geceye.

Uzak mı yakın mı anlaşılmayan sessiz gıcırtıyı ilk işiten Çepurnıy olmuştu: Bir şey kıpırdıyor, tehdit ediyordu Çevengur'u, ne var ki esrarengiz nesne fazlasıyla yavaş hareket ediyordu, ya ağırlığından ve gücünden, yahut da perişanlığından ve yorgunluğundan.

Çepurnıy ayaklanmış, diğerleri de onunla birlikte kalkmıştı. Tedirgin bir ateş bir an için parlayıp kapalı meçhul boşluğu aydınlatmış, birinin rüyasına gece çökmüştü sanki; derken bir silah sesi rüzgâr olup geçmişti eğilen otların üzerinden.

Çepurnıy ve yanındaki altılı alışkın oldukları üzere zincir gibi dizilip ileri atılmışlardı. Silah sesi tekrar etmemiş, yüreği savaş ve devrim coşkusundan boğazına dayanana değin koşan Çepurnıy, ardında kalan Çevengur'a bakmıştı. Çevengur'da bir ışık yanıyordu.

"Yoldaşlar, hepiniz durun!" diye bağırmıştı Çepurnıy. "Atlattılar bizi... Jeyev, Keşa, hepiniz buraya gelin! Piyusya, vur şunları vur! Nerelere kayboldun? Görmüyor musun nasıl güçsüz düştüm şu komünizmden..."

Çepurnıy, kanla dolan, bütün vücudunu kaplayan yüreğinin ağırlığı yüzünden ayağa kalkamıyordu. Elinde revolveri, zayıf ve hasta yatıyor, altı silahlı Bolşevik ise tepesinde dikiliyor, bozkırı, Çevengur'u ve düşen yoldaşlarını izliyorlardı.

"Ayrılmayalım!" diyordu Keşa. "Çepurnıy'ı kucağınıza alın, Çevengur'a gidelim – iktidarımız orada, yuvasız bir adamı ne diye burada bırakacakmışız..."

Bolşevikler Çevengur'un yolunu tutmuşlardı. Çepurnıy'ın uzun süre taşınması gerekmemiş, yüreği az sonra yatışmış, küçük yuvasına oturmuştu. Birinin huzurlu ev ışığı yanmaktaydı Çevengur'da, bozkırda ise hiçbir şeyin gıcırdadığı filan yoktu. Bolşevikler konuşmadan, bozkır askeri adımlarıyla ilerlemiş, nihayet pencereden vuran ışığın aydınlattığı otları, otların sokağın ortasına düşen gölgesini görmüşlerdi. Bolşevikler emir beklemeden sıraya girmiş, göğüslerini düşmanın kendinden aydınlatmalı penceresine çevirmişlerdi, sonra da silahlarını kaldırıp evin camlarını yaylım ateşine tutmuşlardı. Evin ışığı sönmüş, göçük çerçevenin ortasında Kirey'in aydınlık yüzü görünmüştü, karanlığa boğulan evin içinden yediliye bakıyor ve Çevengur'un gece bekçiliğini yapan kendisinden başka buralarda kimin ateş edebileceğini kestirmeye çalışıyordu.

Sakinleşen Çepurnıy Kirey'e yönelmişti:

"Ne diye boş şehirde sinsice gazyağı yakıyorsun sen, bozkırda eşkıya bayram ediyor da? Ne diye şehri öksüz koyuyorsun, yarın proletarya buraya marşlarla girecekken? Söyler misin bana lütfen!"

Kirey kendisini toparlayıp yanıtlamıştı:

"Uyuyordum ben, yoldaş Çepurnıy, rüyamda bütün Çevengur'u görebiliyordum zaten, şöyle ağaçtan bakar gibi: Ortalık çıplak, şehir ıssız... Hem yürüyerek gezeyim desen pek bir şey göremezsin, rüzgâr da kulaklarının içinde öter eşkıya gibi, vücudu olsa tutar ateş edersin ha..."

"Gazı niye yaktın peki, geri kafa?" diye sormuştu Çepurnıy. "Proletarya bastırdığı vakit neyle aydınlanacak? Proleter dediğin okumayı sever, partisiz ruh seni, gitmiş gazyağını yakmış!"

"Karanlıkta müziksiz uyuyamam ben, yoldaş Çepurnıy," diyerek açılmıştı Kirey. "Ben neşeli yerde uyumasını severim, ateşin yanıverecek şöyle... Sinek bile olsa olur, vızıldasın yeter ki..."

"Yürü hadi şehrin dışına, uykusuz gezeceksin," demişti Çepurnıy, "biz de Jeyev'in yardımına gideceğiz... Senin sinyalin yüzünden koca bir yoldaşı yalnız bıraktık..."

Çevengur'un kenarına çıkan yedi yoldaş bozkırda uzanmış ve dinlemeye koyulmuşlardı: Uzakta bir şey gıcırdıyor muydu, Jeyev geri geliyor muydu, yoksa sabaha değin ölü mü yatacaktı? Kirey daha sonra arkalarından gelmiş ve seslenmişti yatanlara:

"Yattınız ama orada bir insan ölüyor, kendim koşuverirdim peşinden ya şehre göz kulak olmam lazım..."

Keşa ona proletaryayı tek bir Jeyev'e değişemeyeceklerini söylemişti. Herkes Jeyev'in şahsını kurtarmaya koşarsa çeteler şehri yakabilirdi.

"Ben şehri söndürürüm," diye söz vermişti Kirey, "kuyular var burada. Oysaki Jeyev şimdiye ruhsuz yatıyordur belki. Olmayan proleteri ne diye bekleyecekmişsiniz, oysaki Jeyev vardı."

Çepurnıy ve Keşa yerlerinden fırlamış, Çevengur için hayıflanmayı bırakıp bozkırda süregiden gecenin içine doğru atılmış, diğer beş yoldaş da onlardan geri kalmamıştı.

Kirey ise çitin dışına çıkmış, başının altına dulavratotu sermiş, sabaha değin düşmanları dinlemek üzere uzanmıştı.

Bulutlar yeryüzünün iki ucuna yığılmıştı hafifçe, göğün göbeği aydınlanmıştı. Kirey yıldıza, yıldız Kirey'e bakıyordu sıkılmamak için. Bütün Bolşevikler terk etmişti Çevengur'u, bir tek Kirey çevresini imparatorluk gibi kuşatan bozkırın ortasında yatmış düşünüyordu:

"Yaşayıp duruyorum, ne diye yaşıyorsam? Kendimi mutlak surette iyi hissedeyim diye herhalde – bütün devrim benim için kaygılanıyor ne de olsa, ister istemez iyi gidecek işler... Ama şimdi kötüyüm; Proşka diyordu ki gelişim bitene kadar bu böyle olacakmış, sonra hemen mutluluk çıkacakmış boşluktan... Yıldıza bak: Yan babam yan! O ne istiyor ki? Düşseydi de izleseydim. Hayır, düşmez, Tanrı gitti, şimdi de bilim tutuyor onu orada... Sabah olaydı bari, yalnız başıma yatıp duruyorum, bütün komünizmi tutuyorum – şimdi ben Çevengur'dan çıksam komünizm buradan gider, gerçi belki de kalır bir yerlerde. Bu komünizm evler mi demek, yoksa sırf Bolşevikler mi, neyse ne!"

Kirey'in boynuna bir şey damlamış ve derhal kurumuştu.

"Damlıyor," demişti bunu hisseden Kirey. "Nereden damlıyor ki bulut yokken? Demek ki orada bir şey birikiyor, rasgele uçuşuyor. Eh, ağzıma damla bakalım." Ve Kirey gırtlağını açmıştı, ama hiçbir şeyin damladığı filan yoktu içine. "O zaman önüme damla," demişti Kirey gökyüzüne yanındaki dulavratotunu işaret ederek. "Elleme beni, rahat bırak, bugün niyeyse yoruldum hayattan..."

Kirey düşmanın bir yerlerde olması gerektiğini biliyor, ama işlenmeyen yoksul bozkırda, hele ki arınmış proleter şehrinde hissetmiyordu onu, o yüzden ölmezoğlu bir muzafferin huzuruyla uyumuştu.

Çepurnıy ise aksine bu ilk proleter gecelerinde kaçınıyordu uykudan, şimdi düşmanın üzerine seve seve giderdi, yeter ki yaklaşan komünizm karşısında utanç ve korku sancıları çekmesin ve yoldaşlarıyla elbirliği içinde hareket edebilsin. Ve Çepurnıy, şuursuz yüreği yüzünden halsiz düşerek gece bozkırından uzak mesafelerin ıssızlığına doğru yürüyordu, yorgun, yersiz yurtsuz düşmanı yakalayıp, rüzgârın üşüttüğü bedenini son sıcaklığından etmek için.

"Pislikler, ortak sessizliğin içinde ateş ediyorlar," diye mırıldanıyor, kızıyordu Çepurnıy. "Bir hayat başlatmamıza müsaade etmezler ki!"

Bolşeviklerin iç savaş sırasında geceyarısı karanlığına alışan gözleri ilerideki yabancı siyah cismi fark etmişti: Yerde yontulmuş uzun bir taş yahut bir levha yatıyordu sanki. Bozkır, göl suyu gibi dümdüzdü burada, yabancı cisim ise buralara ait değildi. Çepurnıy ve beraberindeki Bolşevikler o kıpırtısız yabancı nesneyle aralarındaki mesafeyi ölçmeye çalışarak adımlarını tutuklaştırmışlardı. Gelgelelim mesafe belirsizdi, siyah cisim ise sanki uçurumun berisindeydi; muzır otlar, karanlığı sürüklenen bir dalgaya dönüştürüyor, görüş netliğini bozuyordu. O zaman Bolşevikler, ellerinde sadık revolverleri, ileri doğru koşmuşlardı.

Siyah muntazam cisim gıcırdamıştı – ve çıkardığı sesten yakın olduğu anlaşılıyordu çünkü tebeşirimsi küçük taşlar ufalanıyor, toprağın üst kabuğu hışırdıyordu. Bolşevikler meraktan yerlerinde kalakalmış, revolverlerini indirmişlerdi.

"Bir yıldız düşmüş, şimdi anlaşıldı!" demişti Çepurnıy yüreğinin uzun süre alelacele yürümekten yandığını duymaksızın. "Onu Çevengur'a götürür, beş tarafından yontarız. Düşman değil bu, bilimin ta kendisi uçmuş da gelmiş komünizmimize..."

Çepurnıy yıldızlar da komünizme hevesleniyor diye sevinerek yere oturmuştu. Düşen yıldız ise gıcırdamaz, kıpırdanmaz olmuştu.

"Artık her tür iyilik gelip bizi bulacak," diye açıklıyordu diğerlerine Çepurnıy. "Yıldızlar da bize uçacak, yoldaşlar da inecek oradan, kuşlar da dirilen çocuklar gibi dile gelecek – komünizm şaka değil, kıyametin ta kendisidir!"

Çepurnıy toprağa uzanmış, geceyi, tehlikeleri ve boş Çevengur'u unutmuş, hiç aklına gelmeyen bir şeyi anımsayıvermişti: karısını. Ne var ki altındaki bozkırdı, karısı değil ve ayağa kalkmıştı Çepurnıy.

"Bu bir yardım olmasın sakın, Enternasyonal'den bir araba filan," demişti Keşa. "Belki de dökme demirden yuvarlak bir taştır, yuvarlayıp burjuvaları ezmemiz için... Biz burada savaşırken Enternasyonal de bizi aklından çıkarmıyor olmalı..."

Pyotr Varfolomeyeviç Vekovoy, en yaşlı Bolşevik, başındaki hasır şapkayı çıkarmıştı, meçhul cismi açık seçik görüyor, ama neyin nesi olduğunu anımsayamıyordu. Çobanlık günlerinin alışkanlığıyla gece uçan kuşu bile tanıyabilir, birkaç *verst* ötedeki bir ağacın cinsini seçerdi; duyguları bedeninden önde gider, her tür olayı sonuna varması gerekmeden bildirirdi ona.

"Şeker fabrikasının tenekesi bu, ta kendisi," demişti Vekovoy şimdilik kendisine pek de güvenemeyerek. "Teneke ya teneke, taşlar da ondan kütürdedi, Krutyev köylüleri buraya kadar sürümüş, daha öteye götürememişler... Tenekenin ağırlığı açgözlülüklerinden üstün gelmiş. Yuvarlamaları gerekirken tutmuş sürüklemişler..."

Toprak tekrar kütürdemiş, teneke usulca dönmeye koyulmuş, Bolşeviklere doğru yuvarlanmıştı. Aldanan Çepurnıy tenekeye ilk koşan olmuş, on adım öteden ateş ettiğinde pas kokusu vurmuştu yüzüne. Gel gör ki teneke Çepurnıy ve diğerlerinin üzerine üzerine gelmeyi sürdürüyordu; ağır adımlarla geri çekilmeye koyulmuştu Bolşevikler. Neydi tenekeyi hareket ettiren bilinmez, çünkü kuru zeminde kendi ağırlığından gıcırdıyor ve Çepurnıy'ın tahminlerini üzerinde odaklamasına izin vermiyordu; bu arada sabaha meyleden gece, şahikadan ışıldayan seyrek yıldızların son cılız ışığından da yoksun bırakmıştı bozkırı.

Teneke yavaşlamış, dirençli bir toprak tepeciği aşmaya çalışırken durduğu yerde sallanır olmuş, sonra hepten sessizleşmişti. Çepurnıy düşünmeden bir şey söylemek istemiş, ama yorgun, üzgün bir kadın sesinin başlattığı şarkıyı duyarak duraklamıştı:

Gölde bir balık girdi rüyama
Bendim o balık da ben...
Gidiyordum uzaklara,
Diri, ufacıktım ben...

Derken bitivermişti şarkı; halbuki Bolşevikler gönüllüydü daha dinlemeye, hatta uzun süre bir ses ve şarkı beklentisi içinde dikilmişlerdi açgözlülükle. Ama şarkı devam etmiyor, teneke kıpırdamıyordu: Herhalde demirin içinde şarkı söyleyen varlık yorulmuş, sözü de müziği de unutup dibe çökmüştü.

"Dinliyor musunuz?" diye soruvermişti tenekenin ardındaki Jeyev, kendisini göstermeden; ani bir düşman sanıp öldürebilirlerdi onu.

"Dinliyoruz," diye yanıtlamıştı Çepurnıy. "Söylemeyecek mi daha?"

"Hayır," demişti Jeyev. "Üç kere söyledi bile. Kaç saattir güdüyorum bunları. İtiyorlar içerden, teneke dönüyor. Bir kere de ateş ettim, ama işe yaramıyor."

"Kim var içinde ki?" diye sormuştu Keşa.

"Bilinmez," diye açıklamıştı Jeyev. "Kaçık bir burjuva kadınla kardeşi – siz gelmeden önce öpüşüyorlardı içerde, sonra kardeşi niyeyse öldü, yalnız kalınca şarkı söylemeye başladı bu da..."

"Tevekkelli değil balık olası gelmiş," demişti Çepurnıy anlayarak. "Canı tekrardan yaşamayı çekmiş desene! Bakar mısın şu işe!"

"Orası kesin," diye onaylamıştı Jeyev.

"Ne yapacağız şimdi?" demişti Çepurnıy, yoldaşlarıyla bir elden akıl yürüterek. "Sesi dokunaklıymış, Çevengur'da da sanat yok aslında... Çıkarsak da canlansa mı ki?"

"Hayır," diyerek reddetmişti Jeyev. "Pek güçsüz, hem de kaçık... Hem neyle besleyeceğiz ki? Burjuva bu. Gerçek hatun olsa neyse, ama geçmişten bir nefes bu, baksana... Bizim merhamete ihtiyacımız var, sanata değil."

"Nasıl edelim?" diye sormuştu Çepurnıy diğerlerine.

Herkes susuyordu, zira burjuva kadını almakla bırakmak arasında hiçbir yararlı fark yoktu.

"O zaman tenekeyi yardan atıp geri dönelim, yerleri silmeye," diyerek çözmüştü bilmeceyi Çepurnıy. "Zaten Prokofiy de uzaklara varmıştır. Proletarya yarın gelebilir."

Sekiz Bolşevik elleriyle tenekeye dayanmış, bir *verst* sonra uçuruma varan eğime kadar yuvarlamışlardı onu, Çevengur'un tersine doğru. Hareket ettiği süre boyunca yumuşak içi sallanıp durmuştu, ama Bolşevikler acele ediyor, tenekeyi hızlandırıyor, susan kaçık burjuva kadına kulak vermiyorlardı. Kısa süre sonra teneke kendiliğinden gider olmuştu, yara doğru uzanan eğim başlayınca Bolşevikler işlerini bırakıp durmuşlardı.

"Şeker fabrikasının kazanı bu," diyerek aklamıştı hafızasını Vekovoy, "ben de ne makinesi bu diyorum."

"Hah," demişti Çepurnıy. "Demek kazan idi bu... Dönsün dursun, onsuz da idare ederiz..."

"Ben de öylesine bir şey zannettiydim, ölü bir yuvarlak taş," demişti Keşa. "Meğerse kazanmış!"

"Kazan," demişti Vekovoy. "Perçinliyorlar bunları."

Kazan daha uzun süre yuvarlanmıştı bozkırda, mesafeler aştıkça sessizleşeceğine daha da fazla gıcırdıyor, uğulduyordu, çünkü geride bıraktığı yerlerden çabuk artıyordu hızı. Çepurnıy yere oturmuş, kazanın sonunu dinliyordu. Birdenbire uğultulu dönüşü işitilmez olmuştu – yarın dibini boylamıştı kazan, yarım dakika sonra barışçıl, boğuk bir sesle donuk kumlara saplanmıştı, birinin canlı elleri yakalamıştı da korumuştu sanki onu.

Çevengurlular yatışmış ve başlayan günün ışığıyla grileşen bozkır boyunca geri dönüşe geçmişlerdi.

Kirey halen Çevengur'un son çitinin önünde uyukluyordu, başını dulavratotlarına yaslamış, başka birinin yokluğundan ötürü kendi boynuna sarılmış. Uykusunda ömrünün derinlerine çekilmişti, çocukluk ve huzurun sıcak ışığı sarmıştı vücudunu, önünden insanların geçtiğini duymamıştı bile.

Çepurnıy ve Jeyev şehrin kenarındaki evlerde kalmış, soğuk kuyu suyuyla yerleri silmeye koyulmuşlardı. Diğer altı Çevengurlu süsleme için daha iyi evler bulmak üzere yollarına devam etmişlerdi. Evlerin karanlığında çalışması zordu, mülklerden unutmuşluğun uykulu kokusu yayılıyor, birçok karyolada burjuvaların geri dönen kedileri yatıyordu; Bolşevikler bu kedileri defetmişlerdi ve şimdi yorgun bir insan için gereksizce karmaşık nevresimlere hayret ederek yatakları sil baştan silkeliyorlardı.

Gün ağarana kadar Çevengurlular ancak on sekiz evin üstesinden gelebilmişlerdi, oysa daha çok ev vardı Çevengur'da. Sonra oturup sigara içmiş, oturdukları yerde de, başlarını ya bir karyolaya, ya bir konsola dayayıp, yahut da papaza dönen kafalarını, sildikleri döşemeye düşürüp uyuyakalmışlardı. Bolşevikler ilk kez ölen sınıf düşmanlarının evlerinde dinleniyorlardı ve buna aldırdıkları yoktu.

Kirey Çevengur'da yalnız başına uyanmıştı, geceleyin bütün yoldaşlarının döndüğünü bilmiyordu. Tuğla evde de kimsecikler yoktu; demek ki Çepurnıy ya eşkıyaların peşine düşeyim derken fazla uzaklara açılmış ya da tüm kavga arkadaşlarıyla birlikte meçhul otların arasında yaralarına yenik düşüp ölmüştü.

Kirey kendisini mitralyöze koşmuş, şehrin geceyi geçirdiği ucuna taşımıştı onu. Güneş tepedeydi artık ve şimdilik hiçbir hasmın görülmediği boş bozkırı aydınlatıyordu. Gelgelelim Kirey Çevengur'u ve içindeki komünizmi sapasağlam korumakla görevlendirildiğinin bilincindeydi; o yüzden, proleter iktidarını ayakta tutmak için derhal mitralyözü kurmuş, kendisi de yanına uzanmış ve etrafını gözetlemeye koyulmuştu. Elinden geldiğince yattıktan sonra Kirey'in canı dün sokakta gördüğü tavuğu çekmişti, ne var ki mitralyözü başıboş bırakmak olmayacak şeydi –komünizmin silahını beyaz hasmın eline tutuşturmaktan farksızdı bu– ve Kirey Çevengur'u aynı anda tavuk avına çıkabileceği bir şekilde korumanın yolunu düşünerek bir süre daha yatmıştı yerinde.

"Keşke tavuk kendisi gelse bana," diyordu içinden Kirey. "Nasılsa yiyeceğim onu... Proşka doğru söylüyor hani, çevremizdeki hayat pek örgütsüz. Artık komünizm de başladı: Tavuğun bizzat gelmesi gerekir..."

Kirey sokağı bir uçtan bir uca süzmüştü: Geliyor muydu tavuk kendisine? Gelmiyordu tavuk, bir köpek sürtüyordu ortalıkta sadece; sıkılıyor ve insansız Çevengur'da kime saygı duyması gerektiğini bilmiyordu; insanlar onun mülkiyeti koruduğunu sanıyorlardı, ama insanlar gidince köpek de bırakmıştı mülkleri işte, uzaklara doğru sürtmekteydi, kaygısızdı ama mutlu da değildi. Kirey köpeği yanına çağırmış ve tüylerinin arasına karışan dulavratotlarını ayıklamıştı. Köpek mahzun gözlerle Kirey'e bakarak kaderini bekliyordu sessizce. Kirey köpeği kemerle mitralyöze bağlamış ve rahat rahat tavuk avına çıkmıştı, çünkü Çevengur'da çıt çıkmıyordu ve bozkırda bir düşman ya da meçhul bir insan belirirse Kirey köpeğin sesini her yerden duyabilirdi. Köpek mitralyözün yanına oturmuş kuyruğunu sallıyor, güya uyanıklık ve gayret vaat ediyordu.

Kirey öğlene kadar tavuğunu aramış, köpek ise boş bozkıra karşı susup durmuştu. Öğleyin en yakın evden Çepurnıy çıkmış ve Kirey tavukla dönene kadar köpeğin nöbetini devralmıştı mitralyözün başında.

İki gün daha Çevengurlular yerleri silmiş, evlerin pencere ve kapılarını açık bırakmışlardı, yerler kurusun ve bozkır rüzgârı içerilere sinen burjuva havasını dağıtsın diye. Üçüncü gün Çevengur'a derli toplu, bastonlu bir adam gelmişti yürüyerek, Kirey'in sırf yaşlı diye öldürmediği bu adam Çepurnıy'a kimin nesi olduğunu sormuştu.

"Bolşevik partisi üyesiyim," diye bildirmişti Çepurnıy. "Burada da komünizm var."

Adam Çevengur'a bakmış ve demişti ki:

"Görüyorum. Ben de Poçepskiy İlçe Toprak İdaresi'nde kümesçilik müfettişiyim. Biz Poçepskiy ilçesinde plimut tavuğu yetiştirmek istiyoruz da, buranın hane reisleriyle görüşmeye gelmiştim: Bize damızlık bir horoz, bir-iki de tavuk verirler mi acaba?.. Vazifemin desteklenmesi için resmi bir kâğıt verildi bana, yanımdadır. İlçemiz yumurtasız kalkınamayacak..."

Çepurnıy bu adama horoz ve iki tavuk vermeyi isterdi –ne de olsa Sovyet iktidarıydı rica eden– ancak söz konusu kuşları Çevengur avlularında göremiyordu ve Kirey'e Çevengur'da canlı tavuk olup olmadığını sormuştu.

"Tavuk kalmadı burada," demişti Kirey. "Geçende vardı bir tane, ama ben yedim, zaten tavuk olsaydı ben şimdi ne diye üzülecektim?.."

Poçepli adam biraz düşünmüştü.

"Eh, o zaman kusuruma bakmayın... Şimdi kartımın arkasına vazifemi yerine getirdiğimi yazınız lütfen. 'Çevengur'da tavuk yoktur' diye yazın."

Çepurnıy kâğıdı bir tuğlaya dayamış ve kanıtı yazıvermişti üzerine: "Adam geldi gitti, tavuk yok, devrim müfrezesi erzakına harcandı. Çevengur Devrim Komitesi Başkanı *Çepurnıy*."

"Tarih de koyun," diye rica etmişti Poçepli görevli. "Falanca ay, filanca gün: Tarihsiz-saatsiz teftiş dokümana gölge düşürür."

Fakat Çepurnıy hangi ay ve günde olduklarını bilmiyordu; Çevengur'da, geçirdiği zamanı saymayı unutmuştu, yalnızca yaz mevsiminin sürdüğünü ve komünizmin beşinci gününde olduklarını biliyordu; şöyle yazmıştı: "Yazın 5 kom."

"Hah," diyerek teşekkür etmişti tavukçu. "Bu kadarı yeterli, bir işaret olsun yeter ki. Teşekkür ederim size."

"Yürü bakalım," demişti Çepurnıy. "Kirey onu çıkışa kadar götür, kalmasın burada."

Akşamleyin Çepurnıy bir evin önündeki toprak sıraya oturmuş ve güneşin batmasını beklemeye koyulmuştu. Çevengurlular o gün için proletaryanın şerefine kırk ev temizleyip tuğla binaya dönmüşlerdi. Burjuvazinin süresiz yaşayacağına duyduğu inançla sınıf ihtiyacını aşacak denli bol pişirdiği altı aylık börekleri ve lahana turşusunu yiyorlardı karınlarını doyurmak için. Çepurnıy'ın az ötesinde bir ocak çekirgesi –huzurun ve yerleşikliğin sakini– gıcırtılı şarkısını tutturmuştu. Çevengurka Nehri'nin üzerinde akşam sıcaklığı yükselmişti, emekçi toprak, bastıran karanlık huzura karşı uzun uzun iç geçirirmiş gibi yorgunluktan.

"Artık kitleler yürür buraya," diye düşünmüştü Çepurnıy sessizce. "Göz açıp kapayıncaya kadar Çcvcngur komünizmin sesleriyle dolacak, o zaman her önüne geleni ortak mütekabiliyet teselli edecek buralarda..."

Jeyev akşam boyunca durmadan bostanları ve orman açıklıklarını dolaşmış, ayaklarının dibinde ne var ne yok incelemiş, oradaki hayatın her ayrıntısını acıyarak gözlemlemişti. Uykudan önce gelecekteki ilginç yaşamı özlemeyi, saadete ve devrime kavuşamadan çoktan ölüp giden ebeveynleri için dertlenmeyi severdi. Bozkır görünmez olmuştu, yalnızca tuğla evin ışıklı noktası, düşmanlar ve kuşkular karşısında yegâne korunak olarak parlamaktaydı. Jeyev karanlıktan güçsüz düşmüş, suskun otların içinden geçip oraya varmış ve toprak sıranın üzerinde uykusuz oturan Çepurnıy'ı görmüştü.

"Oturuyorsun," demişti Jeyev. "Ben de oturayım bari, sessiz dururum."

Tüm Çevengur Bolşevikleri şuursuz rüyalarında mırıldanarak, gülümseyerek yatıyordu yerde, samanların üzerinde. Bir tek Keşa Çevengur'un etrafında dolanıp muhafızlık ediyor ve öksürüyordu bozkırda.

"Nedense savaşta ve devrimde insanlar hep rüya görür," demişti Jeyev. "Barış zamanında olmaz öyle şey: Herkes kütük gibi uyur."

Çepurnıy'ın kendisi de daima rüya görüyor, rüyaların nereden çıkıp da aklını kurcaladıklarını ise bilmiyordu. Prokofiy olsa açıklardı, ama yoktu şimdi o lüzumlu insan.

"Kuşların tüy döktüğü sıraydı, bir kuşun rüyamda şarkı söylediğini duymuştum," diye anımsamıştı Çepurnıy. "Kafası kanadının altındaydı, her yan tüydü, göz gözü görmüyordu, ama yumuşak sesi duyuluyordu..."

"Komünizm nedir peki, yoldaş Çepurnıy?" diye sormuştu Jeyev. "Kirey bana denizde bir adada komünizm olduğunu söylemişti, Keşa da güya komünizmi akıllı adamlar icat etti diyordu..."

Çepurnıy komünizm üzerine düşünmek istemiş, ama bekleyip Prokofiy'e sormaya karar vererek vazgeçmişti. Neden sonra Çevengur'da komünizmin zaten var olduğunu anımsayarak şöyle demişti Jeyev'e:

"Proletarya bir başına yaşadığı vakit komünizm de kendiliğinden oluşur. Hem neyi bilecekmişsin, söyler misin lütfen? Senin asıl hissetmen, yerinde keşfetmen gerekiyor! Komünizm kitlelerin karşılıklı duygusudur; Prokofiy yoksulları getirince komünizmimiz güçlenecek, o zaman derhal fark ediverirsin onu..."

"Tam olarak belli değil mi peki?" diyordu Jeyev, aklına koyduğunu öğrenmeye çalışarak.

"Neyim ben kitle mi yahu?" demişti Çepurnıy gücenerek. "Lenin' in bile komünizmi bilmemesi gerekir, çünkü komünizm tekmil proletaryanın işidir, bir kişinin değil... Proletaryadan akıllı olmaya kim dayanır..."

Keşa öksürmüyordu artık bozkırda: Uzakta bir yerde göğüsten konuşan insanların sesleri uğuldamaktaydı, muzır otların arasına sinip, geçenin kim olduğunu tahmin etmeye çalışacaktı. Ne var ki kısa süre sonra uğultu kesilmişti, insanların durdukları yerde kıpırdandığı işitiliyordu belli belirsiz, ayak sesleri hiç duyulmayan bu kişilerin yumuşak, çıplak ayakları vardı sanki. Keşa, Çevengur'un kardeş kardeş büyüyen buğday, kazayağı ve ısırganotlarının içinden geçip yanlarına gidecek gibi olmuş, ne var ki kısa süre sonra, ertesi günün ışığını beklemeye karar vererek geri dönmüştü. Çalıların içinden ot ve başak diyarının pusu yükselmekteydi; orada birbirlerine zarar vermeksizin, biri diğerine sıkıca sarılıp onu esirgeyerek çavdar ve kazayağı yaprakları yaşıyordu. Kimsenin biçtiği yoktu onları, ellediği yoktu, fakat güz gelecek ve proletarya lahana çorbasının içine ısırganotunu koyuverecekti, çavdarı ise buğday ve kazayağıyla birlikte kışlık nevale niyetine toplayacaktı. Bozkırın hepten ıssız yerlerinde kendi başlarına ayçiçeği, arnavutdarısı, darı yetişiyordu, Çevengur bostanlarında ise her tür sebze ve patates. Çevengur burjuvazisi kıyamete güvenerek üç yıldır ne bir şey ekmiş ne de biçmişti, oysa bitkiler ebeveynlerinden türemiş ve kendi içlerinde ısırganotu ile buğdayın özel dengesini kurmuşlardı: her bir buğday başağına üç ısırganotu kökü. Otlarla örtülü bozkırı seyreden Çepurnıy daima, artık bozkırın da buğdaygillerin ve çiçeklerin enternasyonali olduğunu söylerdi, sayesinde cümle fukaralar emek ve sömürünün müdahalesine gerek kalmadan bol bol beslenecekti. Çevengurlular, tabiatın insana emekle zulmetmeyi reddedip varlıksız boğazlara kendiliğinden her tür besleyici ve zaruri şeyi armağan ettiğini görmüşlerdi; zamanında Çevengur Devrim Komitesi mağlup edilen tabiatın itaatkârlığını dikkate almış ve gelecekte anıtını dikmeyi kararlaştırmıştı. Yabani zeminden bitmiş, ortak güneşin altında dallı budaklı iki koluyla bir insanı kucaklayan ağaç şeklinde olacaktı bu anıt.

Keşa bir başak koparmış, olgunlaşmamış tohumlarının yumuşak, çiğ içlerini emmeye koyulmuştu; ama sonra başağı tükürmüş ve unutmuştu yiyeceğin tadını, zira Çevengur'un otlarla sarmalanmış anayolunda bir araba hışırdamıştı usulcacık. Piyusya'nın sesi atı yönlendiriyor, Proşka'nın sesi ise şarkı söylüyordu:

Dalga ses verir gölde,
Balıkçı yatar dipte,
Düşe kalka yürür hep
Bir öksüz düşünde...

Keşa Prokofiy'in faytonuna doğru seğirtmiş, Piyusya ile ikisinin proletaryayı getirmeden eli boş geldiklerini görmüştü.

Çepurnıy proletaryayı törenle karşılamak ve bir miting düzenlemek için, sızıp kalan Bolşevikleri ayaklandırmış, ama Prokofiy proletaryanın yorulduğunu ve bozkır kurganının rüzgârsız yakasında şafağa değin uyuyacağını söylemişti.

"Orkestrayla mı geliyor, reisi filan var mı?" diye sormuştu Çepurnıy.

"Yarın, yoldaş Çepurnıy, kendin de fırdolayı görürsün," diye bildirmişti Prokofiy. "Beni rahatsız etme şimdi: Paşka Piyusya ve ben bin *verst* yol teptik – bozkır deryasını gördük, mersinbalığı yedik... Ben sana sonra rapor veririm, formüle ederim her şeyi."

"Sen uyu, Proş, uyu, ben uğrarım proletaryanın yanına," demişti Çepurnıy ürkekçe.

Fakat kabul ettirememişti Prokofiy'e.

"Elleme, zaten perişan olmuşlar... Birazdan güneş doğunca kendileri kurgandan iner Çevengur'a..."

Çepurnıy gecenin kalan kısmını uykusuz bir beklenti içinde geçirmişti; gazyağını tüketerek kurganda yatanları huzursuz etmemek için lambayı söndürmüş ve Çevengur Devrim Komitesi'nin bayrağını çıkarmıştı kilerden. Ayrıca başlığının üzerindeki yıldızı temizlemiş, çoktandır çalışmayan sahipsiz duvar saatini çalıştırmıştı. Hazırlığını tamamlayan Çepurnıy başını avuçlarına dayamış ve gece çabucak geçsin diye düşünmeyi kesmişti. Ve çabucak geçmişti de zaman, çünkü zihindi o, duygu değil ve çünkü Çepurnıy hiçbir şey geçirmiyordu zihninden. Çevengurluların üzerinde uyudukları saman hafifçe nemlenmişti serin çiy vaktinde – sabahtı bu serpilen. O zaman Çepurnıy bayrağı eline almış ve yayan proletaryanın uyuduğu tarafına gitmişti Çevengur'un.

Çepurnıy iki saat boyunca elinde bayrak, çitin önünde dikilip şafağı ve proletaryanın uyanmasını beklemişti. Işığın yerin üzerindeki sisli karanlığı aşındırışını; rüzgârın kuruttuğu, suların yıkadığı, toprağı cıscıbıl, bereketsiz o çıplak kurganın aydınlanışını görmüş ve unuttuğu bir başka manzarayı anımsar gibi olmuştu, sırf bir ovanın ortasında sivrildiği için tabiatın kemirdiği bu yoksul kurgana benzeyen. Halk, kurganın eteklerine yayılmış, güneşin ilk ışıklarıyla kemiklerini ısıtıyordu; insanlar, ölü, dev bir hayatın dökülen iskeletinin aşınmış, kara kemiklerine benziyorlardı. Kimi proleterler oturuyor, kimileri bir an önce ısınmak için akraba ya da komşularını koyunlarına almış yatıyorlardı. Zayıf bir ihtiyar, ayağında bir pantoloncağız, dikiliyor, kaburgalarını kaşıyordu; bir yeniyetme de ayaklarının dibine oturmuş kıpırdamadan Çevengur'u izliyordu, orada kendisine geceleri yatması için bir ev hazırlandığına inanamayarak. İki kahverengi adam, yattıkları yerde kadınlar gibi birbirlerinin kafalarını yokluyor, ama saça bakmadan, el yordamıyla yakalıyorlardı bitleri. Nedense hiçbir proleter Çevengur'a gitmek için acele etmiyor, herhalde orada kendisine komünizm, huzur ve ortak mülkiyet hazırlandığını bilmiyordu. İnsanların yarısı sadece bellerine kadar giyinmişti, diğer yarısı ise tek parça üst giysilerine sahipti, bir kaput ya da bir çul; bunların altında ise güngörmüş, kuru bedenleri vardı, havaya, seyahate ve her tür yokluğa alışkın.

O Çevengur kurganının üzerinde kayıtsızca yaşamaktaydı proletarya ve elinde kardeşlik bayrağı, şehrin kıyısında dikilen yalnız adama çevirdiği yoktu bakışlarını. Dünkü yorgun güneş bozkırın ıssız barınaksızlığı üzerine doğmaktaydı; yabancı, unutulmuş bir ülkenin üzerine doğarcasına sönüktü ışığı; kurgandaki terk edilmiş, birbirlerine sevgi ya da akrabalıktan değil kıyafet noksanlığından ötürü sokulan insanlardan başka kimsenin yaşamadığı bir ülke. Ne yardım, ne dostluk bekleyen, bu meçhul şehirden peşinen çileler uman proletarya yerinden kalkmıyor, dermansız kalmış gibi güçlükle kıpırdıyordu. Tek tük çocuklar uyuyan proleterlere yaslanmış, olgun insanlar gibi oturuyordu; yetişkinler uyur ve hastalıklarını sürerken, düşünüp duran sırf bu çocuklardı. İhtiyar, kaburgalarını kaşımayı bırakmış, serin rüzgâr derisine ve kemiklerine vurmasın diye erkek çocuğunu yamacına çekip tekrar belinin üzerine yatmıştı. Çepurnıy yalnızca bir kişinin bir şeyler yediğini görmüştü, avucundakini ağzına serpiyor, çiğniyor, bir yandan da ağrısını iyileştirmek için kafasını yumrukluyordu. "Nerede görmüştüm ben bunun aynısını?" demişti Çepurnıy anımsamaya çalışarak. O zaman da, ilk kez gördüğünde de, güneş böyle uykulu sisler içinden doğuyor, rüzgâr bozkırı delip geçiyor ve afetlerin viran ettiği kara kurganda proleter oldukları için yardım edilmesi gereken, varlığı hükümsüz insanlar yatıyordu kayıtsızca; o insanlara yardım etmek imkânsızdı oysa, çünkü bir tek küçücük avuntuyla yetiniyorlardı, birbirlerine yönelik amaçsız sadakatleriyle; proleterler işte bu sadakat sayesinde yeryüzünü arşınlıyor, bozkırlarda koca müfrezeler halinde uyuyorlardı. Çepurnıy eskiden de insanlarla birlikte çalışmaya gider, yoldaşlarının arasında ambarlarda geceler, kaçınılmaz felaketlerden onların merhameti sayesinde korunurdu, fakat bu ayrılmaz birliktelikte kendisini yararlı hissetmezdi asla. Şimdi de bozkırı ve güneşi görüyordu, kurgandaki insanlar bunların ortasında durmaktaydı, oysa ne güneşe sahiptiler, ne de toprağa. Çepurnıy burjuvaların bozkır, ev, yiyecek ve giyeceklerine karşılık kurgandaki proleterlerin yalnızca birbirlerine sahip olduklarını hissetmişti, çünkü her insanın illaki bir şeylere sahip olması gerekir; aralarına mülkiyet girdiğinde insanlar güçlerini maddi kaygılara harcayıveriyorlardı, oysa aralarında hiçbir şey yok ise, birbirlerinden ayrılmıyor, biri diğerini soğuktan koruyarak uyuyorlardı.

Hayatının çok daha erken dönemlerinde –bir yıl evvel mi yoksa çocukluğunda mı anımsayamıyordu– Çepurnıy bu kurganı, bu sınıf fukaralarını ve bozkırdaki bir avuç insan için çalışmayı reddeden bu soğuk güneşi görmüştü. Bir keresinde olmuştu böyle bir şey, ama ne zaman? Fakir aklının seçmesi olanaksızdı; ancak Prokofiy çözebilirdi Çepurnıy'ın anısını, ki o bile kuşkuluydu çünkü bu gördüklerini Çepurnıy çok öncelerden anımsıyordu, oysa çok öncelerden anımsıyor olması imkânsızdı, zira devrimin kendisi daha kısa zaman önce başlamıştı. Ve Çepurnıy Prokofiy'in yerine formüle etmeye çalışmıştı anısını: Şu an, bir yandan kurgana sinen bu proletarya için kaygı duyuyor, bir yandan da bugünün geçeceğini düşünüyordu – bir zamanlar yaşanmış ve geride kalmıştı ne de olsa, demek ki şimdi acılanmasına gerek yoktu, nasılsa bitecekti bugün, zamanında o eski günün de yaşanılıp unutulması gibi. "Yine de böyle bir kurganı, hele ki şu yayan proletaryayı devrim olmasa göremezdin," diye düşünüyordu Çepurnıy. "Gerçi ben annemi de iki kere gömmüştüm: Tabutun ardından yürüyüp ağlamış, sonra anımsamıştım bir defasında bu tabutun ardından yine böylece yürüdüğümü. Ölünün suskun dudaklarından öpmüş ve kalmıştım bu hayatta, şimdi de kalacağım. O zaman da aynı acı için ikinci kez acılanıyor olmak kolayıma gitmişti. Neyin nesidir bu, söyler misin lütfen?"

"Anımsadığını sanıyorsun, ama aslında hiçbir zaman olmamış öyle bir şey," diye formüle ediyordu sağduyulu Çepurnıy, Prokofiy'in yokluğunda. "Zorlanıyorum, o yüzden de içimdeki dindar ruh yardımıma koşuyor: Önemli değil, gibisinden, bu daha önce de olmuştu, şimdi de ölmeyeceksin, yürü kendi izinden. Ama iz yok ki, olamaz da – insan her zaman peşin peşin yaşar ve körü körüne... Neden bizim örgütten kimse gelmiyor? Belki de proletarya onun için inmiyordur kurgandan, hürmet beklediği için..."

Tuğla evden Kirey çıkmıştı. Çepurnıy ona seslenip bütün örgütü çağırmasını söylemişti, zira kitleler teşrif etmişti ve vakit gelmiş sayılırdı. Örgüt, Kirey'in talebi üzerine uyanmış ve Çepurnıy'ın yanına gelmişti.

"Bu getirdiklerin kimin nesi?" diye sormuştu Çepurnıy Prokofiy'e. "Ya kurganın üzerindeki proletarya ne diye şehrini işgal etmiyor, söyler misin lütfen?"

"Proletarya ve berikiler," demişti Prokofiy.

Çepurnıy endişelenmişti.

"Hangi berikiler? Yine mi artık alçak kesimi?"

"Neyim ben sence, pislik mi üye mi?" demişti Prokofiy gücenerek. "Berikiler berikilerdir – yani hiç kimse. Proletaryadan da beter."

"Kim bunlar? Bir sınıf babaları vardır herhalde değil mi, söyler misin lütfen! Muzır otların içinden toplamadın ya bunları, sosyal bir yerden getirdin."

"Bunlar babasızdır," diye açıklamıştı Prokofiy. "Hiçbir yerde yaşamıyorlar, oradan oraya sürtüyorlar."

"Nereye sürtüyorlar?" diye sormuştu Çepurnıy saygıyla. Her bilinmez ve tehlikeli şeye karşı hürmete benzer bir duygu beslerdi. "Nereye sürtüyorlar? Yollarını kesmek gerekiyor olmasın?"

Prokofiy böylesine bilinçsiz bıı soru karşısında şaşırmıştı:

"Nasıl yani nereye sürtüyorlar? Tabii ki komünizme..."

"O zaman seslen buraya gelsinler! 'Şehriniz güzelce elden geçirildi, çitin orada avangard dikiliyor, proletaryaya saadet diliyor' de ve şey de: 'Bütün dünyayı diliyor' de, onlarındır nasılsa."

"Ya dünyayı reddederlerse?" diye sormuştu Prokofiy peşin peşin. "Belki de Çevengur şimdilik işlerini görecektir..."

"Dünyayı kim alacak o zaman?" demişti teorinin karmaşasında yolunu şaşıran Çepurnıy.

"Dünya da bize merkez olur."

"Alçaksın: Biz avangardız avangard – biz onlarınız, onlar bizim değil... Avangard dediğin insan değildir ki, diri bedene bürünmüş ölü muhafızdır: Proletaryadır insan olan! Yürü çabuk, yarı-rezil seni!"

Prokofiy kurganda bulunan proleterleri ve berikileri kolayca örgütleyivermişti. Kalabalıktı kurgan, Çepurnıy'ın gördüğünden de kalabalık: yüz ya da iki yüz kişi, birbirinden farklı görünen ama aslında aynı şeye gereksinim duyan, topyekûn proletarya.

İnsanlar kel kurgandan Çevengur'a inmeye koyulmuştu. Çepurnıy proletaryayı her gördüğünde duygulanırdı, bilirdi ki burjuva kadrolarını doyurmada güneşe yardım eden, yorulmak bilmez bir dost güç olarak vardır o âlemde; çünkü güneş ancak açlığı doyurabilir, açgözlülüğü değil. Bozkırda geçirdiği gecelerde durup dururken kulaklarında yankılanan o gürültünün dünya işçi sınıfının sömürülen emeğinin iniltisi olduğunu tahmin ederdi; o sınıf ki, emekçi-proleter maddelerden üreyen düşmanları için gece gündüz demeden yiyecek, mülkiyet ve huzur avına çıkardı. Çepurnıy Prokofiy sayesinde emekçilerin örgütsüz tabiat karşısında hayvan sayıldıklarına, ama aynı zamanda da geleceğin kahramanları olduklarına ilişkin inandırıcı bir teori edinmişti. Bu arada avutucu bir sırrı da kendi kendine keşfetmişti Çepurnıy: Proletarya manzara izlemiyor, emek aracılığıyla yok ediyordu tabiatı, burjuvaziydi o tabiat uğrunda yaşayıp üreyen; işçi insan ise yoldaşları için yaşıyor ve devrim yapıyordu. Yine de meçhul kalan bir şey vardı: Sosyalizmde emeğe gerek var mıydı, yoksa doymak için tabiatın yatağında akıp gitmek yeterli miydi? Bu hususta Çepurnıy Prokofiy'e katılıyordu esasında: Güneş sistemi yaşama gücünü bizzat sağlayacaktı komünizme, yeter ki kapitalizm mevcut olmasın; her tür iş ve gayret ise, güneşin ürünleri dışında anormal bir fazlalık elde edebilmek için sömürenler tarafından icat edilmişti.

Çepurnıy Çevengur'a geleceğin tek vücut olmuş kahramanlarını beklerken, yürüyeceğine seken, evvelce hiçbir yerde rastlamadığı türden yoldaşlarla karşılaşmıştı. Belirgin bir sınıfsal görünüme, devrimci onuruna sahip olmayan bu insanlar, herhangi bir önem arz etmeden, gurursuzca, yaklaşan evrensel zaferden kopuk vaziyette yaşayan isimsiz berikiler idi; yaşları bile belirsizdi bu insanların, tek bir şey aşikârdı, yoksul oldukları. İstemsizce büyümüş bedenleri vardı ve herkese yabancıydılar; ondandır ya sık bir müfreze gibi ilerliyor, Çevengur ile parti avangardından ziyade birbirilerine bakınıyorlardı.

Berikilerden biri önündeki ihtiyarın çıplak sırtında karasinek yakalamış, sonra okşamıştı bu sırtı ki tırmalama ya da dokunma izi kalmasın; sineği ise yere atıp acımasızca öldürmüştü. O zaman Çepurnıy'ın berikiler karşısında duyduğu şaşkınlık belli belirsiz değişivermişti. Belki de bu proleterler birbirlerinin yegâne mülkiyeti, hayattaki tek hazinesi oldukları için böylesine ihtimamla bakışıyorlardı, Çevengur'u pek de fark etmeden, yoldaşlarını sineklerden titizlikle koruyarak, tıpkı burjuvazinin evlerini ve hayvanlarını koruması gibi.

Kurgandan inenler Çevengur'a yaklaşmışlardı bile. Düşüncelerini anlamlı bir şekilde ifade etmeyi beceremeyen Çepurnıy bu işi Prokofiy'e devretmiş, o da seve seve seslenmişti proleterlere:

"Varlıksız vatandaşlar, yoldaşlar! Çevengur şehri size veriliyorsa, sefillere karşı azmanlık edesiniz diye değil, zaptedilen tekmil mülkiyetin yararına, şu şehri sağlam tutacak büyük, kardeşçe bir aile örgütleyesiniz diye verilmektedir. Artık bizler kaçınılmaz surette kardeşiz, aileyiz, zira ekonomimiz tek bir avluda sosyalleşmiştir. O yüzden burada, Devrim Komitesi'nin önderliğinde namusunuzla yaşayınız!"

Çepurnıy Jeyev'e şehrin öte ucuna simge olarak asılan o bezin üzerindeki yazıyı nasıl uydurduğunu sormuştu.

"Uydurmadım ben onu," demişti Jeyev, "hafızamdan çıkardım, kendimin değil... Duymuşum bir yerlerde, kafa dediğin öyle ıvır zıvırı tutuyor işte..."

"Dur bakayım!" demişti Çepurnıy Prokofiy'e ve Çevengurluların çevresinde kitle gibi dikilen yayan fukaralara bizzat yönelmişti:

"Yoldaşlar!.. Prokofiy sizlerden kardeşler diye, aile diye bahsetti ama, o dediği yalanın daniskasıdır: Tüm kardeşlerin bir babası olur, oysa biz çoğumuz hayatın ta başından bu yana apaçık babasız büyümüşüz. Bizler kardeş değil yoldaşız, birbirimizin hem malı hem fiyatıyız, zira başka bir taşınmaz ve taşınır mülkiyet stokumuz bulunmamaktadır... Hem sonra, şehrin öteki ucundan gelmediğiniz de kötü oldu, orada bir simge asılıdır, kimin lafıdır bilmem ama yazılıdır yine de, işte bizim de dileğimiz odur ki, bayındır dünya olduğu gibi yıkılsın, karşılığında çıplak vaziyette birbirimizi kazanalım, o nedenle de bütün ülkelerin proleterleri, birleşiverin hemen! Bitiriyorum ve sizlere Çevengur Devrim Komitesi'nin selamını sunuyorum..."

Proletarya ve berikiler kurgandan inmiş, herhangi bir tepki vermeksizin, Çepurnıy'ın konuşmasından bilinçlerini geliştirecek bir şey çıkarmadan şehrin içlerine doğru açılmışlardı; ancak ânı atlatmaya yetiyordu güçleri, her tür artıdan yoksun yaşıyorlardı çünkü, tabiatın ve zamanın içinde ne doğmaları ne de mutlu olmaları için bir neden vardı. Aksine, berikilerin her birinin anası, yoldan geçen ve sonradan kaybolan bir baba tarafından kazara döllenmiş, çocuğunun doğumuna da ilk ağlayan olmuştu; doğanlar da birer beriki ve hata olarak kalakalmışlardı dünyada. Hiçbir hazırlık yapılmamıştı onlar için, bir otun sahip olduğundan da azına sahiptiler, onun ki bir kökü, bir yeri, ortak zeminde kendi beleş besini bulunur.

Berikiler üstelik doğuştan yeteneksizdi: Akılları ve cömert duyguları olamazdı, çünkü ebeveynleri onları bedenlerinin fazlalığından değil, gece sıkıntılarından ve mahzun, cılız güçlerinden yaratmıştı. Âlemde gizlice yaşayıp giden iki sinmiş insanın karşılıklı ihmalinden doğmuşlardı; fazla meydanda ve mutlu yaşasalar, devlet nüfusuna kayıtlı, kendi hanelerinde geceleyen gerçek insanlar yok ederdi onları. Akılları olmamalıydı berikilerin: Vücutları bereketli, başlarının üzerinde sıcak huzur bulunan insanlara has şeylerdi akıl ve coşkun duygular. Oysa berikilerin ana babaları emeğin aşındırdığı, muhrik acının kezzapladığı beden kalıntılarına sahiptiler sadece, aklı ve yürek sızısını ise üstün nitelikler gibi yitirmişlerdi, tatlı ve besleyici yiyeceklerden, istirahattan bihaber bu insanlar. Hem berikiler annelerinin derinliklerinden belanın tam göbeğine doğmuşlardı, çünkü anneleri görüp de yanlışlıkla ebediyen sevivermemek için doğum halsizliğini üstlerinden atar atmaz, bacakları vücutlarını kaldırdığı gibi terk etmişti onları. Arkada kalan küçük berikiler, kimselere bel bağlamadan, hafifçe çarpan göğüslerinden başka bir şey duymaksızın, geleceğin insanlarını bizzat yaratmalıydılar kendilerinden; etraf olduğu gibi dış dünya idi, çocuk beriki onun orta yerinde yatıyor, ömrü boyunca unutmayacağı ilk acısına –anne sıcaklığını ebediyen yitirmenin acısına– direnerek ağlıyordu.

Sınıf dayanışmasının, bedensel alışkanlıkların rahatlığında pek huzurlu, güvenceli bir hayat süren yerleşik devlet insanları, etraflarında ana rahminin bir benzerini yaratmış, bu sayede terk edilen çocukluktaki gibi gelişip serpiliyorlardı; oysaki berikiler için dünya soğuk hava, annelerinin ıslak izler bıraktığı otlar ve yalnızlık demekti, kendilerini devamlı kollayacak bir annenin gücünden yoksundular çünkü.

Ömürlerinin ilk demleri de, katettikleri yeryüzü mesafeleri de –ki yaşayıp hakkından geldikleri hayata denkti bu mesafeler– yok oluveren annenin bir zamanlar yabancıladığı, pek de üzüldüğü bir şeyi anımsatıyordu berikilere. Neyin nesiydi yaşadıkları şu hayat, berikilerin bilincinde uzayıp giden dünyanın imgesi olan o ıssız yollar neyin nesiydi?

Berikilerin hiçbiri babasını görmemişti, annelerini ise vücutlarının yitirdiği huzuru hayal meyal özledikleri için anımsıyorlardı – o hasret olgun yaşlarında kişinin ruhunu çökertmeye kasteden bir kedere dönüşürdü. Çocuk doğumdan sonra hiçbir şey talep etmez annesinden, sever onu, hatta öksüz berikiler, onları derhal ve dönmemecesine terk eden annelerine gücenmezler bile. Gelgelelim erginleştiği sıra babasını bekler çocuk, tabiat güçlerine, anne duygusuna adamakıllı doymuştur artık, ana rahminden çıkar çıkmaz terk edilmiş olsa dahi. Meraklı yüzünü dünyaya çevirir çocuk, tabiatı insanlara değişmek ister artık ve annenin ısrarcı sıcaklığından, hayatı sıkıştıran şefkatli ellerinden sonra rastlayacağı ilk dost ve yoldaş, babadır.

Ne var ki berikilerin hiçbiri, büyüdüğünde babasına, yardımcısına kavuşamamıştır; annesi tarafından doğurulan ve artık yaşamını sürdüren çocuk babası tarafından da karşılanmamıştır yolda. Bu nedenle baba düşmana, annenin kanlısına dönüşür: Her yerde yokluğunu duyurmuş, güçsüz oğlunu her daim yardımsız –ondan ya işte başarısız– koyarak hayatın riskleriyle baş başa bırakmıştır.

Berikilerin hayatı babasızlık demektir; ellerinden tutup insan içine çıkaracak, böylece ölümünden sonra kendisinin yerine çocuğa insanları miras bırakacak o ilk yoldaşın yokluğunda sürer gider bu hayat boş yeryüzünde. Berikiler âlemde yalnızca bir şeyin eksikliğini duyarlar: babalarının. Nitekim kurgan üzerinde kaburgalarını kaşıyan o ihtiyar adam da en nihayetinde şu şarkıyı söylemişti Çevengur'da, kendisi de heyecana kapılarak:

Kim açacak kapılarımı
Yaban kuşlar, hayvanlar mı?..
Nerelerde babam annem,
Heyhat, bilmem bilemem ben!..

Çevengur Bolşevik örgütünün gelişlerini selamladığı bu berikilerin hemen hemen hepsi kendi güçleriyle insan olmuşlardı, çevrelerini kuşatan zenginlerin canavarlığına, ölümcül yoksulluğa inat; her biri de kendi kendisini yaratmış kimselerdi. Çayırdaki ota şaşırmaz kişi: Kalabalık yerde kendisini sıkı sıkıya muhafaza eder ot, altındaki toprak nemlidir; hayatta kalmak, özel bir tutku ve ihtiyaç duymaksızın büyümek işten değildir onun için. Oysaki fırtınanın salladığı isimsiz muzır otların içinden kopup çıplak kile, gezgin kumlara düşmesi tohumun, acayip, alışılmadık iştir; o tohumlardan meydana gelen hayat ise yalnızdır, yeryüzünün boş diyarları kuşatır onu, besinini ancak minerallerden alır.

Başkalarının, kıymetli hayatlarını güçlendirip geliştirmek için bulundurdukları koca koca silahlara karşılık berikiler bir tek silahın yardımıyla tutunurlar yeryüzüne: bebek bedenlerine sinen ana baba sıcaklığı. Bu kadarı bile hayatta kalmak, yetişmek, geleceklerine sağ salim kavuşmak için yeter isimsiz berikine. İşte böyle bir geçmiş tüketmişti güçlerini Çevengur'a varanların, ondandı Çepurnıy'a illetli, gayriproleter şahıslar gibi görünmeleri – ömür boyu güneşle değil ayla ısınmışlardı sanki. Ne var ki yabancı, düşman hayatın kökten sökmeye meyledercesine esen rüzgârına inat berikiler, tüm güçlerini o ilk ana baba sıcaklığını korumaya harcarken ve o sıcaklığı namıdiğer gerçek halkın yanında üç-beş kuruş kazanıp çoğaltmaya uğraşırken, amacı belirsiz insanlar üretmişlerdi kendilerinden. Üstelik bu sabretme ve vücudun iç olanaklarını kullanma sınavı berikilerde merak ve kuşku dolu bir zihin yaratmıştı, kendine benzeyen bir yoldaşı ebedi bahtiyarlığa yeğ tutmaya yol açan aceleci duyguları bir de – o yoldaşın da babası ve mülkiyeti yoktur, ama her ikisini de unutturabilir insana. Berikiler hâlâ birtakım ümitler taşıyorlardı içlerinde: sağlam, isabetli ve kaybın kendisi kadar hazin ümitler. Böyle bir ümit beslemelerini haklı çıkaran bir nokta da mevcuttu: Eğer aslolan hayatta ve sağlam kalmak ise ve bu başarıldıysa, bütün diğer şeyler de, herhangi bir şey de başarılabilirdi, bütün dünyayı son mezarına sürüklemek gerekse bile. Öte yandan aslolan yerine getirilip hayatta kalındıysa ve buna rağmen en gerekli şeye –mutluluğa değil ihtiyaca– rastlanamadıysa, ömürlerinin geriye kalan kısmında da bir zamanlar kaybettikleri şeyi bulmaya vakitleri olmayacak demekti, zira o kaybedilen büsbütün yitip gitmiştir âlemden: Birçok beriki, bütün açık ve geçitsiz yolları yürümüş ve hiçbir şey bulamamıştı.

Berikilerin illetli olduğunu düşündüren, güçlerini neye harcadıklarına aldırmayışlarıydı; haddinden fazla emek ve hayat çilesi ise Rusluklarından çıkarmıştı onları. Çevengurluların içinde bunu ilk fark eden Çepurnıy olmuştu, halbuki proleterlerin ve berikilerin üzerinde pek az kıyafet bulunması dikkatini çekmemişti – ne karşılarına çıkabilecek kadınlardan ne de gece soğuğundan çekiniyordu bu insanlar sanki. Gelen sınıf Çevengur çiftliklerine dağıldığında Çepurnıy kuşkulara kapılmıştı.

"Bize nasıl bir proletarya getirdin, söyler misin lütfen?" demişti Prokofiy'e. "Bunlar sırf kuşku, üstelik Rus da değiller."

Prokofiy Çepurnıy'ın elindeki bayrağı almış ve üzerindeki Karl Marx'a ait cümleyi okumuştu.

"Yok ya, proleter değillermiş!" demişti. "Bunlar bir numaralı sınıftır bir defa, sen yeter ki ileri yürütmesini bil, gıklarını çıkarmazlar. Uluslararası proleterler bunlar yahu: Görmüyor musun, ne Ruslar, ne Ermeni, ne Tatar – hiçkimseler! Capcanlı Enternasyonali tuttum getirdim sana, sen hâlâ dertleniyorsun..."

Çepurnıy bir şeyler hisseder gibi olmuş ve sessizce şöyle demişti:

"Bize proleter taburlarının demir adımları gerekli, Vilayet Komitesi'nin bu konuda genelgesi var, sense kalktın berikileri doldurdun buraya! Ayağı çıplak adam nereye yürüyecek?"

"Bir şey olmaz," diyerek yatıştırmaya çalışmıştı Prokofiy Çepurnıy'ı, "varsın ayakları çıplak olsun, topukları öyle bir aşınmıştır ki vidalı çiviyi tornavidayla sıkıştırsan girer içlerine. Dünya devrimi sırasında bütün dünyayı yalınayak dolaşabilirler..."

Proleterler ve berikiler Çevengur evlerine iyiden iyiye sinmiş, geçmiş hayatlarını sürdürmeye koyulmuşlardı. Çepurnıy berikilerin arasındaki zayıf ihtiyarı aramaya gitmişti, birçok örgüt işinin biriktiği Devrim Komitesi'nin olağanüstü toplantısına davet edecekti. Prokofiy canıgönülden katılmıştı bu fikre ve tuğla evde karar tasarıları yazmaya oturmuştu.

Zayıf ihtiyar eskiden Şapov'a ait olan evin silinmiş tabanında yatıyordu, yirmi ile altmış yaşları arasında görünen bir başkası da yanında oturmuş, bir çocuk pantolonunun iplerini söküyordu içine girebilmek için.

"Yoldaş," diye seslenmişti Çepurnıy ihtiyara. "Tuğla eve geliver, Devrim Komitesi orada ve sana ihtiyacımız var."

"Geliveririm," diye söz vermişti ihtiyar. "Ayağa bir kalkabilirsem size de uğramadan geçmem, bağrım hep hasta, hele bir geçiversin ağrım, o dakika bitiveririm yanınızda."

Prokofiy o sırada şehirden gelen devrim kâğıtlarının başında oturmaktaydı, gün ışığına rağmen lambayı yakmıştı. Çevengur Devrim

Komitesi'nin her oturumundan önce lamba yakılır, tüm konular görüşülüp bitirilene değin de yanardı ışık. Bu sayede Prokofiy Dvanov'a göre çağdaş bir simge yaratılmış oluyordu: Yeryüzünde güneş ışığının yerini insan aklının suni ışığı almalıydı.

Devrim Komitesi'nin törensel toplantısına Çevengur'un ana Bolşevik örgütünün tümü gelmişti, kimi berikiler de tartışmacı seslerle ayakta dikiliyorlardı. Çepurnıy Prokofiy'in yanında oturuyordu ve genel olarak halinden memnundu; ne olursa olsun Devrim Komitesi proleter kitle gelip yerleşene değin şehri elinde tutmayı başarmıştı ve şimdi komünizm ebediyen sağlama alınmış sayılırdı Çevengur'da. Tek eksik o zayıf ihtiyardı; görünüşüne bakılırsa en deneyimli proleter o idi, bağrı halen ağrıyor olmalıydı. O zaman ihtiyarı almaya Jeyev'i göndermişti Çepurnıy, öncelikle kilerin birinden yatıştırıcı ot tentürü bulup içirsin, sonra da dikkatlice kendisini getiriversin ihtiyarın diye.

Yarım saat sonra, dulavratotu tentürü sayesinde ve sırtı ile karnı güzelce ovulduğu için epeyce kuvvetlenen ihtiyarla birlikte çıkagelmişti Jeyev.

"Otur yoldaş," demişti Prokofiy ihtiyara. "Görüyorsun ya az buz sosyal kaygı duyulmadı senin için, komünizmde öyle kolay kolay ölmezsin!"

"Haydi, başlayalım," demişti Çepurnıy. "Mademki komünizm geldi, proletaryayı toplantılarla oyalamanın lüzumu yok. Proş, vilayet genelgelerini oku ve karşılığında bizim önerdiğimiz formülleri sun."

"Genel malumatın sunumu hakkında," diye başlamıştı Prokofiy, "238101 numaralı genelgemizin ilişiğindeki özel forma uygun olarak sunulacaktır. A, Se ve de Çe harfleri, NEP'in* ilçede gelişimi ve NEP dolayısıyla karşıt sınıfların çözülme seviyesi, temposu ve belirtileri, ayrıca bunlara karşı alınacak önlemler ve NEP'in sıkı bir düzene geçirilmesi üzerine..."

"Ee, biz onlara ne cevap veriyoruz?" diye sormuştu Çepurnıy Prokofiy'e.

"Ben de onlara bir tablo çizip her şeyi güzelce açıklayacağım."

"İyi de biz yabancı sınıfları çözmüş değiliz ki, kendileri mahvol-

* Yeni Ekonomi Politikası (Novaya Ekonomiçeskaya Politika). *–ç.n.*

dular komünizm gelince," diye karşı çıkmıştı Çepurnıy ve ihtiyara yönelmişti: "Sana nasıl görünüyor, söyler misin lütfen?"

"İdare eder," demişti ihtiyar.

"Aynen formüle et: Sınıfsız da pek tabii idare eder," diye buyurmuştu Prokofiy'e Çepurnıy. "Daha önemli sorunlara geç."

Sonra Prokofiy, özel ticaretin güçlenmesine mukabil acilen tüketim kooperatifi kurulmasını öngören direktifi okumuştu, zira kooperatif, kitlelerin sosyalizme ve ötesine giden gönüllü, açık yoluydu.

"O bizi ilgilendirmiyor, geri kalmış ilçeler için geçerli o," diyerek reddetmişti Çepurnıy direktifi, çünkü komünizm Çevengur'da zaten nihayetine erdirildiğine ilişkin anafikri mütemadiyen koruyordu içinde. "Ya sen nasıl formüle ederdin?" diye ihtiyarın fikrini sormuştu Çepurnıy.

"İdare eder," diye formüle etmişti beriki.

Fakat Prokofiy'in aklına başka bir şey gelmişti.

"Yoldaş Çepurnıy," demişti. "Şu kooperatif için peşinen mal mı talep etsek ki? Malum proletarya da geldi çattı, yiyecek biriktirsek iyi olur!"

Çepurnıy, şaşırmış, isyan etmişti.

"Yahu bozkır zaten dolmuş taşıyor. Git frenkmaydanozu kopar ye, buğday kopar ye. Güneş parlıyor, toprak nefes alıyor, yağmur yağıyor – daha ne istiyorsun ki? Yine mi proletaryayı boş gayretlere sokacaksın? Biz sosyalizmden de ötesini elde etmişiz, bizimki sosyalizmden de iyi."

"Katılıyorum," demişti Prokofiy kabul ederek. "Bir an için komünizmin örgütlendiğini unutuvermişim aksi gibi. Başkasının meydanında at koşturmuşum, onların orası sosyalizme uzaktır tabii, kooperatiflerden geçerek çilelerini doldurmaları gerek önce... Bir sonraki maddemiz sendika genelgesi, üye aidatlarının zamanında yatırılmasının sağlanması..."

"Kime?" diye sormuştu Jeyev.

"Onlara," diye izin almadan ve düşünmeden yanıtlamıştı Kirey.

"Kime onlara?" demişti Çepurnıy, bilmiyordu zira.

"Belirtilmemiş," demişti Prokofiy genelgeyi şöyle bir karıştırıp.

"O aidatların kime ve ne için ödeneceğini belirtsinler yaz da," demişti formüle etmeye yavaş yavaş alışan Çepurnıy. "Belki de partisizlerden gelmiştir bu kâğıt, belki de zengin mevkileri örgütlüyorlardır bu aidatlarla, mevki dediğin de, kardeşim benim, mülkiyetten aşağı kalmaz. İşin yoksa tekrar savaş sonra artık alçaklarla, burada koca komünizm her bir cana işlemiş, herkes onu korumaya heveslenirken..."

"Bu konuyu şimdilik aklımın bir kenarına yazıyorum, zira sınıfsal belirsizlikler söz konusu," diye kararlaştırmıştı Prokofiy.

"Depola aklına," demişti Jeyev onaylayarak. "Akılda hep öyle artıklar kalır, canlı şeyler harcanır da gider, akla sığmaz hiç."

"Harika," diye onaylamış ve devam etmişti Prokofiy. "Sırada planlama komisyonu kurma önerisi var, hayatın ve mülkiyetin geliriyle giderine ilişkin rakam ve tarihleri sonuna kadar belirlemek için..."

"Neyin sonuna kadar: bütün dünyanın mı sırf burjuvazinin mi?" demişti detaylandırmaya çalışan Çepurnıy.

"Belirtilmemiş. Diyor ki 'kalkındırma süresi boyunca ve sonuna kadar doğacak ihtiyaçlar, harcamalar, olanaklar ve ödenekler.' Sonra da şunu öneriyor: 'bütün önkoşulları, mutabakat, düzenleme-bilinçlendirme çalışmasını kapsayacak bir planın örgütlenmesi, böylelikle kapitalist ekonomi kakofonisinden birleşik üstün ilkenin ve rasyonalitenin senfonik uyumunun elde edilmesi.' Her şey açık ve net yazılmış, çünkü bu ödev..."

İşin burasında Çevengur Devrim Komitesi tek bir insan gibi başını eğmişti: Kâğıttan, yüksek akıl sağanağı dökülmekteydi ve düşünüp tartmadan ziyade heyecanlanmaya alışkın Çevengurlular halsiz düşmeye başlamışlardı bu akıldan. Çepurnıy şöyle bir silkelenmek için tütün koklamış ve rica etmişti:

"Proş, bize bir rapor hazırlayıver, olmaz mı?"

İhtiyar sabırlı gözlerini kederli Çevengur halkına çevirmiş, bir müddet içten içe üzülmüş, ama yardımı dokunacak hiçbir şey söylememişti.

"Bir karar tasarısı hazırladım ben: Bunca şey bir rapora sığmaz," demişti Prokofiy ve Çevengur Bolşeviklerinin gözden kaçırdığı her şeyin irdelendiği bir *pud*'luk kâğıt yığınını karıştırmaya koyulmuştu.

"Kime gerek ki bu: Onlara mı, buradakilere mi?" demişti ihtiyar. "O kâğıttan okunan şeyi diyorum: Kimin derdi yazıyor o mektupta, bizim mi, oralıların mı?.."

"Gayet tabii ki bizim," diye açıklamıştı Prokofiy. "Bizim adresimize gelmiş, yürürlüğe koyalım diye, yoksa sırf yüksek sesle okuyalım diye değil."

Çepurnıy bitkinliğinden sıyrılıp kararlı bir duygunun olgunlaştığı başını kaldırmıştı.

"Görüyorsun ya yoldaş, en akıllılar hayatın akışını sonsuza değin ve ebediyen belirlesin istiyorlar; o zamana kadar her bir kimse toprağın altına girsin, berikiler de belirlenen yönde yüzedursun, içlerindeki fazlalıklara katlansın..."

"Kime ne için gerekiyormuş bu?" diye sormuştu ihtiyar ve gezip gördüğü dünyanın izlenimlerinden bozulan gözlerini kısmıştı umursamazca.

"Bize. Ya kime olacaktı, söyler misin lütfen?" demişti rahatsız olan Çepurnıy.

"Biz kendimiz zaten biliriz yaşamasını, hem de hepsinden iyi," diye açıklamıştı ihtiyar. "O tezkere bize değil zenginedir. Hayattayken zenginle de biz ilgileniyorduk, yoksul için tasalanmaya vakit mi vardı – durduğu yerde, bir sebebi yokken büyürdü o. Yoksulun kendisi fevkalade şuurlu adamdır: Heves etmediği halde başkaları için koca bir âlemi oyuncak gibi kurmuştur, kendisini uykusunda bile esirgeyebilir yoksul, çünkü kendisine değilse başkasına dokunsun ister faydası, herkese değer verir..."

"Gayet makul konuşuyorsun ihtiyar," diye koymuştu noktayı Çepurnıy. "Evet Proş, sen formüle et: 'Proletarya ve safındaki berikiler kendiliklerinden, bizzat zahmete girerek cümle yaşanır dünyayı örgütlediler, lakin en birinci zahmetçiler için zahmete girmek utanç ve rezalettir,' de, ayrıca 'Çevengur'da o en akıllı adaylardan bulunmamaktadır,' de. Öyle mi dersin, ihtiyar?"

"İdare eder öylesi," demişti durumu değerlendiren ihtiyar.

"Kâtip dülgere dam yapamaz," demişti Jeyev görüşünü belirterek.

"Çoban süt içeceği vakti kendisi bilir," diye bildirmişti kendi adına Kirey.

"Sen bir adamın işini bitirmediğin sürece o rasgele yaşar durur," diye ses vermişti Piyusya.

"Hemen hemen oybirliğiyle kabul edildi," demişti oyları sayan

Prokofiy. "Cari işlere geçelim. Sekiz gün sonra vilayette parti konferansı gerçekleşecek, bizden de yerel iktidarın başkanı olacak bir delege istiyorlar..."

"Çepurnıy gitsin, nesini tartışacağız bunun," demişti Jeyev.

"Mademki emredilmiş tartışacak bir şey de yok," diye bildirmişti Prokofiy.

Beriki ihtiyar yere çömelmiş ve programı bozarak, "Peki ya siz de kim oluyorsunuz?" diye sormuştu belli belirsiz.

"Biz Devrim Komitesi'yiz, devrimin ilçedeki üst organı," diye yanıtlamıştı Prokofiy kesin ve net. "Devrimci halk bize devrimci vicdanımızın sınırları içinde özel kanuni haklar verdi."

"Demek oluyor ki siz de en akıllılardansınız, ömürlük kâğıtları peşin peşin yazanlardan, ha?" diye yüksek sesle düşünmüştü ihtiyar.

"Öyle demek oluyor," diye onaylamıştı Prokofiy bir yetkilinin gururuyla.

"Hah," demişti ihtiyar müteşekkir. "Ben de zannettim ki siz burada gönüllü oturuyorsunuz, ciddi bir iş vermiyorlar size."

"Hayır, hayır," demişti Prokofiy, "bizler bütün şehri ve ilçeyi ara vermeden yönetiyoruz, devrimin korunmasına dair bütün kaygı bizim omuzlarımızda. Anladın mı şimdi, ihtiyar, Çevengur'da nasıl vatandaş oluverdiğini? Sayemizde."

"Sayenizde mi?" diye sormuştu tekrar ihtiyar. "O zaman bizden size teşekkür."

"Bir şey değil," diyerek geri çevirmişti minneti Prokofiy. "Devrim bizim görevimiz ve yükümlülüğümüzdür. Sen bizim emirlere uy yeter, o zaman hayatta kalır, gününü gün edersin."

"Dur bakalım yoldaş Dvanov, benim yerime görevini abartma," diye uyarmıştı onu Çepurnıy ciddiyetle. "Yaşlı yoldaş bize iktidarın ar sahibi olması gerekliliği konusunda uyarıda bulunuyor, sense onu bulandırıyorsun. Konuş, beriki yoldaş!"

İhtiyar susmuştu önce – berikilerin içinde ilkin düşünce değil kara bir sıcaklık peydahlanırdı hep; sonradan, vadesi dolunca da serinleyip bir şekilde dışa vurulurdu o sıcaklık.

"Bakıyorum da şuradan," diye bildirmişti ihtiyar gördüğünü, "işiniz pek bir basit sizin, insanlarla da tümsekten bakar gibi kibirli kibirli konuşuyorsunuz, berikiler de çukurdaymış güya. Sizin yerinizde hastalar otursa daha iyi olurdu, onlar artık ezberden yaşar, kalan ömürlerini sürerler: İş nöbet işi değil mi, kolay iş... Lakin sizin gücünüz kuvvetiniz yerinde daha – daha bir zor yaşamanız gerekmez mi?.."

"Ne o, ilçe başkanı mı olmak istiyorsun sen?" diye sormuştu Prokofiy doğruca.

"Tanrı korusun," demişti ihtiyar utanarak. "Ben ömrümce nöbetçilik-tokmakçılık yapmamışım. Ben diyorum ki, iktidar beceri işi değildir, en gereksiz insanları oturtacaksın başına, ama sizin hepinizde iş var daha."

"İşe yarayanlar ne yapsın?" demişti Prokofiy, diyalektiğe sürükleyip rezil etmek istiyordu ihtiyarı.

"İşe yarayanlar da yaşasın işte: Üçüncü bir yol mu var ki?"

"Ne için yaşayacaklar peki?" diye sormuştu Prokofiy, ahenkle döndürerek lafı.

"Ne için mi?" demişti ihtiyar duraksayarak – öyle alelacele düşünemiyordu. "Canlının derisi ile tırnağı çıkabilsin diye yaşasalar kâfi."

"Tırnak ne için peki?" diye sormuştu Prokofiy, ihtiyarı sıkıştırarak.

"Tırnak ölü değil midir?" diye sıyrılmıştı ihtiyar sıkışıklıktan. "İnsanın ortasında ölü bir şey kalmasın diye çıkmaz mı içinden? Deri ve tırnak insanı güzelce sarmalayıp korur."

"Kimden?" diye sormuştu Prokofiy, işi zora sokarak.

"Burjuvaziden tabii ki," demişti tartışmayı anlayan Çepurnıy. "Deri ve tırnak Sovyet iktidarıdır. Nasıl olur da kendin formüle edemezsin?"

"Ya saç ne?" demişti merak eden Kirey.

"Yünden farksızdır," demişti ihtiyar, "demirle yolarsın gider, koyunun canı acımaz."

"Bence kışın üşüyüp ölür," diyerek karşı çıkmıştı Kirey. "Ben bir keresinde, çocukken, bir kediciği tıraş edip kara gömdüydüm, insan mı değil mi anlamak istiyordum. Sonra kediciğin ateşi çıktıydı, perişan olduydu."

"Kararda bu şekilde formüle edemem," diye beyan etmişti Prokofiy. "Esas organ biziz, bu adam ise meskûn olmayan yerlerden gelmiş, bilip bilmeden konuşuyor, neymiş efendim biz esas değilmişiz, gece bekçisiymişiz, anca kötü insanların sokuşturulduğu bir alt kategoriymişiz, iyiler de kurganlarda, boş bölgelerde gezsinmiş. Böyle bir kararı kâğıda da yazamazsın, çünkü kâğıdı da iktidarın doğru yönetmesi sayesinde işçiler üretiyor."

"Dur hele, gücenme hemen," diyerek dizginlemişti Prokofiy'in öfkesini ihtiyar. "İnsanlar yaşıyor, kimileri de muhtaç oldukları için çalışıyor, sense odanda, oturduğun yerde onları bildiğini sanıyorsun, kafalarında kendi duyguları yoktur sanıyorsun."

"Peh, ihtiyar," demişti Prokofiy, sonunda onu yakalayarak. "Demek derdin buydu! Nasıl anlamazsın, aslolan örgütlenmedir, parçalanmış güçlerin tek bir belirli yatakta birleşmesidir! Sırf düşünce için oturmuyoruz biz burada, proleter güçlerinin toparlanması ve sıkı sıkıya örgütlenmesi için oturuyoruz."

Yaşlı proleter hiç de ikna olmamıştı:

"E madem toparlayabiliyorsun, demek ki kendileri de birbirlerini istiyorlar. Ben de sana işin sağlamdır diyorum: Demek ki bu işle herkes, en takatsiz kişi bile başa çıkabilir; gece vakti bile senin işini kimsecikler çalmaz..."

"Geceleri çalışmamızı mı istiyorsun yoksa?" diye sormuştu vazifeşinas Çepurnıy.

"İşinize gelirse gece çalışın daha iyi," demişti beriki ihtiyar, izni vererek. "Gündüzün yayan adam önünüzden geçer gider kendi yoluna, ona bir şey olmaz, ama ya sizinki ayıp değil midir: Oturmuş başkasının yaşamını ölçüp biçiyorsunuz, yaşayan ise önünüzden geçip gidiyor, belki de geri dönmeyecek..."

Çepurnıy başını eğmiş, içinin utançtan tutuştuğunu duymuştu. "Nasıl oldu da sırf şu görev yüzünden cümle proletaryadan akıllı olduğumu fark etmedim hiç?" diye düşünüyordu, belirsizlik içinde kıvranarak. "Nerem akıllı ki benim – utanıyorum, saygım yüzünden korkuyorum proletaryadan!"

"Aynen böyle formüle et," demişti Çepurnıy Prokofiy'e, bütün Devrim Komitesi bir müddet sustuktan sonra. "Bundan böyle Devrim Komitesi'nin toplantıları geceleri yapılacak, tuğla ev ise proletarya için boşaltılacak."

Prokofiy bir çıkış yolu arıyordu.

"Neyi temel alarak, yoldaş Çepurnıy? Gerekçelendirmem gerekiyor da."

"Temel mi istiyorsun? At bakayım temeli... Gündüz yaşayan proletarya ve berikilere karşı işlenen ayıbın utancı. Ehemmiyetsiz işlerin de tıpkı yakışıksız işler gibi görünmez vakitlerde bitirilmesi daha yerinde olacaktır diye yaz..."

"Anlaşıldı," diyerek kabul etmişti Prokofiy. "Geceleyin insan daha iyi yoğunlaşır. Devrim Komitesi'ni nereye taşıyalım peki?"

"Herhangi bir ambara," diye kararlaştırmıştı Çepurnıy. "En kötüsünü seçiver."

"Ben manastırı önerirdim doğrusu, yoldaş Çepurnıy," demişti Prokofiy, kararda değişikliğe giderek. "Orada daha bol çelişki vardır, hem bina da proletarya için yakışıksızdır."

"Uygun formül," diye noktalamıştı Çepurnıy. "Pekiştir bunu. Başka ne var kâğıtta? Çabuk bitir lütfen."

Prokofiy kalan bütün işleri kendi şahsi takdirine bırakarak ertelemiş, yalnızca en ehemmiyetsiz ve kolayca tartışılabilecek maddeyi rapor etmişti.

"Bir de kitlesel üretim emeğini örgütleme konusu var, işçi sınıfının viranlığının ve yoksulluğunun imhası için *subbotnik*'ler yapılmalıymış, kitlelere gelecek için ilham aşılayacak ve yüce bir başlangıç anlamına gelecekmiş bu."

"Neyin yüce başlangıcı?" diye sormuştu tam olarak duyamayan Jeyev.

"Neyin olacak, komünizmin," diye açıklamıştı Çepurnıy, "geri kalmış bölgeler dört elden başlıyor, biz bitirdik bile."

"Bitirdiğimize göre iyisi mi tekrar başlamayalım," diye önermişti hemen Kirey.

"Kiryuşa!" demişti onu fark eden Prokofiy. "Seni biz atamadık mı, otur oturduğun yerde."

Beriki ihtiyar masanın üzerine tepeleme yığılmış kâğıtları görüyordu: Çok kişiler yazıyor olmalıydı bunca yazıyı, ne de olsa her bir harf azar azar çiziliyor, her birine akıl harcanıyordu; bir insan tek başına bunca kâğıdı kirletemezdi, tek bir kişi olsa yazan, kolayca öldürülebilirdi hem. Demek ki herkesin yerine tek kişi değil, epeyce birileri düşünüyordu; o zaman onlardan ucuz bir bedelle yakayı sıyırmak, şimdilik sularına gitmek daha hayırlı olacaktı.

"Biz size bedavaya sağlarız o emeği," demişti ihtiyar bu defa hoşnutsuzca. "Ucuza üstleniriz işi, yeter ki daha fazla lafını etmeyin, hakaret oluyor doğrusu."

"Yoldaş Çepurnıy, proletaryamızın iradesi gözümüzün önünde," demişti ihtiyarın sözlerinden bu sonuca varan Prokofiy.

Fakat Çepurnıy şaşırmakla yetinmişti:

"Nasıl bir sonuç bu yahu, güneş Bolşevikler olmadan da görmez mi işini! Bizler güneş konusunda doğru bilinçlenmedik mi de emeğe ihtiyaç duyduk? Önce ihtiyacı örgütlemek lazım."

"Ne yaparsın, buluveririz ihtiyacı da," diye vaat etmişti ihtiyar. "İnsan az, ev çok burada – evleri daha mı sık koysak ki, hem birbirimize de daha yakın yaşamış oluruz?"

"Bahçeler de taşınabilir, onlar daha da hafif," diye belirtmişti Kirey. "Bahçelerle hava daha bir yoğun olur, besleyiciler de hem."

Prokofiy kâğıtların arasında ihtiyarın fikrini doğrulayan bir kanıt bulmuştu. Kâğıdın altına anlaşılmaz imzalar atarak meçhul kalan en akıllı insanlar her şeyi önceden düşünmüşlerdi bile, geriye bir tek kendi hayatını başkasının kayda geçirilmiş düşünceleri doğrultusunda muntazaman gerçekleştirmek kalıyordu.

"Çevengur'un baştan sona yeniden planlanması ve imarını öngören bir müzekkeremiz var," demişti kâğıtları inceleyen Prokofiy. "Ondan ötürü de evlerin yerleri değiştirilmeli, ayrıca bahçelerin yardımıyla temiz hava akışı sağlanmalı, kesinlikle şart bu."

"İmar ediveririz," demişti ihtiyar kabul ederek.

Bütün Çevengur Devrim Komitesi duraklayıvermişti sanki. Çevengurlular sıkça ne düşünmeleri gerektiğini bilemez olur, beklenti içinde otururlardı, o esnada hayatları kendiliğinden akar giderdi.

"Başlangıç neresiyse son da orasıdır, yoldaşlar," demişti Çepurnıy akabinde ne diyeceğini bilemeyerek. "Düşman yolumuzu kese kese içimizde yaşıyordu, Devrim Komitesi'nden söküp attık onu, şimdi düşmanın yerine proletarya geldi, ya onu da söküp atmalıyız ya da Devrim Komitesi'ne ihtiyaç kalmamıştır."

Çevengur Devrim Komitesi'nde sözler insanlara hitaben söylenmezdi, konuşmacının şahsi doğal gereksinimiydi sanki ve konuşmalar sıkça ne bir soru ne de cümle içerir, sadece şaşkın bir kuşku barındırırdı – o da kararlara değil, Devrim Komitesi katılımcılarının heyecanına malzeme olurdu.

"Kimin nesiyiz biz?" demişti bunu ilk kez sesli düşünen Çepurnıy. "Biz dünya ülkelerinin ezilen insanlarına yoldaştan başka bir şey değiliz! Ya sınıfın ilerleyen sıcak akıntısından kopmamalı ya da bir yığın halinde durmalıyız, sınıf nasıl isterse öyle. O sınıf ki tüm dünyayı yapmıştır, ne diye onun yerine düşünecekmişiz, dertlenecekmişiz, söyler misiniz lütfen? Bu ona öyle bir hakarettir ki bizi alçak artık sınıfına dahil edebilir gönül rahatlığıyla! Toplantıyı burada bitirelim, şimdi her şey anlaşıldı ve herkesin ruhu dindi."

Beriki ihtiyar zaman zaman yel ve sel hastalığı çekerdi, dengesiz beslenme yüzünden gelmişti başına bu: Bazen uzun süre yiyecek bulamaz, karşısına çıkan ilk fırsatta yiyecek depolaması gerekirdi, bu sayede midesi yorulur ve patlamalardan mustarip olurdu. Böyle günlerde ihtiyar kendisini bütün insanlardan uzaklaştırıp bir yerlerde tek başına dururdu. Çevengur'a geldiğinde de açgözlülükle yemek yediğinden, Devrim Komitesi'nin toplantısının sonunu zor getirmiş, sonra derhal muzır otların içine çekilip karın üzeri yatmış ve sıradan vakitlerde kıymetlisi, sevgilisi olan her şeyi unutup acı çekmeye koyulmuştu.

Çepurnıy akşamleyin vilayet yollarına düzülmüştü, proletaryayı getirmeye giden o atla yine. Gecenin başıydı Çevengur'dan tek başına çıkıp çoktandır unuttuğu o dünyanın karanlığına yollandığında. Ne var ki şehrin dışına çıkar çıkmaz Çepurnıy ihtiyarın hastalığı yüzünden çıkardığı sesleri duymuş ve bozkıra yayılan bu sinyallerin nedenini bulmak için onu aramaya koyulmuştu. Kontrolü tamamladıktan sonraysa hasta adamın aymaz bir karşıdevrimci olduğuna inanarak tekrar yola düzülmüştü. Ama bu kadarı yetmezdi, komünizmde çilekeşlerin nereye sokulacağına karar vermek gerekliydi daha. Çepurnıy komünizm sırasında hastalananları gözünün önüne getirecek gibi olmuş fakat sonradan, bundan böyle kendisinin yerine proletaryanın düşünmesi gerektiğini anımsamıştı. Böylece zihnin işkencesinden kurtularak, gelecek hakikatinin güvencesi altında, yapayalnız gümbürdeyen arabanın içinde hayatına dair ferah bir hisle uyuyakalmıştı, o an Çevengur'da uyuyan proletaryayı azıcık özleyerek. "Ne yapacağız peki atları, inekleri, serçeleri?" diye düşünmeye başlamıştı bu defa da uykusunda, fakat hemen sonra uzaklaştırmıştı kendisinden bu bilmeceleri; yalnızca yeryüzündeki bütün mülkiyet ve mamulleri değil aynı zamanda mülkiyeti korusun diye burjuvaziyi de icat eden sınıfın aklına güvenebilirdi rahatça; hem sadece devrimi değil, komünizm gelene kadar korusun diye partiyi de icat eden o sınıf değil miydi?

Arabanın önünde otlar geri geri gidiyor, adeta Çevengur'a dönüyordu; yarı yarıya uykuda olan adam ise, tepesindeki kara yükseklikten, ebedi ama artık erişilir gelecekten ışık saçan yıldızları görmeksizin ilerliyordu; yıldızlar yoldaşça hareket ediyordu sessiz bir düzen içinde: birbirlerini unutmamak için fazlaca uzaklaşmadan, tek vücut olup farklılıklarını ve karşılıklı beyhude vurgunluklarını yitirmemek için de çok yaklaşmadan.

VİLAYET MERKEZİNDEN DÖNÜŞTE Kopyonkin Paşintsev'e yetişti, Çevengur'a atlarının sırtında yan yana girdiler. Çevengur'un içine dalan Kopyonkin, şehrin içindeki sessiz komünizmi bütün bedenine yayılan sıcak bir huzur gibi algılamaktaydı, gel gör ki göğsünün küçük kıpırtılı kuytusuna çekilmiş üstün bir kişisel fikir olarak hissetmiyordu onu. Bu nedenle komünizmi sıkı bir denetimden geçirmek istiyordu ki bir an önce coştursun içini, zira Rosa Luxemburg sevdalıydı komünizme, Kopyonkin ise o kadına saygı duymaktaydı.

"Yoldaş Luxemburg kadındır!" diye açıklıyordu Kopyonkin Paşintsev'e. "Oysa burada insanlar sırtüstü yayılmış, karınlarını iple gerdirmişler, kiminin kulağında küpe var. Yoldaş Luxemburg için pek yakışıksız görüntüler bunlar, burada olsa utanırdı, şüpheye kapılırdı, tıpkı benim gibi. Ya sen ne dersin?"

Paşintsev'in hiçbir şeyi denetlediği filan yoktu. Sebebini gayet iyi biliyordu zaten Çevengur'un.

"Ne diye ayıplayacakmış," dedi. "Kendi de revolverli bir hatun değil miydi? Burası da benimki gibi bir devrim parkı işte, görmüştün bende kaldığında ya."

Kopyonkin Paşintsev'in küçük kasabasını, bey evinde yatıp kalkan suskun baldırıçıplakları ve dostu, yoldaşı Aleksandr Dvanov'u anımsadı, Kopyonkin ile birlikte sıradan, en iyi halkın arasında komünizmi arayan.

"Seninkisi, sömürüden yolunu şaşırmış insana barınaktı anca, komünizm oluşmuş değildi orada. Burada ise boşluktan bitivermiş; millet ortalıkta ceset gibi dolanıp dururdu eskiden, şimdi çıkıp buraya gelmiş, canlı ya pek kıpırdadığı yok."

Paşintsev'in umurunda değildi bu: Sevmişti Çevengur'u, güç depolayıp devrim parkına baskın vereceği müfrezeyi toplamak için burada yaşayacaktı, oraya görevle gönderilen örgütçülerin elinden alacaktı devrimi. Paşintsev genellikle açık havada yatıyor, iç geçiriyor, unutulmuş Çevengur bozkırından yükselen tek tük sesleri dinliyordu.

Kopyonkin Çevengur'u tek başına turluyor, proleterleri ve berikileri inceleyerek zaman geçiriyor, Rosa Luxemburg'a kısmen de olsa değer verip vermediklerini öğrenmeye çalışıyordu; oysa hiç duymamışlardı bile adını, sanki Rosa onlar için değil, boşu boşuna ölmüştü.

Çevengur'a gelen proleterler ve berikiler burjuvazinin yiyecek artıklarını çabucak silip süpürmüşlerdi ve Kopyonkin'in geldiği sıra bozkırda buldukları bitkisel ganimetle besleniyorlardı. Çepurnıy'ın yokluğunda Prokofiy Çevengur'da *subbotnik* çalışması örgütlemiş, tüm proletaryaya şehir ve bahçeleri sil baştan düzenleme talimatı vermişti; ne var ki berikiler evleri yerinden oynatıyor, bahçeleri taşıyorsa, emek için değildi gayretleri, Çevengur'da buldukları huzur ve yatacak yerin bedelini ödemek, böylece iktidardan ve Proşka'dan özgürlüklerini satın almaktı. Vilayetten dönen Çepurnıy, Prokofiy'in emrine uyup uymama kararını proleterlere bırakmış, işleri bittiğinde, gördükleri zulmün birer kalıntısı olan evleri gereksiz parçalara ayırıp, bundan böyle yeryüzünde hiçbir örtüye gereksinim duymaksızın, birbirlerini yalnızca canlı bedenleriyle ısıtarak yaşamalarını ümit etmişti. Ayrıca komünizmde kış gelecek miydi bakalım, belki de hep yaz sıcağı hüküm sürecekti, zira güneş komünizmin daha ilk gününde açmıştı ve bütün tabiat bu nedenle Çevengur'dan yanaydı.

Çevengur yazı ilerliyor, zaman hayatın aleyhine işliyordu ümitsizce, oysaki Çepurnıy proletarya ve berikilerle birlikte yazın, zamanın ve tüm çalkantılı unsurların ortasında duraklamıştı ve sevincin verdiği huzur içinde, mutlak hayat saadetinin bundan böyle kimselerin tedirgin edemeyeceği proleterlerin arasında yeşermesini haklı olarak bekleyerek yaşıyordu. Bu hayat saadeti mevcuttu da artık âlemde, proletaryanın ve berikilerin içlerinde gizlenmişti, ama yine de maddeydi, olguydu, gereklilikti.

Bir tek Kopyonkin kendisine mutluluk ve huzur verebilecek ümitten yoksun dolanıyordu Çevengur'da. Buranın düzenini silahlı eliyle çoktan bozardı ama Çevengur'un genel bir değerlendirmesini yapması için Aleksandr Dvanov'u beklemekteydi. Oysaki sabrın vakti ilerledikçe Çevengur'daki sınıf giderek daha da dokunuyordu Kopyonkin'in kimsesiz duygularına. Kimileyin Kopyonkin, Çevengur proleterlerinin kendisinden beter durumda olduklarını düşünüyordu, belki içten içe daha güçlü oldukları için kendisinden uysaldılar yine de; Kopyonkin'in tesellisi Rosa Luxemburg'da idi, dışarıdan gelen Çevengurluları ise bir sevinç beklemiyordu gelecekte, ummuyorlardı da sevinç filan, tüm varlıksız insanları yaşatan o fikirle yetiniyorlardı zira: benzerleri, yollar katettikleri arkadaş ve yoldaşlarıyla karşılıklı bir hayat sürme fikri.

Bir defasında Kopyonkin ağabeyini anımsamıştı; akşam oldu mu evden çıkar, sevgilisinin yanına giderdi, kardeşleri ise damın içinde yalnız kalır, sıkılırlardı onsuz; o zaman Kopyonkin ufaklıkları teselli etmeye çalışır, onlar da yavaş yavaş avunurlardı, çünkü ihtiyaçları olurdu buna. Şimdi Kopyonkin de Çevengur'a karşı kayıtsızdı ve sevgilisi Rosa Luxemburg'un yanına gitmek istiyordu, Çevengurluların ise sevgilileri yoktu ve yalnız kalıp kendi içlerinde avunmaları gerekiyordu.

Berikiler sanki işin başından beri Çevengur'da yalnız kalacaklarını biliyor ve Kopyonkin'den de Devrim Komitesi'nden de bir şey talep etmiyorlardı – onların fikir ve talimatları vardı, berikilerin ise anca var olma gerekliliği. Gündüzün Çevengurlular bozkırda geziniyor, otları yoluyor, yumru kökleri topraktan çıkarıyor, tabiatın çiğ ürünleriyle tıka basa besleniyor, akşamları ise sokaklardaki otların içine yatıp konuşmadan uykuya dalıyorlardı. Kopyonkin de daha az kederlenmek, zamanı daha hızlı atlatmak için insanların arasına uzanıyordu. Arada bir o zayıf ihtiyarla, Yakov Titıç ile sohbet ediyordu; diğer insanların sadece düşündükleri, hatta düşünmeyi dahi beceremedikleri şeylerin tümünü bildiği anlaşılmıştı bu ihtiyarın; Kopyonkin'in ise kesinkes bildiği bir şey yoktu, çünkü açıkgözlü, keskin hafızalı bir bilince sahip değildi.

Yakov Titıç akşamları otların içinde yatıp yıldızlara bakmayı ve uzak gökcisimlerinin var olduğu, üzerlerinde insansız, denenmemiş bir hayatın süregittiği, o ulaşılmaz hayatın kendisine asla yâr olmayacağı düşüncesiyle avunmayı seviyordu. Başını çevirdiğinde, uykuya dalan komşularını görüyor ve üzülüyordu onlar için: "Size de nasip olmayacak orada yaşamak." Sonra herkesi yüksek sesle tebrik etmek için doğruluyordu: "Varsın olmasın canım, madde aynı değil mi? Ha ben, ha şu yıldız. İnsan küstah değildir, açgözlülüğüne göre değil ihtiyacına göre alır."

Kopyonkin de yatıyor ve Yakov Titıç'ın ruhuyla söyleştiğini duyuyordu.

"Başkalarına acıyor insan hep," diyordu Yakov Titıç, bu noktaya kendi dikkatini çekerek. "Birinin üzgün bedenine bakınca acıyıveriyorsun: Eziyet çekecek, ölecek, yakında ayrılacaksın ondan... Kendine acımıyorsun ki hiç, öleceğini, arkandan ağlayacaklarını düşündün müydü yine ağlayanları yalnız bırakacağına yanıyorsun."

"Bu bulanık lafları nereden çıkarıyorsun, ihtiyar?" diye sordu Kopyonkin. "Sınıf insanından bihabersin, yatmış konuşuyorsun..."

İhtiyar sustu, Çevengur da suskundu.

İnsanlar sırtüstü yatmışlardı, üzerlerinde çetin, bulanık gece aralanıyordu yavaşça; öylesine sessizdi ki gece, kimileyin içinden sözler fısıldanıyor, uyuyanlar da yanıt olarak iç geçiriyor sanılırdı.

"Ne susuyorsun karanlık gibi?" dedi Kopyonkin sorusunu yineleyerek. "Yıldıza mı yanıyorsun? Yıldız dediğin de gümüş ve altındır, bizim bildiğimiz metallerden değil anlayacağın."

Yakov Titıç sözlerinden utanmıyordu.

"Konuşmuyordum, düşünüyordum ben," dedi. "Bir söz söyleyene dek akıllı sayılmaz kişi, suskunlukta akıl yoktur da ondan – anca duygunun eziyeti vardır..."

"Mitingdeymiş gibi konuştuğuna göre sen akıllısın demek ki?" diye sordu Kopyonkin.

"Ondan akıllı olmadım ben..."

"Neyden ya? Yoldaşça öğretiver bana," dedi Kopyonkin rica yollu.

"Akıllı oldum çünkü ana babasız, insansız başıma insan yaptım kendimi. Ne canlılar, ne malzemeler bulup harcadım kendime – aklını aç da sesli düşünüver."

"Bol bol harcamışsındır!" diye düşündü yüksek sesle Kopyonkin.

Yakov Titıç önce gizli vicdanını duyarak iç geçirdi, sonra açıldı Kopyonkin'e:

"Hakikaten pek bol. İnsan yaşlanınca yattığı yerde şunu düşünüyor: Nasıl olur da benden sonra dünya ve insanlar sağlam kalır? Onca iş yaptım, onca yemek yedim, onca zahmetler ettim, düşünceler düşündüm, sanki bütün âlemi kendi ellerimle tükettim, başkalarına ise yalnızca eskittiklerim kaldı. Ama sonradan gördüm ki başkaları da bana benziyor, başkaları da küçük yaştan beri bedenlerini zar zor taşıyor, hepsi de dayanıyor bir şekilde."

"Neden küçük yaştan dedin?" dedi Kopyonkin, anlamamıştı. "Öksüz mü büyüdün, yoksa baban kendisi mi elini çekti senden?"

"Pedersiz," dedi ihtiyar. "Onun yerine yabancı insanlara alışmam gerekti, kendim de bir avuntu bilmeden büyüdüm bütün ömrümce..."

"Baban yoksa ne diye yıldızlara insanlardan çok değer biçiyorsun?" diye sordu Kopyonkin, şaşkın. "İnsanlar daha kıymetli olmalı senin için: Onlardan başka saklanacak yerin yok, evin onların arasında ayakta duruyor... Gerçek bir Bolşevik olsaydın her şeyi bilirdin, sense anca yaşlı öksüzün tekisin."

Şehrin ortasında, bakir sessizliğin içinde bir çocuğun figanı yükseldi ve uyumayan herkes duydu onu; öylesine sessizdi ki yeryüzünde gece, yeryüzünün kendisi de o gecenin altında yok olmuş gibiydi. Çocuğun sızısının peşi sıra iki ses daha yükseldi sonra: annesinin sesi ve Proleter Gücü'nün endişeli kişnemesi. Kopyonkin derhal ayaklandı ve uyku isteğinden caydı, acıya alışkın ihtiyar ise şöyle dedi:

"Bir küçük ağlıyor, erkek mi kız mı belli değil."

"Küçükler ağlıyor, yaşlılar yatıyor," diye suçladı onu Kopyonkin kızgın kızgın ve atına su içirmeye, ağlayanı da avutmaya gitti.

Çevengur'a berikilerden ayrı gelen bir yol dilencisi karanlık bir sofada oturmuş, dizlerinin de yardımıyla çocuğunu kucağında tutuyor, ağzının sıcağını üflüyordu yüzüne sık sık, gücüyle yardımcı olmak için çocuğa.

Çocuk sessizce ve itaatkâr yatıyor, kendisini acınası, yalnız bir sıkışıklığa iten hastalığın eziyetlerinden korkmuyor, yalnızca arada bir inliyordu, o da şikâyetten ziyade sıkıntıdan.

"Neyin var, neyin var, canım benim?" diyordu annesi. "Söyle neren ağrıyor, ısıtıvereyim oranı, öpüvereyim oranı."

Çocuk susuyor, annesine bakıyordu yarı aralık, onu unutmuş gözlerle ve bedeninin karanlığına çekilen yüreği öylesine büyük bir ısrar, hiddet ve ümitle çarpıyordu ki çocuktan ayrı bir varlıktı sanki bu yürek, sıcaklığıyla irinli ölüm akıntılarını kurutan dostuydu; anne ise gizli, yalnız yüreğe yardım etmek için çocuğun göğsünü okşuyor, ince yaşamının üzerinde çınladığı teli gevşetmeye çalışıyordu, susmasın, dinlensin diye bu tel.

Annenin kendisi o an yalnızca hassas ve şefkatli değil, akıllı ve serinkanlıydı da; bir şeyleri gözden kaçırmaktan, gecikip, bildiği ve elinden gelen o yardımı çocuğa eriştirememekten korkuyordu.

Bütün bir ömrü anımsamaya çalışıyordu basiretli anne, kendi ömrünü ve rastladığı yabancı ömürleri, şimdi çocuğunu rahatlatacak her tür bilgiyi çekip çıkarmak için bunların içinden. Dilenci anne, yollarının düştüğü bu adsız, insansız, kapkacaksız, ilaçsız ve çamaşırsız şehirde çocuğuna şefkatin yanı sıra tedavi de sunmasını bilmişti; akşamleyin ılık suyla temizlemişti oğlunun midesini, vücudunu sıcak bezlerle ısıtmış, beslenmesi için şekerli su içirmiş ve o canlı olduğu sürece uyumamaya karar vermişti.

Ne var ki çocuğun ıstırapları dinmek bilmiyor, ısınan vücuduna dokunan annenin elleri terliyordu; yüzünü buruşturdu çocuk, o böylesine zorlanırken başucunda oturan annesi kendisine hiçbir şey vermediği için gücenerek inlemeye koyuldu. O zaman anne emsin diye göğsünü uzattı çocuğa, oysa çocuk beş yaşındaydı, çoktan sarkmış göğüsten akan cılız, seyrek sütü emmeye koyuldu açgözlülükle.

"Bana söyleyiver hadi," diyordu anne rica yollu. "Söyle ne istiyorsun?"

Çocuk kocamış beyaz gözlerini açtı, süte doymayı bekledi ve gücünün yettiğince konuştu:

"Uyumak ve suda yüzmek istiyorum. Hastaydım ya ben hani, şimdi artık bittim. Yarın beni uyandır da ölmeyeyim, yoksa unutup ölürüm."

"Hayır, oğlum," dedi anne. "Ben hep bekleyeceğim başında, yarın senin için sığır eti isteyeceğim."

"Tut beni, dilenciler çalmasın," dedi dermansız düşen çocuk, "kimse bir şey vermiyor onlara, hırsızlık ediyorlar... Sıkıldım senden anne, kaybolsaydın keşke."

Anne baygın düşen çocuğa baktı ve acıdı ona.

"Eğer dünyada yaşamak yazılmadıysa alnına, cancağızım," diye fısıldadı, "uykunda öl daha iyi, ama eziyet çekme, acı çekmeni istemiyorum, her zaman ferah ol, hafif ol..."

Çocuk huzurlu uykunun serinliğinde kendinden geçti önce, sonra birden haykırıp gözlerini açtı; annesinin kendisini kafasından tuttuğunu, yumuşak ekmeklerin arasında ısındığı çantadan çıkardığını, ter ve hastalıktan ötürü tüylenen cılız vücudunun dökülen parçalarını çıplak dilenci hatunlara dağıttığını gördü.

"Anne," diyordu annesine, "sen aptal dilencinin tekisin, yaşlılığında kim doyuracak karnını? Zaten zayıfım, sen tutmuş beni başkalarına dağıtıyorsun!"

Fakat annesi duymuyordu onu, ölü nehir taşlarına benzeyen gözlerinin içine bakıyor, ardından öylesine hazin bir sesle bağırıyordu ki kayıtsızlaşıyordu bu ses, oğlanın artık daha az eziyet çektiğini unutup.

"Ben onu tedavi etmeye çalıştım, esirgedim onu, benim suçum yok," diyordu anne, kendisini elem dolu gelecek yıllardan korumak için.

Çepurnıy ve Kopyonkin Çevengurluların arasından ilk yetişenler oldular.

"Neyin var?" diye sordu Çepurnıy dilenciye.

"Bir dakika daha yaşasın istiyorum," dedi anne.

Kopyonkin eğildi ve çocuğu yokladı. Ölüleri severdi, çünkü Rosa Luxemburg da aralarındaydı.

"Ne yapacaksın bir dakikayı?" dedi Kopyonkin. "Nasılsa geçecek, yine ölecek o, sen yine inlemeye başlayacaksın."

"Hayır," diye söz verdi anne. "O zaman ağlamam, canlıyken nasıl görünüyordu, aklımda tutamadım."

"Bu olur işte," dedi Çepurnıy. "Ben kendim de uzun süre hasta yattım, sağlık memuru olarak çıktım kapitalist kırımından."

"Görmüyor musun işi bitmiş, ne diye rahatsız ediyorsun çocuğu?" diye sordu Kopyonkin.

"Ne olmuş yani söyler misin lütfen?" dedi Çepurnıy katı bir güvenle. "Annesi istediğine göre bir dakika daha yaşayabilir: O kadar yaşadı yaşadı da şimdi mi aklına geldi? Buz kesseydi, kurtlansaydı neyse, ama işte sıcacık yatıyor çocuk – içi daha capcanlı, dışı ölmüş sadece."

Çepurnıy çocuğun bir dakika daha yaşamasına yardım ededursun, Kopyonkin Çevengur'da komünizm filan olmadığını anlamıştı: Kadının daha yeni getirdiği çocuk ölmüştü işte.

"Yeter kurcaladığın, örgütleyemezsin onu artık," diye buyurdu Kopyonkin Çepurnıy'a. "Kalbi sezilmiyorsa insan göçtü demektir."

Ne var ki Çepurnıy sağlık memurluğuna ara vermiyor, çocuğun göğsünü okşuyor, kulak altlarından boynuna dokunuyor, ağzındaki havayı ağzıyla emiyor ve ölünün canlanmasını bekliyordu.

"Kalple ne alakası var," dedi gayretinden ve tıbbi inancından coşan Çepurnıy, "ne alakası var kalple, söyler misin bana lütfen? Ruh boyundadır, kanıtlamamış mıydım sana bunu!"

"Hadi diyelim boyunda olsun," dedi Kopyonkin kabul ederek. "Yine de fikirdir ruh dediğin, hayatı kollamaz, tüketir; sen tabii Çevengur'da yaşıyorsun, hiçbir işe elini sürdüğün yok, o yüzden kalple ne alakası var diyorsun: Kalp dediğin insanın ırgatıdır yahu, işçinin ta kendisidir o, sizlerse hepiniz sömürücüsünüz, komünizminiz filan da yok işte!.."

Anne, Çepurnıy'ın tedavisine yardımcı olmak için sıcak su getirdi.

"Bırak acılanmayı," dedi ona Çepurnıy. "Artık bütün Çevengur ıstırap çekecek onun için, sen sadece küçük bir parçacık gamlanacaksın..."

"Ne zaman nefes alacak?" dedi anne dinleyerek.

Çepurnıy çocuğu kucağına aldı, kendisine çekti ve hayattaymış gibi ayakta dursun diye dizlerinin arasına koydu.

"Nasıl da akılsızca hareket ediyorsunuz..." diye sitem etti anne üzgün üzgün.

Sofaya Prokofiy, Jeyev ve Yakov Titıç girdiler, bir köşede durdular, hiçbir şey sormadılar rahatsız etmemek için.

"Akılla ilgisi yok," diye açıkladı Çepurnıy, "hafızamla hareket ediyorum ben. Hem ben olmasam bile istediğin şu bir dakikayı yaşaması gerek: Komünizm işliyor burada, yanı sıra da bütün tabiat. Başka yerde olsa daha dün ölmüş olurdu seninki. Çevengur sayesinde fazladan yirmi dört saat yaşadı, kulak ver sözüme!"

"Gayet mümkün, gayet olası," diye düşündü Kopyonkin ve dışarıya bir göz attı, havada, Çevengur'da ya da üzerindeki göklerde ölene dair gözle görülür bir merhamet var mı diye. Gel gör ki dışarıda hava değişiyor, rüzgâr muzır otların içinde hışırdıyor, proleterler ise soğuyan topraktan kalkıp evlere gidiyorlardı yatmaya.

"Aynı emperyalizmde olduğu gibi," diye düşündü fikrini değiştiren Kopyonkin. "Hava aynı şekilde çalkanıyor ve komünizm filan yok görünürde, çocuk belki kazara nefes alabilir – anca öyle."

"Daha fazla eziyet vermeyin ona," dedi anne, çocuğun itaatkâr dudaklarından içeri dört damla bitki yağı damlatan Çepurnıy'a. "Bırakın dinlensin, ona dokunulmasını istemiyorum, bittim demişti bana."

Çepurnıy çocuğun başına yapışan tutam tutam saçları karıştırdı, kararmıştı bu saçlar, çünkü ölenin ilk çocukluğu bitmişti. Sofanın çatısına aceleci, ferah bir yağmur damlamaya koyuldu, ne var ki bozkıra yayılan ani bir rüzgâr yağmuru topraktan koparıp uzak karanlığa sürükledi ve yine sessizleşti dışarısı, rutubet ve kil koktu sadece.

"Şimdi nefes alacak, bakacak bize," dedi Çepurnıy.

Beş Çevengurlu, yaşamın Çevengur'da tekrarlanışını görmek için çocuğun yabancılaşan bedeni üzerine eğildiler, zira fazlasıyla kısa sürecekti bu yaşam. Çocuk konuşmadan oturuyordu Çepurnıy'ın dizlerinde, kadın sıcak çoraplarını çıkarıp terini kokladı ayaklarının. Annesi kendisini canlı haliyle anımsayabilsin ve teselli bulsun diye çocuğun yaşayıp sonra da ölmesi gereken o bir dakika geçti; gelgelelim çocuk ölüm acısını iki defa çekmek istemiyor, Çepurnıy'ın kucağında eskisi gibi kıpırdamadan duruyordu. Durumu anlamıştı annesi.

"Bir dakika olsun yaşamasını istemiyorum," dedi vazgeçerek, "tekrar ölmesi, ıstırap çekmesi gerekecek, böylece kalıversin."

"Böyle komünizm mi olur?" diye düşündü büsbütün kuşkuya kapılan Kopyonkin ve nemli gecenin örttüğü avluya çıktı. "Çocuk bir kere bile nefes alamadı; buraya canlı geldiydi, ölüp gitti işte. Burada anca intan olur, komünizm değil. Gitme vaktin gelmiştir, yoldaş Kopyonkin, buradan uzaklara."

Kopyonkin bir zindelik duydu bedeninde, o zindelik ki uzakların ve ümidin yol arkadaşıdır; neredeyse hüzünlüydü Çevengur'a bakışları, çünkü yakında ebediyen ayrılması gerekecekti ondan; rastladığı tüm insanları, ardında bıraktığı köy ve şehirleri bağışlardı daima:

Gerçekleşmeyen ümitlerin kefareti ayrılıkla ödenirdi. Geceleri ise sabrını yitirirdi Kopyonkin; karanlık ve insanların korunmasız uykusu, başlıca burjuva devletine doğru derin bir keşfe çıkma dürtüsü uyandırırdı onda, zira o devletin gökleri de karanlıktı ve kapitalistler çıplak, şuursuz yatıyordu içinde. İşleri oracıkta bitirilebilir, şafakta komünizm ilan edilebilirdi.

Kopyonkin atına yanaştı: Gerektiği anda sırtına atlayıp gidebilir miydi? Süzdü, yokladı hayvanı; gidebilirdi. Proleter Gücü nice yollar teptiği geçmiş günlerdeki gibi güçlüydü, uzaklara ve geleceğe yollanmaya hazırdı.

Çevengur'un ucundan armonika sesi yükseldi. Berikilerden birinin müziği vardı, uyuyamıyor, yalnızlığını avutuyordu.

Böyle bir müziği daha önce hiç duymamıştı Kopyonkin: Sözcükleri telaffuz edecek gibi oluyor, ama yarıda bırakıyor, bu yüzden de sözler gerçekleşmemiş elem gibi kalakalıyordu.

"Derdi neyse söyleyiverseydi şu müzik keşke," diye düşündü rahatsız olan Kopyonkin. "Sesi dinleyecek olsan, adam yanına çağırıyor sanırsın, ama yaklaşsan çalmaya devam eder, durmaz."

Yine de Kopyonkin, Çevengur insanlarını sonuna kadar görmek, kendisinin bir türlü hissedemediği komünizmin neyin nesi olduğunu anlamak için gece müziğine doğru yürüdü. Örgütlülük diye bir şeyin bulunamayacağı tarlalarda bile Çevengur'da olduğundan daha iyi hissediyordu kendisini Kopyonkin; bir zamanlar Saşa Dvanov ile birlikte gezerlerdi, kendisi kederlenmeye başladı mıydı Dvanov da dertlenirdi, o vakit kederleri birbirine yürür, karşılaşınca yarı yolda durur kalırdı.

Çevengur'da ise insanın kederini karşılayacak bir yoldaş yoktu ve keder bozkıra, sonra da karanlık havanın boşluğuna doğru yürümeye devam ediyor, kimsesiz öbür dünyada son buluyordu. "Çalıyor adam baksana," diyordu Kopyonkin dinleyerek, "yok burada komünizm filan, uyuyamıyor işte üzüntüsünden. Komünizm olsaydı müziğini tamamlardı, biterdi müzik, yanıma gelirdi o da. Ama baksana yarım bırakıyor, utanıyor adam."

Çevengur'a girmek zordu, çıkmak da zordu içinden. Evler sokaksız, karman çorman duruyordu, insanlar konutlar aracılığıyla birbirlerine sokulmuşlardı sanki, aralardaki boğazlarda ise yalınayak insanların ezemediği muzır otlar büyümüştü. Otların arasından dört kişinin başları yükseldi:

"Bekle hele," dediler Kopyonkin'e.

Çepurnıy'dı bu ve ölen çocuğun yanında bulunan diğerleri.

"Bekle hele," diye rica etti Çepurnıy. "Belki biz yokken dirilir."

Kopyonkin de otların içine oturdu; müzik kesilmişti, sadece Yakov Titıç'ın karnında guruldayan yeller ve seller işitiliyordu şimdi, iç geçirip katlanmaya devam ediyordu ihtiyar.

"Neden öldü ki? Devrimden sonra doğmadı mı?" diye sordu Kopyonkin.

"Doğru ya! Neden öldü, Proş?" diye şaşırarak yineledi soruyu Çepurnıy.

Prokofiy bu sorunun yanıtını biliyordu:

"Tüm insanlar doğar, yaşar ve sosyal koşullardan ötürü ölürler, başka yolu yoktur bunun, yoldaşlar."

Bu noktada Kopyonkin ayağa kalktı, her şey açıklığa kavuşmuştu gözünde. Çepurnıy da kalktı, henüz felaketin ne olduğunu bilmiyor, ama peşinen üzülüyor, utanıyordu.

"Çocuk senin komünizminden öldü, öyle mi?" diye sordu Kopyonkin sertçe. "Komünizm sosyal koşuldur demez misin sen? Ondan ya zaten ara ki bulasın. Şimdi bana her şeyin cevabını vereceksin, kapital ruh! Devrim yolunda koca bir şehri geçirmişsin eline... Paşintsev!" diye seslendi Kopyonkin etrafını kuşatan Çevengur'a.

"Ha!" diye yanıtladı Paşintsev kuytu yerinden.

"Neredesin?"

"İşteyim."

"Hazırlan ve gel hemen!"

"Neye hazırlanacakmışım, böyle de idare ederim ben."

Çepurnıy duruyor, korkmuyordu, vicdanıydı sızlayan: Çevengur'daki en küçük çocuk komünizmden ölmüştü ve Çepurnıy bir mazeret formüle edemiyordu kendisine.

"Proş, sahi mi bu?" diye sordu sessizce.

"Sahi, yoldaş Çepurnıy," diye yanıtladı beriki.

"Ne yapacağız biz şimdi? Bizimkisi kapitalizm miymiş yani? Belki de yaşamıştır çocuk bir dakikacık olsun ha? Komünizm nerelere kayboldu, gözlerimle görmüştüm onu ben, yer boşaltmıştık onun için..."

"Burjuvaziye yetişene kadar geceler boyu yürümelisiniz," diye tavsiyede bulundu Kopyonkin. "Ve karanlık bastırınca uykusunda zaptetmelisiniz onu."

"Elektrik cereyanı yakıyorlar, yoldaş Kopyonkin," dedi bilmiş Prokofiy kayıtsızca. "Burjuvazi vardiyalı yaşıyor, gündüz ve gece, acelesi var."

Çepurnıy yoldan geçen kadının yanına gitti, ölmüş olan çocuğun sosyal koşullar sayesinde canlanıp canlanmadığını öğrenecekti. Anne çocuğu oturma odasındaki bir karyolanın üzerine yatırmış, kendisi de yanına uzanıp ona sarılmış, uyuyakalmıştı. Çepurnıy ikisinin başında şüpheler içinde dikiliyordu: Uyandırmalı mıydı kadını? Prokofiy bir defasında, "Göğüste acı varsa ya uyumak ya da lezzetli bir şey yemek gerekir," demişti. Çevengur'da lezzetli hiçbir şey yoktu ve kadın kendisini avutmak için uykuyu seçmişti işte.

"Uyuyor musun?" diye sordu kadına sessizce Çepurnıy. "Sana lezzetli bir şey bulalım ister misin? Mahzenlerde burjuvaziden kalan yiyecekler var."

Kadın sessizce uyuyordu; çocuk kadının üzerine abanmıştı ve ağzı açıktı; burnu tıkalıydı da ağzından nefes alıyordu sanki. Çepurnıy çocuğun ön dişlerinin olmadığını gördü; sütdişlerini çürütecek kadar yaşamış, esas dişleri çıkarmaya vakit bulamadan ölmüştü.

"Uyuyor musun?" dedi Çepurnıy eğilerek. "Niye uyuyup duruyorsun ki?"

"Hayır," dedi gözlerini açan yabancı kadın. "Yatmıştım, sızıvermişim."

"Acıdan mı, durup dururken mi?"

"Durup dururken," dedi kadın, isteksiz, uyku sersemi konuşuyordu; sağ elini oğlanın altında tutuyor, bakmıyordu ona, çünkü alışkanlıkla çocuk sıcakmış, uyuyormuş gibi geliyordu.

Sonra doğruldu dilenci ve ileride doğurabileceği çocuklar için dolgun kalan çıplak bacaklarını örttü. "İyi kadın bu da, iyi," diye düşündü Çepurnıy, "birisine epeyce çektirmiş olmalı vaktinde."

Çocuk annesinin elini bırakmıştı, iç savaş şehidi gibi sırt üzeri yatıyordu, yüzü üzgün ve o nedenle de bir ihtiyarın yüzü gibi bilinçliydi; yeryüzünü, beleşe yaşamanın yollarını arayarak arşınlayan sınıfının adi gömleği vardı sırtında. Anne, kendi derdinden ve ayrılıktan ziyade, çocuğunun ölümün tadına varmışlığından ötürü acı çekiyordu. Oysaki oğlan bir başına, kimselere serzenişte bulunmadan yatmaktaydı işte, sabırlı ve uysaldı, yıllarca mezarın içinde buz kesmeye razıydı. Tanımadıkları adam ise karyolalarının başında dikiliyor, kendisi için bir şeyler umuyordu.

"Almadı değil mi nefes? Nasıl olur... Geçmiş zaman değil ki burası!"

"Hayır," diye yanıtladı anne. "Rüyamda gördüm onu, canlıydı, el ele bir tarlacıkta yürüyorduk. Sıcaktı, toktuk, kucağıma almak istiyordum onu, bana dedi ki: 'Hayır anne, ayaklarımla daha çabuk varırım, gel kafa kafaya verip düşünelim, baksana ikimiz de dilenciyiz.' Gidecek yerimiz de yoktu. Bir çukurun içine oturduk, ikimiz de ağlamaya başladık..."

"Buna gerek yok," diye teselli etti onu Çepurnıy. "Çevengur'u çocuğuna miras olarak hediye edebilirdik, ama o reddetti ve öldü."

"Oturduk ağladık tarlada: Mademki hakkımız yoktu, biz ne diye diriydik?.. Oğlan dedi ki bana: 'Anne, ben kendiliğimden öleyim daha iyi, bu uzun yolda sıkılırım seninle: Habire aynı şey, habire aynı şey.' Ben de ona dedim ki: 'Öl bari, ben de seninle bayılıveririm o zaman.' Koynuma yattı, gözlerini yumdu, ama nefes alıyordu, canlı canlı yatıyordu yine, beceremiyordu. 'Anne,' dedi, 'olmuyor.' 'Eh, kalsın yapamıyorsan, yine ağır ağır gidelim madem, belki bize de bir yerlerde bir durak bulunur,' dedim ben de."

"Az önce canlıydı ha seninki? Bu yatakta?"

"Burada. Dizimde yatıyordu, nefes alıyordu, ama bir türlü ölemiyordu."

Çepurnıy rahatladı.

"Nasıl ölebilir ki Çevengur'da, söyler misin lütfen? Burada koşullar kazanılmış onun için... Biraz nefes alacağını biliyordum zaten, sen de uyumasaymışsın keşke."

Anne Çepurnıy'a kimsesiz gözlerle baktı.

"Senin başka bir derdin var, adam: Yavrucağım ölür ölmez tükendi."

"Derdim merdim yok," diye yanıtladı çabuk çabuk Çepurnıy. "Onu rüyada bile olsa canlı görebilmiş olman kıymetli benim için, demek ki senin içinde ve Çevengur'da biraz olsun yaşamış..."

Kadın acıdan ve kafasındaki düşüncelerden susuyordu.

"Hayır," dedi, "çocuğum değil senin kıymet verdiğin, kendi fikrinin derdindesin sen! Dışarı çık, durma yanımda, alışkınım yalnız kalmaya ben; sabaha kadar doya doya yatarım yanında, onunla geçireceğim zamandan çalma!"

Çepurnıy dilencinin evinden çıktı, oğlanın hiç değilse annesinin rüyasında ve zihninde, ruhundan artakalanla yaşadığına, Çevengur'da derhal ve ebediyen ölmediğine sevinerek.

Demek ki Çevengur'da komünizm vardı ve insanlardan bağımsız işliyordu. Yeri neresiydi peki? Gezgin kadının ailesinden ayrılan Çepurnıy komünizmi açık seçik hissedemiyor ve göremiyordu gece Çevengur'unda, oysaki resmen mevcuttu. "Peki ya insanlar gayriresmi olarak neyle yaşıyor?" diye düşünüyordu Çepurnıy, şaşkın. "Karanlıkta ölülerle yatıyorlar, memnunlar da hallerinden! Yazık."

"Ee, ne olmuş? Nasılmış?" diye sordular Çepurnıy'a dışarıda kalan yoldaşlar.

"Rüyasında nefes almış aslında ama ölmek istemiş, tarladayken de becerememiş işte," diye yanıtladı Çepurnıy.

"Ondan öldü ya zaten Çevengur'a gelince," dedi durumu anlayan Jeyev. "Burada özgürlüğe kavuştu tabii: Yaşayacaksan yaşa, öleceksen öl."

"Gayet açık," diye belirtti Prokofiy. "Ölmek istediği halde hayatta kalsaydı özgür düzenden söz edebilir miydik?"

"Tabii ya, söyler misin lütfen?!" Her tür kuşkuyu süpürürcesine, ama soru sorar gibi de kafa salladı Çepurnıy; önce bu sözlerle neyin kastedildiğini anlamamış, ama herkesin dışarıdan gelen çocuk hususunda rahatladığını görünce o da sevinmişti. Yalnızca Kopyonkin bir umut ışığı göremiyordu.

"Hatun niye yanınıza çıkmadı peki, niye çocukla içeri kapandı?" dedi Kopyonkin bütün Çevengurluları kınayarak. "Demek ki sizin komünizmdense orada kalmayı tercih ediyor."

Yakov Titıç, düşüncelerini duygunun sessizliğinde atlatarak, konuşmadan yaşamaya alışmıştı, ama gücendiği vakit o da bilirdi doğru söz söylemesini, söyledi de sahiden:

"Ufaklığın yanında kaldı, çünkü aralarında tek bir kan var, tıpkı sizin komünizm gibi. O ölünün yanından ayrılacak olsa, sizin de temeliniz sarsılır."

Kopyonkin, saygı duymaya başladığı beriki ihtiyarın sarf ettiği doğru sözleri adamakıllı pekiştirdi:

"Çevengur'unuzun olanca komünizmi karanlık yerde birikti şimdi, hatun ile oğlancığın yamacında. Benim içimdeki komünizm neden ileri atılıyor sanırsınız? Çünkü Rosa ile aramda derin bir mevzu var, o yüzde yüz ölü olsa bile!"

Ölüm olayını formaliteden sayan Prokofiy o sırada Jeyev'e, yüksek, alçak ve orta eğitim sahibi kaçar kadın tanıdığını anlatmaktaydı, her bir gruba ayrı ayrı değinerek. Jeyev ise dinleyip dinleyip imreniyordu: Kendisi anca cahil, kültürsüz ve itaatkâr kadınlar tanımıştı.

"Büyüleyiciydi!" diye bitirdi hikâyelerden birini Prokofiy. "Özel bir şahsiyet sanatı vardı onda. Kadındı anlıyor musun, öyle hatun filan değil. Nasıl bir şey biliyor musun... şey gibi işte..."

"Komünizm gibi bir şey olmalı," diye kopya verdi ürkekçe Jeyev.

"Yaklaşık. Zararımaydı ama canım istiyordu. Ekmek ve kumaş beklerdi benden. O yıl kemirmeye zırnık kalmamıştı, aileme de az bir şey götürebiliyordum – babam, annem, kardeşlerim oturuyordu köyde. Haydi oradan dedim sonunda, annem doğurdu beni, sen yok edeceksin. Ve güzel güzel evime vardım, özlüyordum onu ama olsun, malımı eve getirdiydim hiç değilse, ailemi doyurduydum."

"Eğitimi neydi?" diye sordu Jeyev.

"En yükseğinden. Evraklarını göstermişti bana, yedi yıl sırf pedagoji okumuş, memur çocuklarını yetiştirmiş okullarda."

Kopyonkin bozkırda bir arabanın gümbürdediğini duydu: Saşa Dvanov olmasındı bu gelen?

"Çepurnıy," diye seslendi. "Saşa geldiğinde Proşka'yı defet. Alçağın önde gideni bu."

Çepurnıy evvelki rızasını yineledi:

"Her iyiyi daha iyisi karşılığında değişirim: Al onu lütfen."

Araba içine girmedi, gümbürtüyle önünden geçip gitti Çevengur'un: Demek komünizm haricinde de insanlar yaşıyordu bir yerlerde, hatta öteye beriye gidip geliyorlardı.

Bir saat sonra en iflah olmaz, en uyanık Çevengurlular bile istirahata çekilmişti, yeni, taze sabahın arifesinde. İlk uyanan, önceki günün öğlesinden beridir uyuklayan Kirey oldu; kucağında ağır bir çocuk taşıyan bir kadının Çevengur'dan çıktığını gördü Kirey. Aslında kendisi de çıkmak isterdi Çevengur'dan, çünkü savaşmadan, sırf kazanımlar içinde yaşamaktan sıkılır olmuştu; hem savaş bittiğine göre insan akrabalarıyla yaşamalıydı, Kirey'in akrabaları ise uzaktaydı; Uzakdoğu'da, Pasifik Okyanusu'nun kıyısında, neredeyse, kapitalizm ve komünizmi fırdolayı fütursuzlukla örten gökyüzünün başladığı öte ucunda dünyanın. Kirey Vladivostok'tan Petrograd'a kadar, yeryüzünü Sovyet iktidarı ve fikri için temizleyerek yürümüş ve şimdi Çevengur'a varmıştı, burada dinlenmiş, sıkılmaya başlayana değin uyumuştu. Geceleri Kirey gökyüzüne bakıyor, Pasifik Okyanusu olarak düşlüyordu onu, yıldızlar ise kıyılık memleketinin açıklarından geçip uzak batıya yüzen vapurların ışıklarıydı. Yakov Titıç'ın da sesi soluğu kesilmişti: Çevengur'da kendisine pabuç bulmuş, üzerine keçe geçirmişti. Derken pürüzlü sesiyle hazin şarkılar söylemeye başladı; sadece kendisineydi bu şarkılar, hareketin yerine koyuyordu onları. Ama şimdi pabuçlarını da hazır etmişti işte, hazırdı harekete – tek başına şarkı yetmezdi insana hayatta.

Kirey, ihtiyarın şarkılarını dinleyip şöyle sordu ona: "Derdin nedir, Yakov Titıç, yetmedi mi yaşadığın!"

Yakov Titıç yaşlılığını inkâr ediyordu. Elli değil yirmi beş yaşında olduğunu düşünmekteydi, ne de olsa ömrünün yarısını uyku ve hastalıkla geçirmişti, sayılmazdı o, hüsrandı.

"Nereye gideceksin ki ihtiyar?" diye sordu Kirey. "Burada sıkılıyorsun ama orada da zorlanacaksın: İki yanından sıkışmışsın."

"Aradan sızarım ben de, düzüldüm müydü yola, ruhum uçar gider içimden. Herkesler için el olurum gittiğim yerde, kendim de kendimden geçerim: Hayat neremden geliyorsa orama geri kaçar."

"Çevengur da hoş yer ama!"

"Boş şehir. Yoldan geçen adam huzur bulur burada; ama evler lüzumsuz yere duruyor, güneşin yanışında direnç yok, insanlar desen bir amansız hayat sürüyor: Ne gelene aldırıyorlar ne gidene. Cimrilik bilmiyorlar, çünkü mülk ve yiyecek ucuz."

Kirey ihtiyarı dinlemiyordu, sözleri yalandı belli ki:

"Çepurnıy insanlara saygı duyuyor, yoldaşlarını ise basbayağı seviyor."

"Aşırı duygudan seviyor o, ihtiyaçtan değil: Uçucu şey onunkisi... Yarın göçmek gerek buradan."

Kirey kendisi için nerenin en iyi yer olduğunu bilmiyordu: Burası, yani huzur ve boş hürriyet içinde yaşadığı Çevengur mu, yoksa uzak ve daha zor başka bir şehir mi?

Sonraki günler de Çevengur'da, komünizmin en başından beri olduğu gibi güneşli geçti, geceleri ise yeni ay doğuyordu. Kimse farkına varmamış, kimse hesaba katmamıştı onu, bir tek Çepurnıy komünizme sevinir gibi sevinmişti ona, ay da gerekliydi. Çepurnıy sabahleyin yıkanıyor, gündüzün ise sokağın ortasında, birilerinin yanlış yere koyduğu bir ağacın üzerinde oturuyor, insanlara ve şehre, geleceğin tomurcuğu, evrensel bir tutku, kendisini aklın hükümranlığından kurtaracak güç gözüyle bakıyordu. Ne yazık ki kendisini ifade edemiyordu Çepurnıy.

Çevengur'un etrafında ve içinde proleterler ve berikiler geziniyor, tabiatta ve burjuvalardan kalma çiftliklerde hazır gıda arıyor, halen hayatta kalabildiklerine bakılırsa buluyorlardı da. Kimileyin bir beriki Çepurnıy'ın yanına gelip, "Ne yapalım?" diye soruyordu.

Çepurnıy ise şaşırmakla yetiniyordu bu soruya:

"Bana ne soruyorsun? Anlamın kendiliğinden doğmalı içinden. Burası çarlık değil, komünizm."

Beriki durup ne yapması gerektiğini düşünüyordu.

"Benden bir şey doğmuyor," diyordu, "çok sıktım kendimi."

"Yaşa ve birikmeye bak sen de," diye öğütlüyordu Çepurnıy, "senden de bir şeyler çıkar elbet."

"İçime bir şey dolarsa kaybolacak hali yok," diyordu beriki uslu uslu. "Dışarıda niye bir şey yok diye sormuştum ben sana: Bize bir meşgale emrediverseydin!"

Başka bir beriki gelip Sovyet yıldızını sormuştu: Neden şimdilerde haç ya da çember değil de bu yıldız insanların üzerindeki başlıca işaretti? Çepurnıy onu bilgi alması için Prokofiy'e göndermiş, o da kızıl yıldızın, dünyanın tek yönetim altında birleştirilmiş ve hayatın kanına bulanmış beş kıtası anlamına geldiğini açıklamıştı. Beriki dinlemiş, sonra tekrar Çepurnıy'ın yanına varmıştı, bilginin sağlamasını yapmaya. Çepurnıy yıldızı eline almış, bunun hiç de öyle kuru kıtalar değil, kollarını ve bacaklarını aralamış, birini kucaklamaya hazırlanan bir insan olduğunu görüvermişti. Beriki, insanların ne diye kucaklaştıklarını bilmiyordu. O zaman Çepurnıy tane tane, insanın bunda bir suçu olmadığını, vücudunun kucaklaşmaya müsait düzenlendiğini, aksi takdirde kol ve bacakların havada kalacağını söylemişti. "Haç da insandır," demişti beriki anımsayarak, "ama neden tek bacaklıdır ki, insan iki bacaklı değil mi?" Çepurnıy bu konuda da fikir sahibiydi: "İnsanlar eskiden sadece elleriyle alıkoymak isterdi birbirlerini, fakat sonradan beceremediklerini gördüler, bacaklarını da ayırıp hazırladılar." Beriki bu kadarıyla tatmin olmuştu: "Öyledir zahir," deyip yaşamaya gitmişti.

Akşamleyin yağmur yağdı, ay yıkanmaya durmuştu çünkü. Bulutlar erken çökertmişti karanlığı, Çepurnıy da eve girip karanlıkta uzandı, istirahat edip toparlanmak için. Az sonra berikilerden biri geldi ve ortak arzularını iletti Çepurnıy'a: Kiliselerin çan kulelerinde şarkılar çalınsındı. Koca şehirdeki tek armonikanın sahibi çalgısını da alıp kim bilir nerelere gitmişti, oysa kalanlar da müziğe alışmışlardı ve bekleyemiyorlardı. Çepurnıy bunun kendisinin değil müzisyenlerin işi olduğunu söyledi. Kısa süre sonra Çevengur'un üzerinde ayin çanları çalar oldu; çan sesi düşen yağmurda yumuşuyor, soluklanmadan şarkı söyleyen bir insanın sesine benziyordu. Çan ve yağmur sesleri arasında bir kişi daha geldi Çepurnıy'ın yanına, bastıran karanlığın sessizliğinde seçilemiyordu yüzü.

"Sen ne uydurdun?" diye sordu uyuklayan Çepurnıy içeri girene.

"Burada komünizmi kim uydurdu?" diye sordu gelen adamın yaşlı sesi. "Bize somut birini göster."

"Yürü, Prokofiy Dvanov'a seslen yahut berikilerden birine. Kime sorsan gösterir sana komünizmi!"

Adam dışarı çıktı, Çepurnıy ise uykuya daldı – artık iyi uyur olmuştu Çevengur'da.

"Senin Proşka'yı çağırmamı söylüyor, o her şeyi biliyormuş," dedi adam, dışarıda başını yağmurdan sakınmadan kendisini bekleyen yoldaşına.

"Gidip arayalım, yirmi yıldır görmedim onu, büyümüştür."

Yaşlı başlı adam on adım kadar yürüdükten sonra vazgeçti:

"Yarın ararız, Saş, gel önce aş ve yatacak yer bulalım."

"Haydi o zaman, yoldaş Gopner," dedi Saşa.

Gelgelelim aş ve yatacak yer aramaya başladıklarında hiçbir şey bulamadılar: Aramalarına gerek olmadığı anlaşılmıştı. Aleksandr Dvanov ve Gopner, bütün kapıların açık durduğu çünkü evlerin boş olduğu, insanların ise her yeni insana sevindiği çünkü mülkiyet yerine yalnızca ve yalnızca arkadaş edinebildikleri komünizmin ve Çevengur' un içinde bulunuyorlardı.

ZANGOÇ, ÇEVENGUR KİLİSESİNİN çanlarıyla Paskalya ayinini çalmaktaydı; "Enternasyonal"i çalamıyordu, oysaki proleterdi aslen, zangoçluğu meslek olarak görerek yapmıştı geçmişte. Yağmur yağıp tükenmiş, gökyüzünde sessizlik hasıl olmuştu; toprak, biriktirdiği sıkıntılı hayatın kokusunu yayıyordu. Çan müziği de tıpkı gece havası gibi servetini bırakıp yollara düşmeye kışkırtıyordu Çevengurluyu: Mülkiyet ve idealler yerine boş bir bedene sahip olan, ileride ise devrimden başka bir şey göremeyen insanı merhamet ve barışa değil, telaş ve arzuya çağırıyordu çanın şarkısı. Çevengur'da, Çepurnıy'ın da bir defasında eksikliğini duyduğu üzere, sanat yoktu, buna karşın her tür melodik ses, donuk yıldızlara yükselenler dahi, anında devrimi anımsatıyor, kişinin ve sınıfın henüz gerçekleşmemiş zaferi doluyordu vicdanlara.

Zangoç yoruldu ve çan kulesinin tabanına uzanıp uyudu. Kopyonkin'in içinde ise uzun süre takılıp kalabilirdi bir duygu, yıllar, yıllar boyu; duygularını paylaşamazdı insanlarla hiç, içinde süregiden yaşamı kedere harcardı ancak, adil işlerle uğraşarak giderebildiği kedere. Çan müziği kesilince daha fazla beklemeye gerek duymadı Kopyonkin: Proleter Gücü'nün sırtına bindi ve herhangi bir direnişle karşılaşmadan Çevengur Devrim Komitesi'ni işgal ediverdi. Devrim Komitesi de yine çan çalınan bu kilisenin içinde yer almaktaydı, ki daha da iyiydi böyle olması. Kopyonkin şafağı kilisenin içinde bekledi, ardından Devrim Komitesi'nin bütün dosya ve kâğıtlarına el koydu; bütün kalem varlığını bağlayıp tek bagaj haline getirdi, en üstteki kâğıdın üzerine ise şöyle yazdı: "Eyleme hız verilecek. Kâğıtlar okumaları için şehre gelen proleter kimselere dağıtılacak. Kopyonkin."

Öğlene kadar kimse gelmedi Devrim Komitesi'ne, bu arada atı da susuzluktan kişnemeye başlamıştı, fakat Kopyonkin Çevengur'u ele geçirmek adına ona acı çektirmeye de razı oldu. Öğleyin Prokofiy geldi manastıra, eşikte koynundan çantasını çıkardı ve kurumun içinden geçip çalışmak üzere mihraba yanaştı. Kopyonkin vaiz kürsüsünün başında dikilmiş onu bekliyordu:

"Teşrif ettin demek?" diye sordu Prokofiy'e. "Yerinde kal, beni bekle."

Prokofiy itaat etti, Çevengur'da düzgün bir devletin bulunmadığını ve aklı başında şahısların geri kalmış sınıfın içinde yaşayıp, onu ancak azar azar ezerek kontrol altına almaya mecbur olduğunu biliyordu.

Kopyonkin Prokofiy'in çantasını ve iki kadın revolverini müsadere etti, sonra mihraba götürdü onu, tutuklamaya.

"Yoldaş Kopyonkin, sen devrim yapabilir misin ki?" diye sordu Prokofiy.

"Yapabilirim. Görüyorsun ya, yapıyorum işte."

"Üyelik aidatlarını yatırdın mı peki? Parti kartını göster bana!"

"Vermem. Sana iktidar verildi, sense yoksul halka komünizm sağlamadın. Mihraba yürü, otur ve bekle."

Kopyonkin'in atı susuzluktan böğürmeye başladı ve Prokofiy Kopyonkin'den uzaklaşarak mihraba doğru çekildi. Kopyonkin ayin ekmeği dolabının içinde bir kap dolusu *kutya** buldu, beslenebilsin diye Prokofiy'e uzattı, sonra tutukluyu kapı kenetlerine tutturduğu haçla kilitledi.

Prokofiy kapının telleri arasından Kopyonkin'e bakıyor ve hiçbir şey söylemiyordu.

"Saşa gelmiş, şehirde geziniyor, seni arıyor," dedi neden sonra Prokofiy.

Kopyonkin sevinçten karnının acıktığını hissetti, fakat düşman karşısında itinayla korudu sükûnetini.

"Madem Saşa geldi, derhal çık dışarı: Size ne yapılacağını o kendi bilir, artık senden korkmaya lüzum kalmadı."

* Bal ve kuru üzüm ile haşlanmış pirinç ya da başka bir yarmanın karışımından oluşan ayin yemeği. *–ç.n.*

Kopyonkin kapı kenetlerinin içindeki haçı çekip çıkardı, Proleter Gücü'nün sırtına bindi ve kilise eşiğinden hoplatıverdi atını, Çevengur'a doğru sürdü.

Aleksandr Dvanov sokakta yürüyor ve henüz hiçbir şey anlamıyordu, tek gördüğü Çevengur'un hoş bir yer olduğuydu. Güneş şehrin ve bozkırın üzerinde, çorak gökyüzünün yegâne rengi gibi parlıyordu, fazla olgunlaşan gücünün basıncıyla aydınlık sıcağını toprağa vurmaktaydı. Çepurnıy, komünizmi açıklamaya çalışarak ve beceremeyerek eşlik ediyordu Dvanov'a. Nihayet güneşi fark edip gösterdi:

"İşte üssümüz: Kül olmuyor, yanıyor."

"Hani üssünüz?" dedi Dvanov ona bakarak.

"İşte ya. İnsanlara eziyet etmiyoruz, güneşin fazla gücüyle yaşıyoruz."

"Neden fazla?"

"Çünkü fazla olmasa güneş onu yeryüzüne indirmezdi, kararıverirdi. Ama fazla olduğuna göre, versin bize, biz de kendi içimizde hayatla meşgul olalım! Anladın mı beni?"

"Kendim görmek istiyorum," dedi Dvanov. Yorgun ve kani yürümekteydi, kontrol etmek için değil, gerçekleşmiş yerel kardeşliğini daha iyi duyumsamak için görmek istiyordu Çevengur'u.

Devrim bir gün gibi geçip gitmişti; bozkırlarda, ilçelerde, Rus taşrasının her yerinde silah sesleri uzun süreliğine dinmiş, orduların, atların, tüm yayan Rus Bolşeviklerinin yollarını ot bürümüştü yavaş yavaş. Ülke ve ovaları boş ve sessiz duruyordu, biçilmiş tarlalar gibi ruhlarını teslim etmişlerdi sanki; akşam güneşi Çevengur'un üzerindeki mahmur yükseklikte bir başına bunalmaktaydı. Bozkırda artık kimsecikler belirmiyordu savaş atlarının sırtında: Kimisi öldürülmüş, cesedi bulunamamış, ismi unutulmuştu; kimisi atını uslandırmış, köyünün fukaralarını güzel günlere götürmekteydi, ama bozkıra değil. Birisi bozkırda boy gösterse dahi kimse dönüp de bakmıyordu ona; şahsi işleri için oralardan geçen tehlikesiz, kendi halinde bir insan olabilirdi o geçen ancak.

Gopner ile birlikte Çevengur'a varan Dvanov, tabiatta o eski telaşın, yol kıyısındaki köylerde eski tehlike ve tasaların kalmadığını görmüştü: Devrim bu yerlerin önünden geçip gitmiş, tarlaları barışçıl bir hüzün içinde hür bırakmış, kendisi ise kim bilir nerelere gizlenmiş, adeta insanın iç karanlığına çekilmişti, yürüdüğü yollardan bitkin düşerek. Yeryüzüne akşam çökmüş gibiydi ve Dvanov kendi içine de akşamın indiğini duyumsadı: olgunluğun vakti, mutluluk ya da pişmanlığın. Hayatın yine buna benzer bir akşamında Dvanov'un babası da, geleceğin sabahını vaktinden evvel görmek için Mutevo Gölü'nün derinliğinde ebediyen yitip gitmişti. Şimdi başka bir akşam başlıyordu; belki de balıkçı İvanoviç'in görmeyi arzuladığı o sabah yaşanıp geçmişti de oğlu tekrar akşamı yaşamaktaydı. Aleksandr Dvanov şahsi hayatı için komünizm dileyecek kadar derinden sevmiyordu kendisini, herkesle beraber ilerliyordu işte o da, çünkü yürümekteydi insanlar ve yapayalnız kalmak korkunçtu; insanlarla birlikte olmak istiyordu Dvanov, ne de olsa bir babası ve ailesi yoktu. Çepurnıy'a ise aksine azap veriyordu komünizm, Dvanov'un babasına ölümden sonraki hayatın sırrı nasıl azap veriyorduysa aynen öyle. Zamanın sırrına katlanamayan Çepurnıy, Çevengur'da komünizmi bir çırpıda kurarak tarihin uzunluğuna son vermişti; tıpkı balıkçı Dvanov gibi o da hayatına dayanamamış, öbür dünyanın güzelliğine erkenden kavuşabilmek için ölüme dönüştürmüştü onu. Ne var ki babasına merakı için kıymet veriyor değildi Dvanov ve Çepurnıy'dan hoşlanmasının nedeni, onun acil komünizme tutkunluğu değildi. Babası, yitirilen o ilk arkadaş olduğu için gerekliydi Dvanov'a, Çepurnıy ise komünizm olmasa insanların aralarına almayacakları kimsesiz bir yoldaş olduğu için. Dvanov babasını, Kopyonkin'i, Çepurnıy'ı ve daha birçoklarını, tıpkı babası gibi hayat karşısındaki sabırsızlıklarından ötürü ölecekleri için seviyordu; kendisi ise yabancıların içinde bir başına kalakalacaktı.

Dvanov güçbela yaşayan ihtiyar Zahar Pavloviç'i anımsadı. "Saşa," derdi o kimileyin, "bir şeyler yap şu âlemde, görüyorsun ya insanlar yaşayıp yaşayıp ölüyorlar. Bir şeylerin ucundan tutmamız gerekmez mi?"

İşte Dvanov komünizmi tanımak, sonra da Zahar Pavloviç'e dönüp ona ve güçbela yaşayan diğerlerine yardımcı olmak için gelmişti Çevengur'a. Gelgelelim görünürde komünizm yoktu Çevengur'da, insanların içine gizlenmiş olmalıydı, hiçbir yerde görmemişti onu Dvanov: Bozkır ıssız, yalnızdı, evlerin önlerinde tek tük berikiler pineklemekteydi. "Gençliğim bitiyor," diye düşündü Dvanov "içim sessiz, tarih de akşamını yaşamakta." Dvanov'un yaşadığı ve arşınladığı Rusya boştu, yorgundu: Devrim geçmiş, mahsulü toplanmıştı, şimdi insanlar olgunlaşan tohumunu yiyorlardı sessizce, komünizm vücutlarını ebediyen dolduruversin diye.

"Tarih üzgündür, zamandır çünkü ve bilir unutulacağını," dedi Dvanov Çepurnıy'a.

"Bu doğru," dedi Çepurnıy, şaşkın. "Ben nasıl fark edememişim? O yüzden akşamları kuşlar şakımıyor, anca ocak çekirgeleri: Onlarınkine de şarkı denmez! Bizde de öyle ya, devamlı çekirgeler şarkı söylüyor, kuşumuz az – meğer tarihimiz bitmişmiş! Bakar mısın şu işe, alametleri bilmiyormuşuz!"

Kopyonkin Dvanov'un arkasından yetişti; dostluğun açgözlülüğüyle bakakaldı Saşa'ya ve atından inmeyi unuttu. Proleter Gücü Dvanov'a ilk kişneyen oldu, o zaman Kopyonkin de indi yere. Dvanov, suratı asık, dikilmekteydi; Kopyonkin'e beslediği abartılı duygudan utanıyor ve onu ifade edip yanlış yapmaktan korkuyordu.

Kopyonkin de yoldaşlara özgü mahrem ilişkiden çekiniyordu aslında ama neşelenip kişneyen atı yüreklendirmişti kendisini.

"Saşa," dedi Kopyonkin. "Geldin mi şimdi?.. Gel biraz öpeyim seni, bir an önce bitsin şu eziyet."

Dvanov ile öpüşen Kopyonkin atına döndü ve usulca konuşmaya koyuldu onunla. Proleter Gücü Kopyonkin'e kurnaz kurnaz, güvensizce bakıyordu; kendisiyle zamansız konuştuğunu biliyor, inanmıyordu ona.

"Bakma öyle, görüyorsun ya duygulandım!" diye sessizce söyleşmekteydi Kopyonkin. Ne var ki at ciddi bakışını Kopyonkin'den ayırmıyor ve susuyordu. "Atsın ama aptalsın," dedi ona Kopyonkin. "Susadın madem ne diye söylemiyorsun?"

At iç geçirdi. "İşim bitik demektir," diye düşündü Kopyonkin. "Bu mahluk bile iç geçiriyor beni görünce!"

"Saşa," dedi sonra Kopyonkin, "yoldaş Luxemburg öleli kaç yıl olmuştur? Şimdi ben de onu anıyordum – canlı gezmediği çok oldu çok."

"Çok," dedi sessizce Dvanov.

Kopyonkin güçlükle seçebildi onun sesini ve korkuyla dönüp baktı. Dvanov elini yüzüne sürmeden sessiz sessiz ağlıyor, gözyaşları arada bir toprağa damlıyordu, Kopyonkin ve Çepurnıy'dan saklanacak yeri yoktu.

"Bu attır, kusuruna bakılmaz," diye sitem etti Çepurnıy'a Kopyonkin. "Sen insansın, akıl edemiyorsun uzaklaşmayı!"

Kopyonkin boş yere kırmıştı Çepurnıy'ın kalbini: Çepurnıy bütün bu süre boyunca suçlu suçlu dikilmiş, bu iki insana nasıl yardımcı olabileceğini düşünüp durmuştu. "Komünizm nelerine yetmiyor, ne diye dertleniyorlar acaba?" diye düşünüyor, anlamaya çabalıyordu Çepurnıy hüzünlenerek.

"Böylece dikilecek misin?" diye sordu Kopyonkin. "Devrim Komiteni zaptettim demin, sen durmuş beni gözlemliyorsun!"

"Senin olsun," diye yanıtladı Çepurnıy saygıyla. "Kapamak istiyordum ben de zaten, böyle insanlarımız varken iktidar neyimize gerek!"

Fyodor Fyodoroviç Gopner uykusunu almış, Çevengur'u baştan sona gezmiş ve sokakların yokluğu yüzünden ilçede kayboluvermişti. Halkın içinde Devrim Komitesi başkanı Çepurnıy'ın adresini bilen kimse yoktu, gelgelelim o an nerede bulunduğunu biliyorlardı ve Gopner'i Çepurnıy ile Dvanov'un yanına kadar geçirdiler.

"Saşa," dedi Gopner, "burada zanaat diye bir şey görmüyorum ben, işçi insanın burada yaşaması anlamsız."

Çepurnıy önce üzüldü, şaşırdı, sonra Çevengur'da insanların neyle yaşamaları gerektiğini anımsadı ve Gopner'i avutmaya girişti:

"Burada, yoldaş Gopner, herkesin tek bir mesleği vardır: ruh. Zanaatın yerine de hayatı getirdik. Ne dersin, böylesi fena mı yani?"

"Fena değil, iğrenç," diye yanıtladı derhal Kopyonkin.

"Fena olmasına fena değil," dedi Gopner, "ama o zaman insanları yan yana tutan nedir burada, o belli değil. Sümükle mi yapıştırıyorsun onları, yoksa sırf diktatörlükle mi tutturdun?"

Namuslu bir adam olan Çepurnıy, Çevengur'da tam bir komünizm bulunduğundan şüphelenmeye başlamıştı bile, oysaki haklı olmalıydı, zira her şeyi kendi aklına ve Çevengurluların kolektif duygusuna uygun şekilde yapmıştı.

"Bırak şu aptal herifi," dedi Gopner'e Kopyonkin. "Mal yerine şöhret örgütlemiş burada. Bunun ortak koşulları yüzünden bir çocuk öldü burada."

"İşçi sınıfın kim senin?" diye sordu Gopner.

"Tepemizde güneş yanıyor, yoldaş Gopner," diye bildirdi Çepurnıy kısık sesle. "Eskiden sömürü gölgeliyordu onu, bizde ise öyle şey yok, güneş çalışıyor."

"Demek burada komünizmin oluştuğunu düşünüyorsun ha?" diye sordu tekrar Gopner.

"Başkaca hiçbir şey yoktur, yoldaş Gopner," diye izah etti Çepurnıy üzgün üzgün, yanılmamak için düşünmeye gayret ederek.

"Şimdilik bir şey sezmiyorum ben," dedi Gopner.

Dvanov Çepurnıy'a öyle bir merhametle bakmaktaydı ki, adamcağızın üzüntülü, gergin yanıtlarını dinlerken vücudunun ağrıdığını duyuyordu. "Zorlanıyor, bilemiyor," diye düşünüyordu Dvanov, "ama doğru yere gitmeye çalışıyor işte elinden geldiğince."

"Biz komünizmi bilmiyoruz ki," dedi Dvanov, "o yüzden de burada var mı yok mu hemen anlayamayız. Hem yoldaş Çepurnıy'a eziyet etmen manasız, ondan iyi bildiğimiz hiçbir şey yok."

Yakov Titıç dinlemek üzere yanaşmıştı; hepsi ona bakıp ihtiyarı kırmamak için sustular dalgın dalgın; hepsi de Yakov Titıç'ın kendisi yokken konuşulmasına kırılabileceğini düşünmüştü. Yakov Titıç dikildi, dikildi, sonra şöyle dedi:

"Halk arnavutdarısından lapa pişiremiyor, yarma yok hiçbir yerde... Ben demirciydim eskiden: Demirhaneyi biraz öteye, anayola taşımak istiyorum, gelip geçene çalışacağım, bakarsın yarma parası çıkarırım."

"Bozkırın içlerine açılsana, kendiliğinden yetişiyor orada arnavutdarısı, kopar ye," diye öğütledi Çepurnıy.

"Gidene kadar, koparana kadar daha da karnı acıkır adamın," dedi Yakov Titıç şüpheyle, "işi demircilikle halletmek daha elverişli olur."

"Bırak sürüklesin demirhaneyi, adamı işinden alıkoyma," dedi Gopner ve Yakov Titıç evlerin arasından demirhaneye yollandı.

Demirhanenin ocağını çoktan dulavratotu bürümüştü, onun da altında bir tavuk yumurtası duruyordu; galiba son tavuk yumurtlamak için buraya saklanmıştı Kirey'den kaçıp, son horoz ise bir ambarın karanlığında erkeklik hasretinden ölmüştü.

Vakit öğleyi çoktan geçmiş, güneş eğilmişti; yeryüzü yanık kokuyordu, akşam saatlerinin kederi hâsıl olmuştu. Bu saatlerde her yalnız insan bir arkadaşının yanına gitmek, yahut gün boyu yıpranan hayatını sessiz otlar arasında avutmak için bir tarlaya çekilmek ister. Ne var ki Çevengurlu berikilerin ne gidecekleri bir yer, ne bekleyecekleri birisi vardı. Bitişik vaziyette yaşıyor, daha gün batmadan besleyici bitki arayışı içinde civar bozkırı gezip dolaşmış oluyorlardı: Hiç kimsenin yalnız kalabileceği bir yeri yoktu. Demirhanede Yakov Titıç'ın içini bir sıkıntı sardı – çatı ısınmıştı, her yerden örümcek ağları sarkıyordu, birçok örümcek ölmüştü bile, en nihayetinde toprağa düşüp tanınmaz toza dönüşecek hafif cesetçikleri çarpıyordu göze. Yakov Titıç yollarda ve arka avlularda bulduğu birtakım parçacıklara bakmayı severdi: Neydiler eskiden? Kim hayrandı onlara, onları kim esirgiyordu? Belki de bir insana aitti bu parçalar yahut yine bir örümceğe ya da isimsiz toprak sineklerine. Hiçbir şey sağlam kalmamıştı; bir zamanlar yaşamış, çocukları tarafından sevilmiş tüm mahluklar biçimsiz parçalara ayrılıp yok olmuştu ve arkada kalanların, yaşayıp kahrolanların, üzerine kapanıp da ağlayacakları bir şey kalmamıştı. "Tamam, yine ölseydi her şey," diye düşünüyordu Yakov Titıç, "ama bari ölü beden sağlam kalsaydı, tutacak, anacak bir şey olurdu. Oysa öyle mi ya, rüzgâr esiyor, su akıyor ve her şey boşa gidiyor, toza dönüp el oluyor. Eziyettir bu, hayat değil. Ölen de boş yere ölüp gitti işte, bir zaman yaşayanlardan kimseyi bulamazsın artık, hepsi kayıp."

Akşamleyin proleterler ve berikiler uykudan önce birbirlerini neşelendirip eğlendirmek için bir araya geldiler. Berikilerden hiçbirinin ailesi yoktu, her biri yaşamak için o kadar çok emek sarf etmiş, bütün gücünü öyle bir seferber etmişti ki, kimsenin bedeninde üremeye sarf edilecek bir fazlalık kalmamıştı. Aile için insanın tohuma ve mülkiyet gücüne sahip olması gerekirdi, oysaki insanlar sırf hayatı bedenlerinde tutabilmek için bitap düşüyor, aşk vakitlerini ise uykuya harcıyorlardı. Gelgelelim Çevengur'da huzura, yeterli yiyeceğe kavuşmuşlardı ve yoldaşlar artık memnun etmiyor, kederlendiriyordu onları. Eskiden yoldaşları değerli yapan dertti, zira uykuda ve bozkır soğuğunda sıcaklık verir, yiyecek avında kollardı birbirini yoldaşlar, birinin bulamadığını diğeri getirirdi. Üstelik insanın her daim yanı başında oldukları için de iyiydi yoldaşlar, bir karısı ve mülkü, devamlı biriken ruhunu doyurup tüketeceği kimsesi olmayanlar için. Çevengur'da mülk vardı, bozkırda yabani tahıl büyüyor, bostan toprağında geçen yıldan kalma yemiş artıklarından sebze bitiyordu. Çevengur'un boş topraklarında yiyecek derdi, yatacak yer arama eziyeti hissedilmiyordu artık ve işte canları sıkılmıştı berikilerin: Birbirlerinin gözünden düşmüşlerdi, ilgisizce bakışıyorlardı, kendi kendilerine faydaları kalmamıştı, birbirlerinden ise hiçbir fayda ummuyorlardı. Berikilerden Karpiy adında biri o akşam şöyle dedi Çevengurlulara:

"Ben aile isterim: Her bir mahluk kendi tohumuna tutunur, huzur içinde yaşar, bense bir yere tutunmadan, tesadüfen yaşıyorum. Bu altımdaki uçurum da neyin nesi?"

İhtiyar dilenci Agapka da tasalıydı:

"Beni al, Karpiy," dedi, "hem doğururum sana, hem temizliğini yaparım, lahana çorbanı pişiriveririm. Acayip de olsa iyidir hatun olmak: Kaygılar içinde gül gibi yaşar gider kadın, dert nedir bilmez, kendinin farkına varmaz çünkü! Burada böyle kendi gözünün önünde direk gibi dikiliyor insan, hayat mı bu?"

"Küstahsın sen," dedi Karpiy, Agapka'yı reddederek. "Ben uzak kadınları severim."

"Hatırlarsan bir keresinde ısınmıştın koynumda," diye hatırlattı ona Agapka. "O zaman uzaktım herhalde ki sızlayan içime sokulup duruyordun, desene!"

Karpiy gerçeği inkâr ediyor değildi, yalnızca olayın geçtiği tarihi düzeltti: "O devrimden önceydi."

Yakov Titıç, Çevengur'da artık komünizm olduğunu söyledi, herkes burnunun dikine gidebilirdi: "Eskiden sıradan halkın gövdesi tam takırdı, şimdi topraktan biten her şeyi yiyor. Daha ne istiyor o zaman? Yaşamanın, bir şeylere kafa yormanın zamanı gelmiştir: Bozkırda bir sürü Kızıl Ordulu can verdi, geleceğin insanları kendilerinden iyi olsun diye kabul ettiler ölmeyi, biz o geleceğin insanlarıyız ama kötüyüz: Zevce ister olduk, canımız sıkılıyor – Çevengur'da emek ve zanaatı başlatmanın zamanıdır! Yarın demirhaneyi şehirden çıkarmak gerek, buraya uğrayan yok eden yok."

Berikiler dinlemiyordu, herkes bir şey, ama belirsiz bir şey istediğini hissederek dağılmıştı yoluna. Çevengur'a gelenlerin bazıları geçici olarak evli kalmıştı, anımsıyor ve diğerlerine ailenin hoş bir şey olduğunu, çünkü aile olunca artık başka şey istenmediğini, ruhun daha az heyecanlandığını, insanın yalnızca kendisi için huzur ve çocuklarının geleceği için saadet dilediğini söylüyorlardı; ayrıca çocuklara acıyordu kişi, onların sayesinde daha iyi, sabırlı ve sürüp giden hayata karşı aldırmaz oluyordu.

Güneş devleşip kızardı, soğuyan ateşini gökte bırakıp kayboldu yeryüzünün öte ucunda; çocukluğunda her beriki, güneşin kendi babası olduğunu, güneş batarken babasının onu bırakıp gittiğini, akşam yemeği için büyük bir ateşin üzerinde patates közlediğini sanırdı. Çevengur'un tek emekçisi gece boyu sürecek istirahatına çekilmiş, güneşin yerini komünizmin, sıcaklığın ve yoldaşlığın ışığı almıştı; yalnızların, boşa sürten serserilerin yıldızı ay da ağır ağır ışıldamaya başlıyordu. Ay ışığının ürkekçe aydınlattığı bozkır, hayatın düşünceli, solgun, hissiz olduğu öbür dünyaya benziyordu şimdi, insan gölgesinin yanıp sönen sessizlikte otlar arasında hışırdadığı. Komünizmin içinden yeni başlayan gecenin derinliğine, bilinmezliğe doğru birkaç kişi yürümekteydi; birlikte gelmişti bunlar Çevengur'a, oysa yollara yalnız dağılıyorlardı: Kimileri geri dönüp Çevengur'da yaşamak üzere kendilerine zevce aramaya, bitkisel Çevengur yiyeceklerinden bir deri bir kemik kalan kimileri ise başka yerlere et yemeye gidiyorlardı. O gece ayrılanlardan birisi –daha çocuk yaşta olan bir oğlan– yeryüzünün bir yerlerindeki ebeveynlerini bulmak istiyordu, böylece gitmişti o da.

Yakov Titıç birçok insanın sessizce Çevengur'dan uzaklaştığını gördü ve o zaman Prokofiy'in yanına vardı.

"Git halka zevce getir," dedi Yakov Titıç, "halkın canı istemiş. Getirdin bizi madem, şimdi de zevce getireceksin, halk dinlenmiş, zevcesiz daha fazla yaşamanın mümkünü yok diyor."

Prokofiy zevcelerin de emekçi olduğunu, Çevengur'da yaşamalarının yasaklanmadığını söyleyecek gibi oldu, proletarya pekâlâ kendisi gidip başka yerleşim birimlerinden zevce getirebilirdi. Ne var ki Prokofiy Çepurnıy'ın milleti karşılıklı komünizmden alıkoymayacak, zayıf ve bitap kadınlar istediğini anımsadı ve şöyle yanıtladı Yakov Titıç'ı:

"Sizin niyetiniz burada aile kurup, bir sürü küçük burjuva doğurmak."

"Mademki küçük nesinden korkarsın?" dedi şaşırır gibi olan Yakov Titıç. "Küçük dediğin güçsüz bir şeydir."

Kopyonkin ile Dvanov çıkageldiler, Gopner ve Çepurnıy ise dışarıda kalmışlardı. Gopner şehri incelemek istiyordu, neyden yapıldığını ve içinde neyin bulunduğunu anlamak.

"Saşa!" dedi Prokofiy; sevinmek istiyordu ama hemen beceremedi bunu. "Demek yanımızda oturmaya geldin ha? Uzun zaman aklımdaydın, sonra unutmaya başladım seni. Önce anımsıyordum, sonra hayır diyordum, ölmüştür ve yine unutuyordum."

"Ben seni unutmadım," diye yanıtladı Dvanov. "Yaşadıkça daha da çok geldin aklıma, Prohor Abramoviç'i de anımsıyorum, Pyotr Fyodoroviç Kondayev'i, bütün köyü de. Hayattalar mı?"

Prokofiy akrabalarını severdi, ama şimdi hepsi ölmüş, sevecek kimse kalmamıştı, çok kişi için çalışan ve hemen hemen kimse tarafından sevilmeyen başını eğdi.

"Herkes öldü, Saş, üstelik gelecek de geliyor artık..."

Dvanov Prokofiy'in titreyen terli elini tuttu, vicdanındaki çocukluk utancını sezinleyerek, üzgün kuru dudaklarını öptü.

"Birlikte yaşarız, Proş. Merak etme sen. İşte Kopyonkin de burada, birazdan Gopner ve Çepurnıy da gelirler... Sizin burası iyiymiş – sessiz, her yerden uzak, her taraf ot, ben hiç gelmemiştim buraya."

Kopyonkin ne düşünmesi ve söylemesi gerektiğini bilemeyerek iç geçirdi sessizce. Yakov Titıç'ın olan bitenle alakası yoktu, bir kez daha ortak meseleyi anımsattı.

"Ne dersin? Kendimiz mi arayalım zevceleri, yoksa toptan mı getirirsin? Kimileri yola çıktı bile."

"Git halkı topla," dedi Prokofiy, "gelir orada düşünürüm."

Yakov Titıç gitti ve işte o zaman keşfetti Kopyonkin ne söylemesi gerektiğini:

"Proletaryanın yerine düşünmek sana kalmadı, kendi aklı var onun..."

"Saşa da gelir benimle," dedi Prokofiy.

"Saşa mı – o vakit git düşün," diyerek kabul etti Kopyonkin, "ben de yalnız gideceksin sandım."

Dışarısı aydınlıktı, bozkırımsı yeryüzü boşluğunun üzerinde uzanan ıssız gökte ayın terk edilmiş, samimi ışığı parlıyordu, uyku ve sessizlikten şakıdı şakıyacak. Çevengur demirhanesinin içine sızıyordu bu ışık, daha çalışkan günlerin kurumuyla dolu köhne yarıklarından kapıların. İnsanlar demirhaneye geliyordu; Yakov Titıç herkesi bir yerde topluyor, kendisi de mazlumların çobanı gibi, uzun ve üzgün, yürüyordu arkalarından. Başını göğe kaldırdığında nefesinin zayıfladığını duyuyordu, aydınlık, hafif sema kendisini hafifletip uçurmak için göğsündeki havayı emiyordu sanki. "Melek olmak güzel olurdu," diye düşünüyordu Yakov Titıç, "var olsalardı şayet. İnsan bazen yalnızca insan görmekten sıkılıyor."

Demirhanenin kapıları açıldı, içeri insanlar girdi, birçoğu da dışarıda kaldı.

"Saşa," dedi Prokofiy Aleksandr'a sessizce, "köyde bir hanem yok artık, Çevengur'da kalmak istiyorum ben; herkesle birlikte yaşamak gerek, yoksa partiden çıkarırlar – destekleyiver beni şimdi. Senin de oturacak yerin yok nasılsa, gel burada itaatkâr bir aile örgütleyelim, bütün şehri tek bir ev yapalım."

Dvanov Prokofiy'in kıvrandığını görüyordu, yardım sözü verdi ona.

"Zevce getir!" diye bağırıyordu birçok beriki Prokofiy'e. "Getirdin buraya, yalnız başımıza bıraktın bizi! Kadın sağlayacaksın bize, insan değil miyiz biz yahu! Yalnız başımıza korkuyoruz burada, yaşayacağımıza düşünür olduk! Yoldaşlıktan dem vuruyorsun, kadın da insanın öz yoldaşıdır, ne diye yerleştirmiyorsun onu şehre?"

Prokofiy Dvanov'a bir göz attı ve komünizmin yalnız kendisinin değil, var olan tüm proleterlerin kaygısı olduğunu anlatmaya koyuldu; demek ki, Çevengur Devrim Komitesi'nin son toplantısında da kararlaştırıldığı üzere, proleterler artık kendi akıllarıyla düşünmeliydiler. Çevengür'da proleter dışında kimse bulunmadığına göre de komünizm kendiliğinden gerçekleşecekti, başka yolu yoktu.

Az ileride dikilen Çepurnıy, Prokofiy'in sözlerinden pek memnun kalmıştı, kendi şahsi duygularının bire bir formüle edilişiydi bu sözler.

"Akıl bize ne gerek?" diye haykırdı berikilerden biri. "Biz arzumuza göre yaşamak isteriz!"

"Yaşayın lütfen," diyerek kabul etti hemen Çepurnıy. "Prokofiy, yarın git kadın topla!"

Prokofiy komünizm üzerine bir-iki laf daha etti: Eninde sonunda zaten bütünüyle gelip çatacaktı komünizm, fazla eziyet çekmemek için en iyisi önceden örgütlemekti onu; oysa gelecek kadınlar, şu an tek bir öksüzler ailesinin yaşadığı, insanların yatı yerlerini değiştirerek orada burada sürttükleri ve ayrılmaya ayrılmaya birbirlerine iyice alıştıkları yekpare Çevengur'un yerine bir sürü ev kuracaklardı.

"Eninde sonunda komünizm gelecek diyorsun!" dedi Yakov Titıç tane tane. "Yani muhtemelen en kısa zamanda, sonun yakın olduğu yer kısadır çünkü. Bu durumda hayatın uzun kısmı komünizmsiz geçecek demektir; o zaman ne diye bütün gövdemizle isteyecekmişiz onu? Doğru kısa ise şayet, bizler uzun bir yanlışı yaşayalım daha iyi! İnsan denileni yabana atma bakalım!"

Ayın baygın ışığı, yapayalnız Çevengur'dan ta göğün derinlerine kadar yayılıyordu – hiçbir şey yoktu orada, o yüzden böylesine bunalıyordu ay ışığı boşlukta. Dvanov oraya bakıyor ve güneşin doğacağı, dünyanın tekrar yakınlaşıp ısınacağı ertesi gün açmak üzere yummak istiyordu gözlerini şimdi.

"Proleter düşüncesi!" diyerek Yakov Titıç'ın sözlerini adlandırıverdi Çepurnıy; proletaryası artık kendi kafasıyla düşündüğü, onun yerine düşünmek de kaygılanmak da gerekmediği için seviniyordu.

"Saşa!" dedi dalgın dalgın Prokofiy ve herkes ona kulak verdi. "İhtiyar doğru söylüyor! Hatırlar mısın seninle sadaka toplardık. Yemek isterdin de vermezlerdi sana, bense istemezdim, yalan söylerdim, haraç keserdim ama her zaman da tuzlumu yer, sigaramı içerdim."

Prokofiy temkinli davranıp duraksayacak gibi oldu, ama berikilerin samimi bir dikkatle ağızlarını açtıklarını fark ederek, Çepurnıy'dan çekinmeden devam etti:

"Neden iyi durumda olmamıza rağmen rahat edemiyoruz? Çünkü buradaki bir yoldaşın da doğru ifade ettiği gibi, her hakikat ancak biraz doğru olmalı ve en sonda bulunmalıdır, bizler ise bütün komünizmi kurmuş olmamıza rağmen pek o kadar hoş hissetmiyoruz kendimizi! Neden her şeyimiz doğruyken, burjuvalar yokken, ortalık dayanışma ve adalete kesmişken proletarya sıkılıyor, canı evlenmek istiyor?"

Bu noktada Prokofiy düşüncesinin gelişiminden korkup sustu. Onun yerine Dvanov sürdürdü lafı:

"Yoldaşlarımızın hakikatten feragat etmelerini önermek istiyorsun, çünkü hakikatin ömrü kısadır ve sondadır; o halde başka bir mutlulukla meşgul olmaları daha iyidir, uzun ömürlü, ta esas hakikate kadar yaşayacak bir mutlulukla!"

"Sen de bilirsin," dedi Prokofiy üzgün üzgün ve birden heyecanlanıverdi. "Bilirsin, köyümüzdeki ailemi ve evimi ne çok severdim ben! Haneme duyduğum sevgiden ötürü seni bir burjuva gibi ölmeye kovdum, şimdi ise burada yaşamaya alışmak istiyorum, akrabalarım için yaptığımı yoksullar için yapmak, onların arasında huzur bulmak istiyorum – ama elimden gelmiyor bir türlü..."

Gopner dinliyor, fakat hiçbir şey anlamıyordu; Kopyonkin'e sordu fakat o da zevce dışında burada kimin ne istediğini bilmiyordu. "Görüyorsun ya," diye akıl yürüttü Gopner, "eyleme geçmediklerinde fazla akıl peydahlanıyor insanlarda, ki aptallıktan bile kötüdür o."

"Proş, ben gidip sana atı hazırlayacağım," diye söz verdi Çepurnıy. "Yarın şafakla yola çık lütfen, proletarya aşk istiyor: Çevengur'da bütün belaların hakkından gelmeye niyetlenmiş demek, bu harika bir şey!"

Berikiler zevceleri beklemek üzere dağıldılar, artık fazlaca beklemeyeceklerdi. Dvanov ve Prokofiy ise şehrin dışına çıktılar. Tepelerinde, adeta öbür dünyadan çıkma bir ay sürükleniyordu bedensizce, artık batmaya meyletmişti. Faydasızdı varlığı, zira otları büyütmüyordu ay, insan ise sessizce uyuyordu onun ışığında. Yerkürenin gececi kız kardeşini uzaklardan aydınlatan güneşin ışığı çalkantılı, kızgın ve canlı bir madde barındırıyordu içinde, fakat ölü mesafeleri katedip aya ulaştığında süzülmüş oluyordu bu ışık, çalkantılı ve canlı ne varsa dökülüyordu içinden yol boyunca, geriye bir tek hakiki ölgün ışık kalıyordu. Dvanov ve Prokofiy uzaklaştılar, ötede ve kısık sesle konuştukları için sesleri neredeyse işitilmez oldu. Kopyonkin gidenleri görüyor, ama peşlerinden gitmeye utanıyordu: İki adam kederli bir sohbete dalmış gibiydiler, yanlarına yaklaşmak ayıp olurdu şimdi.

Çevengur'un altındaki toprağı açgözlülükten değil ihtiyaçtan zapteden barışçıl otlar Dvanov ve Prokofiy'in ayaklarının altındaki yolu gizlemekteydi; iki adam bir zamanlar arabaların geçtiği anayoldaki teker izleri üzerinden, birbirlerine yanaşmadan yürüyordu: Her biri diğerini hissetmek istiyordu ki yolundan sapmış, belirsiz ömrüne derman bulabilsin; gelgelelim yabancılaşmışlardı, bocalıyorlardı, utanmayı bırakıp hemen konuşmaya başlayamazlardı öyle. Prokofiy Çevengur'un mülkiyetini zevcelere, proleterlere ve berikilere vermeye kıyamıyordu. Bir tek Klavdyuşa'ya verdiği armağana acımazdı o, nedenini bilmeden. Hiçbir kâr getirmeyecek hakikat sonunda, kısa bir süreliğine hükmünü sürsün diye şimdi koca bir şehri harcamaya, köhnetip mahvetmeye değer miydi, emin değildi; komünizmi ve mutluluğu tutumlu bir şekilde biriktirmek daha iyi olmaz mıydı? Arada bir sınıfın ihtiyacına göre kısmi porsiyonlar halinde dağıtılırdı kitlelere, mülkiyetin ve mutluluğun tükenmezliği kollanmalıydı.

"Memnun kalacaklar," diyordu inançla, handiyse sevinerek Prokofiy. "Acıya alışkın onlar, kolaylarına gidiyor, şimdilik azını verelim onlara, seveceklerdir bizi. Çepurnıy gibi her şeyi birden verecek olursak, bütün mülkiyeti harcarlar ve yenisini isterler, verecek şey bulamayız, o zaman bizi yerimizden indirip öldürürler. Devrimin elinde neyin ne kadar olduğunu bilmiyorlar ki, şehir mülkünün bütün listesi bir tek benim elimde var. Çepurnıy ise hemencecik hiçbir şey kalmasın ve son birdenbire geliversin istiyor, yeter ki o son komünizm olsun. Biz ise sonunu asla getirmeyiz, mutluluğu azar azar veririz, tekrar biriktiririz sonra, ebediyen de yeter bize. Söylesene Saş, böyle olması gerekmez mi?"

Dvanov bu fikrin ne kadar doğru olduğunu bilmiyordu henüz, ama Prokofiy'in arzularını tam olarak hissetmek, kendisini onun yerine koymak, böylece onun dediği gibi yapmanın neden doğru olacağını kendisi görmek istiyordu. Dvanov Prokofiy'e dokundu ve şöyle dedi:

"Biraz daha anlat bana, ben de burada yaşamak istiyorum."

Prokofiy, arkalarındaki aydınlık ama cansız bozkırı ve Çevengur'u süzdü: Camlarda ay ışığı parlıyor, pencerelerin gerisinde yalnız berikiler uyuyordu ve her birinin içinde süren hayatla ilgilenmek gerekiyordu şimdi, vücudun daracık ortamından kurtulup yabancı bir eyleme dönüşmesin diye. Dvanov her bir insanın bedeninde neyin saklı olduğunu bilmiyordu, oysa Prokofiy neredeyse kesin olarak biliyordu ve suskun insana dair derin kuşkular içindeydi.

Dvanov birçok köy ve şehri, içlerindeki birçok insanı anımsıyordu, Prokofiy ise Aleksandr'ın hafızasına eşlik ederken Rus köylerinin ıstırap değil gelenekten mustarip olduğunu söylüyordu. Baba evinden ayrılan oğul bir daha babasına uğramıyor, özlemiyordu onu, oğul ve baba hiç de duyguyla değil mülkiyetle bağlıydılar birbirlerine. Ancak tek tük ve tuhaf kadınlar ömrü hayatında kasten boğmazdı çocuklarının en azından birini – hem de pek öyle yoksulluktan değil, bir süre daha hür yaşayabilmek, adamıyla gönül eğlendirebilmek için.

"Kendin de görüyorsun ya Saş," diye devam ediyordu Prokofiy, gayet inandırıcı. "Tatmin ettiğin arzular tekrarlanır, hatta yeni bir şeyler çeker insanların canı. Ve her bir yurttaş bir an evvel duygularını gerçekleştirmek ister ki kendi varlığını ve acısını olabildiğince az hissetsin. Ama onları doyurmak ne mümkün: Bugün mülk isterler, yarın zevce, sonraki gün sabahtan akşama kadar mutlu olmayı – tarih bile başa çıkamaz bununla. İnsanı azar azar ufaltmak en iyisi, alışacaktır nasılsa: Nasıl olsa öyle de böyle de acı çekecek."

"Ne yapmak istiyorsun peki, Proş?"

"Berikileri örgütlemek istiyorum ben. Şunu fark ettim ki nerede bir örgütlülük varsa orada bir kişiden fazlası düşünmüyor, yüksüz yaşıyor diğerleri, birincinin peşine takılıp. Örgüt pek akıllıca bir iş: Herkes ne olduğunu biliyor, ama kimse kendisine sahip değil. Ve herkesin keyfi yerinde, sadece birincinin işi kötü, o düşünüyor. Örgütlenme sayesinde kişinin sahip olduğu birçok fazlalığa el konabilir."

"Ne işine yarayacak ki bu, Proş? Zorlanacaksın, en mutsuz kişi sen olacaksın, tek başına, ayrı gayrı, herkesin üstünde yaşamaktan korkacaksın. Proleterler birbirleriyle yaşıyor, sen neyle yaşayacaksın peki?"

Prokofiy Dvanov'a iş bilir bir bakış fırlattı: Bu adam beyhude bir varlıktı, Bolşevik değil, torbası boş bir dilenciydi, kendisi berikiydi bunun. Yakov Titıç ile konuşsa daha iyiydi Prokofiy: Tatmadığı yeni dertlerle beslendiği takdirde insanın her bir şeye katlanacağını bilirdi o en azından, canının da hiç acımayacağını. İnsan toplumsal geleneğe bağlılığından ötürü duyar acıyı, kendisi ansızın icat etmez. Yakov Titıç Prokofiy'in işinin son derece tehlikesiz olduğunu anlardı, Dvanov ise insanı gereğinden fazla hissediyor, fakat muntazaman ölçemiyordu.

Ve iki adamın sesleri kesildi Çevengur'dan uzakta, mehtaplı devasa bozkırda. Kopyonkin çok bekledi Dvanov'u şehrin çıkışında ama boşuna, yorgunluktan en yakın otların içine yatıp uyuyakaldı sonunda.

Bir araba gümbürtüsüyle uyandığında şafak sökmüştü: Çevengur'un sessizliği tüm sesleri gürültü ve endişeye dönüştürüyordu. Hazırladığı at arabasına binmiş, kadınları getirmeye yollanacak Prokofiy'i bozkırda aramaya çıkan Çepurnıy idi bu. Oysa Prokofiy pek yakınındaydı, Dvanov ile şehre döndükleri çok olmuştu.

"Hangilerinden getireyim?" diye sordu Prokofiy Çepurnıy'a ve arabaya bindi.

"Özel olmasınlar!" dedi Çepurnıy. "Kadın olsunlar lütfen, ama şöyle ucundan kıyısından, heriften tek bir farkları olsun yeter. Çekici olmasınlar, ham malzeme sağla bize!"

"Anladım," dedi Prokofiy ve atını hareket ettirdi.

"Becerebilecek misin?" diye sordu Çepurnıy.

Prokofiy o zeki, güvenilir yüzünü döndü ona:

"Atla deve değil ya! Kimi istersen getiriveririm, topunu yekpare kitle yaparım, kimse elemiyle bir başına kalmayacak."

Ve rahatladı Çepurnıy, Proletarya avunacaktı. Neden sonra giden Prokofiy'in ardından atılıverdi, arabanın arkasına yapışıp rica etti:

"Bana da getir, Proş: Niyeyse canım letafet çekti! Kendimin de proleter olduğumu unutmuşum! Klavdyuşa'yı göremiyorum ki!"

"Nahiyeye teyzesine gitti," diye bildirdi Prokofiy, "dönüşte teslim ederim onu."

"Bilmiyordum," dedi Çepurnıy ve burnunu bir çitmik tütüne daldırdı, Klavdyuşa'dan ayrılmanın sızısı yerine tütünü duyumsamak için.

Fyodor Fyodoroviç Gopner uykusunu almış, Çevengur manastırının çan kulesine çıkmış, şehri ve çevresini gözlemliyordu. Gelecek zamanın başladığı, komünizmin tastamam kurulduğu söyleniyordu burada; geriye sadece yaşamak ve bu yerde bulunmak kalıyordu. Bir zamanlar, genç yaşlarında Gopner bir İngiltere-Hindistan telgraf hattının onarımında çalışmıştı; işte oralar da Çevengur bozkırına benziyordu. Çok geçmişti o zamanın üzerinden ve oradan bakıldığında Gopner'in komünizmde, İngiltere-Hindistan hattından dönerken belki de içinden geçtiği ama aklında tutmadığı bu cesur şehirde yaşayacağı asla tahmin edilemezdi. Yazık, daha o zaman Çevengur'a demir atmış olsa ne iyiydi; gerçi kim bilir, sıradan insanın burada iyi yaşadığı söylenip duruyordu ama Gopner'in henüz hissettiği yoktu bunu.

Aşağıda Dvanov ve Kopyonkin nerede dinleneceklerini bilemeyerek dolaşıyorlardı, sonunda mezarlık duvarının dibine oturdular.

"Saş!" diye seslendi yukarıdan Gopner. "Burası İngiltere-Hindistan telgraf hattına benziyor! Oradan da uzaklar görünürdü böyle, ferah yer burası!"

"İngiltere-Hindistan mı?" diye sordu Dvanov ve hattın geçtiği o uzak, gizemli yerleri gözünde canlandırmaya çalıştı.

"Dökme demirden dayanakların üzerinde asılı durur, Saş, üstlerinde pullar olur, bozkırlardan, dağlardan, sıcak ülkelerden geçer gider tel."

Dvanov'un karnı ağrıdı; Hindistan, Okyanusya, Tahiti, Uyedineniye Adaları* gibi çekici, ahenkli isimler verilmiş, lacivert okyanusun ortasında, onun mercansı dibine tutunarak duran uzak, erişilmez memleketleri düşündüğünde daima karnı ağrırdı.

Yakov Titıç da geziniyordu o sabah; mezarlığa her gün uğrardı, bir tek burası meşeliğe benziyordu, ki Yakov Titıç rüzgârın sarstığı ağacın sıkıcı seslerini dinlemeyi severdi. Yakov Titıç hoşuna gitmişti Gopner'in: Zayıf, ihtiyar bir adamdı, kulak derisi gerilmekten morarmıştı, tıpkı Gopner'inki gibi.

"İyi misin burada, yoksa vasat mı?" diye sordu Gopner; çan kulesinden inmişti artık, duvarın dibindeki insanların arasında oturuyordu.

"İdare eder," dedi Yakov Titıç.

"Hiçbir şeye ihtiyacın yok mu?"

"Böyle de yaşayıp gidiyorum."

Taze, güneşli bir gün başlıyordu, Çevengur'un tüm günleri gibi uzun; bu uzunluk hayatı da fark edilir kılmıştı ve Çepurnıy devrimin beriki insana zaman kazandırdığını zannediyordu.

"Ne yapalım şimdi?" diye sordu Gopner oradakilere, hepsi de hafiften heyecanlanıverdi, bir tek Yakov Titıç sakin sakin dikiliyordu.

"Burada yapacak bir şey yok," dedi ihtiyar, "bir şeyleri bekleyiver."

Yakov Titıç orman açıklığına çekildi ve ısınmak için güneşe karşı uzandı; son günlerde sabık Zyuzin'in evinde geceliyordu, içinde

* Kuzey Buz Denizi'nde Rusya'ya bağlı bir ada. *Uyedineniye* Rusça inziva anlamına gelir. *–ç.n.*

kimsesiz bir hamamböceği yaşadığı için sevmişti o evi, bir şeylerle besliyordu onu. Hamamböceği ise dünyadan bihaber, her tür ümitten yoksun, yine de çektiği eziyeti belli etmeden, sabırla ve azimle sürdürüyordu varlığını; işte bunun için Yakov Titıç ona özen gösteriyor, hatta içten içe örnek alıyordu onu. Bu arada evin çatısı ve tavanı perişandı, dökülüyordu, geceleri çiy damlıyordu Yakov Titıç'ın üzerine; fakat o ne kadar üşüse de barınağını değiştiremiyor, çünkü hamamböceğine de kendisine acıdığı kadar acıyordu. Eskiden Yakov Titıç çıplak yerlerde kalırdı, kendisine benzeyen bir yol arkadaşı dışında alışıp bağlanacağı hiçbir şeyin bulunmadığı yerlerde; bir canlıya bağlanmak ise Yakov Titıç için ihtiyaçtı, ona gösterdiği dikkat ve hoşgörü sayesinde yaşama sabrı bulur, daha kolay ve iyi yaşamanın yollarını ondan öğrenmeye çalışırdı. Dahası, başkasının hayatını seyretmekten, kapıldığı merhamet duygusundan Yakov Titıç'ın kendi hayatı da tükenirdi; başka çaresi yoktu zira, Yakov Titıç yeryüzü nüfusunun artık ve fazlalık kısmı içinde sürdürüyordu varlığını. Berikiler Çevengur'a gelir gelmez yitirmişlerdi yoldaşlıklarını. Elleriyle sık sık dokundukları ve nereden çıktığını bilemedikleri mülkiyete ve çok sayıda ev edevatına sahip olmuşlardı. Birine hediye edilemeyecek kadar pahalıydı bunlar; berikiler eşyaları ürkek ellerle yokluyorlardı, bu eşyalar ki ölen babalarının ve başka bozkırlarda kaybolan kardeşlerinin feda edilmiş, ölgün hayatlarıydı sanki. Şehre sonradan gelen bu Çevengurlular da bir zamanlar kulübeler kurmuş, balık tutmuş, kuyular açmışlardı, ama burada değil, uzaklarda: varoluşun dairesel yolunun onları bir vakit götürdüğü Sibirya'nın sömürgeleştirilmiş topraklarında.

Yakov Titıç Çevengur'da, yeni doğmuş gibi yapayalnız kalmıştı. Evvelce insanlara alışmıştı, şimdi ise bir hamamböceğine sahipti; onun hatırına kötü bir evde yaşayan Yakov Titıç geceleri çatıdan damlayan çiyin serinliğinden uyanıyordu.

Fyodor Fyodoroviç Gopner, Yakov Titıç'ı bütün beriki kitlesinden ayrı, özel bir yere koymuştu, zira sırf doğumunun verdiği hızla geleceğe yürüyen en üzgün insandı o. Oysaki Yakov Titıç'ın üzüntüsü ölmüştü içinde, üzüntüyü rahatsızlık veren bir duygu gibi hissetmiyor, sırf bir şeylerle oyalanmak için yaşıyordu. Çevengur'dan önce insanlarla birlikte yürür, çeşitli düşünceler uydururdu kendisine: Babasıyla annesinin hayatta olduğunu, onlara doğru usulca yürüdüğünü ve ulaştığı vakit, işte o vakit keyfinin yerine geleceğini kurar yahut yanı sıra yürüyen yayanın kendi insanı olduğunu, Yakov Titıç'ın şimdilik yoksun bulunduğu en önemli şeylere işte onun sahip olduğunu, bu yüzden de yola sağlam adımlarla devam edilebileceğini düşünürdü. Şimdi ise Yakov Titıç hamamböceğinin yardımıyla yaşamaktaydı. Gopner de Çevengur'a geldi geleli neyle uğraşacağını bilemiyordu; ilk iki gün dolaşmış ve şehir *subbotnik*'ler sayesinde yekpare bir öbeğe dönüşse de içindeki hayatın ehemmiyetsiz parçalara ayrıldığını görmüştü, üstelik hiçbir parça nereye yapışması gerektiğini bilmiyordu. Ne var ki Gopner'in kendisi de, Çevengur'da hayatın ve gelişimin sürebilmesi için neyi nereye uydurması gerektiğini keşfedebilmiş değildi henüz, dolayısıyla Dvanov'a şöyle dedi:

"Saş, artık ayarlamaya başlamamızın zamanı geldi sanki."

"Neyi ayarlamaya?" diye sordu Dvanov.

"Nasıl neyi? Niye geldik biz bu yere? Komünizmi tüm detaylarıyla ayarlamaya."

Dvanov acele etmeden dikildi.

"Burada, Fyodor Fyodoroviç, bir mekanizma değil, yaşayan insanlar var, kendiliklerinden düzenlenene kadar ayarlayamazsın sen onları. Eskiden devrimin bir lokomotif olduğunu düşünürdüm, ama şimdi öyle olmadığını görüyorum."

Gopner bütün bunları olduğu gibi tahayyül edebilmek istedi; istirahat ettiği için derisinin morluğu geçen dış kulağını kaşıdı ve mademki lokomotif yok, hayatta her bir insanın kendi buhar makinesine sahip olması gerekir, diye düşündü.

"Niye böyle bu peki?" diye sordu Gopner, hafif şaşkın.

"Daha güçlü olalım diye herhalde," dedi Dvanov. "Aksi takdirde yerimizden kalkamayız."

Lacivert bir yaprak ağaçtan kopup Dvanov'un yakınına düşüverdi; kenarları sararmıştı, vadesini doldurup ölmüştü ve toprağın huzuruna dönüyordu. Yazın son demleriydi, sonbahar yaklaşıyordu, ıssızlaşan bozkır yollarının bol çiyli zamanı. Dvanov ve Gopner gökyüzüne baktılar, daha bir yüksek göründü gözlerine, çünkü kendisini puslu ve alçak kılan güneşin bulanık gücünü yitiriyordu. Dvanov geçen zaman için kederlendi: Devamlı yolundan şaşıyor, yok oluyordu zaman, insan ise geleceğe dair ümidiyle kalakalıyordu yerinde. Çepurnıy ile Çevengur Bolşeviklerinin komünizmi neden bu kadar çok istediklerini anlamıştı Dvanov: Tarihin sonuydu o, zamanın sonu; zaman ise salt tabiatta geçerdi, oysa insanın içinde baki kalırdı keder.

Dvanov'un önünden yalınayak, heyecanlı bir adam geçti koşarak, berikilerden biri, peşinden de kucağında ufak bir köpekle Kirey fırladı, zira hayvan Kirey'in hızına yetişemiyordu. Biraz gerilerinde, henüz nereye koştuklarını bilmeyen beş kişi daha koşmaktaydı; bu beşi yaşını başını almış kişilerdi ama yeniyetmelere özgü bir sevinçle atılıyorlardı ileri ve karşıdan esen rüzgâr yatı yerlerinde uzun yapışık saçlarına karışmış çerçöpü ve dulavratotu dikenlerini üfleyip düşürüyordu. Hepsinin ardından, yerinde durmaktan yorulmuş Proleter Gücü'nün sırtında Kopyonkin geçti gümbür gümbür ve Dvanov'a bozkırı işaret etti elini sallayarak. Bozkırın ufkunda uzun boylu, uzak bir adam yürümekteydi; dağda yürür gibiydi, tüm gövdesi havayla çevriliydi, ancak tabanları hafifçe değiyordu yer çizgisine. Çevengurlular işte ona doğru koşturmaktaydılar. Ne var ki o adam yürüdü, yürüdü ve manzaranın öte tarafında gözden yitti; bu arada bozkırı yarılayan Çevengurlular da dönmeye koyuldular, yalnızdılar yine.

Çepurnıy iş olup bittikten sonra gelebildi koşarak, heyecan ve endişeye kesmişti.

"Ne oldu orada, konuş lütfen!" diye sordu ağır aksak yürüyen üzüntülü bir berikine.

"Bir adam geliyordu," diye anlattı berikiler. "Bize geldiğini sandık ama kayboldu."

Çepurnıy dikiliyor, yakında birçok insan ve yoldaş dururken uzak bir insana neden gereksinim duyulduğunu anlamıyordu. Ve bu hayrete şayan durumdan atıyla yanaşan Kopyonkin'e bahsetti.

"Ben biliyor muyum sanıyorsun?" dedi Kopyonkin atının tepesinden. "Arkalarından az mı bağırdım: 'Yurttaşlar, yoldaşlar, aptallar, nereye koşuyorsunuz? Durun!' dedim. Lakin durduramadım: Herhalde benim gibi Enternasyonal istemiş onların da canı – koca yeryüzünde bir şehir ne ki onlar için?"

Kopyonkin Çepurnıy'ın düşünmesini bekledi ve ekledi:

"Ben de yakında veda edeceğim buralara. Bozkırdaki adam ne güzel bir yerlere gidiyordu, sen anca yerinde otur, var ol. Komünizmin olsa hadi neyse, zırnığı yok burada! Saşa'ya sor, o da dertli."

O zaman Çepurnıy Çevengur proletaryasının Enternasyonali, yani uzak, yerli ve yabancı insanları arzuladığını açıkça hissetti, birleşmek için insanlarla, yeryüzündeki rengârenk hayat tek bir çalılıkta büyüsün diye. Eski zamanlarda Çevengur'un içinden Çingeneler ve birtakım gudubetler ile Araplar geçerdi, bir yerlerde belirseler yine onları çağırırlardı Çevengur'a, ama çoktandır hiç görünmüyordu onlar da. Demek ki kadınları teslim ettikten sonra Prokofiy'in güneydeki kölelik ülkelerinden ezilenleri getirip Çevengur'a yerleştirmesi gerekecekti. Güçsüzlük ve yaşlılık nedeniyle Çevengur'a yürüyerek gelemeyecek proleterlere ise mülk yardımı göndermek, hatta Enternasyonal ihtiyaç duyacak olursa tüm şehri toptan yollamak gerekecekti, kendileri ise zeminliklerde ve sıcak koyaklarda yaşayabilirlerdi.

Şehre dönen berikiler evlerin çatılarına çıkıp bozkıra bakıyorlardı kimileyin: Yanlarına bir gelen var mıydı, Proşka zevceleri getiriyor muydu, uzakta neler olup bitiyordu? Ne var ki muzır otlar üzerinde sessiz ve boş hava durmaktaydı; rüzgâr yurtsuz bir soda otunu, o yapayalnız gezginci otu, Çevengur'a savuruyordu çalılarla kaplı anayoldan. Yakov Titıç'ın evi tam da eski anayolun ortasına enlemesine kondurulduğundan güneydoğu rüzgârı koca bir soda otu kürtünüyle örtmüştü bir cephesini. Yakov Titıç geçip giden günleri sayabilmek için, pencerelerden ışık girsin diye temizliyordu zaman zaman evin etrafındaki ot yığınlarını. Bu ihtiyaç dışında gündüzleri evden hiç çıkmıyor, besleyici otları ise gece topluyordu bozkırdan. Yine yeller ve sellerden mustaripti ve salt hamamböceğini görüyordu. Hamamböceği her sabah sürünerek pencere camına yanaşıp aydınlık, sıcak tarlaya bakıyordu; bıyıkları titriyordu heyecan ve yalnızlıktan, sıcacık zemini, üzerindeki bereketli yiyecek tepeciklerini görüyordu. O tepeciklerin çevresinde ufak mahluklar ziyafet çekiyor, çevredeki kalabalık yüzünden hiçbiri de kendi varlığını hissetmiyordu.

Bir defasında Çepurnıy uğradı Yakov Titıç'ın yanına. Prokofiy bir türlü gelememiş, Çepurnıy kaybettiği gerekli dostun yokluğunu duyar olmuş, bu uzun bekleyiş sırasında kendisini nerelere vuracağını şaşırmıştı. Hamamböceği her zamanki gibi pencerenin önünde oturuyordu. Sıcak, koca bir gündüzdü uzun mesafelere yayılan, fakat hava yaza göre daha hafifti, bir ölünün nefesini andırıyordu. Hamamböceği sıkılıyor ve seyrediyordu.

"Titıç," dedi Çepurnıy, "güneşe salsana şunu! Belki de komünizmi özlüyordur, uzakta sanıyordur onu."

"Ben ne edeceğim onsuz?" diye sordu Yakov Titıç.

"İnsanların yanına çık kendin de. Görüyorsun ya, ben sana geldim."

"Gidemem ben insanların yanına," dedi Yakov Titıç. "Özürlü bir insanım, özrümün sesi her yana yayılıyor."

Çepurnıy asla bir sınıf insanını kınayamazdı çünkü kendisi de ona benzer ve ondan fazlasını hissedemezdi.

"Ne olmuş özürlüysen, söyler misin lütfen? Komünizmin kendisi kapitalizm özründen doğdu, bunca eziyete senden de bir şeyler çıkar elbet. Prokofiy'i düşün asıl, kayboldu çocuk."

"Gelir," dedi Yakov Titıç ve içindeki acıya katlanmaktan güçsüz düşerek karınüstü yattı. "Altı gün geçti, hatun zamanı sever, temkinlidir."

Çepurnıy Yakov Titıç'ın yanından ayrıldı, hasta için hafif bir yiyecek aramak istiyordu. Gopner eskiden üzerinde tekerlek lastiği gerdirilen demirci taşına yerleşmişti, yanında ise Dvanov yatıyordu yüzüstü, öğle sonrası uykusunda dinlenmekteydi. Gopner elinde bir patates tutuyor, onu inceden inceye yoklayıp yoğuruyor, kendi başına nasıl oluştuğunu öğrenmeye çalışıyordu adeta; gerçekte ise bunalıyordu Gopner, bunaldığı zamanlarda dikkatini ilk eline geçen şeye harcamaya koyulur, böylece asıl ihtiyaç duyduğu eksik şeyi unutmaya çalışırdı. Çepurnıy Gopner'e Yakov Titıç'tan söz etti, hasta olduğundan ve hamamböceğiyle bir başına acı çektiğinden.

"Sen niye yalnız bıraktın onu?" diye sordu Gopner. "Yağlı çorba pişirmek gerek! Biraz vakit geçsin bulurum ben onu, lanet olasıcayı!"

Çepurnıy da başlangıçta bir şeyler pişirmek istemiş ama kısa süre önce Çevengur'da kibritin tükendiğini keşfederek ne yapacağını kestirememişti. Oysaki Gopner yapılması gerekeni biliyordu: Yerinden göçürülen bahçelerden birinin küçük kuyusunun üzerindeki ahşap tulumbayı çalıştırmalıydı. Bir yeldeğirmeninin döndürdüğü bu tulumbayla vaktizamanında elma ağaçlarının dibindeki toprağı nemlendirmek için su çekilirdi; Gopner bu güç tesisatını önceden fark etmişti, şimdi ise su tulumbasının pistonunu kuru kuruya sürtme yöntemiyle ateş elde etmeyi kararlaştırmıştı. Kopyonkin'e ahşap tulumbanın silindirini samanla kaplayıp yeldeğirmenini döndürmesini buyurdu, kendisi ise silindirin tütmesini ve samanın tutuşmasını bekleyecekti.

Çepurnıy sevinerek uzaklaştı, Gopner ise Dvanov'u uyandırmaya koyuldu:

"Saş, kalk çabuk, biraz zahmet edelim. Sıska ihtiyar gidici, şehre ateş lazım... Saşa! Zaten sıkılıyorum, bir de sen uyuyorsun!"

Dvanov güçlükle kıpırdandı ve uzaktan seslenircesine konuştu uykusunun içinden:

"Birazdan uyanacağım baba, uyumak da sıkıcı... Dışarıda yaşamak istiyorum, burası dar bana..."

Gopner Dvanov'u sırtüstü çevirdi ki soluğunu topraktan değil havadan alabilsin, sonra kalbini yokladı, rüyasında nasıl attığına baktı. Kalp derinlerde çarpıyordu, aceleci ve dakik, hızına ve dakikliğine dayanamayıp Dvanov'un içinde süren hayatı, uykuda neredeyse hiç sesi çıkmayan hayatı işletmeyi bırakır bu kalp diye korktu Gopner. Uyuyan adamın başında düşüncelere daldı sonra: Hangi düzenli, koruyucu güçtü bu kalbin içinden ses veren? Ölen babası Dvanov'un kalbine ümidini yüklemişti sanki, ebediyen yahut uzun bir süre saklasın onu diye, oysaki bu ümit gerçekleşmiyor, çırpınıp duruyordu içinde. Gerçekleşirse ölecekti bu insan; gerçekleşmemesi halindeyse sağ kalacak fakat perişan olacaktı. İnsanın ortasındaki çıkışsız yerinde böylece çarpıp duruyordu işte kalp. "Yaşaması daha iyi," diye düşünerek Dvanov'un nefesini izliyordu Gopner, "biz nasılsa bir şekilde önleriz perişan olmasını." Dvanov Çevengur otları içinde yatıyordu ve hangi yönü tutarsa tutsun hayatının ereği evlerin ve insanların arasında bir yerde olmalıydı, çünkü bunların ötesinde, insansız alanda boynunu bükmüş otlar ve kayıtsızlığıyla insanın yeryüzündeki yetimliğini söyleyen gökyüzü hariç hiçbir şey yoktu. Belki de kalp, bu açık ve her yeri aynı dünyada yalnız kalmaktan korktuğu için çarpıyor, kendisine hayat ve anlam yükleyen insan soyunun köklerine bağlanıyordu; o anlam ise uzak ve anlaşılmaz olamazdı, buracıkta, göğsün yakınında bir yerde olmalıydı ki kalp çarpabilsin, yoksa hissiyatını yitirir, donakalırdı.

Gopner cimri gözlerle Çevengur'u süzdü: Çirkin de olsa Çevengur, evleri geçit vermez bir yığın halinde de dursa, insanları suskun yaşayıp gitse de, uzak ve boş bir yerdense burada yaşamayı yeğlerdi.

Dvanov uyku ve istirahattan ılıyan vücudunu gerdi ve gözlerini açtı. Gopner ciddi bir kaygıyla baktı Dvanov'a, zaten nadiren gülümser, merhamet anlarında ise düpedüz somurturdu: Merhamet ettiği kişiyi kaybetmekten korkardı ve kapıldığı dehşet kendini, somurtkanlık gibi vururdu dışarı.

Çepurnıy o sırada değirmen ve tulumbayı çalıştırmıştı. Kuru ahşap silindirin içinde dönen pistonun çınlaması Çevengur'un her yerinde yankılanıverdi: Yakov Titıç için ateş elde etmeye çalışıyordu ya, değerdi. Gopner hesaplı bir çalışma aşkıyla perişan makinenin çınlayışını dinliyor, Yakov Titıç için hayırlı bir şey yapmanın coşkusundan ağzında tükürük birikiyordu. İhtiyarın midesine iyi gelecek sıcak bir yiyecek pişireceklerdi.

Uzun aylar boyunca kesintisiz bir sessizlik hüküm sürmüştü Çevengur'da, ilk kez duyuluyordu emekçi bir makinenin gıcırdaması.

Tüm Çevengurlular makinenin çevresinde toplanıp, bir tek sancılı insan için çabalayışını izlediler; güçsüz ihtiyar için böyle gayret ve zahmetlere girmesine şaşıyorlardı.

"Sizi sefil savaşçılar," dedi telaşlı sesi incelemeye ilk koşup gelen Kopyonkin. "Başkası değil ya bir proleter bunu da icat edip buraya koyan, hem de başka bir proleter için! Yoldaşına hediye edecek bir şeysi yokmuş, o da bu yel zımbırtısını ve kendi kendini emen şu şeyi yapmış işte."

"Haaa!.." dedi berikiler bir ağızdan. "Şimdi bildik."

Tulumbanın yanından ayrılmayan Çepurnıy ısıyı kontrol edip duruyordu, pek ağır ısınıyordu silindir. O zaman Çepurnıy Çevengurlulara makinenin çevresine uzanmalarını emretti ki üzerine hiçbir yerden serin hava esmesin. Ve akşama kadar yattı berikiler, ta ki rüzgâr büsbütün dinene, silindir alev almadan soğuyana dek.

"El değmeyecek kadar ısınmıyor bir türlü," dedi Çepurnıy tulumba için. "Belki yarın sabah fırtına çıkar, o zaman ısıyı bir çırpıda pompalarız."

Akşamleyin Kopyonkin Dvanov'u buldu, çoktandır sormak istediği şu soruyu sordu ona: "Çevengur'da komünizm mi vardır, tersi mi? Kalmalı mıdır burada yoksa gidilebilir mi?"

"Komünizm vardır," diye yanıtladı Dvanov.

"Ben niye göremiyorum hiç? Yoksa filizlenmiyor mu? Üzüntü ve sevinç duyuyor olmam gerekirdi, kalbim çabuk yorulur çünkü benim. Müzikten bile korkarım – çocuklar armonika çalardı da, hatırlarım, oturur ağlardım kederden."

"Sen kendin komünist değil misin?" dedi Dvanov. "Burjuvaziden sonra komünizm komünistlerden doğar ve aralarında kalır. İçinde saklıyorsun da ne diye başka yerlerde arıyorsun onu, yoldaş Kopyonkin? Çevengur'da komünizme hiçbir şey engel olmuyor, o yüzden kendiliğinden doğuveriyor."

Kopyonkin atının yanına gitti ve onu geceleyin otlaması için bozkıra saldı, ki hiç yapmadığı bir şeydi bu, atını her an yamacında tutardı.

Sohbet edilen bir dostun odadan çıkıp gitmesi gibi bitti gün ve Dvanov'un ayakları üşüdü. Viraneliğin ortasında dikilmiş, birini görmeyi umuyordu, fakat kimseleri seçemedi. Berikiler erken yatmışlardı, bir an önce zevcelere kavuşmanın sabırsızlığındaydılar, zamanı uykuda tüketmek istiyorlardı. Dvanov yıldızların daha uzak ve sessiz ışıdığı şehir dışına çıktı, zira şehrin üzerinde değil, sonbaharın artık boşalttığı bozkırın üzerinde duruyordu yıldızlar. En uçtaki evin içinde insanlar söyleşiyordu, bir yanına ot yığılmıştı evin; rüzgâr da güneşten geri kalmıyor, Çevengur için çalışıyordu sanki, kışın evlerin üzerine örtülecek otları sürüyordu buraya.

Dvanov evin içine girdi. Yerde karınüstü yatan Yakov Titıç hastalığını yaşamaktaydı. Taburenin üzerindeki Gopner bugün esen rüzgârın cılızlığından ötürü özür diliyordu ondan, ateş elde etmek mümkün olmamıştı. Yarın fırtına çıkacaktı galiba, güneş uzak bulutların ardına gizlenmişti, son yaz tipisinin şimşekleri parlıyordu orada. Bu arada Çepurnıy ayakta duruyor ve sessizce endişeleniyordu.

Yakov Titıç eziyet çektiğinden ziyade, artık kendisine tatlı gelmeyen ama tatlı olduğunu zihnen bildiği hayatı özlüyor, sessizce yanıyordu ona. Ziyaretine gelen adamlardan utanıyordu, çünkü onlara karşı bir yakınlık duyamıyordu artık: Umurunda değillerdi, hiç var olmasalar da kabulüydü şu âlemde. Hamamböceği de pencere önünden çekilmişti, nesnelerin sığınağında yaşıyordu; güneşin ısıttığı ama fazlasıyla engin, korkunç yeryüzü yerine, sıcak eşyaların arasında kendinden geçmenin en iyisi olduğuna karar vermişti.

"O hamamböceğine tutulmayacaktın Yakov Titıç," dedi Çepurnıy. "Ondan hastalandın sen. İnsanların sınırında yaşasaydın komünizmin sosyal koşulları sana da bulaşırdı, yalnız başına elbet halden düşersin: Ne kadar mikroplu sürüngen varsa senin üzerine üşüştü, herkesin başına gelse sana da az düşerdi..."

"Hamamböceği neden sevilmezmiş, yoldaş Çepurnıy?" diye sordu Dvanov tereddütle. "Sevilebilir de. Belki de bir hamamböceğine sahip olmayı istemeyen kişi yoldaş da istemez kendisine hiçbir zaman."

Çepurnıy derhal düşüncelere daldı, böyle zamanlarda tüm duyguları adeta tutulur, düpedüz anlayışsız kesilirdi.

"Madem öyle, buyursun hamamböceğine bağlansın lütfen," dedi Dvanov'a güvenerek. "Hamamböceği de Çevengur'da yaşayıp gidiyor nasılsa," diye noktaladı sözünü avunarak.

Midesindeki bir zar öylesine gerilmişti ki patlayabileceği fikrinin dehşetinden inledi Yakov Titıç, fakat zar gerisin geri gevşedi. Vücuduna ve çevresinde bulunan insanlara acıyarak iç geçirdi ihtiyar. Kendisi böyle daralıp sancılanırken, gövdesinin yerde yattığını, insanların da çevresinde gövde gövde dikildiklerini, o acı çekerken ne tarafa döneceklerini kestiremediklerini görebiliyordu. Çepurnıy'ın mahcubiyeti herkesinkinden büyüktü, Çevengur'da mülkiyetin değer kaybettiğini, proletaryanın sıkı sıkıya birleştiğini düşünmeye alışmıştı, oysaki gövdeler ayrı ayrı yaşıyor, acılar karşısında çaresiz kalıyordu. Bu açıdan insanlar hiç de birleşik değillerdi; bundandı ya Kopyonkin ve Gopner'in de komünizmi fark edemeyişleri Çevengur'da: Proleter gövdeleri arasında bir ara madde oluşamamıştı henüz. Çepurnıy da iç geçirdi: Dvanov bari yardımcı olsaydı, Çevengur'a gelmişti ama susuyordu; yahut proletaryanın kendisi bir an önce gücünü toparlasaydı, zira artık güvenebileceği kimsesi yoktu.

Dışarısı hepten karardı, gece derinleşmeye başladı. Yakov Titıç az sonra herkesin yatmaya gideceği, kendisinin ise çile çekmek üzere yalnız kalacağı ânı bekliyordu.

Gelgelelim Dvanov bu ihtiyar, halden düşmüş adamdan ayrılamıyordu bir türlü; yanına uzanıp bütün gece, hastalığı sürdükçe yatmak istiyordu, çocukluğunda bir vakit babasıyla yattığı gibi; fakat çekindi, uzanmadı, hastalığını ve yalnız gecesini paylaşmak için birisi yanına yatacak olsa kendisinin ne kadar utanacağını biliyordu. Dvanov nasıl davranması gerektiğini düşünürken, geceleyin Yakov Titıç'ın yanında kalma arzusunu farkında olmadan yavaş yavaş unutmuştu, zihni hisli, duyarlı hayatını yutuvermişçesine.

"Örgütsüz yaşıyorsun, Yakov Titıç," dedi hastalığa bir neden uyduran Çepurnıy.

"Ne zırvalıyorsun sen?" dedi Yakov Titıç gücenerek. "Gövdemi örgütle hadi madem. Anca evleri, mobilyaları oynatmasını bildin sen, gövde desen eziyeti çekti çekiyor... Git dinlen, birazdan çiy damlamaya başlar."

"Damlatırım ben o laneti!" dedi Gopner sertçe ve soluğu dışarıda aldı. Çatıya çıkıp hasta Yakov Titıç'ı üşüten çiyin damladığı delikleri incelemeye koyuldu.

Dvanov da dama tırmandı, bir boruya tutundu; ay soğuk soğuk parlıyordu artık, nemli çatılar ışıldıyordu ıssız çiyden, bozkır ise şimdi orada yalnız başına kalan kişi için mahzun ve feciydi. Gopner kilerde bir çekiç buldu, demirhaneden çatı makası, iki tabaka eski demir getirdi ve çatıyı tamire koyuldu. Dvanov aşağıda demir kesiyor, çivileri düzleştiriyor ve malzemeleri yukarı uzatıyor, Gopner ise çatıda oturmuş, tüm Çevengur'u ayağa kaldırıyordu. Komünizm geldiğinden beri ilk kez çekiç sesi işitiliyordu burada ve ilk kez bir insan çalışıyordu güneşin yanı sıra. Prokofiy'in gelip gelmediğini kontrol etmek üzere bozkıra çıkan Çepurnıy çekiç sesini duyunca çabucak geri döndü; bir insanın ansızın çalışmasına şaşıran diğer Çevengurlular da dayanamayıp izlemeye geldiler.

"Korkmayınız lütfen," dedi herkese Çepurnıy. "Kâr için, zenginlik için çakmıyor, Yakov Titıç'a hediye edebileceği bir şeysi yok, o yüzden tepesindeki çatıyı yamamaya kalkıştı, olur öyle!"

"Olur elbet," diye yanıtladı çokları ve Gopner geceyarısı çatıdan inip de "artık sızmaz" diyene dek dikildiler.

Ve bütün berikiler rahat bir soluk aldı, Yakov Titıç'ın üzerine artık hiçbir şey sızmayacağı, adamcağız hastalığını rahatça sürdürebileceği için. Çevengurlular Yakov Titıç'a karşı cüzi bir ilgi duyar olmuşlardı, zira o sağ kalsın diye koca çatıyı yamamak gerekmişti.

Gecenin kalanını uyuyarak geçirdi Çevengurlular, uykuları sakin ve avuntuluydu. Çevengur'un kıyısında soda otu kürtünü altında kalmış bir ev vardı, içinde kendileri için yeniden kıymetlenmiş bir insan yatıyordu, uykularında onu özlüyorlardı. Bir oyuncağa kıymet veren bebek gibiydiler, uyurken, kendisini yaşam mutluluğuna bağlayan oyuncağa kavuşacağı sabahı bekleyen.

Yalnızca iki kişi uyumuyordu o gece Çevengur'da, Kirey ve Çepurnıy. Her ikisi de açgözlülükle yarını düşünüyorlardı: herkesin kalkacağını, Gopner'in tulumbadan ateş elde edeceğini, tiryakilerin ufalanmış dulavratotu içeceklerini ve her şeyin tekrar iyi olacağını. Aile ve emekten yoksun yaşayan Kirey, Çepurnıy ve uyuyan bütün Çevengurlular, yakınlarındaki insan ve nesneleri diriltmeye mecburdular, ancak bu şekilde bedenlerinde toplanan ve sıkışan hayattan bir şey üretip hafifleyebilirlerdi. Bugün Yakov Titıç'ı diriltmişlerdi ve herkes rahatlamış, huzurlu bir uykuya dalmıştı işte; Yakov Titıç'a besledikleri cüzi merhamet kadar, yorgunluğun da payı vardı bu huzurda. Gecenin sonuna doğru Kirey de sessizce sızdı ve Çepurnıy, "Yakov Titıç uyuyor artık, bense hâlâ uyumuyorum," diye fısıldayıp güçsüz düşen başını toprağa yasladı.

Ertesi gün yağmur çisentisiyle başladı, güneş belirmedi Çevengur'un üzerinde; insanlar uyandı ama çıkmadı evlerden. Tabiata güz bulanıklığı hâkim olmuş, toprak sabırlı, sarmalayan yağmurun altında uzun sürecek bir uykuya dalmıştı.

Gopner su tulumbasını çiseleyen yağmurdan korumak ve ne olursa olsun ateş elde etmek için bir kutu yapıyordu. Berikilerden dördü Gopner'in çevresinde dikiliyor, böylelikle onun emeğine katıldıklarını zannediyorlardı.

Kopyonkin ise şapkasının içindeki Rosa Luxemburg portresini sökmüş, benzerini yapmaya karar vermişti; Rosa Luxemburg resmini Dvanov'a hediye etmek istiyordu, belki o da severdi Rosa'yı. Bir karton buldu ve mutfak masasının başına geçip ocak kömürüyle çizmeye koyuldu; kıpırdanan dilini sarkıtmıştı, geçmişte hiç tatmadığı türden huzur verici bir zevk duyuyordu. Rosa'nın portresine her bakışına, heyecan ve "canım yoldaşım benim, kadın yoldaşım" fısıltılarıyla eşlik ediyor, Çevengur komünizminin sessizliğinde iç geçiriyordu. Pencere camında yağmur damlaları süzülüyor, kimileyin rüzgâr hızla eserek camı kurulayınca yakınlardaki bir çit hazin bir manzara gibi dikiliyordu. Kopyonkin içini çekmeyi sürdürüyor, maharet kazanmak için diliyle avucunu ıslatıyor ve Rosa'nın ağzını çizmeye davranıyordu; gözlerine vardığında iyiden iyiye duygulanmıştı, fakat acısı eziyet vermiyordu ona, sadece güçbela ümitlenen yüreği güçsüz düşüyordu, çünkü özen isteyen resim sanatına harcanıyordu Kopyonkin'in kuvveti. Şimdi Proleter Gücü'nün sırtına atlayıp, çamurlu bozkırlardan geçerek Almanya'ya, toprak tepeciğini sonbahar yağmurları aşındırmadan önce Rosa Luxemburg'un mezarına varamazdı. Şimdi Kopyonkin ancak kaputunun koluyla savaştan ve tarlaların rüzgârından yorulan gözlerini silebilirdi arada bir: Kahrını emeğe harcıyor, Dvanov'u sezdirmeden Rosa Luxemburg'un güzelliğiyle cezbetmek ve onun için mutluluk yaratmak istiyordu, mademki doğruca kucaklayıp sevmek ayıptı Dvanov'u.

Çevengur'un kenarında berikilerden ikisiyle Paşintsev kumluk lığın üzerindeki sivri yapraklı söğüdü doğruyorlardı. Yağmura rağmen bana mısın demiyorlardı ve şimdiden epeyce titrek dal yığmışlardı. Çepurnıy ta ileriden fark etmişti bu garip meşgaleyi: İnsanlar kuru dal uğruna ıslanıyor, üşüyorlardı. Bilgi almaya gitti.

"Ne yapıyorsunuz?" diye sordu. "Ne diye çalıları mahvediyorsunuz, kendinizi de üşüteceksiniz?"

Gelgelelim kendilerine yoğunlaşan üç emekçi ellerindeki baltalarla kuru dalların cılız yaşamına son vermeyi sürdürüyorlardı açgözlülükle.

Çepurnıy nemli kumlara oturdu.

"Bak sen, bak sen!" diyerek ilgisini çekmeye çalıştı Paşintsev'in. "Doğruyor, kesiyor, ama ne için, söyler misin lütfen?"

"Ocak için," dedi Paşintsev. "Kışa evvelden hazırlanmak gerek."

"Hah, kışa hazırlanacakmış!" dedi Çepurnıy kurnazca. "Kışın kar olacağını hesaba katıyor musun peki hiç?"

"Yağarsa, olur tabii," dedi Paşintsev kabullenerek.

"Ne zaman yağmaz ki, söyler misin lütfen?" dedi Çepurnıy, daha da kurnaz bir sitemle. Sonunda doğrudan açıklamaya girişti: "Kar Çevengur'un üzerini örtecek, biz altında sıcacık yaşayacağız, dal nene gerek, ya ocak? İkna et beni lütfen, anlamıyorum çünkü."

"Kendimize doğramıyoruz biz," dedi Paşintsev onu ikna etmeye çalışarak, "ihtiyacı olacak birine doğruyoruz. Zaten ezelden beri sıcaktan hazzetmem, damı karın içine gömer dururum ben."

"Başka birine ha?!" dedi Çepurnıy kuşkulu kuşkulu ve sonunda tatmin oldu. "O zaman daha çok doğra. Kendinize doğruyorsunuz sanmıştım ben, mademki başka birine, o zaman tamam, buna emek değil bedavaya yardım denir. O zaman doğra! Ama ayakların niye çıplak senin? Al bari benim botları, üşüteceksin!"

"Ben mi üşütecekmişim?!" dedi Paşintsev gücenerek. "Ben bir kerecik hasta olmuş olsam sen şimdiye ölmüş olurdun."

Çepurnıy dolaşırken bir yandan da ortalığı kolaçan ediyordu: Çevengur'da artık bir Devrim Komitesi bulunmadığını, kendisinin de başkan olmadığını unutuyordu sık sık. Kendisinin Sovyet iktidarı olmadığını anımsayıverince dal doğrayıcıların yanından utanarak uzaklaştı; berikilerin kendisi için şöyle düşünmelerinden korkuyordu: "Bak sen şuna, sanırsın herkesten akıllı, herkesten iyi, komünizm fukaralarının zengin müdürü olmak istiyor!" Çepurnıy yolu kesen bir çitin ardına ilişti ki bir şey düşünmeye vakit bulamadan unutuversinler kendisini. En yakın ambarda birilerinin bir taşa ufak, aceleci darbeler indirdiği duyuluyordu; Çepurnıy çitten bir kazık çekti ve onunla emekçilere destek çıkmayı arzulayarak ambara doğru yollandı. İçeride Kirey ile Jeyev değirmen taşına oturmuş, taşın üzerinde ince yollar açıyorlardı. Meğer yeldeğirmenini çalıştırıp çeşitli olgunlaşmış tohumlardan yumuşak un ufalamak isterlermiş, o undan da hasta Yakov Titıç için gevrek kurabiye pişireceklermiş. Açtıkları her bir izden sonra düşüncelere dalıyordu iki adam: Taşı kakmayı sürdürmeli miydiler? Ve düşüncenin sonuna varamayarak devam ediyorlardı kakmaya. Aynı şüpheydi rahat vermeyen: Değirmentaşı için besleme hunisi gerekecekti, onu da koca Çevengur'da ancak bir zamanların demircisi Yakov Titıç yapabilirdi. Ne var ki besleme hunisi yapabileceği vakit iyileşmiş olacak ve kurabiyesiz de idare edebilecekti Yakov Titıç. Dolayısıyla taşı şimdi kakmak anlamsızdı, ihtiyarın ayaklanmasını beklemeliydiler, ama eğer iyileşirse, kurabiye de değirmen ve besleme hunisi kadar gereksiz olacaktı. Böylece zaman zaman Kirey ve Jeyev kuşku içinde duraksıyor, sonra Yakov Titıç ile ilgilenmiş olmanın doyumuna varmak için ne olur ne olmaz diyerek yeniden sarılıyorlardı işe.

Çepurnıy da bir süre onlara baktıktan sonra şüpheye düştü:

"Boşuna kakıyorsunuz," diye dile getirdi fikrini dikkatlice, "siz şu an taşı hissediyorsunuz, yoldaşlarınızı değil. Prokofiy bir gelsin, herkese yüksek sesle okur emeğin de kapitalizm gibi alçaklık doğurduğunu... Dışarısı yağmurlu, bozkır nemli, ufaklık gelmek bilmiyor bir türlü, sürekli gezinip onu düşünüyorum."

"Sahiden de boşuna mı kakıyoruz ne?" dedi Kirey, Çepurnıy'a güven getirerek. "Zaten iyileşecek: Komünizm kurabiyeden güçlüdür. İyisi mi gidip fişeklerden barut çıkarayım da yoldaş Gopner'e vereyim, daha çabuk ateş yapar."

"Barutsuz da yapar o," diyerek durdurdu Kirey'i Çepurnıy. "Tabiatın gücü her şeye yeter: Koca yıldızlar yanıyor, saman mı tutuşmayacak?.. Güneş bulutların ardına azıcık girdi, hemen onun yerine çalışmaya giriştiniz! Daha isabetli yaşamalı artık, sermaye zamanı geçti!"

Oysaki Kirey ve Jeyev az evvel neden çalıştıklarını tam olarak bilmeseler de, taşın üzerinden Yakov Titıç'a dair kaygılarını bırakarak kalktıklarında dışarıdaki sıkıcı zamanı hissediverdiler.

Dvanov ile Piyusya da Çevengurka Nehri'ne neden gittiklerini bilmiyorlardı önce. Yağmur, bozkırı ve vadiyi kederli bir sessizliğe boğmuştu, ıslak yalnız tarlalar Çevengur'a, insanlara yanaşmak ister gibiydi. Dvanov sessiz bir mutluluk içinde Kopyonkin'i, Çepurnıy'ı, Yakov Titıç'ı ve şimdi Çevengur'da yaşayan tüm berikileri düşünmekteydi. Dvanov bu insanları yağmur ve bozkırla, tüm yabancı dünyanın gri ışığıyla çevrili tek bir sosyalizmin parçaları olarak canlandırıyordu gözünde.

"Piyus, bir şey düşünüyor musun sen?" diye sordu Dvanov.

"Düşünüyorum," dedi Piyusya hemen ve utanır gibi oldu. Sık sık düşünmeyi unutuyordu ve şimdi de bir şey düşündüğü yoktu.

"Ben de düşünüyorum," dedi Dvanov tatmin olarak.

Düşünceden kastettiği fikir değil, sevdiği nesneleri devamlı olarak gözünde canlandırmaktı; şimdi bu nesneler Çevengur insanlarıydı onun için: Çıplak acınası gövdelerini Kopyonkin ile bozkırda arayıp durdukları ve şimdi de buldukları sosyalizmin vücudu olarak tasarlıyordu. Dvanov ruhunun adamakıllı doyduğunu hissediyor, evvelsi sabahtan beridir yemek bile istemiyor, aklına gelmiyordu yemek; ruhunun servetini kaybetmekten korkuyordu o şimdi ve başka, ikincil bir fikir bulup onunla yaşamak, onu tüketmek, başlıca fikri ise dokunulmamış vaziyette yedekte saklamak istiyordu, ancak arada bir, kendi saadeti için dönmek ona.

"Piyus," diye seslendi Dvanov, "Çevengur'umuz bizim ruhsal mülkiyetimizdir, öyle değil mi? Dakika başı ellemeden, gözümüz gibi sakınmalıyız onu!"

"Olabilir!" diyerek onayladı Piyusya açık ve net. "Dokunsunlar kolaysa, kalplerini söküveririm!"

"Çevengur'da da insanlar oturuyor, onların da yaşaması, beslenmesi lazım," dedi Dvanov, düşündükçe daha da ikna olarak.

"Tabii ki lazım," diye onayladı Piyusya. "Burada komünizm var ama halk zayıf! Sıska Yakov Titıç'ın vücudunda tutunabilir mi hiç komünizm? Kendi bedenine kendi zor sığıyor!"

Çoktandır ot çimen bürümüş bir yara vardılar; bu yarın ucu Çevengurka Nehri'nin taşkın yatağına çıkıyor ve orada vadi tarafından yutuluyordu. Yarın geniş dibinde, yukarılarda doğan pınarın beslediği bir dere irinleniyordu; en kurak yıllarda bile sağ salim akardı bu derenin suyu, çevresinde her daim taze ot biterdi. Şimdi Dvanov'un en büyük arzusu bütün Çevengurlulara yiyecek sağlamaktı, böylece âlemde uzun süre kendi kendilerine zarar vermeden yaşayabilir ve varlıklarıyla Dvanov'un ruhuna, fikrine dokunulmaz saadetin huzurunu salabilirlerdi; Çevengur'da her bir beden sapasağlam yaşamalıydı, çünkü komünizm ancak bedenlerin içindeki somut bir duygu olarak sürdürüyordu varlığını. Dvanov endişeli endişeli durakladı.

"Piyus," dedi, "gel derenin enine toprak serpelim, baraj olsun burası. Ne diye insanların önünden boş yere akıp gidecekmiş su?"

"Tamam," dedi Piyusya kabul ederek. "Kim içecek peki suyu?"

"Toprak içer yazın," diye açıkladı Dvanov; yarın içinde suni sulama sistemi kurmaya karar vermişti, bir dahaki yaz kuraklık ve gereklilik ölçüsünde vadiyi nemlendirmek ve besleyici buğdaygiller ile otların büyümesine yardımcı olmak için.

"Güzel bostan olur burası," diye işaret etti Piyusya. "Bereketli yerler... Baharda bozkırdan *çernozyom** getirir rüzgâr ama yazın sıcaktan çatlar toprak, kuru örümcekler kalır geriye."

Bir saat sonra Dvanov ve Piyusya kürekleri getirip dere suyunun yönünü değiştirmek için hendek kazmaya koyuldular, böylece barajı kuru yere kuracaklardı. Yağmur bir an olsun durmuyordu ve çimlenmiş ıslak örtüyü kürekle deşmek zordu.

* Bozkır bölgelerine özgü bereketli kara renk toprak. –*ç.n.*

"Olsun, insanların karnı hep doyacak ya," diyordu açgözlü bir gayretle küreğe davranan Dvanov.

"Hem de nasıl!" diye yanıtlıyordu Piyusya. "Sıvı önemli bir mesele."

Artık Dvanov, Çevengur insanlarının korunmasına ilişkin başlıca düşüncesini kaybedip incitmekten çekinmez olmuştu; ikinci, ek bir düşünce bulmuştu zira: yarın sulanması. Bununla oyalanırken ilk düşüncenin sağlam kalmasına da yardımcı olabilirdi hem. Şimdilik Dvanov komünizm insanlarından faydalanmaya çekiniyordu; yavaş yavaş yaşamak, komünizmi zarar vermeden, düzenin ilk insanlarının suretinde korumak istiyordu.

Öğleyin Gopner su tulumbasından ateş elde etti, Çevengur'u bir sevinç uğultusu bastı, Dvanov ile Piyusya da oraya koştular. Çepurnıy ateş yakmış, üzerine kazan koymuş, bayram ederek, Çevengur proleterlerinin hiç yoktan ateş yakmayı başarmalarıyla gururlanarak, Yakov Titıç'a çorba kaynatmaya koyulmuştu bile.

Dvanov Gopner'e, bostanların ve buğdaygillerin daha iyi büyümesi için derenin üzerinde sulama barajı kurma niyetinden söz etti. Gopner buna yanıt olarak palplanşsız işin altından kalkılamayacağını, Çevengur'da kuru bir ağaç bulup palplanş yapmaya başlamak gerektiğini bildirdi. Ve Dvanov ile Gopner akşama kadar kuru ağaç aradılar, ta ki evlerin taşınmasıyla şehrin dar bir yerde toplaşması yüzünden Çevengur'un dışında kalan eski burjuva mezarlığına varana kadar. Zengin aileler göçüp gitmiş yakınları için meşeden uzun haçlar dikmişlerdi; bu haçlar mezarların üzerinde, ölenlerin ahşaptan ölümsüzlüğünü anlatır gibi onlarca yıldır duruyordu. Gopner, üzerlerindeki enlemesine parçalar ve İsa Mesih başları çıkarılırsa bu haçların palplanş yapımı için uygun olacağına karar verdi.

Akşam geç vakit Gopner, Dvanov, Piyusya ve berikilerden beşi haçları sökmeye koyuldular; az sonra, Yakov Titıç'ın karnını doyurmuş olan Çepurnıy da yetişti, o da Çevengur'un gelecekteki tokluğu için çalışanlara sökme işinde yardıma durdu.

O sırada çalışma sesleri yüzünden iki Çingene kadının bozkırdan gelip mezarlığa girdiği duyulmamıştı; Çepurnıy'a yanaşıp tepesine dikilene kadar kimse fark etmedi onları. Bir haçın kökünü sökmeye uğraşan Çepurnıy ansızın bir koku alıverdi – rüzgârın Çevengur'dan çoktan götürdüğü nemli ve sıcak bir koku. Kazmayı bıraktı ve sessizce sindi. Meçhul şey başka bir şekilde de ele versindi kendisini. Fakat o sessizliğini koruyor, sadece kokuyordu.

"Ne işiniz var burada?" dedi Çepurnıy sıçrayarak, Çingeneleri seçememişti.

"Şu civan rastladı bize, buraya gönderdi," dedi bir Çingene. "Zevce olarak kapılanmaya geldik."

"Proşa!" diye gülümsedi Çepurnıy anımsayarak. "Nerede kendisi?"

"Aha orada," diye yanıtladı Çingeneler. "Hasta mıyız diye bir yokladı bizi, kovaladı sonra da, biz de yürüdük yürüdük vardık işte. Bakıyorum da mezar kazıyorsunuz, ama gelinlik hatununuz yok..."

Çepurnıy gelen kadınları mahcup mahcup süzdü. Birisi gençti ve belli ki suskundu; küçük siyah gözleri eziyetlerle geçen ömrünün sabrını söylüyordu, yüzünün kalanı ise yıpranmış kavruk derisiyle örtülüydü. Üzerinde bir Kızıl Ordu kaputu, başında ise süvari şapkası vardı bu Çingene'nin, siyah diri saçları henüz genç olduğuna ve güzel olabileceğine, fakat ömrünün şimdiye değin hep zorluklarla ve boşa geçtiğine işaret ediyordu. Diğer Çingene yaşlı ve çopurdu, ama genç kızdan neşeli görünüyordu, çünkü uzun yıllardır acıya alışmışlığından hayat ona daha kolay ve neşeli geliyordu. Tekrar eden o acıyı hissetmiyordu artık yaşlı kadın: Tekrarlana tekrarlana rahatlığa dönüşmüştü acı.

Hayal meyal anımsadığı sevecen kadın görüntüsü duygulandırmıştı Çepurnıy'ı. Yeni gelen zevcelerle konuşmaya başlasın diye Dvanov'a baktı, fakat heyecandan gözleri yaşaran Dvanov adeta korkmuş gibi dikilmekteydi.

"Komünizme dayanabilir misiniz peki?" diye sordu Çepurnıy Çingenelere, dokunaklı hallerinin etkisiyle dermandan düşüp gerilerek. "Çevengur burası, hatunlar, haberiniz ola!"

"Korkutmaya kalkışma bizi, yakışıklı!" dedi yaşça büyük Çingene hızlı hızlı, alışkındı insanlara. "Neler neler gördük biz, kadın gibi yaşamadık ki, geldik şimdi de buraya. Derdin ne bakalım, sen onu deyiver? Senin ufaklık, yaşayan her hatun burada gelin olacak dediydi, ama sen 'dayanır mısınız' diye açtın ağzını! Bugüne kadar dayandıklarımızdan beterini görecek değiliz merak etme, vız gelir bize, civanım!"

Çepurnıy sonuna kadar dinledi ve bir özür formüle etti:

"Tabii ki dayanırsın! Seni denemek için dedim ben onu. Kapitalizmi kendi etinden geçiren için komünizm kolaylıktır."

Gopner, iki kadın Çevengur'a hiç gelmemiş gibi haç söküyordu yorulmak bilmeden, Dvanov da eğildi işe ki Gopner kadınlarla ilgilendiğini zannetmesin.

"Yürüyün, hatunlar, nüfusun içine karışın," dedi Çingenelere Çepurnıy. "İnsanları ilginizle koruyun, görüyorsunuz ya onlar için çırpınıyoruz biz de."

Çingeneler Çevengur'a, kocalarının yanına gittiler.

Berikiler evlerinde, sofa ve ambarlarda oturuyor, her biri elinden geleni yapıyordu: Kimi tahta rendeliyor, kimi dingin bir ruh hali içinde bozkır başaklarından toplanacak tohumlara çuval yamıyordu, bazıları ise avlu avlu gezip "Delik var mı?" diye soruyordu, duvar ve ocak deliklerine sinen tahtakurularını öldürmek niyetiyle. Hiçbiri kendi çıkarı için didinmiyordu; Gopner'in Yakov Titıç'ın tepesindeki çatıyı tamir edişini gördüklerinden bu yana berikiler, mutluluğu birbirlerinde bulur olmuşlardı, o yüzden tohum topluyor, tahta temizliyor, hatta tahtalardan da herhangi bir hediye yahut eşya çırpıştırıveriyorlardı. Tahtakurusu ezenler ise, belirli bir insanda saklı, ruhu huzura eriştiren ve sırf seçilen kişinin dirliği için çalışma isteği uyandıran o yegâne sevinci bulamamışlardı. Bunlar ancak güçlerini tüketerek hissediyorlardı yorulan vücutlarının tazelendiğini. Yine de böyleleri bile tahtakurularının artık insanları ısıramayacağını düşünerek avunmaktaydılar; su tulumbası bile çalışmaya can atıyordu ki Yakov Titıç için ateş ısıtabilsin – rüzgâr ve makine insan sayılmazdı oysa.

Berikilerden Karçuk adında biri uzun bir kutunun yapımını tamamlamış, tam bir doyuma ulaştığını hissederek yatmıştı, oysaki ruhunun gereksinimi gibi görmeye başladığı Kirey'in bu kutuya ne için ihtiyaç duyabileceğini o da bilmiyordu.

Kirey ise değirmentaşını yerleştirip biraz tahtakurusu ezdikten sonra istirahata çekildi, yoksulların şimdi büyük rahata kavuştuğuna inanıyordu: Zayıf bedenlerini tüketemeyecekti ne de olsa asalaklar. Kirey berikilerin sık sık güneşe baktıklarını fark ederdi, kendilerini beslediği için hayranlıkla izlerlerdi onu; bugün ise tüm Çevengurlular rüzgârın döndürdüğü su tulumbasının çevresini kuşatmış, bu kez de rüzgâra ve tahta makineye bakmışlardı hayranlıkla. Bunu gören Kirey kıskanç bir soruyla irkilmişti: Neden insanlar komünizmde güneşi ve tabiatı seviyor, kendisini ise fark etmiyorlardı? Akşamleyin tekrar evlerdeki tahtakurularını mahvetmeye gitmişti ki tabiattan ve tahta makineden az çalıştığı sanılmasın.

Kutu konusunu açıklığa kavuşturmadan yatan Karçuk uykuya yeni dalmıştı ki eve iki Çingene giriverdi. Karçuk gözlerini açtı ve dilsiz bir korkuya kapıldı.

"Merhaba civanım!" dedi ona ihtiyar Çingene. "Karnımızı doyur hadi, sonra da yatırıver bizi: Ekmeğini yiyelim, aşkını bölüşelim."

"Ne?" dedi yarı sağır Karçuk. "Bana gerekmez, ben böyle de iyiyim, ben yoldaşımı düşünürüm..."

"Yoldaşı ne yapacaksın?" dedi yaşlı Çingene karşı çıkarak, genci ise suskun, utana sıkıla dikiliyordu. "Vücudunu benle paylaşırsan eşyalara acımazsın, yoldaşı da unutursun – aha şuraya yazıyorum!"

Çingene başörtüsünü çıkardı ve Kirey için hazırlanan kutunun üzerine oturmak istedi.

"Elleme kutuyu!" diye bağırıverdi Karçuk kutunun bozulmasından korkarak. "Senin için hazırlanmadı o!"

Çingene kutunun üzerindeki örtüyü aldı ve kadınca gücendi.

"Çiroz sen de! Suratını ekşitmeyi bilmiyorsan frenküzümü neyine..."

İki kadın dışarı çıkıp evlilik sıcaklığı görmeden kilerde uyudular.

SİMON SERBİNOV, Moskova'nın içinden tramvayla geçmekteydi. Yorgun ve mutsuz bir adamdı, kolay ikna olan, sabırsız bir kalbe, kinik bir akla sahipti. Serbinov bilet almamıştı ve var olmayı hemen hemen hiç istemiyordu; şurası açıktı ki gerçekten ve derinlemesine çürümekteydi. Kendisini çağının hayranlık uyandıran mutlu bir bireyi olarak hissetmesi olanaksızdı; tek hissettiği coşkun kederiydi. Kadınları ve geleceği seviyor, iktidarın yemliğine burnunu soktuğu, sorumluluk gerektiren görevleri sevmiyordu. Serbinov kısa süre önce Sovyet ülkesinin uzak, engin ovalarında sosyalizmin kuruluşuna ilişkin bir araştırma gezisinden dönmüştü. Taşra tabiatının derin sessizliği içinde dört ay boyunca ağır ağır yol almıştı. Serbinov, İlçe

Yürütme Komitelerinde oturmuş, taşralı Bolşeviklere köy yaşantısını eve dayalı köklerinden koparmalarında yardımcı olmuş, okuma kulübelerinde yüksek sesle Gleb Uspenski okumuştu. Köylüler suskunluğu bozmadan yaşıyor, Serbinov ise partisi için emekçilerin hayatına dair en doğru bilgileri elde edebilmek adına Sovyetlerin içlerine doğru yolculuğunu sürdürüyordu. Kimi perişan devrimciler gibi Serbinov da işçiyi ve köylüyü sevmez, onları ayrı ayrı değil kitle halinde görmeyi yeğlerdi. Bu nedenle Serbinov kültürlü bir insanın saadetiyle Moskova'nın aşina yuvalarını yeniden dolaşıyor, mağazalardaki zarif nesneleri inceliyor, pahalı otomobillerin gürültü etmeden geçişini dinliyor, işlenmiş gaz kokusunu uyarıcı esans kokusu gibi içine çekiyordu.

Serbinov şehri, kendisini bir hanımın beklediği balo salonunu gezer gibi geziyordu; uzakta, sıcak, genç kalabalıkların içinde kayboluvermişti bu kadın ve kendisine bunca meyleden kavalyesini görmüyordu; kavalye ise varamıyordu yanına, çünkü objektif bir kalbe sahipti ve başka değerli kadınlara rastlıyordu, tatlı ve erişilmez kadınlara, o denli erişilmez ki çocukların şu âleme nasıl olup da gelebildiğine akıl sır erdiremezdiniz. Ne var ki kadınlara rastladıkça ve ancak vücutlarındaki aşağılık ve kirli unsurlardan arınmış ustaların üretebileceği nesneleri gördükçe içi daha bir kararıyordu Serbinov'un. Kadınların gençliği gönendirmiyordu onu, oysaki kendisi de gençti; ihtiyaç duyduğu mutluluğun ulaşılmazlığına baştan kani oluyordu. Önceki gün senfoni orkestrasının konserine gitmişti; müzik mükemmel insanı anlatıyordu, kaçırılan bir fırsatı – ve bu konulardaki alışkanlığını yitirmiş olan Serbinov perde aralarında tuvalete gidip heyecanını atlatmaya çalışmış, kimselere görünmeden gözlerini silmişti.

Düşüncelerinden ötürü herhangi bir şey görmeden, mekanik bir şekilde yol alıyordu Serbinov şimdi tramvayın içinde. Neden sonra düşünmeyi kestiğinde, yakınında durmuş yüzüne bakan gencecik bir kadını fark ediverdi. Serbinov utanmadı kadının bakışından, kendisi de ona baktı, zira kadın kendisini gayet sade, dokunaklı gözlerle incelemekteydi, kim olsa mahcubiyete kapılmadan dayanabilirdi üzerinde gezinen bu bakışa.

Kadının üzerinde iyi cins bir yazlık pardösü, temiz bir yün elbise vardı; giysi, vücudunun yabancı, rahat yaşantısını örtüyordu. Belli ki bir işçinin vücuduydu bu, yağlı ve gösterişli değildi zira – hatta zarifti kadın, o bildik şehvetli çekicilik de yoktu onda. Serbinov'a en çok dokunan, kadının bir sebepten mutlu oluşu, kendisine ve etrafına yakınlık ve merhamet dolu gözlerle bakışıydı. Bu yüzden hemen somurttu Serbinov: Mutlu insanları yabancılar, sevmez, korkardı onlardan. "Ya ben çürüyorum," diye çözmeye çalışırdı kendisini samimiyetle Serbinov, "yahut da mutlulardan mutsuzlara hayır yok."

Tuhaf bir biçimde mutlu kadın Teatralnaya durağında indi. Yabancı topraklarda yalnız, dayanıklı bir bitki gibiydi, tek başınalığından bihaber olabilecek denli saftı.

O inince Serbinov'un canı sıkılıverdi tramvayda; milletin giysilerine sürtüne sürtüne pislenen biletçi bilet numaralarını kontrol kâğıdına kaydediyor, uzun yol öncesi bir şeyler tıkınan çuvallı taşralılar Kazan İstasyonu'na gidiyor, tabanın altında ise elektromotor bir kız arkadaştan mahrum, metale ve bağlantılara kilitlenmiş vaziyette inliyordu kayıtsızca. Serbinov tramvaydan atladı ve kadının, senelerce kimseye rastlanmadan yapayalnız yaşanabilecek bu kalabalık şehirde ebediyen yok olmasından korktu. Ne var ki mutlular yaşam konusunda acele etmezler: Kadın Küçük Tiyatro'nun önünde, gazetecinin para üstünü on kapikler halinde teker teker koyuverdiği avcunu açmış dikiliyordu.

Efkâr korkusunun yüreklendirdiği Serbinov kadına yaklaştı.

"Ben de sizi kaybettiğimi sandım," dedi. "Sizi arıyordum."

"Fazla aramanız gerekmedi," diye yanıtladı kadın ve para üstünün doğru verilip verilmediğini kontrol etti.

Serbinov'un hoşuna gitti bu: Ne kendisinin, ne başkasının para karşılığında verdiği emeğine saygı duymadığı için asla saymazdı para üstlerini o; bu kadında ise bilmediği bir tertiplilikle karşılaşmıştı.

"Benimle biraz yürümek istemez misiniz?" diye sordu kadın.

"Rica ederim yürüyelim," dedi Serbinov hiç nedensiz.

Güven dolu mutlu kadın gücenmedi ve gülümsedi.

"Bazen birine rastlarsın, iyi birisi çıkıverir," dedi kadın. "Sonra ayaküzeri kaybedersin onu, sonra birazcık özler unutursun. Size iyi biri gibi göründüm, doğru mu?"

"Doğru," diye onayladı canıgönülden Serbinov. "Hemen kaybetsem uzun süre özlerdim ben sizi."

"Şimdi pek uzun sürmeyecek özleminiz, hemen yok olmadığıma göre!"

Kadının yürüyüşünde, mizacında samimi bir dinginliğin az rastlanır gururu sezilmekteydi; kölece sinirliliğin, kendini karşısındakinden sakınma güdüsünün ise izi yoktu onda. Yürüyor, keyifli keyifli gülüyor, konuşuyor, susuyor, hayatını takip etmiyor, davranışlarını yol arkadaşının sempatilerine göre ayarlamayı beceremiyordu. Serbinov onun hoşuna gitmeye çalıştı, olmadı, kadının kendisine karşı tavrı değişmemişti; o zaman ümidini kesti ve efkârına boyun eğerek, insanı ferahlatan bir yaşama kabiliyetine sahip bu mutlu kadından sonsuza değin ayrı düşeceği ânı yakınlaştıran aceleci zamanı düşünmeye koyuldu; kadını sevmek olanaksız, ondan ayrılmak ise fazlasıyla üzücüydü. Ebedi ayrılığı kaç kez tattığını anımsadı, hesabını şaşırmıştı. Kaç yoldaşına, sevdiğine bir vakitler düşüncesizce "görüşmek üzere" demiş ve bir daha asla görmemişti, göremeyecekti onları. Bu kadına duyduğu saygı hissini tatmin etmek için ne yapması gerektiğini bilmiyordu Serbinov, bilse vedalaşması da daha kolay olurdu.

"Arkadaşların hislerini tüketecek denli birbirlerine doyması söz konusu değildir, bir süre için bile," dedi Serbinov. "Arkadaşlık evlilik değildir ne de olsa."

"Yoldaşları için çalışabilir ama insan," diye yanıtladı yol arkadaşı Serbinov'u. "Çalışmaktan canın çıkınca rahatlarsın, yapayalnız bile yaşayabilirsin; yoldaşlarına da emeğinin faydası kalır. Kendini verecek değilsin ya onlara, ben tek parça kalmak isterim..."

Serbinov kısa süredir tanıdığı arkadaşının ne denli sağlam bir bünyeye sahip olduğunu hissediverdi; öylesine bağımsızdı ki bu bünye, bu kadının insanlar tarafından yaralanması olanaksızdı, belki de yeryüzünden geçip gitmiş, ölü, yabancı bir toplumsal sınıfın son ürünüydü o. Aristokrat kuşağın kalıntısı olarak canlandırdı onu gözünde; bütün aristokratlar onun gibi olsalardı tarih yerlerine yeni bir şey koyma gereği duymazdı – aksine, kendileri tarihten diledikleri kaderi yaratırlardı. Rusya bir ucundan diğer ucuna mahvolan yahut kurtulmaya çalışan insanlarla doluydu, çok önceleri fark etmişti Serbinov bunu. Birçok Rus insanı, içindeki yaşama yeteneğini, becerisini canla başla yok etmekle meşguldü: Kimi votka içiyor, kimi aklının yarısını yitirmiş, bir düzine çocuğun ortasında oturuyor, kimi beyhude fantazilerin peşinde yollara düşüyordu. Oysaki bu kadın kendisini mahvetmemiş, yaratmıştı. Ve belki de Serbinov kendi kendisini yaratamadığı ve müziğin vaat ettiği o mükemmel insanı göre göre mahvolduğu için etkilenmişti ondan. Belki de sadece efkârlanıyordu işte, ihtiyaç duyduğu ama artık erişemeyeceği şeyler yüzünden; hem yol arkadaşı sevgilisi olsa, Serbinov bir hafta sonra yorulmayacak mıydı ondan da? Fakat gururun esirgediği bu dokunaklı yüz; başka bir insanı anlayan, ona doğru şekilde yardımcı olmasını pek iyi bilen, ama kendisi için bir yardım istemeyen muradına ermiş, kapalı ruh nereden çıkmıştı o zaman?

Yürüyüşü sürdürmenin anlamı yoktu, Serbinov kadına karşı zayıflığını ele vermiş olurdu sadece; "Görüşürüz," dedi bu yüzden kadına, yol arkadaşında kendisine dair değerli bir anı bırakmayı dileyerek. O da "Görüşürüz," dedi ve ekledi: "Çok sıkılırsanız gelin, görüşebiliriz."

"Siz sıkılır mısınız peki hiç?" diye sordu Serbinov veda ettiğine yanarak.

"Elbette, olur bazen. Ama sıkıntımın nedenini bilirim ve eziyet çekmem."

Serbinov'a oturduğu yeri söyledi ve ayrıldılar. Geri dönmeye koyuldu Serbinov. Sokak kalabalığının içinde yürüyor ve yabancıların kendisini sıkıştırarak koruduklarını düşünerek avunuyordu. Sonra sinemaya gitti ve tekrar konserde müzik dinledi. Üzüntüsünün nedenini biliyor, ama yine de eziyet çekiyordu işte. Zihni ona hiç mi hiç yardımcı olmuyor, belli ki çürüyordu. Geceleyin otel odasının serinliğinde yatıp zihninin hareketini izledi sessizce. Zihnin çürürken bile bir hakikat ortaya koymasına şaşıyordu Serbinov; karşılaştığı kadının kederli anısıyla durdurmaya çalışmadı zihninin işleyişini. Hayali yolculuğunda gözlerinin önünden Sovyet Rusyası geçmekteydi, yoksul, kendi kendisine acımayı hiç bilmeyen memleketi, azıcık bugünkü aristokrat kadına benzeyen. Serbinov'un üzgün, alaycı zihni bir dikiş tutturamamış yoksul insanları anımsıyordu, sosyalizmi ova ve koyakların boş yerlerine rasgele tutturmaya çalışan.

Ve işte bir şeyler uç veriyordu unutulan Rusya'nın iç sıkıcı tarlalarında: Kendi çavdarı için toprağı sürmeyi sevmeyen insanlar sabırla ıstırap çekerek tarihin bahçesini ekiyordu, ebediyet için, birbirlerinden hiç ayrılmamak için gelecekte. Ne var ki bahçıvanların da ressamlar ve şarkıcılar gibi sağlam bir faydacı zihinleri yoktur, zayıf yürekleri ansızın heyecanlanıverir: Yeni çiçek vermiş bitkileri kuşkuyla söküp toprağa bürokrasinin küçük buğdaygillerini ekerler; bahçe bakım ve uzun bir meyve beklentisi gerektirirken, buğdaygiller bir çırpıda büyür, onları yetiştirmek için fazla emek sarf etmeye gerek yoktur, ruhu sabır yolunda tüketmeye de. İşte devrimin talan edilen bahçesinden kalan alanlar da kendiliğinden bitiveren buğdaygillere böylece feda edilmişti, çalışıp eziyet çekmeden karnını doyurabilsin diye herkes. Gerçekten de Serbinov insanların ne kadar az çalıştığını görebiliyordu, nasılsa buğdaygiller herkesi doyuruyordu bedavaya. Ve uzun süre, buğdaygiller bütün toprağı yiyene, insanlar ise kendilerini kil ve taş üzerinde bulana kadar böyle gidecekti bu, yahut dinlenen bahçıvanlar, insansız rüzgârın çöle çevirdiği fakir toprağın üzerinde yeniden serin bir bahçe kurana kadar.

Serbinov alışkın olduğu o keder içinde yüreği sıkışık, boğuk, uyuyakaldı. Sabahleyin parti komitesine uğradı; ekim sahası yüzde yirmi azalan uzak bir vilayeti incelemeye gitmesini söylediler, ertesi gün çıkmalıydı yola. Günün kalanını bulvarda akşamı bekleyerek geçirdi Serbinov. Bekleyiş yorucu bir iş çıkmıştı, ama kalbi sakin sakin atıyordu, kendi kadınına sahip olma mutluluğundan ümidini kesmişti zira.

Akşamleyin önceki gün tanıştığı genç kadının yanına gidecekti. Yürüyerek gitti ki gereksiz vakti yolda harcamış olsun, bekleyiş yorgunluğunu atabilsin.

Kadının verdiği adres hatalı olmalıydı. Serbinov eski binaların içine yenilerinin dikildiği bir sitede buldu kendisini ve tanıştığı kadını aramaya koyuldu. Birçok binanın merdivenlerini çıktı, hep de dördüncü kata; oradan suyu sabun kokan, çıplak fukaraların pineklediği kıyıları ise hela girişlerine benzeyen Moskova Nehri'ni gördü.

Serbinov yabancı dairelerin zillerini çaldı, kendilerini her şeyden çok huzura gereksinim duyan sakinler olarak tanımlayan ve Serbinov'un burada oturmayan, burada kaydı bile bulunmayan biriyle görüşmek istemesine şaşıran yaşlı başlı insanlar açıyordu kapıları. O zaman Serbinov sokağa çıktı vc bu akşamı yalnız geçirme fikrine tahammül edemeyerek bütün evleri planlı ve ayrıntılı bir şekilde taramaya koyuldu; yarın daha kolay olacaktı işi, teoride muzır otların büyümesi gereken kayıp alana gidecekti. Derken Serbinov tanıştığı kadını tesadüfen buluverdi; merdivenleri iniyor, kendisine doğru yürüyordu neyse ki, aksi takdirde Serbinov'un ona ulaşana kadar yaklaşık yirmi sorumluluk sahibi kiracıya uğraması gerekecekti. Kadın Serbinov'u odasına götürdü, kendisi ise bir dakikalığına dışarı çıkıverdi tekrar. Oda, içindeki insan burada yaşamıyor da salt düşünüyormuşçasına boştu. Yatak görevini üç adet kooperatif malı kutusu görmekteydi, masa yerine pencere önündeki çıkıntı kullanılıyordu, adi bir perdenin gizlediği kıyafetler ise duvar çivilerine asılmıştı. Pencereden yine o köhnemiş Moskova Nehri görülmekteydi, kıyılarında düşünceli düşünceli oturuyordu yine aynı çıplak gövdeler, Serbinov'un bu binanın bunaltıcı merdivenlerinde gezinirken aklına kazıdığı.

Kapalı bir kapıyla ayrılıyordu oda yan komşusundan; bir *rabfak*'lı,* politika bilimini yüksek sesle, tane tane okuma yöntemiyle hafızasına doldurmaya çalışıyordu orada. Eski zamanlarda yan odada, evrensel katedrallerin dogmalarını öğrenip sonunda ruhun diyalektik gelişim yasalarına uyarak dinden çıkan bir papaz okulu öğrencisi oturuyor olurdu herhalde.

Kadın tanıştığı adama ikram etmek üzere bir şeyler getirdi: Pasta, şeker, bir dilim turta ve yarım şişe tatlı kilise şarabı, *Visant*. Bu kadar saf mıydı gerçekten?

Serbinov kadına has tatlı sofranın bu yiyeceklerini, onun elini değdirdiği yerlere ağzıyla dokunmaya çalışarak yavaş yavaş yemeye koyuldu. Peyderpey yiyip bitirdi önündekileri ve tatmin oldu, kadın ise, kendisinin yerine yiyecekleri feda ettiğine sevinircesine konuşup gülüyordu. Yanılıyordu oysaki: Serbinov onu hayran hayran izlemekle yetiniyor, yeryüzündeki sıkıcı insanlardan biri olmanın üzüntüsünü duyuyordu; artık rahat rahat yaşayamaz, yalnız kalamaz ve bir başına yetinemezdi şu hayatla. Bu kadın efkâr ve utanç doğurmuştu içinde; yanından ayrılıp dışarı, Moskova'nın coşkun havasına çıksa rahatlardı. Hayatında ilk kez karşısındaki insana puan veremiyor, ona bakıp da tebessüm edemiyor, eskiden olduğu o hür ve yalnız insan olarak kalmayı başaramıyordu Serbinov.

* Sovyetler Birliği'nde 1919-40 yılları arasında, ortaöğrenim görmemiş gençlerin yüksek okullara hızlı bir şekilde hazırlanması için kurulan hazırlık fakülteleri. *–ç.n.*

Evlerin, Moskova Nehri'nin ve viran şehir varoşlarının üzerinde ay parlıyordu şimdi. Sönük bir güneşe benzeyen ayın altında kadınlar ve kızlar kıpırdanıyordu insanların barınaksız aşkıyla. Her şey en başından pek güzel tasarlanmıştı: Aşk insanlara bir gerçek, belirli, sınırlı bir madde gibi geliyor, bu sayede gerçekleşip bitebiliyordu. Serbinov aşkın yalnızca düşüncesini değil duygusunu da inkâr ediyordu. Ona göre aşk yuvarlak bir bedendi, düşünmek bile anlamsızdı onu, zira sevilenin vücudu düşünce ve duyguları unutturmak içindi, aşkın sözsüz çırpınışları ölümcül yorgunluk için; yorgunluktu ya zaten aşkın tek tesellisi de. Serbinov, devamlı azaldığı için kullanılamayan o kısa yaşam mutluluğunu duyarak oturmaktaydı yerinde. Hiçbir haz almaya kalkışmıyor, dünya tarihini, varlığın anlam ve ağırlığını insanın elinden şaşmaz bir gayretle çekip alan yararsız bir bürokratik kurum olarak görüyordu. Hayatının her alanında mağlup olduğunun farkındaydı Serbinov; bakışlarını ev sahibesinin bacaklarına indirdi. Kadın çorapsız geziyordu, çıplak pembe bacakları kanının sıcaklığıyla doluydu, hafif eteği ise ölçülü erişkinliğinin geriliminden artık kızgınlaşan vücudunun diğer toplu yerlerini gizliyordu. "Bu ateşi kim söndürecek?" diye düşünüyordu Serbinov. "Ben değil elbet, layık değilim sana, ruhum ilçeye benzer, ücra ve korkuludur." Kadının bacaklarını aşağıdan yukarıya bir kez daha süzdü ve anlayamadı bir türlü: Bu genç kadın bacaklarıyla, alışkın olduğu devrim işine sadık ve inançlı olma ihtiyacı arasında bir yol vardı, fakat fazlasıyla uzundu o yol ve Serbinov zihninin yorgunluğundan peşin peşin esnedi.

"Nasıl gidiyor hayatınız?" diye sordu Simon. "Ve adınız nedir?"

"Adım Sonya, tam olarak Sofya Aleksandrovna. Hayatım çok iyi gidiyor, ya çalışıyorum ya da birini bekliyorum..."

"Karşılaşmalar ancak kısa bir süre için sevindiriyor insanı," dedi kendi kendine Serbinov. "Sokakta paltonun son düğmesini iliklerken iç geçirip hayıflanırsın, her şey yok yere bitip gider çünkü, yine ilgilenmen gereken yegâne insan kendinsindir."

"Fakat insanları beklemek de bir sevinçtir," dedi Sofya Aleksandrovna. "Karşılaşmalar sevinci uzatır... Benim en sevdiğim şey insanları beklemektir, neredeyse her an birini beklerim..."

Ellerini masanın üzerine koydu, sonra abartılı hareketlerinin farkına varmayarak güçlü dizlerinin üzerine geçirdi. Hayatı gürültü gibi işitiliyordu her yandan. Serbinov alışkın olmadığı bir gürültü ve kokuyla dolu bu yabancı odanın içinde kaybolmamak için gözlerini yumdu hatta. Sofya Aleksandrovna'nın elleri vücut yapısının aksine zayıf ve yaşlıydı, parmakları ise bir çamaşırcınınkiler gibi buruş buruştu. İşte bu yıpranmış eller biraz olsun avuttu Serbinov'u, başkasına yâr olacağı için daha az kıskanır oldu onu.

Masanın üzerindeki ikramlar bitmişti; Serbinov çabuk çabuk yediğine pişman oldu, şimdi gitmesi gerekiyordu. Oysaki gidemiyor, kendisinden iyi insanların var olmasından korkuyordu, Sofya Aleksandrovna'ya gelmesinin nedeni de buydu zaten. Serbinov daha tramvayda fark etmişti ondaki bu kendisini heyecanlandıran, asabını bozan yaşama kabiliyetini.

"Sofya Aleksandrovna," diye seslendi Serbinov. "Yarın buralardan gideceğimi söylemek istemiştim size..."

"Evet, ne olmuş?" dedi Sofya Aleksandrovna, şaşkın.

İnsanların yokluğuna belli ki hiç de yanmıyordu bu kadın, nasılsa kendi hayatıyla beslenebilirdi, Simon'un asla başaramadığı şey de buydu.

Başkaları bu kadına mahrum olduğu bir şeyi elde etmesi için değil de, kendisindeki güç fazlalığını tüketmesi için gerekliydi daha çok. Serbinov onun kim olduğunu bilmiyordu henüz, zengin bir anababanın zavallı kızı olmalıydı. Bu konuda yanıldığı anlaşıldı: Sofya Aleksandrovna, Tryohgornaya fabrikasında makine temizleyicisiydi ve annesi tarafından doğduğu yerde terk edilmişti. Yine de birini sevmiş, çocuklar doğurmuş olmalıydı – Serbinov yarı soruyor, yarı tahminde bulunuyordu.

"Sevdim ama doğurmadım," diye yanıtladı Sofya Aleksandrovna. "Yeterince insan var, benim doğuracaklarım eksik kalıversin... İçimden çiçek doğabilecek olsa doğururdum işte."

"Çiçekleri mi seviyorsunuz sahiden?! Sevgi denmez ki ona, dargınlık denir, kendiniz doğmayı ve büyümeyi bırakmışsınız denir..."

"Olsun. Çiçeğim olduğu zamanlar hiçbir yere gitmiyorum, kimseyi de beklemiyorum. Bana öyle iyi geliyorlar ki doğurasım geliyor onları. Başka türlü sevmek de gelmiyor sanki elden..."

"Başka türlüsü gelmez..." dedi Simon.

Kıskançlığını dindirecek bir ümide kapılır gibi olmuştu: Sofya

Aleksandrovna da eninde sonunda Serbinov gibi mutsuz, hayatın orta yerinde donup kalmış bir insan olacaktı belki de. Başarılı, mutlu kişileri sevmezdi, çünkü onlar her zaman hayatın diri, uzak yerlerine gider ve yakınlarını yalnız bırakırlardı. Şimdiye değin birçok arkadaşı tarafından yetim bırakılmıştı Serbinov. Bir vakitler herkesin gerisinde kalma korkusuyla Bolşeviklere kaptırmıştı kendisini, ama o da bir işe yaramamıştı: Serbinov'un dostları yine de kendisine yâr olmadan tükenip gidiyor, Serbinov onların duygularını kendisi için biriktirmeye kalmadan geleceğe yöneliyorlardı. Onlara gülüyor, mecalsiz niyetlerine kara çalıyor, tarihin çoktan sona erdiğini, şimdi sürüp gidenin ise hepi topu insanlararası ezişme olduğunu söylüyor, fakat eve geldiğinde ayrılık acısıyla kıvranarak, kendisini sevip bekleyenlerin nerede olduğunu bilemeyerek kapısını kilitliyor, yatağına enlemesine oturup sırtını duvara veriyordu Serbinov. Suskunca oturuyor, insanları sıcak yaz bulvarlarının önünden geçirerek misafirliğe götüren tramvayların müthiş uğultusunu dinliyordu ve yavaş yavaş gözleri doluyordu kendisine acımaktan, yaşların yanaklarındaki kiri aşındırarak indiğini duyuyor ve elektriği yakmıyordu.

Daha geç saatlerde, sokaklar sessizleşip dostlar ve sevgililer uyuduğunda yatışıyordu Serbinov. Bu saatlerde birçok kişi yalnız kalmış oluyordu artık; kimi uyuyor, kimi sohbet ya da aşktan yorgun düşerek tek başına yatıyordu ve Serbinov da kabulleniyordu yalnızlığını. Bazen günlüğünü çıkarıyor ve sıra numaraları koyarak düşünce ve ilençlerini aktarıyordu oraya: "İnsan, anlamdan değil, tutku dolu kirişlerden, kan akan boğazlardan, çıkıntı, delik, zevk ve unutkanlıklardan ibaret bir vücuttur"; "Bir acayiptir öküz fakat ram olmuştur o da: Anlamı şu, öküz tuhaftır ama bir keçi onu da dize getirmiştir"; "Tarih, şimdiki zamandan istifade etmek için geleceği icat eden alçak ve zavallı biri tarafından başlatılmıştır. Herkesi yerinden etmiş, kendisi ise geride, ısıttığı mamur yerleşikliğinde kalmıştır"; "Annemin bir yan ürünüyüm, aybaşından farkım yoktur, bu nedenle herhangi bir şeye saygı duyma olanağına sahip değilim. İyilerden korkarım, terk ederler ben kötüyü; geride bırakılmışlığın soğuğunda üşümekten korkarım. Değişken cemaati lanetliyorum, bir meclis ve üyelik istiyorum onun içinde!"; "Meclisin içinde de bir üye değil, olsa olsa donmuş bir kol olurum ben."

Her insanı şüpheci bir kıskançlıkla takip ediyordu Serbinov: Kendisinden iyi miydi yoksa? Şayet iyiyse bu kimseyi durdurmak gerekirdi, yoksa önüne geçerdi, sana denk bir dost olarak kalmazdı asla. Sofya Aleksandrovna'nın da kendisinden iyi olduğunu düşündü, dolayısıyla kendisi için bir kayıptı; oysa para gibi, hayat kazancı gibi biriktirmek isterdi Serbinov insanları, hatta tanıdığı kimselerin ayrıntılı bir hesabını tutuyor ve evinin başlıca defterine gelir ve giderlerin özel notlarını kaydediyordu.

Sofya Aleksandrovna'yı giderlere kaydetmek gerekecekti. Ne var ki Simon zararını azaltmak istedi, eskiden insan ekonomisinde hesaba katmadığı için hep açık bıraktığı bir yöntemi kullanabilirdi. Şimdi şu Sofya Aleksandrovna'ya sarılsaydı nasıl olurdu, tam da onunla evlenmeyi arzulayan şefkatli, çılgın bir adama dönüşseydi? O zaman Simon içindeki tutkuyu büyütür, şu üstün insanın inatçı bedenini alt eder, onda bir iz bırakır, kısa süreliğine bile olsa insanlarla sağlam bir bağ kurmuş olurdu; dışarıya da insan avını gelecekte de başarıyla sürdürebilecek sakin, güvenli bir adam olarak çıkardı. Bir yerlerden sinirli tıkırtılarla tramvaylar geçti, Serbinov'dan uzağa giden insanları taşıyan. Simon Sofya Aleksandrovna'ya yaklaştı, koltukaltlarından tutup kaldırdı onu ve boylu boyunca karşısına dikti. Ağır bir kadın olduğunu görmüştü.

"Neyiniz var?" dedi Sofya Aleksandrovna, korkmadan ama dikkatli bir gerginlikle.

Erişilmez bir hayatın ısıttığı bu yabancı bedenin yakınlığından ötürü yüreği hoplamıştı Simon'un. O an baltayla kesseler kendisini, acı duymazdı. Soluğu kesiliyor, boğazı düğümleniyor, Sofya Aleksandrovna'nın koltukaltlarından yayılan hafif ter kokusunu duyuyor ve terin zedelediği sert tüyleri ağzıyla emmek istiyordu.

"Sizi biraz tutmak istiyorum," dedi Simon. "Hoş görün beni, şimdi gideceğim."

Sofya Aleksandrovna acı çeken bu insan karşısındaki utancından ötürü kollarını kaldırdı, Serbinov güçsüz kollarında daha rahat tutabilsin diye kendisini.

"İyi mi geliyor size bu sahiden?" diye sordu, havaya kaldırdığı kolları şişmişti.

"Ya size?" diye sordu Serbinov, emeğe ve yaz dünyasının ortasında sükûnete dair şarkısını söyleyen bir lokomotifin dikkat dağıtan sesini dinleyerek.

"Benim için fark etmiyor."

Bıraktı onu Simon.

"Gitme vakti," dedi kayıtsızca. "Tuvaletiniz ne tarafta? Bugün yüzümü yıkamamıştım."

"Girişin orada, sağda. Sabun olacak içeride ama havlu yok, yıkamaya verdim onu, yüzümü çarşafa siliyorum."

"Çarşafı verin," dedi Serbinov razı olarak.

Çarşafa onun kokusu sinmişti, Sofya Aleksandrovna'nın. Uykuda kuruyan bedenini ferahlatmak için özenle siliyor olmalıydı sabahları. Serbinov yorulmuş kızgın gözlerini ıslattı, bedeninde ilk yorulan onlar olurdu hep. Yüzünü yıkamadı, çarşafı aceleyle dürüp kullanışlı bir yumak haline getirdi, sonra bu yumağı tuvaletin karşısındaki koridorda asılı duran paltosunun yan cebine sokuşturdu: Kaybettiği insandan müsellem bir doküman alıkoymak isterdi Serbinov.

"Çarşafı kaloriferin üzerine serdim, kurusun," dedi Serbinov, "ıslandı da biraz. Elveda, gidiyorum ben..."

"Görüşmek üzere," diye yanıtladı onu Sofya Aleksandrovna muhabbetle ve karşısındaki insandan ilgisini esirgemeyi uygun bulmadı. "Nereye gidiyorsunuz?" diye sordu. "Gideceğinizi söylemiştiniz."

Ekim alanının yüzde yirmi oranında azaldığı vilayetten söz etti ona Serbinov, o alanı aramaya gidiyordu.

"Bütün ömrümü orada geçirdim ben," dedi Sofya Aleksandrovna o vilayet için. "Orada pek sevgili bir yoldaşım var. Görecek olursanız selamımı söyleyiverin."

"Kimin nesidir?"

Serbinov o an, odasına gittiğinde Sofya Aleksandrovna'yı ruhunun giderleri listesine kaydedeceğini düşünmekteydi, geri gelmeyecek mülkiyet hanesine. Derin gece Moskova'nın üzerinde yükselecek, sevdiği birçok kişi yatıp uyuyacak, rüyalarında sosyalizmin sessizliğini göreceklerdi; Serbinov ise onları, bütünüyle affetmişliğin saadeti içinde defterine kaydedecek, soyadlarının üstüne yitirilmiş dost işaretleri konduracaktı.

Sofya Aleksandrovna kitabının içinden küçük bir fotoğraf çıkardı.

"Kocam değildi," dedi fotoğraftaki adam için, "sevmiyordum da. Ama onsuz kalınca içim daraldı. Onunla aynı şehirde yaşarken daha rahattım... Ben hep bir şehirde yaşar, bir başka şehri severim..."

"Bense hiçbir şehri sevmem," dedi Serbinov. "Sokakları her zaman kalabalık olan yerleri severim yalnızca."

Sofya Aleksandrovna fotoğrafa bakıyordu. Yirmi beş yaşında bir adamın fotoğrafıydı bu, yorgun bekçilere benzeyen ölgün, göçük gözleri vardı; yüzünün kalanını ise bir kere bakışını çevirince unutuverirdi insan. Serbinov bu adamın aynı anda iki şeyi birden düşündüğünü, ama her ikisiyle de avunamadığını sezdi, böylesi bir yüz huzur bulup durulamaz, akılda da yer edemezdi.

"Öyle ilginç biri değildir," dedi Serbinov'un kayıtsızlığını fark eden Sofya Aleksandrovna. "Ama pek kolaydır onunla geçinmesi! İnançlıdır, başkaları da huzur bulur yanında. Böyleleri çok olsaydı, kadınlar nadiren evlenirdi şu dünyada..."

"Nerede karşılaşacağım ki onunla?" diye sordu Serbinov. "Belki de ölmüştür?.. Hem kadınlar neden evlenmezlerdi?"

"Neden evlensinler ki? Evlilikte kucaklaşmalar olur, kıskançlık ve kan olur. Benim evliliğim bir ay sürdü ve – biliyorsunuz işte. Oysaki onun yanında hiçbir şeye gereksinim duymaz insan sanırım, sırf omzuna yaslansa bile iyi hisseder kendisini."

"Böyle birine rastlarsam size kart atarım," diye söz verdi Serbinov ve paltosunu giymek, cebindeki çarşafı götürmek için acele etti.

Merdivenin sahanlıklarından Moskova gecesini görüyordu Serbinov. Nehrin kıyısında kimsecikler yoktu artık, su ise ölü bir madde gibi akmaktaydı. Sofya Aleksandrovna'yı sakat bırakmayı düşünüyor, o zaman bu kadının kendisini yanında isteyebileceğini, kendisinin ise bu merdiveni sevebileceğini mırıldanıyordu Serbinov giderken; her günün akşamını beklerdi seve seve, ağır ilerleyen yaşamını söndürebileceği bir yeri olurdu, karşısında bir insan oturur ve Simon onun sayesinde kendisini unuturdu.

Sofya Aleksandrovna yalnız kaldı, sabah işe gidene değin sıkıcı bir uykuya dalacaktı. Saat altıda gazeteci çocuk uğrar, kapının altından *İşçi Gazetesi*'ni sokuşturur ve her ihtimale karşın kapıyı tıkırdatırdı: "Sonya, kalkma vakti! Bugün onuncu gün, otuz kapik borcun var. Kalk, olayları oku!"

Akşamleyin, mesainin ardından tekrar yıkandı, fakat bu kez yastık kılıfıyla kurulanması gerekti; ardından, küllenen sıcak Moskova'ya araladı penceresini. Bu saatlerde o hep birini bekler, oysa kimseler gelmezdi yanına: Kimileri toplantıdaydı, kimileri bir kadınla oturup da öpüşmedi mi sıkılıyordu. Hava kararırken Sofya Aleksandrovna karnını pencere önündeki çıkıntıya dayıyor, beklerken sızıveriyordu. Aşağıdan at arabaları ve otomobiller geçiyor, yetim kalmış küçük kilise sindiği köşeden ayine davet ediyordu, çanlarını sessizce çalarak. Sofya Aleksandrovna'nın gözlerinin önünden epeyce yaya geçmişti, her birini beklenti içinde yolcu ediyor, apartman kapısının önünden geçip gidişlerini izliyordu. Tek bir kişi durakladı girişte, yaktığı sigarayı kaldırıma fırlattı ve içeri girdi. "Bana değil," diye karar verdi Sonya ve sessizleşti. Birisi katların derinliğinde güvensizce yürüyor, soluklanmak yahut düşünmek için sık sık duraklıyordu. Ayak sesleri Sofya Aleksandrovna'nın kapısının önünde kesildi. "Yukarı çık," diye fısıldadı Sonya. Kapısı çalındı oysa. Sofya Aleksandrovna pencereyle kapı arasındaki küçük koridoru nasıl geçtiğini bilemedi. Serbinov idi gelen.

"Gidemedim," dedi. "Sizi özledim kendi içimde."

Simon yine gülümsüyordu ama şimdi eskisinden daha kederliydi tebessümü. Burada kendisini bir mutluluğun beklemediğini görüyordu artık, ardında bıraktığı ise uğultulu bir otel odası idi, kaybettiği yoldaşlarını hesap ettiği defterin durduğu.

"Paltomun cebindeki çarşafınızı alınız," dedi Serbinov. "Kurudu, kokunuz uçup gitti. Kusura bakmayın üzerinde uyudum bugün."

Sofya Aleksandrovna Serbinov'un yorulduğunu anlıyordu ve bir başına konuğun ilgisini çekebileceğine güvenemeyerek, akşam yemeğinden ikramlar hazırlamaya girişti ona konuşmadan. Serbinov onun yemeğini gerekeni yerine getiriyormuş gibi yedi, karnı doyduğunda yalnızlık acısını daha fazla duyar oldu. Gücü çoktu ama yöneleceği bir yer yoktu, boş yere sıkıştırıyordu kalbini.

"Neden gitmediniz peki?" diye sordu Sofya Aleksandrovna. "Dünden beri daha mı çok sıkıldı canınız?"

"Bir vilayetin muzır otlarını aramaya gideceğim. Eskiden sosyalizm bit tehdidi altındaydı, şimdi ise muzır otlar tehdit ediyor onu. Benimle gelsenize!"

"Hayır," dedi Sofya Aleksandrovna reddederek. "Ben hiçbir yere gidemem."

Serbinov burada yatmak istedi, hiçbir yerde buradaki kadar rahat uyuyamazdı. Sırtını ve sol böğrünü yokladı; eskiden yumuşak ve sabırlı olan bir yerleri birkaç aydır sert ve sızılıydı: Vadesi dolan gençlik kıkırdakları kalıcı kemiğe dönüşüyor olmalıydı. Unuttuğu anası ölmüştü bu sabah. Simon onun nerede oturduğunu bile bilmiyordu, Moskova'nın sondan bir önceki evinde mi ne, ilçenin ve nahiyenin başladığı bir yerde. Serbinov'un öpüşmeler için dişlerini irinden itinayla temizlediği yahut jambon yediği saatte annesi ölmüştü. Şimdi Simon ne için yaşaması gerektiğini bilmiyordu. Serbinov'un ölümünün tesellisiz bırakacağı son insan ölmüştü. Simon'un kalan sağlar arasında annesine denk kimsesi yoktu: Sevmiyordu belki onu, adresini unutmuştu, fakat yaşamasının nedeni, kendisine bir zamanlar bir süreliğine ihtiyaç duyan annesinin, böylelikle kendisine hiç de ihtiyaç duymayan çok sayıda insana karşı siper olmasıydı Simon'a. Şimdi o siper yıkılmıştı; Moskova varoşlarında, handiyse taşrada, oğlunu kendisinden ziyade esirgemiş ihtiyar bir kadın yatıyordu tabutunun içinde ve o tabutun taze tahtaları daha canlıydı onun kurumuş bedeninden. Serbinov geriye kalan ömrünün hürleştiğini, hafiflediğini duydu: Ölümü yüzünden kimseler hayıflanmayacak, acısına dayanamayıp kimseler ölmeyecekti peşinden, annesinin Simon'dan fazla yaşayacak olursa yapmayı vaat ettiği ve yapacağı gibi. Meğer Simon, annesinin kendisine acıdığını duydukça yaşarmış, sağ kalarak da onun huzurunu korurmuş. Simon için de annesi bütün yabancı insanlar karşında bir muhafaza, bir perde demekti, merhametini üzerinde duyduğu annesi sayesinde kabulleniyordu dünyayı. Şimdi ise annesi yok olmuş, her şey çırılçıplak kalıvermişti onsuz. Mademki tek bir yaşayan dahi Simon'a ölesiye ihtiyaç duymuyordu, yaşamak zorunda değil demekti. Ve Serbinov Sofya Aleksandrovna'ya gelmişti işte, bir kadının yanında bulunmak için, annesi de kadındı zira.

Biraz oturduktan sonra Sofya Aleksandrovna'nın uykusunun geldiğini gördü Serbinov, veda etti ona. Annesinin ölümünden hiç söz etmedi. Bu konuyu, Sofya Aleksandrovna'ya yapacağı yeni bir ziyaretin sağlam gerekçesi olarak kullanmak istiyordu. Eve kadar altı *verst* yol yürüdü, ince bir yağmur iki kez serpiştirdi, durdu tepesinde.

Bir bulvara vardığında az sonra ağlayacağını duydu; gözyaşı beklentisi içinde bir sıraya oturdu, eğildi, yüzünü ayarladı fakat ağlayamadı. Daha sonra, insanların dans ettiği, bütün gece açık olan müzikli bir birahanede ağladı fakat annesi yüzünden değil, erişemediği artist ve insan kalabalığı yüzünden.

Pazar günü Serbinov Sofya Aleksandrovna'ya üçüncü kez geldi. Uyuyordu o daha, koridorda giyinmesini bekledi Simon.

Kapının ardından, önceki gün annesinin gömüldüğünü söyledi Serbinov Sofya Aleksandrovna'ya, birlikte mezarlığa gidip annesinin dünyanın sonu gelene kadar bulunacağı yere bakmaları için uğramıştı. O zaman Sofya Aleksandrovna üzerine çekidüzen vermeden odasını açtı ona, yüzünü yıkamadan mezarlığa gitti Serbinov ile. Sonbahar başlıyordu orada şimdi, defnedilmiş insanların mezarları üzerine ölü yapraklar düşüyordu. Uzun otların, ağaçların arasına, ölülerine beyhude yere kucak açmış insanlara benzer ebedi hatıra haçları sinmişti. Yola en yakın haçın üzerinde birinin sessiz şikâyeti yazılıydı:

Ben yaşıyor, ağlıyorum,
O ölmüş, susuyor.

Simon'un annesinin taze toprak altında kalan mezarı diğer mezarların arasına sıkışmış, onların harap tümsekleri arasında bir başına duruyordu. Serbinov ve Sofya Aleksandrovna ihtiyar ağacın altında duruyorlardı; ağacın yaprakları durmadan esen güçlü rüzgârda muntazaman hışırdıyordu, zaman ses kazanmış gibi üzerlerinden geçiyordu adeta. Öteden, ölü akrabalarını yoklayan insanlar geçiyordu arada bir, yakınlarda ise kimsecikler yoktu. Sofya Aleksandrovna Simon'un yanında usul usul nefes alıyor, mezara bakıyor ve ölümü anlamıyordu: Kimsesi yoktu ölecek. Acı duymak ve Serbinov'a üzülmek istiyordu, ne var ki tek duyabildiği esip duran rüzgârın uzatmalı uğultusu ve terk edilmiş haçların görüntüsü karşısında can sıkıntısı idi. Serbinov önünde çaresiz bir haç gibi dikilmekteydi ve Sofya Aleksandrovna daha iyi hissetmesi için anlamsız efkârında ona nasıl yardımcı olabileceğini bilmiyordu.

Serbinov ise binlerce mezar karşısında korku içinde dikilmekteydi. İçlerinde ölüler yatıyordu mezarların, ebediyen hatırlanacaklarına, ölümden sonra birilerinin kendilerine yanacağına inandıkları için yaşamış, oysaki unutulmuşlardı. İnsansızdı mezarlık, buraya gelmesi, anması, acıması gereken canlıların yerinde haçlar duruyordu. Onun, Simon'un başına da aynısı gelecekti: Kendisi ölü yatarken, yanına, haçının başına uğrayabilecek son kişi, şu an ayaklarının dibindeki tabutun içinde yatmaktaydı.

Serbinov Sofya Aleksandrovna'nın omzuna dokundu, ayrıldıklarında bir kerecik kendisini anımsaması için. Sofya Aleksandrovna onu karşılıksız bıraktı. O zaman Serbinov sırtından sarıldı ona, başını omzuna yasladı.

"Görecekler bizi burada," dedi Sofya Aleksandrovna. "Başka bir yere gidelim."

Patikaya çıkıp mezarlığın derinlerine doğru ilerlediler. Tek tük de olsa arkası kesilmiyordu burada insanların: Keskin gözlü birtakım ihtiyar kadınlar çıkıyordu karşılarına, çalıların arasından elleri kürekli mezarcılar beliriveriyordu ve bir zangoç çan kulesinden sarkarak izliyordu onları. Kimileyin daha rahat, viran yerlere düşüyordu yolları, oralarda Serbinov Sofya Aleksandrovna'yı bir ağaca yaslıyor yahut yakınına çekip neredeyse havada asılı tutuyor, beriki ise hevessizce bakıyordu ona; neden sonra bir öksürme sesi veya ayak altındaki çakıllı kumların gıcırtısı işitildi miydi, Serbinov tekrar uzaklaştırıyordu Sofya Aleksandrovna'yı.

Büyük bir daire çizerek yavaş yavaş bütün mezarlığı dolaştılar, sığınacak bir köşe bulamayarak Simon'un annesinin mezarına döndüler. İkisi de yorulmuştu artık; Simon yüreğinin beklentiden nasıl güçsüz düştüğünü, acısını ve yalnızlığını başka bir dostane bedene aktarmaya ve belki de Sofya Aleksandrovna'dan kıymetli bir şeyini almaya nasıl ihtiyaç duyduğunu hissetti, Serbinov'da saklı bu kaybına her zaman yansın, böylece de kendisini aklından çıkaramasın diye.

"Neyinize gerek bu şimdi?" diye sordu Sofya Aleksandrovna. "Gelin konuşalım en iyisi."

Topraktan fırlamış bir sürüngen kökün üzerine oturdular ve ayaklarını annenin mezar tümseğine dayadılar. Simon susuyor, Sofya Aleksandrovna ile evvela kendisini paylaşmadan acısını nasıl paylaşacağını bilemiyordu. Ailede mülkiyet bile eşlerin karşılıklı sevgisinin ardından ortaklaşır; Serbinov yaşadığı sürece, kan ve beden paylaşımının, peşinden diğer gündelik maddeleri paylaşmayı getirdiğini fark etmişti; tersi ise olanaksızdı çünkü ancak pahalı olan karşılığında ucuz olana kıyabilir kişi. Serbinov bu şekilde düşünenin yalnızca kendi çürümüş zihni olduğunu da kabul ediyordu.

"Ne diyebilirim ki?" dedi. "Zorlanıyorum şimdi; acı, bir madde gibi yaşıyor içimde, sözlerimiz ondan ayrı düşecek."

Sofya Aleksandrovna ıstıraptan korkarcasına ansızın kederlenen yüzünü Simon'a çevirdi, ya anlamıştı ya da hiçbir şey kavradığı yoktu. Simon, suratı asık, sarıldı ona ve sert kökün üzerinden anne mezarının yumuşak tepeciği üzerine geçirdi, ayakları alttaki otlara değecek şekilde. Mezarlıkta yabancı insanların olup olmadığını unutmuştu, belki de hepsi birden gidivermişti, Sofya Aleksandrovna ise bir şey demeden yüzünü toprak öbeklerine çevirdi, başka tabutların kürekle derinlerden çıkarılmış ince kumu karışmıştı içlerine.

Bir süre sonra Serbinov cebinin kalabalığından zayıf bir ihtiyar kadının küçük uzun portresini çıkarıp yumuşayan mezarın içine sakladı, böylece bir daha annesini anımsayıp acı çekmesi gerekmeyecekti.

GOPNER, YAKOV TİTIÇ İÇİN bir limonluk kurmuştu Çevengur' da: Yaşlı adam, gayriihtiyari biten çiçeklere saygı besliyordu, hayatının sessizliğini duyuyordu onlarda. Gelgelelim tüm yeryüzünün ve Çevengur' un üzerinde güz ortasının akşam güneşi parlamaktaydı gözlerini kısarak ve Yakov Titıç'ın bozkır çiçekleri, solukları tükenmişçesine güçlükle koku veriyordu. Yakov Titıç berikilerin en genci olan on üçündeki Yegoriy'i yanına çağırıyor, onunla camdan çatının altında, ıtırlar ortasında oturuyordu. Çevengur'da öleceği için üzgündü ama vakit gelmişti, çünkü midesi yiyecekleri sevmez olmuştu, sıvıları dahi eziyet verici gaza çeviriyordu; ne var ki Yakov Titıç'ın ölmek istemesi hastalıktan değil, kendisine karşı tahammülünü yitirişindendi: Bedenini, tamı tamına altmış yıldır yan yana durmaktan sıkıldığı ve diş bilemeye başladığı yabancı bir insan olarak duyumsar olmuştu. Şimdi, Proleter Gücü'nün toprağı sürdüğü, Kopyonkin'in ise peşi sıra yürüdüğü tarlaya bakıyor, kendisini adamakıllı unutmak, bir başınalığın kasvetinden kurtulmak istiyordu. At olmak, Kopyonkin olmak, herhangi bir kabiliyetli nesne olmak istiyordu, yeter ki hissedip bitirdiği, yarası kabuk bağlamış hayatını aklından çıkarıp atabilsin. Elleriyle Yegoriy'i yoklayınca biraz olsun rahatlıyordu, ne de olsa çocuk en has hayattı ve o hayatı yaşaması olası değilse bile yanında bulundurması, üzerinde düşünmesi olasıydı.

Yalınayak Kopyonkin savaş atının kuvvetiyle ham toprağa dönüşen bozkırı sürüyordu. Kendi besini için değil, başka bir insan, Aleksandr Dvanov ileride mutlu olsun diye sürüyordu toprağı. Kopyonkin, Dvanov'un Çevengur'da bir deri bir kemik kaldığını görmekteydi, o yüzden eski dünyanın kilerlerinde sağlam kalmayı başarmış çavdar tohumlarını avuç avuç toplayıp, toprağı sürmek ve kışlık ekinlerle dostunu beslemek için Proleter Gücü'nü sabana koşmuştu. Ne var ki Dvanov'un bir deri bir kemik kalmasının nedeni açlık değildi, aksine, Çevengur'da pek acıkmıyordu karnı, mutluluktan, kaygıdandı zayıflayışı. Devamlı, Çevengurluların bir sıkıntıları var, kendi içlerinde pek eğreti yaşıyorlar gibi geliyordu ona. Ve emek vasıtasıyla bedenini adıyordu onlara Dvanov; Kopyonkin'in kendisiyle birlikte Çevengur'a ayak uydurması için günbegün Rosa Luxemburg'un hayat hikâyesini yazıyordu hayal gücünü zorlayıp; dostluğunun kederiyle peşinde dolanan, Çevengur'dan çekip gidivermesin diye geceleri kendisini kollayan Kirey için de nehrin dibinden küçük kara bir ağaç kütüğü çıkarmıştı, çünkü Kirey tahtadan silah yapmak istiyordu. Çepurnıy ise Paşintsev ile birlikte durmaksızın çalılık doğruyordu; kışları pek kar yağmadığını anımsamıştı, o halde kar evleri ısıtmaz, tekmil komünizm nüfusu üşütür, bahara değin de ölmüş olurdu. Geceleri de rahat huzur bilmiyordu Çepurnıy; Çevengur'un orta yerinde toprağa uzanıyor, şehir ateşsiz kalmasın diye sönmez ateşe dal koyuyordu. Gopner ve Dvanov Çevengur'da kısa süre sonra elektrik elde etme vaadinde bulunuyor, ne var ki sürekli başka zahmetli işler yüzünden yorgun düşüyorlardı. Elektrik beklentisi içindeki Çepurnıy güz karanlığının nemli göğü altında yatıyor, uyuyan berikiler için ısı ve ışığı koruyordu bulanık bir zihinle. Berikiler ise daha şafak sökmeden uyanıp sevindiriyorlardı Çepurnıy'ı: Sessiz Çevengur boyunca kapılar gıcırdıyor, bahçe kapıları gümbürdüyor, dinlenmiş çıplak ayaklar evlerin arasında yiyecek arayışı ve yoldaşlarla karşılaşma umudu içinde geziniyor, su kovaları takırdıyor, ortalık ağarıyordu. O zaman Çepurnıy gönül rahatlığıyla uykuya dalıyor, berikiler ise ortak ateşlerini kendileri koruyorlardı.

Berikiler bozkıra yahut nehre yollanıyor, başak topluyor, topraktan yumru kökler çıkarıyor, sopanın ucuna geçirdikleri şapkalarıyla nehirden ufak balık sürüleri tutuyorlardı. Berikilerin kendileri nadiren yemek yiyorlardı: Birbirlerine ikramda bulunmak için çıkıyorlardı besin avına, gelgelelim tarlalarda da seyrekleşiyordu yiyecek, berikiler akşama kadar kendilerinin ve başkalarının açlığına kederlenerek dolanıyorlardı muzır otların içinde.

Bir keresinde, alacakaranlık inerken berikiler otluk açık alanda toplanmış, yemek yemeye hazırlanıyordu. Ansızın Karçuk ayağa kalktı; tüm gün çalışıp didiniyor, akşamlarını ise sıradan halkın arasında geçirmekten hoşlanıyordu.

"Yurttaşlar, dostlar," dedi Karçuk hoşnut sesiyle. "Yuşka'nın göğsüne bir öksürük, bir dert musallat olmuş. Hafif şeylerle beslenmesi şart, kendisine bin bir ot topladım, üzerlerine çiçek saplarından süt akıttım, Yuşka rahat rahat yiyebilir..."

Elinde dört patates, dulavratotlarının üzerinde oturan Yuşka da şöyle yanıtladı onu:

"Ben de sana kendi prensibimle karşılık vereceğim, Karçuk. "Sabahtan beridir canım seni pişmiş patatesle şaşırtmayı arzuluyordu! Yatmadan evvel bir güzel doymanı arzuluyorum!"

Gece dehşeti kuşatıyordu ortalığı. Issız gök kara kara soğuyor, yıldızını dışarı salmıyordu, hiçbir yerde insanı sevindirecek bir şey yoktu. Berikiler yemeklerini yiyorlardı, keyifleri yerindeydi. Yaban tabiatın ortasında, uzun güz gecelerine karşı hiç değilse bir yoldaş tedarik etmişlerdi, onu kendi mülkleri sayıyorlardı – hem yalnızca mülk de değil, insanın sırf hayalinde güvenebileceği, fakat bedenini onaran gizemli bir mükâfat. Gereksindiği bir insanın âlemde sağ salim yaşıyor olması dahi berikinin onu bir tür yürek esenliği, sabır kaynağı, en yüce madde, fukaralığının serveti olarak görmesi için yeterliydi. Çevengur ve ıslak gece, âlemde kendine ait ikinci bir insanın var olması sayesinde gayet yaşanabilir, konforlu bir ortama dönüşüyordu berikilerden her biri için. "Bırakayım yesin," diye düşündü beslenen Yuşka'yı seyrederken Karçuk. "Sindirim kanı çoğaltsın, uykusundan zevk alsın. Yarın uyandığında da karnı tok, vücudu sıcak olur: Ne rahat!"

Yiyecekten artan son sıvıyı da yutan Yuşka insan halkasının ortasında ayağa kalktı:

"Yoldaşlar, bugün bizler tek bir nüfus gibi yaşıyoruz burada, kendi varoluş prensiplerimize bağlıyız... Ve her ne kadar alttabaka olsak da, her ne kadar en kızıl kitle olsak da birinin eksikliğini hissediyoruz, beklediğimiz biri var!.."

Berikiler susuyor, gündelik yiyecek ve yoldaşlık kaygılarından yorgun, vücutlarının alt yarısına dayıyorlardı başlarını.

"Proşka hususunda zarardayız," dedi Çepurnıy üzgün üzgün, "azizimden eser yok Çevengur'da!.."

"Ateşi daha güçlü örgütlesek iyi olacak," dedi Kirey. "Bakarsın Proşka geceleyin geliverir, karanlıkta bulmasın bizi!"

"Neyle örgütleyeceksin ki?" dedi Karçuk, anlamamıştı. "Ateş dediğin gösterişli şeydir! Silme çalı bitmiş ortalıkta, ateşi neyle örgütleyeceksin? İstersen çalıları yak, örgütlü bir duman tüttürürsün..."

Bu esnada berikiler şuursuz uykunun bastırmasıyla sessiz sessiz solumaya koyulmuşlardı, duymuyorlardı Karçuk'u. Bir tek Kopyonkin'in canı istirahat çekmiyordu. "Zırva," diye düşündü ve atını yerleştirmeye gitti. Dvanov ve Paşintsev sırt sırta verip yattılar, birbirlerini iyice ısıtınca şuurlarını yitirdiler ve sabaha kadar da bu yitimi hissetmediler.

İki gün sonra, üçüncü günde, iki Çingene gelip geceyi Karçuk'un kilerinde boş yere geçirdi. Gündüzün onlar da Çevengurlulara katılmak istediler, ama herkes şehrin ve muzır otların değişik yerlerinde didinmekteydi, hem yoldaşlarından utanıyor, işi gücü bırakıp kadınlara kur yapmaya çekiniyorlardı. Kirey Çevengur'daki tüm tahtakurularını yakalamış, kara ağaçtan bir kılıç yapıp bitirmişti, Çingenelerin geldiği sıra ise Gopner'e yapacağı pipo için bir kütük sökmekle meşguldü. Kirey üzüntüden, ömrünün sonunu görmüşçesine zayıfladığını hissediyordu, neyse ki vücudunu toprak kazmaya harcayarak bu külfetin altından kalkabilmişti zamanla. Bir saat sonra Çingeneler tekrar, bu kez bozkırın yükseklerinde belirip, uzaklaşan bir katarın kuyruğu gibi gözden yitiverdiler nihayet.

"Amma da güzeller!" dedi Piyusya, çitlere berikilerin yıkanmış döküntülerini asarken.

"Sağlam madde," diye verdi Çingenelere notunu Jeyev.

"Yalnız bedenlerine zırnık devrim işlememiş!" dedi Kopyonkin. Üç gündür sık otlar arasında ve atının durduğu tüm yerlerde nal arıyordu, oysaki bulup bulabildiği küçük bir haç, birkaç pabuç ve burjuva yaşantısının birtakım kiriş ve çöplerinden ibaretti. "Yüzünden bilinç okunmayana güzel denmez," dedi Kopyonkin, komünizm gelmeden önce manastır inşası için sermaye toplamakta kullanılan bir maşrapa bularak. "Devrimsiz kadın olmamış kadındır, böylelerini özlemem ben... Uykunu getirir belki ama başkaca numarası yoktur, kalbimden bile hafiftir."

Dvanov her tür ahşap inşaat için civar evlerden çivi söküyordu; kapının ardından zavallı Çingenelerin gidişini görmüş, acımıştı onlara. Çevengur'da eş ve ana olabilirlerdi oysa; korkunç, kimsesiz yeryüzünde dağılıp gitmemek için telaş içinde didinip itişen, dostluğun bitiştirdiği insanlardan olabilirlerdi; vücut değiştokuşuyla, derindeki kanlarının fedakâr gücünü bölüşerek kuvvetlenebilirlerdi. Dvanov ev ve çitlere şaşkınlık içinde baktı: Ne çok işçi elinin sıcaklığını gizlemekteydiler, bu duvarların, kütük sıralarının, çatıların arasında ne çok hayat bir başka insana ulaşamadan soğuyup gitmişti! Ve Dvanov bir süre için çivi aramayı bıraktı; gücünü Kopyonkin, Gopner ve işi başından aşkın Çevengur'u terk edip bozkır ve sefalete giden şu iki Çingene gibileri için korumaya, kendisini ve berikileri emek uğruna tüketmemeye karar verdi. "Özene bezene çalışıp da insanları gözden kaçıracağıma oturur sıkılırım daha iyi," dedi ikna olarak. "Hepimiz kendimizi işe kaptırdık, yaşamak kolaylaştı ama, mutluluk ertelenmede bu sefer de..."

Duru güz sıcağı, sesi kesilmiş Çevengur dolaylarını yarı ölü, parlak bir ışıkla aydınlatıyordu, yerin üzerinde hava yoktu sanki. Kimileyin insanın yüzüne can sıkıcı bir örümcek ağı yapışıyordu, fakat ışık ve ısıyı artık reddeden otlar ölüm toprağına eğilmişti bile, demek yalnızca güneşle değil kendi zamanları doğrultusunda da yaşıyorlardı. Bozkır ufkunda havalanan kuşlar daha bereketli yerlere konuyordu: Dvanov kuşları izlerken, çocukluğunda Zahar Pavloviç'in evinin tavanında yaşayan karasinekleri seyrederken duyduğu kederi duyuyordu. Ama işte havalanan kuşlar aheste bir tozun içinde kalakalmıştı: Üç atın çektiği bir araba Çevengur'a doğru tırıs gidiyordu. Bir yabancının gelişine şaşıran Dvanov çite tırmandı, o sırada bir atın yakınından gümbür gümbür geçtiğini işitti: Proleter Gücü'ydü bu, sırtında, uzak arabadaki dostu karşılamak yahut düşmanı ezmek üzere Çevengur'dan fırlayan Kopyonkin oturuyordu. Dvanov da gereklilik halinde Kopyonkin'e yardım etmek üzere şehrin ucuna çıktı. Ne var ki Kopyonkin bizzat halletmişti işi: Arabacı ağır adım yürüyen atları dizginlerinden tutmuş getiriyordu şimdi, arkadaki fayton boştu, yolcu ötede yürüyor, Kopyonkin at sırtında eşlik ediyordu ona. Kopyonkin bir elinde kılıç tutuyordu, diğerinde bir çanta, çantaya yapıştırdığı kirli başparmağının ucunda bir hanım revolveri asılıydı.

Bozkırda seyahat eden adam şimdi yayan ve silahsız yürüyordu, fakat yüzünde ölüm öncesi duyulan direncin dehşeti değil, meraklı bir tebessüm vardı.

"Kimsiniz siz? Çevengur'a neden geldiniz?" diye sordu ona Dvanov.

"Merkezden geldim, muzır ot sahasını aramaya. Yoktur sanıyordum, ama büyüyormuş sahiden," diye yanıtladı Simon Serbinov. "Ya siz kimin nesisiniz?"

İki adam neredeyse burun buruna dikilmekteydiler. Tehlikeye sevinen Kopyonkin gözünü açmış, Serbinov'u izliyordu; arabacı atların yanında ah çekiyor, hayıflanıyordu içinden, yerli serserilerin atlara el koyacaklarına inanmıştı.

"Burada komünizm var," diye açıkladı Kopyonkin atının üzerinden. "Bizler de yoldaşız, çünkü eskiden geçim nedir bilmezdik. Sen nasıl bir herifsin peki?"

"Ben de komünistim," diyerek raporunu uzattı Serbinov; bir yandan da Dvanov'u inceliyor, tanıdık yüzüne bakarak nerede karşılaştıklarını anımsamaya çalışıyordu.

"Komünize etmeye geldin ha," dedi hayal kırıklığına uğrayan Kopyonkin, beklediği tehlikeye kavuşamamıştı. Çantayı ve cep revolverini çevredeki muzır otların içine fırlattı. "Kadın sütrümanı* işimizi görmez. Bir top kapıp getiriverseydin hora geçerdi, o zaman gerçek Bolşevik derdik sana. Baksana çantan büyük, revolverin ufak – kâtipsin sen, parti üyesi değil... Saş, yürü evlerimize gidelim!"

Dvanov Proleter Gücü'nün rahat sağrısına atladı ve Kopyonkin ile ikisi uzaklaştılar.

* Enstrüman. *–ç.n.*

Serbinov'un arabacısı atları bozkır yönüne çevirdi ve can derdiyle arabacı bölümüne sıçradı. Serbinov bir müddet düşünceler içinde Çevengur'a doğru yürüdü, durdu sonra. Yaşlı dulavratotları yazlık, sıcak ömrünü usul usul doldurmaktaydı; ileride –şehrin orta yerinde– muntazam bir gayretle tahtaya vuruluyor, kenar evlerin birinden patates yemeği kokusu geliyordu. Burada da insanlar yaşıyor, gündelik sevinç ve kederleriyle besleniyorlardı işte. Serbinov ne istiyordu peki? Belli değil. Ve Çevengur'a, o bilmediği yere doğru yürüdü Serbinov. Arabacı, onun kendisine aldırmadığını fark etmişti, atları önce ağır adım, sonra dörtnala dümdüz bozkıra sürdü Çevengur'dan.

Berikiler Çevengur'a varan Serbinov'un çevresini kuşatıverdiler hemen; tanımadıkları, adamakıllı giyinik bu adama karşı hayati bir merakla dolmuşlardı. Serbinov'a bakıyor, hayran hayran izliyorlardı onu, gören de berikilere otomobil armağan edildi, bir eğlenceye kavuşacaklar sanırdı. Kirey Serbinov'un cebinden dolmakalemini çıkardı ve Gopner'e yapacağı ağızlık için tepesini koparıverdi oracıkta. Karçuk ise Kirey'e Serbinov'un gözlüğünü armağan etti.

"Çokça, bolca görürsün," dedi ona.

"Yol torbasını atmasaydım keşke," dedi Kopyonkin üzülerek. "Ondan Saşa için bir Bolşevik kasketi yapabilirdim... Ama yok, kalsın, ben Saşa'ya kendiminkini armağan ederim."

Serbinov'un botları Yakov Titıç'ın ayaklarına yaradı: Oturma odasında gezinebilmek için hafif pabuçlara ihtiyacı vardı; paltodan ise Çevengurlular Paşintsev'e pantolon dikilmesini kararlaştırdılar, beriki ta devrim parkından beridir pantolonsuz yaşamaktaydı. Kısa süre sonra Serbinov üzerinde bir yelek, ayakları çıplak, sokağa konulmuş bir sandalyeye oturdu. Piyusya ona iki pişmiş patates getirmeyi akıl etti, berikiler ise konuşmadan gönüllerinden kopanı taşımaya koyuldular: Kimi gocuk, kimi yün çizme, Kirey ise bir çuval dolusu yazı gereci verdi Serbinov'a.

"Al," dedi Kirey, "sen akıllısındır, işine yarar, bize gerekmiyor."

Serbinov malzemeleri de aldı. Daha sonra kuruyan otların arasında çantasını ve revolverini arayıp buldu; çantasının kâğıttan içini çıkardı, derinin kendisini ise attı. Kâğıtların içinde sahiplenmek istediği insanların hesap defteri bulunmaktaydı; bu deftere kıyamazdı Simon, akşamleyin üzerinde gocuk, ayağında yün çizme, yorgun düşen şehrin sessizliğinde açık defterin başına oturdu. Masanın üzerinde Kirey'in burjuva stoklarından buluşturduğu mum yanmaktaydı, evin içine ise bir zamanlar burada yaşamış yabancı bir insanın yağlı bedeninin kokusu sinmişti. Yalnızlık ve yer değişimi Serbinov'u her daim efkâra gark eder, karnı ağrır, defterine hiçbir şey yazamaz olur, ancak okuyabilir ve bütün geçmişinin zararlarla dolu olduğunu görürdü: Ömrünün sonuna değin yanında kalacak bir kişi bile yoktu, kimsenin arkadaşlığı güvenilir bir akrabalığa dönüşmemişti. Serbinov yalnızdı, kendisini anan tek kişi kurumun sekreteriydi, Serbinov'un şimdi iş seyahatinde olduğunu, ancak geri gelmesi gerektiğini biliyor ve görev gereği bekliyordu onu. "Bana ihtiyacı var," diye geçirdi içinden Serbinov sekretere karşı bir bağlılık duyarak, "görecek döndüğüm günü, bana ilişkin hatırasına ihanet etmeyeceğim."

Aleksandr Dvanov kendisini yoklamaya geldiğinde Serbinov yarı yarıya mutluydu bile: Sekreter kendisi için kaygılanıyordu bir yerlerde, demek ki Simon'un da bir yoldaşı vardı. Serbinov'un düşündüğü tek şey buydu, gece Çevengur'undaki tek avuntusu. Başka herhangi bir fikri duyumsayamıyordu, duyumsamadığı şey ise teselli vermez insana.

"Çevengur'dan ne bekliyorsunuz?" diye sordu Dvanov. "Size hemen söyleyeyim: Burada görevinizi yerine getiremezsiniz."

Serbinov'un da yerine getirmeyi düşündüğü bir şey yoktu zaten; yine Dvanov'un tanıdık yüzünü anımsamaya çalışıyor ama başaramıyor, tedirgin oluyordu.

"Ekim alanınızın azaldığı doğru mu?" diye sordu ekinlerle pek az ilgilenen Serbinov, sırf sekreteri memnun etmek için.

"Hayır, arttı, şehri bile ot bürüdü," diye açıkladı Dvanov.

"Bu iyi," dedi Serbinov ve kendisini iş seyahatinin gereğini yerine getirmiş saydı, daha sonra raporunda ekim alanının hiç de azalmadığını, bilakis yüzde bir oranında büyüdüğünü yazacaktı; hiçbir yerde çıplak toprak görmemişti, hatta bitkiler sığmıyordu toprağa.

Bir yerlerde, nemli gece havasında Kopyonkin öksürdü, yaşlanan, uyuyamadığı için tek başına gezinen adam.

Dvanov Serbinov'un yanına kuşku içinde, seyahatçiyi Çevengur'dan ilga etmeyi hesaplayarak gelmiş, fakat karşısına geçince ne diyeceğini bilememişti. Dvanov ilk başta çekinirdi insanlardan hep, çünkü kendisini üstün hissetmesini sağlayacak sahici inançlara sahip değildi; aksine, bir insanın görüntüsü Dvanov'da inanç yerine duygu yaratır, gereğinden fazla saygı duymaya başlardı o insana.

Serbinov henüz nerede bulunduğunu bilmiyor, ilçenin sessizliği, otluk memleketin bereketli havası yüzünden Moskova'yı özlüyordu: Dönmek istedi Serbinov, hemen yarın yürüyerek çıkacaktı Çevengur' dan.

"Devrim mi oluyor sizin burada yoksa ne?" diye sordu Serbinov Dvanov'a.

"Burada komünizm var. Dışarıda öksüren yoldaş Kopyonkin'i duydunuz herhalde? Kendisi komünisttir."

Serbinov pek şaşırmamıştı, her zaman devrimin kendisinden iyi olduğunu düşünürdü. Tek gördüğü, bu şehrin içindeki kendi acınası haliydi: Nehirdeki taşa benziyordu, devrim üzerinden aşıp gidiyor, o ise şahsına bağlılığı yüzünden ağırlaşarak dipte kalıyordu.

"Peki ya acı yahut üzüntü var mı sizin Çevengur'da?" diye sordu Serbinov.

"Var," dedi Dvanov: Acı yahut üzüntü, bunlar da insanın bedeniydi.

Bu esnada Dvanov alnını masaya yasladı, akşama doğru feci şekilde yorulmuş oluyordu, hareketten ziyade koca bir günü Çevengur insanlarını ihtiyat ve korkuyla takip etmekten.

Serbinov pencereyi açık havaya araladı; her yer sessiz ve karanlıktı, yalnız bozkırdan uzun bir geceyarısı sesi yükselmekteydi, ama o denli barışçıl bir sesti ki bu, gecenin sükûnetini bozmuyordu. Dvanov karyolaya geçti ve sırtüstü uyuyakaldı. Sönmeye yüz tutan muma yetişme telaşındaki Serbinov Sofya Aleksandrovna'ya bir mektup yazdı. Çevengur'da, bir araya gelmiş avare proleterler tarafından komünizmin kurulduğunu, içlerinde Dvanov adında, herhalde bu şehre ne için geldiğini unutmuş bir yarı-entelektüelin yaşadığını yazdı. Serbinov uyuyan Dvanov'a, gözleri kapanınca değişen yüzüne, ölü huzuru içinde uzattığı ayaklarına baktı. "Gençlik aşkınızın fotoğrafına benziyor," diye yazdı Serbinov, "ama sizi sevmiş olduğunu hayal etmek güç doğrusu". Sonra iş seyahatlerinde midesinin ağrıdığını, şu yarı-entelektüel misali Çevengur'a neden geldiğini unutup, varlığını burada sürdürmeye razı olabileceğini ekledi.

Mum söndü ve Serbinov sandığın üzerine yattı, hemen uyuyamamaktan korkuyordu. Oysaki oracıkta uyuyakaldı ve mutlu insanlara olduğu gibi bir an içinde dikiliverdi yeni gün karşısına.

O sıralarda Çevengur'da pek çok nesne peydahlanmıştı; Serbinov dolaşırken bunları görüyor, ama neye yaradıklarını anlamıyordu.

Daha sabahleyin çam ağacından bir tava görmüştü masanın üzerinde; çatıda ise bir direğe bağlanmış demir bir bayrak vardı rüzgâra boyun eğmeyen. Şehrin kendisi öylesine dar bir yere sığışmıştı ki Serbinov sahiden de ekim alanının yerleşim sahasını kaplayarak genişlemiş olabileceğini düşündü. Hangi yana baksa Çevengurluların gayretle çalıştıklarını görüyordu; otların içinde oturuyor, ambar ve avlularda dikiliyor ve her biri canının çektiği işi yapıyordu. İki kişi ahşap masa yontuyor, biri malzeme kıtlığı yüzünden çatıdan söktüğü demiri kesip büküyor, dört kişi çite dayanmış, gezginlik etmek isteyecek biri çıkarsa diye yedek pabuç örüyordu.

Dvanov Serbinov'dan önce uyanmış ve aceleyle Gopner'i aramaya girişmişti. İki yoldaş demirhanede buluştular, Serbinov da onları burada buldu. Dvanov bir icat düşünmüştü: Güneş ışığını elektriğe dönüştürecekti. Bunun için Gopner Çevengur'daki tüm aynaları çerçevelerinden çıkarmış, şuncacık kalınlığı bulunan her tür aynayı toplamıştı. Dvanov ve Gopner bu malzemeden karmaşık prizma ve reflektörler yapmışlardı, güneş ışığı içlerinden geçip değişsin ve aygıtın diğer ucunda elektrik akımına dönüşsün diye. Aygıt iki gün önce hazır edilmiş, ama elektrik meydana gelmemişti. Berikiler Dvanov'un ışık makinesini incelemeye geliyorlardı, her ne kadar makinenin çalışması mümkün olmasa da, onlar işlerine gelene inanmışlardı: İki yoldaşları bedensel emek ortaya koyarak, düşünerek ürettiğine göre bu makine doğru ve de gerekliydi.

Demirhanenin az ötesinde kil ve samandan yapılma bir kule vardı. Geceleri berikilerden biri kuleye tırmanıyor ve bozkırda yolunu şaşıran kimseler kendileri için hazırlanan bu rıhtımı görebilsin diye ateş yakıyordu; gelgelelim ya bozkırlar boşalmış ya da geceler ıssızlaşmıştı; kilden fenerin ışığına kimsecikler gelmemişti henüz.

Dvanov ve Gopner güneş mekanizmalarını iyileştirmekle uğraşadursun, Serbinov şehrin orta yerine varmıştı. Evlerin araları zaten dardı, şimdi ise hepten geçilmez bir hal almıştı, berikiler tamamlanmayı bekleyen son ürünlerini yığmışlardı buralara: iki *sajen* eninde tahta tekerler, demirden düğmeler, galiba sevilen yoldaşların –Dvanov da dahil– kilden anıtları, kırık çalar saatlerden yapılma bir döner makine, Çevengur'daki tüm yorgan ve yastıkların içleri kullanılarak yapılan fakat bir seferde ancak tek bir kişiyi, en çok üşüyeni geçici olarak ısıtabilecek ocak-ısıtıcı. Bir de Serbinov'un faydalarını hiçbir surette kavrayamadığı nesneler vardı.

"Yürütme Komiteniz nerede?" diye sordu Serbinov telaş içindeki Karçuk'a.

"Vardı ama artık yok – yürüteceğini yürüttü," diye açıkladı Karçuk. "Git Çepurnıy'a sor, görüyorsun ki yoldaş Paşintsev'e öküz kemiğinden kılıç yapmaktayım."

"Peki neden şehriniz açık arazide durmasına rağmen böyle sıkış sıkış kurulmuş?" dedi Serbinov sormaya devam ederek.

Fakat Karçuk reddetti yanıtlamayı:

"Kime istersen sor, gördüğün gibi çalışıyorum, demek ki seni değil kılıca sahip olacak Paşintsev'i düşünüyorum."

Ve Serbinov, anıtlar için koyaktan çuvalla kil taşıyan Moğol suratlı bir başka adama yöneltti sorusunu.

"Bizler hiç mola vermeden kendi aramızda yaşarız," diye açıkladı Çepurnıy, kil taşıyan o idi.

Serbinov ona ve iki *sajen* enindeki tahta tekerlere, ayrıca demirden düğmelere güldü. Kendi gülüşünden utanıyordu Serbinov, Çepurnıy ise karşısında dikiliyor, bakıyor ve gücenmiyordu.

"Zor işler peşindesiniz," dedi Serbinov gülümsemeyi bir an evvel kesmek için, "ürünlerinizi gördüm, faydasızlar."

Çepurnıy onu uyanık uyanık ve ciddiyetle süzdü, kitlelerin gerisinde kalmış bir insandı gördüğü.

"Biz fayda için değil, birbirimiz için çalışıyoruz."

Serbinov artık gülmüyordu, anlamaz olmuştu.

"Nasıl?" diye sordu.

"Aynen öyle," diye onayladı Çepurnıy. "Ya nasıl olacakmış, söyler misin lütfen? Sen partisizsin galiba. Emekten fayda bekleyen burjuvaziydi, başaramadı: Nesne için bedenimizi harap etmeye sabrımız yok bizim." Çepurnıy Serbinov'un somurttuğunu görünce gülümsedi. "Senin için bir tehlike yok, alışırsın yanımızda her şeye."

Serbinov hiçbir şey tasavvur edemeyerek uzaklaştı: Birçok şey hayal edebilirdi, ama gözünün önündekini anlamak elinden gelmiyordu.

Öğleyin Serbinov'u alana yemeğe çağırdılar, birinci tabağı otlu lahana çorbası, ikinci ise ezilmiş sebze lapasıydı, Serbinov bunlarla pek güzel doydu. Artık Çevengur'dan ayrılıp Moskova'ya gitmek istiyordu, fakat Çepurnıy ve Dvanov ondan ertesi güne kadar kalmasını rica ettiler: Yarına kadar anı olarak saklayacağı bir yol hediyesi yapacaklardı ona.

Serbinov kaldı ve vilayet merkezine uğramamaya, raporunu yazılı olarak postayla göndermeye karar verdi. Öğle yemeğinden sonra Vilayet Komitesi'ne, Çevengur'da bir Yürütme Komitesi olmadığını, onun yerine birçok hoş ama faydasız eşya bulunduğunu, ekim alanının azalmış olacağına ihtimal vermediğini, bilakis yeniden yapılandırılan şehrin daralması sayesinde ekim alanının büyüdüğünü, gelgelelim burada oturup bu bilgileri kaleme alacak kimsenin bulunmadığını, çünkü şehir nüfusunun içinde tek bir makul yöneticiye rastlanmadığını yazdı. Ayrıca Serbinov, Çevengur'un, görünen o ki enformasyon sanatından habersiz, geceleri üzerinde saman yahut başka bir kuru maddenin yakıldığı kilden fener dışında dünyaya sinyal göndermeyen, tanınmamış küçük bir kavim ya da bir grup serseri tarafından ele geçirilmiş olduğu zannını sonuç hanesine kondurdu; serseriler arasında bir entelektüel, bir de mütehassıs usta vardı, ama ikisi de bütünüyle kendilerinden geçmiş vaziyetteydiler. Tatbiki hükmü ise vilayet merkezinin kendisine bırakıyordu Serbinov.

Simon yazdığını tekrar okudu; zekice, çifte manalı, düşman bir dille, alay edercesine yazılmıştı (gerek vilayetle gerekse Çevengur'la). Serbinov yoldaş edinmeye ümitlenmediği kişiler söz konusu olunca böyle yazardı hep. Tüm Çevengurluların kendisi gelmeden evvel birbirlerini kaptıklarını anlamıştı, kimse kalmamıştı ona, bu yüzden de iş seyahatinde olduğunu aklından çıkaramamıştı.

Çepurnıy öğleden sonra yine kil taşımaktaydı; Serbinov mektuplarını nasıl gönderebileceğini, postanenin nerede bulunduğunu sordu ona. Çepurnıy iki mektubu da aldı ve şöyle dedi:

"Yakınlarını mı özlüyorsun? Postaneli yere kadar yayan birisiyle gönderiveririz. Ben de Prokofiy'i özlüyorum ya, bulunduğu yeri bilmiyorum."

Karçuk Paşintsev için yaptığı kemikten kılıcı bitirmişti; sıkılmamaya devam etmeyi pek isterdi ama düşüneceği, uğruna çalışabileceği kimse yoktu, o yüzden tırnağıyla toprağı tırmıklıyordu hayata dair hiçbir şey hissetmeyerek.

"Karçuk," dedi Çepurnıy. "Paşintsev'e saygı duyardın sen, şimdi yoldaşsız kaldın, elemleniyorsun. Yoldaş Serbinov'un mektuplarını posta vagonuna kadar götürüver lütfen, giderken yol boyunca onu düşünmüş olursun..."

Karçuk dertli dertli Serbinov'u süzdü:

"Bakarsın yarın giderim," dedi, "şimdilik kendisini hissedemiyorum... Bu gelen adama karşı bir çekim duyacak olursam akşam da çıkabilirim yola bakarsın."

Akşamleyin toprak nemlendi, sis çöktü. Çepurnıy, ortadan kaybolan Proşka uzaktan seçebilsin diye kilden kulede saman ateşini yaktı. Serbinov boş evin içinde, üzerini bir şeyle örtmüş yatıyordu. Uyuyup taşranın sessizliğinde huzur bulmak istiyordu; yalnız mekânın değil zamanın da kendisini Moskova'dan ayırdığını zannediyor, örtünün altındaki bedenini büzüştürüyor, bacaklarını, göğsünü ikinci bir acınası insan gibi duyuyor, ısıtıp okşuyordu.

Karçuk vahşi doğada yaşıyorlarmış veya bir kardeşliğin mensubuymuş gibi izin istemeden içeri girdi.

"Çıkıyorum yola," dedi. "Ver mektuplarını."

Serbinov ona mektupları verdi ve rica etti:

"Yanımda otursana biraz. Nasılsa benim yüzümden bütün gece yürüyeceksin."

"Hayır," diyerek reddetti oturmayı Karçuk, "seni yalnız başımayken düşüneceğim."

Mektupları kaybetmekten çekinen Karçuk iki eline birer mektup alıp avuçlarını sıktı ve öylece gitti.

Yeryüzünü örten sisin üzerindeki gök temizdi, ay doğmuştu orada; itaatkâr ışığı sisin ıslak karanlığında sönükleşiyor, dünya onun ışığında su dibi gibi görünüyordu. Son insanlar sessiz sessiz geziniyordu Çevengur'da; birisi, sesini bozkıra duyurmak için kilden kulenin üzerinde bir şarkı tutturdu, zira sırf ateşin ışığına güvenemezdi.

Serbinov görmemeyi ve uyumayı dileyerek yüzünü eliyle örttü, gelgelelim elinin altında açıverdi gözlerini ve hepten kaçtı uykusu: Uzakta bir armonika neşeli, cesur bir şarkı çalıyordu, melodisine bakılırsa "*Yabloçko*"* gibi bir şey, fakat çok daha ustalıklı ve etkileyici, Serbinov'un bilmediği bir Bolşevik fokstrotu. Müziğin sesine bir araba gıcırtısı karışıyor, demek ki biri geliyordu, sonra uzaklardan iki at sesi yükseldi: Proleter Gücü Çevengur'da kişniyor, yaklaşan kız arkadaşı ise bozkırdan yanıt veriyordu ona.

Simon dışarı çıktı. Kil fenerin üzerinde bir kucak saman ve eski bir çit utku dolu bir alevle parladı; armonika da güvenilir ellerde sesini kısmıyor, giderek daha artırıyor, halkı yaşamak için bir yere davet ediyordu.

Faytonun içindekiler Prokofiy ve bir zamanlar zevce bulmak için Çevengur'u yürüyerek terk eden çıplak çalgıcı idi, zayıf bir at getiriyordu onları kişneyerek. Faytonun peşi sıra yalınayak hatunlar yürüyordu, ikişerli sıralar halinde, on ya da daha fazla hatun, en önde ise Klavdyuşa.

Çevengurlular müstakbel karılarını suskunca karşıladılar, fenerin ışığında dikiliyor, ileri doğru bir adım olsun atmıyor, tek bir selam sözü sarf etmiyorlardı, çünkü gelenler her ne kadar insan ve yoldaş olsalar da kadındılar aynı zamanda. Kopyonkin getirilen kadınlara karşı utanç ve hürmet duymaktaydı, dahası Rosa Luxemburg karşısında vicdanı el vermediğinden kadınları gözlemlemeye çekiniyordu. Böğüren Proleter Gücü'nü sakinleştirmeye gitti.

Fayton durdu. Berikiler anında atları çözüp kucaklarında Çevengur'un içlerine taşıdılar talikayı.

Prokofiy müziği böldü ve marş adımlarıyla ilerleyen kadınlara işaret ederek aceleye gerek kalmadığını bildirdi.

"Komünizm yoldaşları!" diye seslendi Prokofiy küçük halkın sessizliğine. "Kararınızı yerine getirdim: Karşınızda Çevengur'a marş düzeni içinde ulaştırılan müstakbel zevceleriniz duruyor, Jeyev için de özel bir dilenci kadın kandırdım..."

"Nasıl kandırdın?" diye sordu Jeyev.

"Otomatik olarak," diye açıkladı Prokofiy. "Hey müzisyen, ens-

* İç savaş yıllarında söylenen bir halk şarkısı, "Küçük elma". *–ç.n.*

trümanını al, hanımlara dön ve bir selam havası çal ki Çevengur'da havaları bozulmasın, sevsinler Bolşevikleri."

Müzisyen çaldı.

"Harika," diye onayladı Prokofiy. "Klavdyuşa, kadınları istirahata götür. Yarın kendileri için şehir örgütünün önünde teftiş ve geçit merasimi düzenleyeceğiz. Ateş yüzlerini canlandırmamıza yetmiyor."

Klavdyuşa uyuklayan kadınları boş şehrin karanlığına götürdü.

Çepurnıy Prokofiy'in göğsüne sarıldı ve yalnız ona hitaben konuştu:

"Proşa, kadınların bir aciliyeti kalmadı pek, sen geldin ya yeter. İster misin yarın sana ne dilersen yapıp armağan edeyim?"

"Klavdyuşa'yı armağan et!"

"Verirdim sana onu, Proşa, ama kendin armağan ettin onu zaten kendine. Başka bir şey al lütfen!"

"Düşüneyim o zaman," dedi Prokofiy cevabı erteleyerek, "şimdilik niyeyse bir talebim yok, iştah da duymuyorum... Merhaba Saşa!" dedi Dvanov'a.

"Merhaba Proş!" diye yanıtladı aynı şekilde Dvanov. "Bir yerlerde başka insanlar gördün mü? Neyle yaşıyorlar orada?"

"Sırf sabırlarından yaşıyorlar," diye formüle etti Prokofiy herkesi teselli etmek için. "Devrimle beslenmiyorlar, karşıdevrim örgütlenmiş, bozkırın üzerinde de düşman kasırgalar esiyor artık, tek namuslu biz kaldık..."

"Lafını bil, yoldaş," dedi Serbinov. "Ben de oradan geldim, ben de devrimciyim."

"Eh, demek ki orada rahat edememişsin," sonucuna vardı Prokofiy.

Serbinov yanıtlayamadı. Kuledeki ateş söndü, o gece bir daha da yakılmadı.

"Proş," diye sordu Çepurnıy karanlıkta, "sana müziği kim armağan etti peki, söyler misin lütfen?"

"Yoldan geçen bir burjuva. O bana ucuza müziği verdi, ben de ona varlığını: Çevengur'da çan dışında eğlence yok, o da din sayılır."

"Burada artık çan dışında da eğlenceler var Proş, hiç de aracı filan gerekmiyor."

Prokofiy kulenin alt bölmesine girdi, yorulmuştu çok, yattı. Çepurnıy da yamacına eğiliverdi.

"Bol bol nefes ver, havayı ısıt," dedi Prokofiy rica yollu. "Boş yerlerde üşüttüm galiba."

Çepurnıy doğruldu ve uzun süre sık sık nefes alıp verdi, ardından kaputunu çıkarıp Prokofiy'in üzerine örttü ve yoldaşına abanıp hayata yabancılaşarak sızdı.

Sabahleyin sıcak bir gün başladı. İlk kalkan müzisyen oldu, armonikayla tüm dinlenmiş berikilere heyecan veren bir açılış marşı çaldı.

Zevceler hazır ve nazır oturmaktaydı, Klavdyuşa Çevengur'un kıyısından köşesinden bulduklarını giydirmişti üstlerine, ayaklarına.

Berikiler daha sonra geldiler, sevmeleri icap edenlere bakamıyorlardı utançtan. Dvanov, Gopner, Serbinov ve Çevengur'un ilk fatihleri de buradaydı. Serbinov, kendisine bir araba hazırlanmasını rica etmek için gelmişti, ne var ki Kopyonkin Proleter Gücü'nü yola göndermeyi reddetti. "Kaputu verebilirim," dedi, "kendimi yirmi dört saatliğine hizmetine sunabilirim, ne istersen al, ama atı isteme, kızdırma beni. Almanya'ya neyle giderim o olmazsa?" O zaman Serbinov önceki gün Prokofiy'i getiren atı rica etti ve Çepurnıy'a yöneldi. Beriki Serbinov'u, gitmesine gerek olmadığını, belki de buralara alışabileceğini söyleyerek geri çevirdi, ne de olsa Çevengur'da komünizm vardı ve tüm insanlar yakında buraya gelecekti: Onlar buraya gelirken yanlarına gitmenin ne âlemi vardı?

Serbinov onun yanından uzaklaştı. "Nereye gideceksem sahi?" diye düşündü. "Vücudumun Sofya Aleksandrovna'da kalan ateşli parçası sindirilmiş, iz bırakmayan her yiyecek gibi dışarı atılmıştır çoktan..."

Çepurnıy yüksek sesle fikirlerini bildirmeye koyulmuştu ve Serbinov yabancı sözleri dinlemek üzere saldı kendisini.

"Prokofiy demek proletaryanın zorluklarıyla ilgilenmek demektir," dedi insanların ortasında dikilen Çepurnıy. "Bakın işte kadın da getirdi bize, gerçi sayı bakımından yeterli olsa da dozu gayet düşük... Yine de kadın takımına seslenerek sevinç ve heyecanımızı dile getireceğim! Şimdi birisi bana söylesin lütfen: Tabiat koşullarına neden saygı duyarız? Yeriz onları da ondan. Peki neden el edip kadınları çağırdık buraya? Çünkü tabiata yemek, kadınlara ise aşk için saygı duyarız. Burada, Çevengur'a gelen kadınlara, özel bir yapıya sahip bu yoldaşlara minnettarlığımızı bildirmek isterim; bizimle birlikte yaşasın, bizimle birlikte barışın tadını çıkarsınlar, mutluluğu ise Çevengur'daki yoldaş-insanlarda bulsunlar..."

Kadınlar korkuverdiler: Eski erkekler işlerine sondan başlardı, bunlar ise sabrediyor, önce söz söylüyorlardı – ve kadınlar Klavdyuşa'nın giydirdiği erkek palto ve kaputlarını burunlarına kadar çekip ağız deliklerini gizlediler. Aşktan korkmuyorlardı, aşk nedir bilmezlerdi, asıl korktukları, bu asker kaputlu, sürdükleri çetin hayattan yüzleri benek benek olmuş, kuru, sabırlı erkeklerin bedenlerine işkence etmesi, hatta imha etmesiydi kendilerini. Bu kadınların gençliği yahut belirgin bir yaşı olmamıştı; bedenlerini, yaşlarını ve gelişkinliklerini yiyeceğe değişmişlerdi hep ve boğaz kavgası daima zararlarına sonuçlandığından bedenleri ölümden önce, hem de pek önce tükenmişti. Bu yüzden hem küçük kızlara, hem ihtiyar kadınlara dönmüşlerdi, annelere ve az yemekten büyüyememiş küçük kız kardeşlere benziyorlardı; koca şefkati salt acı ve korku verebilirdi onlara. Prokofiy onları sınamak için yolculuk sırasında faytona alıp sıkıştırmayı denemiş, fakat kadınlar aşkı karşısında hastalığa tutulmuş gibi bağırıp çağırmışlardı.

Şimdi kadınlar Çevengurluların bakışları karşısında oturuyor ve giysilerin altında aşınmış kemiklerine bol gelen derilerini okşuyorlardı. Bir tek Klavdyuşa Çevengur'un berduş hatunları içinde yeterince kullanışlı ve tombuldu, ne var ki ona da Prokofiy sempati duyuyordu.

En çok da Yakov Titıç düşünceli düşünceli gözlemliyordu kadınları: İçlerinden biri en kederlileri gibi görünmüştü kendisine, eski kaputun altında titriyordu. Kendisinde bolca hayat bulunurken tutup yarısını bir başkasına vermek çok defalar geçmişti Yakov Titıç'ın içinden, yabancılar, berikiler arasında gerçek bir akraba edinebilmek için. Ve her ne kadar her yanda yoldaş berikiler gezinse de, darlık ve acıdan, hayatın acısından ötürü yoldaş idi onlar sırf, aynı rahimden geldikleri için değil. Şimdi Yakov Titıç'ın içinde ömrünün yarısı bile değil, dibi kalmıştı, yine de Çevengur'da bir akrabaya hürriyetini ve ekmeğini armağan edebilir, onun uğruna tekrar gezginlik ve yoksulluğun meçhul yollarına düşebilirdi.

Yakov Titıç seçtiği kadına yanaştı, yüzüne dokundu. Dışarıdan kendisine benzediğini sanmıştı.

"Kiminsin sen?" diye sordu. "Neyle yaşarsın âlemde?"

Kadın başını eğdi, ensesinin altını gördü o zaman Yakov Titıç: Derin bir göçük vardı orada, içinde barınaksızlığın kiri kol geziyordu. Kadın kafasını kaldırdı, kuru bir sapa benzer boynun üzerinde gayet ürkek durduğu görüldü bu kafanın.

"Kiminsin ki sen, böyle sefil kalmışsın?"

"Kimsenin," diye yanıtladı kadın ve kaşlarını çatıp, Yakov Titıç'tan uzak durarak parmaklarını oynattı.

"Eve gidelim, kirini, kabuğunu kazıyayım boynundan," dedi bir kez daha Yakov Titıç.

"İstemem," diyerek reddetti kadın. "Azıcık bir şeyler ver, o zaman kalkarım."

Prokofiy ona karıkocalık vaat etmişti yolda, ama o da arkadaşları gibi bunun ne anlama geldiğini pek bilmiyor, bedenine birçok kişi yerine bir tek kişinin eziyet edeceğini biliyordu sadece, işte bu yüzden de işkence başlamadan önce bir armağan talep etmişti: Sonrasında hiçbir şey vermez, kovalarlardı onu ne de olsa. Koca kaputun altında biraz daha büzüştü kadın, orada yaşamı, geçim kaynağı ve gerçekleşmese de yegâne umudu olan çıplak bedenini korumaktaydı. Derinin üzerinde ise kadın için yabancı bir dünya başlıyordu, o dünyadan hiçbir şey alamıyordu, kendisine yiyecek, başkalarına mutluluk sağlayan bedenini ısıtıp koruyacak giysiyi bile.

"Bunlardan zevce mi olur, Proş?" diye sordu Çepurnıy kuşkulu kuşkulu. "Sekiz aylık mahluk bunlar, maddeleri eksik bunların."

"Ne olmuş yani?" diye karşı çıktı Prokofiy. "Dokuzuncu ayları da komünizm oluverir."

"Doğru ya!" diye haykırdı Çepurnıy sevinerek. "Çevengur'da sıcak bir karnın içine düşmüş gibi olur, çabucak kemale ererler, o vakit işte büsbütün doğmuş olurlar."

"Evet öyle! Hem proleter berikilere öyle özel lezzetler tattırmamalı: Hayat yorgunluğundan az buçuk kurtulsunlar yeter onlara! Nelerini beğenmedin ki hem: Ne olursa olsun kadındır bunlar, boşluklu insanlardır, sığılacak yerleri bulunur."

"Böyle zevce olmaz," dedi Dvanov. "Böyle anne olur, sahip olanlar için."

"Ya da küçük kardeş," diye belirtti Paşintsev. "Benim böyle benekli bir kardeşçeğizim vardı, az yerdi, kendi kendiliğinden ölüp gitmişti."

Çepurnıy herkesi dinliyor, alışkanlık icabı karar vermeye hazırlanıyor, fakat tereddüt ediyor, aklının düşkünlüğünü anımsıyordu.

"Neyimiz daha çok peki, kocamız mı yetimimiz mi?" diye sordu, aslında bu soruyu düşünmeden. "Gelin şöyle formüle edeyim o zaman: Önce bütün yoldaşlar şu zavallı kadınları birer kere öpsünler, böylece onları ne yapacağımızı anlamış oluruz. Müzisyen yoldaş, müziği Piyusya'ya veriver lütfen, notalı bir şeyler çalıversin."

Piyusya ilerlemekteki bir alayı düşündüren bir marş çalmaya koyuldu: Yalnızlık şarkılarına ve valslara saygısı yoktu, utanırdı onları çalmaya.

Bütün kadınları öpme işi ilkin Dvanov'a düştü: Öpücük sırasında ağzını açıyor ve her bir kadının dudaklarını kendininkilerin arasına açgözlü bir sevecenlikle kıstırıyordu, sol koluyla da hafifçe sıradaki kadına sarılıyordu, sağlam dursun ve Dvanov bırakana kadar sırtını dönmesin diye.

Bütün müstakbel zevceleri öpme sırası en son Serbinov'a geldi, gerçi o buna da razıydı: Simon, tanımasa bile ikinci bir insanın varlığıyla huzur bulurdu daima ve öpücüklerin ardından bir gün boyunca doymuş hissetti kendisini. Artık gitmeyi pek de istemiyor, zevkten avuçlarını sıkıyor, gülümsüyordu, insan hareketleri ve müzikli marşın temposu arasında fark edildiği yoktu.

"Ee, ne dersin yoldaş Dvanov?" diye sordu ağzını silen Çepurnıy. "Zevce mi yoksa ana mı olur bunlardan? Piyusya, sessizlik ver de konuşalım!"

Dvanov kendisi de bilemiyordu, zira ne annesini görmüşlüğü, ne bir zevceyi duyumsamışlığı vardı. Az önce öpücük için tuttuğu kadın vücutlarının kuru köhneliğini anımsadı, dal gibi zayıf bir kadının vücuduna kendiliğinden sokuluşunu bir de, alışkın, üzgün yüzünü eğip gizleyerek; Dvanov bir şey anımsamış, daha uzun kalmıştı onun yanında – kadın süt ve terli gömlek kokuyordu, gömleğinin göğsünü örten ucundan bir kere daha öpmüştü onu Dvanov, çocukluğunda ölü babasının bedenini ve terini öptüğü gibi.

"Anne olsunlar daha iyi," dedi.

"Yetim var mı burada? Annelerini seçebilirler!" diye ilan etti Çepurnıy.

Herkes yetimdi, oysa on kadın vardı: Kimse annesini almak için ilk hareketi yapmadı, her biri daha çok ihtiyaç duyan yoldaşına armağan ediyordu anneyi peşinen. O zaman Dvanov kadınların da yetim olduklarını anladı: Kendilerine Çevengurluların arasından kardeş ve baba seçsinlerdi, böylece de olup bitsindi bu iş.

Kadınlar derhal en yaşlı başlı berikileri seçtiler kendilerine; Yakov Titıç'la oturmaya iki gönüllü bulundu hatta, ikisini de aldı Yakov Titıç. Hiçbir kadın Çevengurluların babalığına ya da kardeşliğine inanmıyordu, bu yüzden sıcak sıcak uyumak dışında bir şey istemeyecek kocalar arıyorlardı kendilerine. Yalnızca esmer bir yarı-kız Serbinov'a yanaştı:

"Ne istiyorsun?" diye sordu Serbinov korkuyla.

"Benden sıcak bir yumru doğsun istiyorum, sıcacık bir yumru!"

"Yapamam, ben buradan temelli gideceğim."

Esmer Serbinov'u Kirey'e değişti.

"Fena kadın değilsin," dedi ona Kirey. "Ne istersen armağan ederim sana! Sıcak yumrun doğduğunda soğumasına asla izin vermem."

Prokofiy Klavdyuşa'nın koluna girdi.

"Peki ya biz ne yapacağız, yurttaş Klobzd?"

"Eh, Proş, biz bilinçli insanlarız..."

"Ya, ya," dedi Prokofiy. Kasvetli bir kil parçası aldı yerden ve öteye bir yere, yalnızlığa fırlattı onu. "Ruhum niyeyse pek ciddi – bir aile örgütlemenin mi vakti geldi, önce komünizmi mi atlatmalı bilmem... Ne kadar fon biriktirdin sen bana?"

"Ne kadar biriktirecektim? Şimdi sattıklarımın parası geçti işte elime, Proş: İki kürk bir de gümüş için para alabildim, diğerleri gümbürtüye gitti."

"Olsun, olsun: Akşamleyin bana rapor vereceksin, güveniyorum sana ama yine de endişeliyim. Parayı teyzende tutuyorsun değil mi hâlâ?"

"Ya nerede olacaktı, Proş? Orada emin ellerde. Beni ne zaman vilayete götüreceksin peki? Merkezi göstereceğim diye söz vermiştin, geri getirdin beni bu küçük burjuvalığın içine. Ne yapayım ben burada, dilencilerin içinde tek başınayım, yeni elbisemi deneyebileceğim kimse yok! Kime görüneceğim ya? Ortam diye bir şey mi var bu ilçede? Kilisede geceleyen sefiller her yerde. Bunlarla mı eziyet edecektin bana?"

Prokofiy iç geçirdi: Ne yaparsın aklı kadınsı cazibesinden beter olan böyle bir şahısla?

"Yürü Klavdyuşa, yeni gelen hatunları sağlama al, düşünmeyi bana bırak: Bir akıl iyidir, ikincisi fazla."

Bolşevikler ve berikiler eski yerlerinde değillerdi, dağılmışlardı, fikirleri gibi hissettikleri yoldaşları için bir şeyler üretmekle meşguldüler yine. Bir tek Kopyonkin çalışmıyordu şu sıra, somurtarak atını temizlemiş, okşamış, sonra dokunulmaz stokundan kaz yağı alıp silahını yağlamıştı. Taş düzleyen Paşintsev'i arayıp buldu sonra.

"Vas," dedi Kopyonkin. "Ne diye oturduğun yerde harcanıyorsun? Hatunlar gelmedi mi? Semyon Serbov daha da evvel çantalar mantalar getirmedi mi Çevengur'a? Unutuyor musun bunları nedir? Burjuvazinin gelip gürlemesi yakındır, bombaların nerede, yoldaş Paşintsev? Nerede devrimin, emniyetli devrim parkın?"

Paşintsev kusurlu gözünden kurumuş bir pislik çıkardı ve tırnağının gücüyle çite fırlattı.

"Ben de öyle seziyorum Stepan ve seni alkışlıyorum! Zaten bu yüzden gücümü taşa harcıyorum, yoksa sıkıntı basıyor, ağlıyorum dulavratotlarına!.. Piyusya nerelerde, müziğini hangi çiviye asmış?"

Piyusya eski avluların arkalarında kuzukulağı topluyordu.

"Yine mi ses istedi canın?" diye sordu ambarın ardından. "Kahramanlık etmeye etmeye sıkıldın mı?"

"Piyus, Kopyonkin ile bana "*Yabloko*"yu çalıversene, bize yaşamak için biraz moral bağışla, ha?"

"Bekle madem, şimdi bağışlarım."

Piyusya kromatik enstrümanı getirdi ve profesyonel bir sanatçının ciddi surat ifadesiyle iki yoldaşına "*Yabloko*"yu çaldı. Kopyonkin ve Paşintsev coşmuş ağlıyor, Piyusya ise karşılarında konuşmadan çalışıyordu – yaşamıyordu şimdi, emek harcıyordu.

"Dur, hepten mahvetme beni!" dedi Paşintsev rica yollu. "İçimi karart biraz."

"Olur," dedi Piyusya kabul ederek ve ağır bir melodi çalmaya koyuldu.

Paşintsev'in yüzü kurudu, hazin seslere kulak verip müziğin peşi sıra bir şarkı tutturdu az sonra:

Ah, sevgili savaş yoldaşı,
Sür ileri, söyle şarkını,
Çoktan vaktidir karşılamanın ölümü,
Yaşamak ayıptır, ölmek üzücü...
Ah, yoldaşım ah, eğme başını,
İki ana vaat ettiydi bize yaşamı,
Anam dedi ki bana: Dur,
Önce düşmanını mezara sür,
Yasla üstüne sonra sırtını...

"Yeter hırladığın," diyerek kesti şarkıcının sözünü faaliyetsiz oturan Kopyonkin, "hatun düşmedi payına, şarkıyla cezbetmek istiyorsun, değil mi? İşte bir cadı buraya doğru koşuyor."

Kirey'in müstakbel karısı idi gelen, Peçenek kızı gibi esmer.

"Ne istiyorsun?" diye sordu ona Kopyonkin.

"Hiç, öylesine. Dinlemek istiyorum, yüreğim sızlıyor müzikten."

"Pöf, rezil seni!" Kopyonkin gitmek üzere ayaklandı.

O sırada Kirey hanımını geri götürmek üzere yetişti.

"Nereye kaçıyorsun, Gruşa? Senin için darı topladım, gel tohumları dövelim, akşam krep yiyeceğiz, hamurişi çekti canım niyeyse."

Ve ikisi eskiden Kirey'in arada bir gecelediği, şimdi ise Gruşa ve kendisi için sağlam bir yuva kurduğu kilere gittiler.

Kopyonkin Çevengur'un içinde yürümeye koyuldu; şehrin sıkışık telaşına farkında olmadan alıştığı için çoktandır çıkmadığı açık bozkırı görmek istemişti canı. Bir ambarın kuytuluğunda pinekleyen Proleter Gücü Kopyonkin'in ayak seslerini işitti ve hasret dolu ağzını aralayıp arkadaşına kişnedi. Kopyonkin onu yanına aldı, bozkır gezintisinin kokusunu alan at sıçrayıp duruyordu. Şehrin dışına çıktıklarında Kopyonkin atın üzerine zıpladı, kılıcını çekip çıkardı, suspus göğsünden öfkeli bir çığlık kopardı ve bozkırın güz sessizliği içine sürdü atını, granit üzerinde gider gibi uğultular çıkarıyordu. Yalnızca Paşintsev görüyordu Proleter Gücü'nün bozkırda hızlanışını, sırtındaki atlıyla birlikte doğan geceye benzer uzak karanlıkta yok olup gidişini. Paşintsev çatıya tırmanmıştı az önce, orada oturup boş tarlaları, üzerlerinde esen havayı izlemeyi severdi. "Bir daha dönmez," diye düşündü Paşintsev. "Benim de Çevengur'u fethetmemin zamanı geldi, Kopyonkin'in hoşuna gitsin diye."

Üç gün sonra Kopyonkin döndü, zayıflayan atının sırtında uyuklayarak, ağır adım girdi şehre.

"Çevengur'u koruyun," dedi Dvanov'a ve yolunun üzerinde dikilen iki berikiye, "ata ot verin, suyunu kendim içiririm kalkınca." Ve atı serbest bırakan Kopyonkin ezilmiş çıplak zeminde uyuyakaldı. Dvanov atı otlağa götürdü, bir yandan da Çevengur'u koruyacak ucuz bir proleter topunu nasıl tertipleyebileceğini düşünüyordu. Otlak hemen oracıktaydı, Dvanov Proleter Gücü'nü saldı, kendisi ise muzır ot kalabalığının içinde kaldı. Şimdi hiçbir şey düşünmüyordu, aklının yaşlı bekçisi hazinesini korumaktaydı – topu topu bir ziyaretçi alabilirdi içeri, dışarılarda sürten bir tek düşünceyi. Dışarıda düşünce yoktu oysa: Toprak boş ve sağır uzanıyordu, eriyen güneş gökyüzünde kasvetli, suni bir nesne gibi çalışmaktaydı, Çevengur'daki insanlar ise topu değil birbirlerini düşünüyorlardı. O zaman bekçi, anıların arka kapısını araladı ve Dvanov tekrar bilincin sıcaklığını duydu kafasının içinde; küçük bir çocuktu, gece vakti köye gitmekteydi, babası elinden tutmuş götürüyordu onu, Saşa gözlerini yummuş bir uyuyor bir uyanıyordu ayaküzeri. "Ne o Saş, gün uzun geldi, gücün bitti değil mi? Gel o zaman kucağıma, omzumda uyu," demişti babası ve onu yukarı, vücuduna almış, boğazının dibinde uyuyakalmıştı Saşa. Babası köye balık götürürdü satmaya, çapak balığı dolu çuvalından nem ve ot kokusu yükselirdi. O günün sonunda bir sağanak gelip geçmişti üzerlerinden, hava soğuktu, yol yoğun bir çamur ve su içindeydi... Saşa birdenbire uyanıp bağırıvermişti; ufacık yüzünü yalayıp geçmişti soğuk bütün ağırlığıyla, babası yanlarından çamur sıçratarak geçen sac kaplama arabadaki adama küfrediyordu. "Baba, çamur tekerden niye kopuyor?" "Teker dönüyor, Saş, çamur da telaşlanıyor, kaldırıp atıyor kendisini."

"Tekerlek gerek," dedi yüksek sesle Dvanov. "Sac kaplı ahşap bir daire, düşmana tuğla, taş, çöp fırlatacak – mermimiz yok çünkü. Atlı düzenek kurar öyle döndürürüz, ellerimizle de destekleriz, toz ve kum bile atılabilir... Gopner şimdi barajın orada oturuyor, su yine aşındırdı orayı galiba..."

"Sizi rahatsız etmedim ya?" diye sordu usulca yanaşan Serbinov.

"Hayır, ne oldu? Kendimle meşgul değildim."

Serbinov Moskova stokundan kalan son sigarayı içmekteydi, bundan böyle ne içeceğini düşünüp korkuyordu.

"Sofya Aleksandrovna'yı tanıyordunuz değil mi?"

"Tanıyordum," diye yanıtladı Dvanov, "siz de mi tanıyordunuz?"

"Ben de tanıyordum."

Yaya yolunun yakınlarında uyuyan Kopyonkin ellerinin üzerinde doğruldu, baygın vaziyette kısa bir çığlık attı ve uykusunda tekrar sesli sesli solumaya koyuldu, burnundan çıkan hava ayak altındaki ölü ot çöplerini kımıldatıyordu.

Dvanov Kopyonkin'e baktı ve uyuduğu için rahatladı.

"Çevengur'a gelene kadar aklımdaydı, burada unuttum onu," dedi Aleksandr. "Nerede yaşıyor şimdi? Benden ne diye söz etti size?"

"Moskova'da, bir fabrikasında oranın. Sizi anıyor. Çevengur'da insanlar birbirleri için fikir gibiler ya hani, fark ettim bunu, siz de onun fikrisiniz işte; ruhunun huzurunu sizden alıyor hâlâ, sizinle içini ısıtıyor..."

"Siz bizi tam anlayamamışsınız. Yine de sevindim hayatta olmasına, ben de onu düşüneceğim."

"Düşünün. Size göre bunun anlamı büyük ne de olsa, düşünmek sahip olmak ya da sevmek demek..."

"Onu düşünmeye değer, yalnızdır şimdi, Moskova'yı seyrediyordur. Tramvay düdükleri öter orada değil mi, çok insan vardır ama hepsi de heveslenmez ki birbirini edinmeye."

Dvanov hiç görmemişti Moskova'yı, bu yüzden içinden yalnızca Sofya Aleksandrovna'yı hayal etti. Ve yüreği utançla, hatıranın balçıksı ağırlığıyla doldu: Bir zamanlar Sonya yaşam sıcaklığı verirdi ona ve o kendisini bir insanın yakınlığına ölene kadar mahkûm etmiş olabilirdi; ancak şimdi anlıyordu bu gerçekleşmemiş yaşantının korkunçluğunu – ebediyen kalabilirdi içinde, bir evin enkazı altında kalır gibi. Bir serçe önlerinden rüzgâr gibi geçti, dehşetli bir haykırış koparıp bir çite kondu. Kopyonkin başını kaldırdı, unuttuğu dünyayı ağaran gözleriyle süzüp içli içli ağladı; elleriyle âcizce toprağa dayanıyor, uyku telaşından güçsüz düşen gövdesini tutuyordu. "Saşa'm benim, Saşa! Mezarda acı çektiğini, yarasının acıdığını niye hiç söylemedin bana? Ne diye yaşıyorum ben burada, onu bir başına mezar eziyetlerine gönderdim de!.." Kopyonkin bu sözleri küskünlüğünden yakınır gibi ağlayarak, vücudunun içinde inleyen acıya katlanamayarak söylemişti. Hüngür hüngür ağlayan, saçı sakalına karışmış bu yaşlı adam koşup gitmek için yerinden sıçramaya davrandı. "Atım nerede, reziller? Proleter Gücü'm nerede benim? Ahırınızda zehirlediniz onu, komünizm diyerek kandırdınız beni, öleceğim sizin yüzünüzden." Ve Kopyonkin uykuya dönerek gerisin geri devrildi.

Serbinov bin *verst* ötede Moskova'nın bulunduğu uzaklara baktı; orada, mezar öksüzlüğünde annesi yatıyor, toprağın içinde kıvranıyordu. Dvanov Kopyonkin'e yaklaştı, uyuyanın başını şapkasının üzerine koydu ve rüyasında kıpırdanan yarı aralık gözlerini gördü. "Bana neden sitem ediyorsun?" diye fısıldadı Aleksandr. "Benim babam da gölün dibinde eziyet çekmiyor mu, beklemiyor mu beni? Unutmadım ki."

Proleter Gücü ot yemeyi kesti ve ayaklarını patırdatmadan dikkatlice Kopyonkin'e sokuldu. At, başını Kopyonkin'in yüzüne eğdi, nefesini kokladı, sonra diliyle pek sıkı örtmediği gözkapaklarına dokundu; sakinleşen Kopyonkin gözlerini iyice yumdu, süregiden uykusunda kıpırtısız kaldı. Dvanov atı Kopyonkin'in yanındaki bir çite bağladı ve Serbinov ile birlikte Gopner'in yanına, baraja yollandı. Serbinov'un karnı ağrımıyordu artık, Çevengur'un iş için bir haftalığına geldiği yabancı bir yer olduğunu unutuyordu, vücudu bu şehrin kokusuna ve bozkırın hafif havasına alışmıştı. Şehrin kenarındaki bir damın önüne kilden bir Prokofiy heykeli dikilmişti, yağmurlar eritmesin diye dulavratotlarıyla örtülmüştü üzeri; heykeli, yakınlarda Prokofiy'i düşünen Çepurnıy yapmıştı, böylece ona olan duygularını sonuna kadar doyurup bitirmişti. Şimdilerde Çepurnıy Serbinov'un mektuplarını alıp giden Karçuk'u özler olmuştu ve kayıplara karışan yoldaşının kilden anıtı için malzeme hazırlamaktaydı.

Prokofiy'in heykeli pek az benzemişti kendisine, buna karşın hem Prokofiy'i hem de Çepurnıy'ı eşit şekilde anımsatıyordu bakana. Eser sahibi, seçtiği sevgili yoldaşının heykelini esin dolu bir sevecenlik, yordamsız bir kabalıkla yapmıştı ve bu heykel ortak yaşama benzemiş, Çepurnıy'ın sanatının dürüstlüğünü ortaya koymuştu.

Serbinov başka bir sanatın kıymetini biliyor sayılmazdı, Moskova ortamlarındaki sohbetlerde aptal kalırdı, çünkü oturup insanları izlerdi keyifle, sözlerini dinlemeden ve anlamadan. Heykelin önünde durdu Serbinov, Dvanov da durdu onunla.

"Taştan yapmalıydı bunu, kilden değil," dedi Serbinov, "zamandan ve havadan eriyip gidebilir. Sanat değil bu, evrensel devrim öncesi ısmarlama emek ve sanatının sonu; ilk kez yalansız ve sömürüsüz bir şey görüyorum."

Dvanov bir şey demedi, başka türlüsünü de düşünemiyordu zaten. Ve ikisi birlikte nehrin aktığı vadiye gittiler.

Gopner barajla uğraşmıyor, kıyıda oturmuş küçük tahtalardan Yakov Titıç için kışlık pencere çerçevesi yapıyordu. Kış gelince iki kadınını, kızlarını üşütmekten korkuyordu Yakov Titıç. Dvanov ve Serbinov, Gopner çerçeveyi bitirene kadar beklediler, sonra hep birlikte Çevengur düşmanlarına taş ve tuğla savuracak ahşap diski yapmaya başlayacaklardı. Dvanov oturduğu yerden şehrin sessizleştiğini duyuyordu. Kendilerine anne ve kız alanlar evlerden nadiren çıkıyor, akrabalarıyla bir çatı altında çalışmayı, bilinmeyen eşyalar üretmeyi yeğliyorlardı. Açık havada olduklarından daha mı mutlulardı sahiden evlerde?

Dvanov bunu bilemezdi ve belirsizliğin üzüntüsüyle gereksiz bir hareket yaptı. Ayağa kalktı, düşündü ve ateş eden diskin yapımı için malzeme aramaya yollandı. Akşama kadar Çevengur ambar ve avlularının rahatlığında gezindi. Bu körelmişlik içinde de, ufak pelin ormanlarının ıssızlığında da fedakârca var olabilirdi insan, sabırlı bir terk edilmişlik içinde, uzak insanların yararına. Dvanov parçalanmış ayakkabılar, ahşap katran kutuları, ölü serçeler ve buna benzer cansız şeyler buluyordu. Bu nesneleri kaldırıyor, ölümleri ve unutulmuşlukları karşısında duyduğu üzüntüyü ifade edip tekrar eski yerlerine koyuyordu ki komünizmin en güzel gününe kadar sağlam kalsınlar Çevengur'da. Derken kara pazı çalılarının arasında Dvanov'un ayağı bir şeye battı, zor kurtardı onu – savaştan beridir unutulmuş bir top tekerleğinin parmakları arasına girmişti. Fırlatma makinesi yapmak için çapı ve vaziyeti gayet uygundu tekerin. Ama sürüklemesi zor olacaktı, Dvanov'dan ağırdı zira ve Aleksandr temiz havada Klavdyuşa ile gezinen Prokofiy'i yardıma çağırdı. Tekerleği demirhaneye ulaştırdılar, Gopner onu güzelce yokladı, onayını verdi ve istirahat ederken bütün işi kafasında tasarlamak için tekerleğin yanında geçirmeye karar verdi geceyi.

Prokofiy, başlarda herkesin beraberce yaşayıp gecelediği tuğladan Bolşevik evini yuva seçmişti kendisine. Şimdi bu eve düzen gelmişti, Klavdyuşa kadın eliyle süslemişti içini, rutubeti kurusun diye günaşırı ocak yakılıyordu. Tavanda karasinekler oturuyor, odayı Prokofiy'in aile sessizliğini koruyan sağlam duvarlar çevreliyordu, yerler pazar temizliği yapılmış gibi tertemizdi. Prokofiy karyolanın üzerinde dinlenip karasineklerin sıcak tavanda yayan gezinişini izlemeyi seviyordu. Çocukluğunda, anne babasının köydeki damında da böyle gezinirdi sinekler, kendisi ise yatar, sakinleşir, yaşamını sürdürmesi, ailesini güçlendirmesi için gereken parayı elde etmenin yollarını kurardı. Şimdi Dvanov'u getirmişti evine, reçelli çay içirmek, Klavdyuşa'nın şişkin francalalarıyla beslemek için.

"Tavandaki sinekleri görüyor musun, Saş?" diye işaret etti Prokofiy. "Bizim damımızda da sinekler yaşardı, anımsıyor musun yoksa yitip gitti mi gözünden?"

"Anımsıyorum," diye yanıtladı Aleksandr. "Gökyüzündeki kuşları anımsıyorum ama daha çok, tavandaki sinekler gibi onlar da gökte uçardı, şimdi de Çevengur'un üzerinde uçuyorlar, odanın üzerinde uçar gibi."

"Ha, evet: Sen gölde yaşıyordun tabii, damda değil, gökyüzü dışında başını örten bir şeyin yoktu, kuş senin için öz sineğin gibiydi."

Çayın ardından Prokofiy ve Klavdyuşa karyolaya yattılar, ısınıp sessizleştiler, Dvanov ise tahta divanın üzerinde uyudu. Sabahleyin Aleksandr Çevengur'un üzerinde alçaktan uçan kuşları gösterdi Prokofiy'e. Prokofiy fark etmişti onları, tabiatın oturma odasında sabahleyin hızlı hızlı gezinen karasinekler gibiydiler; az ileriden yalınayak, çıplak vücudunun üzerine kaput giyinmiş Çepurnıy geçiyordu – Prokofiy'in babası da böyle dönmüştü emperyalist savaştan. Ocak bacaları hafif hafif tütüyordu, annesi sabah kahvaltısını hazırlarken damın içi nasıl kokarsa öyle bir koku yayılıyordu bacalardan.

"Komünizm için kışlık yiyecek hazırlamak lazım, Saş," dedi Prokofiy kaygıyla.

"Hazırlamaya başlasak iyi olur artık, Proş," dedi Dvanov ona katılarak. "Ama bak sen bir tek kendine reçel getirmişsin, Kopyonkin ise yıllardır soğuk su içiyor."

"Nasıl kendime? Sana da ikram ettim ya dün, az mı koydun yoksa bardağına, bol bol yemedin miydi? İster misin hemen kaşıkla getirivereyim biraz daha?"

Dvanov reçeli reddetti, mutsuz zamanlarında yanında olmak için Kopyonkin'i arayıp bulmalıydı bir an önce.

"Saşa!" diye seslendi arkasından Prokofiy. "Serçelere baksana, bu çevrede semiz sinekler gibi koşuşuyorlar!"

Dvanov duymadı, Prokofiy ailesinin odasına döndü, içinde sineklerin uçtuğu; pencereden Çevengur üzerindeki kuşları gördü yine. "Hepsi bir," diye karar verdi sineklerle kuşlar hususunda. "Arabaya atlar burjuvaziye giderim, iki fıçı reçel getiririm, bütün komünizme yeter, berikiler çaya doysunlar, kuşlu göğün altında yatsınlar, oturma odasında yatar gibi."

Gökleri bir kez daha süzdükten sonra, göğün tavandan daha büyük bir mülkiyeti kapsadığını hesapladı Prokofiy, göğün altında Çevengur'un tamamı, berikilerin aile evindeki mobilya gibi duruyordu. Ya birdenbire berikiler yollara düzülürse, Çepurnıy ölürse, Çevengur da Saşka'ya kalıverirse? O zaman Prokofiy yanlış hesap yaptığını fark etti: Çevengur'u derhal aile evi ilan etmeli, kendisi de içinde bir ağabey, temiz göğün altındaki mobilyanın mirasçısı olmalıydı. Hem yalnızca serçelere bile bakılacak olsa, sineklerden semiz ve fazlaydılar Çevengur'da. Prokofiy dairesini şöyle bir süzüp değerlendirdi ve çıkarı için onu Çevengur'a değişmeye karar verdi.

"Klavdyuş, hey Klavdyuş!" diye seslendi karısına. "Nedense canım sana mobilyamızı hediye etmek istedi!"

"İyi bari! Ediver," dedi Klavdyuşa. "Kirlenmeden teyzeme götürüvereyim madem!"

"Bir an evvel götür," dedi Prokofiy onaylayarak. "Kendin de kal ama orada biraz, ben Çevengur'un tümünü elde edene kadar."

Klavdyuşa eşyaların kendisi için gerekli olduğunu anlıyor, ama Prokofiy'in şehri almak için ne diye yalnız başına burada kalması gerektiğini kavrayamıyordu, zaten neredeyse sahibi sayılırdı buranın. Bu konuda Prokofiy'e danıştı.

"Politik temelin yok," diye yanıtladı onu beyi. "Şehri alırken yanımda olursan, belli ki bir tek sana hediye ederim onu."

"Hediye et bana onu, Proş, vilayetten at arabasıyla gelirim almaya!"

"Emir çıkmadan acele etme bakayım!.. Neden sana hediye ederim peki? Çünkü, der insanlar, onunla yatıyor, bizimle değil, vücudunu onunla değişiyor, demek ki şehri de acımaz verir ona... Ama sen olmazsan herkes şehri kendime almayacağımı anlar..."

"Nasıl almayacağını?" dedi Klavdyuşa gücenerek. "Kime bırakacaksın onu?"

"Of, büro musun nesin! Dinle önce şu formülümü! Ailem yoksa, bütün vücudum tek parçaysa şehir neme gereksin? Şehri ele geçirip boşaltacağım, sonra telgraf gönderip yerleşimin diğer biriminden seni çağıracağım!.. Sen toparlanadur şimdilik, ben de gidip şehrin listesini çıkarayım..."

Prokofiy sandıktan Devrim Komitesi'ne ait bir antetli kâğıt aldı ve gelecekte konacağı mülkiyetin listesini çıkarmaya yollandı.

Güneş gayretini eksik etmiyor, yeryüzünü ısıtmak için didiniyordu gökte, fakat Çevengur'da emek azalmıştı. Kirey karısı Gruşa ile sofada, bir ot yığının üzeride yatıyor, kestirirken bile yanından ayırmıyordu onu.

"Hey yoldaş, komünizme neden hiç armağan vermiyorsun bakalım?" diye sordu Prokofiy Kirey'e, edevatını kayda geçirmeye geldiğinde.

Kirey uyandı, Gruşa ise aksine evlilik mahcubiyetinden gözlerini yumdu.

"Komünizmi neyleyim? Benim yoldaşım artık Gruşa'dır, ona zor yetişiyorum, hayatım öyle bir harcanıyor ki şu sıra, yiyecek aramaya bile çıkamıyorum..."

Prokofiy gidince Kirey Gruşa'nın boynunun altlarına sokuldu, orada saklı hayatı ve vücudun derinliklerinin cılız kokusunu içine çekti. Canı ne zaman mutluluk çekse Kirey Gruşa'nın sıcaklığını ve biriken vücudunu kendi gövdesinin içine alıp hayatın anlamına erebilirdi. Gruşa'nın esirgemeden verdiği şeyi kim armağan edebilirdi ki ona ve Kirey bu kadından neyi esirgeyebilirdi? Aksine şimdilerde sürekli Gruşa'nın yiyeceğini az verdiğine, elbise ihtiyacını geciktirdiğine dair vicdani bir kaygı duyar olmuştu. Kirey artık kendisini değerli bir insan olarak görmüyordu, çünkü vücudunun en iyi, en gizli ve hassas parçaları Gruşa'nın içine geçmişti. Yiyecek bulmak için bozkıra çıkan Kirey üzerindeki gökyüzünün solduğunu fark ediyordu artık, tek tük kuşlar daha bir boğuk ötüyordu, göğsünün içindeki ruh halsizliği ise geçmiyordu. Yemiş ve buğdaygilini toplayan Kirey yorgun argın Gruşa'nın yanına dönüyor, o andan itibaren yalnızca bu kadını düşünmeye cesaret edebiliyor, onu kendi komünizm fikri olarak görüyor, huzuru ve mutluluğu da yalnızca bunda buluyordu. Ne var ki lakayt istirahat vakti geçince Kirey aşk maddesinin yokluğunda hayatın mutsuzlaştığını, anlamsızlaştığını hissediveriyordu. Ve dünya silbaştan çiçekleniyordu etrafında: Gökyüzü mavi bir sessizliğe dönüşüyor, hava işitilir bir hal alıyor, kuşlar bozkırın üzerinde yok oluş şarkılarını söylüyor, tüm bunlar Kirey'e kendi hayatından üstün görünüyordu. Ne var ki Gruşa ile yeniden akrabalaşmasının ardından bütün âlem puslu ve acınası bir hal alıyor ve Kirey imrenmiyordu ona artık.

Daha genç berikiler kadınları anne olarak kabul etmişlerdi ve ancak ısınıyorlardı yanlarında, çünkü sonbaharla birlikte havalar serinlemişti Çevengur'da. Ve annelerin yamacında var olmak yetiyordu onlara, artık kimse armağanlara emek harcayarak bedenini çevredeki yoldaşlarına ayırmıyordu. Akşamları berikiler nehrin uzak yerlerine götürüp yıkıyorlardı kadınları, zira bu kadınlar öylesine zayıftılar ki hamama gitmeye utanıyorlardı, vardı oysa Çevengur'da bir hamam, ısıtılabilirdi.

Prokofiy tüm nüfusu dolaştı ve şehrin tekmil ölü eşyasını kendi vakitsiz zimmetine geçirdi. Nihayet en uçtaki demirhaneye vardığında, orada çalışan Gopner ve Dvanov'un bakışları altında demirhaneyi de kâğıdına kaydetti. Kopyonkin omzuna yüklediği bir kütükle gelmekteydi ileriden, arkadan da Serbinov tutuyordu kütüğü, beceriksizce, ağırlığın ancak sekizde birini kaldırarak, bir entelektüele yakışacak şekilde.

"Çekil," dedi Kopyonkin demirhanenin girişinde dikilen Prokofiy'e. "İnsanlar ağırlık taşıyor, sen kâğıt tutuyorsun."

Prokofiy yol verdi, ama kütüğü de varlık listesine yazmayı ihmal etmedi ve memnun kalarak uzaklaştı.

Kopyonkin kütüğü devirdi ve soluklanmak üzere oturdu.

"Saş, Proşka'nın ne zaman bir acısı olacak, ne zaman orta yerde durup da ağlayacak?"

Dvanov yorgunluk ve meraktan aydınlanmış gözleriyle baktı Kopyonkin'e.

"Yani o zaman acıdan korumaz mıydın ki onu? Kimse yanına almadı onu, insanlara ihtiyaç duymayı unuttu, yoldaş yerine mülk biriktiriyor işte."

Kopyonkin fikrini değiştirdi; savaş zamanında bozkırda gereksiz bir insanın ağladığını görmüştü bir keresinde. Bir taşın üzerinde oturuyor, güz rüzgârı yüzüne vuruyordu. Kızıl Ordu katarları bile almıyordu onu, çünkü adam bütün evraklarını kaybetmişti, kasığında da yarası vardı, kim bilir hangi sebepten ağlıyordu: İnsanlar kendisini bıraktı diye mi, yoksa kasığı boş kaldı da hayatı ve kafası sağlam kaldı diye mi?

"Korurdum, Saş, acı çeken bir insan karşısında kendime hâkim olamam... Yanıma, atımın üzerine alırdım onu, hayatın uzaklarına götürürdüm..."

"Demek ki ona acı dilememelisin, sonradan kendi hasmına acıman gerekebilir."

"Öyle ya, Saş, dilemem," dedi Kopyonkin. "Bulunsun bakalım komünizmin ortasında, kendi kendine geçecektir insanların safına."

Akşamleyin bozkırda başlayan yağmur Çevengur'un kenarından geçip gitmiş, şehri kuru bırakmıştı. Çepurnıy bu hale şaşırmamıştı, tabiatın şehirdeki komünizmden çoktandır haberdar olduğunu, şehri lüzumsuz bir zamanda ıslatmayacağını biliyordu. Yine de berikilerden oluşan kalabalık bir grup Çepurnıy ve Piyusya ile birlikte bozkıra gidip ıslak yeri inceledi emin olmak için. Kopyonkin yağmura inanmadığından hiçbir yere gitmedi, Dvanov ile kalıp demirhanenin yakınındaki bir çitin üzerinde dinlendi. Kopyonkin konuşmanın yararını pek bilmiyor ve şimdi Dvanov'a hava ve suyun ucuz ama gerekli şeyler olduğunu söylüyordu; aynı şey taşlar için de söylenebilirdi, onlar da bir şeyler için gerekliydi. Kopyonkin sözleriyle bir anlam değil, Dvanov'a yakınlığını ortaya koyuyordu, sustuğu zaman azap çekiyordu çünkü.

"Yoldaş Kopyonkin," diye sordu Dvanov, "hangisi daha değerli senin için: Çevengur mu, Rosa Luxemburg mu?"

"Rosa, yoldaş Dvanov," diye yanıtladı Kopyonkin korkarak. "Onda Çevengur'dan daha fazla komünizm vardı, o yüzden öldürdü ya onu burjuvazi, şehir ise ayakta, etrafı afetlerle çevrili olsa da..."

Dvanov'un yedekte hiçbir değişmez sevgisi yoktu, bir tek Çevengur ile yaşıyor ve harcayıp bitirmekten korkuyordu onu. Her gün gördüğü insanlardı varlık nedeni: Kopyonkin, Gopner, Paşintsev, berikiler... Bir sabah bir yerlere kaçıp gitmelerinden ya da peydерpey ölmelerinden çekiniyordu. Dvanov eğildi, yerden bir ot çöpü kopardı, ürkek bedenini inceledi: Kimse kalmazsa onu korurdu hiç değilse.

Kopyonkin bozkırdan koşarak gelen bir adamı karşılamak için ayağa kalktı. Çepurnıy konuşmadan ve duraklamadan şehrin içine doğru koşmaktaydı. Kopyonkin onu kaputundan yakaladı, kesti yolunu:

"Ne diye durduk yere acele ediyorsun?"

"Kazaklar! Atlı *kadet*'ler! Yoldaş Kopyonkin, git vur hepsini lütfen, ben de tüfeğimi alıp geleyim!"

"Saş, git demirhanede otur," dedi Kopyonkin. "Ben tek başıma bitiririm işlerini, ama oradan çıkayım deme, ben bir çırpıda halledeerim."

Çepurnıy ile birlikte bozkıra giden dört beriki koşarak geri döndü. Piyusya ise bir yerlerde tek başına saf oldu, sönen sessizlikte ateş gibi parladı silahı. Dvanov silah sesine doğru koştu, elinde revolver; kısa süre sonra güçlü adımlarla yaklaşan Proleter Gücü'nün sırtındaki Kopyonkin de yetişti ona ve ilk savaşçıların peşi sıra, silahlı proleter ve berikilerden oluşan koca bir güç hareket etti Çevengur'dan. Silah bulamayanlar çit kazığı ya da ateş kancasıyla yürüyordu, kadınlar da beraberlerindeydi. Serbinov, Yakov Titıç'ın peşi sıra elinde hanım Browning'i ile koşuyor, kime ateş edeceğine karar veremiyordu. Çepurnıy, Prokofiy'in atıyla çıktı meydana, Prokofiy'in kendisi ise peşi sıra koşuyor, Çepurnıy'a öncelikle bir karargâh örgütlemesini ve komutan atamasını öğütlüyordu, aksi takdirde helak olacaklardı.

At üzerindeki Çepurnıy bütün şarjörünü uzağa boşalttıktan sonra Kopyonkin'i yakalamaya çalıştı ama başaramadı. Kopyonkin atını yerde yatan Piyusya'nın üzerinden aşırdı, düşmana ateş etmeyi düşünmüyordu, bunun yerine hasmına daha yakından dokunabilmek için kılıcını çekti.

Düşmanlar eski yoldan geliyordu. Hafifçe kaldırdıkları tüfeklerini enlemesine tutuyor, ateş etmeye hazırlanmıyor, ama atlarına acele ettiriyorlardı. Komuta ve safları vardı, o yüzden Çevengur'dan açılan ilk ateş karşısında düzenli ve korkusuz durabildiler. Dvanov üstünlüğün onlarda olduğunu anladı ve ayaklarını bir çukura sokup revolverindeki dördüncü kurşunla müfreze komutanını yere serdi. Ne var ki düşman düzenini yine de bozmadı, hareketi durdurmadan komutanı saflarının içlerine geçirdi ve atlarını dörtnala koşturdu. Bu sakin saldırıda zaferin mekanik gücü duyuluyordu, gelgelelim Çevengurlular da hayatlarını koruma tutkusuyla hareket ediyorlardı. Dahası komünizm de Çevengur'un yanındaydı. Çepurnıy bunu gayet iyi biliyordu, atını durdurup tüfeğini kaldırdı ve düşman müfrezeden üç kişiyi yere düşürdü. Otların arasındaki Piyusya ise iki atın ayaklarını sakatlamayı başardı kurşunla, düşen atlar müfrezenin gerisinde karınüstü sürünüyor, toprağın tozunu yüzleriyle eşeliyorlardı. Dvanov'un önünden zırh ve alın siperini kuşanmış Paşintsev geçti son sürat, sağ elindeki el bombası kabuğunu uzatarak düşmanı sırf patlama korkusuyla alt etmeyi denedi, zira boştu bombanın içi, başka bir silah ise taşımıyordu üzerinde Paşintsev.

Düşman müfreze kendiliğinden durdu yerinde, topu topu iki atlıydı sanki gelen. Ve Çevengur'un tanımadığı askerler işitilmeyen bir emre uyarak tüfeklerini yaklaşan Bolşeviklerle berikilere doğrultup, şehrin üzerine yürümeyi sürdürdüler ateş etmeden.

Akşam insanların üzerinde kıpırtısızca duruyor, gece ise kararmıyordu. Mekanik düşmanın atları ham toprak üzerinde toynaklarını gümbürdeterek yaklaşıyor, berikilerle açık bozkır arasına, berikilerle dünyanın müstakbel ülkelerine ve Çevengur dışına uzanan yol arasına siper çekiyordu. Paşintsev teslim olması için seslendi burjuvaziye ve boş bombayı ateşlermiş gibi yaptı. Saldıran müfrezeye bir işitilmez emir daha verildi o sırada, tüfekler parlayıp söndü, berikilerden yedisi ve Paşintsev yere serildi, dört Çevengurlu ise köpürmeye başlayan yaralarına katlanmaya çalışıyor, düşmanı elleriyle öldürmek için koşuyorlardı.

Kopyonkin müfrezeye yetişmişti, Proleter Gücü'nü şaha kaldırdı, çeteyi kılıç ve atın ağırlığıyla öldürecekti. Proleter Gücü toynaklarını karşıdan gelen atın gövdesine geçirdi, kaburgaları kırılan at yere çöktü, Kopyonkin ise kılıcını salladı havada ve bedeninin tekmil gücüyle karşısındaki süvariyi kesmeye davrandı, yüzü hafızasına kazınmadan. Kılıç çınlayarak yabancı savaşçının eyerine çarptı ve Kopyonkin'in elini yakarak titredi. O zaman sol eliyle süvarinin genç kızıl kafasını yakaladı Kopyonkin ve kolunu savurmak üzere bir an için serbest bıraktı, sonra aynı sol elini düşmanın tepesine geçirdi, atından düşürüp yere fırlattı adamı. Bir başkasının kılıcı Kopyonkin'in gözlerinden birini kör etti; ne yapacağını bilemeyerek tek eliyle yakaladı o kılıcı, diğeriyle de saldıranın kolunu kılıçla birlikte kesti ve dirsekten kopan yabancı uzvun yüküyle birlikte bir kenara fırlattı. O sırada Kopyonkin Gopner'i gördü: Namlusundan tuttuğu revolveriyle savaşıyordu at kalabalığının ortasında. Gerilimden ve yüzünün zayıflığından ya da aldığı kesiklerden ötürü elmacıkkemikleri ile kulak bölgesindeki deri patlamıştı, dalga dalga kan fışkırıyordu içinden. Gopner silmeye çalışıyordu kanını, ensesini gıdıklamasın, dövüşmesine engel olmasın diye. Kopyonkin Gopner'e ulaşmasına engel olan sağdaki atlının karnını tekmeledi ve neyse ki atını sıçratmayı başardı, aksi takdirde zaten yaralanmış olan Gopner'i ezebilirdi.

Kopyonkin yabancıların arasından sıyrıldı, düşmanın keşif kolu üzerine diğer taraftan Çepurnıy atıldı ve zayıf atının üzerinde, süvarilerin oraya buraya koşuşan safını yarıp geçti, onları fişeği tükenen tüfeğinin ağırlığıyla öldürmeye çalışıyordu artık. Boş tüfeği epeyce yüksekten savurayım derken Çepurnıy atından fırlayıverdi, çünkü hedeflediği düşmanı tutturamamıştı ve atların yerinde sayan ayakları arasında gözden kayboldu. Kopyonkin kısa süren bir hareketsizlikten faydalanarak kılıcı yakalayan kanlı sol elini emdi, sonra herkesi öldürmek üzere ileri doğru atıldı. Düşman müfreze arasından ziyansız ve anısız sıyrıldı, sonra böğürüp duran Proleter Gücü'nü çevirip geri döndü, bu kez her şeyi aklında tutmak için, yoksa kavga teselli vermezdi, zafer gelince de düşmanı öldürmenin tatlı yorgunluğu duyulmazdı. Beş süvari keşif kolundan kopup, ötede savaşan berikileri kesmeye koyuldular, fakat berikiler sabırla, inatla korunmasını biliyorlardı, ilk düşman değildi bu hayatla aralarına girmek isteyen. Orduya tuğlalarla saldırıyorlardı, şehrin çıkışında samandan ateşler yakmışlardı, elleriyle küçük ateş topları alıp çevik süvari atlarının suratına fırlatıyorlardı. Yakov Titıç atlardan birinin sağrısına yanan öksüyle vurunca öksü kuyruğun altındaki terli deriye değip cızırdadı ve sinirli kısrak keskin bir çığlık koparıp savaşçıyı Çevengur'dan iki *verst* öteye götürdü.

"Ne diye ateşle vuruşuyorsun?" diye sordu atının üzerinden, yetişen diğer bir asker. "Şimdi öldüreceğim seni!"

"Öldür," dedi Yakov Titıç. "Bedenimizle hakkınızdan gelemeyiz, demirimiz de yok..."

"Hızlanıp öyle uçayım üzerine de öldüğünü bilme."

"Hızlan. Kaç insan ölüp gitmiş, ölümü sayan yok yine."

Asker uzaklaştı, atının üzerinde hızlandı ve ayakta duran Yakov Titıç'ı doğrayıverdi. Serbinov kendisine sakladığı son kurşunuyla oradan oraya koşup duruyor, arada bir duraklayıp korkuyla revolverin mekanizmasını kontrol ediyordu, hâlâ sağlam mı diye.

"Öldürürüm demiştim ona, doğradım işte," dedi süvari Serbinov'a, kılıcını atın tüylerine silerken. "Ateşle vuruşmasa iyi olur!"

Süvari savaşmak için acele etmiyor, gözleriyle öldürebileceği başkalarını, suçluları arayarak bakınıyordu. Serbinov revolverini ona doğrulttu.

"Ne yapıyorsun sen?" dedi asker inanmayarak. "Ben sana dokunmuyorum ki!"

Serbinov askerin doğru söylediğini düşündü ve revolverini gizledi. Süvari ise atını çevirip Serbinov'un üzerine sürdü. Simon karnına gelen toynak darbesinden yıkıldı, kalbinin uzağa çekildiğini, oradan tekrar hayatına erişmeye çalıştığını hissetti. Serbinov kalbini takip ediyor, ama pek de başarı dilemiyordu ona, zira Sofya Aleksandrovna kalıp yaşayacaktı nasılsa, vücudunun izlerini saklasındı işte içinde, varlığını sürdürsündü. Asker eğildi, kılıcını savurmadan Serbinov'un karnını deşti; hiçbir şey çıkmadı içinden – ne kan, ne organ.

"Kendin ateş etmeye yeltendin," dedi süvari. "Acele etmeseydin şimdiye kalırdın."

Dvanov iki revolverle koşuyordu, birini öldürdüğü müfreze komutanından almıştı. Peşinden üç atlı yetişmekteydi, fakat Kirey ile Jeyev yollarını kestiler, peşlerine taktılar onları.

"Nereye gidiyorsun?" diyerek durdurdu Serbinov'u öldüren asker Dvanov'u.

Dvanov yanıt vermedi, her iki revolverle birden ateş ederek devirdi onu, sonra da bir yerlerde ölmekte olan Kopyonkin'in yardımına koştu. Civar yerler sessizdi artık, çatışma Çevengur'un ortalarına sıçramıştı, atlar tepiniyordu orada.

"Gruşa!" diye bağırdı Kirey meydana hâsıl olan sessizliğin içinde. Göğsü yarık vaziyette yatmaktaydı, hayatı cılızdı.

"Neyin var?" diyerek koştu yanına Dvanov.

Kirey sözünü söyleyemiyordu.

"Eh, elveda," dedi Aleksandr, üzerine eğilerek. "Gel öpüşelim, daha kolay olur."

Kirey beklenti içinde ağzını açtı, Dvanov onun dudaklarına kendininkilerle sarıldı.

"Gruşa hayatta mı ki?" diyebildi Kirey.

"Öldü," dedi ona Dvanov rahatlaması için.

"Ben de şimdi öleceğim, içim sıkılmaya başladı," diyebildi Kirey zorlukla ve donup kalan gözlerini açık bırakarak öldü.

"Seyredeceğin bir şey kalmadı," diye fısıldadı Aleksandr. Bakışlarını gözkapaklarıyla örttü, alev alev yanan başını okşadı Kirey'in. "Elveda."

O sırada Kopyonkin Çevengur'un izdihamından fırlayıp çıktı, kanlar içinde ve kılıçsızdı ama diriydi, savaşıyordu. Dört süvari atlarının üzerinde perperişan koşuyorlardı ardı sıra. İkisi atlarını bir an için duraklatıp Kopyonkin'e ateş ettiler tüfekle. Silahsız Kopyonkin Proleter Gücü'nü çevirip dörtnala düşmanın üzerine sürdü, yüz yüze vuruşmak istiyordu. Fakat Dvanov onun ölümüne gittiğini gördü ve hedefini şaşırmamak için dizinin üstüne çöküp iki revolveriyle süvarilere ateş etmeye koyuldu, her birine sırayla. Kopyonkin, heyecanlanan atların üzengilerinden sarkan süvarilerin üzerine atılmıştı bile; askerlerin ikisi düştü, diğerleri ayaklarını kurtaramadı ve yaralı hayvanlar bozkıra götürdü ölüleri, altlarında çalkalayarak.

"Hayatta mısın, Saş?" diye sordu Kopyonkin onu görünce. "Şehirde yabancı bir ordu var, insanlar da hep öldü... Dur! Bir yerim acıyor..."

Kopyonkin başını Proleter Gücü'nün yelesine dayadı.

"İndir beni Saş, aşağıda yatayım..."

Dvanov onu yere indirdi. Yırtık, kesik kaputunun üzerinde ilk yaralarının kanı kurumuştu artık Kopyonkin'in, taze, sıvı kanı ise kaputun üzerine sızmamıştı henüz.

Kopyonkin dinlenmek için sırtüstü yattı.

"Arkanı dön Saş, görüyorsun ya var olamıyorum..."

Dvanov döndü.

"Bakma bana bir daha, utanıyorum senin yanında ölmekten... Çevengur'da takılıp kaldım, ölüyorum işte şimdi, Rosa da toprağında bir başına eziyet çekecek..."

Kopyonkin birden doğrulup oturdu ve savaşçı sesiyle bir kez daha gürledi:

"Bekliyorlar bizi, yoldaş Dvanov, bekliyorlar!" Ve ölü yüzünü toprağa dönüp yattı, bedeni ise alev alev oldu.

Proleter Gücü kaputundan tutup kaldırdı Kopyonkin'in bedenini ve bozkırda, unuttuğu hürriyetin bir yerlerinde bulunan memleketine götürdü. Dvanov kaputun bağları kopana kadar gitti atın peşinden – sonunda Kopyonkin yarı çıplak, kıyafetle örtülü olduğundan ziyade yaralardan delik deşik kalakaldı. At ölenin her yerini kokladı, yaralarından akan kanı ve sıvıyı açgözlülükle yalamaya koyuldu, düşen yol arkadaşıyla son servetini bölüşmek ve ölüm irinini azaltmak için. Dvanov Proleter Gücü'nün sırtına bindi ve açık bozkır gecesine doğru sürdü onu. Sabaha kadar ata acele ettirmeden yol aldı; kimileyin Proleter Gücü durup arkasına bakıyor, dinliyordu, fakat Kopyonkin susuyordu terk ettikleri karanlıkta ve at kendiliğinden devam ediyordu yoluna.

Öğleyin Dvanov çocukluğundan bildiği eski yolu anımsadı ve Proleter Gücü'nü o yol boyunca yürüttü. Yol bir köyden geçiyor, sonra Mutevo Gölü'nün bir *verst* ötesinden kıvrılıyordu. Dvanov adım adım giden atın sırtında memleketinin içinden geçti. Kulübeler ve avlular yenilenmişti, ocak bacalarından duman yükseliyordu, ikindi vaktiydi, topraklaşan çatılardan çoktan biçmişlerdi muzır otları. Kilise bekçisi saati çalmaya koyuldu, tanıdık çanın sesini çocukluk çağı gibi dinledi Dvanov. Atını kuyu akacının önünde durdurdu, içip dinlensin diye. Yakınlardaki bir damın önündeki toprak sırada kambur bir ihtiyar oturuyordu: Pyotr Fyodoroviç Kondayev. Tanımadı Dvanov'u, Aleksandr da anımsatmadı ona kendisini. Pyotr Fyodoroviç güneşli köşesinde sinek avlıyor, hayatını tatmin etmenin mutluluğuyla ayıklıyordu onları elleriyle, öylesine kendisinden geçmişti ki yabancı atlıyı düşünmüyordu.

Dvanov acımadı memleketine ve terk etti onu. Sakin tarla insansız bir harman yeri olarak uzanıyordu, toprağın altlarından perişan yaprakların kokusu yükseliyordu, keder kokusu; oradan itibaren tüm dünyayı boş bir yere dönüştüren çıkışsız gökyüzü başlıyordu.

Mutevo Gölü'nün suyu, uzaklarda şimdi dinen ikindi rüzgârından ürpererek kıpırdandı hafifçe. Dvanov suyun kıyısına sürdü atını. Ömrünün ilk demlerinde yüzerdi bu suda, yiyeceği buradan çıkardı, bir zamanlar derininde babasını avutmuştu su ve işte Dvanov ile aynı kanı taşıyan son yoldaşı on yıllardır kendisini sımsıkı saran toprakta yapayalnız yatıyor, hasretini çekiyordu onun. Proleter Gücü başını eğdi, ayağını yere vurdu – aşağıda bir şey rahatsız etmekteydi onu. Dvanov baktı ve atın kıyının tümseğinden beri sürüklediği oltayı gördü. Oltanın ucunda küçük bir balığın kurumuş, kırılmış iskeleti takılı duruyordu ve Dvanov çocukluğunda burada unuttuğu oltasını tanıdı. Değişmez, suskun gölü süzdü uçtan uca, kulak kesildi. Babası kalmıştı burada aslında, kemikleri, vücudunun yaşayan maddesi, terden ıslanan gömleğinin çürüğü – hayatın ve dostluğun bütün yurdu. Burada Aleksandr'ı sımsıkı saracak kalıcı bir yer vardı, bir zamanlar babanın vücudundan ayrılıp oğula geçen kanın ebedi dostlukla dönüşü bekleniyordu. Dvanov Proleter Gücü'nü göğsüne kadar suya girmeye zorladı ve ona veda etmeden, hayatını sürdürerek indi suya eyerin üzerinden. Bir zamanlar ölümü merak eden babasının gittiği yolu arayarak, kalıntıları mezarın içinde perişan olan o zayıf, unutulmuş beden karşısında yaşamından utanarak yürüyordu Dvanov, zira babasının varlığının o henüz yok olmamış belli belirsiz iziyle aynı şey idi aslında Aleksandr.

Proleter Gücü sualtı otlarının hışırdamaya başladığını duydu, dibin karanlığı vurdu kafasına, fakat at o kirli suyu ağzıyla dağıttı ve ortadaki aydınlık yerden içti biraz, sonra karaya çıktı ve temkinli adımlarla evinin, Çevengur'un yolunu tuttu.

Dvanov ile yola çıkmalarından üç gün sonra vardı oraya, çünkü bir bozkır vadisinde uzun uzun yatıp uyumuş, uykusunu aldığında ise yolu unutmuş, ham toprak üzerinde gezinmişti epeyce, ta ki Karçuk kendisine seslenip yanına çağırana kadar. O da yolda rastladığı bir ihtiyar ile Çevengur'a gitmekteydi. İhtiyar Zahar Pavloviç idi, Dvanov'un dönüşünü beklemeye daha fazla dayanamamış, onu buradan alıp eve götürmek için kendisi çıkıp gelmişti.

Karçuk ve Zahar Pavloviç Çevengur'da insana rastlayamadılar, şehir boş ve kasvetliydi, yalnız bir yerde, tuğla evin yakınında Proşka oturuyor, kendisine kalan mülkün ortasında ağlıyordu.

"Neden ağlıyorsun da kimseye söylemiyorsun derdini, Proş?" diye sordu Zahar Pavloviç. "İster misin sana bir ruble daha vereyim? Git Saşa'yı getir bana."

"Bedavaya getiririm," diye söz verdi Prokofiy ve Dvanov'u aramaya gitti.

—

METİS EDEBİYAT | ÖYKÜ

Andrey Platonov

DÖNÜŞ

Çeviren: Günay Çetao Kızılırmak

Roman ve öykülerinin eksiksiz ve sansürsüz basımı ancak 90'larda yapılabilen Andrey Platonov, artık yirminci yüzyıl Rus edebiyatının en önemli yazarlarından biri kabul ediliyor, hatta eserlerinin Rus dilinde yarattığı etki Kafka'nın bütün Batı edebiyatı üzerinde yarattığı etkiyle kıyaslanıyor. *Dönüş*, Platonov'un çok sayıda öyküsü arasından seçilmiş dokuz öyküden oluşan bir derleme. Yirminci yüzyılın ilk yarısında geçen öyküler, büyük devrim ve savaşlara tanık olmuş bu dönemin çalkantılı yaşantısını yansıtıyor. Yoksulluk ve açlığın, acı ve zulmün kol gezdiği bir dünyadaki olumsuz koşulların gücünü yadsımıyor Platonov, ama öykülerinde umudu, sevgiyi ve her şeye rağmen mutlu olma azmini öne çıkarıyor.

Yalın gibi görünen incelikli bir dil, sıradan gibi görünen sıradışı karakterler, absürde kayabilen gerçekçi bir anlatım – tüm bunlara bir de Platonov'un hümanist bakış açısı ve ince mizah anlayışı eklendiğinde, öykülerin her biri defalarca okunabilecek edebi hazinelere dönüşüyor. Platonov'un dünyasına güzel bir giriş niteliğindeki bu derlemeyi Günay Çetao Kızılırmak'ın doğrudan Rusçadan yaptığı çeviriyle sunuyoruz.

METİS EDEBİYAT | ÖYKÜ

Roberto Bolaño

KATİL OROSPULAR

Çeviren: Peral Bayaz

"Kadınlar katil orospulardır, Max, hasta bir ağaçtan ufku seyreden soğuktan donmuş maymunlardır, karanlıkta ağlayarak, hiçbir zaman söyleyemeyecekleri sözlerin peşinde, seni arayan prenseslerdir. Yaşamımızı yanlışlıklarla planlıyor ve yaşıyoruz." – Böyle diyor bu kitaba adını veren öykünün kahramanı (Katil mi? Orospu mu? Yoksa ikisi birden mi?)

"Yeryüzünde Son Günbatımları" öyküsünde giderek cehennem azabına dönüşen bir Acapulco yolculuğu anlatılıyor. "Dişçi", gizemli bir delikanlı ile onu uçurumun tepesinden seyreden görmüş geçirmiş iki yetişkinin öyküsü. "Buba"da üç bölümde bir futbol öyküsü anlatılıyor: Bir Latin Amerikalı, bir Afrikalı ve bir İspanyol oyuncunun içine kara büyü sızan maceraları. "Dans Notları"nda Pablo Neruda ile dans etmemek için 69 neden öne sürülüyor.

"Lalo Cura'nın Tasavvurları"nda ise kendimizi uyuşturucu kaçakçıları ile porno film yönetmenlerinin arasında buluyoruz. "Fotoğraflar"da, *Vahşi Hafiyeler*'in kahramanı Arturo Belano yeniden karşımıza çıkıyor.

İspanyol dilinin vazgeçilmez seslerinden biri olarak kutsanmış bir yazardan göz kamaştırıcı on üç öykü.

METİS EDEBİYAT | ROMAN

Dieter Forte

SIRTIMDAKİ EV

Çeviren: Çağlar Tanyeri

Geçip giden zamanı nasıl anlamalı? Dieter Forte kitabının bir yerinde şunu söylüyor: "Zaman hiçliğin içinden çıkagelen ve akan zamana dönüşen hikâyelerin tekrar tekrar anlatılmasından başka bir şey değildi. Zira zaman hikâyelerde vardı yalnızca, hikâyeler yoksa zaman da yoktu, geride sadece ölümün sonsuzluğu kalıyordu, zamanı yaratan hikâyelerin ta kendisiydi..."

Sırtımdaki Ev, bir nehir roman: Altüst olan bir Avrupa'da, İtalyan ve Polonya kökenli iki ailenin birbiri ardından gelen kuşaklarının serüvenini anlatıyor. Kökler, göçler, sürgünler, gelenek ve inançlar, sınırlar, mücadeleler ve çatışmalar, ama aynı zamanda bağlılıklar ve ittifaklar. Bireylerin bir yıldız misali kayıp giden hikâyeleriyle tarihin akıp giden hareketi iç içe. Kaderleri bu tarih tarafından belirlenen madenci ve dokumacıların uzun soluklu, şiirsel, yer yer trajikomik hikâyelerini okuyor; iki dünya savaşının onulmaz acılarıyla yoğrulan, faşizmin yükselişine ve iktidarına tanıklık eden, sonra da savaşın hunharlığında kıyasıya bir ölüm kalım mücadelesi veren son kuşağı dinliyoruz.

İlk kez yayımlandığı 90'lı yıllarda Almanya'da hararetli siyasi ve edebi tartışmalar yaratan ve günümüzde yirminci yüzyıl Alman edebiyatının başyapıtlarından biri sayılan bu üçlemeyi tek bir cilt halinde sunuyoruz. Büyük tarihsel romanlar geleneğini anımsatan bu yapıtı zevkle okuyacağınızı düşünüyoruz.

METİS EDEBİYAT | ÖYKÜ

Norman Manea

EKİM, SAAT SEKİZ

Çeviren: Nesrin Demiryontan

Daha beş yaşındayken, tüm ailesiyle birlikte Romanya'daki Transnistria toplama kampına götürülüyor Manea. İnsanlık tarihinin en büyük travmalarından biri olan İkinci Dünya Savaşı ve Yahudi soykırımı, böylece yazarın tüm hayatına ve eserlerine damgasını vuruyor. Daha çok totaliter bir devlette gündelik yaşam ve sürgün üzerine yazıyor. İnsanların iç dünyalarına odaklanıyor ve yalnızlıklarını, insan arayışlarını, beklentilerini, umutlarını anlatıyor.

On beş öyküden oluşan bu kitabı da toplama kampları ve savaş sonrası travmalar hakkında; hastalanan zamanı, mankenlik oyunlarını, büyülü yumakları, kirli bir küp şekere bağlanan umutları, beş yıl süren geceleri, geri dönen korkuları, yıllar sonra Kafkaesk kâbuslara dönüşen anıları sade bir üslup ve çarpıcı bir ironiyle anlatıyor.

Manea bu öyküleriyle ilk defa Türkçede.